Christa S. Lotz

Die Köchin und der Kardinal

atb aufbau taschenbuch

Christa S. Lotz lebt in Baden-Württemberg am Rande des Schwarzwaldes. Als Aufbau Taschenbuch sind bisher von ihr erschienen: »Die Nonne und die Hure«, »Die Pilgerin von Montserrat« sowie »Die Hure und der Mönch«.

Man schreibt das Jahr 1634. Noch ist der Schwarzwald von den Wirren des Dreißigjährigen Krieges verschont geblieben. Doch im September ziehen plündernde Truppen des Kaisers durchs Land. Sie verwüsten die kleine Stadt Calw, wo die junge Elisabeth mit ihrer Familie lebt. Zusammen mit ihrer Schwester Agnes wird Elisabeth von Jakob, einem Musketier, entdeckt, der ihnen zur Flucht in die Wälder verhilft. Elisabeth verliebt sich in ihn, doch ihr Weg führt sie nach Baden-Baden. Sie wird die Leibköchin des Kardinals Thomas Weltlin.

Bald schon ahnt sie, dass der Kardinal sich in sie verliebt hat. Wenig später ziehen die Truppen des Kaisers heran und belagern das Schloss. Nach einem Gemetzel entdeckt Elisabeth den schwerverwundeten Jakob und pflegt ihn heimlich in einem Gartenhaus. Ständig ist sie in Gefahr, von ihrer Schwester, dem Kardinal oder den Bediensteten entdeckt zu werden. Als Jakob wieder gesund ist, kehrt er zum kaiserlichen Tross zurück. Elisabeth tut alles dafür, einen Weg zu ihm zu finden, und gerät dabei selbst in Lebensgefahr.

CHRISTA S. LOTZ

DIE KÖCHIN UND DER KARDINAL

Roman

atb aufbau taschenbuch

FSC
www.fsc.org
MIX
Papier aus verantwortungsvollen Quellen
FSC® C083411

ISBN 978-3-7466-2942-1

Aufbau Taschenbuch ist eine Marke der
Aufbau Verlag GmbH & Co. KG

1. Auflage 2013

Umschlaggestaltung Mediabüreau Di Stefano, Berlin
unter Verwendung eines Gemäldes von
Dosso Dossi / Bridgeman Library
Satz LVD GmbH, Berlin
Druck und Binden CPI – Clausen & Bosse, Leck
Printed in Germany

www.aufbau-verlag.de

1. BUCH

(September 1634 – November 1634)
Flucht

1.

Eine Trompete wurde zum Angriff geblasen, gefolgt von einem dumpfen Trommeln. Elisabeth lief zum Fenster und schaute hinaus. Der Marktplatz lag friedlich in der Morgensonne, der Brunnen plätscherte, allerlei Volk war unterwegs.

Noch einmal ertönte das Trompetensignal, das Trommeln wurde heftiger. Und dann kamen sie von überallher, ein Wald aus Piken, von jeder Gasse und aus jedem Winkel. Nein, sagte sie sich, das kann nicht sein, das ist nur ein Alptraum. Die kaiserlichen Soldaten waren da, sie fielen über Männer, Frauen und Kinder her, stachen mit ihren Piken auf sie ein, Blut spritzte, markerschütternde Schreie ertönten. Die Söldner schleppten Geschirr, Möbel und Bettzeug aus den Häusern, legten Feuer und drohten den Bewohnern, ihnen die Därme herauszureißen, wenn sie die Verstecke ihrer Wertsachen nicht verrieten. Und dann hatten die Soldaten Elisabeth am Fenster entdeckt. Sie rannten zur Tür, stießen sie auf und polterten die Treppe herauf. Elisabeths Herz klopfte wie ein Hammer gegen die Rippen. Wo sollte sie sich verstecken? Was würden sie mit ihr anstellen? Die Tür flog mit einem Krachen auf, eine Horde von Männern drängte herein. Elisabeth stand wie fest gewurzelt, konnte sich nicht rühren. Der vorderste Mann, mit einem wilden Bartgestrüpp vor dem Mund, hob seine Pike, von der Blut herabtropfte. Vor Elisabeths Augen drehte sich alles. Und dann stach der Soldat zu. Elisabeth spürte einen brennenden Schmerz im Bauch, sie griff dorthin, Blut rann an ihren Händen herab, es roch süß und metallisch. Sie fiel, ihr Körper schlug auf den Boden. Elisabeth riss die Augen auf. Die Männer verschwanden wie in einem Nebel, es wurde still. Sie rieb sich die Augen.

Der Geruch nach Feuer und Blut stand ihr noch in der Nase. Die Schmerzen im Bauch ebbten langsam ab. Elisabeth schlug die Decke zurück, erhob sich von der Strohmatratze, lief zum Fenster und stieß den Laden auf. Kalte Luft strömte herein. Piken und Soldaten waren verschwunden. Die kleine Stadt Calw, von Mauern umschlossen und mit Türmen bewehrt, erwachte zum Leben. Die Sonne war hinter Nebelwolken versteckt, ein Hahn krähte sich die Seele aus dem Leib. Handwerker überquerten den Platz auf dem Weg zur Arbeit. Im Marktbrunnen strömte das Wasser wie eh und je, und aus den Häusern drang das Klappern von Geschirr. Elisabeth rieb sich mit den Fingern über die Stirn, um den bösen Traum zu verscheuchen. Mochte er nur niemals Wirklichkeit werden! Sie holte ein Wollkleid aus der Truhe neben dem Bett, zog es mit ein wenig zittrigen Fingern an und band ihre langen Haare zur Seite. Elisabeth verließ die Kammer und lief die knarrenden Stufen der Treppe hinunter. Aus der Küche hörte sie die Magd mit Töpfen hantieren. Elisabeths Mutter gab Anweisungen für die Tagesarbeit. Elisabeth ging durch den Flur hinaus in den Hinterhof, um sich das Gesicht in der Wassertonne zu waschen. Erfrischt kehrte sie in die Küche zurück und begrüßte Mutter und Magd. Elisabeths Vater, Mesner des protestantischen Städtchens, ihr Bruder Lukas und ihre Schwester Agnes betraten hintereinander die Küche. Zusammen mit Elisabeth und der Mutter ließen sie sich an dem blank gescheuerten Holztisch nieder. Die Magd stellte einen Topf mit Haferbrei auf den Tisch und setzte sich ebenfalls dazu. Der Vater schaute Agnes tadelnd an, als sie zu ihrem Silberlöffel griff. Mit seinem Dreiecksbart und dem Spitzenkragen über der schwarzen Soutane sah er dem Superintendenten der Stadt, Johannes Valentin Andreä, recht ähnlich.

Der Vater senkte den Kopf, faltete die Hände, die anderen taten es ihm nach. Er betete:

»O Herr, öffne meine Lippen.
Und mein Mund soll sprechen mein Lob.
Beschütze uns vor allem Übel, das da kommen soll.
Lobet den Herrn.
Der Name des Herrn sei gelobt. Amen.«

»Amen«, wiederholten die anderen, bevor sie sich dem heißen Brei zuwendeten. Eine Weile herrschte Stille, derweil gedämpftes Klappern von Löffeln erklang. Der Vater hatte das Frühmahl beendet und schob seine Schüssel aus bunter Keramik von sich.

»Liebe Familie«, begann er seine tägliche Ansprache. »Wie wir alle wissen, haben die Kaiserlichen die Schlacht bei Nördlingen gewonnen. Ich bin in großer Angst und Sorge um uns alle, denn danach haben sie die Städte Göppingen und Schorndorf eingenommen und befinden sich jetzt in Stuttgart. Sie schonen die Einwohner nicht, sondern foltern und quälen sie, um die Verstecke der Reichtümer aus ihnen herauszupressen. Sie schrecken vor nichts zurück, auch nicht vor Vergewaltigung«, sein Gesicht überzog sich mit einer leichten Röte, »Brandstiftung und Mord. Sie sollen die Stuttgarter Geistlichen bis aufs Blut gequält haben. Jetzt seien sie auf dem Weg nach Tübingen und Herrenberg, hat mir der Stadtvogt gesagt.«

»Um Jesu willen«, sagte seine Frau, die aschfahl geworden war. Elisabeth war es, als röche sie wieder den Brandgeruch.

»Ich habe heute Nacht davon geträumt«, sagte sie mit gepresster Stimme. »Was sollen wir tun, Herr Vater, wie können wir uns schützen?«

»Am besten geben wir ihnen alles, was wir haben«, warf Agnes ein. Alle starrten sie entsetzt an.

»Das wäre eine große Sünde«, erwiderte der Vater. »Denn sie würden es nur versaufen, verfressen und zur Verbreitung ihrer papistischen Lehre verwenden. Wir sollten erst einmal abwarten, was geschieht.«

»Sollen wir warten, bis sie hier einfallen wie ein Schwarm

Hornissen und uns alle massakrieren?«, rief die Mutter mit schriller Stimme. »Lasst uns hinauf ins Waldgebirge gehen, zu meiner Schwester in Neuweiler, da wären wir in Sicherheit!«

»Das kommt gar nicht in Frage, Weib!«, knurrte der Vater. Sein Bart zitterte.

»Die haben doch selbst nicht genug zum Leben, und außerdem wäre es feige, unsere Brüder und Schwestern hier im Stich zu lassen.«

»Sie könnten doch mit uns gehen«, warf Elisabeth ein.

»Und dem Feind die Stadt kampflos überlassen?«, fuhr ihr Vater auf. »Unser Haus hergeben, unser ganzes Leben hier?«

»Wir könnten uns doch im Keller oder auf dem Dachboden verstecken«, meinte Lukas.

»Da werden sie uns gewiss bald finden«, gab die Mutter zurück.

»Ich werde gleich zum Superintendenten gehen und mich mit ihm besprechen«, sagte der Vater und erhob sich vom Tisch. »Ihr geht eurem Tagwerk nach, das ist Gottes Wille. Betet und kommt heute Abend in die Kirche, der Superintendent wird uns einiges zu sagen haben.«

»Ach, wären wir doch in Ettlingen oder in Baden«, seufzte die Mutter. »Da würde der Markgraf seine schützende Hand über uns halten.«

»Wir bleiben«, beschied der Vater und war gleich darauf zur Tür hinaus.

»Schade, dass der Superintendent zur Zeit keinen Unterricht für euch drei abhält«, meinte die Mutter.

»Er hat andere Sorgen, hat er gesagt«, erwiderte Elisabeth. »Aber ich kann mich nützlich machen, könnte auf den Markt zum Einkaufen gehen und später kochen.«

»Was willst du denn heute kochen?«, fragte Agnes.

»Ich weiß nicht, ob ich überhaupt etwas herunterbringe«, wandte die Mutter ein.

»Ja!«, ließ sich Elisabeths Bruder Lukas vernehmen. »Ich möchte mal wieder saure Leber haben!«

»Mal schauen, was es auf dem Markt gibt«, sagte Elisabeth. Ihre Mutter händigte ihr einen Korb und einen Lederbeutel mit ein paar Gulden und Kreuzern aus.

»Treib dich aber nicht zu lange in der Stadt herum, wer weiß, was passiert!«, mahnte die Mutter.

»Ich bin groß genug mit meinen achtzehn Jahren!«, fuhr Elisabeth auf.

»Die Jahre schützen dich nicht davor, von Männern belästigt zu werden«, gab die Mutter zurück. Zu Agnes gewandt, fügte sie hinzu: »Und du kannst die Stube fegen und die Wäsche waschen.«

Agnes verzog maulend das Gesicht.

»Warum darf ich nicht auf den Markt gehen? Warum darf immer Elisabeth rausgehen und ich nicht?«

»Weil sie uns das Mittagessen kocht, darum. Außerdem ist sie zwei Jahre älter als du.«

Elisabeth warf sich eine wollene Schecke über, griff nach dem Korb und trat hinaus auf den Platz. Es war immer noch düster und kalt, die Sonne schaffte es nicht, durch den Hochnebel zu dringen. Knechte und Mägde zersägten Buchen- und Tannenholz, das aus den Wäldern gebracht worden war. Hausfrauen mit schwarzen Hauben eilten geschäftig hin und her, um einzukaufen oder Birnen und Äpfel aus ihren Gärten zu holen, die sie einmachen oder für den Winter dörren würden. Elisabeth ging die wenigen Schritte zum Rathaus hinunter. Hier hatten die Bäcker und die Metzger ihre Bänke. Sie verkauften Brot, *Dinnete*, Mehlfladen mit Speck, Hutzelbrot und Brezeln. Die Metzger priesen Querrippe vom Rind, Schweinefüße, Lammhals, Bries, Leber und Lunge an. In einen Steinguttopf war Schmalz gefüllt, in einen anderen Butter. Elisabeth kaufte eine große Leber vom Rind, ein Töpfchen Schmalz, ein Viertelpfund Speck und Brot. Von einem der Bauern ließ sie sich Äpfel in den Korb füllen. Mit einer Kanne Milch beladen, trat sie den Rückweg zum Elternhaus an. In diesem Augenblick wurde es laut auf dem Platz. Eine Gruppe jüngerer Leute torkelte zum Brunnen und ließ sich an dessen Rand nieder. Sie trugen Pumphosen, Stulpenstiefel, Wämser aus gewalktem Tuch und Federhüte. Mein Gott, das ist ja der Stadtvogt mit seinen Kumpanen, dachte Elisabeth, muss er sich in dieser Zeit betrunken hier herumtreiben? Die Männer stimmten einen Gesang an und drehten sich dazu im Kreis. Als Elisabeth ihren Weg fortsetzen wollte, kam ein Mann zu ihr herüber.

»Darf ich Euch geleiten, schönes Kind?«, fragte er mit schwerer Zunge. Sein Atem roch nach Wein.

»Geleite Er sich lieber selbst zurück auf den Pfad der Tugend!«, gab sie zurück.

Verdutzt blieb der Mann stehen. Er machte einen drohenden Schritt auf sie zu. Dann reckte er den Kopf.

»Potz Stern!«, rief er. »Die Frau ist aber nicht auf den Mund gefallen!«

Elisabeth lief schnell zurück ins Haus ihrer Eltern.

»Was ist? Du bist ja ganz außer Atem«, sagte ihre Mutter, die ihr den Korb und die Kanne aus der Hand nahm.

»Ich musste mich vor einem Trunkenbold retten«, entgegnete Elisabeth, »und ich verstehe nicht, warum sich unser Stadtvogt am helllichten Tag besäuft, anstatt sich um die Geschicke der Stadt zu kümmern.«

»Dem ist es völlig gleichgültig, was aus uns wird«, sagte die Mutter mit einem Seufzer. »Wir müssen uns selber helfen, dann hilft uns Gott.«

Sie stellte Korb und Kanne auf den Küchentisch.

»Nun walte deines Amtes als Köchin«, meinte sie.

Die Mutter zog sich zurück, wahrscheinlich zum Beten. Elisabeth nahm ein Messer, legte die Leber auf ein Brett und begann sie aufzuschneiden. Blut tropfte ihr über die Finger. Sie zögerte einen Augenblick, schnitt dann die Leber in fingerdicke Schnitten, streute Salz und Pfeffer darüber und legte die Scheiben auf den Rost des Ofens. Während sie langsam rösteten, schnitt Elisabeth Speck, den sie zusammen mit Schmalz in einer gusseisernen Pfanne ausließ. Darin briet sie die geschnittenen Äpfel und Grieben. Aus dunklem, in Fleischbrühe eingeweichtem Brot, Mehl, Zimt, Muskatnuss und Essig stellte sie eine dunkle Soße her, gab die Leberstücke in die Pfanne und ließ alles eine halbe Stunde kochen. In der Zwischenzeit brachte sie in einem Topf Wasser zum Sieden und schabte einen Teig aus Eiern, Mehl und Milch hinein. Die Uhr von der nahen Kirche schlug die zwölfte Stunde, der Vater würde bald heimkehren. Agnes und Lukas kamen in die Küche.

»Das riecht aber gut«, sagte Agnes. Sie steckte den Finger in die Soße und leckte ihn ab.

»Warte, bis das Essen auf dem Tisch steht!«, rief Elisabeth und drohte ihr mit dem Zeigefinger. »Mach dich lieber nützlich! Du kannst Schüsseln, Teller und Besteck aufdecken.«

Die Familie versammelte sich um den Tisch. Elisabeth trug die Leber in einer Schüssel auf und goss Äpfel, Schmalz und Grieben darüber. Sie ließ die Teigwaren in einem Seiher abtropfen und gab sie in eine weitere Schüssel. Nach dem Gebet begannen sie zu essen. Der Vater legte Gabel und Löffel beiseite, lobte Elisabeths Kochkunst und berichtete über das, was er im Pfarrhaus erfahren hatte.

»Unser Superintendent Andreä hat sich entschlossen, zusammen mit seiner Frau die Stadt zu verlassen. Er wird nach Neuweiler zum dortigen Pfarrer gehen. Sie nehmen mit, was sie tragen können.«

»Warum schließen wir uns ihnen nicht an?«, fuhr seine Gattin auf.

»Ja, lasst uns fliehen!«, pflichtete Elisabeth ihr bei. »Die Kaiserlichen können jeden Tag eintreffen.«

»Aber nicht nach Neuweiler, nach Baden will ich gehen!«, versetzte Agnes.

»Wir bleiben«, beharrte der Vater. »Uns werden sie verschonen, denn wir haben nicht viele Reichtümer.«

»Und was ist mit den Bildern von Cranach und Dürer, was mit dem Tafelsilber für hohe Feiertage?«, warf die Mutter ein. »Und mit der Truhe voller Goldgulden?«

»Das ist alles wohlverwahrt und versteckt. Auf dem Dachboden.«

»Dann befehle ich uns in Gottes Hand«, sagte die Mutter. Als wäre es ein Zeichen gewesen, ertönte in diesem Augenblick eine Glocke auf dem Marktplatz. Alle sprangen auf und liefen hinaus. Der Büttel des Stadtvogtes hatte sich am Brunnen aufgestellt. Von überall her strömten die Menschen herbei, derweil der Büttel weiter die Glocke schwang. Viele hatten ihre Fenster geöffnet und harrten gespannt der Dinge, die da kommen sollten.

»Eine Nachricht hat unsere Stadt erreicht«, verkündete der Büttel feierlich. Die Feder auf seinem Filzhut wippte bedenklich. »Ein Bote kam geritten und überbrachte die Nachricht, dass die Kaiserlichen Herrenberg geplündert hätten und nun auf dem Weg zu uns seien. Hier gäbe es etwas zu holen, so erzähle man sich im feindlichen Lager.«

Ein Stöhnen ging durch die Menge. Dann kam Bewegung in sie.

»Wo ist denn unser Stadtvogt?«, rief ein Mann. »Warum kommt er nicht selbst und steht uns bei in dieser schweren Stunde?«

»Er lässt sich entschuldigen«, antwortete der Büttel. »Und er lässt euch sagen, dass ihr Ruhe bewahren und in euren Häusern bleiben sollt.«

Vom Fluss her war ein Schuss zu hören.

»Sie kommen!«, kreischte eine Frau. Eine Welle der Angst ergriff die Calwer Bürger.

Kopflos rannten sie in alle Richtungen davon, den Stadttoren zu. Elisabeth wurde von der Menge mitgerissen, sie rannte um ihr Leben. Ob die Stadttore offen waren? Würden sie es schaffen, vor den Augen der Kaiserlichen aus der Stadt hinauszukommen? Wo waren ihre Eltern und ihre Geschwister? Elisabeth konnte sie nirgends entdecken. Gänse stoben laut schnatternd davon, Schweine quiekten und brachten sich vor den rennenden Leuten in Sicherheit. Als sie das äußere Tor erreichten, sah Elisabeth, dass es verschlossen war. Von außen wurde dagegen gehämmert. Um Gottes willen, dachte Elisabeth, lass sie nicht hereinkommen, lass diesen Kelch an uns vorübergehen! Jetzt war das Tor offen, und Männer mit blutverschmierter Kleidung strömten herein. Elisabeth erkannte den Metzger unter ihnen, der ihr am Morgen die Leber verkauft hatte. Ihr fiel ein, dass vor dem Tor der Metzgerplatz lag, wo Rinder, Schweine und Hühner geschlachtet wurden.

»Gott sei Dank habt ihr das Tor geöffnet«, rief einer der Metzger. »Wir fühlen uns nicht mehr sicher da draußen.«

»Wer hat geschossen?«, fragte eine befehlsgewohnte, leicht schwankende Stimme. Elisabeth erkannte den Stadtvogt.

»Es muss einer von Euren Lausbuben gewesen sein«, sagte der Metzger, »die sich nicht entblöden, sich am helllichten Tag auf dem Marktplatz zu besaufen.«

»Das geht Euch nichts an«, versetzte der Stadtvogt. »Geht jetzt wieder in Eure Häuser zurück. Wer gut und rechtschaffen ist, dem wird nichts geschehen.«

Murrend und nur allmählich zerstreute sich die Menge. Elisabeth ging gedankenverloren zum Marktplatz zurück. Im Haus fand sie ihre Familie versammelt.

»Es war blinder Alarm, ich habe es schon gehört«, sagte ihr Vater. »Jetzt lasst uns essen und früh ins Bett gehen.«

Am anderen Nachmittag gegen fünf Uhr wurde eine Trompete geblasen. Elisabeth hörte das Bersten der Stadttore bis in die Stube hinein. Von allen Seiten her drang das Bellen der Falkonette. Die Stadt wurde von den Kaiserlichen mit leichten Geschützen beschossen. Das Herz klopfte Elisabeth bis zum Hals, ihre Beine zitterten. Sie lief zum Fenster und sah wie in ihrem Traum einen Wald aus Piken durch alle Gassen kommen. Ihre Mutter lief wie ein Vögelchen umher, versuchte, etwas zusammenzupacken, um es im letzten Augenblick zu verstecken. Der Vater packte sie am Arm, rief nach seinen Kindern und lief mit ihnen die Stiege zum Dachboden hinauf. In der Eile stolperte Elisabeth, schlug der Länge nach auf die Stiege, rappelte sich wieder auf. Auf dem Dachboden schob der Vater Lukas und seine Frau zu einer Kiste und bedeutete ihnen, hineinzukriechen. Den beiden Mädchen wies er einen Platz in einem großen Schrank an. Drinnen roch es dumpf und modrig. Alte Kleider und Pelze hingen herab, hinter denen sich Agnes und Elisabeth versteckten. Von draußen hörte Elisabeth Schüsse und Schreie, die nichts Menschliches mehr an sich hatten. Der Schweiß brach ihr aus allen Poren. Dicht an sie gedrängt hockte Agnes, die ebenfalls nass von Schweiß war. Durch einen Spalt in der Schranktür konnte Elisabeth einen Streifen Tageslicht sehen, den staubigen Boden und eine Ecke der Truhe, in der ihre Mutter und ihr Bruder um ihr Leben bangten. Die Schreie von draußen wurden immer lauter. Jetzt mussten die Soldaten im Nachbarhaus sein. Elisabeth hörte Flüche, herzzerreißendes Wimmern eines Kindes und dann ein Klatschen, als sei ein menschlicher Körper aus dem Fenster geworfen worden. Sie war halb ohnmächtig, bekam keine Luft mehr. Ein Hustenreiz quälte sie zunehmend. Agnes hatte ihre Arme um sie geschlungen und weinte leise vor sich hin.

»Sei ruhig!«, zischte Elisabeth ihr zu. »Willst du, dass sie uns finden?«

Das Tageslicht machte allmählich der Dämmerung Platz, aber immer noch waren die Schüsse und Schreie von draußen nicht verstummt, nahmen sogar an Heftigkeit zu.

Von den unteren Räumen her hörte Elisabeth ein Poltern, das Krachen von Töpfen und das Splittern zerbrechenden Geschirrs. Das Geräusch von genagelten Stiefeln polterte die Stiege herauf.

»Vater unser, der du bist im Himmel«, betete Elisabeth lautlos in sich hinein. Ihr Hustenreiz wurde stärker. Sie räusperte sich, krampfte ihre Hände ineinander. Hoffentlich hörten es die Männer nicht. Etwas Hartes drückte an Elisabeths Schenkel. Mein Gott, was war denn das? Ihr fiel ein, dass sie vergessen hatte, ihrer Mutter nach einem morgendlichen Einkauf den Geldbeutel zurückzugeben. Sollte sie aus dem Schrank herauskommen und den Söldnern die Goldgulden und Kreuzer anbieten? Aber würden sie deswegen sie und ihre Familie verschonen? Agnes neben ihr zitterte so sehr, dass Elisabeth fürchtete, das Klappern ihrer Zähne könnte sie verraten. Das Geräusch der Stiefel kam näher, es waren viele Stiefel. Die Söldner unterhielten sich laut in einer fremden Sprache, liefen mit ihren Fackeln hin und her, schlugen mit den Schwertern auf Kisten und Truhen. Elisabeth presste sich die Faust vor den Mund, um nicht aufzuschreien. Sie drückte Agnes noch fester an sich, damit ihre Zähne aufhörten zu klappern. Flüche wurden laut, es schepperte und rasselte, dass Elisabeth fürchtete, die Besinnung zu verlieren. Jetzt schienen sie etwas entdeckt zu haben, vielleicht das Kästchen mit Goldgulden, das ihre Mutter in der hintersten Ecke, bedeckt von Tüchern und alten Töpfen, versteckt hatte. Einen Augenblick lang wurde es still im Raum. Dann brachen die Männer in ein Freudengeheul aus. Der Deckel einer anderen Truhe klappte hoch. Mit vor Entsetzen geweiteten Augen hörte Elisabeth ihre Mutter sagen: »Verschont uns, um Christi willen, wir haben nicht mehr als dieses Kästchen mit den Goldgulden!« Lukas weinte. Unverständliches Brüllen folgte.

»Wo sind eure Reichtümer?«, fragte einer mit lauter Stimme. Sie wurde übertönt von den Schreien, die vom Marktplatz und aus den Nachbarhäusern zu ihnen drangen.

»Wir haben nichts mehr, erbarmt Euch«, flehte die Mutter. Wo war nur der Vater geblieben?

»Was ist in dem Schrank?«, wollte die dröhnende Stimme wissen.

»Da sind nur alte Kleider und Pelze drin«, sagte die Mutter.

Lukas war inzwischen verstummt. Ein klatschender Laut, ein Stöhnen, noch ein Hieb, ein Gurgeln, dann trat Stille ein. Tritte näherten sich dem Schrank, die Tür wurde aufgerissen. Elisabeth war vollkommen starr. Im Schein der Fackel sah sie, unter den Kleidern hindurch, Stulpenstiefel, die mit Dreck und Blut verkrustet waren. Elisabeth hielt den Atem an.

So sah also der Tod aus. Mit seiner Pike stocherte der Söldner in den Kleidern herum, riss einen Pelzrock von der Stange. Elisabeth spürte einen leichten Stich an der Schulter, von den Kleidern gedämpft. Sie nahm all ihre Kraft zusammen, um nicht aufzuschreien. Die alten Röcke, Wämser und Hosen schienen den Söldner jedoch nicht zu gefallen. Die Stiefel entfernten sich. Die Tür zum Dachboden quietschte, offensichtlich kamen weitere Söldner herein. Elisabeth befahl ihr Leben und das ihrer Familie in Gottes Hand.

»Was macht ihr denn da, seid ihr von allen guten Geistern verlassen?«, rief ein Mann.

»Ihr sollt euch holen, was ihr braucht, zu essen und zu trinken und warme Kleidung für den Winter. Wer hat gesagt, dass ihr die Bewohner quälen und töten sollt?«

Elisabeth schreckte zusammen, ihr wurde eiskalt. Dann stimmte es also, dass ihre Mutter und Lukas tot waren.

»Verschwindet und lasst euch hier nicht mehr blicken!«, rief der Mann. Das Getrappel der genagelten Stiefel entfernte sich. Auch draußen war für einen Augenblick Ruhe eingekehrt. Das Kratzen in Elisabeths Hals wurde unerträglich, sie musste husten. Mit einem Satz war der Mann beim Schrank und sagte: »Wer immer in diesem Schrank versteckt ist, komme heraus, ihm wird kein Leid geschehen.«

Elisabeth dehnte ihre steifen Glieder, drehte sich auf den Bauch und kroch aus dem Schrank. Agnes tat es ihr nach. Ihr Gesicht war kreidebleich. Der Mann leuchtete Elisabeth mit seiner Fackel ins Gesicht. Er hatte lange Haare und war mit einem roten, goldverbrämten Musketierrock und Stiefeln bekleidet. Am Gürtel steckten Degen, Pulverbeutel und Zunderbüchse.

»Ihr müsst fort aus der Stadt«, sagte der Mann. »Hier seid Ihr Eures Lebens nicht mehr sicher.«

»Was ist mit meinen Eltern, mit meinem Bruder?«, fragte Elisabeth mit versagender Stimme.

»Mir wäre es recht, wenn wir aus diesem gottverdammten Loch herauskommen«, ließ sich Agnes mit weinerlicher Stimme vernehmen. »Habe ich nicht gesagt, ich will nach Baden?«

Elisabeth starrte sie entsetzt an. Hatte sie denn kein Herz im Leib?

»Die Söldner haben Eure Eltern und Euren Bruder mitgenommen«, sagte der Musketier. »Aber ich habe ihnen bei Strafe verboten, ihnen etwas anzutun.«

»Und unser Herr Vater?«, wollte Elisabeth wissen.

»Den habe ich nicht gesehen. Jetzt schnell, bevor die Männer es sich noch anders überlegen.«

»Was sind das für Männer, die sich so grausam verhalten?«, fragte Elisabeth hastig.

»Es sind Italiener und Kroaten, die angeworben wurden«, war die Antwort. »Jan van Werth, unser Oberst, ist schon weitergezogen nach Neuenbürg.« Er griff in den Schrank und holte zwei abgegriffene Pelzmäntel heraus.

»Hier. Legt sie Euch um, die Nächte sind schon sehr kalt«, sagte er.

Elisabeth und Agnes folgten dem Söldner, der sie die Stiege hinunter und aus dem Haus führte. Auf dem Marktplatz lagen viele Leichen, einige Stellen waren rot vom Blut.

»Habt Ihr Verwandte, zu denen Ihr gehen könnt?«, fragte der Söldner. In den Gassen fing nun wieder das Schreien und Wehklagen an.

»Eine Tante in Neuweiler«, sagte Agnes.

»Kennt Ihr einen Schlupfwinkel, durch den man die Stadt verlassen kann?«, fragte der Söldner weiter.

»Wenn wir durch den Zwinger gehen, hinten, beim Salzstadel, da gibt es ein Nebentor, vielleicht kommt man da hinaus«, antwortete Elisabeth. Sie liefen durch die Gasse zum Salzstadel. Überall zerstochene Leiber, Sterbende, Verletzte, Blut und der Geruch nach Pulver, Urin und Kot. An einem Feuer saßen Soldaten und brieten ein Ferkel am Spieß.

»He, wohin mit den Dirnen?«, rief einer den Musketier an.

»Sie zeigen mir ein Versteck mit Geld«, antwortete der.

Der Sprecher wollte sich erheben, fiel aber an seinen Platz zurück, weil er zu betrunken war. Elisabeth merkte, dass auch andere den Zwinger entlangliefen, vor allem Frauen und Kinder. Wenn es einen gerechten Gott gibt, dann soll er wenigstens die Frauen und Kinder entkommen lassen, dachte Elisabeth, während sie keuchend weiterlief. Aus dem Augenwinkel bemerkte sie einen Soldaten, der einer Schwangeren den Säbel an die Kehle legte, damit sie ihm die Verstecke von Gold und Silber verriete. Dreh dich nicht um, rief Elisabeth sich selber zu, doch sie hielt einen Augenblick an, um Atem zu schöpfen, und drehte sich um. Der Söldner hatte die Frau zu Boden geworfen, lag über ihr und stieß in sie hinein. Die Feder an seinem Hut wippte, als sei das Ganze ein einziges großes Vergnügen. Sie erreichten den Salzstadel und die Stadtmauer. Jemand hatte eine Strickleiter darüber geworfen. Also gab es einen Ausweg aus dieser Hölle! Agnes begann, die Leiter hinaufzusteigen. Hinter ihnen drängten sich andere, die ebenfalls fliehen wollten. Elisabeth drückte dem Musketier die Hand, die sich warm um die ihre schloss.

»Wie heißt Ihr?«, fragte sie noch.

»Jakob.«

»Ich heiße Elisabeth.«

Ein letzter Blick, und schon musste Elisabeth die Strickleiter hinaufklettern.

»Ich hoffe, wir sehen uns bald wieder!«, rief der Musketier ihr nach.

»Ich danke Euch für alles«, gab sie zurück. Sie war gleich auf der Mauerzinne. Im Schein der Feuer, die auf dem Platz brannten, bemerkte sie einen kleinen Farn, der aus der Mauer herauswuchs. Das war für sie wie ein Zeichen, dass es Hoffnung gab. Vom Zwinger her näherte sich eine Schar Söldner, die immer schneller wurden. Agnes wurde an einem Seil auf der anderen Seite herabgelassen, Elisabeth folgte. Jetzt hatten die kaiserlichen Söldner die Fliehenden erreicht. Du kannst ihnen nicht helfen, rief Elisabeth sich zu, schau, dass du deine Schwester und dich selber rettest! Vor ihnen lag der Weg, der in den Wald hinaufführte. Andere Gestalten liefen vor ihnen her. Das Gelände war hier so steil, dass Elisabeth tief Luft holen musste. Es ging durch Tannen und Gebüsch, Brombeersträucher und Moospolster hinauf, immer weiter hinauf, es roch faulig nach welkem Laub und Pilzen. Elisabeth schwitzte trotz der nebelfeuchten Kühle. Die Dornen verhakten sich in ihrem Mantel. Immer wieder zerriss die Wolkendecke, um einem blassen Mond Platz zu machen. Dadurch konnten sie wenigstens den Weg erkennen. Agnes folgte ihr dichtauf. Auf einem Fichtenstumpf setzten sie sich hin und hielten eine kurze Rast. Warum nur hatten sie nichts zum Essen und zum Trinken mitgenommen?

»Ich habe Hunger«, klagte Agnes. »Ich will zu meiner Mutter, ich will in mein Bett!«

»Wir kommen bald nach Neuweiler«, tröstete Elisabeth sie. »Dort wirst du zu essen bekommen und ein weiches Bett dazu.«

Mit ihren sechzehn Jahren, zwei Jahre jünger als sie, war Agnes doch noch ein Kind. Hinter ihnen knackte es im Gebüsch. Elisabeth fuhr zusammen. Wurden sie von den Kaiserlichen verfolgt? Immerhin hatten sie sie über die Mauer steigen sehen. Zwei Frauen mit einer Schar von Kindern lösten sich aus dem Dunkel. Gott sei Dank, es waren offensichtlich Flüchtlinge wie sie selbst.

»Hütet euch davor, Fackeln anzuzünden«, sagte die ältere der beiden Frauen.

»Wir haben gar keine«, erwiderte Elisabeth. »Und wenn wir welche hätten, warum sollten wir sie nicht anzünden?«

»Weil wir von den Söldnern verfolgt werden.«

Elisabeth Mut sank. So sehr hatten es die Söldner auf ihre Habseligkeiten abgesehen, dass sie selbst den beschwerlichen Weg in den Schwarzwald nicht scheuten!

»Wohin geht Ihr?«, fragte Elisabeth.

»Nach Neuweiler, zum Superintendenten, der dort bei einem Pfarrer weilt«, antwortete die Frau. Sie blickte die andere Mutter an, und sie zogen weiter. Agnes und Elisabeth standen auf und folgten ihnen, verloren sie aber bald aus den Augen. Bald kamen sie an einem Schafott vorbei, einem erhöhten Podest, dem Blutgerüst, auf dem die Delinquenten mit dem Schwert gerichtet wurden. Schaudernd wandte Elisabeth sich ab, Agnes schien es nicht näher zu berühren. Nach etwa zwei Stunden bergauf und bergab erreichten sie den Weiler Zavelstein. Wie Perlen auf einer Schnur lagen die kleinen Häuser an der einzigen Straße aufgereiht. Die Wolken hatten sich inzwischen verzogen, es war eiskalt, und der Mond beschien die alte Burg am Ende der Straße. Alles war still. Elisabeth zog ein paar gelbe Rüben aus einem Garten und wusch sie notdürftig in einem Brunnen. So hatten ihre Zähne wenigstens etwas zum Beißen. In der Burg brannten noch einige Lichter. Der Weg führte hinab ins Tal, dann wieder ganz hinauf. Manchmal, wenn sie auf einer Straße liefen, hörten sie Reiter kommen und versteckten sich angstvoll im Gebüsch. Über Schmie erreichten sie schließlich das Dorf Neuweiler. Es herrschte eine unheimliche Ruhe. Sie hielten auf die Kirche zu. Aus dem Glockenstuhl des Daches ertönten zwölf Schläge. Vom Pfarrhaus her näherte sich eine Schar dunkel gekleideter Menschen. Keiner sprach ein Wort.

2.

Im Näherkommen erkannte Elisabeth den Superintendenten Andreä, dessen Frau und einige andere Calwer Bürger. Andreä, in seinem Talar mit dem pelzbesetzten Kragen, über den er einen wollenen Umhang geworfen hatte, sprach die beiden an.

»Ihr seid doch Elisabeth und Agnes Weber, Töchter des Mesners von Calw.«

»Ja«, bestätigte Elisabeth. In diesem Augenblick wurde ihr bewusst, welcher ungeheuerlichen Lage sie gerade erst entronnen waren.

»Wir sind, zusammen mit vielen anderen, aus der Stadt geflohen«, sagte sie.

»Es werden immer mehr«, stellte Andreä fest, über ihren Kopf hinweg zum Waldrand blickend. »Was ist mit euren Eltern, eurem Bruder?«

»Sie wurden misshandelt, dann hat uns ein Söldner befreit«, sagte Elisabeth und kämpfte mühsam die Tränen nieder. »Ich weiß nicht, wo sie sich jetzt befinden.«

»Ich hoffe, sie konnten sich retten«, meinte Andreä. »Und ich werde Gott darum bitten, seine Hand über sie zu halten.«

»Haltet euch nicht so lange auf«, beschwor sie ein Mann, der neben Andreä stand.

»Ihr werdet verfolgt, ihr müsst fliehen!«

»Das ist der Maier des Dorfes«, erklärte Andreä. »Er bringt uns zu den Wäldern, durch die wir uns nach Aichelberg und zur Enz durchschlagen wollen. Pfarrer Rebstock hat uns gut mit Essen versorgt.« Er zog sein Felleisen vom Rücken, fasste hinein und gab den Mädchen jeweils ein Stück Brot und Wurst und einen Schluck Wein aus einem Lederbeutel.

»Hier, nimm das Felleisen, ich brauche es nicht mehr.« Er reichte Elisabeth den Rucksack.

»Habt Ihr selbst denn noch genug?«, fragte Elisabeth.

»Wir teilen alles miteinander, es ist ausreichend für alle da«, sagte er.

»Ich danke Euch, Herr Superintendent.«

»Nun müssen wir gehen«, meinte er. Elisabeth und Agnes schlossen sich der kleinen Schar an.

»Was ist mit unserer Tante?«, fragte Elisabeth unterwegs leise den Superintendenten.

»Sie ist heute Mittag nach Calw hinuntergegangen«, antwortete Andreä. »Sie ließ sich nicht abhalten. Vielleicht wollte sie euch beistehen in eurer Not.«

Elisabeth weinte, sie folgte blind dem Trupp durch die Nacht. Eine Eule schrie. Als Elisabeth den Kopf wandte, um ihre Schwester anzusehen, sah sie, dass deren Gesicht wie versteinert war. Sie bewegte sich wie eine Marionette. Schließlich erreichten sie den schützenden Wald. Elisabeth meinte, vom Dorf her Stimmen und das Trappeln von Hufen zu hören. Sie liefen weiter, stolperten in der Dunkelheit der Tannen. Schließlich lagerten sie in einer Mulde, die mit Blättern gefüllt war. An Schlaf war nicht zu denken. Während der Nacht stießen noch etliche Flüchtlinge, meist Frauen und Kinder, zu ihnen. In der Ferne glaubte Elisabeth einen Feuerschein zu erkennen. Ob die Söldner aus Wut das Dorf angezündet hatten, weil es nichts mehr zu holen gab? Decken wurden verteilt, es wurde leise gebetet. Elisabeth lag auf dem Rücken, dicht bei ihrer Schwester Agnes. Sie schaute zu den Baumwipfeln empor, über denen eisig die Sterne glitzerten. Elisabeth fühlte sich wie betäubt. Bilder der vergangenen Stunden und Tage gingen ihr durch den Kopf. Wo waren ihre Eltern, wo war ihr Bruder Lukas? Warum hatte der Musketier sie gerettet, sie aus der Stadt hinausgeführt? Beim Gedanken an ihn wurde es Elisabeth warm. Sie hörte die gleichmäßigen Atemzüge von Agnes, die fast lautlosen Gebete der anderen. Es raschelte im Unterholz, kleine Tiere der Nacht waren unterwegs. Fledermäuse huschten über sie hinweg. Gegen Morgen fiel Elisabeth in einen unruhigen Schlaf.

Sie wurde vom Rätschen eines Hähers geweckt. Der Geruch nach welkem Laub stieg ihr in die Nase. Golden fiel die Sonne durch die Zweige der Tannen, Mücken schwirrten in der Luft. Die Menschen begannen sich zu erheben. Brot, Speck und Wurst wurden verteilt. Den ganzen Tag über wagten sie sich kaum zu rühren. Glücklicherweise war die Witterung mild, die Sonne schien und erwärmte den Waldboden, die Steine und das Laub. Gegen Abend brachen sie wieder auf, tasteten sich durch den dämmrigen Wald, stolperten, fielen und rafften sich wieder auf. Nachts sahen sie von einer Anhöhe aus einen großen Feuerschein. War das die Stadt Calw, die brannte? Ob ihr Elternhaus ebenfalls in Flammen stand? Elisabeth faltete die Hände und betete inbrünstig für ihre Eltern und ihren Bruder. Sie fühlte sich leer und ausgehöhlt. Die kleine Schar war inzwischen auf annähernd zweihundert Personen angewachsen. Weiter, immer weiter, wenn die Söldner sie fanden, war es aus mit ihnen! Tagsüber irrten sie durch Wälder und Schluchten, kletterten über steile Felssteige und hielten sich abseits der Wege, auf denen die Söldner patrouillierten. Elisabeth spürte ein Stechen in der Seite, die Füße taten ihr weh und waren wund gescheuert in ihren leichten Stiefeln. Agnes wimmerte leise vor sich hin, ebenso wie die Kinder. Manchmal verloren Elisabeth und Agnes die anderen aus den Augen. Müde und verloren rutschten sie Abhänge hinab, wateten durch Bäche und mussten wieder einen steilen Felssturz hinauf. Als unvermittelt Menschen vor ihnen auftauchten, schreckten sie zurück und glaubten sich verloren. Aber es waren ihre eigenen Leute, Flüchtlinge wie sie. In Aichelberg fanden sie Unterschlupf in der Scheune eines Bauern. Zwei Männer hatten sie als Nachhut zurückgelassen, um sie zu warnen, falls die Söldner auftauchen sollten. Mitten in der Nacht wurde Elisabeth von einem Flüstern geweckt.

»Euer Versteck wurde verraten«, hörte sie jemanden sagen. Es war die Stimme des Bauern. »Ihr müsst weiter, hier könnt ihr nicht bleiben!«

Elisabeth fuhr hoch, griff nach der Hand ihrer Schwester. Schlaftrunken murmelte Agnes: »Was ist denn jetzt schon wieder?«, bequemte sich dann aber doch, aufzustehen. Elisabeth packte ihr ledernes Felleisen und schnallte es sich auf den Rücken.

»Komm«, flüsterte sie Agnes zu. Die anderen hatten sich mit ihnen erhoben, packten hastig ihre Sachen und drängten zum Scheunentor. Wieder liefen sie den ganzen Tag, abseits der Wege, durch das Gebirge. Ihren Durst stillten sie an klaren Bächen. Brot, Wurst und Wein gingen allmählich aus. Sie schliefen in Heuschobern und Viehställen.

Am Tag darauf meldete die Nachhut, es seien Jäger mit Hunden auf sie angesetzt worden. Konnten die denn niemals Ruhe geben? Warum verfolgten sie Frauen und Kinder durch den halben Schwarzwald? Glaubten sie, die Calwer Bürger trügen ihre wertvollsten Gegenstände noch bei sich? Was Letzteres betraf, war Elisabeth sich nicht einmal so sicher, ob es nicht den Tatsachen entsprach. Sie irrten weiter durch Wälder und über Felsen. Buchen und Birken trugen gelbes und rotes Laub, das in der Sonne glänzte. Darüber spannte sich ein seidenweicher blauer Himmel. Wie schön waren die Waldspaziergänge mit der Familie gewesen, mit den Farnen und Glockenblumen am Wegrand, wenn sie über kristallklare Bäche sprangen, in denen unbeweglich die Forellen standen! Aber jetzt schien das Leuchten der Blätter Elisabeth zu verhöhnen, denn in dieser Welt gab es keine Schönheit mehr. Ihr traten die Tränen in die Augen; sie wischte sie verstohlen weg. Abends, nach dem Aufstieg vom Enztal auf die Höhen, hörte Elisabeth in der Ferne ein Jagdhorn. Ihr Herz machte einen Satz und begann zu rasen. Sie nahm Agnes an der Hand und rannte los, alle rannten los. Wieder hatten sie bald die anderen aus den Augen verloren. Elisabeth glaubte, Hundegebell hinter sich zu hören. Zunächst blieb alles ruhig. Dann kam das Bellen näher. Sollten sie sich in einer Höhle verstecken, auf einen Baum klettern, von einem Felsen springen, nur, um ihnen nicht in die Hände zu fallen? Elisabeth dachte an den kleinen Farn und an den warmen Händedruck Jakobs. Sie raffte sich auf, befahl Agnes, die wie zur Salzsäure erstarrt war, mit leiser Stimme, weiterzugehen. Elisabeth kletterte auf einen Felsen, der rot im Mondlicht vor ihnen glänzte. Er war gezackt, sah aus wie ein riesiger Altar. Das Gebell kam immer näher, schon meinte Elisabeth zu sehen, wie die Schatten der Tiere durch den Wald auf sie zusprangen. Wieder ertönte ein Hornsignal. Mit letzter Kraft stemmte sich Elisabeth zum Gipfel des Felsens hinauf, zog Agnes an der Hand nach. Hände, Knie und Beine waren völlig verschrammt, Kleid und Mantel zerrissen. Aber das war jetzt gleichgültig. Oben war eine Mulde zwischen den Felszacken. Beide duckten sich nieder. Elisabeth hörte, wie die Hunde den Fuß des Felsens erreichten und bellend daran hinaufsprangen. Dann vernahm sie Stimmen, laute, barsche Stimmen, die in einer fremden Sprache redeten. Elisabeth drückte sich noch fester in die Mulde hinein und presste, wie schon einmal, Agnes an sich. Sie fror entsetzlich. Nur still liegen und keinen Laut von sich geben. Ihr fiel ein, dass sie ihr Felleisen mit der Nahrung und zwei Decken am Fuß des Felsens verloren hatte. Sei's drum, wenn die Söldner sich damit zufriedengaben, wären sie wenigstens gerettet. Ein kratzendes Geräusch warnte sie. Offensichtlich begann einer der Männer, am Felsen heraufzusteigen. Der kalte Schweiß brach Elisabeth aus allen Poren. Eine herrische Stimme rief den Söldner zurück. Elisabeth hörte Getrappel, leiseres Hundebellen, das sich entfernende Geräusch von raschelndem Laub, dann war es still. Sie atmete tief aus.

»Lass uns weitergehen, Agnes, wir müssen einen Heustadel finden, um darin zu übernachten, oder ein Bauernhaus.«

»Wir haben nichts mehr zu essen und zu trinken«, klagte Agnes, als sie von dem Fels mehr herunterrutschten als -stiegen.

»So schnell verhungert man nicht«, entgegnete Elisabeth. »Und unseren Durst können wir an den Bächen und Quellen stillen.«

Am Abend erreichten sie ein Gehöft, in dem eine barmherzige Bauernfamilie wohnte. Sie gaben den Mädchen Milch und Brot und rieten ihnen, auf keinen Fall umzukehren, um nicht den Verfolgern in die Hände zu fallen. Am nächsten Morgen erklärten die Bauern ihnen den Weg nach Baden. Einen kleinen Laib Käse und ein halbes Brot gaben sie ihnen mit auf den Weg. Nach einem weiteren Tag in der Wildnis gelangten die Mädchen zum Kloster Lichtenthal, das in eine Schleife der Oos gebettet lag. Von hier aus war es nicht mehr weit in die Bäderstadt mit dem Neuen Schloss, das über den Dächern der Häuser thronte. Über eine Rundbogenbrücke und ein Tor gelangten sie in das Innere der Stadt. Hell gestrichene Häuser mit verspielten Giebeln empfingen sie, schlicht gebaute Badehäuser, in denen vornehm gekleidete Menschen aus und ein gingen. Doch waren die Anzeichen von Plünderung und Zerstörung nicht zu übersehen. Söldner aus aller Herren Länder spazierten umher, Bäcker und Metzger priesen ihre Waren an, Zimmerer sägten Holz, aus den Schmieden drang lautes Hämmern, und Schuster nagelten Lederstiefel zusammen. Da sie von niemandem beachtet wurden, ließen die Angst und die Anspannung bei Elisabeth nach. Und auch Agnes schritt nun leichtfüßiger dahin. Elisabeth bemerkte, dass ihre Schwester die Frauen ungeniert anstarrte. Sie trugen ausgeschnittene Kleider aus Seide und Barchent. Gestärkte Spitzenkragen breiteten sich über ihre Schultern, die Ärmel waren weit und elegant. In ihren Haaren hatten sie Perlenschnüre befestigt. Sie trugen die gepuderten Nasen recht hoch und stolzierten auf den Absätzen ihrer Lederstiefelchen einher.

»Solche schönen Kleider möchtest du wohl auch mal tragen!«, neckte Elisabeth die Schwester.

»Natürlich will ich das, so abgerissen, wie wir aussehen! Und ich wollte schon immer nach Baden, das weißt du doch«, gab Agnes zurück.

»Denkst du gar nicht mehr an unsere Familie?«, wollte Elisabeth wissen. »Ist es dir gleichgültig, was aus den Flüchtlingen im Schwarzwald geworden ist?«

»Wir haben Krieg, Elisabeth, da müssen wir in erster Linie an uns selber denken.«

Elisabeth war fassungslos. So hatte sie ihre kleine Schwester noch nie erlebt.

Vor der Kirche mit den hohen Fenstern und Strebepfeilern blieben sie stehen. Hier wurde ein Markt abgehalten. Elisabeth lief das Wasser im Mund zusammen, als sie die ausgestellten Waren sah: Walnüsse und Maronen in großen Säcken, grüne Bohnen, Fleisch von Hühnern, Rindern und Ziegen, Käse aller Sorten, Trauben, Fässer mit Wein, weißes und schwarzes Brot, Butter, Salz, Ingwer, Kurkuma, Pfeffer und andere Gewürze. Elisabeth zog ihren Geldbeutel heraus und kaufte für sie beide Brot und Wurst.

»Wir müssen beraten, was jetzt zu tun ist«, sagte sie zu Agnes. »Ob wir in einem Kloster um Aufnahme bitten oder …«

»Oder uns eine Arbeit suchen, die uns ernährt«, vollendete Agnes den Satz. »Ich könnte mir gut vorstellen, in dieser Stadt als Bademagd anzufangen.«

Eine ältere Frau in Wollkleidung, die vorüberging, hatte den letzten Satz von Agnes gehört.

»Das ist keine Beschäftigung für ehrbare Frauen«, sagte sie. »Fragt doch mal im ›Roten Ochsen‹ nach, die suchen gerade jemanden für die Küche und für den Garten.«

»Ich danke Euch«, sagte Elisabeth. Wie kam die Frau darauf, sie für ehrbar zu halten? Es lag wohl an den Pelzmänteln, die sie wegen der Wärme ausgezogen hatten und in den Händen trugen. Elisabeth wollte in ihren Geldbeutel greifen, aber die Frau winkte ab und setzte ihren Weg fort. Agnes verzog das Gesicht.

»Als Küchenmagd soll ich mich verdingen, ich, die Tochter eines Mesners, der in der Kirche eine gewichtige Rolle spielt? Lieber wäre ich die Mätresse eines hohen Herrn!«

»Agnes, du weißt nicht, was du sprichst. Gerade erst sind wir mit dem Leben davongekommen, und du hast schon wieder solche Flausen im Kopf. Ich gehe jetzt zum ›Roten Ochsen‹ und versuche mein Glück.«

»Also gut, ich komme mit dir. Wenn man in der Küche schafft, wird man ja wenigstens gut verpflegt werden.«

»Ich habe doch gerade etwas für uns gekauft. Ist dir das nicht gut genug?«

»Ich hätte Lust auf Schweinebraten mit Kraut!«

»Ich verstehe dich ja«, antwortete Elisabeth. »Vielleicht bekommen wir das im ›Roten Ochsen‹.« Auch sie hätte natürlich einen heißen, saftigen Braten dem Brot vorgezogen.

Die Sonne hatte die Steine des Platzes erwärmt. Ein tiefblauer Himmel spannte sich über der Stadt. Der »Rote Ochse« lag in einer Gasse unterhalb von Rathaus und Kirche. Die niedrige Tür stand einladend offen. Ein Duft nach Braten wehte Elisabeth entgegen, was ihre Magensäfte in Aufruhr brachte. Die Gaststube hatte eine rußgeschwärzte Decke und war mit rohgezimmerten Bänken, Tischen und Schemeln ausgestattet.

»Was habt Ihr heute anzubieten?«, fragte Elisabeth den Wirt, einen beleibten Mann mit gelbem Wams und Lederkniehose. Sein braunes, an den Schläfen ergrautes Haar fiel offen auf seine Schultern.

»Schweinsbraten in Biersoße, dazu Kraut und Brotknödel«, erwiderte der Wirt. Elisabeth warf einen Blick in die Küche. Da stand der gemauerte Herd in einer Ecke; auf dem Rost dampfte ein großer Topf mit Kraut, während der Braten von der Frau des Wirtes gewendet und mit Brühe begossen wurde. Die dabei entstehende Soße aus Fett und Saft wurde in einer flachen Raine aufgefangen.

»Wir nehmen zwei Portionen«, sagte Elisabeth. Wenig später standen Zinnteller mit Braten, Kraut und Klößen vor ihnen. Das Fleisch war zart, es fiel fast vom Löffel, das Kraut sämig und die Knödel herzhaft. Inzwischen hatte sich die Gaststube gefüllt, Landsknechte und Marktbesucher ließen sich an den Tischen nieder und bestellten Braten und Wein.

»Was sind wir Euch schuldig?«, fragte Elisabeth den Wirt, nachdem sie beide genüsslich ihr Mahl beendet hatten.

»Zwei Gulden«, meinte der Mann. Er musterte erst sie, dann Agnes. »Woher kommt Ihr und wohin wollt Ihr, wenn ich fragen darf?«

»Wir kommen aus Calw«, übernahm Agnes das Wort. »Da haben Jan van Werths Soldaten die Stadt verwüstet, und wir mussten fliehen.«

»Habt Ihr denn eine Bleibe?«, wollte der Mann wissen.

»Nein«, sagte Elisabeth. »Was verlangt Ihr für ein Bett?«

»Wieso ein Bett?«, fuhr Agnes auf. »Zwei Betten brauchen wir!«

»Wenn wir im Überfluss leben, ist unser Geld bald aufgebraucht«, sagte Elisabeth leise zu ihr, damit es nicht alle hören konnten.

»Drei Gulden« antwortete der Wirt.

»Wir haben gehört, dass Ihr jemanden für die Küche sucht«, fuhr Elisabeth vorsichtig fort.

»Ja, schon, aber so heruntergekommen, wie Ihr ausseht, kann ich Euch nicht in meine Dienste nehmen.«

»Wir werden uns etwas besorgen«, sagte sie. »Wartet Ihr auf uns, gebt Ihr die Stelle keinem anderen?«

»Ja, aber lasst mich nicht zu lange warten!«

Sie gingen noch einmal zum Markt zurück. Einzelne Händler räumten schon ihre Waren zusammen. Zwei alte, zahnlose Frauen saßen auf Schemeln und hatten vor sich Stoffe mit bunten Rändern ausgebreitet, an einer Stange hingen Kleider mit Spitzenkragen sowie Mäntel und Umhänge. In einem Korb ringelten sich gestrickte Strümpfe, wollene Hauben und Röcke. Elisabeth erstand ein Wollkleid für sich, dann hatte sie wenigstens eines zum Wechseln, für Agnes eines aus Leinen mit Taftkragen, dazu Rindslederstiefel als Ersatz für das zerrissene Schuhzeug. Ihr Geldbeutel war sehr viel leichter, als sie zur Herberge zurückgingen. Sie kamen wieder an den Badehäusern vorbei.

»Wir sind so schmutzig, dass wir uns eigentlich nirgends sehen lassen können«, sagte Elisabeth zu Agnes. »Wir müssen baden.«

Agnes' Gesicht hellte sich auf.

»Mit Rosenöl? Und bekomme ich auch eine Handpflege?«

»Nein, wir baden nur«, entschied Elisabeth, »damit wir besser riechen.«

Die beiden Frauen gingen zu einem der Badehäuser hinüber, die aus rötlichem Sandstein erbaut waren und kleine Fensteröffnungen hatten. Im Inneren war das Fachwerk freigelegt worden. Eine zierliche blonde Bademagd führte sie in einen Raum, in dem zwei hölzerne Zuber standen, half ihnen beim Entkleiden und hüllte sie in Leinenhandtücher.

»Das alte Zeug gebe ich zum Waschen und Flicken«, sagte sie und verschwand. Wenig später brachte eine weitere Magd zwei Ledereimer mit heißem Thermalwasser, das sie in die Zuber schüttete. Das wiederholte sich einige Male. Sie goss jeweils etwas Rosenöl hinein.

»Nun überlasse ich Euch dem Vergnügen«, sagte sie und wandte sich zum Gehen.

Die beiden stiegen ins heiße Wasser. Da, wo der Söldner mit seiner Pike zugestochen hatte und wo Dornen und spitze Steine sie verletzt hatten, spürte Elisabeth ein Brennen. Aber bald breitete sich ein wohliges Gefühl in ihrem Körper aus. Über ihr spannte sich eine Gewölbedecke.

»Ach, ist das gut«, rief Agnes und ließ sich in den Zuber gleiten. Ihr schmaler Körper war noch nicht voll entwickelt, der Busen war klein und spitz. Mit ihren achtzehn Jahren wirkte Elisabeth schon wesentlich fraulicher, wenn sie auch in den letzten Tagen an Gewicht verloren hatte. Durch die schmalen Fenster fiel goldenes Licht. Elisabeth wusch ihr langes, dunkelblondes Haar mit Seife, rubbelte ihren Körper mit einem Schwamm und lag eine Weile sinnend in der Wanne. Auch Agnes schien das Bad zu genießen, denn immer wieder hörte Elisabeth wohlige Laute aus ihrer Richtung. Elisabeth musste, wie so oft in den letzten Tagen, an den Musketier denken, der sie unter Gefahr für sein eigenes Leben zur Stadtmauer in Calw geführt hatte. Wie war es ihm seitdem ergangen? Ob er sie schon vergessen hatte? Die Magd kam noch einmal, um heißes Wasser nachzugießen und ihnen die Nägel mit einer Sandelholzfeile zu reinigen. Nach einer weiteren halben Stunde stieg Elisabeth aus der Wanne, trocknete sich ab und schlüpfte in die frischen Kleider. Agnes machte keine Anstalten aufzustehen.

»Komm, wir müssen zurück in die Wirtschaft«, sagte Elisabeth. Endlich stieg Agnes aus dem Kübel, trocknete sich ab und legte das neue Kleid an. Die alten Kleider bekamen sie noch feucht mit auf den Weg. Elisabeth zahlte. Draußen war es inzwischen dunkel und entsprechend kalt. Im »Roten Ochsen« hatten sich einige Adlige eingefunden. Ihre scharlachroten Röcke waren mit Samt ausgeschlagen, bunte Federn schmückten die Hüte, und an den hohen Stiefeln trugen sie Sporen. Auf den Tischen vor ihnen standen Tonschüsseln mit Wildschweinbraten, Krautsalat und gekochten Pflaumen. Die Teller waren randvoll, und sie tranken Wein aus Zinnbechern. Sie waren nicht mehr ganz nüchtern und starrten ihnen entgegen.

»Holla, Ihr süßen Jungfern, habt Ihr schon ein Bett für die Nacht?«, rief einer und prostete ihnen zu.

»Ich weiß, wo ich hingehöre«, antwortete Elisabeth.

Agnes streckte die Brust heraus, stemmte die Arme in die Hüften und sagte: »Was wäre es Euch denn wert, mein Herr?«

Alle lachten dröhnend.

»Ein paar Gulden würde ich dabei schon springen lassen«, entgegnete der Sprecher. Elisabeth stieß Agnes in die Seite. »Was machst du denn da?«, zischte sie ihr zu. »Du hast wohl deine gute Erziehung vergessen!«

»Ich weiß, was ich tue«, gab Agnes schnippisch zurück.

Der Wirt tauchte aus der Küche auf. Er stellte einen Teller mit Kraut auf den Tisch und rief: »Ich habe es wohl gehört, meine Herren. Denkt nicht, dass Ihr hier derart verfahren könnt. Dies ist und bleibt ein ehrenhaftes Haus, in dem selbst die Bediensteten des Markgrafen verkehren!«

»Und denkt nicht, dass wir leichte Beute für Euch seien, nur weil wir keinen männlichen Schutz haben!«, setzte Elisabeth hinzu.

»So eine kalekutische Henne!«, schimpfte der Mann, der zuerst gesprochen hatte.

»Ich gewähre Euch Schutz, da Ihr beide ab heute bei mir arbeitet«, sagte der Wirt und strich sich eine Strähne aus dem feisten Gesicht. »Gegen Kost und Unterkunft.«

Seine Frau, ebenfalls recht beleibt, stand mit großen Augen am Eingang der Küche.

»Zeig ihnen das freie Zimmer, Melvine«, rief der Wirt seiner Frau zu und kehrte zu seinem Platz hinter dem Tresen zurück. Die Wirtin holte einen Kienspan aus der Küche und leuchtete ihnen auf einer Stiege nach oben voraus. Sie wies auf die Türen.

»Das waren früher Knechte- und Mägdekammern«, sagte sie.

»Und wer wohnt jetzt darin?«, fragte Elisabeth.

»Niemand«, gab die Wirtin zur Antwort. »Aber es dient immer wieder durchziehenden Söldnern als Quartier.«

Mit einem Blick auf Agnes sagte Elisabeth: »Dann hoffen wir mal, dass die Söldner der Stadt schon eine Bleibe gefunden haben.«

Der Raum war so ausgestattet, wie Elisabeth es erwartet hatte: zwei Betten mit strohgefüllten Matratzen, eine Truhe, ein Kreuz an der Wand. Sie richteten sich notdürftig ein und gingen dann wieder hinunter in den Gastraum. Die Adligen waren inzwischen verschwunden. Die Wirtin brachte ihnen eine dampfende Schüssel und zwei Zinnlöffel. Wie das duftete! Und es waren richtige Fleischbrocken in der Suppe, so etwas hatte es auch zu Hause nicht oft gegeben. Sie widmeten sich dem Essen.

Nach dem Spätmahl gähnte Elisabeth herzhaft.

»Es wird Zeit, ins Bett zu gehen«, meinte sie und leerte ihren Becher mit Wein.

»Ich bin aber noch nicht müde«, begehrte Agnes auf. »Lass uns noch ausgehen.«

»Wohin willst du ausgehen?«, fragte Elisabeth. »Ohne männliche Begleitung ist das sehr unschicklich, liebe Agnes!«

»Ich würde überhaupt nicht dazu raten, nachts auszugehen«, ließ sich Paul, der Wirt, vernehmen, »weder in männlicher noch ohne jede Begleitung.«

»Warum?«, fragte Elisabeth. Agnes machte ein trotziges Gesicht.

»Weil«, Paul beugte sich ein wenig näher zu ihr, »weil hier in der Stadt schwedische und französische Söldner einquartiert sind. Meine Frau Melvine hat es Euch gewiss schon erzählt. Denen kann man nicht trauen. Sie haben zwar die Stadt kaum ausgeplündert, als sie kamen, das haben schon der Markgraf und der Kardinal von Straßburg verhindert, aber sie nehmen sich, was sie kriegen können, auch Frauen und blutjunge Mädchen.«

Elisabeth erschrak. Die schrecklichen Bilder stiegen wieder vor ihren Augen auf.

»Aber warum ein Kardinal?«, fragte sie. »Der müsste doch katholisch sein und zu den Kaiserlichen, den Habsburgern, halten.«

»Kardinal Thomas Weltlin steht auf der Seite der Schweden.

Nach der Niederlage in Nördlingen hat er sich dem Heer des Bernhard von Sachsen-Weimar angeschlossen und weilt nun hier in der Residenz des Markgrafen. Die Schweden und die Franzosen kämpfen gemeinsam gegen den Kaiser von Habsburg.«

»Ach, deshalb sind wir hier so gut gelitten«, sagte Elisabeth.

»Als Protestanten haben sie von uns nichts zu befürchten, sozusagen.«

»So ist es«, sagte Paul, der Wirt.

Elisabeth beschloss, einen Vorstoß zu wagen.

»Wisst Ihr auch, wo sich die kaiserliche Armee gerade befindet?«, fragte sie gespannt.

»Umherziehende Söldner haben berichtet«, antwortete der Wirt, »dass sie von Herrenberg über Calw nach Neuenbürg gezogen seien und von dort nach Ettlingen ins Winterquartier gehen wollen.«

»Wo liegt Ettlingen?«, wollte Elisabeth wissen.

»Etwa eine Tagesreise von hier«, sagte der Wirt.

Das war ja gar nicht so weit entfernt. Vielleicht würde sie Jakob doch noch einmal begegnen, sie wünschte es sich so sehr. Sie versuchte, sich an den Klang seiner Stimme zu erinnern. War seine Mundart nicht von der ihren verschieden gewesen? Es hatte so wie das Bayerische geklungen, das sie schon von fahrenden Händlern gehört hatte.

»Warum wollt Ihr das wissen?«, fragte Melvine, die Wirtin, die wieder dick und rosig in der Öffnung zur Küche stand.

»Man sollte immer wissen, wo der Feind gerade steht«, antwortete Agnes anstelle ihrer Schwester.

3.

Jakob war froh, der Gegend den Rücken kehren zu können. Er fühlte sich miserabel. Bei der Zerstörung Calws waren fast alle Häuser verbrannt, dreiundachtzig Menschen waren ums Leben gekommen, und Jakob wusste, dass noch eine Vielzahl davon an Hunger und Seuchen sterben würden. Er fragte sich, warum er dem Grauen keinen Einhalt geboten hatte. Gut, er hatte die beiden Mädchen vor den Söldnern gerettet und dafür zu sorgen versucht, dass nicht noch mehr Morde und Vergewaltigungen geschahen. Die Söldner waren ausgehungert und schon seit Tagen ohne Sold gewesen, so dass sie sich wie die wilden Horden auf die Vorräte und die Menschen der Stadt gestürzt hatten. Wenn die Calwer doch nur die Tore geöffnet und ihre Habe freiwillig hergegeben hätten! So aber hatten sie mit Brandschatzung drohen und, als die Calwer das Geld angeblich nicht aufbringen konnten, tatsächlich die Stadt anzünden müssen. Mit seinem Haufen zog Jakob durch das Nagoldtal, dann über die Kämme des Schwarzwaldes, um zum Heer von Jan van Werth aufzuschließen. Die Nebel der vergangenen Tage hatten sich gelichtet, eine milde Sonne beschien Wiesen, Wälder, Dörfer und einzelne Gehöfte. Spinnweben schwebten durch die Luft. Die bewaldeten Hänge glänzten schwarz, dazwischen flammten rot und gelb die Laubbäume auf. Seine Männer und er rasteten nur wenig. In den anderen Ortschaften war nicht so viel zu holen wie im reichen Calw. Das Heer Jan van Werths lagerte oben auf dem Schloss von Neuenbürg, der Stadt an der wilden Enz. Jakob zog mit seinem Haufen zum Schloss hinauf. Im Schlossgarten, der von einer Mauer umgeben war, standen unzählige Zelte, Feuer brannten, es dampfte aus Töpfen, die über der Glut hingen, Fett von jungen Schweinen zischte in die Glut. Es war ein babylonisches Gemisch aus fremden Sprachen, aus Menschenleibern, die Schweiß ausdünsteten, Kindern, Frauen und glänzenden Pferdeleibern. Pulverdampf vernebelte die Sicht, der Geruch von Rossäpfeln stand in der Luft. Das Heer umfasste viertausend Mann, und noch einmal so viele Personen bildeten den Tross mit den Familien der Söldner, mit Händlern, Marketenderinnen und Dirnen. Sie wohnten teils hier oben, teils in Zeltlagern vor der Stadt. Jan van Werth selbst bewohnte selbstverständlich das Schloss, die Eigentümer hatten sich derweil woanders einquartieren müssen. Er empfing Jakob im Speisesaal. Jakob rechnete damit, bald zum Hauptmann befördert zu werden, weil Johann von Werth große Stücke auf ihn hielt. Und Jakob wusste, dass es dann vorbei sein würde mit dem Hungern und Beutemachen, denn je höher man im Rang stand, desto besser die Verpflegung und auch die sonstigen Lebensumstände.

»Gott zum Gruße, Bayer«, sagte van Werth. Das war sein Neckname für Jakob. Dabei kamen viele der Söldner des Heeres aus diesem Landstrich. Der General hatte ein rundes Gesicht mit Augenbrauen, die ständig wie fragend nach oben gezogen waren. Seine Haare trug er in geordneten Locken um den Kopf. Über dem Wams ragte der unausweichliche weiße Stehkragen empor, ein rotes Tuch war um seinen Hals geschlungen. Vor ihm stand eine Schüssel mit Hechtsuppe. Van Werth lud Jakob mit einer Handbewegung ein, Platz zu nehmen. Eine Magd, die ihn hatte kommen sehen, trug ein weiteres Gedeck herein.

»Du weißt ja, dass ich am liebsten alleine speise, Bayer«, sagte van Werth. »Nur dich habe ich gerne um mich. Du bist mir angenehmer als der Pöbel, der ohne Sinn und Verstand durch die Dörfer mordet und plündert.«

Die Magd schöpfte Jakob Suppe in eine Schüssel. Sie war gut mit Salz, Pfeffer und Ingwer gewürzt. Nachdem er seinen ersten Hunger gestillt hatte, begann er seinem Heerführer von den Geschehnissen der letzten Tage zu berichten.

»Wir lagen zwei Tage und Nächte in Calw«, sagte er. »Da haben wir uns nicht gerade mit Ruhm bekleckert.«

»Was meinst du damit?«, fragte van Werth und nahm ihn scharf ins Visier.

»Ich habe versucht, es zu verhindern, aber es kam zu Mord und Totschlag und zur Brandschatzung.«

»Das Töten von Menschen habe ich verboten«, sagte van Werth grimmig. »Dafür werden sie mit Stockhieben bestraft werden. Nur in der Not habe ich es ihnen gestattet.«

»Sie glaubten wohl, sie wären in Not«, versetzte Jakob. »Ein Teil von ihnen ist dann den Flüchtigen nach, auch das konnte ich nicht verhindern.«

Hoffentlich haben sie die Mädchen nicht gefunden, setzte er in Gedanken hinzu, hoffentlich haben sie niemanden erwischt.

»Sei's drum, wir sind im Krieg«, brummte van Werth. »Auf jeden Fall hast du dich bewährt, und ich werde dich ab sofort zum Hauptmann befördern. Du weißt, was das bedeutet.«

»Ja, das weiß ich, Jan«, sagte Jakob.

Die Magd und ein Knecht erschienen mit Platten, auf denen Krebspasteten lagen, gesottene Hechte, weißes Hühnerfleisch und gekochte Erbsen mit Buttersoße. Ein weiterer Diener brachte Krüge mit Neckarwein. Jakob ließ es sich schmecken, auch wenn die Bilder der letzten Tage ihn noch verfolgten.

»Denkst du über das nach, was geschehen ist?«, fragte van Werth. »Das solltest du nicht. Wer die Schlacht bei Nördlingen überstanden hat, der sollte stolz und unbeeindruckt durch die Welt gehen. Dem Krieg entkommt keiner, Jakob, du nicht, ich nicht und nicht ein Söldner, kein Mann, keine Frau, kein Kind, kein Huhn, kein Pferd und keine Kuh. Versuch das Beste für dich dabei herauszuschlagen, für dich und für uns alle.«

Jakob dachte daran, wie es früher gewesen war, vor dem großen Krieg. Als der im Jahre 1618 begann, war er gerade einmal vier Jahre alt gewesen. Seine Eltern waren Anfang der dreißiger Jahre bei einem Überfall der Schweden ums Leben gekommen. Plötzlich, wie aus dem Nichts, waren die Feinde da gewesen, hatten zusammengehauen, was sie finden konnten, alles an sich gerafft und sämtliche Leute auf dem Hof erdolcht, auch die Knechte und Mägde. Er selbst war mit dem Leben davongekommen, weil er sich in einem Taubenschlag versteckt hatte. Damals hatte er sich geschworen, den Tod seiner Eltern zu rächen, indem er sich für das kaiserliche Heer anwerben ließ. Nun, er hatte bis heute schon viele seiner Feinde getötet, konnte nur keine richtige Genugtuung dabei empfinden.

»Für uns alle?«, fragte er dagegen. »Das glaube ich nicht, nicht mehr. Es gibt keine Freundschaft, nicht einmal die geringste Kameradschaft unter den Söldnern. Bei den Musketieren war es etwas besser, aber auch da neidet man sich die besten Brocken. Wenn man sich nicht gerade gegenseitig bestiehlt, so versucht man doch, dem anderen alles vor der Nase wegzuschnappen!«

»Das ist ja der Grund, warum ich dich befördert habe«, sagte van Werth. »Ich habe dich, Gott und der Teufel wissen warum, in mein Herz geschlossen, und ich wollte nicht mehr, dass du am Hungertuch nagen musst. Von jetzt an wird es dir besser ergehen.«

Jakob nahm sich noch von der Krebspastete und dem Huhn.

»Das weiß ich dir auch wirklich zu danken, Jan! Was hast du denn für Pläne?«

»In zwei Tagen können wir weiterziehen, nehme ich an, dann ist dieses Städtlein auch leer gefressen.«

»Kümmert es dich gar nicht, dass die Leute verhungern werden? Der Winter steht vor der Tür, sie können nichts mehr anbauen, und den Rest an Vieh, Brot und Speck habt ihr ihnen genommen.«

»Das kümmert mich in der Tat nicht, denn ich habe gesehen, dass sie hier wundervolle frische Forellen haben, die in der Enz und den Nebenbächen stehen, dazu Krebse, Schnecken, Wild in den Wäldern …«

»Wenn du meinst …«, sagte Jakob mit einem Seufzer. Er leerte seinen Weinbecher.

»Deine Frage nach dem Wohin, Jakob. Ich will nach Ettlingen und dort ins Winterquartier gehen.«

»Ich bin immer dein ergebenster Hauptmann, Jan!«, versetzte Jakob und hielt seine Hand an den Hut.

Die Magd kam noch einmal herein und brachte Feigen in Wein eingelegt sowie mit Honig gesüßtes Apfelmus. Während sich van Werth davon bediente, empfahl sich Jakob und zog sich auf die Kammer zurück, die ihm der Knecht anwies.

4.

Mitten in der Nacht erwachte Elisabeth von Stimmen, die aus der Gaststube zu ihr drangen. Es waren männliche Stimmen, und bald darauf polterten genagelte Stiefel die Treppe herauf. Elisabeth wurde es abwechselnd heiß und kalt, weil sie an die schrecklichen Stunden in ihrem Elternhaus denken musste. Etwas schleifte an ihrer Tür entlang, wahrscheinlich ein Sack oder ein Felleisen, das von seinem Besitzer hinter sich hergezogen wurde. Elisabeth zog die Bettdecke über sich und regte sich nicht. Sie wagte kaum zu atmen. Nebenan quietschte eine Tür, lautes Lachen, wieder die genagelten Stiefel, ein Fluch: »Schlag mich der Donner, der Hagel zerreiß mich, du Rülp!«

Es waren offensichtlich zwei Männer, die in die Kammer neben der ihren gezogen waren. Elisabeth horchte auf den Atem ihrer Schwester. Er war ruhig und gleichmäßig. In der anderen Kammer wurde noch gezecht, Elisabeth hörte Bechergeklirr, das Klatschen von Karten auf dem Tisch und weitere Flüche. Endlich wurde es still, ein Schnarchen tönte zu ihr herüber. Elisabeth fiel in einen unruhigen Schlaf. Später erwachte sie noch einmal. Der Mond schien durch das Fenster herein. Elisabeth sah, dass Agnes nicht in ihrem Bett war. Sie rieb sich die Augen. Sie wird doch nicht …, dachte sie. Über diesem Gedanken schlief sie wieder ein.

Am anderen Morgen, nach einer Wäsche am Brunnen im Garten, den die Wirtsleute hinter dem Haus angelegt hatten, ging Elisabeth in die Gaststube. Agnes saß schon angekleidet an einem der Tische und löffelte ihren Haferbrei. Sie sah frisch und ausgeruht aus. Elisabeth setzte sich zu ihr, zog ebenfalls eine Schüssel zu sich heran, tat Haferbrei aus einem Topf hinein. Aus der Küche kam Melvine, die Wirtin. Sie hatte eine Pfanne mit gebratenem Speck in der Hand. Es duftete köstlich.

»Hier, damit ihr beiden mir nicht vom Fleisch fallt«, sagte sie lächelnd, spießte mit einem Messer Speckscheiben auf und legte sie ihnen auf den Brei.

»Heute gibt es einiges zu tun«, sagte sie dann. »Wir bekommen frische Forellen aus der Oos, die werden mit Kräutern, Wein und Rahm gegart. Dazu müsst ihr Kräuter und Wurzelwerk aus dem Garten holen. Als Nächstes kommt dann der Metzger und bringt Kalbskoteletts und allerlei vom heutigen Schlachttag. Ich hole noch Eier und Sahne vom Markt.« Sie winkte ihnen zu, warf sich einen Umhang über und ging hinaus.

»Du warst letzte Nacht verschwunden«, sagte Elisabeth zu ihrer Schwester.

»Das kann nicht sein, das hast du geträumt«, entgegnete Agnes.

»Doch, ich bin mir ganz sicher. Wo warst du?«

Agnes kräuselte die Stirn und kratzte sich hinter dem Ohr. »Wenn ich so überlege: Ich war draußen im Hof, beim Abtritt, um mich zu erleichtern.«

Elisabeth dachte daran, dass im Nebenzimmer später alles ruhig gewesen war.

»Dann will ich dir mal glauben«, sagte sie. »Jetzt hilf mir das Geschirr spülen, bevor wir in den Garten hinausgehen.«

In diesem Augenblick kam Paul, der Wirt, zur Tür herein. Er wünschte ihnen einen guten Morgen und erzählte, dass gestern mitten in der Nacht zwei schwedische Söldner angekommen seien, die eine Kammer für mehrere Tage zu mieten begehrten. Er habe es ihnen nicht abschlagen können, brauche auch das Geld.

»Ihr müsst Euch nicht entschuldigen«, sagte Elisabeth.

»Haben sie Euch gestört?

»Ja, schon ein wenig«, meinte sie.

»Ich werde mit ihnen sprechen«, antwortete der Wirt. Es polterte wieder auf der Stiege. Warum mussten diese Männer immer mit so viel Krach ihr Erscheinen ankündigen? Zwei große, blonde Soldaten betraten den Raum und setzten sich an einen der Tische. Sie schauten neugierig zu ihnen herüber. Beide trugen Ziegenbärte am Kinn und waren mit bunten Wämsern, Pumphosen und Stulpenstiefeln bekleidet. Ihre Filzhüte hatten sie neben sich auf einen der Stühle gelegt.

»Guten Morgen«, sagte der eine mit fremdländischem Klang.

»Auch ich biete einen guten Morgen«, fiel der andere ein. Er hatte das Gesicht eines Bauern. »Ihr wundert Euch wohl, dass wir nicht in unser schwedisches Heimatland zurückgegangen sind?«

»Das wundert mich nicht«, versetzte Paul. »Wir haben alleweil Söldner aus allen Ländern hier. Und schließlich ist ja der Markgraf auf der Seite der Franzosen und Schweden. Gegen Kaiser Ferdinand.«

»Könntet Ihr uns ein paar gerührte Eier mit Speck machen?«, fragte der andere. Er klopfte auf seinen Beutel am Gürtel. »Wir können selbstverständlich bezahlen.«

»Zweimal gerührte Eier mit Speck«, rief der Wirt zur Küche hinüber.

»Eure Frau ist zum Markt gegangen, sie musste noch etwas besorgen«, meinte Elisabeth. Aus dem Augenwinkel sah sie, wie Agnes dem einen Soldaten einen verstohlenen Blick zuwarf. Aber das musste ja noch nichts heißen.

»Ich werde die Eier zubereiten«, sagte Elisabeth. Sie stand auf, räumte ihres und das Geschirr ihrer Schwester zusammen und verschwand in der Küche. Dort nahm sie eine gusseiserne Pfanne, stellte sie auf den Rost, gab etwas Schmalz und Speck hinein und verrührte die Eier darin. Sie würzte mit Salz, Pfeffer und Muskat. Elisabeth bemühte sich, möglichst wenig Geräusche zu verursachen, weil sie hören wollte, was draußen in der Gaststube gesprochen wurde.

»Werdet Ihr hierbleiben oder weiterziehen, wenn man fragen darf?«, wollte der Wirt von den beiden Söldnern wissen.

»Wir wollen so schnell wie möglich zum Heer des Bernhard von Sachsen-Weimar«, war die Antwort des Bauerngesichtes. »Denn hier kann man ja seines Lebens nicht sicher sein.«

»Wie meint Ihr das?«, hörte Elisabeth Agnes fragen.

»Damit meine ich, schönes Mädchen«, es folgte eine Pause, während der er ihr gewiss tief in die Augen sah, »damit meine ich, dass wir jederzeit mit einem Überfall der Kaiserlichen rechnen müssen.«

»Und dann gnade uns Gott«, ließ sich der andere vernehmen. »Denn Bernhard von Sachsen-Weimar musste nach der Schlacht bei Nördlingen bis an den Oberrhein zurückweichen.«

»Warum haben die Protestanten diese Schlacht eigentlich verloren?«, fragte der Wirt.

»Weil die Spanier dem Kaiser zu Hilfe kamen«, entgegnete der erste Schwede. »Allein hätte er das nicht geschafft, so ausgehungert, wie sein Heer war. Und dort gab es nichts mehr zum Essen.«

»Dann habt Ihr wohl mitgekämpft, auf der Seite der Protestanten?«, meldete Agnes sich wieder zu Wort.

»Ja, es war eine scheußliche Schlacht«, antwortete das Bauerngesicht. »Und wir können von Glück sagen, dass wir es bis hierher geschafft haben. Gleich nach dem Frühstück werden wir weiterziehen, zum Elsass hin.«

»Wir werden Bernhard mit seinem Heer und dem Tross schon finden«, bemerkte der andere.

Elisabeth schnitt frisches Brot in Scheiben, verdünnte Bier mit Wasser, goss es in einen Krug, stellte zwei Becher dazu und ließ die Speckeier auf einen Zinnteller gleiten. Sie legte noch zwei Löffel dazu und trug alles auf einem Brett in die Gaststube. Die Söldner blickten sie freudig an.

»Das ist ja ein fürstliches Frühstück!«, sagte das Bauerngesicht. Die beiden begannen sich über das Essen herzumachen.

»Wie ist denn das Leben in einem Tross?«, fragte Agnes weiter. Was mochte sie damit bezwecken? Hatte sie etwa vor, sich den beiden Söldnern anzuschließen?

»Für uns Soldaten ist es eine angenehme Sache«, sagte der zweite lachend zwischen zwei Bissen. »Viele haben ihre Frauen und Kinder bei sich, und wenn sie keine haben, dann dienen ihnen die Huren zu ihrem Vergnügen.«

Elisabeth bemerkte, dass Agnes heftig ausatmete.

»Und Eure Frauen kochen auch für Euch, nicht wahr?«, stellte Agnes fest.

»Ja, aber Ihr dürft Euch das nicht so vorstellen, als ob es allen immer nur gut gehen würde«, schaltete sich das Bauerngesicht wieder ein. »Wir haben zwar alles, was wir zu Hause nicht entbehren möchten, bei uns: Händler, Metzger, Bäcker, Bader, sind also rundum versorgt. Aber wenn ein Ort leer gegessen ist, müssen wir weiterziehen, und das Spiel beginnt von vorn. Häufig treffen wir auf feindliche Heere mit ihren Trossen, müssen kämpfen oder fliehen. So viele Menschen auf einem Haufen, das bringt auch Seuchen mit sich, Krankheiten wie die Pest oder die Ruhr, dazu Flöhe, Läuse und Ratten.«

»Manche Heere sind schon allein durch diese Krankheiten ausgerottet worden«, setzte der andere hinzu.

Die beiden Söldner beendeten ihr Mahl, drückten dem Wirt zwei Gulden in die Hand und empfahlen sich. Agnes saß wie festgewachsen auf ihrem Stuhl.

»Das ist nichts für dich, so ein Tross, Agnes«, sagte Elisabeth zu ihrer Schwester. »Jetzt hör auf zu träumen und hilf mir, das Geschirr in die Küche zu bringen.«

»Wer sagt denn, dass ich in einem Tross leben will?«, fragte Agnes mit hochgezogenen Augenbrauen. »Sagte ich nicht, ich würde gern die Mätresse eines bedeutenden Mannes sein?«

»Auch das ist nicht deine Bestimmung«, gab Elisabeth zurück. »Und jetzt hilf mir endlich mit dem Geschirr.«

Die Mädchen begaben sich in die Küche. Elisabeth hatte

Wasser aufgesetzt, das sie zum Spülen des Geschirrs verwendeten. Elisabeth rieb die Teller, Schüsseln und Löffel mit einem Schwamm und Sand aus, Agnes trocknete sie mit einem Leintuch. Elisabeth eilte in den Keller, um Sauerkraut aus dem großen Fass zu holen. Sie setzte es in einem großen Topf auf, würzte es mit Salz, Pfefferkörnern und Wacholderbeeren. Als Nächstes gingen sie in den Garten, um die letzten gelben Rüben und Kräuter zu holen. Nebel hatte sich über das Tal der Oos gelegt und machte alles düster, feucht und kalt. Elisabeth schnitt Peterling, Schnittlauch, Majoran und Melisse, Agnes zog gelbe Rüben aus der Erde und erntete Sellerie und Lauch. Wieder in der Küche, nahm Elisabeth Zwiebeln aus einem Korb und machte sich daran, alles auf einem Hackbrett zu zerkleinern. Zwischendurch kam Paul herein und legte Forellen, deren Augen und Leiber glänzten, sowie die Kalbskoteletts, Blut-und Leberwürste auf den Tisch. Die Wirtin Melvine kehrte vom Markt zurück, sie hatte Eier, Rahm und noch einiges mehr besorgt.

»Eine kleine Badegesellschaft hat sich zum Mittagessen angesagt«, meinte sie. »Die bekommen üblicherweise nur weißes Brot, gekochtes Kalbfleisch und Forelle gedünstet, von der Saaltochter serviert. Heute möchten sie mal über die Stränge schlagen, haben sie gesagt. In den Badeherbergen wird Diät gehalten.«

Agnes stellte eine Speckbrühe her, versalzte sie jedoch. Elisabeth schüttete sie wortlos in den Ausguss. Von der Kirche her schlug es zwölf Uhr.

»Wir müssen uns beeilen«, rief Melvine. »In einer halben Stunde kommen die Badegäste und wer weiß, wie viele andere Gäste noch dazu!«

Elisabeth hatte den Auftrag erhalten, sich um die Fische zu kümmern. Es wurde eng in der Küche. Weil Agnes nur im Weg stand, schickte Elisabeth sie noch einmal in den Garten, um weitere Kräuter zu schneiden. Bald dampfte und zischte es auf dem Herd, köstliche Düfte entwickelten sich. Elisabeth legte die Würste auf das Kraut und zog den Topf beiseite. Stimmengemurmel aus dem Gastraum verriet ihr, dass die ersten Gäste bereits eingetroffen waren. Paul rief ihnen die Bestellungen zu.

»Zweimal Forelle gedünstet, dreimal mit Kräuterrahm! Fünfmal Kalbskoteletts, sechsmal Blut- und Leberwurst mit Sauerkraut.«

Elisabeth ließ Butter in einer Pfanne zerlaufen, röstete Zwiebeln und Gemüse darin an und legte die mit Zitrone, Salz und Pfeffer gewürzten Forellen dazu. Nach dem Wenden gab sie dicken Rahm und klein geschnittene Kräuter dazu, löschte alles mit ein wenig Weißwein ab. Agnes richtete Zinnteller und Schüsseln her, auf denen Elisabeth und Melvine die Speisen verteilten. Agnes trug sie in den Gastraum. Eine weitere halbe Stunde hatten sie alle Hände voll zu tun. Manche Gäste aßen mehrere Gänge hintereinander und verlangten am Schluss noch Käse und Trauben. Aufgeregt kam Paul in die Küche und raunte Elisabeth zu: »Kardinal Weltlin, seines Zeichens Kardinal und Bischof von Straßburg, der gerade beim Markgrafen zu Besuch weilt, ist höchstselbst hier, bei uns im ›Roten Ochsen‹! Er will die Köchin sehen, die solche köstlichen Forellen in Kräuterrahm zubereiten kann!«

Elisabeth schoss wieder das Blut in den Kopf. Welche Ehre wurde ihr zuteil? Sie hatte das Kochen zwar gelernt, mit Hilfe ihrer Mutter und eines Kochbuches, das in der Bibliothek ihres Vaters gestanden hatte. Aber ihre Künste gingen doch nicht über das übliche Maß hinaus. Sie wusch sich die Hände, trocknete sie an ihrer Schürze ab und hoffte, der Kardinal würde nicht bemerken, wie sehr sie geschwitzt hatte. Kardinal Thomas Weltlin saß im Kreise vornehm gekleideter Frauen und Männer an einem der Tische. Er mochte um die vierzig Jahre alt sein. Das leicht gebräunte Gesicht verriet, dass er sich viel im Freien aufhielt. Auf seinem Kopf mit einem Kranz voller Haare saß die kleine, rote Kardinalskappe. Seine Augen blitzten sie schalkhaft an, seine Lippen mit dem dünnen Schnurrbart darüber kräuselten sich zu einem feinen Lächeln. Er trug eine schwarze Soutane mit langen Ärmeln, roten Knöpfen, Knopflöchern und Verzierungen. Als er aufstand, sah Elisabeth ein breites rotes Zingulum, das als Gürtel um seine Hüften geschlungen war. Sie warf einen Blick zurück in die Küche. Agnes stand mit verzerrtem Gesicht davor, Elisabeth wusste nicht, ob aus Wut oder aus Angst. Die Hand, die der Kardinal Elisabeth reichte, war feingliedrig, und am Finger trug er den Kardinalsring.

»Das war die beste Kräuterrahmforelle, die ich in meinem bisherigen Leben gegessen habe«, sagte Thomas Weltlin. »Und ich bin wahrlich kein Kostverächter, wie man mir gewiss bescheinigen wird.«

Er blickte in die Runde, und die vornehm gekleideten Männer und Frauen nickten eifrig. Elisabeth knickste und küsste den Ring des Kardinals.

»So förmlich brauchen wir gar nicht zu sein«, meinte Weltlin. »Seid Ihr schon länger in den Diensten des Wirts vom ›Roten Ochsen‹?«

»Oh, nein«, entgegnete Elisabeth. »Es ist heute mein ...«, sie warf noch einen Blick zur Küche, »es ist heute unser erster Tag in der Küche.«

Agnes löste sich aus dem Schatten und trat an den Tisch heran.

»Ich bin Elisabeths Schwester. Wir sind gestern aus dem Schwarzwald gekommen, aus Calw, auf der Flucht vor den kaiserlichen Söldnern.«

»Mir ist gestern meine Köchin davongelaufen«, sagte der Kardinal und verdrehte gespielt die Augen. »Wahrscheinlich hatte sie irgendwo ein Liebchen. Hättet Ihr nicht Lust, bei mir beziehungsweise beim Markgrafen in Dienst zu treten?«

Elisabeth war so überrascht, dass es ihr fast die Sprache verschlug.

»Aber ich bin ja erst …« Hilfesuchend schaute sie sich nach dem Wirt um. Der trat vor und beeilte sich zu versichern: »Das ist ohne Weiteres möglich, Eure Eminenz, denn ich habe ja noch die andere, ihre Schwester.«

Elisabeth bemerkte, wie Melvine das Gesicht verzog.

»Ich kann nur einfache Gerichte kochen, Eure Eminenz«, sagte Elisabeth. »Das, was man halt im Schwarzwald gerne isst.«

Der Kardinal lächelte sie wieder an. »Ich bin überzeugt, Ihr werdet sehr schnell lernen, wie man Gerichte mit noch mehr Raffinesse zubereitet. In Straßburg und in Paris, bei Hofe, liebt man die feine französische Küche. König Ludwig XIII. selbst ist ein begnadeter Koch!«

Elisabeth hob den Kopf. »Und selbst wenn ich es lernen könnte«, sagte sie, »würde ich doch nicht ohne meine Schwester gehen.«

Agnes' Gesicht hellte sich bei diesen Worten auf. Sie lief auf ihre Schwester zu und umarmte sie stürmisch.

»Du willst mich mitnehmen, Elisabeth?«, rief sie und drehte sie im Kreis herum. »Ich danke dir so sehr!« Aller Augen waren auf sie gerichtet.

»Dann packt Eure Bündel und folgt mir zum Schloss«, meinte der Kardinal.

Während Elisabeth und Agnes ihre wenigen Habseligkeiten zusammenpackten, überlegte Elisabeth, was der Kardinal wohl mit seiner Einladung bezweckte. Erwartete er von ihr, dass sie nicht nur für ihn kochte, sondern dass sie auch seine Mätresse wurde? Sie hatte schon viel über das ungezügelte Leben der Adligen und auch der Kirchenmänner gehört. Aber sie wischte den Gedanken beiseite, schließlich konnte ihnen beiden nichts Besseres geschehen, als von einem Kardinal eingestellt zu werden, der auf der Seite der Franzosen und Schweden stand, gegen die Kaiserlichen.

Die beiden eilten die Treppe hinunter und schritten mit dem

Kardinal und seinem Gefolge hinaus. Die Badegäste begaben sich in die Herbergen unterhalb des Schlosses. Die anderen gingen an der Kirche vorbei und folgten einem Weg, der durch Grünanlagen zum Schlossberg hinaufführte. Mächtig stand das Schloss da mit seinen Giebeln und Rundtürmchen, den schmalen Fenstern und Fahnen auf dem Dach. Über dem Eingangsportal war ein sandfarbenes Wappen befestigt, rechts und links waren Säulen angebracht. Sie erreichten den Empfangsraum, von Dienern flankiert. Die Decke des Raumes bedeckte vergoldeter Stuck, die Wände, an denen sich Ahnenbilder reihten, waren mit rotem Samt verkleidet. Von der Decke hing ein goldener Lüster herab, in dem viele Kerzen brannten und ein warmes Licht verbreiteten. Eine Dienerin geleitete Agnes und Elisabeth zu ihren Zimmern. So etwas Schönes hatte Elisabeth noch nie gesehen. Die Decke war weiß, von goldenen Friesen eingefasst, die Tapete aus blauem Samt. Nahe dem Fenster stand ein Bett, das von einem Baldachin gekrönt war. Vor dem verglasten Fenster bauschte sich eine Seidengardine. Elisabeth trat zum Fenster und blickte hinaus. Das sich weitende Tal der Oos tat sich vor ihr auf. Die Stadtmauer umschloss das Städtchen Baden mit einem dicken Wall und zweien der insgesamt vier Türme. Kleine Weiler lagen verstreut im Nachmittagslicht. In der Ferne konnte Elisabeth den blauen Kamm der Vogesen sehen. Weinberge zogen sich von den Waldrändern in die Ebene hinab. Aber der friedliche Schein trog. Überall sah Elisabeth Rauchsäulen, die zum Himmel stiegen, sah verwüstete Felder, die nicht mehr bebaut wurden. Elisabeth wandte sich dem anderen Fenster zu. Es lag nach dem Schlossgarten hin. Zierliche Wege zwischen Buchsbäumen waren da angelegt, ein Springbrunnen versprühte sein Wasser in der Luft. Kaiserkronen und Pomeranzen standen auf den Beeten, zusammen mit Rosen und Schleierkraut. Auf einem kleinen Acker waren Reben mit goldroten Beeren angepflanzt, dahinter erstreckte sich ein Gemüsegarten. In einer Ecke entdeckte Elisabeth eine Gartenlaube, zierlich aus weiß gelacktem Holz erbaut und mit Efeu überwachsen. Es klopfte. Die Dienerin brachte eine Auswahl von Kleidern, aus Samt, Seide, Damast und Barchent, verziert mit Kragen und Manschetten, mit Silberborten und Stickereien. Sie goss warmes Wasser in eine Porzellanwaschschüssel, die vor einem vergoldeten Spiegel stand. Dann zündete sie die Kerzen in den Silberleuchtern an, knickste und zog sich zurück. Elisabeth wusch sich mit dem warmen Wasser, zog dann eines der Kleider und einen Mantel aus schwerem rotem Brokat an. Sie eilte zu Agnes, die sich gerade ein Bad in einem Zuber gönnte. Glücklich strahlte Agnes ihre Schwester an. Elisabeth beschloss, sich ein wenig draußen umzusehen. Die Sonne war im Begriff unterzugehen, drüben über dem Rheintal mit der gezackten Linie der Berge. Im weiten Innenhof inspizierte Elisabeth den Marstall mit edlen Araberpferden, eine Scheune, den Kutschenpark, den Fruchtkasten und die Häuser der Bediensteten. Sie spazierte im Garten umher, schlüpfte in die Laube. Innen war es schattig grün. Um ein Holztischchen standen drei Stühle, auf den Boden waren Kissen und Decken gebreitet, als würde hier ab und zu ein Schäferstündchen abgehalten. Elisabeth kannte das von einigen der reichen Calwer Familien, die dem Adel angehörten, sich aber dazu herabließen, sich dem anderen Geschlecht anzudienen wie das gemeine Volk. Schließlich kehrte Elisabeth in das Schloss zurück. Kaum wollte sie auf der breiten Treppe nach oben eilen, als ein Glöckchen zum Abendessen rief. Ein langer Tisch war mit einem weißen Damasttuch bedeckt. Überall standen Körbe mit weißem Brot. An der Stirnseite nahmen der Markgraf Friedrich und der Kardinal Platz, ihnen zur Seite versammelten sich die Haushofmeister und sonstige höhere Bedienstete. Elisabeth saß dem Markgrafen und dem Kardinal schräg gegenüber. Der Markgraf hatte ein feistes, doch unbekümmertes Gesicht mit Hängebäckchen. Der Kardinal schaute Elisabeth einen Augenblick lang in die Augen. Ein warmes Gefühl breitete sich in ihr aus. Agnes, die neben ihr saß, hatte den Blick wohl bemerkt, denn sie stieß ihre Schwester unter dem Tisch mit dem Fuß an und zischelte ihr zu: »Was der wohl an dir findet!«

»Ihr seht heute Abend ganz bezaubernd aus«, sagte der Kardinal, an Elisabeth gewandt.

»Das habe ich Euch zu verdanken, Eure Eminenz«, antwortete sie und bemühte sich, nicht zu erröten.

Als ersten Gang gab es eine Gemüseconsommé. Die Tischgesellschaft begann, sich lebhaft zu unterhalten, über den neuesten Klatsch, das Essen, die Mode und die Unbilden des Krieges. Elisabeth musste an sich halten, um nicht zu hastig zu essen, so hungrig war sie. Der Kardinal ergriff das Wort.

»Der Krieg hat vor uns nicht haltgemacht, und auch vor den Franzosen nicht. Bernhard von Sachsen-Weimar ist an den Rhein zurückgedrängt worden, aber ich sage euch, der französische König wird ihn mit Geld und Soldaten unterstützen, denn es gilt nicht nur den habsburgischen Kaiser zurückzuschlagen, sondern wenigstens Teile des Elsass sollen katholisch bleiben, was ja auch in unserem Sinne wäre.«

Die ihm zunächst Sitzenden pflichteten ihm durch Nicken bei und löffelten ihre Suppe. Elisabeth bemerkte, dass die umsitzenden Männer sie mit Wohlwollen, die Frauen dagegen mit eher feindseligen Blicken betrachteten. Als hätte er es gesehen, stellte der Kardinal sie vor.

»Das sind Elisabeth und Agnes Weber, die aus der Stadt Calw im Schwarzwald entkommen konnten, als die Kaiserlichen darüber herfielen. Ich habe Euch noch gar nicht gefragt, wer Eure Eltern sind.«

»Mein Vater ist Mesner beim Superintendenten Andreä«, sagte Elisabeth nicht ohne Stolz. »Doch beide Eltern sind mit dem jüngeren Bruder seit dem Tag verschollen. Wir wissen nicht, ob sie nach Calw zurückgekehrt sind.«

Die Blicke der umsitzenden Damen waren eine Spur freundlicher geworden.

»Andreä ist nach Calw zurückgekehrt, soweit ich weiß«, gab der Kardinal zurück. »Nachdem er mit seinen Leuten in Gernsbach fast aufgespießt und totgeschlagen worden wäre. Aber ein befreundeter Pfarrer hat ihn auf Umwegen zu seinem Haus geführt. Schließlich musste er sich im Lautertal verstecken, bei einem Bauern in einem Heustadel, der ihm auch sein Essen brachte. Inzwischen soll er schon wieder mit dem Aufbau Calws beschäftigt sein.«

Woher konnte der Kardinal das wissen? Er war doch katholisch, der Superintendent von Calw dagegen protestantisch-calvinistisch. Ach, die Welt ist ein Dorf, sagte Elisabeth sich. Dann waren gewiss auch ihre Eltern und ihr Bruder noch am Leben.

»Ich werde einen Brief nach Calw schreiben und nach Eurer Familie fragen«, sagte der Kardinal.

Vor Dankbarkeit hätte Elisabeth ihm die Hände küssen mögen. Als nächster Gang kamen am Spieß geröstete Kapaune mit einer Soße aus Zwiebelpüree, Eigelb, Champignons und Trüffeln. Die Gespräche plätscherten vor sich hin. Nach dem Dessert, Birnenkompott mit Zimtrahm, verkündete Markgraf Friedrich noch eine aufsehenerregende Neuigkeit.

»Wie mir von meinen Spähern zugetragen wurde, plant Wilhelm, der frühere katholische Markgraf, der nach Innsbruck geflohen ist, die Stadt Baden wieder einzunehmen. Er ist auf dem Weg hierher.«

Alle redeten durcheinander.

»Was wird geschehen?«

»O Herr im Himmel, steh uns bei!«

»Wo genau steht der Markgraf denn?«

»Er müsste inzwischen nahe Forbach im Murgtal sein«, berichtete der Markgraf. »Von da sind es nur zwei Tagesmärsche bis hierher.«

Ach, dass Gott sich unser erbarm, dachte Elisabeth. Sollte alles wieder von vorne losgehen?

Agnes schaute sie mit schreckgeweiteten Augen von der Seite an.

»Beruhigt Euch, es wird Euch nichts geschehen«, sagte der Kardinal. »Sie werden die Stadtmauer nicht überwinden. Und für den Fall, dass alle Stricke reißen sollten, werden wir den General Bernhard von Sachsen-Weimar herbeiordern, er steht ja nicht weit von hier am Oberrhein.«

5.

Im Schloss zu Baden war man dabei, die Lage zu erörtern.

»Ich werde sofort einen Boten zu Bernhard schicken«, sagte der Markgraf. »Und ich werde Anweisungen an die Bevölkerung geben, Nahrungsmittel zu rationalisieren.«

»Lasst Getreide, Fleisch, Eier, Gemüse, Wein und Bier von den umliegenden Orten in die Stadt schaffen«, riet der Kardinal.

»Und Branntwein!«, rief einer der Höflinge.

Da das Mahl beendet war, erhoben sich Elisabeth und Agnes zusammen mit den anderen. Für Tanz, Konfekt und Gespräch war nun keine Zeit mehr. Elisabeth sah die Angst in den Augen der Bediensteten. Der Kardinal bat die beiden Mädchen, ihm einen Moment Aufmerksamkeit zu schenken.

»Mein Angebot, Euch als Köchin in meine Dienste zu nehmen«, er schaute Elisabeth direkt an, »gilt nach wie vor und besonders in dieser neuen Lage. Ihr könnt uns helfen, die schwere Zeit, die uns bevorsteht, besser zu überstehen. Und Ihr«, er nahm Agnes ins Visier, »könnt Eurer Schwester dabei zur Hand gehen.«

Elisabeth merkte an Agnes' Schnaufen, wie sie innerlich kochte. Agnes neigte den Kopf und sagte mit gepresster Stimme: »Jawohl, Eure Eminenz. Ich kann aber auch noch andere Sachen.«

O nein, dachte Elisabeth, sie wird ihm doch nicht ein unehrenhaftes Angebot machen?

»Was könnt Ihr denn noch, liebe Agnes?«, fragte der Kardinal lächelnd. Elisabeth versuchte sich zu erinnern, womit Agnes ihre freie Zeit in Calw eigentlich verbracht hatte.

»Ich kann nähen, schöne Kleider, Wämser und Hosen«, sagte

Agnes mit einem Augenaufschlag zum Kardinal. »Und Tücher. Ich kann auch feine Muster sticken.«

»Wo habt Ihr denn das gelernt?«, fragte der Kardinal, an Agnes gewandt.

»Bei meiner Mutter. Ich habe auch für andere Leute genäht und gestickt und immer ein Lob dafür bekommen.«

»Und wo habt Ihr das Kochen gelernt?«, wollte der Kardinal von Elisabeth wissen. »Auch bei Eurer Frau Mutter?«

»Ja, grundsätzlich schon«, antwortete Elisabeth. »Aber die richtig guten Gerichte, die habe ich in einem Kochbuch …«

Das Gesicht des Kardinals wirkte gespannt. »Etwa im *Köstlich new kochbuch* von Anna Wecker?«, fragte er. Elisabeth nickte. Freudig stand der Kardinal auf und lief zu seinem Arbeitszimmer. Er kam mit einem dicken Buch zurück, das in helles Kalbsleder gebunden war. Ja, es war das Buch, das auch im Haus ihrer Eltern gestanden hatte. Elisabeth nahm es in die Hand und schlug es an einer beliebigen Stelle auf.

Der vierdte Theil.
Von allerhand Fisch/Su:eltzen vnd So:essen.
Wie man schwartze Karpffen seud.

Ihre Augen wurden feucht. Karpfen hatte es immer am Heiligen Abend bei ihnen gegeben, blau, mit Essig übergossen und in leicht siedendem Wasser gekocht, dazu Karottenmus und Butter.

»Ihr könnt es haben«, sagte der Kardinal. »Ich schenke es Euch. Aber verwahrt es gut, es ist mir so lieb und wert wie König Ludwig XIII. sein eigenes.«

»Habt Dank, Eure Eminenz«, entgegnete Elisabeth und knickste.

»›Eure Eminenz‹ will ich jetzt nicht mehr hören«, meinte der Kardinal. »Nennt mich doch einfach ›Herr Weltlin‹.«

»Ich danke Euch sehr für dieses Geschenk, Herr Weltlin«, sagte Elisabeth und knickste abermals.

Agnes machte ein Gesicht, als erwarte sie ebenfalls ein Geschenk. Der Kardinal schien es zu bemerken und verschwand abermals in seinem Zimmer. Als er zurückkehrte, hielt er Agnes einen vergoldeten, mit winzigen Figuren besetzten Fingerhut hin, dazu Silbernadeln und Garnrollen in allen Farben.

»In der Zeugkammer haben wir auch wunderbare Stoffe, aus Calw, wo die Tuche die beste Qualität weit und breit haben. Da könnt Ihr Euch Kleider nähen, so viel Ihr wollt!«

Agnes schickte sich an, dem Kardinal den Ring zu küssen. Er hielt sie zurück, und sie warf ihm einen halb schmachtenden, halb ärgerlichen Blick zu.

»Ich möchte diese Förmlichkeiten von Euch beiden nicht mehr«, meinte er. Elisabeth dachte, dass ihnen nichts Besseres hätte geschehen können, als diesem Menschen mit dem Kardinalskäppchen zu begegnen.

»Darf ich Euch etwas fragen, Herr Weltlin?«, begann sie stockend. »Ihr könnt mich alles fragen, meine Liebe«, antwortete der Kardinal. Irrte sich Elisabeth, oder hatten seine Augen bei diesen Worten geflackert?

»Warum nehmt Ihr uns so herzlich auf, obwohl Ihr uns doch überhaupt nicht kennt?«

»Ich sehe es Euch an, dass Ihr keine Spione des Feindes seid«, antwortete der Kardinal. »Und als ich hörte, dass Ihr die Töchter des Mesners von Calw seid, in dem der Superintendent Andreä wirkt, war ich gleich von Euch eingenommen. Ausschlaggebend aber war die köstliche Forelle, die Ihr zubereitet habt.«

»Denkt Ihr gar nicht mehr an die Bedrohung, unter der wir stehen?«, wagte Elisabeth ihn zu erinnern.

»Es wird noch zwei, drei Tage dauern, bis die Feinde hier sind. Lasst uns jetzt zu Bett gehen, morgen werden wir die Vorräte sichten und neue beschaffen.«

Er neigte den Kopf, um sich zu verabschieden. Elisabeth und Agnes liefen über den Gang zu ihren Zimmern. Agnes verschwand grußlos in ihrer Tür. In ihrem Gemach schlüpfte Elisabeth in ein Hemd, das am Feuer vorgewärmt worden war und nach Lavendel duftete. In ihrem Bett, das mit einer richtigen Rosshaarmatratze und weichen Daunendecken versehen war, lag sie lange wach. Sie horchte auf die Geräusche des Schlosses, die allmählich leiser wurden. Draußen rief der Nachtwächter die elfte Stunde aus. Was hatte dieser Kardinal bloß für einen Narren an ihr gefressen? Fühlte er sich einsam, weil er nicht heiraten durfte? Vielleicht hatte er in Straßburg ein halbes Dutzend Mätressen sitzen. Elisabeth schob den Gedanken an ihn beiseite. Sie würde ihre Pflicht erfüllen, würde so gut für ihn kochen und für ihn sorgen, als es ihr möglich war. Agnes' Verhalten bereitete ihr weit mehr Kopfzerbrechen. Sie war schon immer ein schwieriges Kind gewesen, schwer zufriedenzustellen. Immer hatte sie sich Elisabeth gegenüber benachteiligt gefühlt. Elisabeth beschloss, noch mehr auf sie achtzugeben, zumal ihnen allen eine schwere Zeit bevorstand. Was geschah um diese Stunde wohl im fernen Neuenbürg? War der Musketier Jakob auch unter denen, die nach Baden geschickt wurden, um Stadt und Schloss zu belagern und einzunehmen?

Im Schloss zu Neuenbürg schob General Jan van Werth die Reste seiner gebratenen Forelle von sich. Seine Augenbrauen in dem runden Gesicht schienen, wie stets, fragend hochgezogen.

»Ich habe gehört, dass der frühere Markgraf von Baden auf dem Weg zu seinem Stammschloss ist«, sagte er zu Jakob, der sich mit einer Serviette den Mund abwischte.

»Was bedeutet das?«, fragte Jakob zurück.

»Das bedeutet, dass die Badener mit Gewissheit Bernhard von Sachsen-Weimar rufen werden, um sie zu entsetzen. Also musst du mit mindestens tausend Mann, Kavallerie, Musketieren, Pikenieren und Fußvolk dorthin eilen, um Wilhelm zu unterstützen.«

»Kann ich einen Teil des Trosses mitnehmen?«, wollte Jakob wissen.

»Selbstverständlich. Aber denk daran, dass das Heer dadurch

fast doppelt so groß und unbeweglicher wird. Ich kann dir auch weder Geld noch Naturalien mitgeben, ihr müsst für euch selber sorgen.«

Van Werth winkte Jakob, ihm zu folgen. Sie betraten das Arbeitszimmer des Heerführers. Van Werth nahm eine Karte zur Hand.

»Es dürften etwa fünfundzwanzig Meilen sein, mit dem Tross zwei bis drei Tagesreisen. Ihr geht über Herrenalb nach Gernsbach, dort in der Nähe, in Forbach, stoßt ihr auf Markgraf Wilhelm und könnt mit ihm auf Nebenwegen nach Baden vorrücken.«

Früh am nächsten Tag ritt Jakob an der Spitze von drei Fähnlein und mit dem Tross im Gefolge durch das Enztal nach Süden. Der Fluss rauschte klar durch die noch grünen Wiesen. Nach Herrenalb ging es steil bergauf, Jakobs Rappe hatte Mühe, auf den steinigen Pfaden nicht zu stolpern. Das Heer lagerte im Klosterhof von Herrenalb. Eine kleine Gemeinschaft von Zisterziensern hatte sich hier zwischenzeitlich angesiedelt, aber sie konnten das Heer nicht verpflegen, da sie in Armut lebten. Bald waren Feuer entzündet, und Jakob wies seine Rottführer an, beim Plündern von Lebensmitteln niemanden zu verletzen. Derweil die Horden ausschwärmten, um für ein anständiges Abendessen zu sorgen, schritt Jakob sorgenvoll durch das Kloster. Zelte waren errichtet worden, Menschen redeten miteinander, warfen sich gegenseitig Scherzworte zu, Kinder wurden gewickelt und in Körbe zum Schlafen gelegt. Söldner saßen beisammen am Feuer und tranken aus Zinnbechern Wein, andere waren mit dem Säubern ihrer Musketen, Schwerter und Dolche beschäftigt. Das Kloster war aus rotem Sandstein erbaut und verfügte über eine Kirche mit Paradies, über ein Abteigebäude, eine Mühle, Scheunen und Wirtschaftshöfe. Jakob betrat die Kirche, in der Opferkerzen brannten. Der Geruch nach Weihrauch erinnerte ihn an die Kirche seines Heimatortes Kochel in Bayern. Er hatte mit seiner Familie auf einem Hof unweit des Sees gelebt. Jakob ließ sich vor dem Altar auf die Knie nieder und betete.

»Lass mich diesen Feldzug glücklich führen und beenden, Herr. Ich habe mich schuldig gemacht vor deinem Angesicht, indem ich getötet habe, viele hundert Mal. Aber es ist dir zuliebe geschehen, Herr, denn wir sind im rechten Glauben.«

Waren sie das wirklich? Hatte nicht auch das Mädchen in Calw einen Glauben gehabt, nur halt nicht den seinen? Er vergrub das Gesicht in den Händen. Eine Zeit später kam der Marketender mit den Söldnern zurück. Sie luden ihre Beute im Klosterhof ab: Säcke voller Mehl, das die Frauen an den Feuern zu Brot verbuken, etliche Schweine, Rinder, Hühner, Ziegen, Wein- und Bierfässer. Das Vieh wurde geschlachtet, gehäutet, zerteilt und brutzelte dann an Spießen. Nach dem Essen trank Jakob mit seinen Soldaten einige Becher Wein und verzog sich dann in sein Zelt. Am nächsten Abend, die Sonne stand noch über den Bergen und über den Zinnen der Ebersteinburg, gelangten sie nach Gernsbach. Eine trutzige Stadtmauer hielt sie zunächst ab, aber die Gernsbacher öffneten freiwillig ihre Tore und gaben ihnen, was sie übrig hatten. In Forbach schließlich vereinten sie sich mit dem Heer des Markgrafen Wilhelm. Der Markgraf war eine stattliche, hochgewachsene Erscheinung. Unter dem Federhut wallte langes, lockiges Haar hervor, in seinem streng beherrschten Gesicht mit der spitzen Nase trug er einen an den Enden gewellten Schnurrbart. Über seinen Harnisch mit den steifen Lederstiefeln hatte er einen buntbestickten Umhang geworfen.

»Gut, dass Ihr kommt«, meinte er beim Eintreffen Jakobs und reichte ihm die Hand.

Er lud ihn ein, mit ihm in seinem Zelt zu Abend zu speisen.

»Ihr braucht nicht zu denken, dass mein Heer hungert«, sagte er, als weißes Brot, Braten und Wein aufgetragen wurden. »Mein Tross verfügt über genügend Nahrungsmittel, um eine Belagerung der Stadt Baden überstehen zu können.«

Dann wollte Wilhelm die Stadt also belagern. Das konnte Wochen, wenn nicht Monate dauern. Ob van Werth so lange im Winterquartier auf ihn warten würde?

Ach, es war einerlei, ob er nun im Winterquartier war oder bei einer Belagerung, es war immer einerlei und wiederholte sich endlos. Kaum war ein Quartier eingenommen, musste man weiterziehen, weil es leer gefressen war. Und kaum war man im nächsten Quartier angelangt, kam schon der Feind, um seinen Gegner zu vertreiben und selber an den Fleischtöpfen zu hocken. Nach dem Essen schaute Jakob nach seinem Rappen, den er inzwischen »Ferdl« getauft hatte, eine Verballhornung aus »Pferdchen« und »Ferdinand«, dem Namen des habsburgischen Kaisers. Vielleicht brachte das Ross ihm Glück. Auf seiner Strohunterlage sann er lange nach, aber er wusste nicht, was er hätte anfangen können, außer dem Kaiser zu dienen und für ihn Krieg zu führen.

Am Morgen rüstete sich das Heer zum Aufbruch. Ein Fanfarenstoß ertönte, die Trommeln wurden geschlagen. Die Fahnenträger marschierten dem Zug voran. Jakob saß aufrecht auf seinem Rappen, mit dem Heer und dem Tross im Gefolge ging es den steilen Weg nach Bermersbach hinauf. Sie kamen nur langsam voran. Im Dorf schauten die Menschen ängstlich aus ihren Fenstern. Während sich der Heereszug durch den Wald und über Hügel und Berge wälzte, hing Jakob seinen Gedanken nach. Wenn sie an einem einsamen Gehöft vorüberkamen, mit Schindeln verkleidet und mit weit heruntergezogenem Walmdach, musste er an den Hof seiner Eltern denken. Sie waren nicht reich gewesen, hatten es aber zu einem gewissen Wohlstand gebracht. Und in dem Augenblick, in dem sie diesen Wohlstand zu genießen beginnen wollten, war das Heer der Schweden über das deutsche Reich und das der Bayern hereingebrochen und hatte mit einem Schlag alles, was für ihn von Bedeutung war, ausgelöscht: Eltern, Geschwister, Knechte, Mägde, Freunde und Verwandte im Dorf. Den Schweden war es mit dem Töten nicht genug gewesen, nein, sie hatten die Menschen auch noch gefoltert und gequält, um die Verstecke ihrer Wertsachen aus ihnen herauszupressen. Und dann hatten sie das Haus angezündet, Felder und Vorratshäuser geplündert und verwüstet. Er spürte, wie so oft, eine heiße Wut in sich aufsteigen, und er hätte am liebsten alles vernichtet, was sich ihm in den Weg stellte. So ließ er, genau wie der Markgraf, auch die Söldner gewähren, die sich von den Bauern und Dörflern holten, was sie konnten. Die Sonne war inzwischen über den Bergen emporgestiegen und löste die Nebel in dünne Fetzen auf. Jakob dachte an seine Flucht quer durch das Bayernland, an mitleidige Menschen, die ihm geholfen und ihn mit Nahrung versorgt hatten. Bis er sich schließlich in das Heer des Johann von Werth anwerben ließ. Unter ihm hatte er auch in Nördlingen gekämpft. Es war ihm eine Genugtuung gewesen, das protestantische Heer fliehen zu sehen. Jedoch hielt dieses Gefühl der Befriedigung nicht an. Je weiter der Krieg ging, desto gleichgültiger wurden ihm seine Umwelt und er sich selbst. Er war abgestumpft durch die Rohheit, ja, Zerstörungslust, mit der allenthalben vorgegangen wurde. Erst in dem Landstädtchen im Schwarzwald, in Calw, war er aufgerüttelt worden. Das grausame Verhalten der Söldner, die Behandlung der Mesnersfamilie und aller anderen Familien, die Verfolgung der Flüchtlinge, all das hatte er nicht mehr hinnehmen können. Und von den Augen des Mädchens im Schrank träumte er immer noch. Was wäre, wenn sie in der Stadt weilte, die zu belagern sie im Begriff waren?

»Na, Ferdl«, sagte er zu seinem Rappen, dessen Kopf vor ihm auf und nieder wippte, »wird Zeit, dass ich dich mal wieder selber striegele. Dein Fell hat an Glanz verloren, deine Mähne ist struppig, und du brauchst sicher eine Extraration Heu, so mager, wie du geworden bist. Was meinst du, wird uns in den nächsten Tagen erwarten?«

Ferdl schnaubte und schüttelte den schmalen Pferdekopf.

»Wir sind tausend Leute von Jan van Werths Heer«, fuhr Jakob fort. »Dazu kommen etwa achthundert Mann vom Markgrafen. Das dürfte reichen, um die Stadt binnen Kurzem einzunehmen.«

Ferdl stieß ein kurzes Wiehern aus.

»Und wir haben drei Kanonen, zehn Falkonette, zwanzig Haubitzen und Feldschlangen, dazu die Musketen und Piken.«

»Mit wem redet Ihr denn da?«, fragte ihn ein Reiter der Kavallerie, der vorüberritt.

»Mit mir selbst«, entgegnete Jakob. Der Reiter gab seinem Pferd kopfschüttelnd die Sporen.

Am Abend kam das Kloster Lichtenthal in Sicht. Das Heer lagerte oberhalb davon auf einer Wiese, wieder wurden Zelte aufgebaut, Kanonen und Waffen gesäubert, Feuer wurden entfacht. Ein Trupp Söldner lief zum Kloster, um Vorräte zu erbeuten.

Markgraf Wilhelm rief Jakob zu sich in sein Zelt, um die Lage zu beraten.

»Morgen früh schlagen wir los«, sagte der Markgraf. »Ich träume schon seit Jahren davon, mein Schloss und meine Grafschaft wieder in Besitz zu nehmen.«

Im Schloss und in der Stadt war man immer noch emsig damit beschäftigt, Vorräte für die Zeit der Belagerung zu sammeln und einzulagern. Der Markgraf hatte aus den umliegenden Dörfern Vieh herbeischaffen lassen, Gänse, Hühner, ganze Fuhren mit Getreidesäcken, Trauben und Wein. Dazu war ein Bataillon schwedischer Soldaten aus Durlach angerückt, um die Bürgerwehr zu verstärken. Die Stadtbewohner, die bewaffnet waren, wurden in Fähnlein aufgeteilt. Die Quartiere waren überfüllt, es wimmelte von Soldaten, Tieren, Wagen und Waffen. Die Bauern blieben gleich in der Stadt und baten um Aufnahme, aus Angst vor marodierenden Söldnern. Elisabeth half, so gut sie es vermochte, und hielt auch Agnes dazu an, sich nützlich zu machen. Der Pfarrer hielt einen Bittgottesdienst in der Kirche ab, Hunderte lauschten seinen Worten. Elisabeths Blick verweilte auf dem Rundbogen des Chorraums, auf den Steinkreuzen, Epitaphen und Grabmälern von Markgrafen und Pröbsten. Da lagen sie nun in der Ewigkeit, kein Hahn krähte mehr nach ihnen. Was hatten ihnen ihre Titel, ihre Kriege und Fehden genutzt? Mehr Geld eingebracht, mehr Land und Besitz? Als die Orgel den letzten Akkord spielte, hatte Elisabeth Tränen in den Augen. Agnes, die neben ihr saß, fasste nach ihrer Hand, und Elisabeth drückte sie dankbar. Als sie die Kirche verließen, sahen sie Soldaten, die Geschütze in Stellung brachten, an der Stadtmauer und überall. Viele Bürger liefen umher, mit Musketen, Degen und Dolchen bewaffnet. Die Musketen waren so lang und so schwer, dass sie mit beiden Händen gehalten werden mussten. Ochsen- und Eselskarren ratterten über das Pflaster des Platzes, Gänse schnatterten, ein Hahn krähte. Die Frauen machten ängstliche Gesichter und riefen ihren Kindern zu, ins Haus zu kommen. Im Schloss machte sich ebenfalls eine aufgeregte Stimmung breit. Hermine, Elisabeths Magd, berichtete ihr mit aufgerissenen Augen, dass der Feind schon beim Kloster Lichtenthal stehe, man sehe schon ihre Zelte und ihre Feuer. Inzwischen war es dunkel geworden, die Kälte kroch in jede Ritze und in jede Falte von Elisabeths Kleid. Hermine legte Holz im Ofen nach. Elisabeth kochte zum Abendessen eine Linsensuppe mit Speck. Von jetzt an würde sie mit den Vorräten haushalten müssen, niemand wusste, wie lange sie der Belagerung standhalten mussten. Beim Essen saß sie an der Seite des Kardinals. Die Tischgesellschaft war stiller geworden, jeder widmete sich ernsthaft seinem Essen. Der Kardinal brach ein Stück von dem dunklen Brot, das Elisabeth am Morgen gebacken hatte.

»Es muss ja nicht immer weißes Brot sein, dieses hier schmeckt auch vorzüglich«, sagte er.

»Wir sind gerüstet«, meinte der Markgraf. »Die Vorratskammern sind gefüllt. Wir werden die Belagerung ein paar Wochen durchhalten können, vorausgesetzt, die Mauern halten stand.«

»Und was ist, wenn sie nicht standhalten?«, wollte der Truchsess, ein rundlicher, junger Mann, wissen.

»Dann müssen wir uns ihrer Gnade ergeben«, fiel der Kardinal ein. »Betet und tut alles, um unsere Stadt zu verteidigen!«

»Im November soll Bernhard von Sachsen-Weimar zwölftausend Soldaten und fünfhunderttausend Livres von Kardinal Richelieu bekommen«, meinte der Markgraf. »So lange halten wir auf jeden Fall durch.«

»Ist genügend Verbandszeug vorhanden, falls es Verwundete gibt?«, fragte Elisabeth.

»Wir haben die Frauen angewiesen, Leinen in Streifen zu schneiden«, antwortete der Markgraf. »Die Bader und Ärzte der Stadt halten sich bereit.«

»Eure Magd Hermine hat das Heilwissen von ihrer Mutter mitbekommen«, sagte eine Hofdame. »Sie hat mir schon viel geholfen, wenn es mir einmal nicht gut ging.«

So, die Hermine, dachte Elisabeth. Sie würde sie demnächst einmal eingehend befragen. In der Nacht träumte sie von Kroaten und Italienern, die in die Stadt hereinbrachen. Sie töteten alles, was ihnen in den Weg kam, spießten Kinder auf, vergewaltigten Frauen, auch alte und schwangere, und am Schluss ging alles in einem Flammenmeer auf. Schweißgebadet erwachte sie. Hermine stand an ihrem Bett. »Ihr habt geschrien, Herrin, da wollte ich nach dem Rechten sehen.«

Hinter dem Glas und den Gardinen des Fensters dämmerte der Morgen herauf. Es war beunruhigend still, kein Vogel zwitscherte. Das Schloss erwachte allmählich zum Leben, Schritte knarrten auf dem Korridor. In diesem Augenblick dröhnte ein ungeheurer Knall durch die Stadt, der das Schloss erzittern ließ.

6.

Elisabeth hörte Frauen kreischen, hörte Kinder weinen und Männerstimmen fluchen. Agnes kam mit bleichem Gesicht aus ihrem Zimmer. Zusammen mit Hermine liefen sie die Treppe hinunter, auf die Terrasse vor dem Haus, von der aus man fast über ganz Baden blicken konnte. Viele Menschen hatten sich hier versammelt. Rauch stand wie ein Riesenpilz über der Stadtmauer, offensichtlich hatten die Kaiserlichen sie mit einer Kanone beschossen. Dann ging es Schlag auf Schlag. Das Dröhnen der Kanonen, das Krachen der Musketen, hüben und drüben, das Schreien der Menschen, die verletzt worden waren, gellten Elisabeth so in den Ohren, dass sie den anderen zurief: »Schnell wieder hinein, sonst werden wir auch noch getroffen!«

Sie eilten durch das Tor in den Schlosshof hinein. Wieder ein Dröhnen, Krachen und Bersten, dass es die Mauern erschütterte. Das Schlosspersonal, der Kardinal und der Markgraf hatten sich in der Eingangshalle versammelt. Kalk rieselte von der Decke herab.

»Habt keine Angst, es wird euch nichts geschehen«, versuchte der Markgraf die Leute zu beruhigen. »Die Mauer hat standgehalten. Geht eurer Arbeit nach, ich rufe euch, wenn ihr gebraucht werdet.«

Gestikulierend und laut durcheinander redend folgte das Gesinde der Aufforderung.

Nach etwa einer halben Stunde verstummten die Geschütze beider Seiten, gingen jedoch später umso heftiger los. Es wurde aber nur geringer Schaden angerichtet, wie ein Bote des Markgrafen berichtete. Die Stadt sei zur Übergabe aufgefordert worden, was der Markgraf jedoch zurückgewiesen habe.

»Im Schutz der Nacht werden sie Laufgräben und Geschützstellungen ausheben«, sagte der Markgraf. »Aber ich werde einen Ausfall mit einigen meiner Männer machen und es vereiteln.«

Eine weitere bange Nacht verging. Am nächsten Morgen fuhren die Kaiserlichen fort mit dem Bombardement. Gegen Mittag kam der Markgraf rußgeschwärzt vom oberen Tor zurück.

»Sie hatten eine Bresche geschlagen«, sagte er, »und versucht, mit Granaten die Stadt in Brand zu stecken. Die Brände wurden aber gelöscht. Als die ersten Soldaten durch die Bresche sprangen, haben wir sie gebührend empfangen. Die anderen haben wir derart mit Gewehrfeuer in Schach gehalten, dass es keiner mehr gewagt hat, in die Stadt hereinzukommen.«

»Gab es Tote?«, fragte Elisabeth, der es ganz übel geworden war. Agnes schien das, was der Markgraf sagte, gar nicht wahrzunehmen.

»Ja, etwa fünfzig der Kaiserlichen, bei uns waren es nur fünf oder sechs.«

Unten in der Stadt war inzwischen Ruhe eingekehrt. Offensichtlich hatten sich die Kaiserlichen hinter ihre Schützengräben zurückgezogen. Elisabeth konnte es kaum erwarten, bis die Dämmerung herabsank. Sie wollte unbedingt zum oberen Tor, um zu sehen, ob sich Jakob unter den Verletzten befand. Und doch würde sie, falls sie ihn fände, nicht allein mit der Lage zurechtkommen. Sie beschloss, ihre Magd Hermine einzuweihen, zu der sie in den letzten Stunden und Tagen Vertrauen gefasst hatte. Hermine erwies sich als willig und zuverlässig. Sie besorgte Verbandsmaterial, etwas Brot und Wein und folgte Elisabeth, kaum war die Sonne untergegangen, durch die Gassen der Stadt zum oberen Tor. Das riesige Loch in der Mauer war in aller Eile wieder zugemauert worden, damit kein feindlicher Soldat in der Nacht hereinkommen konnte. Niemand kümmerte sich um die Toten und Verletzten, die dort lagen. Elisabeth hatte eine Fackel mitgebracht und leuchtete jedem ins Gesicht, so sehr sie auch vor den wächsernen Totengesichtern, den offenen Mündern, den zerrissenen Körpern und dem metallischen Geruch nach Blut zurückschreckte.

»Wasser, Wasser!«, stöhnte ein Verletzter und streckte in einem verzweifelten Versuch die Hände nach ihr aus. Im nächsten Augenblick ging ein Zucken durch seinen Körper, und er war still. Elisabeths Blick blieb an einem seiner Kameraden hängen, der ihm am nächsten lag. Ein heißer Schreck durchfuhr sie. Vor ihr lag Jakob, in unnatürlicher Haltung verkrümmt. Seine Augen waren geschlossen, die langen Haare quollen verfilzt aus dem Helm heraus. Sein Harnisch war mit Blut bespritzt, aus einer Wunde am Hals sickerte weiteres Blut. Hermine und sie knieten nieder, entfernten den Helm und begannen, Jakob zu verbinden.

»Heda!«, rief eine Stimme. »Was habt Ihr mit den Verwundeten und Toten zu schaffen?«

Es war der schwedische Söldner, der bei Paul und Melvine Quartier genommen hatte.

Offensichtlich hatte er die Stadt doch nicht verlassen. Auch er erkannte sie wieder.

»Oh, Ihr seid ja eine der schönen Schwestern, die im ›Roten Ochsen‹ gewohnt haben.« Er kam näher.

»Ich möchte die Verwundeten an eine Stelle schaffen, an der wir sie pflegen können«, sagte Elisabeth. Innerlich zitterte sie vor Angst, der Söldner könnte Jakob vor ihren Augen erschlagen.

»Das kommt nicht in Frage«, sagte der Söldner. »Da hätten wir ja noch mehr Hälse zu stopfen.«

Elisabeth erinnerte sich daran, dass der Kardinal ihr am ersten Tag einen Lederbeutel mit Goldgulden gegeben hatte. Glücklicherweise hatte sie ihn mitgenommen. Sie zog ein Geldstück heraus und reichte es dem Soldaten. Der Söldner grinste breit.

»Nun ja, und da Ihr so gut kochen könnt, wollen wir mal

Gnade vor Recht ergehen lassen. Pflegt ihn von mir aus gesund, aber schaut, dass wir ihn nachher einverleiben können.«

»Einverleiben?«, fragten Elisabeth und Hermine wie aus einem Munde.

»Ja, ihn auf unsre Seite ziehen, zum Dienst bei uns verpflichten«, sagte der Söldner.

»Aber gewiss werden wir das tun«, antwortete Elisabeth. Fast hätte sie vor Erleichterung gelacht. Der Söldner entfernte sich, wahrscheinlich ging er noch auf einen Trunk in die Wirtschaft. Elisabeth wies Hermine an, einen Ochsenkarren und Decken zu besorgen. Derweil untersuchte sie die verwundeten Männer. Außer Jakob waren inzwischen alle gestorben. Mit dem Karren, unter einer Decke, brachten sie ihn mühsam zum Platz unterhalb des Schlosses. Sie begleiteten den Ochsenkarren auf den Berg und spannten das Tier dann aus. Elisabeth klopfte das Herz bis zum Hals, als sie den Torwächter sah. Sie zogen das Gefährt vorsichtig in den Garten und luden Jakob in der Gartenlaube ab. Hermine versorgte Jakobs Wunden, Elisabeth deckte ihn zu. Sie ließen ihm Wein und Vorräte da, dann schlichen sie auf Zehenspitzen zurück ins Schloss. Hermine wollte noch den Ochsen und den Wagen in die Stadt hinunter bringen. Agnes trat aus ihrem Zimmer, als Elisabeth kam.

»Wo warst du so lange?«, fragte sie in scharfem Ton.

»Ich war mit Hermine in der Stadt, um die Schäden am oberen Tor und an der Mauer zu beschauen«, antwortete Elisabeth. »So, wie es viele heute Nachmittag ebenfalls getan haben.«

»Ja, ich war auch dort«, sagte Agnes. »Hast du nicht die vielen Toten gesehen?«

»Doch, aber mich hat's so gegraust, dass ich gleich wieder umgekehrt bin.«

In ihrem Bett schwitzte Elisabeth, obwohl das Feuer im Ofen schon ausgegangen war. Ob Agnes etwas gesehen hatte? Es durfte niemand etwas von Jakob erfahren, vor allem der Kardinal nicht. Wahrscheinlich würde er sie zum Teufel jagen, denn Jakob war ein Feind und darüber hinaus ein Rivale für ihn. Elisabeth stand auf und ging zum Fenster. Sie schob die Gardine zur Seite. Da lag die Gartenlaube im Mondschein. Es deutete nichts darauf hin, dass dort jemand versteckt war. Elisabeth zitterte in der nächtlichen Kälte. Ich werde für ihn beten, nahm sie sich vor, und nur abends, wenn es ruhig im Schloss geworden ist, zu ihm gehen. Tagsüber sollte Hermine ihn versorgen. Sie faltete die Hände und betete voller Sorge ein Vaterunser.

Am anderen Tag war es merkwürdig ruhig in der Stadt, die Beschießungen hatten aufgehört. Elisabeth machte sich fertig und lief hinüber in den Speisesaal, wo der Kardinal, Agnes und die Höflinge versammelt waren.

»Ihr seht aus, als hättet Ihr nicht besonders gut geschlafen«, sagte der Kardinal zu ihr.

»Es ist die Sorge um unsere Stadt, um uns alle«, gab sie zurück. Sie nahm eines der weichgekochten Eier, die in Brühe serviert wurden.

»Ihr wundert Euch vielleicht über diese Art, Eier zu kochen«, bemerkte der Kardinal. »Ich habe sie heute selbst zubereitet, nach einem Rezept von König Ludwig XIII.«

»Sie schmecken sehr gut«, entgegnete Elisabeth. »Reichen denn unsere Vorräte aus?«

»Wir haben noch Hunderte von Eiern, Massen von Fleisch, Schinken und Getreide im Keller«, sagte der Kardinal.

Der Markgraf, der ihnen gegenübersaß, hörte ihre letzten Worte. »Sie scheinen uns jetzt aushungern zu wollen, aber das werden sie auch in Monaten nicht schaffen. Eher werden sie selbst verhungern!«

Elisabeth überlegte. Wenn die Beschießung eingestellt wurde, könnten sie ihr Leben auf dem Schloss und in der Stadt wie gewohnt fortführen. Sie musste sich beim Kochen eben ein wenig einschränken. Und wenn Jakob wieder gesund gepflegt war, würde sie ihn bitten, in die Dienste des Markgrafen zu treten. Dann wäre er immer in ihrer Nähe. Aber ob sie dann ihre Gefühle vor dem Kardinal würde verbergen können? Agnes warf ihr einen Blick zu, der alles bedeuten konnte.

»Kommt doch bitte nach dem Frühstück in mein Arbeitszimmer, Elisabeth«, sagte der Kardinal.

»Wollt Ihr etwas mit mir besprechen, Herr Weltlin?«, fragte sie zurück.

»Ja, den Speiseplan für die nächsten Tage«, antwortete der Kardinal. »Ihr seid jetzt ja meine Leibköchin.«

Elisabeth wies ihre Magd Hermine leise an, nach Jakob zu schauen, ihm Verpflegung zu bringen und ihn neu zu verbinden. Sie würde später zu ihm gehen, wenn sie in der Küche nicht mehr gebraucht wurde. Nachdem Hermine fortgegangen war, begab sich Elisabeth zum Arbeitszimmer des Kardinals. Es war ähnlich eingerichtet wie die anderen Räume des Schlosses. An zwei Wänden zogen sich Bücherregale entlang, deren Ledereinbände mit den Goldlettern Elisabeth ins Auge fielen. Der Kardinal trug wieder die schwarze Soutane mit den roten Knöpfen und der weißen Halskrause.

»Ihr braucht Euch um unsere Vorräte wirklich keine Sorgen zu machen«, begann der Kardinal. »Außer dem Vieh haben wir getrocknete Bohnen, Erbsen und Rüben. Jede Menge Äpfel und Birnen. In den letzten Tagen haben die Diener des Markgrafen noch ein paar Rehe und Hasen geschossen.«

»Agnes kann dabei helfen, sie haltbar zu machen«, meinte Elisabeth. »In Essig einlegen, dörren und einkochen.«

»Was schlagt Ihr für heute Mittag und für den Abend vor?«, fragte der Kardinal.

Elisabeth hatte sich schon Gedanken darüber gemacht. Nun überschlug sie im Kopf, was sie für die nächsten Tage brauchte.

»Heute möchte ich einen Lendenbraten vom Schwein machen«, sagte sie. »Am Abend eine Sülze. Und für das Frühstück am nächsten Tag …«

»Um das Frühstück braucht Ihr Euch nicht zu sorgen«, entgegnete der Kardinal. »Das macht einer meiner Diener, der weiß, was dazu gehört. Und weiter?«

»Morgen ein Braten vom Reh und eine Pastete mit gehacktem Kalbfleisch. Oder auch eine mit Hühnern und Quitten.«

Der Kardinal leckte sich über die Lippen. »Ich sehe schon, mit Euch habe ich einen guten Griff getan«, meinte er. Bevor er sie in die Küche entließ, hielt er sie mit einer Handbewegung zurück. »Euer Wohl liegt mir sehr am Herzen, dessen seid immer gewiss, Elisabeth!«

»Und Euer Wohl, Herr Weltlin, ist für mich oberstes Gebot geworden«, antwortete sie.

Elisabeth drehte sich um und ging hinaus, seinen Blick im Rücken spürend.

In der Küche waren Agnes und drei weitere Mägde versammelt. Sie fuhren auseinander, als hätte Elisabeth sie bei etwas Verbotenem ertappt. Agnes kicherte.

»Hast du mich erschreckt, Elisabeth! Wir haben gerade darüber geredet, wie wir die Feinde mit verdorbenem Essen vergiften könnten.«

»Ist doch nicht wahr!«, fuhr eine der Mägde auf. »Wir haben ein wenig über die Höflinge gesprochen, sonst nichts.«

»Ich wusste gar nicht, dass du zu Scherzen aufgelegt bist, Agnes«, sagte Elisabeth. »Trotzdem holst du mir jetzt drei große Schweineschlegel aus dem Keller. Du, Kati, schlachtest zehn Hühner, die rupft ihr dann miteinander und setzt sie auf. Du, Bettina, holst einen Korb voll Quitten. Heute Nachmittag müssen wir verschiedene Speisen haltbar machen und das Reh für morgen vorbereiten.«

Agnes machte einen Schmollmund. Elisabeth wusste, dass sie nie gern Befehle ihrer Schwester angenommen hatte. Aber sie trollte sich davon. Nachdem die Quitten da waren, nahm Elisabeth ein Brett und ein scharfes Messer und begann, sie auszuhöhlen. Die Kerne schälte sie heraus. Sie legte die Früchte in eine Schüssel, würzte sie mit Zimt und Zucker und füllte sie mit

Weinbeeren. Inzwischen hatten die Mädchen die Schweineschlegel, die gehäuteten Teile vom Reh und die geschlachteten Hühner gebracht. Während sie sich auf Schemel setzten und sie rupften, wusch Elisabeth die Schlegel am Ausguss, bestrich sie mit Rindermark, rieb sie mit Salz, Pfeffer, Nelken und Muskat ein. Gemeinsam legten sie sie in einen großen Bräter, Elisabeth goss Wein und Brühe darüber, fügte gehackte Mandeln, Safran und eine Prise Zucker dazu. Der Bräter wurde in die Glut geschoben. Inzwischen waren die Hühner vorbereitet und wurden in einem Topf mit Wasser aufgesetzt. Für die Pasteten legte Elisabeth eine flache Raine mit Brotscheiben aus, fügte Quitten, Weinbeeren und geriebenes Brot dazu und goss süßes Schmalz darüber. Als die Hühner fertig gegart waren, zerteilten die Mägde sie und legten sie in die Raine. Die Pastete würde abends im Ofen fertig gebacken werden. Für das Mittagessen stellte Elisabeth noch eine Soße aus Fleischbrühe und Wein her, dickte sie mit Mehl und Sahne an. Zwei Dienerinnen servierten das Essen. Während der Mahlzeit wurde nur über Belangloses geplaudert. Am Nachmittag legten die Mägde zusammen mit Elisabeth das Wildbret ein, mit Essig, Pfefferkörnern und Wacholderbeeren. Immer wieder dachte Elisabeth an Jakob in der Gartenlaube und hoffte, dass Hermine ihn unbeobachtet hatte versorgen können. Endlich war das Abendessen beendet. Elisabeth bat darum, sich früh zurückziehen zu dürfen. Der Kardinal schaute sie bedauernd an, Agnes warf ihr einen Blick zu, den Elisabeth nicht deuten konnte. In ihrem Zimmer versuchte sie, sich zu beruhigen. Es klopfte. Elisabeth erschrak. Wer könnte sie jetzt noch besuchen?

Es war Agnes.

»Bist du krank?«, fragte sie und sah sie forschend an.

»Ich glaube, es war alles ein wenig viel für mich«, antwortete Elisabeth.

»Für mich war es auch zu viel«, meinte Agnes mit heruntergezogenen Mundwinkeln.

»Angefangen in Calw mit den vielen mordenden Soldaten. Glaubst du, ich hätte gewollt, das alles so kam, wie es nun gekommen ist?«

Elisabeth machte einen Schritt auf sie zu. »Agnes, wir können es nicht mehr ändern und müssen versuchen, das Beste daraus zu machen.«

Agnes Stimme wurde lauter. »Das Beste? Ja, du machst das Beste daraus, Elisabeth, so, wie du es schon immer getan hast! Für mich fielen immer nur die Brocken vom Tisch, derweil du den Löwenanteil eingestrichen hast, bei allem. Immer hieß es, Elisabeth hier, Elisabeth da. Und ich stand daneben und habe mir überlegt, was ich tun könnte, damit auch mich einmal alle bewundern und hofieren!«

»Du hättest nur etwas lernen, mehr aus dir machen müssen, um anerkannt zu werden, Agnes. Mir ist es auch nicht in den Schoß gefallen.«

»Ach, du meinst das, was man allgemein deine Kochkunst nennt? Pah, das kann jeder lernen.«

»Aber du hast es nicht gelernt, Agnes! Deshalb möchte ich dich bitten, wenigstens hier auf dem Schloss, in dieser schweren Zeit, mir zur Seite zu stehen und mir in der Küche zu helfen.«

»Das tue ich doch.«

»Und was ist mit dem Nähen? Du hast doch zum Kardinal gesagt, du könntest Kleider und andere Dinge nähen. Dann fang doch damit an. Jeder wird dich bewundern!«

Agnes ließ den Kopf, den sie sehr hoch getragen hatte, sinken.

»Ich weiß nicht, ob ich es wirklich jemals richtig konnte«, gab sie kleinlaut zu.

»Dann fang doch gleich morgen an, oder heute Abend noch. Der Kardinal hat dir ja Nähzeug gegeben.«

Auf Agnes' Gesicht erschien ein Lächeln. Sie trat auf Elisabeth zu, nahm sie in die Arme und küsste sie auf beide Wangen.

»Du bist so gut zu mir, Elisabeth. Ich gehe jetzt auf mein Zimmer und fange an zu üben. Eine gute Nacht wünsche ich dir!«

Das will ich hoffen, dass es eine gute Nacht wird, dachte Elisabeth. Sie setzte sich auf ihr Bett und lauschte auf die Geräusche im Schloss. Allmählich wurde es ruhig. Elisabeth warf ihre Schecke über und verließ leise den Raum. Die Tür zog sie so hinter sich zu, dass Agnes im Nebenzimmer es nicht hören konnte. Auf Zehenspitzen lief sie die Treppe hinab. Die Tür zum Garten hin war nicht versperrt, weil das Gelände von einer Mauer umschlossen war. Der Mond hatte abgenommen, es war nur noch eine Sichel zu sehen. In dem schwachen Licht tastete sich Elisabeth zur Gartenlaube vor. Im Innern war alles still. Sie öffnete die Tür und glitt hinein. Zunächst erschien ihr alles dunkel. Allmählich gewöhnten sich ihre Augen daran. Elisabeth nahm einen Schatten am Boden wahr. Der Geruch nach verschorftem Blut stieg ihr in die Nase. Sie erschrak. Ob Jakob überhaupt noch am Leben war? Elisabeth kniete sich vor den Kissen hin und streckte ihre Hand aus. Jakob war in ein Fell gehüllt, darüber hatte Hermine eine Decke gebreitet. Sein Körper fühlte sich warm an, langsam hob und senkte sich seine Brust. Er schien aber nicht bei Bewusstsein zu sein. Eine Zeitlang kniete Elisabeth an Jakobs Lager. Wenn er doch wach würde, wenn sie nur einmal den Gegendruck seiner Hand spüren könnte! Sie schaute zum Schloss hinüber, das in völliger Dunkelheit lag. Hinter dem Laden von Agnes' Fenster erschien ein Licht. Gleich darauf wurde der Laden aufgestoßen. Ob sie wusste, dass ihre Schwester in der Gartenlaube war? Elisabeth wagte kaum zu atmen. Nicht auszudenken, was geschehen könnte, wenn Agnes von Jakobs Anwesenheit erfuhr! Sie würde es dem Kardinal und allen erzählen, die davon hören wollten. Der Kardinal würde sie verstoßen. Und wohin sollte sie dann gehen? Die Stadt war ringsum von den Kaiserlichen belagert. Die könnten sie ergreifen und sie zu ihrer Trosshure machen.

Und selbst wenn es ihr gelingen würde, sich unerkannt durch ihre Reihen zu schleichen, graute es ihr vor dem Rückweg durch den Schwarzwald. Valentin Andreä hielt sich inzwischen wieder in Calw auf, aber die Häuser waren verbrannt, ihre Eltern und ihr Bruder waren gewiss nicht dorthin zurückgekehrt, falls sie den Überfall der Kaiserlichen überhaupt überlebt hatten. Elisabeth beschloss, in Zukunft noch vorsichtiger zu sein. Die Silhouette von Agnes verschwand aus der Fensteröffnung, der Laden wurde geschlossen, und bald darauf erlosch das Licht. Jakob gab ein Stöhnen von sich. Elisabeth meinte, ihren Namen zu hören.

Sie hielt ihr Ohr dicht an seinen Mund. Wie gern hätte sie ihn geküsst! Aber sie durfte die Gefahr, in der sie sich befanden, nicht unterschätzen. Auf jeden Fall musste er erst einmal gesund werden. Elisabeth zupfte die Decke zurecht, strich Jakob über die Stirn und schlich sich zur Tür der Gartenlaube hinaus. Unbehelligt erreichte sie ihr Zimmer, warf den Mantel ab und schlüpfte in ihr Bett.

7.

Nach dem Frühstück eröffnete der Markgraf den Anwesenden, dass die kaiserlichen Truppen im Lauf der Nacht abgezogen seien. Seine Späher hätten ihm berichtet, dass ein Bote aus dem Lager des Jan van Werth gekommen sei, der sie nach Ettlingen berief. Die Stadt Baden sei nicht einnehmbar, weil die Belagerten über zu viele Vorräte, Kanonen und Musketen verfügten. So schnell ging das? Elisabeth wurde es ganz warm vor Freude. Aber sie gestand sich ein, dass es nicht allein die Freude über den Abzug der Kaiserlichen war, sondern auch die Genugtuung darüber, dass Jakob nun verhindert sein würde, mit seinem Heer weiterzuziehen.

»Ich erwarte Euch nach dem Mittagessen in meinem Arbeitszimmer«, sagte der Kardinal zu ihr. Was konnte er von ihr wollen? Den Speiseplan für die nächsten Tage besprechen? Bei dem Gedanken, Agnes könnte etwas bemerkt und es dem Kardinal erzählt haben, wurde ihr ganz kalt. Sie verschwand in der Küche, um zusammen mit Agnes und den Mägden das Mittagsmahl vorzubereiten. Die Stücke vom Reh kochte sie mit rotem Wein, Pfefferkörnern und Wacholderbeeren. Am Schluss rührte sie dicken Sauerrahm unter die Soße. Dazu gab es Apfel- und Birnenkompott. Während Agnes mit den Mädchen das Geschirr in der Küche reinigte, folgte Elisabeth dem Kardinal in sein Arbeitszimmer. Er bat sie, sich mit ihm zusammen ein Bild anzusehen, das an der Wand hing. Es zeigte einen hageren Mann mit buschigen, dunklen Brauen, Backen-, Schnurr- und Kinnbart. In der Hand hielt er einen Zirkel.

»Das ist Johannes Kepler aus Leonberg«, sagte der Kardinal. »Er ist vor vier Jahren gestorben, aber er war mir wie ein Freund.«

Elisabeth hatte schon von dem berühmten Gelehrten gehört. »War nicht seine Mutter als Hexe angeklagt?«

»Ja, sie geriet in den Verdacht der Hexerei. Der Stadtvogt von Leonberg, Lutherus Einhorn, leitete 1615 den Hexenprozess gegen Katharina Kepler ein. Sie war eine Heilerin. Im Oktober 1621 setzte Johannes Kepler ihre Freilassung durch. Ich habe ihn dabei unterstützt. Leider verstarb Katharina Kepler ein Jahr später aufgrund der langen Kerkerhaft.«

»Ihr habt ihn unterstützt? Das ehrt Euch, Herr Weltlin!«

»Nicht nur das«, fuhr der Kardinal fort. »Ich habe mich auch mit seinen Lehren beschäftigt. Bisher glaubte man ja, dass sich die Sonne um die Erde drehe. Kepler nahm an Diskussionen über Theorien des Astronomen Nikolaus Kopernikus teil. Der hatte behauptet, dass die Erde und alle anderen Planeten sich um die Sonne drehen – und die Erde nicht der Mittelpunkt des Weltalls sei. Das hat Kepler nie mehr losgelassen. Wie besessen versuchte er, die Theorie des Kopernikus zu beweisen.«

»Glaubt Ihr denn daran, dass nicht die Erde, sondern die Sonne im Mittelpunkt des Weltalls steht?«, fragte Elisabeth. Sie war unruhig, einmal wegen des ungewöhnlichen Themas, das sie dem Kardinal nicht zugetraut hätte, zum anderen wegen seiner Vertraulichkeit mit einer Untergebenen, zum Dritten wegen des feindlichen Soldaten, den sie auf dem Gelände des Schlosses versteckt hatte.

»Könnt Ihr Stillschweigen bewahren?«, wollte der Kardinal von ihr wissen.

»Ich möchte Euch dienen, so gut ich es kann«, antwortete Elisabeth.

»Vom ersten Augenblick an hatte ich Vertrauen zu Euch, Elisabeth«, fuhr der Kardinal fort. »Deshalb wusste ich, dass ich Euch in diese Dinge einweihen würde. Inwieweit ich offen zu meiner Überzeugung stehen kann, sei dahingestellt. Philipp von Sötern, der Erzbischof von Speyer, hat mir schon einmal eine Warnung zukommen lassen. Ich als Kardinal, als vom Papst ernannter Würdenträger der Kirche, müsse mich von solchen ketzerischen Lehren fernhalten und dürfe nichts zu ihrer Verbreitung beitragen.«

»Mein Vater war Mesner in der Kirche von Andreä«, entgegnete Elisabeth. »Er hat mit uns über Luther, Zwingli und Calvin gesprochen.«

»Dann kennt Ihr also das reformerische Gedankengut ein wenig. Elisabeth, ich bin mir sicher, dass Ihr Eure Familie wiedersehen werdet. Wenn Ihr nach Calw zurückgehen wollt, kann ich Euch nicht halten, aber es würde mir sehr leidtun.«

»Ich gehe nicht nach Calw zurück«, sagte Elisabeth. »Wolltet Ihr nicht einen Brief an Andreä schicken und ihn nach meiner Familie fragen?«

Der Kardinal griff sich an den Kopf. »Wie konnte ich das nur vergessen! Gestern ist eine Antwort gekommen. Eure Familie ist in Calw nicht wieder aufgetaucht. Und es weiß auch niemand, wohin sie gegangen sein könnte.«

Elisabeth schaute ihm forschend ins Gesicht. »Und unsere Tante aus Neuweiler?«

Der Kardinal räusperte sich. »Die ist ebenfalls verschollen.«

»Ich danke Euch von ganzem Herzen, Herr Weltlin«, sagte Elisabeth, »dass Ihr diesen Brief geschrieben, dass Ihr mich als Köchin eingestellt und auch meine Schwester aufgenommen habt. Wie kann ich Euch das nur vergelten?«

»Das könnt Ihr mir vergelten, indem Ihr für mich kocht und mir ein wenig Gesellschaft leistet. Ich habe Euch gern um mich.«

»Müsst Ihr nicht Euren kirchlichen Verpflichtungen nachgehen?«, fragte Elisabeth.

»Ja, Ihr habt recht«, antwortete er und machte ein bedauerndes Gesicht. »Demnächst muss ich nach Straßburg und sollte mich dort um mein Domkapitel kümmern. Heute Nachmittag möchte ich Euch übrigens freigeben. Aber kommt am Abend, sobald es dunkel ist, zu mir, ich möchte Euch noch etwas zeigen.«

Bei diesen Worten machte Elisabeths Herz einen Sprung. Einen Nachmittag lang sollte sie freihaben!

»Ich werde zunächst einmal mit Hermine in den Gemüsegarten gehen, um nach dem Rechten zu sehen«, sagte sie. »Dann möchte ich in die Stadt hinunter.«

»Ihr braucht mir nicht zu erklären, was Ihr mit Eurer freien Zeit macht«, antwortete der Kardinal. »Kommt, wie gesagt, gleich nach dem Abendessen zu mir.«

Damit war Elisabeth entlassen. Sie lief in die Küche, um Hermine zu holen. Zusammen betraten sie den Garten.

»Ist Jakob gut versorgt?«, raunte sie ihrer Magd zu, indem sie einen verstohlenen Blick auf die Gartenlaube warf.

»Ja, er ist bei Bewusstsein, isst und trinkt«, gab Hermine leise zurück, »aber er kann dort nicht bleiben, er wird uns des Nachts noch erfrieren.«

Scheinbar harmlos plaudernd setzten sie ihren Weg zum Gemüsegarten fort. An den Rebstöcken hingen noch Trauben; Kohl und anderes Wintergemüse war in Reihen angepflanzt.

»Wir müssen ihn ins Haus bringen«, sagte Elisabeth. »Am besten noch heute Nacht.«

Hermine schaute zum Himmel, der bedeckt war. »Es wird früher dunkel jetzt«, meinte sie. »Wir könnten es gleich nach dem Abendessen tun.«

»Nein, später«, versetzte Elisabeth. »Ich muss noch zum Kardinal, er will mir etwas zeigen.«

Hermine gluckste. »Was wird er Euch wohl zeigen wollen?«

»Ich weiß es nicht, Hermine. Auf jeden Fall habe ich heute Nachmittag frei und will in die Stadt hinunter. Meinst du, dass du auch freibekommen könntest?«

»Mal sehen, was sich tun lässt«, meinte Hermine.

Elisabeth gab sich einen Ruck. »Ich möchte noch einmal kurz in die Gartenlaube«, sagte sie. »Geh schon voraus und achte darauf, ob jemand kommt.«

Mit klopfendem Herzen betrat Elisabeth die Laube. Jakob

blickte ihr entgegen. In seinem Gesicht zuckte es. War es der Schreck über den unerwarteten Besuch, war es Freude? Sein Haar war wirr, die Decke hatte er, halb sitzend, um seinen Oberleib geschlungen. Auf einem Holzbrett stand ein Becher mit Wein, daneben lagen Brot, Käse und Schinken. Jakobs Hals war frisch verbunden. Helm und Harnisch waren in einer Ecke gestapelt, zusammen mit seinem Degen.

»Ich bin Euch zu tiefem Dank verpflichtet, dass Ihr mich vor den Schweden gerettet habt«, sagte er mit rauer Stimme. »Aber Ihr bringt Euch selbst in Gefahr. Ihr habt mich mitten ins Lager meiner Feinde gebracht!«

War das alles, was er über diese Angelegenheit dachte?

»Jakob, Ihr habt mich und meine Schwester ebenfalls vor den Feinden gerettet«, gab sie zurück. »Erinnert Ihr Euch daran? Es war in Calw. Meine Eltern und mein Bruder sind seitdem verschwunden.«

Jakob hob bedauernd die Hände, zuckte aber gleich darauf vor Schmerz zusammen.

»Ich habe leider auch nichts mehr von ihnen gehört.«

»Auch nicht von meiner Tante?«

Jakob schloss die Augen und schwieg. Elisabeth dachte schon, er sei eingeschlafen oder ohnmächtig geworden, da fuhr er fort: »Von Eurer Tante weiß ich nichts. Seid froh, dass Ihr über die Mauern entkommen seid, Elisabeth! Diese Nacht in Calw war das Schlimmste, was ich in meiner Zeit in der kaiserlichen Armee erlebt habe. Ganz abgesehen von dem, was vorher geschah.«

Er schwieg erneut. Elisabeth wollte nicht weiter in ihn dringen. Sie nahm seine Hand.

»Ich werde Euch jetzt ruhen lassen, es fehlt Euch ja offensichtlich an nichts. Allerdings sagte mir meine Magd Hermine, es sei nachts so kalt, dass Ihr zu erfrieren droht?«

Er öffnete noch einmal die Augen, blinzelte sie an.

»Ob ich nun hier sterbe oder auf dem Schlachtfeld, ist eins.«

»So dürft Ihr nicht reden!«, antwortete Elisabeth. »Wir werden für Euch sorgen, so lange es notwendig ist.«

»Ich habe gehört, dass die Kaiserlichen wieder abgezogen sind«, sagte Jakob mit einem schwachen Lächeln. »Am liebsten würde ich ihnen hinterherziehen.«

Hatte Hermine ihm das erzählt? Elisabeth hätte es ihm lieber so lange wie möglich verschwiegen.

»Das habt Ihr sicher selbst gemerkt«, meinte sie. »Aber es ist nicht ratsam für Euch, ihnen zu folgen. Ihr könntet verbluten, erfrieren oder verhungern!«

Elisabeth sah, dass Jakob vollkommen erschöpft war. Er schlief ein, und sie legte vorsichtig die Decke über ihn. Einen Augenblick stand sie noch und betrachtete sein Gesicht, über das leichte Wellen liefen, als träume er schlecht. Schließlich riss sie sich los und ging durch den Garten zurück zum Eingang, an dem Hermine auf sie wartete.

»Hast du dich freimachen können?«, fragte Elisabeth.

»Ja, der Beikoch des Markgrafen übernimmt die Zubereitung des Abendessens, der hat eigene Gehilfen. Aber Agnes, Eure Schwester, hat geschimpft, dass sie nicht auch freibekommt.«

»Sie wird ein andermal Gelegenheit erhalten, sich in der Stadt zu tummeln«, versetzte Elisabeth. Die beiden Frauen durchquerten die Halle des Schlosses und traten ins Freie. Der Himmel wies inzwischen Wolkenlücken auf, so dass die Stadt an einigen Stellen von der Sonne erleuchtet war. Elisabeth und Hermine stiegen die Treppe hinunter, die auf den Platz mit den Badehäusern führte. Auf dem Rasen blühten noch die zartvioletten Herbstzeitlosen, auf den Beeten Astern, Geranien und Rittersporn. Elisabeth fühlte sich wie befreit. Doch gleichzeitig bedrückte sie der Gedanke, dass sie einen Ort finden musste, an dem sie Jakob gefahrlos verstecken konnten. Und würde er überhaupt einwilligen? Seine Verletzung war nicht so tief, wie sie zunächst gedacht hatte. Sie würde in ein bis zwei Wochen ausgeheilt sein. Und dann? Elisabeth schob den Gedanken daran weit weg. Jetzt war Heute, für das Morgen würde sich schon eine Lösung finden. Elisabeth fiel auf, dass die schwedischen und französischen Söldner aus der Stadt verschwunden waren. Sie überquerten den Marktplatz und gelangten bald zum »Roten Ochsen«. Die Tür der Wirtschaft stand offen. Mit einem Blick sah Elisabeth, dass hier nicht mehr so viele Gäste einkehrten wie noch kurz zuvor. Zwei Badegäste in vornehmer Kleidung saßen an einem der Tische und tranken Wein aus dickwandigen Bechern. Paul und Melvine standen hinter dem Tresen und unterhielten sich mit den Gästen. Als sie Elisabeth erblickten, glitt ein freudiges Lächeln über ihre Züge.

»Das ist schön, dass Ihr wieder einmal vorbeikommt«, sagte Paul. Sein langes Haar war sorgfältig gewaschen und gekämmt. Auch seine Frau sah genauso rund und appetitlich aus wie immer.

»Wir haben heute frei«, erklärte Elisabeth. »Und da dachten wir, wir könnten doch mal in die Stadt hinuntergehen und den ›Roten Ochsen‹ besuchen. Das ist übrigens meine Magd Hermine«, setzte sie hinzu.

»Und, wie gefällt es Euch auf dem Schloss?«, fragte Melvine und nickte Hermine zu.

»Wir haben alles, was wir brauchen«, antwortete Elisabeth.

»Das kann man von uns nicht behaupten«, kam es von Paul. »Seitdem die Söldner die Stadt verlassen haben, geht es bergab mit uns. Die wenigen Badegäste, die geblieben sind, wohnen in den Herbergen, wir bekommen kaum noch Gäste.«

Die beiden am Tisch winkten Paul, um zu zahlen, erhoben sich und verließen mit Grußworten das Lokal.

»Jetzt sind wir unter uns«, sagte Paul. »Kommt, setzt Euch, ich gebe ein Bier aus. Melvine, bring mal drei Krüge Bier. Oder vier«, fügte er hinzu, als er ihre enttäuschte Miene sah. Melvine zapfte das Bier aus dem großen Fass, brachte die Krüge zum Tisch und setzte sich zu ihnen.

»Ich würde Euch gerne helfen«, sagte Elisabeth. Sie hatte

einen Einfall. »Ihr könnt nicht warten, bis neue Söldner in die Stadt kommen.« Sie warf einen Seitenblick auf Hermine.

»Ich hätte da einen Gast für Euch, für den ich gut zahlen könnte«, sagte sie.

Hermine sah sie erst ungläubig, dann freudig überrascht an.

»Es ist ein Söldner, der verletzt ist«, fuhr Elisabeth fort. »Auf dem Schloss werden Personen, die nicht adligen Geblütes sind, nicht geduldet.« Elisabeth wunderte sich über sich selber, dass sie lügen konnte, ohne rot zu werden. Aber in einem Gasthof unterzukommen, musste selbst für Jakob angenehm und weniger demütigend sein, als sich in der kalten Laube verstecken zu müssen.

»Den Bader, der nach ihm sehen sollte, bezahle ich selbstverständlich auch.«

Die Gesichter der Wirtsleute waren voller Hoffnung.

»Und wie wollt Ihr ihn hierherschaffen?«, fragte Paul.

»Wir haben doch ein kleines Ochsengespann«, ließ sich Melvine vernehmen.

»Kommt heute Nacht, wenn der Wächter die zwölfte Stunde verkündet, mit dem Wagen zum Fuß des Hügels, auf dem das Schloss liegt.«

»Und wie sollen wir …?«, fragte Hermine zaghaft.

»Das lasse nur meine Sorge sein«, beschied Elisabeth.

Sie unterhielten sich noch eine Weile mit den Wirtsleuten. Bevor sie sich verabschiedeten, schob Elisabeth Paul einen Goldgulden über den Tisch.

Den Rest des Nachmittags verbrachten die beiden auf dem Markt und in der Therme.

Zur Abendbrotzeit eilten sie den Weg zum Schloss wieder hinauf. Die Höflinge begaben sich gerade zum Speisezimmer, angeführt vom Markgrafen und dem Kardinal.

»Nun, habt Ihr Eure freie Zeit gut genutzt?«, fragte der Kardinal Elisabeth.

»O ja, wir sind durch die Stadt gegangen und haben ein Bad in der Therme genommen«, beeilte sie sich zu sagen.

Ihr war es, als würde er den Duft, der von ihr ausging, einsaugen. Sie ließen sich am Tisch nieder. Es gab Hühnerbrühe mit Kastanien, Gehacktes im Teigmantel und zum Nachtisch Rosenblütenpudding.

»Es ist gut, aber Ihr kocht viel besser als der Beikoch vom Markgrafen«, flüsterte der Kardinal ihr zu. Nachdem die Tafel aufgehoben war, folgte Elisabeth dem Kardinal in sein Arbeitszimmer. Im Kamin brannte ein wärmendes Feuer.

»Was ich Euch jetzt zeige, ist eine bahnbrechende Entdeckung«, sagte er und ging zu seinem Schrank aus Nussbaumholz. Er holte einen stählernen, länglichen Gegenstand heraus.

»Es ist das astronomische Fernrohr, das von Kepler erfunden wurde«, sagte er. »Das besteht aus zwei Linsen, dic als Objektiv und Okular bezeichnet werden. Das Licht tritt in das Objektiv ein, wird im Objektiv und im Okular gebrochen und erreicht danach unser Auge.«

Er trat ans Fenster und winkte Elisabeth heran. Draußen war inzwischen die Dunkelheit herabgesunken, Sterne blinkten über den Bergen des Schwarzwaldes auf. Der Mond war verschwunden. Der Kardinal hielt ihr das Fernrohr hin, und sie schaute hindurch. Ein Stern überstrahlte alle anderen.

»Das ist der Jupiter«, erklärte der Kardinal. »Ein riesiger Planet, der wie unsere Erde um die Sonne kreist, Glanzpunkt des herbstlichen Sternenhimmels. Am Abend steigt er am Osthimmel empor, um Mitternacht steht er hoch im Süden, und gegen Morgen verschwindet er langsam im Westen.«

Elisabeth war ergriffen. So etwas hatte sie noch nie gesehen.

»Und wir kreisen zusammen mit ihm um die Sonne?«, fragte sie. »Ich sehe sie aber immer im Osten aufgehen und im Westen untergehen.«

»Der Schein trügt«, meinte der Kardinal. Er stand so dicht hinter ihr, dass seine Soutane ihr Kleid berührte. Diese Nähe beruhigte und verwirrte Elisabeth gleichzeitig.

»In Wahrheit drehen wir uns um die Sonne. Diese Wahrheit

wird allerdings von unserer Kirche nicht anerkannt. Papst Urban XIII. ist den Gedanken gegenüber zwar sehr aufgeschlossen, aber er musste Galileo Galilei, der die Thesen des Kopernikus vertrat, dazu bewegen, seine Erkenntnisse zu widerrufen. Galileo lebt jetzt, krank und alt, auf dem Land in Arcetri bei Florenz. Noch im Jahr 1610 wurde Giordano Bruno, ebenfalls ein Vertreter dieses heliozentrischen Weltbilds, auf dem Campo de Fiori in Rom öffentlich verbrannt. Auch Kepler wurde angefeindet und aus Graz vertrieben. Alle Bücher, die sich damit befassen, sind vom Papst mit dem Bann belegt; sie stehen auf dem *Index Librorum Prohibitorum*, der Liste der verbotenen Bücher.«

Elisabeth trat einen Schritt zur Seite, drehte sich um und schaute dem Kardinal ins Gesicht. Der Feuerschein tauchte es in ein rötliches Licht.

»Und Ihr, Herr Weltlin – habt Ihr Bücher von diesen verbotenen Autoren?«

»Ja, sie sind in meiner Bibliothek, aber nicht für jeden sichtbar. Wenn ein Buch auf dem ›Index für verbotene Schriften‹ steht, heißt das noch nicht, dass keiner sie in seinem Besitz hat. Je mehr eine Schrift mit einem Tabu belegt wird, desto größer wird die Neugier der Menschen, die davon erfahren. Angeblich hat man Giordano Bruno die Zunge festgebunden, damit er vor seinem Tod auf dem Scheiterhaufen nicht mehr zu den Leuten sprechen konnte.«

»Weiß jemand von Euren verbotenen Büchern?«

Der Kardinal seufzte. »Der Erzbischof von Speyer, Philipp von Sötern, hat möglicherweise einen Verdacht. Auf jeden Fall hat er mir schon, wie gesagt, eine Warnung zukommen lassen und immer wieder ein paar anzügliche Bemerkungen darüber gemacht.«

Sein Gesicht war ihrem nun ganz nah. Elisabeth hatte Angst, sich in seinen funkelnden Augen zu verlieren.

»Merkt Euch, Elisabeth«, sagte er, »von mir habt Ihr nichts

zu befürchten! Ich sagte ja bereits, das ich Euch gern um mich habe, und ich gebe diesem Wunsch schon mehr nach, als es meinem Würdenamt zusteht.«

»Wollt Ihr damit sagen, dass ich mich von Euch fernhalten sollte, Herr Weltlin?«

»Nein, ganz und gar nicht. Es soll heißen, dass wir nach außen den Schein wahren müssen. Unsere Zusammenkünfte dienen allein der Absprache des Speiseplans und der Pflege meiner Räume. Ich schätze Euch zu sehr, als dass ich ein Gerede der Leute möchte.«

»Habt Ihr nicht Angst, dass ich mich verplaudern könnte?«, fragte Elisabeth.

»Mir ist die Gefahr wohl bewusst, in der ich mich befinde und in der nun auch ihr Euch befindet. Ich konnte nie mit jemanden darüber sprechen. Jetzt musste ich es einfach einmal loswerden!«

»Ich schätze Euch sehr, Herr Weltlin«, sagte Elisabeth. »Und ich vertraue Euch, wie auch Ihr mir vertrauen könnt.«

Das ist eine Lüge, dachte sie im gleichen Augenblick. Er vertraute ihr, aber sie hatte dieses Vertrauen nicht verdient. Mit einem kleinen Schreck fiel ihr ein, dass sie heute Abend gegen Mitternacht, wenn alle schlafen gegangen waren, Jakob in die Stadt hinunterbringen wollten, um ihn bei den Ochsenwirten zu verstecken.

»Was geht Euch im Kopf herum?«, fragte der Kardinal. »Ihr seht so betrübt aus.«

»Ich musste an meine Eltern und an meinen Bruder denken«, antwortete sie schnell. »Und auch meine Schwester Agnes macht mir Sorgen.«

»Ich beobachte das schon eine geraume Zeit«, meinte der Kardinal. »Sie neigt zu Zornausbrüchen und dazu, sich immer ins rechte Licht setzen zu wollen, vor allem bei den Männern. Ich habe mir schon überlegt, ob sie nicht in einem Kloster besser aufgehoben wäre als in einer Residenzstadt.«

Darein, ins Kloster zu gehen, würde Agnes niemals einwilligen, überlegte Elisabeth bei sich. »Wahrscheinlich würde sie, wenn man sie zwingt, ständig entweichen.«

»Im Augenblick halte ich es auch noch nicht für notwendig«, versetzte der Kardinal.

»Jetzt müssen wir erst einmal den Winter überstehen, nach Möglichkeit ohne Belagerung und Plünderung.«

»Wann reist Ihr nach Straßburg?«, wollte Elisabeth wissen.

»In ein bis zwei Tagen«, war die Antwort des Kardinals.

Sie setzten sich in zwei Sessel, die nahe beim Feuer standen und plauderten eine Weile miteinander. Es schlug neun Uhr, es schlug zehn. Elisabeth wurde unruhig. Sie bat den Kardinal, sich verabschieden zu dürfen.

»Wenn ich fort bin, solltet Ihr Euch vor zwei Dominikanern hüten«, sagte er. Elisabeth erschrak. Wurde er wegen der Bücher verfolgt?

»Wo seid Ihr ihnen begegnet?«, fragte sie.

»In Straßburg, hier, überall«, gab er zur Antwort.

»Wie sehen sie aus?«, wollte Elisabeth wissen.

»Sie tragen einen weißen Habit mit Gürtel, Skapulier, Kapuze, dazu einen schwarzen Radmantel, eine *Cappa.*«

»Und was meint Ihr, wollen sie von Euch?«

»Sie sollen mich gewiss überwachen. Der Auftrag kommt, so vermute ich, vom Inquisitor Berni in Rom. Der hat seine Schergen überall. Vermutlich hat auch der Kaiser seine Hand im Spiel.«

»Und was soll ich tun, Herr Weltlin?«

»Bewegt Euch so unauffällig wie möglich. Lasst Euch nichts zuschulden kommen.« Damit war Elisabeth entlassen. In ihrem Zimmer ging sie unruhig hin und her, sie wartete auf den zwölften Glockenschlag. Aus Agnes' Zimmer drang kein Laut. Endlich klopfte es leise an die Tür. Es war Hermine.

»Es ist so weit«, flüsterte die Magd.

8.

Elisabeth warf sich ihren Mantel über und folgte Hermine nach draußen. Leise schlichen sie den Gang entlang und die Treppe hinunter. Der Schein des Mondes fehlte ihnen, aber sie wagten nicht, Licht zu machen, um sich nicht zu verraten. Vorsichtig tasteten sie sich zur Tür in den Garten. Jakob war wach, er schien schon auf sie gewartet zu haben. Zu Elisabeths Überraschung wehrte er sich nicht gegen ihr Angebot.

»In einem Gasthaus ist es immer noch besser als in dieser kalten Laube«, sagte er.

Sie stützten ihn, um ihm auf die Beine zu helfen. Harnisch, Helm und Schwert würde Elisabeth ihm am nächsten Tag bringen. Er humpelte zwischen ihnen durch den Garten. Ab und zu knackte ein Zweig unter ihren Füßen, so dass Elisabeth zusammenfuhr. Eine Kohlenpfanne war am Tor angebracht, davor saß der Wächter in hockender Stellung, der Kopf war ihm auf die Brust gesunken.

»Ich habe ihm etwas in den Wein getan«, flüsterte Hermine den anderen zu. Schritt für Schritt schoben sie sich an dem Wächter vorbei. Ein Aufschnarchen ließ Elisabeth abermals zusammenzucken. Dann hatten sie die Treppe in die Stadt hinunter erreicht.

Der Weg kam Elisabeth endlos vor. Jakobs Körper war eiskalt. Es war höchste Zeit, dass er in eine warme Stube kam und von einem Bader gepflegt wurde! Paul erwartete sie mit seinem Ochsenkarren. Gerade waren sie dabei, Jakob hinaufzuheben, als sich ein Licht näherte und eine Stimme ertönte: »Was geht hier vor sich?«

Es war der Nachtwächter, der seine Runde durch die Stadt

drehte. Er hielt seine Laterne hoch und leuchtete Jakob, dann Hermine, Paul und Elisabeth ins Gesicht.

»Ihr hier, Herr Ochsenwirt? Verhelft Ihr jemandem zur Flucht? Einem feindlichen Söldner etwa, den es hierher verschlagen hat? Jetzt steht schon Rede und Antwort, oder ich melde es auf dem Rathaus!«

»Es ist mein Bruder, den wir aus einer Schänke herausgeholt haben«, sagte Elisabeth in einer plötzlichen Eingebung. »Er kann nicht mehr laufen, wie Ihr seht. Wir bringen ihn zum ›Roten Ochsen‹, damit er seinen Rausch ausschlafen kann.«

»Ich glaube Euch nicht«, sagte der Mann lauernd. »Es ist ein feindlicher Söldner, da könnt Ihr mir viel erzählen.«

Elisabeth griff in ihren Beutel und holte einen Golddukaten hervor. Die Augen des Nachtwächters leuchteten auf. Er griff danach.

»Kein Wort davon, dass Ihr uns gesehen habt«, sagte Paul in drohendem Ton. »Sonst werden wir dem Rat Geschichten über Euch erzählen, die Euch die Stellung kosten können!«

Der Nachtwächter duckte sich zusammen. »Ich habe nichts gehört und nichts gesehen«, meinte er kleinlaut, drehte sich um und schlich davon. Elisabeth warf noch einen letzten Blick auf Jakob. Seine Augen waren geschlossen, er schien wieder das Bewusstsein verloren zu haben. Nur ungern ließ sie ihn in der Obhut von Paul zurück.

»Morgen früh, wenn ich auf den Markt gehe, komme ich auf jeden Fall vorbei«, sagte sie und drückte Paul zum Abschied die Hand. »Lasst heute Nacht noch einen Bader kommen, der sich die Wunde ansieht. Und gebt ihm etwas Heißes zu trinken, sobald er wach ist.«

Schweren Herzens stieg sie zusammen mit Hermine die Stufen zum Schloss hinauf. Ein Käuzchen schrie, Fledermäuse huschten vorüber. Im Schloss war alles unverändert. Ungesehen kamen sie durch das Tor und ins Schloss hinein. Auf dem Weg zu ihrem Zimmer fürchtete sich Elisabeth davor, dass Agnes plötzlich vor ihr stehen könnte, wie schon einmal. Aber alles blieb ruhig. In ihrem Bett konnte Elisabeth lange nicht einschlafen. Die Bilder und Worte des Abends gingen ihr immer wieder durch den Kopf. Warum hatte der Kardinal sie zu seiner Mitwisserin über die verbotenen Schriften gemacht? Damit gefährdete er nicht nur sich selbst, sondern auch sie, Elisabeth, den Markgrafen und dessen gesamten Hofstaat! Die Uhr vom nahen Kirchturm schlug einmal, sie schlug zweimal. Endlich dämmerte Elisabeth hinüber und träumte von zwei Dominikanern, die sie durch die Gassen Badens verfolgten. Ihre Schritte klapperten auf dem harten Boden. Sie kamen immer näher. Schon hörte sie ihren keuchenden Atem hinter sich. Mit einem Schrei wachte Elisabeth auf. Ein lautes Klappern drang an ihre Ohren. Der Fensterladen draußen bewegte sich hin und her. Sie sprang auf und lief zum Fenster. Ein Sturm war aufgekommen, er fuhr von den Höhen des Schwarzwaldes herab und riss Blätter, Zweige und Sand mit sich. Im Garten wirbelte ein Strauß von gelben Blättern im Kreis herum.

Beim Frühstück geschah dann das Unerwartete. Der Markgraf räusperte sich so laut, dass alle Köpfe zu ihm herumfuhren.

»Mein Gärtner hat heute Morgen etwas in der Gartenlaube gefunden«, sagte er und blickte sich vielsagend um. Elisabeth wurde es heiß. Der Helm, der Harnisch und das Schwert! Warum hatten sie die nicht gleich mitgenommen? Jetzt würde gewiss ein peinliches Verhör im Schloss beginnen.

»Er wollte die Laube für den Winter herrichten«, fuhr der Markgraf fort. »Und was meint Ihr, was dort lag? Ein Helm, ein Harnisch und ein Schwert.« Sein Bart bewegte sich beim Sprechen auf und ab. »Weiß jemand von Euch, wem diese Dinge gehören könnten?«

Niemand antwortete ihm. Elisabeth schwitzte. Alle schauten in gespielter Gleichmütigkeit zum Fenster hinaus oder auf ihre Teller.

»Dann will ich es Euch sagen«, meinte der Markgraf. »Sie

gehörten oder gehören einem Söldner, besser gesagt einem Hauptmann. Und ich vermute, es ist nicht einer aus unseren Reihen.«

»Ihr meint, dass ein feindlicher Söldner in unserem Garten logiert hat?«, fragte der Kardinal mit hochgezogenen Augenbrauen.

»Genau das meine ich«, entgegnete der Markgraf. »Wie kann sich der Feind in eine belagerte Stadt geschlichen haben, ohne entdeckt zu werden? Wovon hat er sich ernährt? War er verwundet? Der Gärtner sagt, es seien Blutspuren in der Laube gewesen. Wie konnte er die kalten Nächte überstehen?«

Der Kardinal beugte sich vor und sagte mit fester Stimme: »Ich glaube schon, dass es möglich ist, sich in die Stadt zu schleichen. Schließlich hattet Ihr, Herr Markgraf, ja auch einen Späher, der über die Belagerer berichtete. Inzwischen wird der feindliche Söldner längst das Weite gesucht haben.«

Elisabeth fiel ein Stein vom Herzen. Der Markgraf und die anderen schienen mit dieser Erklärung zufrieden zu sein. Was aber wäre gewesen, wenn der Markgraf angeordnet hätte, die ganze Stadt zu durchsuchen? Elisabeth schüttelte ihre Gedanken ab und sah zu Agnes hinüber. Deren Miene war undurchdringlich. Konnte Elisabeth es wagen, nach diesem Vorfall in den »Roten Ochsen« zu gehen und mit Jakob zu sprechen?

Nach dem Frühstück begab sie sich zum Arbeitszimmer des Kardinals. Sie würde sich bei ihm, als seine Leibköchin, persönlich abmelden müssen, wenn sie in die Stadt auf den Markt ging. Auch hier klapperten die Fensterläden im Sturm.

»Ich muss noch ein paar Köpfe Rotkraut als Beilage für das gekochte Ochsenfleisch besorgen«, sagte sie.

»Lasst Euch nicht aufhalten«, antwortete der Kardinal und zwinkerte ihr zu. Was hatte dieses Zwinkern wieder zu bedeuten? Ahnte er doch etwas? Du hörst das Gras wachsen, schalt sie sich, knickste und verließ den Raum. Rasch lief sie in ihr Zimmer, zog sich für den Stadtgang an, holte einen Korb aus der Küche und trat aus der Haupttür des Schlosses heraus. Am Himmel jagten schwere graue Wolken, der Anprall des Windes ließ Elisabeth zurücktaumeln. Es roch nach faulem Laub und Nässe. Sie zog sich die Kapuze ihres Mantels vor das Gesicht, stemmte sich gegen den Wind, drückte ihren Korb fester an sich und durchquerte das Tor. Langsam stieg sie die Treppe zur Stadt hinab. Die Blumen der Grünanlage sahen ganz zerzaust aus, Blütenblätter lagen verstreut am Boden oder tanzten umher. Elisabeth erreichte den »Roten Ochsen« ganz außer Atem.

»Kann ich ihn sehen?«, fragte sie Melvine, die allein in der Küche stand und das Mittagessen vorbereitete.

»Er ist oben, es geht ihm gut«, antwortete die Wirtin. »Der Bader war gestern Nacht noch da und hat ihn versorgt. Er ist in dem Raum, in dem die Schweden waren.«

Elisabeth eilte die Stufen zu der Kammer hinauf und klopfte an die Tür. Drinnen polterte es, als ob etwas zu Boden gefallen wäre.

»Kommt herein, Elisabeth«, hörte sie Jakob sagen. Er bückte sich gerade nach seinem Dolch. Vor ihm auf dem Tisch standen die Reste des Frühstücks, das ihm Melvine bereitet hatte. Elisabeth reichte ihm die Hand. Sie sah, dass sein Hals frisch verbunden war.

»Ich kann leider nicht lange bleiben«, sagte sie und atmete aus. Er schaute sie fragend an.

»Der Kardinal erwartet mich bald zurück, ich muss in die Küche und vorher noch etwas auf dem Markt besorgen.«

»Ihr seid so bleich«, meinte Jakob. Der Ausdruck seines Gesichts war fast zärtlich.

»Der Gärtner hat Euren Harnisch, Euren Helm und das Schwert gefunden«, stieß Elisabeth hervor. »Es ist nur eine Frage der Zeit, wann man Euch entdeckt!«

»Das ist allerdings ein herber Verlust für mich«, antwortete er. Um seine Lippen spielte ein Lächeln. Nahm er seine Lage überhaupt nicht ernst?

»Ich möchte Euch raten, Euch vom Markgrafen einverleiben zu lassen.« Nun war er heraus, ihr Wunsch, den sie schon seit geraumer Zeit mit sich trug. Das Lächeln verschwand von seinen Lippen. Er sah sie mit einem Ausdruck der Bestürzung an.

»Aber wie stellt Ihr Euch das vor, Elisabeth? Ich kann doch meinen Oberst nicht verleugnen, nicht die Ziele, die wir in diesem Krieg verfolgen!«

»Was wollt Ihr denn sonst anfangen? Ohne Ausrüstung, ohne Waffen? Wenn Ihr hier weiter versteckt bleibt, wird man Euch finden und aufhängen!«

Wieder war ein Ausdruck von Belustigung in seine Züge getreten.

»Ich habe es Euch ja schon gesagt: Sobald die Wunde auch nur halbwegs verheilt ist, und das ist sie dank Eurer und des Baders Pflege, werde ich mich aufmachen und dem Heer Jan van Werths folgen.«

Elisabeth erschienen diese Worte wie Peitschenhiebe. »Ist es nicht gleichgültig, auf welcher Seite man in diesem Krieg kämpft? Es haben doch gewiss schon Hunderte, wenn nicht Tausende von Söldnern den Feldherrn gewechselt!«

»Du meinst, Hauptsache, sie bekommen ein wenig Sold und etwas ins Maul?«, fragte er. »Ich habe meine ureigenen Gründe, dem Kaiser zu dienen, Elisabeth, glaub es mir.«

Seine Augen waren feucht geworden. Er trat einen Schritt auf sie zu, zuckte vor Schmerz zusammen, blieb vor ihr stehen und nahm sie in die Arme. Wie sehr hatte Elisabeth diesen Augenblick herbeigewünscht! Und nun sollte es gleichzeitig ein Abschied sein?

»Für eine Zeit müssen wir Abschied voneinander nehmen«, murmelte er an ihrem Ohr.

Eine nie gekannte Wärme durchdrang Elisabeth. Er nahm sie bei den Schultern, drehte ihr Gesicht behutsam zu sich hin und näherte seine Lippen den ihren. Einen Augenblick lang hielt die Welt den Atem an. Nach einer Weile machte sie sich los.

»Die Uhr hat zehn geschlagen, Jakob, ich muss zurück.« Sie nestelte ihren Beutel heraus. »Hier, nimm ein paar Goldgulden und Dukaten von mir, es ist der Preis, den mir der Kardinal für meine Dienste angeboten hat.«

»Dafür erhofft er sich gewiss noch andere Dienste als die in der Küche«, gab Jakob zurück. Wieder stand dieses anzügliche Lächeln in seinen Mundwinkeln.

Elisabeth stieg die Röte ins Gesicht. »Seine Angebote sind durchaus ehrenwert«, gab sie ihm zur Antwort. Aber waren sie es wirklich?

»Unter anderen Umständen hätte ich das niemals angenommen, nicht von einer Frau«, sagte Jakob. »Aber da ich vollkommen mittellos bin – ein Pferd, eine neue Rüstung und Waffen kann ich durchaus gebrauchen.«

Er küsste sie ein letztes Mal, und dann war sie aus der Tür. Ach, wären sie und Jakob doch in einer anderen Zeit geboren worden! Mit den Waffen, die er sich kaufte, würde er weiterhin die protestantische Seite und damit auch sie, Elisabeth, bekämpfen! Sie eilte die Treppe hinunter, verabschiedete sich rasch von Melvine, trug einen Gruß an Paul auf und erreichte schwer atmend den Markt, auf dem sie sechs Köpfe roten Kohl kaufte.

Jakob saß einen Augenblick sinnend in seiner Kammer. Er überlegte, auf welchem Weg er das Heer des Jan van Werth erreichen könnte. Die Strecke von Baden nach Ettlingen betrug etwa zwei Tagesreisen, wenn er die Rheinebene mied und sich durch den Schwarzwald schlug. Er packte seine wenigen Habseligkeiten zusammen und stieg die Treppe hinunter zur Küche.

»Was plant Ihr?«, fragte Melvine, als sie seinen entschlossenen Gesichtsausdruck sah.

»Ich muss fort«, sagte er nur. »Könnt Ihr mir ein Pferd besorgen?«

Er hielt ihr einen Goldgulden hin.

»Ja, das kann ich. Aber warum dieser plötzliche Aufbruch? Gefällt es Euch nicht mehr bei uns?«

Er verzog schmerzlich berührt das Gesicht. »Und wie gut es mir bei Euch gefällt«, brachte er hervor. »Ich bin hier nur nicht mehr sicher.«

»Wohin wollt Ihr gehen?«, fragte Melvine.

Sollte er es ihr verraten? Aber die beiden Wirtsleute hatten ihn ohne viele Worte aufgenommen und ihn mit Essen versorgt, ihnen konnte er trauen.

»Nach Ettlingen«, sagte er.

»Das ist gut«, meinte sie. »In Durlach, ein kleines Stück Weges danach, haben sich die Schweden niedergelassen, die werden Euch aufnehmen und Euch auch sicher Waffen und eine Rüstung besorgen.«

Dann wusste sie also nicht, dass er eigentlich ihr Feind war. Seine Bewunderung für Elisabeth, die alles so gut vorbereitet hatte, stieg.

»Ist denn der Markgraf Georg Friedrich nicht mehr im Schloss Durlach?«, fragte er, um den Schein aufrechtzuerhalten.

»Nein«, entgegnete sie. »Er hatte zwar kurzfristig wieder den katholischen Glauben eingeführt, musste sich dann aber nach Straßburg zurückziehen und geht dort seinen Forschungen nach.«

»Ich schaue mal, was sich in Ettlingen tut«, meinte Jakob wie nebenbei.

Melvine verließ das Haus, um ein Pferd zu besorgen. Zwischendurch kam ihr Mann Paul zurück, erfuhr, dass Jakob gehen wollte, und gab ihm ein Brot und einen halben Laib Käse mit auf den Weg. Das Pferd war ein Brauner mit langer Mähne. Es trug Sattel und Zaumzeug, so dass Jakob nur noch aufzusitzen brauchte. Der Sturm blies ihm die Haare aus dem Gesicht. Mit Wehmut dachte er an seinen Ferdl, der ihn während so langer Zeit begleitet hatte. Er rief den Wirtsleuten ein Lebewohl zu und ritt langsam in Richtung des oberen Tores davon. Der Weg führte unterhalb des Schlosses entlang. Jakob stellte sich vor, wie Elisabeth in der Küche stand und das Mittagessen zubereitete. Die Fensterläden des mächtigen Baus schlugen im Wind hin und her. Jakob schickte einen stummen Abschiedsgruß hinauf und näherte sich dem unteren Tor, das auf die kleine Straße in Richtung Schwarzwald führte. Der Wächter wollte seinen Passierschein sehen, gab sich aber auch mit einem Gulden zufrieden. Nach einem letzten Blick zurück gab Jakob seinem Braunen die Sporen und ritt auf die steil aufragende, dunkle Masse des Gebirges zu. Bald wand sich die kleine Straße bergauf. Je weiter er in den Schwarzwald hineinkam, desto unwegsamer wurde das Gelände. Der Sturm brauste in der Höhe, schüttelte die Tannen und Fichten wie Staubwedel und heulte durch die Schluchten. In der Ferne sah Jakob die Ruine Hohenbaden vorüberziehen, bald darauf die Burg Eberstein. Der Sturm flaute allmählich ab. Hoch aufragende rote Felsen säumten seinen Weg, reißende Bäche schäumten zu Tal. Im Tal der Murg merkte Jakob, was das Heer seines Obersten angerichtet hatte. Viele Weiler waren zerstört und verbrannt, die meisten Menschen tot und unbegraben. Fliegen schwirrten um die Leichen, ein bestialischer Gestank ging von ihnen aus. Von einem toten Söldner nahm Jakob den Helm, von einem anderen den Harnisch, von einem dritten das Schwert. Jetzt brauchten sie diese Dinge ja nicht mehr. In der Nähe von Gernsbach schlief er in einem Heuschober und brach früh am Morgen wieder auf. Beim Kloster Herrenalb erreichte er das Albtal und folgte seinem gewundenen Lauf. Es war ein breites, ruhiges Tal mit Laubwäldern an den Hängen. Jakob begegnete keiner Menschenseele. Kurz vor Ettlingen erzählte ihm ein einsamer Fischer, der ihn wohl für einen Protestanten hielt, dass bis vor Kurzem hier noch die Kaiserlichen gelagert hätten. Sie seien aber Richtung Norden, vielleicht nach Bruchsal und Heidelberg weitergezogen. Jakob dankte dem Mann, fühlte sich jedoch unsäglich allein. Ob er van Werths Heer jemals wiederfinden würde? Jederzeit konnte er von feindlichen Söldnern niedergemacht werden. Im Schutz der Dämmerung ritt er auf verborgenen Wegen nach Bruchsal, bis er vor Erschöpfung fast vom Pferd fiel. In einem Dorf nahe der Stadt nahm ihn ein katholischer Pfarrer auf, dem er sich zu erkennen gegeben hatte. Auf den Feldern, die das Ufer des Rheins säumten, in der Nähe von Heidelberg, traf Jakob schließlich auf Heer und Tross des Johann von Werth. Auf dem Weg zu seinem Oberst entdeckte er sogar seinen Ferdl wieder und tauschte ihn gegen den Braunen ein.

Zwei Tage später nahm der Kardinal vorübergehend Abschied von Elisabeth, Agnes, dem Markgrafen und seinem Hofstaat.

»Ihr braucht während meiner Abwesenheit nicht zu kochen, Elisabeth«, meinte er. »Das übernimmt der markgräfliche Koch. Aber schaut ein wenig nach meinen Räumen, dass sie nicht vollkommen verstauben.« Der Kardinal sah Elisabeth bei diesen Worten in einer Weise an, dass sie genau wusste, was er damit meinte: Sie sollte ein Auge auf die Bücher haben, deren Versteck ihr der Kardinal am vergangenen Abend gezeigt hatte.

»Und gebt acht auf Euch und auf Eure Schwester!«, bat er dringlich.

Elisabeth und Agnes standen zusammen mit den anderen auf der Terrasse des Schlosses und schauten ihm nach, wie er in seine Kutsche stieg, und dann, von bewaffneten Reitern begleitet, die langgestreckte Auffahrt hinunterfuhr. Wer wusste, zu welchen Mätressen sich der Kardinal nun begab, schließlich hatte er sie auch nicht dazu aufgefordert, mitzukommen. Es sei zu gefährlich, hatte er auf ihre diesbezügliche Frage geantwortet. Einer der Reiter setzte eine Sackpfeife an den Mund und blies eine leise, wehmütige Melodie. Elisabeth schaute dem Wagen nach, bis er hinter den Badehäusern verschwunden war. Er würde aus dem Ooser Tor hinaus rollen, in die entgegengesetzte Richtung, die Jakob genommen hatte, dem Flüsschen Oos folgen und sich dann nach Südwesten wenden, den Rhein überqueren und durch das Elsass Straßburg zu fahren. Sie fühlte sich mit einem Mal sehr allein. Agnes war ihr kein Trost, schließlich musste sie ständig auf ihre Schwester achtgeben, dass sie nicht wieder etwas Törichtes anstellte. Um sich abzulenken, ging Elisabeth in die Küche, wo die Mägde und Agnes mit dem Schälen von Karotten und Zwiebeln beschäftigt waren. Agnes hatte eine mürrische Miene aufgesetzt. Elisabeth holte sich ein Schneidebrett, schnitt Zwiebeln, damit niemand bemerkte, dass ihr die Tränen über das Gesicht rannen. Im Laufe des Tages merkte Elisabeth immer mehr, wie sehr Jakob ihr fehlte, wie sehr sie aber auch den Kardinal vermisste. Beim Mittagessen bekam sie kaum etwas herunter, während Agnes mit gutem Appetit zugriff. Der Sturm hatte sich gelegt, das warme Oktoberwetter war zurückgekehrt. Elisabeth streifte in der Stadt herum, wanderte auch einmal bis zum Kloster Lichtenthal. Da, wo die Kaiserlichen gelagert hatten, waren frische Grabhügel aufgeworfen. Sonstige Überreste des Lagers hatten die Knechte der Bürger wohl beseitigt. Sie sah die Nonnen in die Kirche des Klosters gehen und hörte deren Gebete und Gesänge. Es klang ein wenig anders als das, was Elisabeth bei ihrem Vater und beim Superintendenten Andreä gelernt hatte. Auch gab es bei ihnen im Nagoldtal nicht diese Wegkreuze und Marterln mit der Muttergottes und ihrem Sohn. Wenn das Wetter es nicht zuließ, sich draußen aufzuhalten, spielte Elisabeth auf einer Laute, saß am Stickrahmen oder staubte das Arbeitszimmer des Kardinals ab. Lange Stunden verbrachte sie damit, die Bücher zu lesen, die der Kardinal im Laufe der Jahre angesammelt hatte. In einer Höhlung hinter einem der Regale gab es ein Geheimfach, in dem die verbotenen Bücher aufbewahrt wurden. Aber Elisabeth wagte nicht, es zu öffnen. Erst da stellte sie fest, dass an den Wänden Bilder von Lucas Cranach und Albrecht Dürer hingen. Elisabeth fiel ihr Elternhaus ein. Ihr Vater hatte ebenfalls Bilder von diesen Malern besessen. Fast fühlte sie sich heimisch in diesem Schloss, in dieser Bibliothek.

9.

Inzwischen war der November mit Nebeln und Stürmen ins Land gekommen. Das Leben im Schloss und in der Stadt ging seinen Gang. Agnes wurde immer verdrießlicher und sprach kaum noch ein Wort. Als Elisabeth sie deswegen zur Rede stellte, zuckte sie mit den Schultern, wandte sich ab und meinte, sie langweile sich nur noch. Dieses Leben sei nicht das, was sie sich einmal vorgestellt habe. Diese Einstellung machte Elisabeth Kummer. Sie hatte gelernt, sich in der Lage, in der sie nun einmal war, einzurichten und das Beste daraus zu machen. Dennoch war es auch für sie nicht das Leben, das sie sich erträumt hatte. So lange sie zurückdenken konnte, war Krieg gewesen, wenn er auch erst in diesem Jahr so gefährlich nahe gekommen war. Sie erinnerte Agnes an ihr Versprechen, zu nähen, stieß aber auf taube Ohren.

»Für wen soll ich denn nähen, es sind ja keine Kunden da«, meinte sie.

»Du kannst doch für dich selber nähen, für mich, für den Hofstaat, die Badegäste, die Bürger und Bürgerinnen der Stadt.«

»Ich habe keine Lust«, schnitt Agnes ihr das Wort ab.

»Zu was hättest du denn Lust?«

»Das weißt du doch.«

»Die Mätresse eines hochgestellten Mannes zu sein?«

Agnes schaute sie nur vielsagend an. In der nächsten Zeit fiel Elisabeth auf, dass Agnes sich häufig mit den Dienstboten vergnügte, nachts in den Räumen der Knechte und Mägde Feste feierte. Dann kam sie morgens übermüdet und mit geröteten Augen zum Frühstück. Elisabeth fühlte sich hilflos, sie wusste nicht, wie sie das Verhalten ihrer Schwester hätte ändern können. Tagelang hing ein zäher Nebel im Tal, der auf das Gemüt drückte. Elisabeth besuchte häufig Melvine und Paul, weil sie die Einzigen waren, mit denen sie noch reden konnte. Die beiden klagten zunehmend über ausbleibende Gäste. Jetzt, vor Beginn des Winters, hatten die Badegäste ihre Besuche in der Stadt ganz eingestellt. Söldner zogen nur vereinzelt durch. Nicht, dass sie sie herbeiwünschen würde, meinte Melvine, aber sie hätten eben kein Auskommen mehr. Elisabeth unterstützte sie, so gut sie konnte. Die Gulden in dem Beutel vom Kardinal wurden auch immer weniger. Es wurde Zeit, dass er zurückkehrte oder Agnes und sie sich eine Arbeit suchten. Nach Calw zurückzugehen traute Elisabeth sich immer noch nicht.

Eines Abends kehrte sie von einem Besuch im »Roten Ochsen« zurück. Krähen schwirrten über dem Schloss, als sie sich ihm näherte. Nach dem Abendessen begab sie sich früh auf ihr Zimmer. Wie immer brannte ein warmes Feuer im Kamin. Um noch ein wenig bei Kerzenschein zu lesen, verließ sie ihren Raum noch einmal und schritt zur Bibliothek des Kardinals. Eine gespenstische Stille lag in dem langen Gang, der nur schwach von ihrer Kerze erleuchtet wurde. Vor ihr huschten mit einem Mal zwei Schatten entlang. Elisabeth glaubte ihren Augen nicht zu trauen. Es waren zwei Mönche im Habit der Dominikaner, weiß mit schwarzem Kapuzenumhang. Sie verschwanden in der Tür zur Bibliothek. Die Tür quietschte leise. Mit weichen Knien setzte Elisabeth ihren Weg fort. Sie öffnete die Tür einen Spalt weit und spähte in den Raum. Alles war dunkel und verlassen. Der Regen klatschte gegen die verglasten Fenster. Elisabeth hob die Kerze an. Sollte sie nachschauen, ob in dem Fach hinter dem Bücherregal etwas fehlte? Aber nicht, solange sie vielleicht noch in diesem Raum waren! War sie einem Trugbild erlegen? Elisabeth drehte sich langsam um. Wieder sah sie zwei Schatten, die jetzt durch die Tür hinausglitten. Das konnte sie sich nicht eingebildet haben! Mit einem Sprung war sie dort und riss die Tür auf, aber es war nichts mehr zu sehen. Ihre Kerze hatte sie in der Bibliothek stehen lassen. Schnell suchte sie ein Buch aus dem Regal aus, nahm die Kerze, schloss die Tür und rannte zu ihrem Zimmer zurück. Sie schob den Riegel vor und sank aufatmend auf ihr Bett.

Am anderen Morgen erwähnte sie das nächtliche Vorkommnis mit keiner Silbe. Doch sie schrieb einen Brief an den Kardinal in Straßburg und übergab ihn einem Boten, dem sie vertraute. Vier Tage später kam er mit einer Antwort des Kardinals zurück.

»Elisabeth, meine Teure«, schrieb er. »Das ist erst der Anfang. Wir werden von nun an nicht mehr in Ruhe leben können. Lasst eine Kutsche anspannen, nehmt Leute Eures Vertrauens und Eure Schwester mit und kommt zu mir nach Straßburg. Dort seid Ihr auf jeden Fall sicherer als im Schloss zu Baden! Außerdem vermisse ich Euch und Eure Kochkünste. Unsere Schätze zu bewahren sind wir verpflichtet.

Mit der größten Hochachtung

Euer Thomas Weltlin.«

Den letzten Satz verstand Elisabeth so, dass der Kardinal sie bat, die verbotenen Bücher mitzunehmen. Doch wo sollte sie sie verstecken? Sie würde sie in ihr Felleisen legen, ganz zuunterst, darüber ihre Kleider und andere Habseligkeiten. Doch zunächst einmal musste sie Agnes dazu bringen, mit ihr zu gehen, was ihr gewiss nicht schwerfallen würde. Elisabeth fand ihre Schwester in ihrem Zimmer, wo sie dumpf brütend aus dem Fenster schaute. Es regnete.

»Agnes«, begann Elisabeth vorsichtig, »ich habe soeben einen Brief vom Kardinal erhalten. Darin lädt er uns beide ein, umgehend zu ihm nach Straßburg zu kommen.«

Agnes wandte sich langsam zu ihr um. »Nach Straßburg, sagst du?« Ihr Gesicht hellte sich auf. »Das ist eine große Stadt, nicht wahr? Dort werden wir genug zu essen haben, Feste feiern und tanzen!«

Dann verzog sich ihr Mund wieder.

»Aber wie sollen wir dorthin kommen? Es ist doch überall Krieg!«

»Auf dem Weg dorthin ist es nicht ungefährlich«, erklärte Elisabeth ihrer Schwester. »Aber der Kardinal hat mich angewiesen, einige Leute auszusuchen, die uns eskortieren werden.«

»An wen hast du da gedacht?«, fragte Agnes.

»Lass mich nachdenken. Am einfachsten wird es sein, ich frage den Fähnleinführer des Haufens, der hier für das Schloss abgestellt ist.«

»Und wenn er dir keine Männer geben will?«

»Dann zeige ich ihm den Brief des Kardinals.«

»Frag doch einfach den Markgrafen«, meinte Agnes. »Der wird dir schon gute Leute zusammenstellen.«

Elisabeth sah ihre Schwester halb erstaunt, halb bewundernd an.

»Manchmal hast du ja richtig gute Einfälle!«, lobte sie Agnes.

»Pah, und nicht nur manchmal«, entgegnete Agnes. Die Aussicht auf die Reise hatte sie völlig verwandelt. Ihre Augen glänzten. Die beiden ließen sich gleich von einem Diener zum Markgrafen führen. Er saß in seinem Studierzimmer und schrieb mit einer Feder und Tinte in ein gebundenes Heft. Bei ihrem Eintreten erhob er sich und kam auf sie zu. Sein breites, gutmütiges Gesicht lächelte sie gewinnend an.

»Ich habe gehört, Ihr wollt uns verlassen? Das finde ich aber sehr schade, ich hatte mich so sehr an Euch gewöhnt.«

»Der Kardinal möchte uns bei sich haben«, meinte Elisabeth. »Erstens vermisst er meine Kochkünste, zweitens seien wir dort sicherer.«

»Das kann ich nicht ableugnen«, erwiderte der Markgraf und furchte seine glatte Stirn. »Am liebsten würde ich ebenfalls fortreisen. Aber mein Platz ist hier, in meiner Residenz. Wer weiß, ob Wilhelm mit den Kaiserlichen nicht noch einmal vorbeikommt!«

Das verhüte Gott, dachte Elisabeth. Aber sie sagte nichts.

»Der Kardinal hat auch mir geschrieben«, fuhr der Markgraf fort. »Ich werde Euch für die Fahrt ausrüsten. Ihr könnt morgen früh schon reisen.«

»Wie weit ist es bis Straßburg?«, fragte Agnes.

»Eine Tagesreise«, war die Antwort des Markgrafen. »Ich gebe Euch einen Wagen, Decken, vier Pferde, Proviant und sechs Männer als Geleitschutz mit. Derweil könnt Ihr schon packen gehen.«

Damit waren sie entlassen. Elisabeth und Agnes begaben sich in ihre Räume. Elisabeth schaute sich in dem Zimmer um, das ihr eine Zeitlang zur zweiten Heimat geworden war. Immer noch klatschten Tropfen gegen die Fensterscheiben, das Feuer im Kamin flackerte, als hätte es einen Luftzug abbekommen. Elisabeth packte ihre Sachen zusammen und verstaute sie in einem Leinensack. Einen letzten Blick wollte sie in den Garten mit der Laube werfen. Sie öffnete das Fenster. Der Wind spie ihr einen Schwall Regen ins Gesicht. Der Garten wirkte öde und verlassen, das Gras war gelb geworden, letzte Kohlstrünke und Rebstöcke fristeten ihr trostloses Dasein. Das Laub des Efeus an der Laube war braunrot verfärbt. Einen Augenblick lang gab sich Elisabeth ihrer Erinnerung hin, wie sie am Abend zu Jakob gegangen war und nicht wusste, ob er überlebt hatte. Er würde genauso überleben, wie sie und Agnes in Calw überlebt hatten, dessen war sie sich gewiss. Elisabeth schloss das Fenster und stellte den Leinensack neben die Tür. Mit ihrem Felleisen eilte sie zum Arbeitszimmer des Kardinals. Sie schaute sich nach allen Seiten um, bevor sie es betrat. Es dauerte eine Weile, bis sie hinter all den Büchern das Geheimfach gefunden hatte. Der Schweiß stand ihr auf der Stirn. Doch dann zog sie die Bücher heraus, es waren insgesamt vier: »Galileis Dialog«, »Von der Freiheit eines Christenmenschen« des Dr. Martin

Luther, je eins von Kopernikus und von Kepler, und zuletzt kam ein Buch zutage, bei dessen Anblick Elisabeth der Atem stockte. Es war die Lutherbibel. Auf dem Ledereinband stand in geschnörkelten Lettern: »Biblia: Das ist: Die ganze Heilige Schrift Deudsch, von Dr. Mart. Luth., Anno 1542.« Die anderen Bücher hatte Elisabeth schon im Rucksack verstaut. Fast ehrfürchtig strich sie über das fast hundert Jahre alte Buch.

Sie hatte die Bibel freilich schon im Haus ihres Vaters gesehen. Wie auch Andreä war ihr Vater Anhänger Calvins, als dessen Glaubensgrundlage ein arbeitsames und gottgefälliges Leben angesehen wurde. So hatte die katholische Kirche also verhindern wollen, dass das einfache Volk die Bibel lese, im Gegensatz zu den Gebildeten, Adligen und Wissenschaftlern!

Elisabeth zuckte zusammen, weil sie meinte, ein Geräusch hinter sich gehört zu haben. Sie nahm die Bibel, steckte sie zu den anderen in den Rucksack, verschloss ihn und rückte die anderen Bücher wieder an ihren Platz. Ungesehen erreichte sie ihr Zimmer. Dort stopfte sie Kleinigkeiten wie Kamm, Spangen, Armbänder, Tücher und warme Handschuhe hinein, damit niemand die Bücher gleich finden sollte. Zuoberst legte sie das Kochbuch der Anna Wecker. Den Rucksack wollte sie immer bei sich tragen. Den beiden Schwestern zu Ehren wurde am Abend noch einmal ein Festmahl bereitet. Der markgräfliche Koch hatte sich alle erdenkliche Mühe gegeben. Es gab Bohnenpüree mit Feigen, Zwiebeln und Salbei, Pfefferpotthast und zum Nachtisch gestockte Goldmilch.

Früh am nächsten Tag bestiegen Agnes und Elisabeth einen Landauer, einen vierspännigen Wagen mit einem Verdeck. Vorne saß der Kutscher, hinten standen zwei bewaffnete Soldaten, und rechts und links ritten ebenfalls bewaffnete Soldaten des Markgrafen. Der Markgraf und sein Gesinde winkten ihnen von der Schlossterrasse aus nach. Regen, Nebel und Wind waren einer klaren Luft gewichen, durch die ersten Strahlen der

Sonne erwärmt. Der Wagen war besser gefedert als diejenigen, die Elisabeth aus ihrer Heimat kannte. Zunächst ging es am Flüsschen Oos entlang Richtung Rhein und Vogesen. Die Berge standen im milchigen Dunst. Später bogen sie nach Süden ab. Sie sahen Dörfer, die völlig zerstört waren. Aber es gab auch wieder Leben an diesen Orten, Bettler, Frauen und Kinder, die ihrem Tagwerk nachgingen, die letzten Früchte von den Feldern holten oder in schnell errichteten Öfen aus Feldsteinen Brot buken. Die ganze Zeit schaute Elisabeth aus dem Fenster, sah Auen, Felder, Bäche und Bäume vorüberziehen. Agnes tat es ihr gleich, sie war immer noch, seitdem sie unterwegs waren, wie ausgewechselt. Öfter passierten sie Kontrollpunkte, in denen sie von abgerissenen Söldnern nach Woher und Wohin der Fahrt gefragt wurden. Jedes Mal waren ein paar Dukaten des Kutschers und ein markgräfliches Schreiben ausreichend, um die Fahrt fortsetzen zu können. Zwischen Bühl und Achern machten sie Mittagsrast. Am Nachmittag erreichte ihre Kutsche die Brücke von Rheinach. Sie war mit französischen Soldaten besetzt, die sie nach dem Vorzeigen des markgräflichen Schreibens passieren ließen. Schon sah Elisabeth in der Ferne die Tore und Türme von Straßburg auftauchen, überragt vom Münster, der *Cathédrale Notre-Dame.* Wie ein Fingerzeig Gottes ragte sie in den Himmel, der sich blassblau über die Ebene mit ihren Wäldchen, Feldern und Äckern spannte. Rechter Hand ragte die Mauer der Vogesen auf. Der Wächter an der äußeren Stadtmauer ließ sie, wiederum nach Vorzeigen des Briefes, passieren. Über eine Rundbogenbrücke, die von zwei Türmen flankiert war, gelangten sie in die Stadt hinein. Die Häuser waren klein, mit kunstvollem Fachwerk versetzt und standen in Gruppen zusammen, von Bäumen und Gärten umgeben. Aber auch hier war das Werk der Zerstörung nicht zu übersehen. In der *Rue Faisan* hielt die Kutsche vor einem Gebäude, das wie ein altes Kloster wirkte. Der Kutscher stieg von seinem Bock, öffnete die Wagentür und sagte: »Wir sind am

Ziel, meine Damen. Dies ist der Kardinalshof von Straßburg, dorthin hatten wir Weisung, Euch zu bringen.«

Elisabeth und Agnes stiegen aus und dehnten die Glieder. Trotz der Federung war die Fahrt doch beschwerlich gewesen. Bevor der Kutscher nach ihrem Gepäck greifen konnte, nahm Elisabeth ihren Rucksack an sich. Einer der Soldaten war dem Kutscher behilflich. Ein Diener musste ihre Ankunft gemeldet haben, denn schon erschien an der Klosterpforte Kardinal Thomas Weltlin.

»Willkommen auf meinem bescheidenen Amtssitz in Straßburg, Elisabeth!«, sagte er. Sie hatte das Gefühl, als hätte er am liebsten ihre beiden Hände genommen und sie gedrückt. Jetzt schien er auch Agnes zu bemerken.

»Willkommen auch Ihr, Agnes!« Elisabeth sah, dass Agnes' Gesicht schon wieder säuerlich verzogen war.

»Wo sollen wir denn wohnen?«, fragte Agnes. »Etwa hier in diesen alten Gemäuern, von denen schon der Putz herunterfällt?«

Elisabeth schämte sich ein wenig für ihre Schwester. Den Kardinal verdross es offensichtlich nicht.

»Wir haben hier leider keinen Palast, liebe Agnes«, sagte er. »Aber es gibt sehr schöne Gasträume, in denen Ihr unterkommen könnt.«

Er winkte den beiden, dem Kutscher und dem Soldaten, ihm zu folgen. Die anderen Begleiter kümmerten sich um Pferde und Kutsche. Das Kloster verfügte über einen Innenhof, der mit hölzernen Treppenaufgängen versehen war. Die Sonne war schon verschwunden, es wurde empfindlich kalt. Der Kardinal wies ihnen persönlich ihre Räume an. Es mochten einmal Klosterzellen gewesen sein, jetzt waren sie mit Kamin, weichen Betten, Teppichen und Wandbehängen ausgestattet. Gegen sieben Uhr erwarte er sie zum Abendessen, sagte der Kardinal. Sobald sie allein war, lief Elisabeth zu einem der schmalen Fenster und schaute hinaus. Im letzten Licht des Tages konnte sie einen kleinen Garten erkennen, mit Rabatten aus Buchsbaum und einem Springbrunnen. Sie wusch sich mit einem Lappen und dem warmen Wasser, das eine Dienerin in einer verzierten Keramikschüssel brachte. Dann zog sie ein anderes Kleid an und legte sich auf ihr Bett, um sich auszuruhen, bis die Glocke des nahen Münsters die siebte Stunde schlug. Im Refektorium, einem mittelgroßen Raum mit Fresken an den steinernen Wänden, war ein langer Holztisch aufgebaut. Zwei Mönche bedienten bei Tisch. Nach dem Gebet wurden Kürbissuppe, geschmortes Rindfleisch und Napfkuchen aufgetragen.

»Wie ist es Euch denn auf der Reise hierher ergangen?«, fragte der Kardinal, an Elisabeth und Agnes gewandt.

»Es war recht angenehm«, entgegnete Elisabeth, »und wir wurden kaum aufgehalten. Euer Brief und der des Markgrafen hat uns überall Tür und Tor geöffnet.«

»Das sollte er auch«, meinte der Kardinal. »Ich hoffe, Ihr habt alles mitgenommen, was Euch wichtig war.« Bei diesen Worten nickte er Elisabeth kaum merklich zu.

»Ich habe alles so eingepackt, das es keinen Schaden nehmen kann«, antwortete sie.

»Dieser unselige Krieg geht weiter«, wandte sich der Kardinal nun zu den anderen. »König Ludwig XIII. hat Soldaten zum Rhein geschickt, wo Jan van Werth mit seinem Tross liegt. Van Werth hat anklingen lassen, dass er im Januar den Rhein bei Speyer überschreiten will.«

Und Jakob wird ihn dabei unterstützen, ging es Elisabeth durch den Kopf. Laut sagte sie: »Wollt Ihr den Winter in Straßburg verbringen, Herr Weltlin?«

»Nein«, entgegnete er. »Ich habe hier mein Domkapitel inzwischen geordnet, dem Papst in Rom Bericht erstattet. Hier ist der Winter dunkel, feucht und öde. Ich werde morgen mit Euch zusammen zum Schloss des Grafen Moran reisen. Es liegt oberhalb eines hübschen Ortes, am Fuß der Vogesen. Dort ist das Leben ein wenig leichter zu ertragen als hier. Und Ihr, Elisabeth, könnt dann wieder Eure köstlichen Gerichte für uns kochen.«

Agnes Augen hatten wieder zu leuchten begonnen. »Ein Schloss im Elsass, wie schön!«, rief sie aus.

Die Luft war zu mild für diese Jahreszeit, der Novemberhimmel erstrahlte in einem blassen Blau, als der Kardinal, Elisabeth, Agnes und ein kleines Gefolge nach Süden zogen. Das Schloss befand sich am Rande der Vogesen, hoch aufragend über einem Dorf, in dem zwar geplündert worden war, in dem sich jedoch die Bewohner wieder aufgerafft hatten und ihrer Arbeit nachgingen, so gut sie es vermochten. Es war ein Schloss im Stil der Renaissance erbaut, von vier Rundtürmen gesäumt und eckigen Fenstern mit Butzenscheiben. Jedem Kind und jeder Greisin, die bettelnd die Hände ausstreckten, gaben sie etwas, so, wie sie es unterwegs schon oft getan hatten. Auf der Treppe zum Schloss wurden sie vom Grafen und der Gräfin Moran, dem Haushofmeister und der übrigen Dienerschaft empfangen. Henri Moran trug Schlumperhosen, die ihm bis unters Knie reichten, dazu einen dunklen Überrock, der unten gezaddelt war. Auf den Kopf hatte er einen mit Federn geschmückten Filzhut gestülpt, an den Füßen trug er Becherstiefel. Seine Frau war in ein ausgeschnittenes, schwarzes Kleid mit gestärktem Spitzenkragen gekleidet. In ihre Haare waren Perlenschnüre eingearbeitet. Im Empfangsraum, der prächtig ausgestattet war, brannte ein knisterndes Feuer im Kamin. Es roch nach brennendem Kien und Bratäpfeln. Die wurden dann auch tatsächlich serviert, in einem Speisesaal, der dem des Badener Schlosses in nichts nachstand. Die Speisen, die am Abend serviert wurden, waren Elisabeth bekannt, bis auf die Platte mit leicht blanchiertem Gemüse, die als Erstes auf den Tisch kam. Dazu servierten die Diener Weißwein aus dem Elsass.

»Wie ist die Reise zu uns denn verlaufen?«, erkundigte sich der Graf beim Kardinal.

»Wir hatten keine Störungen, wenn Ihr das meint«, erwiderte der Kardinal. »Aber das Land bietet überall das gleiche Bild: Es ist ausgebrannt.«

»Ja, wir hatten viele Todesfälle in den letzten Monaten«, fiel die Hausherrin ein. »Dabei wurden die meisten gar nicht erschlagen, sondern starben an Hunger und Krankheiten. Wir geben den Armen, so viel wir können!«

»Aber auch unser Reichtum ist nicht unbegrenzt«, fügte Graf Moran hinzu.

»Seid Ihr denn unbehelligt von den Horden geblieben?«, wollte Elisabeth wissen.

Der Graf schmunzelte. »Sie haben versucht, uns zu überfallen und wegzuschleppen, was Küche und Keller hergaben. Aber ich habe meine eigene kleine Truppe von Musketieren, die haben sie mit Schimpf und Schande davongejagt.«

»Schmeckt das nicht köstlich?«, meinte die Gräfin und schob sich ein mariniertes Artischockenherz in den Mund. »Wir bauen die Artischocken zusammen mit Kürbissen, Karotten und Lauch im Garten an. Für den Winter werden sie eingelegt, sie halten monatelang.«

»Das kennen wir bei uns im Schwarzwald nicht«, warf Elisabeth ein. »Gemüse servieren wir eigentlich nur als Brei, weniger als eigenständiges Gericht oder als Beilage.«

»Ihr scheint etwas vom Kochen zu verstehen«, sagte die Gräfin und schaute sie wohlwollend an.

»Meine Mutter hat es mir beigebracht, und auch aus dem Kochbuch der Anna Wecker habe ich viel gelernt und einiges probiert.«

»Das kenne ich ebenfalls«, meinte die Gräfin, »und es gefällt mir genauso gut wie das von Varenne, der eine neue Note in die französische Küche gebracht hat.«

Die anderen hörten gespannt zu. Als nächster Gang wurde eine Kürbis-Lauch-Suppe mit Sahnehäubchen aufgetischt.

»Wer war denn dieser Varenne?«, wollte Elisabeth wissen.

Aus dem Augenwinkel sah sie, wie Agnes heftig ihren Löffel in die Suppe tunkte.

»François-Pierre de La Varenne«, ergriff nun der Graf das Wort, »wurde im Jahre 1618 in Dijon geboren. Eines seiner berühmtesten Kochbücher heißt *Le Cuisinier François.* Er kochte unter anderem für Maria von Medici. Eine *Truite en bleu*, Forelle blau, zum Beispiel, wird in einem Gemüse-Kräuter-Weißweinsud gar gezogen, dadurch färbt sich die Haut blau wie Metall.«

»Das kenne ich auch aus dem Kochbuch der Anna Wecker«, fiel Elisabeth ein.

»Ihr solltet einmal Elisabeths Forelle in Kräuterrahm probieren«, versetzte der Kardinal.

»Ihr werdet Eure eigenen Kochkünste bei uns gewiss trefflich ergänzen können, Frau Elisabeth«, meinte der Graf. »Im Unterschied zur herkömmlichen Küche empfiehlt Varenne den sparsamen Umgang mit Gewürzen und die tägliche Beigabe von Gemüse zu den Mahlzeiten.«

»Das stärkt den Menschen schon im Kindesalter«, wusste seine Frau zu berichten. »Und sie sind widerstandsfähiger gegen Krankheiten.«

»Aber ob die armen Leute auch Gemüse bekommen?«, ließ sich nun Agnes vernehmen.

»Im Sommer, wenn wir Überschüsse im Garten und auf den Feldern haben, bekommen die Dorfbewohner alles, was sie begehren«, sagte die Gräfin. »Wir lehren sie auch, das Gemüse haltbar zu machen. So haben sie doch ein wenig Abwechslung bei ihren kargen Mahlzeiten.«

»Das bekanntlich vor allem aus Getreidebrei, Speck und dunklem Brot besteht«, fügte der Graf hinzu.

»Doch nun genug der Gespräche über das Kulinarische«, sagte der Kardinal. Er trank einen Schluck Edelzwicker.

»Ihr möchtet sicher wissen, was mit dem Heer des Bernhard von Sachsen-Weimar ist«, ergriff wiederum der Graf das Wort.

»Richelieu und der König haben ihm die Truppen, die Waffen und das Geld nicht bewilligt.«

»Wahrscheinlich ist der Staatssäckel leer«, antwortete der Kardinal mit einem leichten Zwinkern seines linken Auges.

»Bernhard geht halt nicht so rücksichtslos gegen die Bevölkerung vor wie Jan van Werth«, meinte der Graf.

»Wisst Ihr, wo das Heer van Werths liegt?« Elisabeth versuchte, möglichst viel Gleichgültigkeit in ihre Stimme zu legen.

»Das sollte Euch als Frau und begnadete Köchin doch gar nicht kümmern«, sagte der Kardinal mit tadelndem Blick.

»O doch, das kümmert mich und meine Schwester sehr«, gab Elisabeth rasch zur Antwort. Sie blickte zu Agnes hinüber, die stumm nickte.

»Johann von Werth hat uns im September in Calw überfallen und die Bevölkerung in grausamster Weise misshandelt, viele gefoltert, verstümmelt und ermordet! Wir wissen bis heute nicht, wo unsere Eltern, unser Bruder und unsere Tante geblieben sind.«

»Haben sie Eure Angehörigen denn als Geisel mitgenommen?«

Daran hatte Elisabeth noch gar nicht gedacht.

»Ich weiß es nicht«, brachte sie hervor. »Aber wenn es so gewesen wäre, ist es umso wichtiger zu wissen, wo sich dieser van Werth befindet!«

»Soweit mir bekannt ist, lagert er immer noch in den Rheinauen, bereit, auf Heidelberg oder Speyer zu marschieren«, erzählte der Graf. »Das ist gar nicht so weit von hier entfernt.«

Der nächste Gang wurde gebracht, *Terrine de Foie de Volaille,* Geflügelleberterrine.

Elisabeth aß immer nur kleine Portionen von jedem Gang, während Agnes ordentlich zugriff.

»Das wird bei dem Bischof von Speyer und Trier aber übel ankommen, wenn sein Sitz von den Kaiserlichen eingenommen wird«, bemerkte der Kardinal.

»Wie steht denn Papst Urban VIII. zu diesen Machenschaften?«, wollte der Graf wissen.

»Er gibt Kaiser Ferdinand, dem Habsburger, kein Geld mehr«, entgegnete der Kardinal. »Urban steht auf der Seite der Franzosen. Aber wie die Habsburger ist er auch sehr gegen die Häretiker. Beim Brand von Magdeburg 1631 soll er gesagt haben, er freue sich über die Vernichtung der verdammten Ketzer!«

»Dagegen hat er Galileo Galilei immer sehr geschätzt und geschützt«, meinte der Graf. »Wahrscheinlich hat der Gelehrte es dem Papst zu verdanken, dass er nicht auf dem Scheiterhaufen gelandet ist.«

»Aber er musste schließlich gegen ihn vorgehen«, sagte der Kardinal. »Die Inquisition hat ihn so sehr unter Druck gesetzt, dass er nun überall seine Schergen eingesetzt hat, um verkappte Ketzer aufzuspüren.«

Der vierte Gang wurde aufgetragen, *Blanquette de Veau*, Kalbsblankett mit Rahmsoße und Karotten. Trotz des ernsten Themas griff der Kardinal genüsslich zu.

»Papst Urban täte gut daran, sich deutlicher auf die Seite Frankreichs zu stellen«, meinte er, nachdem er noch einen Schluck Wein getrunken hatte. »Stattdessen versucht er, als neutraler Pontifex in Rom zu glänzen.«

»Ja, dieser Glanz ist ihm ganz eigen«, versetzte der Graf mit einem mokanten Lächeln.

»Er versteht sich als Fürst der Künste und Wissenschaften, baut wie ein Tollwütiger und hält sich einen Stall voller Mätressen.«

Agnes hob den Kopf. »Darf der denn das als Papst?«, fragte sie.

»Der lässt niemanden in seine Geschäfte hineinreden«, gab der Graf zur Antwort.

»Päpste sind unfehlbar, nicht wahr, Herr Kardinal?«

In den Augen Weltlins blitzte es. »Was für eine Antwort erwartet Ihr von mir, Herr Moran? Ich bin vom Papst und seiner

Kurie eingesetzt, den Kardinalshut darf nur tragen, wer seinem Oberhirten treu ergeben ist.«

Das Hauptgericht wurde abgetragen, eine Platte mit verschiedenen Käsesorten, Obst und eine leichte Süßspeise wurden hereingebracht. Elisabeth nahm sich ein paar Trauben.

»Am Hof König Ludwigs XIII. wird gemunkelt, dass Ihr, nun«, der Graf stockte kurz, »nicht immer dieselben Ziele verfolgt wie Papst Urban. Mir persönlich ist das gleichgültig, ich bin ein Humanist und Freigeist.«

»Das weiß ich, lieber Moran«, versetzte der Kardinal. »Ich will mir nur nicht in meinen Privatangelegenheiten herumschnüffeln lassen.«

»Recht so, lieber Herr Weltlin«, meint der Graf. »Ich hatte noch vergessen, Euch etwas zu sagen. Heute, vor Eurem Eintreffen, kam ein Bote aus Straßburg, der einen Brief für Euch gebracht hat.«

Der Kardinal erbleichte. Elisabeth schaute ihn betroffen an.

»Vom wem ist er?«, fragte der Kardinal.

»Dem Siegel nach von Philipp von Sötern, dem Erzbischof von Speyer.«

2. BUCH

November 1634–Winter 1636
Speyer, Elsass, Kloster Lichtenthal

10.

Jakob schaute zum nächtlichen Himmel, an dem kalt die Sterne glänzten. Er hatte dieses Leben allmählich satt bis obenhin. Es erschien ihm wie eine Ewigkeit, seit er auf diesem Platz am Rhein angekommen war. Seitdem gab es fast täglich Streifzüge in die Umgebung, um Nahrung, Waffen und Kleider zu besorgen. Manchmal war er mit Jan van Werth in Streit geraten, wenn dessen Männer zu brutal mit der Bevölkerung umgingen. Es sei gegen das Kriegsrecht, hatte er immer wieder gesagt, unschuldige Frauen, Kinder und Greise zu foltern und zu töten. Aber bei van Werth stieß er auf taube Ohren. Es war Jakob, als wolle der General als besonders grausamer Kriegsherr in die Geschichte eingehen. Manchmal hatte er schon daran gedacht, seinen Dienst zu quittieren. Aber erstens fürchtete er, dafür erschossen zu werden, und außerdem: Wohin sollte er gehen? Im ganzen Land waren Freund und Feind bunt verstreut. Schließlich und endlich hatte er sich selbst den Auftrag gegeben, den Tod seiner Familie und den des Gesindes zu rächen. Johann van Werth trat an Jakob heran. »Was sinnierst du hier herum und schaust die Sterne an?«, fragte er. »Willst du nicht mit den anderen trinken und würfeln?«

»Ich brauchte einen Augenblick der Ruhe«, gab Jakob zurück. »Nach all dem Gemetzel und Geschrei.«

Die Züge des Generals verhärteten sich. »Der Krieg ernährt den Krieg, das hat schon unser General von Wallenstein gesagt, und da beißt die Maus keinen Faden ab. Wir müssen mehr raffen und Proviant zusammenbekommen. Du weißt, auf der anderen Seite des Rheins stehen die Franzosen und die Schweden.«

»Was meinst du, Jan, wie lange dieser Krieg wohl noch dauern wird?«

»Das weiß Gott und sonst niemand«, gab van Werth zurück. »Hast du etwa schon daran gedacht zu desertieren? Das würde ich dir nicht raten, mein Freund!«

»Nein, daran habe ich nicht gedacht«, antwortete Jakob halb der Wahrheit gemäß. »Der Krieg zieht sich nur so endlos lange hin, es gab so viele Verluste, und ich sehe nicht, dass wir irgendwo wirklich Land gewonnen hätten.«

»Haben wir nicht in der Schlacht von Nördlingen gesiegt?«, rief van Werth aus. »Haben wir nicht danach alle Städte und Dörfer in unsere Gewalt gebracht, immer wieder glänzende Beute gemacht?«

»Ja, ja, du hast ja recht«, meinte Jakob. »Was wir einmal angefangen haben, können wir nicht so schnell zu Ende führen.«

»Deshalb sind wir doch hier«, meinte van Werth, nun wieder besänftigt. »Wir müssen die Franzosen zurückdrängen, sonst holen sie sich alles zurück, was wir gewonnen haben.«

Und die Schweden ebenfalls, dachte Jakob. Aber war es nicht eigentlich gleich, ob es Schweden, Franzosen, Italiener, Kroaten oder Niederländer waren?

»Ich rechne noch einen Monat, vielleicht auch sechs Wochen«, meinte van Werth. »Das Weihnachtsfest werden wir hier am Rhein verbringen, im Januar dann marschieren wir auf Speyer.«

Auf Schloss Moran hatte sich eine beklemmende Stille breitgemacht. Dieser Brief konnte nichts Gutes verheißen! Der Kardinal brach das Siegel und las im Schein der Kerze. Dabei wurde er noch um eine Spur bleicher. Er ließ den Brief sinken.

»Ich soll zum Erzbischof von Speyer kommen, möglichst bis Weihnachten«, sagte er. »Ihm sei zu Ohren gekommen, dass ich mich mit ketzerischem Gedankengut befasse. Deshalb soll ich zu ihm kommen und schwören, dass nichts an diesen Gerüchten dran sei. Wenn er herausfinden sollte, dass doch etwas dran ist, dann müsste er mich notfalls der peinlichen Befragung unterziehen.«

Elisabeths Herz klopfte heftig. Wie kam der Erzbischof darauf, dass der Kardinal ein Ketzer sein könnte? Hatten irgendwelche Dienstboten oder vermeintliche Freunde ihn angeschwärzt? Aber sie konnte sich niemanden vorstellen, der zu so etwas fähig gewesen wäre. Oder waren die beiden Mönche auf eine Spur gestoßen? Elisabeth erinnerte sich daran, dass sie die Bücher die ganze Zeit in ihrem Rucksack bei sich getragen hatte. Ihr wurde es ganz flau im Magen. Auf der anderen Seite wusste sie, dass Jakob sich in der Nähe von Speyer befand. Wenn sie nun den Kardinal dorthin begleiten würde? Womit ließe sich das begründen? Natürlich, sie musste für sein leibliches Wohl sorgen! Und Agnes konnte sie natürlich nicht allein zurücklassen.

»Ich möchte mit Euch gehen, Herr Weltlin!«, sagte sie deshalb. »Schließlich muss jemand an Eurer Seite sein, der für Euch sorgt.«

»Das ehrt mich und freut mich sehr«, meinte der Kardinal. »Doch ich brauche noch ein wenig Bedenkzeit.«

Es ging inzwischen schon auf Dezember zu. Von Westen, von Frankreich her, kam ein großer Sturm, der tagelang wütete. Bleigraue Wolken schossen über den Himmel, gefolgt von immer neuen Wolken, Regen und Schnee. Der Sturm heulte und seufzte in den Kaminen, er brauste, tobte und wimmerte, riss Büsche aus dem Boden, entwurzelte Bäume und deckte Dächer ab. Keiner konnte mehr das Schloss verlassen. So lebten sie auf dichtem Raum miteinander und mussten von dem leben, was Keller und Vorratsräume hergaben. Elisabeth lernte schnell, ihren Kochkünsten eine französische Note zu verleihen. Allerdings war nicht an frisches Gemüse heranzukommen. Sie sichtete zusammen mit der Hausköchin den Keller. Da waren Rüben, Lauch, Winterrettiche, Karotten, Petersilienwurzeln und Sellerie gelagert, alle in Sand kühl eingebettet. Sogar eine Lage mit Zitronen sah Elisabeth. Aus diesen Zutaten zauberte sie mit der Köchin Suppen, herzhafte Kuchen, Aufläufe, Pasteten und Terrinen, zusammen mit dem eingelegten Fleisch, das in den Kühlkammern aufbewahrt wurde. Sie vergaß auch nicht, sich um Agnes zu kümmern, aber die wurde von Tag zu Tag verdrießlicher. Elisabeth versuchte gar nicht mehr, in sie zu dringen, sie wusste, wo der Hase im Pfeffer lag. Wenn Agnes sich wenigstens auf irgendeine Weise beschäftigt hätte! Aber nein, sie saß von morgens bis abends im Salon, ließ sich rund um die Uhr bedienen und fieberte den Mahlzeiten entgegen, weil es hier einfach zu langweilig sei, wie sie sagte. Nach drei Tagen nahm der Sturm an Gewalt ab, man konnte wieder zur Tagesordnung übergehen und das Haus verlassen.

»Wie habt Ihr Euch denn nun entschieden, Herr Weltlin?«, fragte Elisabeth den Kardinal, als sie bei milderen Temperaturen im Park des Schlosses spazieren gingen.

Die Wege waren mit herabgewehten Ästen übersät, überall standen Pfützen.

»Wir fahren kurz vor Weihnachten«, war seine Antwort. »Und natürlich nehmen wir Agnes mit. Was soll sie denn auch allein hier in diesem öden Schloss bleiben.« Elisabeth frohlockte innerlich. Aber sie versuchte, es sich nicht anmerken zu lassen. Stattdessen gab sie ihrer Besorgnis Ausdruck.

»Fürchtet Ihr nicht einen Angriff der Kaiserlichen auf die Stadt Speyer?«, fragte sie.

»Soweit ich weiß, ist Speyer von den Franzosen besetzt«, gab der Kardinal zurück. »Sie ist voller Waffen und Menschen, eine Lazarettstadt und der Fleischtopf für die Umgebung.«

»Dann müssten die Truppen des Kaisers ja besonders darauf erpicht sein, sie zu erobern«, folgerte Elisabeth.

»Es ist eins, wo wir uns aufhalten, Elisabeth«, meinte er. »Der Krieg ist überall.«

Eine Gruppe von Raben erhob sich krächzend aus einem Baum, als wollte sie seine Worte unterstreichen. Elisabeth senkte die Stimme. »Und wo wollt Ihr die Bücher verbergen, um die es doch so sehr geht?«, fragte sie.

»Darüber habe ich mir auch schon den Kopf zerbrochen«, meinte er. »Hier zurücklassen will ich sie nicht. Warum sollen wir sie nicht einfach mitnehmen? Auf den Gedanken, dass wir den *Corpus Delicti* bei uns haben könnten, wird sicher niemand kommen!«

Bei dem Gedanken hätte Elisabeth fast gelacht. So einen absurden Einfall musste man erst einmal haben! Aber ihr fiel auch kein besseres Versteck ein. Auf jeden Fall würde sie ihren Lederrucksack weiterhin hüten wie ihren Augapfel. Im Weitergehen sprachen sie über ihren jeweiligen bisherigen Lebensweg.

»Ich entstamme«, sagte der Kardinal, »wie der berühmte französische Minister Richelieu einer verarmten Adelsfamilie aus Lothringen. Zunächst war ich Geistlicher, später wurde ich zum Bischof von Straßburg und zum Kardinal ernannt.«

An einem Tag kurz vor Weihnachten war es dann so weit. In einer vierspännigen, leichten Kutsche mit Verdeck saßen sie, der Kardinal und Agnes, während vier bewaffnete Soldaten des Grafen sie zu Pferde eskortierten. Elisabeth war froh, wieder unterwegs zu sein, auch wenn das Schloss und die Grafenfamilie ihnen eine Zeitlang Zuflucht geboten hatten. An Straßburg und Rastatt vorbei ging es nach Speyer, durch verbranntes Land. Die Soldaten machten genügend Eindruck auf mögliche Räuber und feindliche Horden, so dass sie unbehelligt zum Stadttor von Speyer kamen. Der Ort wurde überragt von dem mächtigen Dom, der auf einem Sporn hoch über dem Rhein errichtet war, aus gelbbraunem Sandstein erbaut, mit unzähligen Türmen und Seitenkapellen. Überall wimmelte das Volk, ritten französische und schwedische Soldaten. Sie stiegen in einer Herberge unweit des Doms ab. Der Kardinal sandte ein Schreiben an den Erzbischof und erhielt die Antwort, dass sie sich am darauf folgenden Mittag, dem Tag vor Heiligabend, in der Bischofspfalz neben dem Dom einfinden sollten. Die vier Soldaten verabschiedeten sich und ritten zurück zum Schloss Moran.

Mit klopfendem Herzen näherte sich Elisabeth am nächsten Tag, zusammen mit Agnes und dem Kardinal, der Bischofspfalz. Es war ein burgähnliches Palastgebäude mit einem Tor und Türmen, umgeben von einer hohen, dicken Mauer. Der Wächter ließ sie anstandslos passieren, als er Weltlins Kardinalsfarben erkannte. Ein älterer Mann in schwarzer Mönchstracht empfing sie hinter dem Tor. Auf seine Frage nach den Frauen antwortete Weltlin, es seien seine Köchin und seine Näherin, er habe sie nicht allein in der Herberge zurücklassen können. Innen gab es einen Palas, einen Gutshof und eine Pfalzkapelle, alles umgeben von Gärten, Bäumen und Wegen mit Buchsbaumrabatten. Der Mönch führte sie zum Palas, der aus demselben gelbbraunen Sandstein wie der Dom erbaut war und wie ein breiter Wohnturm wirkte. Es ging eine Wendeltreppe hinauf, die sich wie eine Schnecke nach oben wand. In einem Raum mit Kachelofen, Tisch und Stühlen bat der Mönch die drei, Platz zu nehmen. Den Erzbischof hätten dringende Geschäfte nach Trier gerufen, aber sein Sekretär stehe ihnen binnen Kurzem zur Verfügung. Elisabeth ging zu einem der schmalen Fenster des Raumes und schaute hinaus. Über die Mauer und Türme hinweg konnte sie den Rhein sehen, der träge durch seine düsteren, mit Weiden gesäumten Auen floss. Sie warteten schweigend. Mit einem Mal hörte Elisabeth das Knirschen eines Schlüssels im Schloss. Sie stieß einen keuchenden Laut aus. Die drei Besucher des Erzbischofs waren in dem Zimmer eingeschlossen worden! Draußen strömte der Regen nieder.

Der Heilige Abend war, wie so oft schon in diesem Krieg, herangekommen. Die Wolken hingen tief über dem Rhein, und aus ihnen fiel ein leichter, unangenehm kalter Regen. In dem Lager am Oberrhein überwachte Jakob den Marketender, der die Sonderrationen an die Soldaten verteilte. Zur Feier des Tages sollte es Bohnensuppe geben, danach Ferkel am Spieß. Die Frauen des Trosses waren emsig damit beschäftigt, die Ferkel zu schlachten und sie auf Spieße zu ziehen. Überall brannten Feuer, über denen die Tiere nun langsam rösteten. Die Dämmerung sank früh herab, der Regen ging allmählich in Schnee über. Jakob saß an einem der Feuer, aß und trank mit seinen Leuten. In der Ferne konnte er die Lichter der Stadt Speyer sehen. Wieder ein Ort, den sie einzunehmen gedachten. Doch es war noch nicht klar, auf welche Weise sie es tun würden. Jan van Werth trat an das Feuer heran und stieß mit Jakob und den Männern an. »Einen schönen Heiligen Abend wünsche ich allerseits!«, meinte er grinsend. Später winkte er Jakob ein Stück beiseite.

»Der Schnee ist ein gutes Zeichen«, sagte er. »Wir müssen nur noch ein wenig Geduld haben. Die Stadt bietet sich uns an wie eine Dirne ohne Begleitung. Bernhard von Sachsen-Weimar ist weit im Norden, im Hessischen, unterwegs. Ich spüre die Kälte, die kommen wird, an einer alten Narbe, die ich noch aus den zwanziger Jahren habe. Ist der Rhein einmal zugefroren, können wir die stark bewachte Brücke umgehen und direkt nach Speyer hinüberspazieren.«

»Sind drinnen keine bewaffneten Haufen?«, fragte Jakob.

»Doch, Franzosen und Schweden, aber mit denen werden wir leichtes Spiel haben.«

»Wann glaubst du, ist es so weit, Jan?«

»Kann ich schwer sagen«, erwiderte der General. »Aber bis dahin werden wir noch einige Streifzüge unternehmen müssen, um unsere Kampfkraft zu erhalten.«

Das Sechs Uhr Läuten tönte von den Kirchen der Stadt herüber. Der Feldgeistliche des Heeres versammelte die Soldaten unter freiem Himmel. Er segnete sie, predigte über den Frieden, der über alle Völker kommen solle, und nahm ihnen die Beichte ab.

»Nun lasst uns noch ein Friedenslied singen«, sagte er salbungsvoll gegen Ende des Gottesdienstes.

»Nun zwingt die Saiten, stimmet an
und lasst die Musik auf den Plan
süß klingend singend schallen;
ruft ›Friede, Friede!‹ allzumal,
dass Felder, Wälder, Berg und Tal
den Frieden widerhallen!«

Diese Lugenbeutel, dachte Jakob grimmig, Wir bringen nicht den Frieden, sondern Tod, Verderben, Hunger, Pest und Verwüstung! Wer weiß, ob sich die Länder je wieder davon erholen würden. Aber da drin, in dieser Stadt, standen Schweden, und er hatte bei allem, was ihm heilig war, geschworen, den Tod seiner Nächsten zu rächen! Seine Gedanken schweiften ab, zum Hof und in die Gegend seiner Kindheit. Am Heiligen Abend hatte meistens Schnee gelegen, und es war so bitterkalt gewesen, dass der Atem einem wie Dampfwölkchen vor der Nase stand. Die Finger waren fast erfroren, wenn man aus der kalten Kirche mit dem Schlitten wieder nach Hause fuhr. Wie tröstlich hatte die Fackel geleuchtet, die neben der Tür in ihrer Halterung flackerte! Heiligabend fiel noch in die Fastenzeit, also hatte es immer Brotsuppe und trockenes Brot gegeben, am ersten Feiertag eine gebratene Gans. Später hatten sie sich gegenseitig Geschenke übergeben: ein neues, rasierscharfes Messer für ihn, eine Puppe für seine Schwester, warme Mützen und Wämser für die Eltern. Und das Gesinde erhielt hölzernes Geschirr und Löffel, die der Vater an den langen Abenden vor Weihnachten geschnitzt hatte. Später saß man noch in der warmen Stube zusammen, schaute auch wohl aus dem Fenster zu den eisigen Sternen hinauf, die dort so unabänderlich hingen wie das Amen in der Kirche. Mutter und Schwester holten ihre Lauten und sangen leise Lieder.

»Nun esst und trinkt, dass es eine Lust ist!«, forderte der Feldgeistliche die Soldaten auf. »Singt und springt und tanzt und macht Musik!«

Das ließen die Soldaten sich nicht zweimal sagen. Bald war das Lager erfüllt von wilder Musik, laut gesungenen Liedern, Schreien, obszönen Flüchen und dem Kichern der Dirnen, die an diesem Abend wohl ganz besonders auf ihre Kosten kommen würden.

Entsetzt starrten sich Elisabeth, der Kardinal und Agnes an. Warum hatte der Bischof sie hierher bestellt? War das eine Falle gewesen? Elisabeth ließ ihren Rucksack von den Schultern gleiten.

»Was machen wir jetzt?«, fragte sie den Kardinal.

Der zuckte mit den Schultern. »Es wird sich gewiss als Irrtum herausstellen. Man kann uns nicht einfach so gefangen setzen.«

»Vielleicht hat der Bischof es zu unserem eigenen Schutz getan?«, meinte Elisabeth.

»Wieso zu unserem Schutz?«, ließ sich Agnes vernehmen. Ihre Stimme war schrill. »Er darf uns doch nicht einfach einsperren! Ich will hier raus! Heute ist Weihnachten, ich will in die Kirche, ich will ein gutes Essen und Geschenke haben!«

Sie warf die Hände vors Gesicht und begann laut zu schluchzen. Elisabeth ging zu ihr hinüber, legte den Arm um sie, was ihr Weinen noch verstärkte. Agnes sank an Elisabeths Brust, es schüttelte sie. Der Kardinal schaute Elisabeth traurig an, faltete die Hände und fing an zu beten. Endlich beruhigte sich Agnes ein wenig, machte sich aus Elisabeths Armen frei und trocknete sich die Tränen mit einem Zipfel ihres Kleides. Elisabeth reichte ihr ein Taschentuch, damit sie sich die Nase schnäuzen konnte. Der Kardinal redete beruhigend auf die beiden Frauen ein, aber irgendwann verstummte auch er.

Draußen begann es zu schneien, es wurde schnell dunkel. Als Elisabeth ans Fenster trat, sah sie in der Ferne Feuer glimmen. Gewiss war Jakob dort drüben und feierte mit seinen Kameraden. Dass sie hier in der Bischofspfalz in Speyer war, konnte er unmöglich wissen. Sie glaubte auch nicht daran, dass er seinen Oberst davon abbringen würde, die Stadt einzunehmen, selbst wenn er es wüsste. Wann würde der Angriff erfolgen? Was geschah dann mit ihnen? Wieder drehte sich der Schlüssel im Schloss. Ein Mönch erschien und brachte eine Öllampe, eine Platte mit gebratenem Hecht und Zander und weißes Brot sowie eine Karaffe mit Wein und den dazu gehörigen Bechern.

»Warum werden wir hier gefangen gehalten?«, fragte der Kardinal den Mönch. Der Mann gab keine Antwort, sein Gesicht war undurchdringlich. Er verschwand genauso schnell, wie er gekommen war. Sie aßen schweigend. Elisabeth dachte an die Weihnachtsfeste zu Hause in Calw, nach dem Kirchgang hatte es auch immer Fisch gegeben, meist Aal in Wein eingelegt, mit Butter und Schmalz gebraten, dazu fein gehackte getrocknete Kräuter, Stücke von Pomeranzen und duftendes Brot. Danach hatten sie sich gegenseitig beschenkt. In der Nähe läuteten die Glocken des Doms zur Andacht. Bald drangen Gesang und Orgelspiel an Elisabeths Ohr. Warum saßen sie hier in diesem Raum gefangen und durften nicht in die Kirche gehen? Was war so schlimm an diesen Büchern, dass der Bischof sie hierher geladen und dann festgesetzt hatte? Eineinhalb Stunden später läuteten die Glocken die Gemeinde zur Kirche hinaus. Gegen Mitternacht setzte das Läuten erneut ein. Der Mönch erschien noch einmal und winkte ihnen, ihm zu folgen. Elisabeth war so froh, aus der Enge des Raumes hinauszukommen, dass sie dem Mann, ohne zu zögern, folgte. Der Kardinal machte ein bedenkliches Gesicht, erhob sich aber gleichfalls. Agnes wirkte ebenfalls erleichtert. Elisabeth schulterte ihren Rucksack, was der Mönch anscheinend nicht bemerkte. Er stieg ihnen voran die Treppe hinunter, überquerte den Hof und führte sie durch das Tor hinaus. Auf dem Domplatz brannten unzählige Fackeln. Viele französische und schwedische Söldner waren da. Zusammen mit den anderen, die ein Kirchenlied sangen, gelangten die drei in den Dom hinein. Elisabeth sah, wie der Kardinal seine Hand in das Weihwasserbecken tauchte und sich damit benetzte. Sie und Agnes taten es ihm nach. Elisabeth war überwältigt von der Höhe des Kirchenschiffs mit seiner Wölbung, von den reich geschmückten Arkaden und Portalen, den Rundbögen, den Seitenkapellen mit ihren Altären und dem Bischofsthron. Es roch nach Weihrauch, wie in allen katholischen Kirchen. In der Calwer Kirche hatte es immer ein wenig nach Seifenwasser geduftet. Ein Messdiener kam aus der Sakristei und läutete eine kleine Glocke. Ihm folgten drei weitere Messdiener mit dem Kreuz, dem Weihrauchbecken und einer Schale, sodann erschien der Priester. Das Kyrie eleison und das Gloria wurden gesungen. Elisabeths Gedanken schweiften ab. Wie konnte man sie so einfach an einem Gottesdienst teilnehmen lassen? Sie hätten jederzeit fliehen können. Aber keinem von ihnen wäre es gelungen, unbemerkt aufzustehen und hinauszugehen. Nach Schuldbekenntnis und Gebet folgte der Gottesdienst. Die Messdiener hatten Leuchten in den Händen und stellten sich beiderseits des Lesepults auf. Der Priester sprach von den Wirren und der Mühsal der Zeiten, von der Bedrohung, in der sie lebten, von der Freude und der Auferstehung. Schließlich folgte die Eucharistiefeier. Elisabeth hörte, dass die Tür zum Dom geöffnet wurde, ein Klirren ließ sie zusammenfahren. Sie wandte den Kopf und sah vier Männer im Harnisch hereinkommen. Sie setzten sich in die hinterste Bank. Kardinal Weltlin warf ihr von der Seite einen Blick zu. Auch Agnes schien die Männer gesehen zu haben, denn Elisabeth merkte, dass sie zu zittern begann. Der Priester hieß die Gemeinde, niederzuknien. Er zitierte die Worte des Abendmahls: »Er brach das Brot, teilte es unter seinen Jüngern und sprach: Tut dies zu meinem Gedächtnis. Dies ist mein Leib, den ich für euch hingebe.«

»Vater unser, der du bist im Himmel«, murmelten Priester und Gemeinde.

Das Brot wurde gebrochen, das Agnus Dei gesungen. Die

Kirchenbesucher verließen nacheinander ihre Bänke. Als Elisabeth an der Reihe war, gab der Priester ihr ein kleines Stück Brot in die Hand, sie legte es auf ihre Zunge.

»Der Leib Christi«, sagte der Priester. Elisabeth schwitzte. Verleugnete sie jetzt ihren Glauben? Doch um sich nicht zu verraten, antwortete sie: »Amen.«

Sie verschluckte sich und musste husten. Das Blut stieg ihr in den Kopf. Nach ihr verließen Agnes und der Kardinal die Bank. Elisabeth hatte ein beklemmendes Gefühl in der Magengrube. Warum erwähnte der Priester nicht, dass ein Kardinal in ihrer Kirche war? Warum ließ sich der Bischof nicht blicken? Er sei in Trier, hatte man ihnen gesagt. Und der Sekretär des Bischofs war trotz Ankündigung gar nicht erst aufgetaucht. Mit versteinertem Gesicht kehrte Agnes vom Altar zurück. Der Kardinal lächelte Elisabeth kaum merklich zu. Ihre Hände und Füße waren eiskalt, sie würde sich noch eine Erkältung holen. Die Kirchenbesucher standen auf. Es folgten ein Dankgebet und der liturgische Segen. Wieder wurden die kleinen Glocken geläutet, von außen ertönten mächtig die Turmglocken. Elisabeth traten die Tränen in die Augen. Auch wenn sie Angst hatte vor dem, was kommen musste, beobachtete sie die anderen Kirchgänger genau. Sie knicksten zum Altar hin. Dem Kardinal war das alles sehr vertraut, er wirkte wie ein Teil dieser Gemeinde, auch merkte Elisabeth ihm keine Gefühlsregung an. Zusammen mit den anderen schoben sie sich zum Ausgang hin, begleitet vom Glockengeläut und dem Brausen der Orgel. Die vier Männer im Harnisch waren aufgestanden und blickten ihnen regungslos entgegen.

11.

Die vier Geharnischten kamen langsam auf sie zu. Elisabeth befand sich dicht neben dem Kardinal, als einer der Soldaten ihm zuraunte: »Ihre Eminenz, der Erzbischof von Speyer und Trier, Philipp von Söter, hat uns den Auftrag gegeben, Eure Eminenz, Kardinal Weltlin, festzunehmen und in sicheren Gewahrsam zu verbringen.«

Er fasste nach dem Arm des Kardinals.

»Was wird mir vorgeworfen?«, fragte der Kardinal in ruhigem Ton.

»Das wird der Bischof Euch schon selber sagen«, zischte einer der anderen.

»Und warum haben wir an der Mitternachtsmesse teilgenommen?«, fragte der Kardinal weiter.

»Vielleicht wollte der Bischof sehen, ob Ihr Euch noch an Eure katholische Herkunft erinnert«, antwortete der Erste mit einem höhnischen Lächeln. Zwei von ihnen nahmen den Kardinal in die Mitte, die anderen beiden packten Elisabeth und Agnes am Arm.

»Habt keine Angst, es wird alles gut«, sagte der Kardinal. Inzwischen hatte die Festnahme der drei doch Aufsehen erregt. Viele Leute waren stehen geblieben und schauten sie teilweise neugierig, zum Teil feindselig an. Beim Austritt aus dem Dom schauerte Elisabeth zusammen. Es hatte aufgehört zu schneien, und es war bitterkalt geworden. Sie wickelte sich fester in ihren Mantel. Der Kardinal wurde zu einer prunkvollen Kutsche gebracht. Vier Pferde mit Federbüscheln auf den Köpfen waren davor gespannt. Die beiden anderen Soldaten dirigierten die Frauen zurück in die Bischofspfalz. Aus den Augenwinkeln sah Elisabeth, wie der Verschlag der Kutsche geschlossen wurde und das Gefährt sich in Bewegung setzte. Die Soldaten trieben die beiden Frauen an.

»Jetzt trödelt nicht so, wir wollen heim in unsere Unterkünfte«, maulte der eine.

Elisabeth war es, als hätte man ihr den Boden unter den Füßen weggezogen. Was hatten sie nur getan, dass das Schicksal ihnen so übel mitspielte? Warum musste der Kardinal, der ihr so vertraut geworden war wie ein Bruder, schon wieder von ihrer Seite gerissen werden? Aber sie spürte auch die Verantwortung für ihre Schwester, die alles mit Gleichmut über sich ergehen ließ. Im Palas ging es wieder die Wendeltreppe hinauf, aber diesmal wurde Elisabeth in einen Raum gestoßen, der einer Kemenate auf einer Burg glich. Einzige Wärmequelle war eine Kohlenpfanne. Elisabeth legte ihren Rucksack ab, stellte sich davor, rieb sich die Hände, derweil die Tränen aus ihren Augen tropften. Eine ganze Zeit stand sie gedankenverloren über das Feuer gebeugt. Mit einem Mal vermeinte sie ein Klopfen zu hören, erst ganz leise, dann etwas deutlicher. War da jemand im angrenzenden Raum? War es vielleicht Agnes? Sie erwiderte das Klopfen, bis ihr der Knöchel wehtat. Und siehe da, es kam Antwort. Elisabeth lief zum Fenster vor und stieß den Laden auf. Im kalten Mondlicht sah sie die Dächer der Stadt und den Rhein vor sich liegen. Weit hinten erhob sich die dunkle Masse des Schwarzwalds. Die Feuer in der Ferne brannten immer noch. Leise Laute wie Musik wehten zu ihr herüber. Elisabeth schaute nach rechts. Ihr Herz tat einen freudigen Satz. Aus dem benachbarten Fenster steckte Agnes ihren Kopf heraus!

»Gut, dass du wohlauf bist«, raunte sie zu ihr hinüber. Sie sah, wie Agnes ihren Mund verzog.

»Dass ich wohlauf bin, kann ich nicht behaupten«, sagte sie und klapperte mit den Zähnen. »Ich friere wie ein Schneider ohne Mantel in der Neujahrsnacht!«

»Hast du kein Kohlebecken in deinem Zimmer?«, fragte Elisabeth.

»Doch, aber es ist so ungemütlich!«

Elisabeth musste gähnen. »Warte nur, es wird sich noch alles aufklären«, sagte sie. Ihrer Schwester etwas von den Büchern zu sagen wagte sie nicht. Agnes hatte sich schon so oft verplappert.

»Gehen wir schlafen«, meinte sie und wünschte Agnes eine gute Nacht. Sie schloss den Laden, blies noch einmal über die Kohlen, packte den Rucksack zuunterst in eine Truhe, in der sich Wäsche befand und legte sich ins Bett. Trotz der Kälte wurde sie bald vom Schlaf übermannt.

Am Morgen erwachte Elisabeh vom Glockengeläut des nahen Doms. Es musste noch sehr früh sein, der Atem stand dampfend vor ihrem Gesicht. In den Ritzen des Fensterladens hatten sich Eiskristalle gebildet. Auf ihr Klopfen bekam sie bald eine Antwort von Agnes. Elisabeth stand auf und glättete ihre Kleider, die vom Schlafen verknittert waren. Sie öffnete den Laden und schrak wieder vor der Eiseskälte zurück, die ihr die Luft zum Atmen nahm. Die Gegend lag grau und öde vor ihren Augen. Auf dem Rhein trieben Eisschollen dahin. Jetzt, im Licht des Tages, konnte Elisabeth auch die Rheinbrücke erkennen. Vor dem Torturm stand ein Haufen schwer bewaffneter Soldaten, offenbar zur Bewachung der Brücke abkommandiert. Sie hatten mehrere Kanonen bei sich. Das Fallgitter war heruntergelassen, so dass niemand aus der Stadt hinaus- oder hereinkam. Ob Herr Weltlin wohl noch hier weilte? Trotz der Kälte trieben sich Fischerboote auf dem Fluss herum. Und da hinten, Richtung Schwarzwald: Elisabeth konnte nur schwach die Umrisse von Zelten erkennen. Und dort befand sich auch er, den sie im Lauf der Zeit immer lieber gewonnen hatte. Ein Quietschen an der Tür ließ sie herumfahren. Der Mönch von gestern stand vor ihr, blickte aber zur Seite. Er brachte eine weitere Kohlenpfanne und ein Frühstück, das aus einem weichgekochten Ei, Brot und einer Kanne Würzwein bestand. Noch immer redete er kein Wort, und Elisabeth machte auch gar keinen Versuch, ihn anzusprechen. Einen Augenblick lang stutzte sie.

»Könnte ich etwas Salz für das Ei bekommen?«, fragte sie den Mönch. Der drehte sich wortlos um und schlug die Tür hinter sich zu. Elisabeth wartete. Kurze Zeit später kehrte der Mönch zurück, reichte ihr stumm eine kleine Schüssel mit Salz und verschwand abermals. Nach dem Frühstück ging Elisabeth unruhig auf und ab. Dass sie nichts tun konnte, dass ihr die Hände vollkommen gebunden waren, erfüllte sie mit ohnmächtiger Wut. Sie hätte an die Tür trommeln mögen, aus dem Fenster herausschreien, dass man sie hier gefangen hielt, aber sie wusste genau, dass es keinen Zweck hatte. Niemand würde sie hören, niemand würde ihnen zu Hilfe kommen. Manchmal unterhielt Elisabeth sich leise mit Agnes am Fenster, die aber auch keinen Rat wusste, wie sie aus ihrer misslichen Lage wieder herauskommen könnten. Weil ihr schließlich vor Langeweile die Decke auf den Kopf fiel, bat Elisabeth den Mönch um etwas zum Lesen. Er brachte ihr eine Bibel, aber die war auf Latein geschrieben. Dann fiel ihr ein, dass sie ja deutsch geschriebene Bücher bei sich hatte. Immer, wenn sie sich sicher war, dass niemand kommen und sie stören würde, las sie mit roten Ohren in den Schriften, die der Kardinal ihr anvertraut hatte. Wenn ihr die Lektüre zu anstrengend wurde, nahm sie sich das Kochbuch der Anna Wecker vor und lernte immer noch hinzu.

Der Silvesterabend des Jahres 1634 war gekommen. Es herrschte weiterhin eine bittere Kälte, nur manchmal tanzten ein paar Flocken Schnee vom Himmel. Erfrorene und verhungerte Vögel lagen am Boden. Die Bäume auf den Rheininseln waren mit Raureif bedeckt. Alle Welt schien den Atem anzuhalten, es war wie die Ruhe vor dem Sturm. Mit dem zwölften Glockenschlag – beide Schwestern schauten gerade aus dem Fenster – blitzte weit drüben hinter dem anderen Rheinufer ein Feuerschein auf, ihm folgte ein lauter Knall, der die Bäume am Ufer erzittern ließ. Elisabeths Herz begann heftig zu klopfen.

»Ich glaube, sie greifen an!«, rief sie Agnes zu. Obwohl sie wusste, dass es gefährlich werden könnte, blieb sie am Fenster stehen. Dem Feuerschein und dem Knall folgten ebensolche in der Stadt. Elisabeth merkte, dass zur Begrüßung des neuen Jahres Schwarzpulver gezündet worden war. Es ging noch eine ganze Weile weiter, Schreie und Johlen von Betrunkenen waren zu hören. Schließlich war der ganze Spuk auf einmal vorbei, und die Nacht legte ihr dunkles Tuch über Stadt, Ebene und Berge. Die Tage vergingen in schleppender Eintönigkeit. Es wurde immer noch kälter. Ein eisiger Wind blies, rüttelte am Fensterladen und brachte fast die Kohlen zum Erlöschen. Es war die Zeit der Raunächte und des Wodan, der mit seiner Wilden Jagd durch die Lande brauste. Schon als Kinder hatten sie und Agnes sich vor dieser Jagd gefürchtet, denn es hieß, wer nicht fromm und gottesfürchtig sei und ihnen in den Weg komme, würde von ihnen mitgenommen werden. Die Bauern, Handwerker und Bürger der Stadt hatten in dieser Zeit immer Gaben vor ihre Häuser gelegt, einen Schweinebraten, eine gerupfte Gans, Getreide und Wäsche, um die Unholde gnädig zu stimmen.

Eines Nachts im Januar erwachte Elisabeth von einem hohen Summen in der Luft. Sie sprang aus dem Bett und lief zum Fenster. Was sie sah, ließ ihr den Atem stocken. Eine riesige Schar von leuchtenden Punkten bewegte sich auf den Rhein zu, wurde immer schneller. Das Summen schwoll zu einem Brüllen an, es kam aus Tausenden von Kehlen, die direkt auf sie zuhielten, um sie zu holen und in den Abgrund zu reißen.

»Hilfe!«, schrie Elisabeth aus Leibeskräften. »Hilfe, so helft uns doch, wir werden alle sterben!«

Im Schein der Fackeln glänzte ein unendlicher Wald von

Piken auf, die sich bedrohlich und unaufhaltsam näherten. Dahinter vernahm Elisabeth das Donnern unzähliger Hufe. Gewehrsalven krachten, eine Kanone wurde gezündet, die ganze Stadt erbebte, es krachte wie in den hintersten Kreisen der Hölle. Elisabeth begriff, dass es nicht das Wilde Heer war, sondern das der Kaiserlichen, deren Angriff schon lange erwartet wurde. Eine zweite Kanone ging los, es krachte ohrenbetäubend, ein Loch war in die Mauer geschossen worden. Die Stadt wurde von heiseren Rufen, angstvollen Schreien und Befehlen erfüllt. Die Kanonen von Speyer antworteten dem habsburgischen Heer. Elisabeth musste Jakob ein Zeichen geben! Sie öffnete in fieberhafter Eile die Truhe, die am Fenster stand, und zerrte ein weißes Leintuch heraus. Sie hielt es aus dem Fenster und schwenkte es langsam hin und her.

»Bist du verrückt geworden?«, herrschte Agnes sie an. »Willst du ihnen etwa zu verstehen geben, dass wir uns ihnen ausliefern wollen?«

Elisabeth hatte das nicht bedacht. Sie zog das Leintuch wieder zurück und legte es in die Truhe. Sicherheitshalber setzte sie sich darauf, falls die Söldner die Bischofspfalz stürmen sollten. Wieder spähte sie zum Fenster hinaus. Die Kaiserlichen griffen nicht etwa die Rheinbrücke an, sondern sie kamen über den Rhein, zu Fuß, zu Pferde, mit Wagen, Kanonen und Musketen, Spießen und Piken, Schwertern und Dolchen. Denn der Fluss war in der Kälte inzwischen zugefroren. Und dahinter wälzte sich der Tross auf die Stadt zu, wie ein Lindwurm, der zur Tränke kroch. Elisabeth hatte sich ins Bett verkrochen und hielt sich mit der Decke beide Ohren zu.

»Gott«, betete sie, »wenn du jemals die Menschen liebgehabt hast, dann lass nicht zu, dass uns etwas geschieht! Lass nicht mehr zu, dass überhaupt irgendjemandem auf der Welt noch etwas geschieht! Ich will auch jeden Tag drei Vaterunser beten und wann immer ich eine Kirche sehe, werde ich hineingehen, um dich zu ehren und zu lobpreisen!«

Der Kampflärm in und um die Stadt schwoll an und ab. Irgendwann musste Elisabeth wieder hinübergedämmert sein, denn als sie erwachte, schlug die Domglocke gerade acht Mal. Der Schlüssel drehte sich im Schloss, die Tür wurde geöffnet. Angstvoll starrte Elisabeth vor sich hin. Wenn sie schon sterben musste, dann sollte es schnell gehen.

»Elisabeth«, hörte sie eine Stimme sagen. Wie im Traum drehte sie den Kopf zur Tür.

Da stand Jakob, im Harnisch, mit Stulpenstiefeln und einem Lächeln auf den Lippen.

Er drehte sich um und verschloss die Tür. »Du wirst sicher auch keine Störung von außen wollen«, sagte er.

Elisabeth erhob sich schnell und eilte auf ihn zu. Er legte seinen Helm ab und nahm sie in die Arme. Wieder und wieder küssten sie sich. Elisabeth konnte es noch nicht richtig glauben.

»Ich wusste, dass du dort drüben in van Werths Heer warst«, sagte sie. »Aber hast du auch gewusst, dass ich hier in der Bischofspfalz gefangen sitze?«

»Nein, das habe ich nicht gewusst«, meinte er und streichelte ihre Hand. »Aber als ich heute Nacht das weiße Laken im Fenster sah, dachte ich mir, das könne nicht mit rechten Dingen zugehen. Keiner in dieser Stadt hätte sich uns freiwillig ergeben. Und da ich gehört hatte, dass sich auch der Kardinal Weltlin hier aufhält, war es dann nicht weit bis zu dem Schluss, dass du als seine Köchin ebenfalls da sein würdest.«

»Der Kardinal ist vom Bischof fortgebracht worden«, sagte Elisabeth.

»Weißt du, wohin?«

»Nein, aber wahrscheinlich nach Trier.«

Jakob zog sie abermals in die Arme und küsste sie. Endlich machte sich Elisabeth frei und fragte: »Wie kommst du denn ausgerechnet in die Bischofspfalz? Und woher hast du die Schlüssel?«

Er lachte. »Ich habe meinem Oberst gesagt, ich würde Unterkünfte für unsere Soldaten ausheben. Da bin ich als Erstes heute Morgen hierhergekommen und habe dem Mönch alle Schlüssel abgenommen. Nein, es war nicht so schlimm, wie du denkst«, meinte er, als er ihre erschreckten Augen sah. »Ich habe van Werth schon ein wenig erzogen. Er hatte seinen Männern zwar die Erlaubnis gegeben zu plündern, nicht aber, zu morden und zu brennen. Er hat ihnen strenge Strafen für diesen Fall angedroht.«

Elisabeth war erleichtert. Offenbar waren auch Feldherren in der Lage, etwas zu lernen.

»Drüben im anderen Zimmer ist Agnes«, sagte sie schnell. »Wir müssen sie befreien.«

»Ich muss euch beide von hier wegbringen«, meinte Jakob. »Denn was den Umgang mit Frauen betrifft, hat van Werth keine Weisung an seine Männer gegeben.«

Jakob schloss die Tür auf, Elisabeth holte den Rucksack aus der Truhe, und Jakob schulterte ihren Reisesack. Sie rannten hinüber zu Agnes' Zimmer. Sie hatte wohl schon mitbekommen, dass sich etwas tat, denn sie stand mit Sack und Pack bereit zur Flucht.

»Ich bringe euch zur Herberge der Pilger«, raunte Jakob ihnen zu. Sie liefen die Wendeltreppe hinunter und passierten das Tor. Es hatte wieder zu schneien begonnen. Die Stadt war voll von kaiserlichen Soldaten. Die meisten Gesichter waren vom nächtlichen Trunk gerötet, aber Elisabeth sah keine Leichen in den Straßen liegen.

In einer Gasse auf der anderen Seite des Doms stand die Herberge der Pilger. In dieser Zeit logierten keine Pilger dort, sondern Reisende und Klerikale, die in irgendeiner Mission in der Stadt unterwegs waren. Elisabeth wollte nicht, dass Agnes etwas von ihrer Beziehung zu Jakob erfuhr.

»Ich wohne mit van Werth in der Bischofspfalz«, sagte Jakob. »Ihr könnt euch jederzeit an mich wenden.«

Er gab ihnen zum Abschied die Hand. Der Pilgerwirt führte

sie und Agnes über eine Stiege zu einer Kammer mit zwei Betten. An den Fenstern hingen karierte Vorhänge.

Agnes stellte ihr Gepäck ab und ließ sich auf eines der Betten fallen.

»Das war doch der Soldat, der uns in Calw vor seinen Soldatenhorden gerettet hat«, sagte sie mit hochgezogenen Augenbrauen. »Welch ein Zufall, dass er schon wieder auftaucht und uns beschützt!«

»Wir sollten Gott danken, dass es solche Menschen gibt«, versetzte Elisabeth. »Vor allem solltest auch du froh und dankbar sein, dass du nicht mehr eingesperrt bist.«

»Pah«, machte Agnes. »Wären wir doch in Straßburg geblieben! Was musste der Kardinal auch weiterziehen und in dieses gottverdammte Nest reisen!«

»Agnes, das will ich nicht gehört haben! Aber ein wenig hast du ja auch recht. In Straßburg oder auf dem Schloss wären wir sicherer gewesen, das sehe ich jetzt auch.«

Argwöhnisch schaute Agnes ihre Schwester an. »Hast du gewusst, dass dieser kaiserliche Söldner mit seinem Heer vor Speyer liegt? Hast du deshalb dem Herrn Weltlin in den Ohren gelegen, mit dorthin zu fahren?«

»Nein, das habe ich nicht gewusst«, antwortete Elisabeth und war froh, dass sie nicht rot wurde. »Der Kardinal hatte eine dringende Einladung vom Erzbischof, deshalb sind wir gereist. Das weißt du doch.«

Agnes schien sich damit zufriedenzugeben.

»Ich werde jetzt einmal versuchen, herauszufinden, wohin der Kardinal gebracht worden ist«, meinte Elisabeth.

»Tu das«, gab ihre Schwester zurück. »Ich werde mich erst einmal hinlegen und mich von dem ganzen Schrecken erholen.«

Auf deinem Bett in der Bischofspfalz hast du lange genug liegen können, dachte Elisabeth. Aber sie sagte nichts mehr. Stattdessen stieg sie die Treppe hinunter und überlegte sich, bei wem sie Nachforschungen anstellen könnte, ohne sich verdächtig zu machen. Beim Priester im Dom? Vielleicht doch lieber nicht. Warum nicht mit dem Wirt der Pilgerherberge anfangen? Elisabeth betrat den Schankraum, in dem viele der kaiserlichen Soldaten saßen. Sie trat an die Theke zum Wirt.

»Darf ich Euch etwas fragen?«, sagte sie mit gedämpfter Stimme.

»Ja, wenn es nichts kostet«, antwortete der Wirt und lachte dröhnend. Stille trat ein, alle Augenpaare waren auf sie gerichtet. Elisabeth wartete, bis jeder sich wieder seinem Getränk und seinem Nachbarn zugewandt hatte und der Lärm im Gastraum anschwoll.

»Nun, was möchtet Ihr wissen?«, fragte der Wirt. Elisabeth nagte an ihrer Lippe. »Wann kommt denn der Erzbischof einmal wieder nach Speyer?« Damit hoffte sie, ein allzu persönliches Interesse ihrerseits zu verbergen.

»Das kann niemand sagen«, meinte der Wirt und wiegte bedenklich den Kopf hin und her. »Jetzt, wo es Kaiser Ferdinand sozusagen in unsere Reihen geschafft hat.«

»Ein Hoch auf den Kaiser!«, rief einer der Söldner. »Wagt nur nicht, ein Wort gegen ihn zu sagen.« Er hob drohend die Faust gegen den Wirt.

»Beruhigt Euch, ich habe nichts gegen Euren Kaiser, im Gegenteil. Wer bei mir zu Gast ist und anständig bezahlt, ist immer willkommen.«

»Vielleicht müsst Ihr bald wieder die Gegenseite verköstigen, Herr Pilgerwirt«, ließ sich ein anderer vernehmen.

»Wie kommst du darauf?«, wunderte sich sein Nachbar.

»Ich habe Gerüchte gehört, nach denen Bernhard von Sachsen-Weimar sich auf dem Weg von Aschaffenburg nach Speyer befinden soll«, entgegnete der Söldner.

»Haha, er konnte die Stadt nicht einnehmen, und Geld hat er sicher auch keins mehr«, setzte der Erste dagegen.

»Das glaubst aber auch nur du«, mischte sich ein Dritter ein. »Am ersten November hat es in Paris einen Vertrag gegeben, da hat der Bernhard zwölftausend Mann und fünfhunderttausend Livres vom französischen König gekriegt!«

»Na ja, wir werden eh nicht lange hierbleiben, wie ich unseren Oberst kenne. Bald werden wir wieder auf Beutefang gehen müssen.« Damit wandte sich der Erste seinen Kameraden zu.

»Wisst Ihr etwas über einen Kardinal, der aus der Stadt mit einer Kutsche weggebracht worden ist?«, wandte Elisabeth sich nun wieder an den Wirt.

»Ja, das war doch nach der Mitternachtsmesse im Dom«, meinte der Wirt und kratzte sich den Bart. »Ich stand draußen, als einige Personen abgeführt wurden. Der Kardinal wurde in die Kutsche gestoßen. Ich meine, einer der Söldner hat zum Kutscher gesagt: Nach Trier, in den Bischofspalast.«

Elisabeth atmete erleichtert auf. Nun wusste sie wenigstens, wo sich der Kardinal befand. Sie würde sich darum kümmern müssen, nach Trier zu gelangen. Am Abend war die Pilgerherberge leer, so dass Elisabeth und Agnes es wagen konnten, sich in die Schankstube zu setzen und etwas zum Essen zu bestellen. Es gab nur noch eine Brotsuppe, alles andere hatten die Söldner verzehrt. Die Tür öffnete sich, und Jakob erschien im Rahmen. Elisabeth hätte sich fast verschluckt. Jakob war in Begleitung von Johann von Werth. Sie brachten Schneestiem mit herein. Elisabeth überlegte fieberhaft. Sollte sie so tun, als würde sie Jakob nicht kennen? Schnell schaute sie zu Agnes hinüber und schüttelte fast unmerklich den Kopf. Doch Jakob schien einen bestimmten Zweck mit seinem Besuch zu verfolgen. Er fragte, ob sie sich zu ihnen setzen dürften. Dann stellte er sich und den Oberst vor.

»Das ist Elisabeth Weber, die Köchin des Kardinals Weltlin«, sagte er zu van Werth. »Können wir nicht so jemanden brauchen?«

»So jemanden können wir freilich brauchen«, meinte van Werth. »Nur mit dem Sold ist das so eine Sache. Ich kann nur in Naturalien zahlen.«

Elisabeth wurde es warm vor Freude. Erstens hätten sie auf diese Weise ein Auskommen, außerdem würde sie ständig in der Nähe von Jakob sein. Und der Kardinal? Ihn durfte sie doch nicht einfach im Stich lassen? Sie beschloss, alles auf eine Karte zu setzen.

»Sehr gern würden wir in Eure Dienst treten«, sagte sie mit fester Stimme. »Und ich bin sicher, dass ich auch im Sinne meiner Schwester spreche. Bevor ich anfangen kann, muss ich noch nach Trier, um dem Bischof einen Besuch abzustatten.«

»Was Ihr mit dem Bischof zu tun habt, geht mich nichts an«, meinte van Werth. »Hauptsache, Ihr seid ehrlich und zuverlässig.«

»Das ist sie«, meinte Agnes, und Jakob sagte: »O ja!«

Am anderen Tag waren Agnes und Elisabeth schon früh mit einer einspännigen Mietkutsche unterwegs. Zu ihrem Schutz fuhren vier bewaffnete Soldaten mit, das war im Mietpreis des Wagens inbegriffen. Von der flachen Rheinebene mit ihren Auen und bereiften Wiesen ging es hinauf ins Pfälzer Bergland. Elisabeth wunderte sich, wie gut die Bauern und Bürger mit Vieh, Getreide und Wintergemüse eingedeckt waren. In jedem Metzgerladen gab es Fleisch und Würste zu kaufen, bei jedem Bäcker weißes und schwarzes Brot und *petits pains.* Kühe, die gemolken werden wollten, muhten in den Ställen, Schweine suhlten sich in ihren Pferchen, Hühner und Hähne stolzierten auf den Dorfangern herum. Es waren drei Tagesreisen bis Trier, Elisabeth hatte nicht damit gerechnet, dass es so weit war. Je weiter sie nach Westen kamen, desto mehr fiel ihr auf, dass hier Truppen, vor allem französische, zusammengezogen wurden. Auf den Märkten standen die Werber und versprachen jedem, der dienen wollte, den Himmel auf Erden. Die Ärmeren unter ihnen gingen ihnen auch gewiss auf den Leim. Doch Elisabeth wusste, dass meist kein Sold gezahlt wurde oder wenn, dann nur denen mit höheren Rängen. Endlich erreichten sie das Moseltal und die alte Bischofsstadt Trier mit ihrer Porta Nigra, den

Türmen und Kirchen. Der Kutscher hielt vor dem Bischofspalast.

»Das hier ist das kurfürstliche Palais von Trier, meine Damen«, meinte er und öffnete den Schlag.

»Wieso kurfürstlich?«, fragte Agnes, deren Augen zu leuchten begonnen hatten.

»Der Bischof ist gleichzeitig Kurfürst und Bischof von Trier und Speyer«, antwortete der Kutscher. »Und Nachfolger von Fürst Metternich. Das Hochschloss, in dem er wohnt, ist schon fast fertiggestellt. Fehlt noch das Niederschloss für die Wirtschaftsgebäude.«

Elisabeth zahlte den Kutscher und zog Agnes in den Eingang des Gebäudes hinein. Ein Diener in Livree saß hinter einem Tisch mit zierlich geschwungenen Beinen und fragte sie nach ihrem Begehr. Als er hörte, dass sie eine Audienz beim Bischof wünschten, wollte er in barschem Ton den Grund dafür wissen.

»Wir sind Freunde von ihm«, sagte sie. »Und möchten uns nach seiner Gesundheit erkundigen.«

Der Diener bedeutete ihnen zu warten. Etwa eine halbe Stunde später erschien er wieder und hieß sie ihm folgen. Die beiden staunten über die vielen Spiegel und Bilder, die Stuckornamente und die Böden und Treppen aus Marmor, über die sie der Diener geleitete. Schließlich blieb er vor einer der Türen stehen und klopfte.

»Entrez!«, erklang es von innen. Der Diener öffnete die Tür, machte einen Katzbuckel und ließ sie eintreten. In einem Raum von erlesenem Geschmack, wohl dem Audienzzimmer, saß Bischof Philipp von Sötern auf einem vergoldeten Thron. Er ging sicher schon auf die sechzig zu, trug ein Wams aus schimmerndem Brokat, eine Seidenhose und die seidig glänzende Mitra auf dem Kopf, die mit Gold- und Silberstickereien verziert war. Sein Gesicht wirkte streng, was von dem Spitzbart noch unterstrichen wurde. Den Mund hatte er zusammengekniffen.

Elisabeth und Agnes machten tiefe Knickse vor ihm, woraufhin er ihnen gnädig seinen Ring entgegenstreckte, den sie küssten.

»Was führt Euch zu mir?«, fragte er in näselndem Ton.

Elisabeth gab sich einen Ruck.

»Wir sind Freunde des Kardinals von Weltlin«, sagte sie. »Er ist in der Weihnachtsnacht in einer Kutsche weggebracht worden. Nun wollten wir uns nach seiner Gesundheit erkundigen und ihn fragen, ob wir weiter in seinem Gefolge bleiben dürfen.«

Der Bischof antwortete nicht. Er schaute auf einen Punkt über den Köpfen der beiden Frauen. Eine Fliege summte am Fenster entlang. Endlich schien er sich darauf zu besinnen, dass eine Frage an ihn gestellt worden war.

»Thomas Weltlin und ich hatten eine Meinungsverschiedenheit, die wir aber ausräumen konnten. Ich habe ihn gestern nach Straßburg zurückgeschickt, damit er dort seinen Verpflichtungen nachgehen kann.«

Elisabeth merkte, wie enttäuscht sie war. Eigentlich hatte sie gehofft, der Kardinal würde schon bald nach Speyer zurückkehren und weiter seine schützende Hand über sie halten. Nun waren sie dem als grausam bekannten Jan van Werth ausgeliefert, auch wenn das bedeutete, dass sie in der Nähe von Jakob war. Am liebsten hätte sie beide bei sich gehabt, auch wenn ihr die Unmöglichkeit dessen bewusst war.

»Hat er … irgendetwas über seine Köchin und seine Näherin gesagt?«, fragte sie vorsichtig.

»Er erwähnte eine junge Frau, die so vorzüglich kochen könne, dass er sie in seine Dienste genommen habe«, antwortete Philipp von Sötern. »Seid froh, dass Ihr etwas könnt, das man immer brauchen kann, in Zeiten des Krieges und des Friedens. Mein Begehr ist zum Beispiel auf den Ausbau dieses Schlosses gerichtet. Ist das, was Ihr bisher gesehen habt, nicht *magnifique*?«

Elisabeth wusste, dass dieses Wort »wunderbar« bedeutete, und meinte mit einem Nicken: »Es ist wirklich wunderbar und schöner als alles, was ich bisher gesehen habe, Exzellenz.« Agnes nickte begeistert dazu. Das schien das Herz des Bischofs zu erweichen. Er plauderte über seine Baupläne und über die Kriegszeiten.

»Seid Ihr gut katholisch?«, fragte er. Beide nickten wie auf ein Kommando. »Dann werde ich Euch mal etwas verraten. Bernhard von Sachsen-Weimar ist schon auf dem Weg hierher, um sich mit den Franzosen zu vereinen. Sie werden den abgrundschlechten Johann von Werth aus Speyer vertreiben. Dann kann er sein Winterquartier aufschlagen, wo immer er will, aber nicht bei uns!«

Und sie beide würden dann zwischen die Fronten geraten, dachte Elisabeth.

»Wir bedanken uns für Eure gnädige Audienz, Exzellenz!«, sagte sie. Sie machte einen Knicks, Agnes tat es ihr nach. Es würde ihnen nichts anderes übrigbleiben, als schleunigst nach Speyer zurückzukehren, um nicht einem Trupp von Soldaten in die Hände zu fallen. Der Kutscher hatte auf sie gewartet. Inzwischen hatte ein feiner Sprühregen eingesetzt, der alles wie durch einen grauen Schleier erscheinen ließ und den Boden mit einer Eisschicht überzog. Die Kutsche setzte sich Richtung Südosten in Bewegung, dorthin, wo neuerdings ein weiterer Schauplatz des Kriegs entstehen sollte. Je höher sie in die Berge hinaufkamen, desto kälter wurde es. Immer wieder rutschte das Pferd auf dem glatten Boden aus. Elisabeth spürte eine große Müdigkeit. Ihre Schwester hatte die Augen geschlossen und schien zu schlafen. Schließlich konnte Elisabeth keinen klaren Gedanken mehr fassen. Sie wollte weg von hier, wollte Ruhe und Frieden, wollte Jakob und den Kardinal an ihrer Seite haben. Aber das war ein Ding der Unmöglichkeit. Je mehr sie sich der Stadt Speyer näherten, desto mehr Soldaten sah Elisabeth, die sie eindeutig als Söldner Kaiser Ferdinands erkannte. Was hatten die hier zu suchen? Die Antwort folgte auf dem Fuße: Sie waren auf Raubzügen ins Umland unterwegs, denn viele von ihnen hatten Ferkel, Hühner und Rinderhälften hinter sich auf dem Sattel. Andere zogen Karren nach der Stadt hin, beladen mit Brot, Getreide, Butter und Wintergemüse, andere führten Holz, Decken und Wäsche mit sich. Wie kam es eigentlich, dass der Oberst van Werth seinen Leuten keinen Sold zahlen konnte, wie Bernhard von Sachsen-Weimar es offensichtlich tat? Bernhard wurde vom Kardinal Richelieu, von Ludwig XIII. und den Schweden unterstützt, van Werth dagegen erhielt vom habsburgischen Kaiser keinen einzigen Gulden. Und von dieser Diebesbeute sollte sie dem Oberst, Jakob und ihren Männern Mahlzeiten bereiten, derweil die Leute auf dem Lande hungern und frieren mussten? Sollten sie nicht besser dem Kardinal Weltlin nach Straßburg folgen? Doch Elisabeth war zu müde, um noch eine Entscheidung zu treffen. Sie ließ die Kutsche rollen.

12.

Sie fuhren gerade durch ein einsames Wäldchen, dessen Bäume schwer mit Schnee beladen waren. Der Kutscher hatte Mühe, die Pferde auf dem gefrorenen Weg voranzutreiben. Elisabeth hörte das Rasseln einer anderen Kutsche hinter sich. Sie steckte ihren Kopf aus dem Fenster. Die Kutsche gehörte einer begüterten Person, wie man am kunstvoll verzierten Verdeck und an der reichen Ausstattung sehen konnte. Elisabeth erschrak, als sie die Eskorte von zehn Reitern sah. Hatten sie es auf sie abgesehen? Die Reiter holten auf, kamen immer näher. Elisabeth zog schnell ihren Kopf zurück. Sie rief dem Kutscher zu: »Ich glaube, wir werden verfolgt! Mach Er doch ein wenig schneller!«

»Wenn ich nur könnte, wie ich wollte!«, schrie der Kutscher zurück. Elisabeth hörte das schneidende Geräusch, mit dem die Begleitsoldaten, die hinten auf dem Wagen standen, ihre Degen zogen. Herr im Himmel, was stand ihnen nun wieder bevor? Agnes war inzwischen aufgewacht und rieb sich die Augen.

»Was ist denn los?«, fragte sie schlaftrunken.

»Es ist nichts«, versuchte ihre Schwester sie zu beruhigen. »Wir sind gleich zurück in Speyer.«

»Aber die Soldaten haben doch ihre Degen gezogen?«

»Ist nur eine Vorsichtsmaßnahme, falls wir angegriffen werden.«

Die zehn Soldaten waren offensichtlich dicht hinter ihrem Wagen. Elisabeth hörte die Degen aneinanderklirren. Die anderen waren in der Übermacht, lange würden ihre Leute dem Kampf nicht standhalten können. Und was würde dann mit ihnen geschehen? Elisabeth wagte es sich nicht auszumalen.

Der Weg wurde ebener und breiter. Der Kutscher trieb die Pferde unbarmherzig an, so dass sie durch das Wäldchen flogen. Aber auch die Reiter und die andere Kutsche wurden schneller. Schließlich überholten sie die ihre, kamen davor zum Stehen und zwangen sie, anzuhalten.

»Brr!«, rief der Kutscher. Jetzt war alles verloren. Agnes klapperten die Zähne. Eine Gestalt stieg aus dem Wagen, wie Elisabeth mit einem Blick nach hinten erkannte. Schwarze Soutane mit roten Knöpfen. Aber das war doch ...

»Habt keine Angst, Kutscher!«, rief der Kardinal. »Wir kommen in freundlicher, wenn nicht in rettender Absicht. Lasst die beiden Damen in mein Gefährt steigen, sie sind gute Bekannte von mir.«

Elisabeth stieg aus dem Wagen und eilte dem Kardinal entgegen. »Herr Weltlin!«, rief sie überglücklich. »Wie kommt Ihr nur hierher?«

»Das werde ich Euch später erklären«, sagte er. »Jetzt holt Agnes und Euer Gepäck und steigt ein.«

Elisabeth tat, wie ihr geheißen. Agnes fügte sich ohne ein Wort. Sie sah immer noch sehr bleich aus. Mit ihren Säcken und dem Rucksack gingen sie zur anderen Kutsche hinüber.

»Mir soll's recht sein«, brummte der Kutscher. »Bezahlt haben sie ja schon.«

Die Soldaten hatten in ihrem Kampf innegehalten. Sie sahen mit großen Augen zu ihnen herüber, während sie einstiegen. Der Kutscher des Kardinals trieb seine Pferde an. Der Wagen gewann rasch an Fahrt. Sie fuhren nun nach Westen, in die Rheinebene hinein. Bevor sie nach Speyer gelangten, bog der Kutscher rechts ab und nahm die Straße nach Karlsruhe.

»Wie ist es Euch ergangen, Herr Weltlin?«, wollte Elisabeth vom Kardinal wissen. Er saß den beiden Mädchen gegenüber und musterte Elisabeth immer wieder voller Freude.

»Ich wurde vom Bischof in Trier gefangengesetzt und mehrmals verhört«, sagte er.

»Aber warum denn?«, fragte Agnes. »Was habt Ihr denn getan, Herr Weltlin?«

»Es war ein Irrtum, jemand ganz anderes wurde gesucht, jemand, der gegen die Gebote der Kirche verstoßen hatte. Es war auch kein peinliches Verhör, wie Ihr vielleicht befürchtet, Agnes. Ein wenig Würde gesteht man den Geistlichen doch noch zu.«

»Und dann?«, fragte Elisabeth atemlos. Sie wusste genau, dass der Kardinal in Gegenwart von Agnes nicht die Wahrheit über das Geschehene sagen konnte. Agnes schaute wieder teilnahmslos zum Fenster hinaus, an dem gelbbraune, nasse Wiesen und kahle Bäume vorbeizogen.

»Dann schickte er mich unter Bewachung nach Straßburg zurück. Das war aber nun der letzte Ort, an dem ich in diesem Augenblick sein wollte. Ich musste zurück nach Speyer, um zu schauen, was dort geschehen war. Schließlich war es auch die Sorge um Euch, Elisabeth. Und um Agnes«, fügte er schnell hinzu.

»Wohin fahren wir eigentlich?«, wollte Agnes wissen.

»In ein Kloster in der Nähe von Baden«, sagte der Kardinal.

»In ein Kloster?«, fuhr Agnes auf. »Das ist nun der letzte Ort, an den ich in meinem Leben gehen wollte!«

»Es ist der einzige Ort, an dem wir drei jetzt sicher sein können«, beschied der Kardinal.

»Und wenn ich mich weigere?«

Dann wirst du eben eine Trosshure!, dachte Elisabeth in einem Anfall von Ärger. Konnte sich Agnes nie in das fügen, was gegeben und notwendig war?

»Ihr werdet mit uns gehen, Agnes«, meinte der Kardinal. »Denn es gibt sonst keinen Platz für Euch.«

Anscheinend fügte sich Agnes in ihr Schicksal, doch sie schmollte weiter vor sich hin. Schließlich erreichten sie, ohne aufgehalten zu werden, Karlsruhe, wo sie in einer sauberen Herberge Quartier nahmen.

»Eines wollte ich noch fragen, Herr Weltlin«, sagte Elisabeth beim Abendessen zum Kardinal. Er hatte inzwischen bürgerliche Kleidung angelegt. Agnes war hinausgegangen, um sich auf dem Abtritt zu erleichtern.

»Woher wusstet Ihr, dass wir uns auf der Rückfahrt von Trier nach Speyer befanden?«

»Euer Besuch beim Bischof hatte wohl einiges Aufsehen erregt. Wir sind nicht nach Straßburg gefahren, sondern ich habe die Reiter überredet«, er machte das Zeichen für Geld, »stattdessen nach Speyer zu fahren, was für sie eins war. Und dem Bischof war es dann letztendlich auch eins, glaube ich. Diese Reiter hatten die Geschichte von Eurer Audienz aufgeschnappt. Und so bin ich Euch dann gefolgt.«

»Was für eine wunderbare Fügung«, sagte Elisabeth. Leiser sagte sei: »Wessen wart Ihr angeklagt, Herr Weltlin?«

»Ich stehe im Verdacht, ketzerische Schriften in meinem Besitz zu haben und ketzerisches Gedankengut zu verbreiten«, antwortete er flüsternd.

»O Gott«, entfuhr es Elisabeth. »Hat er etwas herausgefunden?«

»Nein, es gab keinerlei Beweise, so dass er mich freilassen musste.«

»Wollt Ihr gar nicht wissen, ob ich meinen Rucksack noch bei mir habe?«, fragte Elisabeth.

»Ich habe ihn gesehen, schon oben im Rheintal«, antwortete der Kardinal. »Und ich wusste, dass Ihr ihn immer bei Euch haben würdet. Hat jemand hineingeschaut?«

»Nein. Die Vorstellung, wir könnten es in die Höhle des Löwen tragen, ist wohl zu ungeheuerlich gewesen, so dass niemand auf diesen Gedanken kam.«

Agnes kehrte an den Tisch zurück.

»Ich habe an die Äbtissin des Klosters Lichtenthal geschrieben«, erklärte der Kardinal. »Sie erwartet uns. Ich habe Euch beide als brave Katholikinnen ausgegeben, und ich hoffe, Ihr werdet Euch auch so benehmen.«

»Die Feuertaufe hat schon im Dom zu Speyer stattgefunden«, sagte Elisabeth und lachte. Der Kardinal und ausnahmsweise auch einmal Agnes stimmten in das Lachen ein.

»Weiß die Äbtissin, dass Ihr …?«, fragte Elisabeth den Kardinal nach einer längeren Pause, in der sie ihrem Essen zusprachen.

»Die Abtei Lichtenthal liegt auf der linken Seite der Oos und ist somit dem Bischof von Speyer unterstellt«, antwortete der Kardinal. Damit war von vornherein klar, dass sie sehr auf der Hut sein mussten.

Gegen Mittag des folgenden Tages kamen sie im Kloster Lichtenthal an. Es hatte sich überhaupt nichts verändert. Die Stadt Baden mit ihrem Schloss stand trutzig da wie eh und je, das Wasser der Oos floss schwarz und tiefgründig am Kloster vorbei. Durch ein Tor in der Klostermauer erreichten sie die Anlage mit Abtei- und Konventsgebäuden und der spitzgiebeligen Klosterkirche. Inmitten des Hofes, um den sich die Klostergebäude gruppierten, stand eine Kastanie, die ihre kahlen Zweige in den Himmel reckte. Die Schwester Pförtnerin führte sie zu dem Raum, in dem die Äbtissin Regiswind wohnte und arbeitete. Die Äbtissin war hochgewachsen und knochig, blickte aber mit wachen Augen in die Welt. Ihr Habit bestand aus einem weißen Ordensgewand mit schwarzem Skapulier und ebensolchem Zingulum. Die drei verneigten sich vor ihr.

»Seid willkommen in unserem Kloster des Lichts«, sagte sie. »Der Herr segne Euch und behüte Euch. Habt Ihr eine gute Reise gehabt?«

»Das haben wir, Mutter Regiswind, wie man eben gut reisen kann in diesen Zeiten«, entgegnete der Kardinal.

»Ihr kommt von Speyer?«

»Ebendaher, Mutter Regiswind. Johann von Werth hat die Stadt eingenommen, wie Ihr sicher erfahren habt.«

»Er dient dem Habsburger, aber gewiss nicht, weil er denselben Glauben hat. Tod und Verwüstung bringt er über das

Land! Ich schäme mich manchmal, so wie er katholisch zu sein!«

»Ihr seid eine verwandte Seele, Mutter Regiswind«, sagte der Kardinal schmunzelnd.

»Das habe ich auch schon gedacht, dass unser Glauben nicht mehr gar so glaubwürdig daherkommt«, antwortete die Äbtissin.

»Ist in der Stadt alles beim Alten?«

»Nein, Herr Weltlin, es hat sich einiges verändert. Markgraf Wilhelm hatte ja die Belagerung aufgeben müssen, weil die Bewohner zu gut versorgt waren. Später hat er dann den Papst angerufen, der Markgraf Friedrich befahl, den Platz im Schloss zu räumen. Der ist dann nach Durlach gegangen.«

»Dann ist Baden also jetzt wieder katholisch?«

»Die Bewohner wissen nicht mehr, woran sie sind. Vielleicht kommt morgen wieder ein Schwede und will, dass alles erneut protestantisch wird? Wir hier in unserem Kloster sind immer katholisch gewesen und werden es auch bleiben. Wir versuchen, die alten Werte aufrechtzuerhalten und leben nach den Regeln des heiligen Benedikt, ernähren uns von unserer Hände Arbeit, bestellen den Garten und helfen den Armen und Kranken. Unser Tagesablauf ist bestimmt von den Horen, von Gebet und Arbeit. Und Ihr seht, dass das Kloster fast gänzlich unversehrt durch diesen Krieg gekommen ist. Aber nun genug geredet.« Sie griff nach einer kleinen Glocke. Eine junge Nonne erschien.

»Margarethe, führe doch unsere Gäste zu den Zimmern, die ich für sie vorgesehen habe. Ich erwarte Euch zur Vesper und dann zum Abendessen.«

Sie folgten Margarethe einen schmalen Gang entlang. Agnes bekam eine Zelle am Anfang, Elisabeth eine am Ende des Ganges. Der Kardinal sollte in einem anderen Gebäude untergebracht werden. Die Zelle war einfach, aber nicht ohne Behaglichkeit ausgestattet. Außer dem Bett und einer Truhe befanden sich ein Tisch und ein Stuhl darin, um vielleicht abends noch ein wenig bei Kerzenschein lesen zu können. Der Boden war mit einem Schafswollteppich bedeckt. Eine Kohlenpfanne würde für Wärme sorgen. Elisabeth räumte ihre Sachen ein, verstaute den Rucksack in der Truhe und ging zum Brunnen hinaus, um sich Gesicht und Hände zu waschen. Die Wolken hingen tief über dem Schwarzwald und über der Ebene. Dann war es Zeit für die Vesper. Elisabeth lief zur Kirche hinüber, aus der schon gregorianische Gesänge erklangen. Sie setzte sich neben Agnes in eine Bank. Der Kardinal hatte seinen Platz ganz vorn. Wie Engel sahen die Nonnen in ihren weißen Gewändern aus. Der Kardinal erhob sich, trat vor den Altar und sagte: »Die ehrwürdige Mutter Regiswind hat mich gebeten, bei Euch das Priesteramt auszuüben, solange ich hier zu Gast bin. Der Herr segne Euch und behüte Euch. Der Herr lasse Sein Angesicht leuchten über Euch und gebe Euch Frieden.«

Der Gottesdienst verlief nicht viel anders als diejenigen, die Elisabeth kannte, nur beim Abendmahl wurde es ihr wieder ein wenig klamm zumute, als sie hörte, es sei der Leib des Herrn, den sie esse, und sein Blut, das sie trinke. Sich mit Weihwasser zu benetzen vergaß sie auch diesmal nicht, ermahnte vorher leise Agnes, daran zu denken. Die Äbtissin hatte die beiden Schwestern nicht gefragt, aus welchem Wohnort sie kamen. Aber sie würde es noch wissen wollen. Elisabeth hatte sich entschlossen, die Stadt Rottenburg als ihre Heimat anzugeben, die war auf jeden Fall erzkatholisch, und sie kannte sich dort aus. Zum Essen trafen sich die Nonnen im Refektorium. Während der Mahlzeiten durfte nicht gesprochen werden. Eine Schwester las aus den Werken des heiligen Benedikt vor. Es gab eine Graupensuppe, Brot und Butter.

Elisabeth und Agnes lebten sich schnell im Kloster ein, lernten, sich an die Stundengebete zu halten, und passten sich dem immer gleichen Tages- und Nachtrhytmus an. Auch als Gäste waren sie gehalten, die strengen Regeln des Klosters zu befolgen. Der Kardinal riet ihnen, zu ihrem eigenen Schutz auch das Habit der Zisterzienserinnen zu tragen. Mutter Regiswind fragte Elisabeth und Agnes, welche Arbeit sie gern im Kloster verrichten wollten. Nach einem Gespräch über ihre besonderen Vorlieben und Fähigkeiten wurde Agnes der Wäscherei zugeteilt, Elisabeth der Küche. Neben der Zubereitung des Frühstücks und der Mahlzeiten oblag Elisabeth auch das Herstellen von Likören, die das Kloster auf dem nahen Markt in Baden verkaufte. Um einen Schlehenlikör anzusetzen, verließ Elisabeth mit zwei Eimern in den Händen die Küche, um sich in den hintersten Winkel des Gartens zu begeben, wo die Schlehenbüsche standen. Es war neblig, Gras, Büsche und Bäume waren mit Reif bedeckt. Die Schlehen würden umso besser sein, je mehr Frost sie bekommen hatten. Mit den vollen Eimern kehrte sie in die Küche zurück. Sie schüttete die Beeren in ein Holzfass, gab Honig vom Zeidler, dem Wabenschneider, eine Schote Vanille und schließlich mehrere Kannen Branntwein darüber. Diese Mischung musste nun sechs bis acht Wochen ruhen, nur gelegentlich umgerührt werden. Desgleichen bereitete sie einen Quittenlikör zu. Aus dem Keller holte sie einen Korb mit Quitten, die sehr schön gelb waren, befreite sie von dem Flaum, legte sie in ein anderes Fass, gab ebenfalls Branntwein, Honig und Wasser darüber. Der Inhalt musste einmal am Tag gerüttelt werden. Später musste sie den Quittensaft abseihen und mit einem Trichter in irdene Krüge füllen, die sie mit einem Stopfen verschloss. Elisabeth bereitete Butter, indem sie Milchrahm so lange rührte, bis sich goldene Klumpen bildeten. Die knetete sie mit ein wenig Salz durch, wickelte die Batzen in Pergament und brachte sie zum Kühlen in den Keller. Agnes kochte die Bettwäsche des Klosters in einem großen Zuber aus, hängte sie zum Trocknen auf die Leinen im Waschhaus, um sie später mit einem Plätteisen zu bügeln und zusammenzulegen. Die Ordensgewänder wusch sie mit der Hand, nahm Seife und ein Waschbrett zu Hilfe. Der Kardinal hielt Predigten, erteilte die Beichte und schrieb in der klostereigenen Bibliothek Texte ab.

Anfang Februar, nach einer längeren Periode starken Frostes, begann es zu schneien. Weiche, filigrane Flocken schwebten vom Himmel herab, tanzten und zergingen, wenn sie auf den Boden trafen. Das Treiben wurde immer dichter, und bald bedeckte ein weißes Tuch die Berge, den Garten, das Kloster und die nahe Stadt. Mit weiteren Plünderungen war nicht zu rechnen, denn die Heere lagen in ihren Winterquartieren.

Das Leben im Kloster ging seinen beschaulichen Gang. In der Bibliothek, einem Ort der Gelehrsamkeit, war es nicht verboten, leise miteinander zu sprechen. Und so suchte Elisabeth den Kardinal, wie schon oft, nach dem Mittagessen dort auf. Der Duft nach altem Leder und Staub empfing Elisabeth. An den Wänden waren Regale angebracht, in denen Hunderte von Büchern eingereiht standen. Elisabeth liebte diesen Raum über alles. Hier konnte sie nicht nur ihre Lektüre auswählen, um während der Vakanz oder abends vor dem Schlafengehen noch darin zu lesen, hier war sie auch dem Kardinal ein wenig näher als in der Kirche oder bei den gemeinsamen Mahlzeiten, bei denen ja bekanntlich kein Wort über ihre Lippen kommen durfte. Ihre Beziehung war inniger geworden, ohne dass der Kardinal die Grenzen, die ihm sein Amt und die Regeln des Klosters auferlegten, jemals auch nur annähernd überschritten hätte.

»Womit seid Ihr gerade beschäftigt, Herr Weltlin?«, fragte Elisabeth.

Der Kardinal war in eine graue Kutte gekleidet, die er stets während der Arbeit im Scriptorium, einem abgeteilten Raum der Bibliothek, trug. Sein Gewand und seine Hände waren farbig verziert.

»Mutter Regiswind hat mich beauftragt, einige Bücher zu kopieren«, sagte er. »Die Druckereien in der Gegend arbeiten zur Zeit nicht, kriegsbedingt oder auch wetterbedingt, ich weiß es nicht so genau. Da drüben«, er zeigte auf das Scriptorium, »liegt eine lateinische Bibel, die der Erzbischof von Speyer gerne kopiert haben möchte. Er weiß ja nicht, dass ich hier bin. Normalerweise macht das Mutter Regiswind selbst, oder sie beauftragt eine ihrer Nonnen damit. Aber sie ist, wie Ihr wisst, in dieser Zeit zu sehr mit anderen Dingen beschäftigt.«

»Zum Beispiel mit der Pflege von Kranken, hier im Kloster und in der Stadt«, ergänzte Elisabeth. »Und sie verteilt milde Gaben an die Armen.«

»So ist es«, versetzte der Kardinal.

»Wie geht denn das mit dem Kopieren?«, wollte Elisabeth wissen. Daheim in Calw hatte es zwar eine Druckerei gegeben, aber dort hatte sie nie Zutritt erhalten.

»Der Auftraggeber, in diesem Fall der Erzbischof, bestimmt die Ausführung und Ausgestaltung des Buches. Gold, Pigmente und die Grundlagen für die einzelnen Farben haben wir hier im Kloster. Ich bekomme den Schreibgrund, das Papier, in Form einer Doppelseite zugeschnitten. Das liniere ich und lege die Zeilenhöhe und die Begrenzung fest. Dann beginne ich zu schreiben. Dabei lasse ich die großen Initialbuchstaben weg und füge sie später ein. Die Bilder werden von einem Illustrator gemalt, der nach Fertigstellung des Textes kommt und in die vorbestimmten Stellen seine Illuminationen einträgt. Schließlich wird das Buch vom Binder in Leder eingebunden.«

»Und das Schreiben selbst, die Farben?«

»Ich schreibe mit einer Gänsefeder, von denen es hier genügend gibt.« Er lächelte. »Die Nonnen haben sich gewiss nicht das Vergnügen einer Martins- oder Weihnachtsgans entgehen lassen. Ich schreibe mit Dornrindentinte, aus den Rinden der Schlehenbüsche. Sie ist haltbarer als zum Beispiel Eisengallustinte. Die Farben werden aus verschiedenen Mineralien und Pflanzensäften hergestellt.«

»Ich hätte nicht übel Lust, mich auch einmal darin zu versuchen«, sagte Elisabeth versonnen. »Ich könnte zum Beispiel das Kochbuch der Anna Weckerin fein säuberlich abschreiben. Oder ein eigenes entwerfen.« Sie klatschte in die Hände. »Ja, das wäre eine schöne Beschäftigung für mich, die auch helfen würde, die lange Winterzeit zu verkürzen.«

»Wo habt Ihr denn das Kochbuch der Anna Wecker?«, fragte der Kardinal.

»Nachdem Ihr es mir damals in Baden auf dem Schloss übergeben hattet, tat ich es zu den anderen Büchern in meinem Rucksack.«

Der Kardinal blickte sie überrascht an und nickte dann. »Dort sollen sie auch bleiben«, meinte er.

»Was ist, wenn der Erzbischof persönlich kommt und die fertige Bibel abholen will?«, fragte Elisabeth.

»Wahrscheinlich schickt er einen Kurier«, meinte der Kardinal. »Aber selbst, wenn er käme, hat niemand etwas zu befürchten. Es dauert auch noch einige Monate, bis ich fertig bin.«

»Dann fange ich schon mal mit dem ersten Rezept an«, sagte Elisabeth. Sie ging hinüber zum Scriptorium, nahm im Schein einer Öllampe eine Gänsefeder und tauchte sie in das Tintenfass. Sie schrieb das erste Rezept auf, das ihr in den Sinn kam: die gebratene Leber, die sie in Calw zubereitet hatte, bevor Johann von Werth mit seinen Söldnern gekommen war. Sie schrieb, Seite an Seite mit dem Kardinal, bis die Glocke zur nächsten Andacht läutete.

»Darf ich wiederkommen?«, fragte sie den Kardinal.

»Mutter Regiswind wird froh sein, dass ihre Bibliothek um so ein schönes Kochbuch bereichert wird«, antwortete er. »Aber gebt Acht, dass Ihr Euch auch ein wenig erholt von Arbeit, Gebet und Schreiben!«

»Ich habe so wenig Zeit«, versetzte Elisabeth. »Immer denke ich, sie reicht nicht aus für mein Leben!«

»Alles hat seine Zeit«, meinte der Kardinal. »Und alles wird reifen und zum Vorschein kommen. Ihr könnt es nicht zwingen!«

»Ja, Herr Weltlin, aber das Buch möchte ich fertig schreiben, solange ich noch im Kloster bin.«

»Wie lange denkt Ihr, dass das sein wird?«

»Ich weiß es nicht. Wenn der Krieg vorbei ist?«

»Ich fürchte, dass das noch lange nicht der Fall sein wird«, sagte der Kardinal.

13.

Nach einer milderen Periode schlug der Winter noch einmal mit voller Kraft zu. Das Flüsschen Oos gefror zu einer Eiskaskade, von den Dächern hingen dicke Zapfen, und von den Bergen her hörte Elisabeth des Nachts die Wölfe heulen, nur unterbrochen von den klagenden Rufen der Käuzchen. Aber dann war die kalte Jahreszeit endlich zu Ende. Warme Luft kam von Süden heran, Schnee und Eis begannen zu schmelzen. Wann immer sie Zeit erübrigen konnte, hielt Elisabeth sich im Scriptorium auf und schrieb ihre Rezepte nieder. Sie nahm eine Einteilung dafür vor, aber nicht wie die Weckerin nach »Mandeln, Gersten und Gemüse«, »dürrem und frischem Obst«, »Fleischwerk wildes und zahmes« und »von allerhand Fischen, Sülzen und Soßen«, sondern »Suppen«, »Vorspeisen«, »Rindfleisch, Schweinefleisch, Schaf- und Lammfleisch, Wildbret, Hühnervögel und Wildvögel«, »Fische, Muscheln und Schnecken«, »Breie, Brot und andere Backwaren«, »Gemüse und Pilze«, »Eierspeisen«, »Obst« und »Nachspeisen«. Mutter Regiswind unterstützte sie bei ihrer Arbeit, ermahnte sie aber, mehr auszuruhen. Jeden Tag wurde es ein wenig wärmer. Die ersten Anemonen erblühten über Nacht, keiner hatte gesehen, wie sie aus dem Boden herausgekommen waren. Der Likör war fertig, so dass Elisabeth auf den Markt gehen und ihn verkaufen konnte. Sie hatte die Flüssigkeiten vorher schon abgeseiht und in Bauchflaschen gegossen. Nun lud sie die Flaschen auf einen Ochsenkarren und zog zusammen mit Agnes nach Baden hinüber. Es war, als wäre Elisabeth und die Welt um sie herum aus dem Winterschlaf erwacht. Auf den Wiesen blühten Traubenhyazinthen, Blausterne, Krokusse und Primeln, in den Gärten, die sie bald erreichten, machten sich Schneeglöckchen, Märzenbecher und gelber Hahnenfuß breit. Alle Menschen, denen sie begegneten, sahen heiter und zufrieden aus. Selbst Agnes, die sich im Kloster sehr zurückgezogen hatte, blickte nun wieder offener und freundlicher in die Welt. Dort war das Ooser Tor, neben dem von den Belagerern ein Loch in die Mauer geschossen worden war. Davon war jetzt nichts mehr zu sehen. Elisabeth dachte an den Abend, an dem sie Jakob unter den toten Habsburgern gefunden und ihn zusammen mit Hermine in die Gartenlaube des Schlosses gebracht hatte. War das wirklich erst im letzten Herbst gewesen? Die Zeit kam ihr endlos lange vor. Sie hielt den Ochsenkarren vor dem Rathaus an und holte sich eine Lizenz für einen Stand auf dem Markt. Die Stadt war voller fremder Söldner, die mit einem eigentümlichen Akzent sprachen.

»Die Österreicher haben hier ihr Winterquartier bezogen«, teilte ihr die Standnachbarin, eine dicke, freundliche Frau in derber Bauerntracht, mit.

»Und wie lebt es sich unter ihnen in dieser Stadt?«, fragte Elisabeth.

»Ach, ich komme nicht oft her, aber an den Markttagen ist es hier ganz schön lebendig. Und es ist mir allemal lieber, wenn die Soldaten einen ordentlichen Preis für die Ware bezahlen, als wenn sie nur rauben und plündern.«

»Wer bezahlt die Soldaten denn?«, wollte Elisabeth wissen.

»Markgraf Wilhelm«, antwortete die Bäuerin. Wie gern erinnerte sich Elisabeth an die Tage, die sie im markgräflichen Schloss verbracht hatte!

»Und es ist mir eins, wes Religion ich ausüben soll«, setzte die Bäuerin hinzu. »Hauptsache, die Meinen und ich haben genug im Keller und in den Töpfen!«

Elisabeth pflichtete ihr bei. Bis zum Mittag war schon die Hälfte der Likörflaschen verkauft. Sie schienen die österreichischen Soldaten anzulocken wie die Blüten die Bienen. Die

Söldner machten Elisabeth Komplimente und warfen auch Agnes manchmal ein Wort zu. Die schien größer zu werden, je mehr sie von den Männern beachtet wurde. Nachdem Elisabeth es abgelehnt hatte, mit den Soldaten etwas trinken zu gehen, erklärte Agnes sich sofort dazu bereit. Elisabeth knuffte sie in die Seite.

»Das kannst du doch nicht machen«, raunte sie ihr zu. »Willst du in der Stadt als Soldatenliebchen angesehen werden?«

»Es ist mir gleichgültig, als was ich angesehen werde, Hauptsache, ich werde überhaupt angesehen«, zischte Agnes zurück. »Du kannst mir überhaupt nichts verbieten!«

»Und ob ich das kann«, sagte Elisabeth, nun etwas lauter. »Du bist noch keine siebzehn Jahre alt.«

»In dem Alter sind andere Frauen schon längst verheiratet!«, rief Agnes. Sie hatte Tränen in den Augen. »Lass mir doch wenigstens ein Mal meinen Spaß. Im Kloster komme ich noch um vor Langeweile!«

»Jetzt lasst das Mädle schon ziehen«, bemerkte die Bäuerin. »Die könnt Ihr eh nicht halten.«

»Also gut«, erklärte Elisabeth. »Aber du bist in einer Stunde wieder zurück!«

Mit geröteten Wangen zog Agnes ab, flankiert von den drei jungen Söldnern. Es ging schon auf den Nachmittag zu, die Schatten wurden länger. Neben den Söldnern kamen auch Badegäste, die freudig den Klosterlikör kauften. Die Stunde war schon längst um. Elisabeth wurde es mulmig zumute. Wo blieb Agnes nur so lange? Warum hatte sie nicht gefragt, in welche Wirtschaft die Soldaten mit ihr gehen wollten? Elisabeth packte die übriggebliebenen Flaschen zusammen und verstaute sie auf dem Karren. Sie verabschiedete sich von der Bäuerin und wünschte ihr viel Glück. Elisabeths erster Gedanke war, in den »Roten Ochsen« zu gehen. Ob Paul und Melvine dort wohl noch das Schankrecht ausübten? Sie band den Ochsen an einem Ring in der Gasthausmauer fest und trat ein. Tatsächlich, Paul und Melvine waren da. Sie bewirteten Söldner und Badegäste, wie in alten Zeiten. Strahlend kamen sie auf Elisabeth zu.

»Wir wussten, dass Ihr wieder in der Stadt seid«, sagte Melvine und nahm sie in den Arm. »Und das Klostergewand steht Euch recht gut, muss ich sagen.«

»Woher wusstet Ihr denn, dass wir hier im Kloster sind?«

»Eure Schwester Agnes war doch bei uns, bis vor einer Weile.« Elisabeth kroch etwas Kaltes den Rücken herauf. Ihr Herz begann zu hämmern.

»War sie in Begleitung von drei Soldaten?«, wollte sie wissen.

»Ja, und sie hat ihnen ganz schöne Augen gemacht«, warf Paul ein. »Dazu Bier und Wein getrunken.«

»Und Schnaps«, ergänzte Melvine und rollte mit den Augen. »Aber so ist sie halt.«

»Ihr müsst uns bald wieder besuchen kommen!«, meinte Paul noch, bevor er zum Tresen lief, um ein frisches Bier zu zapfen. Elisabeth drückte Melvines Arm.

»Haben wir etwas falsch gemacht?«, fragte Melvine mit großen Augen. »Aber wir dachten, das Mädel sei alt genug, um auf sich selber achtzugeben.«

»Es ist schon gut, Euch trifft keine Schuld, eher mich«, sagte sie. »Ich hätte sie nicht aus den Augen lassen dürfen.«

Mit einem beklemmenden Gefühl im Bauch machte Elisabeth sich auf den Rückweg zum Kloster. Es war ihr, als hätte Melvine ihr noch etwas hinterhergerufen, aber das hatte sie wohl nur geträumt. Es wurde langsam dunkel. Den Erlös des Tages hatte sie in einem Lederbeutel verwahrt, den sie am Gürtel ihres Gewandes trug. Der Torwächter, der in seinem gestreiften Häuschen neben dem Tor stand, fragte sie nach dem Wohin.

»Ins Kloster, das ist ja gleich um die Ecke, wie Ihr wisst«, meinte sie. Ihn könnte sie eigentlich fragen.

»Habt Ihr eine junge Frau gesehen, die mit drei Söldnern unterwegs ist?«

»Ja, die ist etwas vor einer Stunde zum Tor naus«, erwiderte der Wächter. »Das Mädchen wirkte angetrunken. Ob Söldner dabei waren, kann ich nicht sagen.«

Elisabeth wurde es immer heißer. Sie ließ den Ochsenkarren stehen und bewegte sich zu Fuß an der Außenseite der Stadtmauer entlang. Inzwischen war es vollends dunkel und empfindlich kühl geworden. Aus einem Busch hörte sie ein Stöhnen. Sie lief hinüber und entdeckte Agnes, deren Kleider zerrissen waren, so viel konnte sie in dem schwachen Licht erkennen. Elisabeth ergriff ihre Hand und half ihr auf die Beine. Agnes machte sich ganz schwer, so dass ihre Schwester Mühe hatte, sie emporzuziehen. Ihr Atem roch nach Schnaps.

»Was ist geschehen?«, rief Elisabeth. Agnes gab keine Antwort, starrte nur auf den Boden. Sie wankte.

»Komm mit«, herrschte Elisabeth sie an. Im nächsten Augenblick tat es ihr wieder leid. Sie hätte ihrer Schwester niemals erlauben dürfen, mit den Soldaten zu gehen! So hatte sie jetzt auch die Folgen zu tragen. Sie zog Agnes hinter sich her, zurück zum Tor und zum Wagen.

»Hier, setz dich drauf«, befahl sie, half ihr auf den Kutschbock, setzte sich daneben und nahm die Zügel in die Hand. Aber so sehr Elisabeth auf dem Heimweg auch in Agnes drang, sie wollte sich zu dem, was vorgefallen war, nicht äußern. So musste Elisabeth es sich selbst zusammenreimen. Die drei Männer hatten Agnes Gewalt angetan. Wer weiß, wie das auf ihr ohnehin nicht gefestigtes Gemüt gewirkt haben mochte! Elisabeth musste in Zukunft noch mehr auf sie achtgeben, damit sich so ein Vorfall niemals wiederholte. Sie würde sie nicht mehr auf den Markt mitnehmen, so viel stand schon einmal fest. Im Kloster brachte sie zuerst Agnes auf ihre Zelle und lieferte dann den Erlös des Marktages bei der Äbtissin ab. Die freute sich über die Menge der Münzen.

»Das ist ein einträgliches Geschäft für unser Kloster«, sagte Mutter Regiswind. Elisabeth hoffte, sie würde ihr nicht anmerken, wie entsetzt und besorgt sie war.

»Ich muss schnell zu Agnes«, sagte sie, »sie ist gestürzt und hat sich die Knie aufgeschlagen.«

»Ist es arg schlimm?«, wollte Mutter Regiswind wissen.

»Nein«, entgegnete Elisabeth. »Es wird schon wieder heilen. Die Zeit heilt alle Wunden.«

»Du weißt ja, wo die Ringelblumensalbe und die Verbände sind«, sagte die Äbtissin noch. Aber da war Elisabeth schon zur Tür hinaus. Sie holte einen Eimer und heißes Wasser aus der Küche. Daneben befand sich der Raum, in dem die Klosterapotheke untergebracht war. Elisabeth nahm alles Nötige an sich und eilte zu Agnes, um sie zu waschen und zu verbinden. Die ließ alles über sich ergehen.

Zwischen ihren Beinen war Blut, das Elisabeth vorsichtig abwischte. Gesicht und Arme waren mit Striemen bedeckt.

»Hat es sehr wehgetan?«, fragte sie. Agnes nickte. Dicke Tränen quollen ihr aus den Augen. Elisabeth strich ihr Salbe auf die Wunden und legte da, wo es nötig war, Verbände aus frischem Leinenzeug an. Sie bettete ihre Schwester auf die Strohmatratze, deckte sie zu und nahm sie zärtlich in die Arme. Agnes' Körper, der sich vorher versteift hatte, löste sich. Allmählich kehrte die Wärme in ihre Gliedmaßen zurück.

»Ich bleibe bei dir, das verspreche ich dir«, sagte Elisabeth im Weggehen. Agnes lächelte unter Tränen.

»Morgen früh komme ich wieder zu dir. Du weißt ja, wo meine Zelle ist. Wenn du dich ängstigst, kannst du jederzeit zu mir kommen.«

Sie konnte nur hoffen, dass das Ereignis, wie sie es von nun an nennen wollte, keine Folgen haben würde. In Calw hatte sie manchmal die Mägde in der Nachbarschaft dabei beobachtet, wie sie mit den Knechten oder Bürgersöhnen mitgingen. Einige Monate später hatten sie einen dicken Bauch bekommen. Meist konnten sie nicht bei ihren Dienstherren bleiben. Was wohl aus ihnen geworden war? Elisabeth wollte es nicht zu Ende denken.

Agnes war in den darauffolgenden Tagen sehr still und blass. Sie aß wenig und sonderte sich noch mehr von der Gemeinschaft ab. Sie schien vor irgendetwas große Angst zu haben. Der April kam, an den Bäumen zeigten sich die ersten zartgrünen Blätter. Die Obstbaumwiesen zwischen dem Kloster und der Stadt waren mit einem rosaweißen Glanz überzogen, in den Wäldern zeigten sich massenhaft gelbe Anemonen und Leberblümchen. Der Kuckuck rief, die Lerchen sangen hoch in der Luft. Die Lieblichkeit der Landschaft taute wohl auch Agnes etwas auf, denn sie zeigte sich wieder häufiger in den Mußestunden und an den Sonntagen, an denen die Nonnen Ausgang hatten. Elisabeth ließ ihre Schwester kaum mehr aus den Augen. Sie ging mit ihr auf den Wiesenwegen unweit des Klosters spazieren. Dabei sprachen sie über ihre Jugend in Calw, über die Eltern, den Bruder, und was sie sich vom Leben noch erhofften.

»Ich erhoffe mir eigentlich nichts mehr«, meinte Agnes. »Nach meiner Schändung – Gott hat gegeben, dass sie ohne Folgen war – will mich gewiss niemand mehr zur Frau haben.«

»So darfst du nicht denken, Agnes«, widersprach ihr Elisabeth. »Du hast viele Tugenden, und im Kloster hast du einiges gelernt.«

»Du denkst, dass ich selbst schuld war an dem … ›Ereignis‹, nicht wahr?«, fragte Agnes.

»Nun ja.« Elisabeth überlegte. »Eigentlich fühle ich mich schuldig, weil ich dir nicht verboten habe, mit den Männern mitzugehen.«

»Ich bin doch groß genug, um das zu entscheiden. Ich wollte einfach nur beachtet werden, wollte, dass mich jemand liebhat!« In ihren Augen standen wieder Tränen.

»Aber ich habe dich doch lieb, Agnes«, sagte Elisabeth, blieb stehen und umarmte ihre Schwester. »Unsere Eltern haben dich lieb. Die Nonnen im Kloster mögen dich. Du musst nur ein wenig mehr auf andere zugehen.«

»Wie kann ich das, wenn ich nicht weiß, ob sie mich mögen?«

»Wenn du es nicht ausprobierst, wirst du es niemals erfahren!«

»Wissen die anderen, weiß Mutter Regiswind, weiß der Kardinal von dem, was geschehen ist?«

»Nein, ich habe niemandem etwas erzählt«, antwortete Elisabeth.

»Es ist so schön geworden«, fuhr Agnes fort. Sie blickte über die Landschaft zu den Bergen hinüber. Dunkel hoben sich die Tannen und die roten Felsen von den grünen Talauen ab.

»Möchtest du mit mir im Garten arbeiten?«, fragte Elisabeth ihre Schwester.

»Das würde ich gern tun, Elisabeth. Das lenkt mich von meinen trüben Gedanken ab.«

Mutter Regiswind stimmte zu, ohne nach dem Grund der Veränderung zu fragen. Wahrscheinlich hatte sie ebenfalls bemerkt, dass Agnes abgenommen hatte, blass und still durch die Tage ging. So nahm Elisabeth Agnes nach Verrichtung der Gebete und Andachten mit hinaus in den Garten. Sie jäteten das aufschießende Unkraut, düngten die Beete mit Kompost, säten Kohl, Kräuter, Möhren, Kapuzinerkresse und Ringelblumen aus. Sie häufelten und hackten, gruben und pflanzten. Im Mai kamen Fenchel, Kürbisse, Sellerie, Sonnenblumen und Tagetes hinzu. Das Saatgut hatten die Ordensschwestern im Vorjahr gewonnen. Agnes lebte allmählich wieder auf.

An einem Sonntag ging Elisabeth mit dem Kardinal in den Garten, während Agnes und die anderen Schwestern im Hof um den Brunnen herum saßen und plauderten.

Rote Tulpen und Hyazinthen blühten auf den Beeten.

»Es freut mich, dass es Agnes wieder besser geht«, sagte der Kardinal. »Ist irgendetwas geschehen, das sie so krank gemacht hat?«

»Sie leidet immer noch unter den Folgen des Angriffs in Calw«, versuchte Elisabeth ihn zu beschwichtigen.

»Ich hoffte, Euch ein wenig den Vater ersetzen zu können und auch den Bruder«, meinte der Kardinal.

»Das habt Ihr auch getan, Herr Weltlin. Ohne Euch wüsste ich nicht, wo wir jetzt wären.«

»Wie weit seid Ihr mit Eurem Kochbuch?«, wollte der Kardinal wissen.

»Es ist zur Hälfte fertig«, antwortete Elisabeth. »Aber es kommen täglich neue Rezepte hinzu, die ich mir kurz auf Papier notiere und später übertrage. Doch wir haben auch noch andere Aufgaben.«

»Die Seuchen, die jetzt im Sommer wieder um sich greifen?«

»Ja, zum Glück ist die Pest diesmal nicht bis hierher vorgedrungen. Aber wir haben in der Gegend die Rote Ruhr und die Pocken. Die Schwestern haben alle Hände voll zu tun, um die Kranken zu versorgen. Im Kloster selbst gibt es nur harmlosere Erkrankungen.«

»Und Ihr helft natürlich mit allen Kräften, nicht wahr, Elisabeth?«

»Ich habe schon im Schloss Baden viel über Wundheilung und Krankenpflege gelernt, und hier lerne ich ebenfalls ständig dazu. Auch, was die Gartenarbeit betrifft.«

»Ist Eure Schwester Agnes dabei?« Der Kardinal räusperte sich. »Ich meine, macht sie sich auch ein wenig nützlich? Oder lässt sie Euch die ganze Zeit rackern und liegt auf der faulen Haut?«

»Nein«, sagte Elisabeth schnell. »Sie geht mir schon seit Wochen zur Hand, im Garten, beim Likörmachen …«

Der Kardinal machte ein besorgtes Gesicht. »Ich will Euch nicht Eure Hoffnungen nehmen, was Eure Schwester betrifft.« Er machte eine Pause, wodurch seine folgenden Worte umso bedeutungsschwerer wurden.

»Eure Schwester hat Euch angelogen, Elisabeth. Angeblich soll ihr Gewalt angetan worden sein, wie sie mir vor einiger Zeit beichtete. Aber die Verletzungen muss sie sich selbst beigebracht haben. Mutter Regiswind erzählte mir, dass die Wirtsleute des ›Roten Ochsen‹ ihr bei einem Stadtausgang berichtet haben, Agnes habe zwar mit den Söldnern das Gasthaus verlassen, die seien aber nach kurzer Zeit wieder zurückgekehrt, weil sie sich offensichtlich nicht handelseinig mit der jungen Frau werden konnten.«

»Warum haben sie mir das nicht gesagt?«, wollte Elisabeth wissen. Es war, als hätte sich ein weiteres Mal der Boden vor ihren Füßen aufgetan.

»Ihr wart zu schnell wieder draußen«, erwiderte der Kardinal. »Sie haben es Euch noch hinterhergerufen, aber die Sorge um Eure Schwester nahm Euch zu sehr in Anspruch, um es zu hören.«

Elisabeth fühlte sich wie erstarrt. Ihr Blick glitt noch einmal über die Klostermauer zu den Bergen, die drohend und abweisend über dem lieblichen Tal standen.

Sie wollte ihre Schwester sofort zur Rede stellen und fand sie mit den anderen Nonnen beim Brunnen. Elisabeth winkte sie beiseite.

»Du hast mir etwas vorgemacht!«, sagte sie leise. »Dir ist gar nicht Gewalt angetan worden, du hast das alles nur vorgespielt!«

»Und wenn es so wäre?«, fuhr Agnes auf. »Außer dir weiß niemand davon. Und so habe ich wenigstens ein wenig von deinem Mitleid und deiner Aufmerksamkeit bekommen.«

Elisabeth ahnte, welche Abgründe sich in Agnes auftaten, sich vielleicht schon immer verborgen hatten.

»Inzwischen wissen mehr Leute davon«, sagte sie. »Und ich wünsche, Agnes, dass so etwas nie mehr vorkommt! Du bringst uns alle noch zur Verzweiflung!«

»Ich verspreche, so etwas in Zukunft zu unterlassen«, sagte Agnes. »Ich werde brav sein, meine Gebete und meine Arbeit verrichten und keinen Mann mehr ansehen.«

Elisabeth bezweifelte, ob das nicht nur so dahergesagt war. Aber sie ließ es im Augenblick dabei bewenden.

In der nächsten Zeit hatten die Frauen des Klosters alle Hände voll damit zu tun, die Kranken der Umgebung zu versorgen. Gegen die Ruhr hatten sie ein Mittel, das sie aus dem Saft des Mädesüß herstellten. Es gelang ihnen, einige Kranke damit zu heilen oder ihnen wenigstens Linderung zu verschaffen. Gegen Sommerinfluenza gaben sie eine Medizin, die aus Weidenrinde gewonnen wurde. Hauptsächlich die Bauern der Umgebung nahmen gern die Hilfe der Nonnen in Anspruch, aber auch aus der Stadt kamen Menschen, denen die Behandlungsmethoden des Medicus nicht geheuer waren oder denen dessen Arzneien zu teuer waren. So verging der Sommer mit großer Hitze, kurzen, heftigen Gewittern, die das Wasser der Oos über ihre Ufer treten ließen, und neuen Durchzügen von Söldnern. Sie plünderten zwar die Höfe der Bauern, aber das Kloster wagten sie nicht anzugreifen. Die Nonnen und ihre Gäste bestellten die Äcker und den Garten. Elisabeth beendete ihr Kochbuch und illustrierte es selbst. Neue Krankheiten kamen und gingen. Der Kardinal nahm die Beichten ab, hielt Predigten und Totenmessen. In der übrigen Zeit schrieb er Briefe an Gelehrte und beobachtete nachts den Sternenhimmel mit seinem Teleskop. Nach einem letzten heftigen, lang andauernden Gewitter kam der Herbst mit kühleren Tagen. Die Luft war seidig, Altweibersommerfäden glitten durch die Luft, die Äpfel, Birnen und Pflaumen waren reif und mussten geerntet werden. Elisabeth fühlte sich zunehmend wohler und verlor ihre Ängste. Auch Agnes blühte auf. So vergingen ein weiterer Winter und ein Sommer. Eines Morgens im September 1636 musste Elisabeth feststellen, dass ihre Schwester Agnes verschwunden war.

14.

Elisabeth fragte in jedem Bauernhaus, in jedem Flecken rund um das Kloster herum, befragte eingehend Melvine und Paul vom »Roten Ochsen«. Aber niemand hatte Agnes gesehen. Vielleicht war sie bei Nacht und Nebel einfach geflohen. Agnes hatte ja oft angedeutet oder offen ausgesprochen, dass sie nicht auf Dauer im Kloster leben, dass sie im Gegenteil in der Stadt wohnen wollte, womöglich als die Geliebte eines einflussreichen Mannes. Sollte Elisabeth sie einfach ziehen lassen? Agnes war nahezu erwachsen und konnte selbst entscheiden, wie sie ihr weiteres Leben verbringen wollte. Elisabeth wurde es schwarz vor Augen, wenn sie sich vorstellte, was ihrer Schwester alles geschehen konnte. Möglicherweise war sie aber auch verwirrt und irrte nun allein, hungrig und weinend, durch irgendeinen dunklen Wald. Wilde Tiere würden sie bedrohen. Mutter Regiswind suchte mit Elisabeth die Gegend ab, wann immer sie sich freimachen konnte. Doch es verging Tag um Tag, ohne dass ein Lebenszeichen von Agnes gekommen wäre. Etwa drei Wochen später bat Mutter Regiswind den Kardinal und Elisabeth in ihr Arbeitszimmer. Ihre Wangen waren rot vor Aufregung.

»Ich habe ein Schreiben aus Rom erhalten.« Mutter Regiswind musterte die beiden mit einem Ausdruck in den Augen, den Elisabeth nicht zu deuten wusste. Die Äbtissin gab den Brief an den Kardinal, der ihn mit gerunzelter Stirn vortrug.

»Hochwürdige Frau Äbtissin, Euer Gast Agnes Weber ist wohlauf«, stand darin. »Doch wir haben sie nicht ohne Not in unsere Obhut genommen. Es gibt Hinweise darauf, dass sich in Eurem Kloster ketzerische Bücher befinden. Wenn Ihr diese freiwillig an die heilige Inquisition ausliefert, lassen wir Agnes Weber frei.

Gez. Frederico Berni, Staatssekretär der heiligen Inquisition Seiner Heiligkeit Papst Urban VIII.«

»Was hat das zu bedeuten, Herr Kardinal Weltlin?«, fragte Mutter Regiswind mit scharfer Stimme. »Und was hat Agnes Weber damit zu tun?«

Dem Kardinal war keine Regung anzumerken. Elisabeth hoffte, Mutter Regiswind würde das Klopfen ihres Herzens nicht hören und das Zittern ihrer Hände nicht bemerken.

»Wie Ihr wisst, ehrwürdige Mutter Regiswind, betreibe ich mit meinem Teleskop Sternenforschung, bin auch in der Astronomie ein wenig bewandert. Zu diesem Zwecke hatte ich einen regen Austausch mit Johannes Kepler, später dann auch mit Galileo Galilei. Die Bücher, auf welche sich dieser Vorwurf stützt, sind wissenschaftliche oder philosophische Werke von Galilei und anderen.«

Die Lutherbibel hat er verschwiegen, dachte Elisabeth. Die Züge von Mutter Regiswind wurden weicher.

»Das ist ja nicht weiter schlimm«, meinte sie. »Dann könnt Ihr sie ja einfach nach Rom schicken, Agnes wird wieder freigelassen, und Ihr könnt Eure Studien weiter betreiben.«

»Ganz so einfach ist es nicht«, meinte der Kardinal seufzend. »Diese Bücher stehen auf dem *Index Librorum Prohibitorum.* Meine Stellung als Kardinal ist in höchstem Maße gefährdet, wenn nicht gar Papst Urban VIII. mich exkommuniziert.«

»Schickt die Bücher heute noch mit einem Boten nach Rom«, empfahl Mutter Regiswind. »Wir werden hier im Kloster Stillschweigen darüber bewahren. Allerdings könnt Ihr und auch Elisabeth nicht bei uns bleiben, das ist zu gefährlich.«

»Was ratet Ihr uns, ehrwürdige Mutter?«, fragte der Kardinal.

»Wir warten, bis Agnes wieder da ist. Dann fahre ich mit Euch zum französischen König, um Euch unter seinen persönlichen Schutz stellen zu lassen.«

»Das würdet Ihr wirklich für uns tun?«, fragte der Kardinal. »Ich wusste zwar immer, dass Ihr eine gute Katholikin seid, aber nicht, was für einen guten Menschen wir hier vor uns haben!«

»Na ja.« Die Äbtissin zwinkerte ihn schalkhaft an. »Es ist auch immer zu unserem eigenen Nutzen. Ich muss Schaden vom Kloster abwenden, seinen guten Ruf erhalten, und schließlich habt Ihr beide uns auch viele Vorteile gebracht.«

Damit war die Zusammenkunft beendet, die nächste Andacht musste vorbereitet werden. Der Kardinal schickte einen Boten mit den Büchern nach Rom. Das Warten wurde Elisabeth lang. Sie lagerte die Früchte des Gartens im Keller ein, schnitt frische Kräuter, beschnitt die Himbeerbüsche, pflanzte Knoblauch und Zwiebeln und kochte Apfel- und Birnenmus. Endlich, an einem milden Tag Anfang Oktober, war es so weit. Es kam eine Antwort aus Rom, dass nunmehr die Angelegenheit geklärt sei. Sollte sich jedoch herausstellen, dass der Kardinal weiter an ketzerischem Gedankengut festhalte, werde er vom Papst nicht nur seiner Ämter enthoben, sondern auch exkommuniziert. Kurze Zeit später war Agnes wieder da. Seltsam steif durchquerte sie das Tor in der Klostermauer und meldete sich bei Mutter Regiswind.

Die rief sofort den Kardinal und Elisabeth herbei.

»Ich freue mich so sehr, dass du wieder da bist!«, rief Elisabeth und schloss ihre Schwester in die Arme. Auch die Äbtissin und der Kardinal begrüßten Agnes herzlich.

»Was ist geschehen, wo warst du?«, fragte Elisabeth. Agnes räusperte sich und schaute zu Boden.

»Jetzt lass dir doch nicht alles aus der Nase ziehen!«, meinte Mutter Regiswind. »Erzähl schon!«

»Also, ich hatte mal wieder die Nase voll vom Kloster«, begann Agnes zögernd zu berichten, »und konnte nicht einschlafen. Da hörte ich, wie es in der Dunkelheit draußen vor meinem Zellenfenster raschelte. Ich erhob mich, um nachzusehen, was da wäre.«

»Hattest du gar keine Angst?«, fragte Elisabeth.

»Doch, aber ich wollte sie nicht zeigen. Zu meinem Schrecken sah ich, dass die Gitterstäbe durchgesägt waren. Kaum wurde ich dessen gewahr, als auch schon von außen zwei Fäuste nach mir griffen und mich aus dem Fenster zogen. Ich wollte schreien, aber der Mann, der mich mit einer Hand hielt, hatte seine andere Faust auf meinen Mund gepresst.«

»Aber wie ist das möglich?«, fragte der Kardinal. »Eure Zelle liegt doch im ersten Stock!«

»Sie hatten eine Strickleiter an der Mauer angebracht«, fuhr Agnes fort. »Ich wurde gefesselt, geknebelt und zu einem Wagen geschleift.«

»Wie viele Männer waren es?«, fragte Elisabeth.

»Zwei. Sie trugen Mönchskleidung, soweit ich das bei der Dunkelheit erkennen konnte. Wir fuhren die halbe Nacht hindurch, bis wir zu einem Kloster kamen.«

»Weißt du, welches Kloster es war?«, wollte Mutter Regiswind wissen.

»Nein, aber es war ein sehr altes Kloster, und es lag in der Ebene, am Rhein. Wenn ich aus meiner dortigen Zelle blickte, konnte ich ihn fließen sehen.«

»Und dort bist du die ganze Zeit gewesen?«, fragte Elisabeth. »Hat man dich gut behandelt?«

»Ja, schon«, meinte Agnes. »Ich bekam gut zu essen, und es hat mich keiner belästigt. Das war es doch, was du wissen wolltest.«

»Ja, das wollte ich wissen«, meinte Elisabeth. »Auf jeden Fall haben wir uns große Sorgen gemacht!«

»Hast du nicht gedacht, ich täusche die Entführung nur vor?«

»Nein«, sagte Elisabeth, »das habe ich nicht gedacht. Schließlich kam ein Schreiben vom päpstlichen Inquisitor, der uns auf diese Entführung hinwies.«

»Dürfen die das einfach so, jemanden aus einem Kloster rauben?«, fragte Agnes.

»Ich glaube nicht, dass Agnes wirklich aus dem Kloster geraubt worden ist«, warf der Kardinal ein. »Das kann nämlich alles gar nicht so geschehen sein. Das Sägen an den Gitterstäben hätten wir hören müssen. Und es kann niemand eine Person aus dem Fenster ziehen, wenn er auf einer Strickleiter steht.«

Agnes wurde feuerrot. Sie räusperte sich, fing an zu weinen, dann beruhigte sie sich wieder und berichtete: »In Wirklichkeit bin ich fortgelaufen, weil ich es nicht mehr aushielt. Nachts im Wald bekam ich Angst und bin immer weitergegangen, bis ich auf eine Straße kam. Wie ich so auf dieser Straße weiterging, holte mich ein Wagen ein, auf dem zwei Mönche saßen.«

Elisabeth erschrak. Dann gab es diese Mönche also wirklich!

»Was haben sie mit dir gemacht, Agnes?«, fragte sie atemlos.

»Sie haben mich gefragt, woher ich komme, und als ich sagte: aus dem Kloster Lichtenthal, wollten sie wissen, wer dort sonst noch wohnt.«

»Hast du es ihnen gesagt?«, fragte Mutter Regiswind.

»Ja, was war denn schon dabei? Dann wollten sie wissen, ob es hier im Kloster verbotene Bücher gebe. Und als ich fragte, welche Bücher verboten seien, zählten sie einige auf. Und ich sagte ihnen, dass ich sie gesehen hätte.«

»Was hast du gesehen?«, rief Elisabeth.

»Diese Bücher. Sie waren in deinem Rucksack, Elisabeth.«

»Was hattest du mit meinem Rucksack zu schaffen?«

»Ich wollte wissen, was drin ist. Weil du immer so geheimnisvoll damit getan hast. Du warst nicht da, und da habe ich in deiner Zelle nachgeschaut.«

»Was geschehen ist, ist geschehen«, meinte der Kardinal. »Es war nicht recht, was du getan hast, Agnes. Bitte mache so etwas nie wieder. Sei immer offen bei allem, was du vorhast.«

»Versprich mir, dass du nie wieder wegläufst!«, bat Elisabeth sie. »Du wolltest dich wichtigmachen, nicht wahr?« So gänzlich ungeschoren wollte sie ihre Schwester nicht davonkommen lassen.

»Ich wollte, dass ihr euch Sorgen um mich macht«, gab Agnes zu. Sie biss sich auf die Lippen, konnte jedoch einen Anflug von Freude in ihren Augen nicht unterdrücken.

»Jetzt geht an Eure Arbeit«, sagte Mutter Regiswind, »sagt zu niemandem ein Sterbenswörtchen und packt Eure Sachen. Morgen früh geht es los nach Paris.«

»Nach Paris?« Agnes staunte. Elisabeth wusste, wie sehr sie sich darüber freuen musste.

»Wissen die anderen Nonnen Bescheid?«, fragte der Kardinal.

»Ich habe ihnen gesagt, dass wir auf eine Wallfahrt gehen«, gab Mutter Regiswind zur Antwort.

Sie gab einer der Nonnen Order, in die Stadt zu gehen und die Reiter des Kardinals aus ihren Quartieren zu holen. Elisabeth packte wieder einmal ihre Reisetasche. Der Rucksack war merklich leichter geworden, jetzt befand sich, neben ihren Utensilien, nur noch die Lutherbibel an seinem Grunde, die beiden Kochbücher obenauf. Die Kutsche des Kardinals wurde geputzt, am Morgen die vier Pferde, die sich im klostereigenen Stall und auf der Weide glänzend entwickelt hatten, davorgespannt. Die Reise würde sechs Tage dauern und durch Lothringen und die Champagne nach Versailles bei Paris führen. Auch dorthin hatte Mutter Regiswind einen Boten vorausgeschickt. Die Nonnen standen alle vor dem Kloster und winkten, als die Kutsche sich in Bewegung setzte. Einige weinten, als fürchteten sie, ihre Äbtissin, den Kardinal und die beiden jungen Frauen, die sie in den vergangenen Monaten liebgewonnen hatten, nie mehr wiederzusehen. Auch Elisabeth hatte feuchte Augen, als das Kloster mit seiner Kirche, seinen Gebäuden, dem Garten und den Weiden sich immer weiter entfernte. Sie durchquerten die Rheinebene, die wohl am meisten von allen Landstrichen verwüstet war. Hier tobte der Kampf zwischen Schweden, Franzosen und Kaiserlichen, mal nahm die eine Seite eine Stadt oder eine Burg ein, mal die andere. Johann von

Werth hatte genauso gewütet wie Bernhard von Sachsen-Weimar. Mit ihren Geldmitteln gelang es der kleinen Schar immer wieder, eine Unterkunft oder etwas zum Essen zu bekommen. Sie überquerten das Tal der Marne mit seinen Uferweiden, den Weinbergen, den Maulbeerbäumen und Kastanien. Hier wie auch in der Champagne wurden die Trauben eingebracht. Je näher sie der Hauptstadt Paris kamen, desto öfter sahen sie Kinder, die ihnen zuriefen:

»*Jean de Werth era ici!*
Qui fit pleurer le Roy de France
a fait trembler le cardinal.
Petits enfants, qui pleurera?

Johann von Werth war hier!
Der den König von Frankreich weinen ließ,
der den Kardinal zittern ließ.
Wer wird denn weinen, Kinder?«

In der Abgeschiedenheit des Klosters hatten sie nicht mehr auf die Weltläuft geachtet. Von einem Herbergsvater erfuhren sie, wie Jan van Werth in diesen Landstrichen gehaust hatte. Viele Städte hatten den wüsten Reitern ihre Schlüssel übergeben, um von Brandschatzung verschont zu werden. Schließlich zog sich van Werth vor der Übermacht der Franzosen zurück, versäumte es jedoch nicht, den Feinden Schaden zuzufügen, wo er nur konnte. Auf Elisabeths Frage, wo sie sich befanden, hieß es: zwischen Doulon und Corbie. Das war weiter nördlich, nahe Amiens, wie sich Elisabeth erklären ließ. Sie würde keine Gelegenheit haben, Jakob zu sehen, aber sie war ihm doch schon wieder ein ganzes Stück näher gerückt. Am Nachmittag des sechsten Tages fuhren sie nach Versailles hinein. Das kleine Bauerndorf mit seinen niedrigen Häusern wurde überragt vom königlichen Schloss. Mitten im Wald lag dieses Jagdschloss Ludwig XIII., das er in den letzten Jahren hatte ausbauen lassen, da das alte Schloss nicht mehr repräsentativ war. Die untergehende Sonne zauberte kleine Regenbogen in die Kaskaden des Springbrunnens, der vor der Auffahrt zum Marmorhof stand. Normalerweise residierte Ludwig XIII. im Louvre, einem Stadtpalast an der Seine in Paris, aber da Oktober und Jagdzeit war, hatte er sich hierher zurückgezogen. Sein Minister und erster Berater in Staatsangelegenheiten, Kardinal Richelieu, wohnte im Palais Royal in der Mitte der Stadt Paris. Er würde anwesend sein. Ein Diener nahm die Gäste in Empfang, Knechte schirrten ihre Pferde aus und führten sie in den Stall. Innen war das Schloss einfach, aber nichtsdestoweniger kostbar eingerichtet. Die Säle waren mit Hirschgeweihen und Bildern mit Jagdszenen geschmückt. Agnes und Elisabeth wurde ein großer Raum mit zwei Himmelbetten zugewiesen. Wie im markgräflichen Schloss in Baden gab es auch hier seidene Tapeten und Spiegel mit goldenen Rahmen. Während die beiden sich ausruhten, brachte eine Plätterin ihre Festtagsgewänder in Ordnung. Elisabeth trug ein Kleid aus blauer Seide. Es hatte einen gestärkten Spitzenkragen, der sich über ihre Schultern ausbreitete und sie rund und weiblich wirken ließ. Das Kleid war ausgeschnitten, aber ein zweiter Kragen bedeckte das tiefe Dekolleté. In ihr Haar hatte sie Perlenschnüre geflochten. Die Ärmel fielen elegant, von einem Seidenband umschlungen, welche sie gleichsam in zwei Ballons unterteilte. Agnes trug ein ähnlich geschnittenes Kleid aus grünem Taft. Bei ihr betonte ein Seidenband mit Rosette die hochsitzende Taille. Beide hatten sich Perlenketten um den Hals gelegt. Ihre Schuhe waren aus Stoff und Leder mit kleinen Absätzen. So erschienen sie gegen sieben Uhr im Speisesaal, der mit einem mächtigen, goldgefassten Kamin ausgestattet war. Ein wärmendes Feuer brannte darin. Zusammen mit den Höflingen, den Bediensteten und etlichen Damen, die Mätressen des Königs oder der Höflinge hätten sein konnen, standen Elisabeth, der Kardinal, Agnes und Mutter Regiswind Spalier. Zwischen all den papageienbunten

Menschen mit ihren gepuderten Locken und den riesigen Hüten wirkte die Äbtissin wie ein Engel in weißem Gewand. Die Türen des Saales wurden geöffnet. Der Oberhofmarschall kündigte das Erscheinen des Königspaares an.

»Et voilà, Ihre Majestäten, der König und die Königin«, rief der Oberhofmarschall und klopfte mit seinem goldenen Stab dreimal auf den Boden. Ludwig XIII. war ein hochgewachsener, schöner Mann mit dunklen, gescheitelten Haaren, die ihm auf die Schultern fielen. Er war mit einem schwarzen Samtrock mit Spitzenkragen bekleidet. An den Füßen trug er Stiefel aus weichem, hellem Leder. Anna von Österreich, eine Frau Mitte dreißig, hatte sich bei ihm eingehängt. Ihr rundes Gesicht war gepudert, und das Rouge auf den Wangen verlieh ihr die Frische eines jungen Mädchens. Das tief dekolletierte Kleid aus Brokat war mit duftigen Spitzen geschmückt. Sie trug doppelreihige Perlenschnüre um den Leib, der durch die vielen Röcke füllig wirkte. Wie Elisabeth aber von Mutter Regiswind wusste, hatte die Königin in zweiundzwanzig Ehejahren kein Kind zur Welt gebracht. Auf ihren Zügen lag ein etwas mürrischer Ausdruck, den sie auch mit ihrem Lächeln nicht ganz überspielen konnte.

»Et voilà, Seine Eminenz, Kardinal Richelieu«, rief der Oberhofmarschall und klopfte dreimal auf den Boden. Der Kardinal war etwa fünfzig Jahre alt. Er hatte ein Mausgesicht, wie Elisabeth fand. Auch die kleinen, schwarzen Augen blickten wieselflink in die Welt. Er war in ein weißes, seidenes Gewand mit schwarzem Umhang gekleidet. Das schüttere graue Haar quoll unter seinem Kardinalshut hervor. Nachdem Kardinal Weltlin, Mutter Regiswind, Elisabeth und Agnes als Gäste aus deutschen Landen begrüßt worden waren, nahmen alle an der langen, weiß gedeckten Tafel Platz. In silbernen Haltern brannten ruhig die Kerzen. Festlich gekleidete Dienerinnen trugen die Vorspeisen herein: Safransuppe, in Wein eingelegte Artischocken und gebratene Tauben.

»D… der Safran kommt a… aus Italien«, versuchte der König die Konversation zu eröffnen. »W… wir beziehen ihn bes…sonders günstig.« Sein Gesicht überzog sich mit einer feinen Röte. Die Höflinge blickten sich bedeutungsvoll an, einige verzogen hinter vorgehaltener Hand ihren Mund zu einem Grinsen.

»Mein Gatte hat ganz recht«, sprang ihm seine Gemahlin, Königin Anna, zur Seite. »Die Artischocken legen wir im Spätsommer ein, wenn sie reif geworden sind. Sie halten bis zum nächsten Frühjahr. Die Tauben hat Ludwig selber geschossen.«

»Sieben Hirsche hat er erlegt«, setzte der Oberhofmarschall das Gespräch fort, »zwei Keiler, sechs Rehe und jede Menge Enten und Fasane.«

Die Tischgesellschaft klatschte höflich. Die Höflinge riefen: »Ah, das ist *magnifique*, hoch lebe unser König!«

Das schien Ludwig XIII. Mut zu machen, denn er berichtete über kleine Jagdereignisse und erzählte Anekdoten, ohne ins Stottern zu geraten. Die Tischgesellschaft lachte und applaudierte jedes Mal, wenn er eine kleine Pause einlegte. Später wurden Hirschragout und Wildenten mit Orangen aufgetragen. Zum Nachtisch gab es Eierkuchen mit Kompott und Mandelplätzchen. Elisabeth saß Königin Anna schräg gegenüber und stellte fest, dass diese Kardinal Richelieu mit einer Mischung aus Furcht und Ärger betrachtete. Richelieu selbst zog Kardinal Weltlin in eine Unterhaltung.

»Was gibt es aus Eurem Domkapitel zu berichten?«, fragte er.

»Es ist wohlgeordnet«, gab Weltlin zur Antwort. »In letzter Zeit habe ich mich mehr in Baden, Speyer und Trier aufgehalten. Und im Kloster Lichtenthal«, setzte er hinzu.

»Ach, dann habt Ihr gewiss auch den Bischof Philipp von Sötern gekannt«, meinte Richelieu. »Der vom ehrwürdigen Kaiser Ferdinand nach Linz geschafft wurde.«

»W… weil er sich auf unsere Seite gestellt hat, nicht wahr?«, bemerkte Ludwig XIII.

»Ja, und auch dem Papst wird er ein Dorn im Auge gewesen sein«, sagte Richelieu.

»Wenngleich Urban VIII. ja immer versucht, sich aus allen Streitigkeiten der Völker herauszuhalten.«

»Der hat wohl mehr damit zu tun, seine Pfründe zu sichern«, warf Königin Anna ein.

»Und damit, seine Mätressen zu zählen!« Der Höfling, der das gesagt hatte, prustete verhalten los. Die ganze Tischgesellschaft kicherte und lachte. Dann widmete man sich wieder seinem Essen.

»Über Mätressenwirtschaft, liebestolle Höflinge und Buhlen braucht Ihr Euch nicht lustig zu machen!«, sagte Richelieu scharf. Irrte sich Elisabeth oder hatte er die Königin dabei im Visier gehabt?

Die Tischgesellschaft schwieg betroffen. Mutter Regiswind schien zu spüren, dass es Zeit für einen Themenwechsel war.

»Im Kloster Lichtenthal leben wir zwar zurückgezogen, aber wir haben gehört, dass Eure Exzellenz, König Ludwig, und Eure Eminenz, Kardinal Richelieu, den Johann von Werth ganz trefflich zurückgeschlagen haben.«

Wie auf ein Stichwort hin begann nun auch Richelieu zu erzählen: »Ja, das hatte er sich wohl so gedacht, *qui fit pleurer le Roy de France* und *a fait trembler le cardinal,* womit ich gemeint sein sollte. Aber er hatte die Rechnung ohne den Wirt gemacht. In seiner Vermessenheit kündigte er uns an, binnen kurzem den Doppeladler vor dem Louvre aufzupflanzen. Piccolomini und der Prinz von Savoyen, seine Wegbegleiter, sind jedoch Zauderer, was keine Zierde eines Feldherrn ist. Unser König Ludwig XIII. und ich hatten uns ihm entgegengestellt. Mit fünfzigtausend Mann rückten wir nach Compiégne vor, um die dreisten Krieger zu vertreiben. Sie zogen sich zurück und befinden sich jetzt in Corbie.«

»Wo sie den Belagerten Vorräte verschaffen«, ergänzte der König.

»Hoch lebe unser König, hoch lebe Kardinal Richelieu!«, riefen die Höflinge.

»Damit habt Ihr recht getan«, sagte Mutter Regiswind. »Jan van Werth hat so viel Übles verbrochen, dass er an seiner Seele schweren Schaden genommen haben muss.«

»Die sollten sich mal lieber um den Dreck im eigenen Hause kümmern«, hörte Elisabeth ihre Tischnachbarin einem Höfling zutuscheln. »Schon so lange verheiratet, und noch kein Thronerbe in Sicht!«

»Der König nächtigt auch nie bei ihr«, flüsterte der Höfling zurück. Beide kicherten lautlos in sich hinein.

»Was gibt es da zu lachen?«, fragte Richelieu mit finsterer Miene.

»O, entschuldigt, Eure Eminenz, wir hatten uns nur gerade vorgestellt, wie van Werth und seine Leute von Flöhen gebissen werden und Pferdefleisch essen müssen, derweil wir hier so köstlich speisen.«

Richelieu schien sich mit dieser Antwort zufriedenzugeben. Das Mahl war inzwischen beendet, der König hob die Tafel auf. Er zog sich in seine Gemächer zurück, während Königin Anna der Kapelle zuwinkte, zum Tanz aufzuspielen. Richelieu bat Weltlin, Mutter Regiswind, Elisabeth und Agnes zu einer Unterredung ins Nebenzimmer. Eine Dienerin brachte Champagner in hochstieligen Gläsern.

»Ihr hattet um unsere Hilfe gebeten, Kardinal Weltlin«, sagte Richelieu. »Die werden wir Euch nicht verweigern, da Ihr auf unserer Seite steht. Was können wir für Euch tun?«

»Wir bitten um Euren Schutz, Kardinal Richelieu«, sagte Weltlin. Elisabeth merkte, mit welchem Bedacht er seine Worte wählte. »Papst Urban, über den ja schon gesprochen wurde, hat uns seine Schergen geschickt, um uns einzuschüchtern.«

»Was glaubt Ihr, warum er das getan hat?«, fragte Richelieu.

»Ich nehme an, aus demselben Grund, aus dem er Euch schon einmal die Exkommunizierung angedroht hat, deshalb nämlich, weil Ihr auf der Seite Frankreichs und damit der der Protestanten steht.«

»Das wäre allerdings ein Grund, Euch Asyl zu gewähren«, meinte Richelieu. »Was haltet Ihr davon, wenn Ihr dieses Jagdschloss bewohnen würdet? Da lässt sich der Winter gut verbringen. Und falls Langeweile aufkommen sollte: Ihr könnt an allen Festen und Hofgelagen im Louvre teilnehmen.«

Elisabeth sah, wie Agnes strahlte.

»Glaubt Ihr, dass es dem König und der Königin recht sein wird?«, fragte Weltlin.

Richelieu lächelte hintergründig.

»Ihm ist so ziemlich alles recht, was ich ihm vorschlage.«

»Damit wäre meine Mission erfüllt«, sagte Mutter Regiswind lächelnd. »Ich werde ins Kloster Lichtenthal zurückkehren und mich um meine Schäfchen kümmern.«

15.

In den nächsten Tagen nahm Elisabeth die Küche des Schlosses in Augenschein.

Sie war mit einem großen Herd in der Mitte, Tischen und anderen Arbeitsflächen ausgestattet. An den Wänden hingen Gerätschaften wie Spieße, Schöpfkellen und Messer in allen Variationen. Sie kochte *Bœuf en Daube*, geschmortes Rindfleisch in Rotwein. Das schmeckte allen so gut, dass sie um weitere Beiträge ihrer Kochkunst gebeten wurde. Elisabeth kochte *Alicot*, Gänseklein mit Kastanien, *Faisan en Citron*, bereitete Karamelcreme und Birnen in Champagner zu und buk Kuchen mit eingelegten Aprikosen. In der Schlossbibliothek fand sie das Kochbuch von Varenne, daraus lernte sie, wie man Gemüse zubereitete. Sie stellte Kastanienpüree her, schmorte Mangold in Buttersoße, sott Schwarzwurzeln, Wirsing, glasierte Zwiebelchen und, da es auf den Winter zuging, Austernpilze als Beilage zu Kalbskoteletts. Elisabeth sorgte dafür, dass die arme Bevölkerung des Dorfes genug zu essen und Brennholz im Winter hatte. Die Bauern belieferten das Schloss mit Fleisch, Mehl und Lagergemüse. Sie trugen viel Dreck herein, ebenso wie die Adligen, die zu Besuch kamen. Es roch oft unangenehm, weil die Höflinge ungeniert in das Treppenhaus urinierten, wenn sie zu faul waren, den Abtritt aufzusuchen. So musste ständig geputzt und renoviert werden. Nur wenige Räume im Schloss waren beheizbar, dazu gehörte die Bibliothek, in die sich Kardinal Weltlin tagsüber zurückzog, in der er las und schrieb. Agnes blühte auf, so hatte sie sich ihr Leben in der Fremde immer vorgestellt. Tagsüber spielte sie auf dem Spinett, blätterte in Novellen und heroischen Romanen, die ins

Deutsche übersetzt worden waren, erging sich im Schloss, ließ sich von vorne bis hinten bedienen und fieberte den Festen entgegen, die regelmäßig im Louvre veranstaltet wurden. Kardinal Weltlin hielt sich bei diesen Gelegenheiten immer im Hintergrund. Beim Tanzen der Gavotte sah Elisabeth seinen Blick, mit dem er sie betrachtete. Es war eine Mischung aus Traurigkeit und Stolz. Agnes nutzte die Gelegenheit, um ihren Kavalieren schöne Augen zu machen, doch soweit Elisabeth es übersehen konnte, überschritt sie nicht die Grenzen des guten Geschmacks. Die Königin lächelte und führte Konversation, aber sie konnte Elisabeth nicht darüber hinwegtäuschen, dass sie im Grunde ihres Herzens todunglücklich war. Die Mutter Ludwigs XIII., Maria von Medici, hatte die Hochzeit vor zweiundzwanzig Jahren arrangiert. Anna und Ludwig XIII. waren ein sehr unterschiedliches Paar. Er bevorzugte die Jagd, mied nach Möglichkeit Geselligkeiten mit vielen Menschen und geriet immer wieder ins Stottern. Anna von Österreich liebte das Theater, den Tanz und die leichte Muse. Am Anfang der Ehe hatte Anna drei Fehlgeburten und wurde daraufhin von ihrem Gatten fallen gelassen. Ihr wurden Affären mit Adligen nachgesagt wie mit Henri II. von Montmorency oder dem Herzog von Buckingham.

Eines Nachmittags suchte Elisabeth Kardinal Weltlin in der Bibliothek auf. Es war Ende Februar. Wie immer brannte ein Feuer im Kamin, das eine wohlige Wärme verbreitete. Vor den verglasten Fenstern waberte der Nebel.

»Nun, seid Ihr zufrieden mit dem, was wir erreicht haben, Herr Weltlin?«, fragte sie.

Der Kardinal legte sein Buch, in dem er gerade las, aus der Hand. »Danke der Nachfrage, Elisabeth, es geht mir gut. Aber zufrieden bin ich nicht gerade. Der Verlauf des Krieges bekümmert mich. Es geht nichts vor und nichts zurück. Bernhard von Sachsen-Weimar hat einen ähnlich starken Einfluss auf die Geschehnisse wie Wallenstein vor seiner Ermordung. Richelieu, der ihn bekanntlich unterstützt, hat ein kampfstarkes Heer ausgerüstet wie der Kaiser, aber er kann sich nicht darauf verlassen. Da die Hilfsgelder nicht regelmäßig eingehen, musste Bernhard die Unterstützung schon manchmal selbst hier in Paris abholen. Bald wird er wieder auftauchen, ein Bote hat sein Erscheinen für Mitte März angekündigt. Anders als Wallenstein, der Geld und Hilfsmittel vom habsburgischen Kaiser erhielt, ist Bernhard ein verarmter Adliger, der nach dem Besitz von Ländereien strebt. Der König hat ihm Gebiete des Elsass versprochen, wenn er die katholische Religion dort zulässt. Aber er schlägt sich mit seinen Truppen dort herum und erreicht fast nichts.«

»Was sollte er denn erreichen?«, fragte Elisabeth. Eigentlich war sie nicht in die Bibliothek gekommen, um mit dem Kardinal über den Krieg zu sprechen.

»Er sollte einen entscheidenden Sieg erringen«, antwortete der Kardinal.

»Und dann?«

»Dann hätte Frankreich die Vormachtstellung, und der Krieg wäre beendet.«

»Das wünsche ich mir so sehr«, meinte Elisabeth. »Dann könnten wir auch wieder nach Hause zurückkehren.«

Sie merkte, dass der Kardinal zusammenzuckte.

»Das wäre mir gar nicht so lieb«, sagte er. »Ich habe Euch sehr in mein Herz geschlossen, Elisabeth. Wenn ich nicht den Kardinalshut tragen müsste ...« Er ließ den Rest des Satzes in der Luft stehen. Elisabeth wurde es warm ums Herz, wie schon einmal.

»Ich habe Euch auch sehr gern, Herr Weltlin, das wisst Ihr so gut wie ich.«

»Was ist denn eigentlich mit Eurer Schwester los?«, fragte der Kardinal.

»Warum, was meint Ihr?«

»Sie kommt immer wieder zu mir in die Bibliothek und versucht, mir schöne Augen zu machen. Angeblich sucht sie nach neuen Büchern, die sie lesen könnte. Einmal hat sie mir so deutliche Avancen gemacht, dass ich sie hart anfahren musste.«

»Was hat sie getan?«, fragte Elisabeth erschrocken.

»Sie versuchte, sich auf meinen Schoss zu setzen und mich zu küssen.«

»Das hat sie früher immer bei unserem Vater gemacht«, entgegnete Elisabeth erregt. »Besonders dann, wenn ich gerade darauf saß! Dann war sie darauf aus, mich hinunterzustoßen.«

»Vielleicht solltet Ihr Eurer Schwester einmal ins Gewissen reden«, schlug der Kardinal vor.

»Sie hört aber nicht auf mich.«

»Versucht es trotzdem. Wenn sie das noch einmal macht, müssen wir Richelieu ersuchen, sie in ein Kloster zu bringen.«

»Ich werde schon mit ihr fertig«, beteuerte Elisabeth, war sich aber nicht sicher, ob ihr das auch gelingen würde.

»Leider hat sie«, der Kardinal zögerte einen Augenblick, »diese eine gewisse Sache mitbekommen. Sie wird weiterhin versuchen, uns auszuhorchen.«

»Aber sie wird nichts mehr finden, Herr Weltlin! Das eine Buch liegt immer noch dort, wo ich es einst hingetan habe. Agnes hat nur mitbekommen, dass ich verbotene Bücher in meinem Rucksack hatte, die dann ordnungsgemäß nach Rom geschickt wurden.«

»Hier in dieser Bibliothek gibt es ebenfalls Werke, von denen der Papst lieber nichts wissen sollte«, meinte der Kardinal. »Dabei ist der König gut katholisch, wie ich weiß.«

»Wahrscheinlich ist Frankreich einfach ein weltoffeneres Land«, mutmaßte Elisabeth.

»Und tolerant gegenüber Andersdenkenden«, setzte der Kardinal hinzu. »Nichtsdestoweniger spielen aber auch bei Richelieu reine Machtinteressen mit. Er ist der mächtigste Mann Frankreichs!«

»Na ja, dann werden ihn die paar Bücher im Jagdschloss

nicht stören«, entgegnete Elisabeth. Ein Knarren von der Tür her ließ sie auffahren. Sie musste ein wenig offen gestanden haben, denn sie fiel mit einem leisen Klacken ins Schloss.

»Habt Ihr die Tür nicht geschlossen, als Ihr hereinkamt?«, fragte der Kardinal. Aber Elisabeth war schon aufgesprungen und hinübergelaufen. Sie riss die Tür auf und spähte in den Gang hinaus, konnte aber niemanden entdecken. Sie kehrte zum Kardinal zurück.

»Das ist mir unheimlich« sagte sie. »Ich werde gleich in mein Zimmer gehen und nachsehen, ob etwas fehlt.«

Sie verabschiedete sich vom Kardinal und eilte den Gang entlang, die Treppe hinauf in ihr und Agnes' Zimmer. Ihre Schwester war nicht anwesend. Gewiss war sie im Salon, wo sie ihre Bücher las. Elisabeth eilte zu einer geschnitzten Truhe und griff nach dem Rucksack. Sie zog ihn heraus und fasste nach der Lutherbibel. Der Schreck fuhr ihr heiß in die Glieder: Sie war fort, gestohlen! Oder hatte sie das Buch in der Zwischenzeit woanders versteckt? Nein, sie war sich ganz sicher, es seit dem Aufenthalt in Speyer nicht mehr angerührt zu haben. Aber es hätte auch überall sonst abhandenkommen können, es war ja eine lange Reise nach Paris gewesen. Und doch wurde Elisabeth das Gefühl nicht los, dass sie jemand belauscht, das Buch gesucht und an sich genommen hatte.

Elisabeth hatte den Vorfall schon fast wieder vergessen. Nur nachts träumte sie des Öfteren von brennenden Büchern und davon, dass zwei Mönche in schwarzweißen Kutten in ihr Zimmer kämen und sie aus dem Bett rissen. Etwa zwei Wochen später sprach es sich im Schloss herum, dass Bernhard von Sachsen-Weimar eingetroffen sei, um seine finanzielle Unterstützung abzuholen. Es sei ein öffentlicher Empfang im Louvre geplant, an dem sie auch teilnehmen könnten. So sagte es ihnen der Oberhofmarschall, der stets im Schloss anwesend war für die Gelegenheiten, an denen der König seine Nächte hier verbrachte. So fuhren sie am nächsten Tag in einem leichten Einspänner nach Paris hinein. Auf den Straßen wimmelte das Leben. Es roch nach geröstetem Fleisch und nach dem Parfüm der schön gekleideten Damen. In den Gärten begannen die Zwetschgenbäume zu blühen, im Park am Louvre standen erste Narzissen und Krokusse. Die Gäste wurden in einer großen Halle mit gewölbter Decke empfangen. An den Säulen zogen sich kunstvolle rote Streifen entlang. Von der Decke hingen gewaltige Lüster, in denen unzählige Kerzen brannten. Elisabeth, Agnes und der Kardinal stellten sich zu den Höflingen und sonstigen Besuchern, die zum Empfang geladen waren. Der König, die Königin, Bernhard von Sachsen-Weimar und Kardinal Richelieu wurden angekündigt und traten ein. Bernhard von Sachsen-Weimar war ein stattlicher Mann Anfang der dreißig, groß, schlank, mit langen, dunklen Locken und dem unvermeidlichen Schnauzbart. Über seinem blanken Harnisch trug er eine wollseidene Schärpe. Kardinal Richelieu trug ein rotes, weit drapiertes Gewand mit dem Kardinalshut, die Königin war in Seide und Brokat gekleidet.

»Was hat er mir vorzutragen?«, fragte der König Bernhard mit lauter Stimme. Das weiß er doch ganz genau, dachte Elisabeth, aber na ja, die Etikette …

»Ich bin gekommen, Majestät, weil ich mein absolut notwendiges Kriegsgeld abholen möchte. Mit Eurer Gattin huldvoller Erlaubnis«, fügte er hinzu, in dem er sich vor Königin Anna verneigte. Die lächelte ihm zu und bot ihm die schmale, behandschuhte Hand zum Kuss. Elisabeth sah, wie der König zusammenzuckte. Dachte er vielleicht, seine Frau könnte ein Verhältnis mit dem Feldherrn haben? Schließlich hatte er gewiss schon öfter in den Gemächern des Louvre genächtigt.

»W… wie steht es mit den Kampfhandlungen?«, wollte der König von Bernhard wissen. »Habt Ihr, wie vereinbart, Städte, Burgen und vor allem Land erobert?«

Bernhard richtete sich auf.

»Kardinal Richelieu«, er blickte in dessen Richtung, »hat einmal geäußert, dass Frankreich an vier Übeln leide: dem ungezügelten Ehrgeiz Spaniens, den Ausschweifungen des Adels, dem Mangel an Soldaten und dem Fehlen jeglicher Geldreserven für die Kriegsführung.«

»Da… das stimmt nicht, Monsieur! Unser Bankier Bartholomäus Herwarth hat die Gelder immer zur Verfügung gestellt! Schließlich ist er ein Nachfahre der berühmten Augsburger Kaufmannsfamilie Fugger.«

»Mit Verlaub, Majestät, die Hilfsgelder gehen nicht regelmäßig ein. Es ist nicht das erste Mal, dass ich sie anmahnen oder, wie heute, selbst in Paris abholen muss. Überdies hat man mir Pater Josef zur Seite gestellt, der mich ständig darüber belehren will, wie man Festungen erobert.«

»Geht nicht zu weit mit Euren Äußerungen!«, warf der Kardinal mit finsterer Miene ein. »Pater Josef ist ein enger Vertrauter von mir!«

»Ich glaube, dass er großen Anteil an der mangelhaften Unterstützung durch Eure Eminenz und den König hat«, gab Bernhard zurück.

»Nun, was hat Er an Erfolgen vorzuweisen?«, meinte Richelieu unbeirrt.

Bernhard räusperte sich. »Anfang letzten Jahres habe ich Elsaßzabern erobert, obwohl mein Heer durch Hunger und Pest schon fast aufgerieben war. Bei Champlitte habe ich den kroatischen Haufen des Generals Isolani überfallen, dessen Schätze mir in die Hände fielen.«

»Isolani hat sie mit unvorstellbarer Grausamkeit aus der Bevölkerung herausgepresst«, fiel Richelieu ein.

»Es waren trotzdem Schätze, die unserem Land zugutekamen«, versetzte Bernhard.

»Aber Ihr habt das ganze Jahr vertan!«, beharrte Richelieu auf seinem Standpunkt. »Es gab nur Truppenbewegungen, Überfälle, Gewaltmärsche und Zerstörung der Städte und Dörfer.«

Bernhard straffte sich abermals. »Kardinal Valette hindert mich immer wieder daran, Städte und Länder einzunehmen! Nehmt ihn von meiner Seite, und ich werde Euch beweisen, dass ich einer der erfolgreichsten Feldherren dieses Krieges bin!«

»Wenn Ihr das denkt, wollen wir Euch noch eine letzte Gelegenheit geben, Euren Mut und Eure Tatkraft zu beweisen«, meinte Richelieu. »Ich werde dem Zahlmeister Anweisung geben, Euch noch einmal 500 000 Livres auszuzahlen.«

Bernhard von Sachsen-Weimar wirkte erleichtert, der König schaute säuerlich drein.

Der Oberhofmarschall des Louvre klatschte in die Hände. Der König, die Königin, Richelieu und Bernhard traten ab, die übrigen strebten dem Ausgang zu, um in den Speisesaal zu gelangen. Nach einem üppigen Bankett mit zehn Gängen ließ Richelieu Weltlin, Elisabeth und Agnes in sein Arbeitszimmer bitten. Wie ein Fürst stand er in dem Raum, und fürstlich war auch die Ausstattung. Der Raum war hoch, an der Decke befand sich ein Fresko mit Engeln und Wolken, der Boden war mit Marmorplatten gefliest, und an den Wänden prangten die schönsten Stuckgebilde. Seinen Kardinalshut hatte Richelieu mit einem Käppchen vertauscht. Die drei küssten den Ring an seiner Hand, die er ihnen huldvoll entgegenstreckte.

»Eigentlich müsste ich Euch ebenfalls meine Ehrerbietung zeigen, Kardinal Weltlin«, sagte Richelieu. »Aber kommen wir lieber zur Sache. Mir wurde von einem Legat des Papstes eine Lutherbibel überbracht, die sich in Eurem Besitz befunden hat.«

Elisabeth war wie vom Donner gerührt. »Das ist nicht wahr«, fuhr es aus ihr heraus. »Sie war in meinem Besitz, und sie wurde mir gestohlen!«

»Das ist einerlei«, entgegnete Richelieu. »Ihr seid die Köchin des Kardinals, und also war die Bibel in seinem Besitz.«

»Ja, sie war in meinem Besitz«, gab Weltlin offenherzig zu. »Neben einer Reihe anderer Bücher, die ich nach Rom geschickt habe, nachdem ich vom päpstlichen Inquisitor dazu aufgefordert wurde.«

»Und warum habt Ihr die Bibel behalten?«, fragte Richelieu mit hochgezogenen Augenbrauen. Er fixierte den anderen scharf.

Kardinal Weltlin überlegte einen Augenblick lang.

»Sie ist für mich ein Symbol für diesen Krieg, und vor allem ist sie ein Kleinod, weil sie in der Übersetzung von Luther jeder lesen kann, der des Lesens mächtig ist. Sie enthält eine wunderschöne, poetische Sprache.«

»Das ist alles nicht abzuleugnen«, meinte Richelieu, schon etwas versöhnlicher gestimmt. »Aber Ihr als geistlicher Würdenträger hättet wissen müssen, dass Ihr der Letzte seid, der so etwas bei sich haben darf!«

»Im Jagdschloss des Königs sind ebenfalls solche Bücher«, fiel Elisabeth ein.

»Das ist etwas anderes«, gab Richelieu zurück. »Es sind Beutestücke aus dem Heiligen Römischen Reich Deutscher Nation, sie zieren die Bücherei eines Monarchen durchaus. Ihr könnt froh sein, wenn Ihr nicht vor ein Inquisitionsgericht kommt, Weltlin!«

»Davor fürchte ich mich nicht«, entgegnete Weltlin. »Ich habe nichts zu verbergen.«

Richelieu schaute ihm ins Gesicht und wandte sich um. Er schritt zu einem zierlichen Schreibpult, das neben einem riesigen Kamin stand. Mit einem Schreiben in der Hand kehrte er zurück.

»Das ist ein Schriftstück, das ich zusammen mit dem König nach längerer Beratung aufgesetzt habe«, meinte er. Richelieu händigte es Weltlin aus. Elisabeth schaute ihre Schwester an. Die stand mit unbewegtem Gesicht daneben, als ginge sie das alles überhaupt nichts an. Kardinal Weltlin begann das Schreiben vorzulesen.

»Wir, Ihre Majestät König Ludwig XIII. von Frankreich und

Navarra sowie Kardinal Richelieu, Marquis du Chillou, Bischof von Luçon, Herzog von Richelieu und Herzog von Fronsac, Generalabt von Prémontré, Citeau und Cluny, geben hiermit einen Entschluss bekannt. Er betrifft den Kardinal Weltlin, Bischof von Straßburg und Schirmherr des Klosters Lichtenthal sowie seine Köchin Elisabeth Weber und deren Schwester Agnes. Das Verhalten des Kardinals hat zu wünschen übriggelassen, so dass er zu einer Gefahr für Frankreich werden könnte. Da wir hier keine weitere Verwendung mehr für ihn haben, werden wir Kardinal Weltlin in seinen Ämtern belassen, ihn aber darum ersuchen, sich anstelle des Kardinals la Valette, der von Bernhard von Sachsen-Weimar nicht mehr gewünscht wird, dem Heer und Tross Bernhard von Sachsen-Weimars anzuschließen. Es liegt zurzeit in Mömpelgard im Burgund. Dem Wunsch unseres Hofs gemäß soll er gegen den kaiserlichen General Savelli antreten, der dort ein Heer anführt. Laut einem Vertrag von heute bekommt Bernhard vier Millionen Livres jährlich, um den Krieg erfolgreich führen zu können.«

Bei diesen Worten spürte Elisabeth, wie ihr alles Blut aus dem Kopf wich. Was würde aus ihnen werden, wenn sie in einem Tross mitziehen, womöglich Schlachten miterleben mussten? Abermals schaute sie ihre Schwester an. Um deren Mund spielte ein unergründliches Lächeln.

»Nehmt Ihr diese Bedingungen an, Kardinal Weltlin?«, fragte Richelieu mit drohendem Unterton.

»Als was soll ich dort fungieren?«, fragte Kardinal Weltlin.

»Als Feldgeistlicher und als Berater des Bernhard von Sachsen-Weimar«, war die Antwort Richelieus. »Über Eure Équipage nebst bewaffneten Reitern könnt Ihr selbstverständlich verfügen.«

Und ich könnte als Trossköchin fungieren, dachte Elisabeth, aber sie sagte nichts mehr.

16.

Ein Ende der beschwerlichen Fahrt von Versailles nach Mömpelgard war in Sicht.

Elisabeth schmerzten alle Knochen im Leib. Unterwegs hatten sie in recht guten Herbergen übernachtet, dank der Subsidiengelder Bernhard von Sachsen-Weimars.

Auch die Verpflegung ließ nichts zu wünschen übrig. Elisabeth hatte sich die Zeit damit vertrieben, aus dem Fenster der Kutsche zu schauen. Sie sah Berge, Täler, Städte und Dörfer an sich vorüberziehen. Obstbäume blühten in voller Pracht, die Wälder waren mit einem grünen Flaum überzogen. Recht bald nach ihrer Abfahrt hatte Elisabeth ihre Schwester zur Rede gestellt. Sie rasteten in einem Wirtshaus bei Fontainebleau und saßen zusammen auf ihrer Stube. Elisabeth beschloss, nicht um die Sache herumzureden.

»Der Kardinal hat mir erzählt, dass du dich auf seinen Schoß gesetzt und versucht hast, ihn zu küssen«, sagte sie.

»Und wenn ich das getan hätte, was dann?«, gab Agnes zurück.

»Das schickt sich nicht, Agnes! Was ist nur in dich gefahren!«

»Unser Vater hatte es auch gern, wenn ich mich auf seinen Schoß gesetzt habe«, sagte Agnes. Ihre Lippen waren zusammengekniffen.

»Kardinal Weltlin ist aber nicht dein Vater!«

»So, was ist er dann? Dein Geliebter?«

Elisabeth blieb einen Augenblick lang die Luft weg. »Wie kommst du denn darauf?«

»Na, weil ihr so viel beisammen seid und weil er dich immer so verliebt anguckt«, gab Agnes zurück.

»Er ist ein väterlicher Freund von uns, der uns beschützt und uns helfen wird, unsere Familie wiederzufinden.«

»Ein väterlicher Freund von dir, meinst du wohl.«

»Du bekommst doch genug, oder?«

»Ich hätte gern mehr schöne Kleider, Schmuck und Schminke.«

Elisabeth lachte. »Um damit wen zu verführen? Hier auf der Reise gibt es nur den Kardinal, und der ist unberührbar, wie du eigentlich wissen müsstest. Im Tross kannst du die Söldner aufreizen, aber was du davon hast, wirst du sehr bald merken. Im Lager wird es schmutzig sein, das Leben wird hart werden.«

Agnes schlug sich mit der Hand an die Stirn. »Ach, und ich dachte, da fahren wir mit der Kutsche spazieren, besuchen fremde Städte und kaufen ein!«

»Vielleicht gibt es auch das, Agnes. Wir wollen morgen den Kardinal fragen.«

Bei der Weiterfahrt wandte sich Elisabeth an den Kardinal.

»Wie ist denn so das Leben in einem Tross?«, wollte sie wissen.

»Ein Zuckerschlecken ist es nicht«, gab Weltlin zurück. »Ich bin unter Tilly in einem Tross mitgezogen, auch als Berater und Feldgeistlicher. Da Ihr unter meinem Schutz steht, kann Euch das Schicksal der meisten Frauen, die in einem Tross leben, allerdings nicht ereilen.«

»Was für ein Schicksal?«, fragte Agnes.

»Frauen spielen in der Lagergesellschaft eine große Rolle«, erklärte Weltlin. »Es sind meistens Mägde, Ammen oder Aufwärterinnen, die ihren Ehemännern in das Heer gefolgt sind. Sie tragen schwere Lasten auf ihren Rücken, gebären Kinder, die häufig die Strapazen der Heerzüge nicht überleben. Neben der Versorgung des Haushalts unterstützen sie die Soldaten beim Beutemachen.«

»Und wenn sie ihre Gatten verlieren?«, fragte Agnes.

»Dann sind sie schutzlos. Aber das kann Euch beiden ja nicht geschchen«, beruhigte sie Kardinal Weltlin. »Und selbst wenn es mich einmal erwischen sollte, ist immer noch Bernhard von Sachsen-Weimar da.«

Elisabeth mochte nicht daran denken, was geschehen würde, wenn sie dieses Schutzes verlustig gingen. Dann würden Agnes und sie wohl beide zu Trosshuren werden.

Sie erreichten das Städtchen Mömpelgard, das mit seinen grauen Mauern, Kirchen und Häusern in eine Biegung des Flüsschens Doubs gebettet lag. In einer Flussaue lagerten Heer und Tross des Bernhard von Sachsen-Weimar. Die Soldaten sahen zu Elisabeths Schrecken ausgemergelt und zerlumpt aus, ebenso die Frauen und Kinder des Trosses. Es waren unübersehbar viele Menschen, die da lagerten, zwölftausend sollten es sein. Sie hausten in Zelten, die teilweise aus Stangen und schmutzigen Decken errichtet worden waren. Leiterwagen mit Stapeln von Töpfen, Pfannen und sonstigem Hausrat waren zu Wagenburgen zusammengestellt. Überall brannten Feuer, ein Duft nach Asche und halb verbranntem Brot wehte über den Platz. Bernhard von Sachsen-Weimar, der auf der Fahrt sehr wenig mit ihnen gesprochen hatte, lud sie in das Offizierszelt ein. Es war sehr geräumig und enthielt alle Annehmlichkeiten, die man sich nur wünschen konnte. Eine gemauerte Feuerstelle, einen großen Tisch, Stühle, Decken, Körbe zur Unterbringung von Wäsche und Kleidung. Um das Offizierszelt herum standen andere Zelte, die zum Schlafen, zum Kochen und zur Vorratshaltung dienten. Es war inzwischen dunkel und empfindlich kalt geworden. Ein Bursche des Feldherrn wies den beiden Mädchen und dem Kardinal ihre Schlafstätten zu. Als Betten waren Pritschen vorgesehen, die mit geflochtenen Binsen bespannt waren. Bernhards Bursche holte die drei einige Zeit später zum Abendessen ab. Die anwesenden Offiziere und ein Geistlicher mit schwarzer Soutane sahen recht wohlgenährt aus, im Gegensatz zu den Söldnern und ihren Familien im Lager. Bernhards Bursche, Christoph mit Namen, trug den ersten Gang auf, geschnittenen Schinken aus den burgundischen Bergen, dazu einen leichten Rotwein. Christoph war ein etwa sechzehnjähriger Junge mit Korkenzieherlocken und verschmitztem Gesichtsausdruck. Als hätte Bernhard das gespürt, was auch Elisabeth aufgefallen war, sagte er: »Meine Leute sind recht vom Fleisch gefallen, meine Damen und Herren, aber das liegt nicht daran, dass wir Offiziere uns mästen, derweil die anderen darben. Es liegt am französischen Hof, der das versprochene Geld nicht rechtzeitig schickt. So müssen wir immer wieder die Gebiete, die wir erobern, plündern. Ein Söldner braucht pro Tag ein Kilo Brot, ein Pfund Fleisch und drei Liter Bier. Für unsere zwölftausend Mann und den Tross müssen also mindestens zwanzigtausend Brote gebacken, sechzigtausend Liter Bier sollen ausgeschenkt werden. Morgen schicke ich meinen Burschen Christoph, eine Herde Ochsen und die benötigten Bierfässer zu besorgen. Was wir hier nicht verbrauchen, führen wir mit.«

»Wir, meine Schwester und ich, können beim Brotbacken helfen«, bot Elisabeth an. »Und Ochsen am Spieß rösten, das trauen wir uns ebenfalls zu.«

»Euer Angebot in Ehren, Elisabeth«, sagte Bernhard. »Aber wir haben hier genügend Frauen. Ich habe gehört, Ihr seid die Köchin unseres ehrenwerten Kardinals Weltlin. Dann könnt Ihr uns doch mit Eurer Kochkunst beglücken.«

Elisabeth nickte, Agnes sah betreten drein.

»Wo war ich stehengeblieben?«, fragte Bernhard.

»Es ist nicht allein das Verschulden des französischen Hofes«, meldete sich der kleine Geistliche zu Wort. Gleich darauf entschuldigte er sich und stellte sich als Pater Josef vor. Elisabeth erinnerte sich, er war einer der engsten Vertrauten Richelieus.

»Ihr habt es auch teils selbst verschuldet, Herr Bernhard. Habe ich Euch nicht gesagt, dass man Festungen nicht so einnimmt, wie Ihr es zu tun pflegt?«

»Wie nehme ich sie denn ein?«, fragte Bernhard und schob sich ein Stück Schinken in den Mund.

»Ihr haut drauf mit Kanonen und Musketen und wundert Euch, wenn sie sich nicht ergeben. Aushungern muss man sie, wie oft soll ich es Euch noch sagen?«

Elisabeth erinnerte sich daran, dass die Belagerung Badens durch die Kaiserlichen gescheitert war, weil die Belagerten genug zu essen in der Stadt gehabt hatten.

»Findet Ihr nicht, dass es unmenschlich ist, andere Menschen verhungern zu lassen?«, fragte Bernhard dagegen. Einige seiner Offiziere nickten dazu.

»Es ist genauso unmenschlich, sie niederzuschießen und sie zu berauben!«, ereiferte sich Pater Josef.

»Jetzt ist es erst einmal vonnöten, uns selbst und unser Heer zu stärken«, sagte Bernhard und griff zu einem Glas Burgunder. Er wandte sich an Christoph. »Schaff alles Brot, allen Schinken und was wir sonst noch haben, ins Lager, zu den Leuten! Morgen wird neu eingekauft.«

»Kauft nur auch Wäsche und Kleider für Eure Soldaten und ihre Familien«, stichelte der Pater weiter. »Dann müssen sie sich nicht die Wäsche, die zum Trocknen am Fluss ausliegt, für ihr zerrissenes Zeug stehlen!«

»Es wird alles besser, glaubt mir, Pater Josef«, meinte Bernhard.

Als nächster Gang kamen gebratene Gänsekeulen mit Rotkraut, zum Nachtisch gab es ein wenig Brie-Käse. Ganz so frugal wie am französischen Hof war die Mahlzeit nicht, stellte Elisabeth fest, aber weitaus besser, als sie erwartet hatte. Sie begann, Bernhard von Sachsen-Weimar recht angenehm zu finden.

»Was sind unsere nächsten Operationen?«, wollte einer der Offiziere wissen.

»Im Einzelnen werden wir das später noch besprechen«, gab Bernhard zurück. »Wir werden morgen Richtung Besançon aufbrechen. Dort, in Gray an der Saône, ist das Lager von General Savelli und dem Herzog Carl von Lothringen.«

Die Tafel wurde aufgehoben. Elisabeth war hundemüde, so dass sie gleich ins Zelt nebenan ging und sich niederlegte. Eine warme Decke schützte sie vor der Kälte. Sie hörte Gelächter im Lager, hörte Hunde bellen, Kinder weinen. Nachdem Agnes hereingekommen war, schlief Elisabeth ein und schlummerte traumlos bis zum frühen Morgen.

Das Klappern von Geschirr weckte sie. Ein Hahn krähte, Kinderstimmen plapperten. Elisabeth gähnte, schaute nach Agnes, die leise etwas im Schlaf murmelte. Elisabeth zog sich an und trat vor das Zelt. Über dem Tal hingen die Morgennebel, von den bewaldeten Bergen kam eine kühle Brise. Die Menschen im Lager begannen wach zu werden. Manche gingen zum Fluss hinüber, um sich zu waschen. Elisabeth verschob das auf später, da sie sich durch die Menschenmassen hätte durchzwängen müssen. Christoph fachte das Feuer neu an, stellte eine Pfanne mit Schinken und Eiern darauf. Bis alle im Offizierszelt eingetroffen waren, hatte er das Frühstück zubereitet.

»Du kannst gleich los in die Stadt, Mehl und Ochsen besorgen, Christoph«, sagte Bernhard, während er seinen Würzwein schlürfte. »Heute wird ein paar Stunden gebacken und geschlachtet, morgen geht es los.«

»Dann geht es in die Schlacht!«, rief einer seiner Offiziere.

»Nein, so schnell werden wir nicht dazu kommen, uns mit Savelli zu schlagen«, meinte Bernhard. »Ich rechne mit etwa zwölf Tagen, so lange brauchen Heer und Tross bis dorthin.«

Die Sonne war inzwischen aufgegangen, sie wärmte schon ein wenig. Nach einiger Zeit erschien Christoph wieder, er hatte Männer bei sich, die eine große Herde Ochsen ins Lager trieben. Die Mehlsäcke hatte man zu den Backöfen bringen lassen. So waren Tausende von Männern, Frauen und Kindern damit beschäftigt, Brot zu backen, zu schlachten, Fleisch auf Spieße zu ziehen und Bier aus den Fässern zu verteilen. Obwohl Bernhard ihre Hilfe nicht hatte annehmen wollen, zog Elisabeth zusammen mit Christoph einen halben Ochsen auf einen Spieß, würzte ihn mit Pfeffer, später mit Salz und getrockneten Kräutern und ließ ihn draußen über einem Feuer langsam braten. Ein herrlicher Duft nach geröstetem Fleisch und frisch gebackenem Brot breitete sich im Lager aus. Die nicht geschlachteten Ochsen standen ergeben am Rand des Trosses, dampften und stießen heisere Laute aus. Am Abend wurde gegessen, getrunken und bis in die Nacht hinein gefeiert. Elisabeth glaubte, irgendwo Spielleute singen zu hören.

Am nächsten Tag, nach dem Zusammenpacken, begaben sich Elisabeth, Agnes und der Kardinal zur Kutsche. Und dann setzte sich der Tross langsam in Bewegung. Ochsenkarren, mit Möbeln und Geschirr beladen, Esel mit Säcken auf dem Rücken, Frauen zu Fuß, die schwere Lasten trugen, Leiterwagen, bis obenhin gefüllt, Käfige mit Hühnern und Tauben, barfüßige Kinder, dazwischen Reiter und Hunde, die Ochsenherde, alles marschierte am Ufer des Doubs entlang. Es war wie ein meilenlanger Lindwurm, der sich vorwärtswälzte. Elisabeth schämte sich fast, in einer Kutsche zu fahren, aber sie hätten niemanden von den anderen mitnehmen können. Bei der Mittagsrast gelang es ihr, zum Fluss zu kommen und sich, hinter einer Weide verborgen, notdürftig zu waschen. Heute Abend würde sie einen Eimer Wasser vom Fluss holen, um sich im Zelt säubern zu können. Sie kämmte ihr Haar, bis sie sich wieder einigermaßen wohlfühlte. Agnes sah sauber und hübsch aus, wie sie da neben ihr auf einem Stein saß. Am Nachmittag begann es zu regnen. Erst in kleinen, sprühenden Tropfen, dann immer stärker, bis es wie ein schimmernder Vorhang vom Himmel floss. Die Wege waren aufgeweicht, die Kutsche und die Karren kamen schwer voran, der Kutscher musste immer wieder die Pferde antreiben, um sie aus dem Matsch herauszubekommen. Elisabeth hörte das Fluchen der Frauen vor und hinter sich, die ängstlichen Stimmen der Kinder. Erst nach drei

Tagen kam die Sonne wieder heraus. Die Gesichter der Menschen wurden freundlicher. Am Fluss hatte sich eine Gruppe von Spielleuten aufgestellt. Es waren fünf junge Männer, die mit Laute, Schalmei, Sackpfeife, Geige und Flöte spielten, einer von ihnen sang dazu.

»Ein Mädchen wollt zum Tanze gehn,
schneeweiß war sie gekleidet.
Was sah sie dort am Wege stehn?
Ein Lorbeerbaum so schöne.
Und haut man ihn im Winter ab,
im Sommer grünt er wieder.
Ein Mädchen, das sein Ehr verliert,
gewinnt sie niemals wieder.«

Elisabeth fühlte sich seltsam berührt von dem Lied, als wären sie und Agnes damit gemeint. Schnell schaute sie sich nach ihrer Schwester um. Agnes stand ein Stück entfernt und klatschte mit den anderen Schaulustigen Beifall. Die Gruppe trug noch ein paar weitere Lieder vor, es war Elisabeth ein Vergnügen, ihnen zuzuhören. Der Sänger ging, nachdem sie geendet hatten, mit seinem Hut herum und sammelte Geld ein. Als er vor ihr stand, legte Elisabeth ihm zwei Kreuzer in den Hut.

»Wie heißt du?«, fragte sie den jungen Mann.

»Leander«, meinte er und verzog den Mund zu einem Lächeln. Das blonde Haar fiel ihm wirr in die Stirn.

»Wer seid ihr, woher kommt ihr?«, fragte Elisabeth weiter.

»Die anderen heißen Hans, Daniel, Martin und Konstantin«, antwortete der Junge bereitwillig. »Wir kommen aus dem Badischen, aber da ziehen so viele Horden herum. Deshalb haben wir uns diesem Tross angeschlossen.«

»Ich hoffe, euch alle bald wiederzusehen«, sagte Elisabeth. Der junge Mann ging weiter und streckte den Leuten mit einem freundlichen Lächeln den Hut hin. Später sah Elisabeth die jungen Männer nicht mehr. In der Nähe der Stadt Baumes-les-

Dames schlugen Tross und Heer das Nachtlager auf. Elisabeth begriff sehr bald, wie das Lagerleben beschaffen war. Metzger, Bäcker, Schuster, Bader, Schmiede, Pferdeknechte, Hebammen und Spielleute gehörten dazu, ebenso Huren, die in einer eigenen Ecke lebten und wanderten. Der Trossweibel sorgte für die Einhaltung von Regeln, zum Beispiel, wann aufgebrochen wurde, wer wann plündern durfte, wo die Quartiere aufgeschlagen wurden und wann Sperrstunde war, also kein Bier mehr ausgeschenkt werden durfte. Der Profos, ein Gerichtsherr, und seine Steckenknechte hielten ebenfalls Ordnung, wachten über die Moral der Truppe und führten Regelbrecher der angemessenen Bestrafung zu. Nach etwa eineinhalb Wochen erreichten sie Besançon, einige Tage später Gray, in dessen Nähe das Heer von General Savelli und Carl von Lothringen stand. Sie lagerten auf einer Hochfläche über dem Tal der Saône. Im Abendlicht konnte Elisabeth die unzähligen Männer und Frauen sehen, die Wagenburgen, die Zelte und den Rauch, der überall aufstieg. Das Heer mochte zahlenmäßig gleich stark sein wie das von Bernhard.

Am folgenden Morgen standen Elisabeth, Agnes und Pater Josef auf der Höhe und sahen zu, wie Bernhard von Sachsen-Weimar mit seinem Heer die Anhöhe hinunterritt. Die Junisonne durchdrang schnell den Nebel über dem Fluss, es wurde so heiß, dass Elisabeth der Schweiß in den Kragen ihres Kleides rann. Bernhards Armee hatte inzwischen den Fuß des Hügels erreicht. Das Heer Savellis stand in Schlachtordnung auf der anderen Seite des Flusses. Auch Bernhards Heer nahm langsam Stellung an. Elisabeths Herz klopfte stark, ihre Knie waren weich. Es war die erste Schlacht ihres Lebens! Pater Josef stand zufrieden grinsend neben ihr. Elisabeth schaute zu Agnes hinüber. In so einer Verfassung hatte sie ihre Schwester noch nie gesehen. Sie wusste, dass Agnes eigensinnig und verwöhnt und immer auf sie, Elisabeth, eifersüchtig gewesen war. Doch jetzt stand in ihren Augen ein Ausdruck, der Elisabeth erschreckte.

War es Hass, war es Angst, war es vielleicht beides? Auf beiden Seiten wurden nun die Trommeln geschlagen, Fanfaren von Trompeten erklangen, und ein Herold rief: »Hört, hört, ihr Heere des Krieges! Die Schlacht ist vorbereitet, der Kampf kann beginnen!«

Mit einem Brüllen aus Tausenden von Kehlen bewegten die beiden Heere sich aufeinander zu, Piken und Schwerter blitzten in der Sonne, wie zwei unermesslich breite Lawinen wälzten sich die Männer und die Pferde zum Fluss. Elisabeth biss sich in die Hand, um nicht aufzuschreien. War das wirklich sie, die da stand und Zeugin einer Schlacht wurde?

»Auf, drauflos!«, schrie Pater Josef. Agnes stand unbeweglich, den Blick starr auf das Geschehen im Tal gerichtet. Der Fluss war an dieser Stelle ziemlich breit, so dass die Soldaten nicht Mann gegen Mann kämpfen konnten. Sie verharrten in ihrer Stellung, schossen mit Musketen und Pistolen. Die schweren Musketen mussten jedes Mal nachgeladen werden, es dauerte eine Ewigkeit, bis ein Musketier wieder vorne stand und feuerte. Auf beiden Seiten fielen reihenweise Männer, Todesschreie waren zu hören, Pferde gingen in die Knie und wälzten sich auf dem Boden, begruben dabei ihre gepanzerten Reiter. Ein Pulvernebel hatte sich über das Tal gelegt. Elisabeth wollte weglaufen, doch sie wusste nicht wohin. So zwang sie sich, weiter hinzuschauen, wie sich zwei Heere mit Zehntausenden von Männern gegenseitig abschlachteten. Nach zwei Stunden zogen sich beide Armeen ein wenig zurück. Es schien keine in der Übermacht zu sein. Da geschah etwas Unerwartetes: Bernhard von Sachsen-Weimar, den Elisabeth an seinem bunten Federhut und der blitzenden Rüstung erkannte, hob die Hand, rief seinen Männern etwas zu und gab seinem Pferd die Sporen. Er ritt geradewegs in den Fluss hinein, dass das Wasser nur so spritzte. Mit einem Brüllen folgten ihm seine Männer auf das andere Ufer und das feindliche Heer zu. Das Wasser ging den Pferden bis an die Brust, sie scheuten, doch ihre Reiter trieben sie unbarmherzig weiter. Die Musketiere und Pikeniere hielten ihre Waffen hoch über sich, als sie die Saône durchquerten. Viele brachen mittendrin, von Schüssen getroffen, zusammen, fielen ins Wasser und wurden von der Strömung fortgetragen. Dann waren die Reiter drüben, die Artillerie folgte, und ein entsetzliches Gemetzel begann. Elisabeth drehte sich um und hielt sich die Ohren zu, Agnes stand wie zur Salzsäule erstarrt. Elisabeth hörte Pater Josef rufen: »Ja, jetzt werft eure Eisenkugeln, eure Brandsätze, Kartätschen und Granaten! Die Nägel sollen euch um die ungewaschenen Ohren fliegen, ihr Flegel, ihr verdammten!«

Elisabeth hielt es nicht mehr aus. Sie lief zu einer kleinen Waldinsel, die auf der Hochebene stand. Dort ließ sie sich am Stamm einer Eiche herabgleiten und hörte den Schlachtenlärm nun etwas leiser. Sie krallte die Hände ins Moos und übergab sich. Es kam nur gelbgrüne Galle, aber sie würgte immer weiter. Endlich richtete sie sich auf und wischte sich mit einem Eichenblatt den Mund ab. Das war also der Krieg. Elisabeth kam es vor, als hätte sie bisher nur den Anfang erlebt, als würde das Schlimmste noch kommen. Ein Käfer krabbelte am Stamm der Eiche hinauf. Elisabeth stand lange da wie erstarrt. Die Sonne wanderte den gegenüberliegenden Bergen zu, es wurde allmählich etwas kühler. Elisabeth schleppte sich zu den anderen zurück. Die beiden Flussufer waren mit unzähligen Leichen bedeckt, aber es wurde offensichtlich nicht mehr gekämpft. In der einsetzenden Dämmerung zog Bernhard mit seinem Heer wieder den Berg herauf. Die Männer sangen und winkten. Da wusste Elisabeth, dass Bernhard die Schlacht gewonnen hatte.

17.

Es war Mitte Juni des Jahres 1637. Die Sonne brannte unbarmherzig vom Himmel herab, Tag für Tag. Bernhard von Sachsen-Weimar hatte Befehl gegeben, über Mömpelgard ins südliche Elsass zu marschieren. Vorerst reichten seine finanziellen Mittel noch aus, um sein Heer zu versorgen, und auch die Frauen und Männer des Trosses litten keinen Mangel, zumal die Felder und Gärten im Burgund Früchte in Hülle und Fülle boten. Der Kardinal achtete sehr darauf, dass Elisabeth möglichst in seiner Nähe blieb und nicht mit den Händlern, Weibern, Kindern oder gar den Huren in Berührung kam. Elisabeth bereitete für die Offiziere und den Kardinal das Essen zu. Sie kochte Rinderbraten in Rotwein, Ragoût fin, briet Kalbskoteletts, buk Schinken in Brotteig, bereitete saure Leber zu, Ochsenzunge in Kapernsoße, schmorte Zitronenhuhn und Gänsekeulen. Im Flüsschen Doubs schwammen besonders schöne Forellen und Hechte, auch Flusskrebse wurden gefangen, die garte Elisabeth mit Sahnesoße und Dill. Als Beilagen servierte sie Spinat, Eier, Mangold, Erbsen und Frühmöhren. Zum Nachtisch stellte sie Rhabarberkompott und Erdbeercreme her. Über diesen Tätigkeiten verlor sie ihre Schwester fast gänzlich aus den Augen. Agnes erschien nur zu den Mahlzeiten. Nachts kam sie erst nach der Sperrstunde, wenn Elisabeth schon im Einschlafen war. Dann roch sie nach Bier und billigem Parfüm. Manchmal beobachtete Elisabeth Agnes, wie sie Süßigkeiten aß oder sich schminkte. Ab und zu erschien sie auch in einem neuen Kleid. Auf Elisabeths Fragen antwortete sie ausweichend, sie habe ein paar Freundinnen gefunden, mit denen sie Karten spiele und dabei auch Geld gewinne. Soll ich meiner Schwester Hüter sein?, fragte sich Elisabeth und lebte ihr neues Leben weiter, auch wenn sie die Entfremdung von Agnes schmerzte. Aber irgendwie war sie es ihren Eltern schuldig, sich um ihre Schwester zu kümmern. An einem Abnd schlich sie ihr nach, als sie zu dem angeblichen Treffen mit den Freundinnen aufbrach. Bald hatte sie Agnes erspäht. Sie saß mit einigen Männern und Frauen an einem Lagerfeuer und spielte Karten. Bierbecher kreisten, es wurde gescherzt und gelacht. Am meisten erschreckte Elisabeth, dass Agnes ein tiefes Dekolleté trug; ihr Leibchen hatte sie hochgebunden, so dass ihre kleinen Brüste voller und runder aussahen. Wahrscheinlich hatte sie sich immer ein Tuch darüber geworfen, wenn sie wegging. Ihr Gesicht war gerötet, ihre Augen glänzten, und die Haare hingen ihr wirr ins Gesicht. Bevor ihre Schwester sie entdecken konnte, zog Elisabeth sich zurück. Später, als Agnes zurückkam, stellte sie sich schlafend. Am anderen Morgen stellte Elisabeth ihre Schwester zur Rede, als sie gemeinsam das Geschirr am Fluss spülten.

»Ich habe dich gestern Nacht gesehen«, sagte sie und bemühte sich, ihrer Stimme einen gleichmütigen Klang zu geben. »Du warst allerdings nicht mit Freundinnen zusammen, sondern mit Männern.«

»Das ist meine Sache!«, kam Agnes' patzige Antwort.

»Das ist nicht allein deine Sache«, sagte Elisabeth. Sie spürte, wie Wut in ihr hochkochte. »Wir sind hier Gäste, unter der Obhut von Oberst Bernhard und dem Kardinal Weltlin! Wie oft soll ich es dir noch sagen!«

»Bernhard säuft doch selber und geht auch noch zu Huren!«, rief Agnes.

»Pscht!« Elisabeth legte den Finger auf den Mund. »Man könnte uns hören.«

Agnes schaute sich aufreizend langsam um. »Wer soll uns denn schon hören?« Mit einer Kopfbewegung deutete sie auf die anderen Frauen, die ebenfalls Geschirr spülten oder Wäsche wuschen. »Die leben doch auch so, wie es ihnen passt!«

»Mir passt es aber nicht, wie du lebst, Agnes«, sagte Elisabeth. »Du wirst dich ruinieren mit diesem Lebenswandel.«

»Und was soll ich deiner Meinung nach gegen die Langeweile tun?«

»Du könntest wieder nähen, das ist doch etwas, was du sehr gut beherrschst.«

»Also gut, Elisabeth, ich werde mir Nadel und Nähgarn besorgen und überall herumerzählen, dass man bei mir seine Sachen ausbessern lassen kann.«

Und so saß Agnes bald vor ihrem Zelt, nähte und flickte Wäsche, Hosen, Wämser und Socken. Von der Arbeit, der Hitze und von den Tagen, an denen sie weite Strecken bergauf, bergab fahren mussten, war sie abends so müde, dass sie bald ins Bett ging und einschlief. Heer und Tross passierten den Sundgau zwischen Basel und Mühlhausen. Bevor sie an Straßburg vorbeizogen, eröffnete der Kardinal Elisabeth und Agnes, dass er den Winter dort verbringen werde und sie beide gern an seiner Seite sähe. Bernhard zog weiter zu einem Ort gegenüber Rheinau, wo ihn auf der anderen Rheinseite das Heer Johann von Werths erwartete. Bei der Erwähnung des Obersten Werth zuckte Elisabeth zusammen. Ob Jakob auch dort war und für seinen Obersten kämpfte? Ob er überhaupt noch am Leben war? Jedes Mal, wenn sie daran dachte, war es, als habe sie einen Stich in den Magen bekommen. Nichtsdestoweniger aber war sie froh, den Tross verlassen zu können. Die Monate unterwegs waren sehr anstrengend, aber auch sehr aufschlussreich gewesen. Die Kutsche des Kardinals brachte sie bald zum Stadttor, wo der Kardinal ein paar Kreuzer entrichtete. Elisabeth erkannte alles wieder: die schmalen Gassen mit den Fachwerkhäuschen, das alles überragende Münster und schließlich den Kardinalshof von Straßburg.

»Willkommen auf meinem bescheidenen Amtssitz in Straßburg!«, sagte der Kardinal, wie damals.

Sie betraten das Kloster mit seinem Innenhof und den hölzernen Treppenaufgängen. Wieder bezogen sie ihre Klosterzellen. Gegen sieben Uhr erwarte er sie zum Abendessen, sagte der Kardinal. Elisabeth wusch sich, legte ein anderes Kleid an und wartete, bis die Glocke des nahen Münsters die siebte Stunde schlug. Im Refektorium war das Essen aufgetragen worden, eine Gemüsesuppe mit Hühnerfleisch und Brot. Während des Essens wurde wie üblich nicht gesprochen, ein Mönch las aus der lateinischen Bibel vor. Später wollte Agnes sich auf ihre Zelle zurückziehen, Elisabeth und der Kardinal brachen zu einem Spaziergang zum Fluss hinunter auf. In den Gassen der Stadt stand noch die Hitze des Tages. Der Münsterplatz war voller Menschen, die soeben aus der Kirche gekommen waren. Sie strömten in die Gartenwirtschaften, die Zwiebelkuchen, Wein und Bier anboten. Elisabeth staunte über die schönen Kleider der Damen und über die feinen Tuche der Herren. Daneben gab es aber auch Bettler, hohlwangige Kinder, Kriegsverletzte mit Arm- und Beinstümpfen.

»Dieser unselige Krieg geht weiter und weiter«, wandte sich der Kardinal an sie. »Jetzt geht Bernhard von Sachsen-Weimar nach Rheinau, um Oberst von Werth zu schlagen. Wenn er nur nicht in sein Verderben rennt!«

»Können wir denn gar nichts tun?«, fragte sie.

»Diese Frage habe ich mir in letzter Zeit immer öfter gestellt«, antwortete der Kardinal.

Sie waren an einem der Kanäle angelangt und überquerten ihn auf einer gebogenen Steinbrücke. Jenseits des Kanals war ein Weg angelegt, mit Kastanien und Linden bestanden. Sie schritten im Schein der untergehenden Sonne nebeneinander her. Auf der anderen Seite, zum Rhein hin, stand die mächtige Stadtmauer.

»Und ich glaube, ich habe einen Weg gefunden. Die Menschen werden von der Kirche unwissend gehalten. Da die Lutherbibel verboten ist, muss man sie nur oft genug abschreiben oder drucken lassen, damit sie sich unter dem Volk verbreitet.«

»Aber sie ist ein verbotenes Buch!«, rief Elisabeth und schaute sich gleich darauf erschrocken um. Aber es war niemand in der Nähe.

»Das ist sie, in der Tat«, bestätigte der Kardinal. »Was umso mehr Grund ist, sie unter die Leute zu bringen!«

»Kardinal Richelieu hat Euch die Bibel abgenommen und Euch und uns zum Tross von Bernhard geschickt«, sagte Elisabeth. »Ihr habt doch gar nichts mehr, was Ihr unter die Leute bringen könntet.«

Der Kardinal griff in seine Soutane und holte ein Buch mit Ledereinband hervor.

»Eine protestantische Bibel!«, staunte Elisabeth. »Wo habt Ihr die denn her, Herr Weltlin?«

»Ich habe sie einem calvinistischen Bauern im Burgund abgekauft«, versetzte der Kardinal. »Und während unserer Reise im Tross habe ich sie schon zweimal abgeschrieben. Hier in Straßburg könnten wir sie drucken lassen.«

Sie hatten inzwischen eine weitere Brücke erreicht, über die sie in die Stadt zurückkehrten.

»Hier in Straßburg brauchen wir übrigens kein so großes Geheimnis aus der Lutherbibel zu machen. Zwar gilt immer noch das Verbot, doch dagegen, sie einfach nur zu drucken, gibt es kein Gesetz. Warum sollten wir nicht dieses wunderbare Werk unter die Leute bringen? Es kann nie genug davon geben!«

Elisabeth wusste nicht so recht, was sie davon halten sollte. »Glaubt Ihr wirklich, dass sich dadurch für die Menschen etwas ändern würde? Oder dass der Krieg dadurch beendet werden könnte?«

Der Kardinal blieb stehen und schaute ihr ins Gesicht.

»Nein, das glaube ich nicht, Elisabeth. Aber die Menschen würden mehr wissen und ihr Leben selbst in die Hand nehmen.«

»Fürchtet Ihr nicht die römische Inquisition?«

»Ich glaube, das ist heute vergessen. Wir haben nichts mehr

zu befürchten. Selbst der Abt meines Klosters steht den protestantischen Ideen wohlwollend gegenüber.«

»Und wo wollt Ihr die Bücher drucken lassen?«

»Es gab hier in Straßburg einen Buchdrucker mit Namen August Mentel. Er war Gehilfe von Johannes Gutenberg in Mainz und hat dort den Buchdruck erlernt. Aus seiner Offizin ging eine ganze Reihe meisterhafter Druckwerke hervor. Er war auch Buchhändler, besuchte die Messe in Frankfurt und verschickte gedruckte Zettel, auf denen er seine Werke anpries. Inzwischen ist er längst gestorben und die Offizin verkauft, aber auch heute noch wird im Hause ›Zum Tiergarten‹ in der Nähe des Fronhofs gedruckt.«

»Darf Agnes davon wissen?«

»Wir werden es ihr nicht verheimlichen können«, sagte Weltlin mit einem Seufzer. »Grundsätzlich weiß sie ja sowieso Bescheid.«

Eine Gruppe angetrunkener junger Männer kam lärmend auf sie zu und hätte sie fast angerempelt. Im letzten Moment konnten sie ihnen ausweichen. Die Gassen wurden jetzt wieder belebter, es roch nach Zwiebelsud und Urin. Sie überquerten den Domplatz, der sich noch mehr gefüllt hatte. Zu Hause begab Elisabeth sich sofort auf ihr Zimmer. Was sie Agnes erzählen wollte, würde sie am nächsten Tag entscheiden. Und morgen würde sie endlich einmal in das Straßburger Münster gehen.

Am folgenden Tag verabschiedete sich Kardinal Weltlin, um zur Druckerei zu gehen und die Bücher in Auftrag zu geben. Elisabeth und Agnes verließen das Kloster, um im Münster zu beten. Schon das Tympanon des Hauptportals beeindruckte Elisabeth zutiefst. Unzählige Menschengestalten strebten nach oben, auf der anderen Seite nach unten, die einen zum Himmel, die anderen zur Hölle. Die Größe des Schiffes war überwältigend. Elisabeth kniete vor dem Altar nieder und betete. Agnes schaute sich derweil die Kanzel, die bunten Glasfenster und die Bilder an. Als Elisabeth aufstand, trat ein Geistlicher auf sie zu.

»Willkommen in unserer schönen Kirche«, sagte er. »Gibt es etwas Größeres, um Gott zu preisen und ihm zu danken?«

»Ich habe nie etwas Schöneres gesehen«, sagte Elisabeth wahrheitsgemäß.

»Kennt Ihr auch die Sage, die sich um das Münster rankt? Es ist eine Legende, die von den Vätern an die Söhne überliefert wird.«

»Nein, ich kenne sie nicht«, meinte Elisabeth. »Aber ich würde sie gerne hören.«

»Unter dem Münster soll sich eine Krypta befinden oder vielmehr ein unterirdischer See. Wenn man um Mitternacht am Münster vorbeigeht, kann man manchmal das Plätschern dieses Sees hören und das Schlingern des Schiffes, das bis zum Fischerbrunnen fährt. Bei der Apotheke Zum Hirsch gibt es einen Eingang zu diesem unterirdischen Gewölbe, aber wann immer auch ein wagemutiger Straßburger hinabsteigen wollte, wehten ihm ein solch starker Wind und solcher Ruß entgegen, dass er es mit der Angst zu tun bekam und nach Hause lief. Man versuchte mit Stäben herauszufinden, wie tief dieser Eingang war, konnte aber nichts zuwege bringen. Manche berichteten sogar, sie hätten Kröten, Schlangen und Feuersalamander gesehen, die hervorkrochen.«

»Was für eine reizende Geschichte«, sagte Elisabeth. Sie gab ein paar Kreuzer in den Opferstock der Kirche. Doch sie war nicht mehr richtig bei der Sache. Diese Legende hatte sie angerührt. War das nicht ein Sinnbild für den Zustand der Welt, insbesondere der Kirche? Konnte nicht schon im nächsten Moment alles versinken und zerbrechen, zu Staub zerfallen? Oben war unten und unten war oben, wie auch das Relief am Türsturz gezeigt hatte. Elisabeth war froh, als sich Agnes wieder zu ihr gesellte und sie fragte, was sie habe, sie sei so blass.

»Ach, nichts«, sagte Elisabeth. »Ich weiß nur nicht so richtig, wie es mit uns weitergehen soll.«

»Das weiß ich auch nicht«, meinte Agnes. Sie sah klein und verloren aus, wie sie so dastand. Elisabeth nahm sie in die Arme.

Sie hatte ihrer Schwester bestimmt schon manches Mal unrecht getan. Auch sie, Elisabeth, war nicht unfehlbar. War nicht ihr ganzes Leben eine einzige Flucht? Hatte sie sich schon einmal für etwas, für einen Menschen, völlig und ganz entschieden? Gab es etwas, für das sie ihr Leben hingegeben hätte? Nein. Sie konnte hingebungsvoll kochen, aber auch dafür würde sie nicht sterben.

Nach drei Wochen waren die Bibeln gedruckt. Mit Einverständnis des Abtes ließ der Kardinal sie in die Bibliothek des Kardinalshofes schaffen, wo der Abt, die Mönche, Elisabeth, der Kardinal und Agnes sie begutachteten. Es waren außerordentlich schöne Exemplare mit Goldschrift auf dem Einband. In der nächsten Zeit kamen immer wieder Bürger der Stadt, um die Bibeln, deren Druck sich schnell herumgesprochen hatte, zu kaufen. Der Sommer verabschiedete sich, die Tage wurden kürzer, es regnete, dann kam wieder die Sonne hervor, die Zugvögel sammelten sich zum Abflug. Weihnachten kam heran, schon das dritte Christfest, das die beiden Schwestern nicht zu Hause verbringen konnten. Elisabeth half in der Küche, wo sie konnte, daneben hielt sie das Zimmer des Kardinals in Ordnung. In der Zeit zwischen den Jahren saß Elisabeth wieder einmal zusammen mit dem Kardinal in der Bibliothek. Es war am späten Morgen. Die Sonne hatte sich seit Tagen nicht blicken lassen. Der Kardinal wirkte still und in sich gekehrt.

»Woran denkt Ihr, Herr Weltlin?«, fragte Elisabeth. So direkt hatte sie ihn noch nie angesprochen.

Er schien sich einen Augenblick lang zu besinnen.

»Ich dachte an ein Weihnachten, das schon lange zurückliegt«, meinte er. »Da war ich noch nicht zum Priester geweiht.« Er stockte. »Doch, ich will es Euch sagen«, fuhr er fort. »Ich liebte ein Mädchen, das ich heiraten wollte. Sie ähnelte Euch übrigens, Elisabeth. Sie hatte versprochen, mich zu besuchen, kam aber niemals an. Ich machte mir die größten Sorgen, suchte sie überall, dachte schon, ihr sei etwas zugestoßen. Ich habe sie nie mehr wiedergesehen. Später erfuhr ich, dass sie mit einem anderen Mann auf und davon war.«

Elisabeth schwieg betroffen. Hatte sie nicht vorhin in der Kirche die Empfindung gehabt, das alles jeden Moment einstürzen könnte?

»Und dann habt Ihr ...«

»Dann habe ich Theologie studiert, mich zum Priester weihen lassen und bin schließlich Bischof und Kardinal geworden«, sagte er. »Und ich hatte mir geschworen, nie mehr in meinem Leben eine Frau anzurühren oder mir auch nur nahe kommen zu lassen.«

Elisabeth schaute ihn an. Wie lebendig er in seiner Erregung wirkte!

»Als ich Euch kennenlernte, ist allmählich eine Veränderung mit mir vorgegangen«, fuhr der Kardinal fort. »Es war, als taue das Eis, das mein Herz umklammert hielt, in Eurer Gegenwart auf. Wenn Ihr fort wart, fühlte ich mich wie ein Kardinal ohne Käppchen oder wie ein Baum ohne Wasser und Licht. Ich habe gemerkt, dass auch Ihr mir zugetan seid, Elisabeth. Aber ich weiß nicht, wie weit Eure Zuneigung geht.«

»Ich habe Euch lieb, Herr Weltin«, sagte Elisabeth.

»So lieb, dass Ihr für mich kocht?«, neckte er sie.

»Nein, lieber.«

»Ich habe schon bemerkt, dass Ihr mich Euch vom Leibe halten wollt mit Eurem guten Essen«, fuhr er fort zu scherzen. Elisabeth lachte, er stimmte ein. Der Kardinal stand auf und kam auf sie zu. Seine Augen schimmerten. Er nahm sie in die Arme, sie ließ es geschehen. Wie lange war sie nicht von einem Mann berührt worden! Die Tage mit Jakob kamen ihr in den Sinn. Eine Träne rollte ihr über die Wange. Der Kardinal brachte sein Gesicht ganz nahe an ihres heran, küsste die Träne weg. Seine Lippen näherten sich ihrem Mund, den Elisabeth öffnete. In diesem Augenblick hörte Elisabeth das Klappen der Tür. Erschrocken fuhren die beiden auseinander.

3. BUCH

(Rheinau, Tross, Rheinfelden)
Januar 1638 – Mai 1638

18.

Es war die Zeit zwischen den Jahren. Jakob stand am Ufer des Rheins, hinter ihm das Dorf Wittenweier bei Rheinau mit seinen strohgedeckten Hütten, vor ihm der große Strom, der bedächtig zum Meer des Nordens floss. Jakob beschattete seine Augen mit der Hand, um in der tiefstehenden Sonne besser sehen zu können. Dort war die Rheininsel, auf der sich Bernhard von Sachsen-Weimar im letzten Sommer mit seinem Heer verschanzt hatte. Aber es war ihm nicht gelungen, die Übermacht des kaiserlichen Heeres zu brechen. Er hatte viele Leute verloren und musste sich bis zum Ende des Jahres ins Winterquartier im südlichen Elsass zurückziehen. Gestern hatte Johann von Werth seinen Hauptmann Jakob zu sich gerufen und ihm eröffnet, dass sie am nächsten Tag aufbrechen und nach Rheinfelden ziehen würden, das Bernhard erobern wolle. Ihm, Jakob, war das recht. Er kannte nichts anderes mehr als Schlachten, Belagerungen, Plünderungen und Brandschatzungen. Und die lange Zeit, die jeweils zwischen die einzelnen Ereignisse fiel, das Warten, das die Nerven bis aufs Äußerste anspannte. Schon längst hatte Jakob es aufgegeben, van Werth von seiner Grausamkeit abbringen zu wollen. Und der Kaiser sowie die meisten Menschen schienen auch nichts dabei zu finden, Hauptsache, Werth hatte Erfolg und eroberte eine Stadt, einen Landstrich nach dem anderen und machte fette Beute. Manchmal dachte Jakob an die junge Frau, der er das Leben gerettet und die ihn dann in Sicherheit gebracht hatte. Wo mochte sie wohl sein? Er gähnte und schritt gemessenen Schrittes zurück ins Lager. Eine der Lagerhuren stellte sich ihm in den Weg. Sie war mit einem geschürzten, bunten Rock bekleidet; ihr Busen wölbte sich aus dem engen Mieder des Kleides. »Na, Schätzchen, wie wär's mit uns beiden?«

Jakob schüttelte den Kopf und ging weiter. »Du bist doch sonst nicht so zimperlich!«, keifte sie ihm hinterher.

Jakob spielte nach dem Abendessen eine Runde Karten mit Jan van Werth und anderen Offizieren. Dazu tranken sie Bier aus Tonkrügen. Im Ofen knisterte ein warmes Feuer. Mit der Zeit wurden die Männer immer lauter, knallten die Karten auf den Tisch, dass es krachte.

Am anderen Tag setzte sich das riesige Heer langsam in Bewegung. Mitsamt dem Tross mussten es hunderttausend Leute sein. Es war bitterkalt geworden. Jakob stand der Atem dampfend vorm Gesicht. Jan van Werth trieb sein Pferd nahe an das von Jakob heran.

»Ist es nicht eine Freude, wieder unterwegs zu sein? Wenn alles so im Frost erstarrt ist und die Seen klirren vor Kälte?«

»Es ist gut, unterwegs zu sein«, meinte Jakob. Van Werth merkte, dass Jakob nicht gut aufgelegt war, und trabte davon. Jakob war froh, wieder allein zu sein. Er war froh, dass er Ferdl, sein Pferd, wieder bei sich hatte. Wenn er mit ihm sprach, ging es ihm immer gleich schon ein wenig besser. Das Tier war sein einziger, sein bester Freund geworden. Er war froh und dankbar, dass Ferdl in den Schlachten nie verletzt worden war. Allerdings hatte er ihn auch, wenn es brenzlig wurde, immer im Lager gelassen und sich ein anderes Tier besorgt.

»Nun, Ferdl«, sagte er und patschte dem Pferd auf den Hals. Ferdl schnaubte und warf den Kopf hin und her. »Jetzt geht's also wieder los. Freust du dich darüber, Ferdl?«

Das Pferd schüttelte den Kopf.

»Damit meinst du wohl, du willst in keine Schlacht mehr ziehen, was? Ich eigentlich auch nicht, aber ich muss, ich hab ja nichts anderes gelernt.«

Ferdl schnaubte wieder und schüttelte abermals den Kopf. Jakob schlug sich mit der Hand an die Stirn.

»Du hast recht, ich bin ja Bauer gewesen, und in die Schule in Kochel bin ich auch gegangen. Wären die Schweden nicht gekommen, hätte ich sogar in München studieren können. Aber es hat nicht sollen sein.«

Ferdl nickte mit dem Kopf auf und ab.

»Ja, ich weiß, was du meinst, wir wollen heim. Aber wo ist das? Ich hab's: Ich werde mit dem Oberst ins Winterquartier nach Villingen ziehen, den Feldzug nach Rheinfelden noch mitmachen und dann auf die Suche gehen, nach einem Mädchen, Elisabeth. Du nickst, Ferdl? Ja, und du wirst mich dabei begleiten!«

In der Bibliothek des Kardinalshofes in Straßburg herrschte Schweigen.

»Jemand hat uns belauscht«, stammelte Elisabeth.

»Wir haben nichts Böses getan«, antwortete der Kardinal.

»Wenn es nun die Mönche gewesen wären, wenn der römische Inquisitor dahintersteckt?«

»Es gibt nichts, dessen man uns anklagen könnte«, sagte der Kardinal. »Höchstens dessen, dass wir die deutsche Bibel unters Volk gebracht haben. Kleriker dürfen sie durchaus zu Vergleichszwecken besitzen.«

»Aber warum dann die Heimlichkeit der Mönche in Baden? Warum der Brief des Inquisitors, dass Ihr die verbotenen Bücher abzuliefern hättet?«

»Es waren andere Werke, welche die Herren in Rom gereizt haben, erinnert Euch, Elisabeth. Galilei, Kopernikus, die haben wir ja auch ausgeliefert. Sorgt Euch nicht, es kann und wird uns nichts geschehen.«

Elisabeth war nicht überzeugt davon. Aber der Zauber des Momentes war dahin.

Der Kardinal verabschiedete sich, um in die Offizin zu gehen und den Nachdruck der Bibel zu überwachen. Elisabeth begab sich noch einmal ins Münster, um zu beten. Es war klirrend kalt, auch in der Kirche. Sie kniete vor dem Altar nieder und betete.

»Lieber Gott«, murmelte sie mit klammen Lippen, »wenn du ein Einsehen hast, dann mach, dass alles gutgeht. So viele Prüfungen hast du uns auferlegt, hilf uns, zum Frieden zu gelangen!«

Sie erhob sich und eilte aus der Kirche. Wenige Bürger und Bürgerinnen waren draußen zu sehen. Viele hatten sich in den Schankstuben versammelt, um sich aufzuwärmen. Elisabeth steuerte auf eine Wirtschaft zu, in der heißer Würzwein ausgeschenkt wurde. Er verbreitete einen süßherben Duft. Sie bestellte einen Becher, setzte sich an einen der Tische und wärmte sich die Hände an dem Getränk. Der Kessel mit dem Würzwein verbreitete einen süßherben Duft. Einige Leute hatten Würste mit Sauerkraut und Kesselfleisch vor sich auf dem Tisch. Sie redeten gedämpft miteinander. Elisabeth bestellte eine Schüssel Schlachtplatte und aß genüsslich. Dabei hörte sie auf das, was die Leute miteinander sprachen. Schau dem Volk aufs Maul, hatte Luther einmal gesagt.

»Die Lage in der Welt ist besorgniserregend«, sagte eine Bürgerfrau, die mit ihrem Mann am Nebentisch saß. Sie war korpulent, was durch die umfangreichen Röcke noch verstärkt wurde. »Und die Preise sind so gestiegen! Selbst Brot und Butter kriegt man nicht mehr für ein paar Kreuzer!«

Ihr Mann war ebenfalls beleibt, sein Wams spannte sich über dem Bauch.

»Wir leben trotzdem ganz gut, vergiss das nicht«, meinte er und schob sich ein Stück Schweineschwarte in den Mund.

»Aber das ist nichts im Vergleich zu früher«, beharrte die Frau. »Seit vier Jahren tobt der Krieg jetzt auch bei uns. Was waren das für schöne Zeiten damals! Und nie weiß man, ob man jetzt katholisch oder protestantisch sein soll.«

»Du sprichst die Bibeln an, die jetzt aufgetaucht sind?«, fragte ihr Mann. »Das sind protestantische Bibeln. Ein Mann namens

Luther hat die lateinische Bibel vor etwa hundert Jahren übersetzt. Ich verstehe nicht, warum das verboten sein soll.«

»Man munkelt schon, dass sich der römische Inquisitor einschalten wird«, stellte die Frau fest.

»Und wenn schon, dann gibt's ein schönes Spektakel, eine Bücherverbrennung«, sagte ihr Mann und spülte sein Sauerkraut mit einem Schluck Würzwein hinunter.

Elisabeth blieb der letzte Bissen Wurst im Halse stecken. Was hatte er da gesagt? Eine Bücherverbrennung? Ihr fiel ein, was Kardinal Weltlin damals in Baden zu ihr gesagt hatte. Die Mutter von Johannes Kepler, Katherina, hatte es nur ihrem Sohn zu verdanken, dass sie nicht auf den Scheiterhaufen kam, auch wenn sie nur noch kurze Zeit am Leben bleiben sollte. Und der Kardinal hatte Kepler dabei unterstützt. Elisabeth wusste, dass allerorten Tausende von Hexen verbrannt wurden, im Krieg mehr denn je zuvor. Ob ihnen, ihr und dem Kardinal, womöglich der Scheiterhaufen drohte? Ach, hätten sie doch diese unseligen Bibeln nicht drucken lassen! Auf der anderen Seite: Würde jemals Licht in dieses Dunkel kommen, wenn sich keiner mehr traute, den Mund aufzumachen? Mit etwas zittrigen Fingern holte Elisabeth ihren Geldbeutel heraus und winkte dem Wirt, um zu zahlen. Nachdem sie ihm acht Kreuzer in die Hand gedrückt hatte, stolperte sie hinaus. Die eisige Luft tat ihrem Kopf gut. Der Kardinal hatte gesagt, ihnen könne nichts geschehen, aber wenn man schon in den Gasthäusern über Bücherverberennungen redete, dann war es vielleicht schon zu spät. Elisabeth eilte zum Kardinalshof, fand Kardinal Weltlin jedoch nirgends. Auch in der Druckerei war er nicht mehr anwesend. Sie nahm den Weg zurück an einem der Kanäle. Wenn sie nun von der Inquisition verfolgt wurden, wohin könnten sie fliehen? Zum Heer und Tross von Bernhard? Wo lag denn das in diesem Augenblick? In der Dämmerung, die früh herabsank, kehrte Elisabeth zum Kloster zurück. Die Fenster starrten sie wie feindliche Augen an. Elisabeth betrat das Kloster durch die

Pforte. Der Bruder Pförtner würdigte sie keines Blickes. Hatte das etwas zu bedeuten? Elisabeth wollte gerade weitergehen, da rief der Pförtner: »Wartet, ich soll Euch etwas ausrichten.«

»Von wem denn?«, fragte Elisabeth. Ihr schwante Übles.

»Ihr sollt gleich, wenn Ihr zurückkommt, zum Kardinal Weltlin kommen. Er ist in der Bibliothek.«

Jetzt ist es geschehen, dachte Elisabeth, das ist das Ende, alles stürzt in sich zusammen. Wie im Traum durchquerte sie den Kreuzgang, stieg eine Treppe hinauf und trat in die Bibliothek. Kardinal Weltlin stand mit einem Buch in der Hand mitten im Raum und sah ihr entgegen. Der Ausdruck seines Gesichts war unendlich traurig. Nun ist alles, was er zu seinem Lebenswerk gemacht hat, in Stücke zerbrochen, dachte Elisabeth. Wie würde sie ihn nur trösten können?

»Ich habe Euch etwas mitzuteilen, Elisabeth«, sagte er. Sie wartete mit klopfendem Herzen.

»Eure Schwester Agnes hat sich mir heute anvertraut«, fuhr er fort. Seine Augen waren hart, schimmerten aber gleichzeitig ein wenig feucht. Elisabeth wartete.

»Sie hat mir erzählt, dass Ihr schon in Baden einen Buhlen hattet.«

In Elisabeths Kopf explodierte etwas. Dann hatte Agnes es also die ganze Zeit gewusst! Das Blut schoss ihr ins Gesicht.

»Ich sehe, dass Ihr rot werdet, und werte das als Geständnis«, sagte der Kardinal. »Ich frage Euch nur: warum? Und warum ausgerechnet ein Kaiserlicher?«

Elisabeth wusste, dass sie keine Ausflüchte mehr machen konnte. »Ich habe ihn geliebt«, sagte sie leise.

»Und? Liebt Ihr ihn immer noch?«

»Ich … weiß es nicht«, sagte Elisabeth. Dass sie auch ihn, den Kardinal, auf ihre Art liebte, wollte sie gar nicht erst sagen. Zu sehr fürchtete sie, seinen Zorn zu erregen. Dann würde er sie verstoßen, und sie würde keinen Platz mehr auf dieser Welt haben, wo sie leben könnte. Sie wusste ja, wie sehr der Kardinal durch die Frau, die er geliebt und die ihn verlassen hatte, verletzt worden war.

»Außerdem hat Agnes gesagt, dass Ihr im Tross von Bernhard etwas mit Männern hattet.«

»Nein …«, begann Elisabeth, doch der Kardinal schnitt ihr das Wort ab.

»Ich habe schon Vorsorge getroffen«, sagte er. Seine Stimme, die zuletzt ein wenig geschwankt hatte, hatte er wieder in der Gewalt. »Vorhin habe ich einen Boten zu Bernhard von Sachsen-Weimar geschickt. Er liegt wieder in Mömpelgard, seinem zweiten Winterquartier. Morgen früh werdet Ihr mit meiner Kutsche und unter Bewachung dorthin fahren. Ich bin froh, Euch begegnet zu sein, Elisabeth, aber ich verfluche den Moment, in dem ich mehr als eine Freundschaft in dieser Beziehung sah.« Er drehte sich um und nahm wieder sein Buch in die Hand. Elisabeth merkte, dass sie damit entlassen war. Worte der Verteidigung lagen ihr auf den Lippen, zum Beispiel, dass es mit Jakob nicht zum Letzten gekommen war, aber sie wusste, dass es vergebliche Mühe bedeuten würde. Eine absolute Verleumdung war es jedoch, dass Agnes behauptet hatte, sie, Elisabeth, hätte im Tross etwas mit Männern gehabt. Elisabeth wischte die aufkommenden Tränen weg und stürmte durch die Gänge des Klosters zu Agnes' Zelle. Die lag auf ihrer Pritsche, las bei Kerzenlicht ein Buch und blickte sie hasserfüllt an, als Elisabeth eintrat.

»Jetzt hast du erreicht, was du immer wolltest!«, schleuderte Elisabeth ihrer Schwester entgegen. Agnes ließ ihr Buch auf die Brust sinken.

»Ach, was wollte ich denn immer?«

»Lieb Kind bei allen sein, mich ausstechen!«

»Hast du denn etwa nicht einen kaiserlichen Söldner gepflegt? Hast du ihn nicht zusammen mit Hermine in den Schlossgarten gebracht und später zum ›Roten Ochsen‹?«

»Ja, schon, aber da war nichts. Und dass ich im Tross was mit

Männern gehabt hätte, ist eine absolute Lüge! Du selbst warst es, die gewürfelt, gesoffen und herumgehurt hat.«

»Hab ich gar nicht! Wir haben nur ein wenig Karten gespielt, um uns die Langeweile zu vertreiben. Auf jeden Fall war ich nie das Schätzchen eines Feindes.«

Elisabeth funkelte Agnes noch einmal wütend an und machte kehrt. In ihrer Zelle warf sie sich auf die Pritsche und weinte sich in den Schlaf. Sie träumte, dass sie mit vielen Menschen unterwegs war. Es war kalt, sie hatten Hunger und sie froren. Dann befanden sie sich in einer Kirche. Mitten in der Predigt begann das Schiff zu wanken, ein unterirdisches Donnern ertönte, es plätscherte, als würden Wellen ans Ufer brechen. Langsam versank die Kirche mit allen, die darin waren. Niemand schrie, alle starrten nur gebannt auf das Kreuz mit dem Erlöser.

Die Kutsche rollte aus dem Tor von Straßburg heraus. Elisabeth saß in Decken gehüllt auf ihrem Platz und schaute trübe aus dem Fenster des Wagens. Hinter der Kutsche ritt die Eskorte des Kardinals. Das Gefährt nahm die Straße nach Süden. Rechts ragten die schneebedeckten Vogesen auf, ganz weit hinten lag der ebenso schneebedeckte Schwarzwald. Mehr oder weniger zerstörte Weiler tauchten auf. Vereinzelte Menschen begegneten ihnen, sie schauten dem Wagen mit ausdruckslosen Gesichtern nach. Scharen von Krähen sausten durch die Lüfte, fielen in Scharen herunter auf die Felder und krächzten misstönig, um sich dann wieder auf den Bäumen zu sammeln. Gewiss hatten sie den halb verwesten Leichen, die allerorten anzutreffen waren, die Augen ausgehackt. Ein süßlicher Geruch stand in der Luft. Es war, als sei die Apokalypse des Johannes eingetreten. Elisabeth schaute weiter aus dem Fenster und überließ sich ihren Gedanken. Sie hatte gehört, dass Bernhard von Sachsen-Weimar Städte am Hochrhein erobern wolle und Johann von Werth auf dem Weg dorthin sei. Vielleicht würde sie Jakob ja doch noch einmal wiedersehen. Gegen Nachmittag machten sie eine längere Rast in Colmar. Elisabeth sah die erdgrauen Häuser der alten Stadt. Die Menschen gingen ihren Geschäften nach. Im *Fleur du Soleil* kehrten sie ein. Anscheinend hatten die Männer den Befehl erhalten, nicht mit ihr zu sprechen. Aber das verdross Elisabeth nicht weiter. Sie saß an einem Einzeltisch, aß eine Gänsepastete und ein kleines Fleischgericht, trank ein Glas Edelzwicker und fühlte wieder Wärme in sich aufsteigen. Als sie die Gastwirtschaft verließen, brach die Sonne mit letzter Kraft aus den Wolken, bevor sie wieder für eine Nacht in der Dunkelheit versank. Elisabeth fühlte sich fast beschwingt, wie bei einem Aufbruch. »Ich danke dir, lieber Gott«, sagte sie in sich hinein, als sie wieder in die Kutsche stieg.

Nach einigen Tagen erreichten sie das Lager Bernhard von Sachsen-Weimars. Es war in der Nähe des Städtchens Mömpelgard aufgeschlagen, wieder direkt am Ufer des Doubs. Von zwei der Soldaten flankiert, wurde Elisabeth zum Zelt des Feldherrn gebracht. Es war mit Fellen bedeckt, um die Bewohner vor der Kälte zu schützen. Bernhard erwartete sie schon und begrüßte sie herzlich.

»So bald sieht man sich wieder«, meinte er. »Ich weiß nicht, warum Kardinal Weltlin Euch zu mir geschickt hat, und will es auch gar nicht wissen. Seid willkommen, Elisabeth.«

»Es war mein eigener Entschluss, wieder zum Tross zu gehen«, sagte Elisabeth und merkte, dass ihr eine leichte Röte in den Kopf stieg. »Ich dachte mir, wenn ich mit dem Tross umherziehe, kann ich etwas über den Verbleib meiner Familie erfahren. Eher wenigstens, als wenn ich in Straßburg bleibe.« Und eigentlich war das nicht einmal eine Lüge.

»Ich hoffe, Ihr findet Eure Familie bald, und ich hoffe auch, dass wir bald wieder Eure Kochkünste genießen können«, meinte Bernhard. »Ich habe meine Männer schon ordentlich aufgepäppelt für die künftigen Belagerungen und Schlachten.«

»Was habt Ihr vor, wenn ich fragen darf?«, wollte Elisabeth wissen.

»Ich gehe mit einer Vorhut von tausend Mann und tausend Pferden zu den Waldstädten.« Elisabeth blickte ihn fragend an. »Das sind die Städte am Rhein wie Säckingen, Laufenburg und Rheinfelden. Johann von Werth wird sich dort mit Savelli vereinigen, dann werden wir es ihnen geben!«

Elisabeths Herz begann schneller zu klopfen.

»Und der übrige Teil Eures Heeres? Und der Tross?«

»Die werden uns Ende Januar folgen. Ich werde Euch meinen Burschen Christoph zur Seite stellen, zu Eurem Schutz. Ersatz findet sich schnell für ihn.«

Schon am nächsten Tag brach Bernhard mit seinen Männern auf. Elisabeth sollte die zurückbleibenden Offiziere versorgen und kümmerte sich um das Küchenzelt, in dem sie alles vorfand, was sie zum Kochen brauchte: große Pfannen und Töpfe, Messer, Schneidebretter, Spieße und Schüsseln. Bernhard war anscheinend noch einmal in Versailles gewesen, denn es gab Nahrung in Hülle und Fülle. Im Vorratszelt waren Mehlsäcke gestapelt, Körbe mit getrockneten Hülsenfrüchten und Zwiebeln standen bereit, ein säuberlich zerteiltes Rind füllte einen Trog, der mit Pergament abgedichtet war. Von Haken an der Decke hingen Würste und Schinken herab, und mehrere Wein- und Bierfässer waren aufgestellt worden. Die anderen im Lager mussten ebenfalls genug zu essen haben, denn Elisabeth hatte bei der Ankunft am vergangenen Abend Rinderherden, Ziegen, Hühner und Schweine gesehen. So bereitete sie gekochtes Rindfleisch mit Erbsenbrei zu, am nächsten Tag gab es einen Eintopf mit Bohnen und Fleisch, der auch für den Abend reichen musste.

19.

Elisabeth merkte, dass die Soldaten und Offiziere sie nun mit anderen Augen betrachteten als zu der Zeit, in der Kardinal Weltlin und Bernhard von Sachsen-Weimar noch hier gewesen waren. Immer öfter sah sie, dass ihr lüsterne Blicke zugeworfen wurden. Sie versuchte, sich die meiste Zeit in der Nähe Christophs aufzuhalten, dem Burschen mit der blonden Mähne und dem verschmitzten Lächeln.

»Ihr dürft Euch von den Männern nicht einschüchtern lassen«, sagte Christoph, als sie im Küchenzelt saßen und große Stücke Schweineschulter in Würfel schnitten. Es sollte eine *Potée Bourguignonne* geben, ein Eintopfgericht, das so recht für die Winterzeit geschaffen war.

»Ich weiß nicht, was die von mir wollen«, entgegnete Elisabeth.

»Na, die wollen doch nur das Eine, das müsstet Ihr doch wissen.« Er blinzelte ihr zu.

»Haben sie denn nicht genügend Huren im Lager?«, fragte Elisabeth.

»Doch, aber so ein junges Mädchen aus gutem Hause ist doch noch etwas ganz anderes. So wie Eure Schwester …«

Elisabeth fiel das Messer, mit dem sie gerade eine Sehne vom Fleisch abtrennte, aus der Hand. Um ein Haar hätte sie sich geschnitten.

»Was war mit meiner Schwester?«, fragt sie in scharfem Ton.

Er war ein wenig rot geworden.

»Agnes hatte mich gebeten, niemandem etwas zu erzählen. Aber jetzt ist es mir doch herausgerutscht.«

»Also, was war mit Agnes?«

»Sie war hier im Lager bekannt als eine, die für ein paar Süßigkeiten oder für fünf Kreuzer mit jedem ging, der mit ihr gehen wollte.«

Elisabeth konnte es nicht fassen. Dann hatten ihre Ahnungen sie also nicht getrogen. Ihre Schwester Agnes – eine Hure? Wenn das ihre Eltern wüssten, wenn das der Kardinal wüsste! Aber dem würde sie bestimmt eine ganze Menge vorgaukeln, jetzt, wo sie Elisabeth von seiner Seite vertrieben hatte.

»Weiß es auch Bernhard von Sachsen-Weimar?«, fragte sie und fürchtete sich vor der Antwort. Er wurde noch eine Spur röter. »Mit dem hat sie es auch getrieben. Von ihm stammte das Geld für die Kleider, die sie sich dann genäht hat.«

Daher wehte also der Wind. Elisabeth versuchte, sich zu fassen und sich wieder auf ihre Arbeit zu konzentrieren. Sie nahm die Fleischwürfel und briet sie in einem großen Topf an. Nachdem sie auf beiden Seiten gebräunt waren, gab sie aus einer Kanne Rotwein dazu und ließ alles leise köcheln.

»Ich hatte so einen Verdacht«, sagte sie. »Aber sie hatte doch versprochen, damit aufzuhören, sich nicht mehr mit Männern herumzutreiben. Sie hat für die Leute im Lager Kleider genäht.«

»Ihr habt es nur nicht gemerkt«, gab Christoph zur Antwort. »Sie hat es halt tagsüber getrieben.«

»Ach, dass es mit Agnes so weit kommen musste!« Elisabeth seufzte.

»Es ergeht vielen Frauen so in diesem Krieg«, entgegnete Christoph. »Manche haben einfach nichts anderes als ihren Körper, um zu überleben.«

»Aber sie hatte doch genug«, rief Elisabeth aus. Sie setzte sich wieder an den Tisch, nahm das Messer zur Hand und schabte wie wild an den Lagermöhren herum, die in den Eintopf sollten. Christoph zuckte mit den Achseln. »Da bin ich überfragt«, sagte er und blies sich eine blonde Haarsträhne aus der Stirn. »Ich kenne mich auch, ehrlich gesagt, nicht so aus mit den

Weibsbildern.« Er griff ebenfalls zu seinem Messer und begann, weiße Rübchen zu zerteilen.

»Wie war denn der Feldzug nach Rheinau?«, fragte Elisabeth, um das Thema zu wechseln.

»Das war ein Riesenreinfall«, antwortete er. »Wir, das heißt eine Abteilung von Bernhards Heer, lagen auf einer Rheininsel bei Wittenweier. Eine wüste Insel war das, mit Weiden bewachsen, voller Gestrüpp und Schilf. Es war heiß, die Mücken stachen Tag und Nacht. Van Werth setzte uns unaufhörlich zu, ständig wurde geschossen. Einmal drangen des Nachts Pikeniere in unser Lager ein und erstachen etliche Soldaten. Bernhard hat viele Verluste erlitten bei diesem Einsatz und musste sich dann in die Winterquartiere zurückziehen.«

»Wie konnte er denn den Feldzug gegen diese Waldstädte beginnen?«, wollte Elisabeth wissen.

»Er hat immer geklagt, dass er von Ludwig XIII. keine französischen Soldaten bekam. Stets musste er vor allem auf schwedische Söldner zurückgreifen. Schließlich schickte der König ihm die Truppen.«

Sie schnitten Knoblauch, Zwiebeln und Lauch, gaben das Gemüse in den Eintopf, den Elisabeth öfter umrührte. Kurz vor Mittag bereitete sie noch eine Sauce aus Butter, Mehl, Essig, Senf, Eigelb, Brühe und Rahm. Zum Mittagessen wurde auf einem Horn geblasen. Die Offiziere erschienen und ließen sich am Tisch in ihrem Zelt nieder. Christoph hatte den Topf mit einem anderen Burschen hinübergeschafft. Zusammen mit Elisabeth saß er am Tisch der Herren.

»Das duftet ja sehr verführerisch«, sagte einer der Offiziere, setzte sich und zog eine der Zinnschüsseln zu sich heran. Die anderen taten es ihm nach. Sie schöpften sich Fleisch und Gemüse in ihre Schüssel, taten Senfsauce dazu und begannen, es sich schmecken zu lassen. Elisabeth fand selbst, dass ihr Eintopf gut gelungen war. Die Männer hatten sich rasiert und umgezogen, bevor sie zum Essen gingen.

Trotzdem fand Elisabeth ihre Tischsitten barbarisch. Sie rissen sich Stücke vom Brot herunter, schmatzten beim Essen und sprachen dem Wein aus ihren Bechern mehr als gut zu. Immer wieder schauten sie zu Elisabeth herüber. Sie begannen, gegenseitig mit ihren Kriegserlebnissen zu prahlen und Zoten zu erzählen.

»Einmal ist mir so eine dralle Kleine über den Weg gelaufen«, sagte einer von ihnen, der ein dickes, vierschrötiges Gesicht und einen Schmerbauch hatte. »Ich habe sie hinter einen Busch gezogen und sie so richtig schön vernascht, nach Strich und Faden. Sie wehrte sich zwar, aber das machte mich noch heißer. Ich weiß ja, und ihr wisst alle, dass die Weiber das wollen, möglichst noch von hinten genommen werden.«

Alle lachten dröhnend. Elisabeth schaute Christoph an, der unmerklich den Kopf schüttelte.

»Wenn ich mir unsere Köchin hier so ansehe«, fuhr der Vierschrötige fort, »komme ich auf ganz andere Gedanken. Ich denke immer daran: Ist sie auch so gut im Bett, wie sie kocht?«

»Das würde ich ebenfalls gern wissen«, stimmte ein anderer bei. Elisabeth hielt es nicht mehr aus und stand auf.

»Meine Herren Offiziere«, sagte sie. »Die Tafel ist aufgehoben, ich muss weiter.«

»Jetzt seid doch nicht so«, versetzte der Vierschrötige. »Immer nur Kochen und Lagerleben, das ist doch nichts für eine junge Frau. Ihr solltet mal einen richtigen Kerl zwischen den Schenkeln haben!«

Elisabeth merkte, wie die Wut in ihr hochstieg. Nur weil er Offizier war, konnte er sich trotzdem nicht benehmen wie die Sau am Trog.

»Ich habe gar nichts gegen einen richtigen Kerl einzuwenden«, sagte sie mit fester Stimme. »Aber den suche ich mir selber aus.«

»Eure Schwester hat sich nicht so geziert wie Ihr, das war eine ganz Heiße, sage ich Euch!«

»Lasst Agnes aus dem Spiel. Sie ist meine Schwester, und ich bin ich! Die wird dich nur genommen haben, weil nichts Besseres in der Nähe war!«

Der Vierschrötige blickte sie an wie ein verwundeter Stier.

»Ach, glaubt Ihr etwa, mit meiner Manneskraft könnte etwas nicht stimmen?«

»Das könnte durchaus sein, dass ich daran zweifle, so viel, wie Ihr in Euch hineinschüttet! Und im Übrigen glaubt Ihr nur, euch so aufführen zu können, weil Oberst Bernhard nicht da ist.«

Ein betretenes Schweigen entstand. Elisabeth zog sich ins Küchenzelt zurück und hörte noch, wie die Offiziere durcheinanderredeten.

»Diese Ziege, alles muss sie verderben.«

»Die hat einen Strickstrumpf im Kopf!«

»Lasst euch das nicht gefallen, die Weiber werden allmählich aufmüpfig.«

Christoph kam und brachte einen Teil des Geschirrs. Er grinste.

»Denen habt Ihr's aber gegeben, Elisabeth!«

»Ich hoffe nur, sie lassen mich künftig in Ruhe.«

»Wenn irgendetwas sein sollte, ruft nach mir, ich kenne eine Menge Burschen hier, die mich sofort unterstützen, wenn ich nach ihnen pfeife.«

Zusammen mit dem anderen Burschen schaffte er den Topf und den Rest des Geschirrs ins Küchenzelt. Elisabeth hatte inzwischen Wasser heiß gemacht und wusch das Geschirr. Christoph half ihr beim Abtrocknen.

»Wie alt seid Ihr eigentlich?«, fragte er.

»Zweiundzwanzig, und du?«

»Ich bin inzwischen auch zwanzig Jahre alt und sollte mir überlegen, eine Frau zu suchen. Aber mit meinem Sold komme ich nicht weit.«

Elisabeth überlegte, ob auch sie Christoph ihr Herz ausschütten sollte, ließ es dann jedoch bleiben.

»Du könntest sparen, und wenn der Krieg vorbei ist, baust du dir ein Häuschen und heiratest die Frau deiner Wahl.«

»Manchmal glaube ich, dass ich alt und grau bin, bis dieser Krieg vorbei ist«, meinte er. »Als er anfing, wurde ich gerade geboren!«

»Und ich war zwei Jahre alt, aber damals haben wir vom Krieg noch nicht so viel gemerkt«, entgegnete Elisabeth. »Nur, dass alles viel teurer wurde. Meine Mutter hat oft geschimpft über die Preise.«

»Habt Ihr eine schöne Kindheit gehabt?«

Elisabeth stiegen die Tränen in die Augen. »O ja, das habe ich«, sagte sie. »Wir durften die Schule besuchen, mein Vater war nämlich Mesner beim Superintendenten Andreä.«

»Ach, der diese gelehrten Schriften verfasst hat?«

»Ja, genau der. Im Sommer haben meine Schwester, mein Bruder und ich in der Nagold gebadet, haben geangelt und sind mit dem Floß den Fluss hinabgefahren.« Ihre Augen weiteten sich. »Das war eine Mutprobe. Wer am längsten draufblieb und nicht entdeckt wurde, hatte gewonnen. Im Herbst sammelten wir Kastanien, um aus ihnen Männchen zu basteln, im Winter wurde am Hang gerodelt, und im Frühling gingen wir mit unserem Vater in den Wald, um Blumen zu pflücken.«

»Wo sind Eure Eltern jetzt?«

»Ich habe sie bei einem Überfall des Johann von Werth auf Calw verloren. Aber ich bin mir ganz sicher, dass sie irgendwo leben und bei guter Gesundheit sind.«

»Ich wünsche Euch, dass Ihr sie bald wiederfindet«, meinte er. »Mein Leben war nicht gerade so lebenswert, wie Ihr Eures schildert. Ich war dabei, als meine Familie von den Kaiserlichen überfallen wurde, in Schwäbisch Gmünd. Konnte mich gerade noch retten, musste aber aus meinem Versteck mitansehen, wie sie alle niedergestochen wurden. Das hat mich für mein Leben gezeichnet. Umso froher war ich, als mich Bernhard von Sachsen-Weimar als seinen Burschen aufnahm.«

»In zwei Wochen werden wir Bernhard wiedersehen«, sagt Elisabeth. »Jetzt sind wir fertig mit der Küche. Ich werde mich bis zum Abendessen in mein Zelt zurückziehen.«

»Was soll's geben für die erlauchten Herren?«, feixte Christoph.

»Die Reste von heute Mittag, mit Brot«, gab Elisabeth zur Antwort. Sie legte ihren Umhang an, nahm sich eine der Kerzen, entzündete sie am Herdfeuer und trat vor das Zelt. Es dämmerte bereits, am Himmel hingen schwere schwarze Wolken. Elisabeth schauderte vor der Kälte zurück und zog ihren Umhang fester um sich. Sie betrat ihr Zelt und befestigte die Kerze auf einem Halter. Ein warmer Schein erfüllte den Raum, den sie mit einer Felldecke und einem kleinen Flickenteppich verschönert hatte. Elisabeth holte das Kochbuch der Anna Wecker aus ihrem Rucksack, legte sich auf ihr Bett und begann zu lesen. Ab und zu machte sie sich mit einem Bleistift Notizen in ihrem eigenen Kochbuch. Das Rezept von heute, das ihr eine Marketenderin aus dem Tross verraten hatte, schrieb sie gleich dazu.

Am Abend nahm sie nicht am Essen im Offizierszelt teil. Sie schöpfte sich eine kleine Schüssel mit Eintopf, brach ein Stück Brot ab und verschwand wieder in ihrem Zelt. Am Gelächter und den Flüchen aus dem Offizierszelt konnte sie ersehen, wie die Stimmung bei den Männern war. Elisabeth gähnte, trug das Geschirr ins Küchenzelt, kehrte in ihre Behausung zurück und wusch sich in dem Eimer mit frischem Wasser, das sie am Nachmittag vom Fluss geholt hatte. Auch wenn das Wasser sehr kalt war, konnte es ihre Müdigkeit nicht vertreiben. Die Stimmen, das Gelächter und das Treiben im Lager wurden allmählich leiser. Elisabeth blies die Kerze aus, legte sich auf die Seite und dämmerte hinüber. Mitten in der Nacht, so schien es ihr, wurde sie urplötzlich wach. Da war ein Geräusch gewesen, als kratze eine Katze an der Außenwand des Zeltes. Nein, da war nichts. Angestrengt horchte Elisabeth in die Dunkelheit.

Dann hörte sie es wieder, ein Kratzen, ein Knirschen, und dann einen zischenden Laut, wie wenn ein Schwert eine Leinwand durchschneidet. Sie fuhr auf und saß kerzengerade im Bett. Ihr Herz hämmerte gegen den Brustkorb. Jemand drang in ihr Zelt ein, es war ein Schatten, nein, es waren zwei, nein, drei Schatten! Die Gestalten kamen rasch näher, stürzten sich auf sie, ein Dunst von Alkohol schlug Elisabeth entgegen. Einer hielt sie mit eisernem Griff umklammert, der zweite riss die Decken weg, in die sie sich gewickelt hatte, der Dritte nestelte an seiner Hose herum, wie Elisabeth den raschelnden Geräuschen entnahm.

»Dir werden wir's zeigen, Strickstrumpf«, stieß der hervor, der sich jetzt, flankiert von den beiden anderen, mit seinem schweren Gewicht auf sie legte. Elisabeth benahm es fast den Atem. Sie wollte schreien, brachte aber nur ein ersticktes Gurgeln hervor. Hatte sie nicht nach Christoph rufen sollen? Sie holte tief Luft, legte alle Kraft in ihre Stimme und stieß einen hohen, spitzen Schrei aus. Sofort legte sich die Faust des Vierschrötigen wie eine Pranke auf ihren Mund. Der Mann hatte ihr den Rock hochgeschoben, sein steifes Glied zwischen ihre Beine gesteckt und versuchte, in sie einzudringen. Elisabeth drehte und wand sich, ihr wurde fast schlecht vor Anstrengung. Da hörte sie draußen einen leisen Pfiff und wusste, was er bedeutete. Wenn Christoph und seine Burschen nur rechtzeitig kamen, sonst war sie verloren! Wer wusste, was die Offiziere mit ihr anstellen würden, so betrunken, wie die waren! Elisabeth hörte den schweren Atem des Vierschrötigen, hörte ihn grunzen, hörte, wie die anderen ihn leise anfeuerten, aber sie hörte auch noch etwas anderes. Ein Getrappel von Füßen draußen, das immer näher kam. Bevor der Mann sein mächtiges Glied in sie hineinschieben konnte, wurde er von hinten hochgerissen und zu Boden geworfen.

Im Halbdunkel entspann sich ein heftiger Kampf. Elisabeth hörte es krachen, wenn eine Faust das Gesicht eines Gegners traf, hörte unterdrückte Schreie, roch den metallischen Geruch nach Blut.

»Ihr Mistkerle, ich werde den Weibel holen, der wird euch schon mit Peitschenhieben versorgen«, schrie Christoph, »gleich morgen, und jetzt macht, dass ihr fortkommt, ihr elendes Gesindel!«

Ein schnelles Stampfen von Füßen, die Zeltbahn raschelte, und die drei betrunkenen Männer waren fort. Mit Feuerstein und Zunderschwämmchen entzündete Christoph die Kerze. Er schickte die anderen Burschen fort und besah sich Elisabeths Verletzungen. Außer ein paar blauen Flecken hatte sie glücklicherweise nichts davongetragen.

»Ich bleibe für den Rest der Nacht hier, Elisabeth, wenn Ihr es gestattet«, sagte er.

Elisabeths Körper schmerzte, aber sie fühlte eine tiefe Müdigkeit. »Ja, bleib nur, Christoph, aber heute Nacht wird gewiss niemand mehr kommen.«

Gleich darauf war sie eingeschlafen. Sie träumte, dass sie auf einem Schiff weit hinaus ins blaue Meer fuhr. Sie stand an der Reling und blickte neuen Ländern, neuen Zielen, einem neuen Leben entgegen. Ein Sturm kam auf, ließ das Schiff hin und her schlingern, legte es auf die Seite. Elisabeth klammerte sich an der Reling fest, es war kalt, ihre Finger konnten den Griff nicht mehr halten. Langsam löste sich ihre Hand vom Geländer, sie rutschte auf den Planken des Schiffes entlang, rutschte dem Abgrund entgegen.

Die drei Offiziere wurden vor den Weibel gebracht, mit jeweils zwanzig Stockhieben bestraft und ihres Dienstgrades entsetzt. Sie kamen in eine andere Abteilung und mussten fortan als einfache Soldaten ihren Lebensunterhalt bestreiten. Daher waren es nur noch sieben Offiziere, die Elisabeth zu versorgen hatte. Die versuchten erst gar nicht, ihr zu nahe zu treten. So verlebte Elisabeth die beiden nächsten Wochen voller Unruhe und Neugier auf die Reise nach Rheinfelden, wo Bernhard von Sachsen-Weimar den Rest seines Heeres und Trosses erwartete. Es waren noch etwa zweitausend Soldaten im Lager und ein Vielfaches an Frauen, Kindern, Vieh und Wagen. Am Abend des 22. Januar 1638 brachte ein Bote die Weisung von Bernhard, dass sie am nächsten Tag nach Rheinfelden aufbrechen sollten. Elisabeth hatte zwiespältige Gefühle: Einerseits würde sie dadurch Jakob wieder näherkommen. Aber wie in aller Welt sollte es ihr gelingen, ihn zu sehen, gar mit ihm zu sprechen? Er kämpfte ja auf der anderen, der feindlichen Seite! Wenn je herauskam, dass sie sich mit einem Kaiserlichen eingelassen hatte, wäre sie gewiss des Todes. Das Beste würde sein, sich wieder in den Schutz von Bernhard von Sachsen-Weimar zu begeben und die Truppe mit all ihren Kräften zu unterstützen.

20.

Inzwischen war es Mitte Februar geworden. Das Heer Johann von Werths lag nun schon lange im Winterquartier in Villingen. Wie immer, vertrieben sich die Soldaten ihre Zeit mit Kartenspielen, Trinken und Feiern. Zwischendurch mussten sie ständig ausrücken, um Beute zu machen. Auch Jakob war die Zeit lang geworden. Und so war er fast erleichtert, als Ende Februar Johann von Werth, der sich in München und Augsburg von einer schweren Verletzung erholte, unerwartet auftauchte. Er versammelte seine Offiziere im Sitzungssaal des Rathauses.

»Potzsapperlot«, fluchte er. Sein Hals war mit einer festen Bandage verbunden.

»Da will ich mich mal ein wenig von den Scharmützeln erholen, schon kommt der Weimarer und zwingt mich wieder, herbeizueilen und zu handeln! Als sei es nicht genug gewesen, dass mir in Rheinau der Hals durchschossen wurde. Dieser verdammte Kerl hat schon Anfang Februar mit der Belagerung von Rheinfelden begonnen, ein paar Tage später dann mit schwerem Geschütz angegriffen. So eine unverschämte Frechheit!« Van Werths Gesicht war hochrot, seine Stimme schnappte fast über. Er sammelte sich wieder und fuhr fort: »Wir müssen uns beeilen, meine Herren, um die Stadt endlich zu entsetzen, sie ist strategisch äußerst wichtig für uns!«

Schon am folgenden Tag brach van Werth mit sechstausend Mann, einem Teil seines Heeres, auf. Jakob graute es vor dem Ritt durch den Schwarzwald, der um diese Jahreszeit tief verschneit war. Wie lange sie wohl brauchen würden, um nach Rheinfelden zu kommen? Über Donaueschingen, Hüfingen und

Löffingen zogen sie nach Bonndorf und ruhten im dortigen Schloss ein paar Stunden aus. Beim Weiterritt sah Jakob die weißen Höhen, nur unterbrochen von den dunkleren Inseln der Wälder. In der Ferne verschwamm die Spitze des Feldbergs im Dunst. Die Nacht sank schnell herab, es wurde noch kälter. Je tiefer sie in den Schwarzwald eindrangen, desto mehr hatten sie mit den winterlichen Verhältnissen zu kämpfen. Der Schnee türmte sich meterhoch auf den Wegen, so dass sich die Männer mit ihren Pferden mehr oder weniger hindurchgraben mussten. Jakob fror entsetzlich, in seinem Bart hatten sich kleine Eiskristalle gebildet. Ferdl, sein Rappe, hielt sich tapfer, aber auch er wurde immer langsamer, je höher sich die Schneemassen ihnen entgegenstellten. So war Jakob froh, als sie endlich, am Abend des zweiten Tages, Todtmoos erreichten, einen Flecken mit ein paar Bauernhäusern und einer Kirche. Hier rasteten sie wieder einige Stunden. Auf der Weiterreise stolperten einige Pferde, brachen sich die Beine und mussten erschossen werden. Glücklicherweise waren im nachfolgenden Tross genügend Ersatzpferde vorhanden. Allmählich wurden die Berge niedriger, der Hotzenwald kam in Sicht, ein Waldgebirge mit Hochflächen und tief eingeschnittenen Tälern. Während sie das Wehratal durchquerten, begann es zu schneien. Die Flocken wirbelten vom Himmel, ihr Treiben wurde immer dichter. Jakob hatte Mühe, seinen Vordermann nicht aus den Augen zu verlieren.

Erst als die Berge zum Rhein hin abfielen, nahm die Höhe der Schneedecke ab. In die Schneeflocken mischte sich Regen, so dass die Wege glatt und rutschig wurden. Endlich, am vierten Morgen ihrer Reise, sahen sie die Stadt Rheinfelden unter sich liegen. Das Heer Bernhard von Sachsen-Weimars lagerte auf beiden Seiten des Flusses. Friedlich kräuselte sich Rauch in den Himmel, niemand schien das kaiserliche Heer zu bemerken.

Elisabeth stand vor ihrem Zelt und blickte zu den Bergen des Hotzenwalds hinüber.

Was war denn das? Sie kniff ihre Augen zusammen, um besser sehen zu können. Gerade kam eine große Zahl von Fußvolk und Reitern die verschneiten Wege herab, die weiter unten schon morastig und rutschig waren. Jetzt war es so weit! Es musste das Heer der Kaiserlichen sein. Sollte sie Bernhard von Sachsen-Weimar melden, dass das Heer von Werths und Savellis im Anmarsch war? Sie wandte sich schnell in Richtung des Zeltes von Bernhard, doch sie merkte, dass alle Männer schon nach den Waffen und Rüstungen liefen. In Windeseile wurde auf dem Platz unterhalb von Rheinfelden das Heer aufgestellt, dreitausendneunhundert Mann sollten es sein.

Das Schlachtfeld war nur etwa hundert Meter entfernt. Am liebsten hätte Elisabeth sich irgendwo versteckt, aber das Geschehen hielt sie zu sehr im Bann. Sie merkte, dass ihre Handflächen feucht wurden, die Beine knickten ihr fast ein. Pater Josef stand neben ihr und feuerte die Soldaten an. Bei den nachfolgenden Kämpfen konnte sie nicht mehr unterscheiden, wer Freund und wer Feind war. Sie sah nur Hunderte erhobener Piken, hörte das Donnern der Musketen, das Trappeln und Wiehern der Pferde und die heiseren Schreie der Männer. So ging das eine lange Zeit hin und her. Elisabeth hatte keine Hoffnung, dass Bernhard die Schlacht gewinnen könnte. Elisabeth sah Männer mit kaiserlichen Uniformen, die Kanonen Bernhards erbeutet hatten. Soldaten zu Fuß zogen die Kanonen hinter sich her, hinüber auf die Seite van Werths. Andere Söldner näherten sich, auf Pferden und zu Fuß, dass Schlamm und Schneereste nur so spritzten. Sie stießen ein wildes Kampfgeheul aus und kamen immer näher, preschten direkt auf sie zu! Schnell lief Elisabeth zu ihrem Zelt, gefolgt von Pater Josef. Drinnen verkroch sich Elisabeth in ihrem Bett und zog die Decke über sich, Pater Josef versuchte, sich hinter einer Truhe zu verstecken. Das Brüllen der Männer, das Heulen und Jammern von Frauen und Kindern war zu hören. Schwere Gegenstände fielen von den Wagen auf den Boden, hitzige Rufe erklangen. Der Eingang ihres Zeltes wurde ruckartig aufgerissen, schwere Stiefel polterten herein. Jemand riss die Decke von Elisabeths Pritsche. Angsterfüllt starrte sie die drei Männer an, die verschmutzt und teilweise blutend vor ihr standen.

»Wo habt ihr eure Vorräte?«, schrie der Vorderste Elisabeth an. Der zweite zog Pater Josef hinter der Truhe hervor und richtete seinen Dolch auf ihn.

»Her mit den Wertgegenständen, wo sind sie?«, brüllte er den Pater an. Der schlotterte vor Angst.

»Wir haben keine Wertgegenstände«, stotterte er.

»Die Vorräte sind im Küchenzelt«, sagte Elisabeth mit zittriger Stimme.

Der Soldat packte sie grob am Arm und zerrte sie aus dem Bett.

»Steh auf, du Schlampe, und zeig uns, wo sie sind!«, herrschte er sie an. Elisabeth musste an sich halten, um aufrecht stehen zu bleiben.

»Und wenn wir den Fraß haben, können wir uns auch an dir gütlich tun!«, rief ihr der andere Mann zu. Er hatte Pater Josef den Dolch an die Kehle gesetzt. Dessen Augen waren weit aufgerissen vor Angst, er wimmerte vor sich hin.

»Was geht hier vor sich?«, ertönte plötzlich eine laute Stimme, die Elisabeth bekannt vorkam. Sie traute ihren Augen nicht. Durch den Zelteingang trat ... Jakob. Er hielt eine Pistole in der Hand, richtete sie auf die Männer und schrie: »Haltet sofort ein, Plündern ist bei Prügelstrafe verboten!«

Die Soldaten schauten trotzig drein und machten keine Anstalten, zurückzuweichen. Jakob richtete seine Pistole auf sie und bedeutete ihnen mit einem Wink, das Zelt zu verlassen. Ängstlich drückten sie sich an ihm vorbei zum Zelteingang. Dort drehten sie sich um und liefen davon, so schnell sie konnten. Jakob gab kein Zeichen des Erkennens.

»Ich muss mich für das Betragen meiner Soldaten entschuldigen«, sagte er. Elisabeth sah einen warmen Schimmer in seinen Augen. Dann hatte er sie also erkannt!

»Kommt doch einen Augenblick nach draußen, wir müssen schauen, dass sich nicht noch jemand an Eurem Eigentum vergreift«, meinte er. Vor dem Zelt war niemand mehr zu sehen. Jakob trat näher zu Elisabeth heran und flüsterte: »Habe ich dich endlich gefunden, Elisabeth! Unter solchen Umständen!«

»Ich habe gewusst, dass du hierherkommen würdest«, raunte sie zurück.

»Es wird in den nächsten Tagen eine Feuerpause geben«, sagte er. »Komm morgen Abend zum Fluss, da gibt es eine verlassene Fischerhütte auf einer Rheininsel.«

»Ja, ich kenne sie«, sagte sie leise.

Er trat einen Schritt zurück. Nun wieder in lautem Ton fuhr er fort: »Nichts für ungut, meine Dame, meine Männer werden Euch nichts mehr tun. Ich muss zurück zu meinem Regiment.«

Elisabeth starrte ihm wie verzaubert nach, als er auf seinen Rappen stieg, ihm den Hals klopfte und sagte: »Na, Ferdl, das haben wir wieder einmal hingekriegt.«

Das Pferd wieherte und wippte wie zur Bestätigung mit dem Kopf. Schon galoppierte Jakob zurück zu seinen Verbänden.

Die Kämpfe dauerten noch bis zum Einbruch der Dunkelheit an. Die Kaiserlichen zogen sich in die Stadt Rheinfelden zurück, sie betrachteten sich als Sieger. Bernhards Heer zog nach Laufenburg ab, der Tross blieb. Elisabeth wusste, dass niemand von den Kaiserlichen sie mehr belästigen würde. Schon am 2. März wollte Bernhard mit dem gesammelten Heer zurückkehren. Der Morgen des 1. März begann mit strahlendem Sonnenschein. Als Elisabeth aus ihrem Zelt trat, sah sie die Leichen auf dem Schlachtfeld liegen. Ihre Kameraden waren damit beschäftigt, sie einzusammeln und in einem Massengrab zu bestatten. Die Bader und der Wundarzt versorgten die Verletzten, die in ein größeres Zelt gebracht worden waren. Die Frauen des Trosses kochten den Verwundeten eine kräftige Suppe und Würzwein. Pater Josef, nun wieder zu seiner redseligen Geschäftigkeit zurückgekehrt, erschien und wünschte Elisabeth einen guten Morgen. Der Feind habe wesentlich mehr Tote und Verwundete davongetragen als sie selbst, meinte er. Den Tag verbrachte Elisabeth damit, zusammen mit den anderen Frauen dem Feldarzt zur Seite zu stehen. Da mussten Brüche geschient, tiefe Wunden versorgt, Eiter entfernt, Kugeln aus zerfetzten Gliedmaßen geholt werden. Der Gestank war unerträglich, die Helfer trugen Tücher vor Nasen und Mündern, die mit Essig getränkt waren. Mit einer Knochensäge trennte der Arzt Arme, Füße und Beine ab, die nicht mehr zu retten waren. Elisabeth musste die Köpfe der Verwundeten halten, ihnen Branntwein einflößen und ein Stück Holz zwischen die Zähne schieben. Trotzdem gellte ihr das Gebrüll der Männer in den Ohren. Elisabeth behandelte Wunden und Quetschungen, als hätte sie das schon immer getan. Der Tag neigte sich seinem Ende zu, die Sonne verschwand hinter dunkelvioletten Wolken. Elisabeth holte sich heißes Wasser aus der Feldküche, wusch sich in ihrem Zelt Blut und Erbrochenes von der Kleidung und schlüpfte in ein frisches Gewand. Niemand achtete auf sie, als sie in ihrem Pelzmantel das Zelt verließ und zum Fluss hinüberschlenderte. Die Ufer des Rheins waren hier mit Weiden und Erlen bewachsen. Die kleine Insel kam in Sicht. Ein Ruderboot lag vertäut am Rand des Stromes und schaukelte in der Strömung hin und her. Inzwischen war es vollends dunkel geworden. Ein Schatten löste sich von einer der Weiden, er war bei ihr, nahm sie fest in die Arme, drückte ihr einen Kuss auf den Mund.

»Schnell ins Boot«, drängte er. »Wir dürfen von niemandem gesehen werden.«

Sie stieg in das Ruderboot und legte sich auf seine Bitte hin auf die Planken. Er stieg ebenfalls ein und griff zu den Rudern. Es war nicht einfach, das Boot in dem Wasser, das von der

Schneeschmelze angeschwollen war und reißend dahinfloss, zu navigieren. Schließlich erreichten sie die Insel. Sie wurde von den Feuern in der Stadt matt erleuchtet. Elisabeth sah die Fischerhütte, die aus groben Brettern erbaut war. Jakob sprang an Land, machte das Boot an einem Baum fest und reichte ihr die Hand. Schnell liefen die beiden zu der Fischerhütte hinüber. Knarrend öffnete sich die Tür. Im Innern herrschte fast vollkommene Dunkelheit. Es roch nach kalter Asche und totem Fisch. Eigentlich hätte Elisabeth sich ihr Wiedersehen an einem schöneren Ort vorgestellt, aber man konnte ja nicht wählerisch sein.

»Wir sollten kein Feuer entzünden«, sagte Jakob. Er zog sie an sich. Nach einem langen Kuss löste er sich von ihr.

»Ich hätte mir für unser Wiedersehen einen schöneren Ort gewünscht«, sagte er.

»Ja, hier stinkt es«, meinte sie, »und es ist bitterkalt.«

»Wie bist du denn ausgerechnet nach Rheinfelden gekommen?«, fragte er.

Sollte sie ihm alles erzählen?

»Meine Schwester Agnes und ich sind mit Kardinal Weltlin von Straßburg nach Paris gegangen«, erzählte sie. »Dort wohnten wir auf dem Jagdschloss des Königs.«

»Warum nach Paris?«

Elisabeth überlegte blitzschnell. »Der Kardinal hatte eine Audienz, sowohl bei Ludwig XIII. als auch bei Richelieu.«

»Wann war das?«

»Im Herbst 1636.«

»Da war ich ebenfalls in der Gegend.«

»Ich weiß. Johann von Werth wollte Paris angreifen, ist aber nicht dazu gekommen.«

»Und was war dann?«, fragte Jakob.

»Dann schlossen wir uns dem Tross Bernhard von Sachsen-Weimars an, da er gerade in Paris weilte, um seine Gelder abzuholen.«

Jakob lachte. »König Ludwig scheint auch nicht gerade der Schnellste zu sein«, meinte er.

»Nun ja, Bernhard musste Erfolge nachweisen. Was er im Burgund auch getan hat.«

»Ach, die Schlacht bei Gray? Davon habe ich gehört.«

Elisabeth beschloss, die Episode in Straßburg zu verschweigen.

»Und so bin ich mit dem Tross von Mömpelgard hierhergekommen«, schloss sie.

»Von mir zu berichten, wäre in allerhöchstem Maße langweilig«, versetzte Jakob. »Immer dasselbe, mal hier, mal dort und überall. Krieg ist Krieg.«

»Was wirst du nach dieser Schlacht tun, Jakob?«, fragte sie.

»Kommt drauf an, ob wir gewinnen oder verlieren«, entgegnete er. »Wenn wir gewinnen, werden wir Rheinfelden zu halten versuchen. Wenn wir verlieren, müssen die Übriggebliebenen auf jeden Fall die Festung Breisach erreichen. Dort residiert der Kommandant von Reinach.«

»Einerlei, was geschieht, ich bin so froh, dass ich dich wiedergefunden habe«, sagte Elisabeth, trat einen Schritt vor und nahm ihn abermals in die Arme. Er erwiderte ihren Druck, näherte seine Lippen den ihren. Seine Hände schoben sich unter ihren Mantel, begannen, ihren Rücken, ihre Schultern und den Ansatz ihres Busens zu streicheln. Elisabeth stöhnte leise auf. In diesem Augenblick hörte sie einen Ruf vom Ufer her. Mehrere Stimmen riefen durcheinander. Der Schreck fuhr Elisabeth in alle Glieder. Sie klammerte sich an Jakob.

»Horch«, sagte sie atemlos, »da sind Leute am Ufer.«

»Wo ist denn das Boot geblieben?«, hörte sie jemanden rufen.

»Das müssen die Feinde gewesen sein«, antwortete eine männliche Stimme, die Elisabeth bekannt vorkam.

»Diebe«, kreischte eine Frauenstimme, »man hat unser Boot gestohlen!«

Jakob griff nach Elisabeths Hand.

»Wir müssen fort von hier, schnell, bevor sie uns entdecken«, rief er halblaut.

Sie verließen die Hütte und tasteten sich so leise es ging zum Boot. Am anderen Ufer konnte Elisabeth etliche Menschen ausmachen, die aufgeregt hin und her liefen. Zeigte schon jemand in ihre Richtung, würde er gleich rufen: Da sind sie, die Diebe, ihnen nach? Elisabeth kletterte hinein, Jakob stieß den Nachen ab und legte die Ruder längsseits auf die Planken. Sie trieben schnell dahin. Das Rufen verklang hinter ihnen, sie näherten sich der Stadt und einer Burg. Gesänge und betrunkenes Grölen waren aus Rheinfelden zu hören. Als sie unter der alten Steinbogenbrücke hindurchgefahren waren, griff Jakob wieder zu den Rudern und brachte das Boot an einer geschützten Stelle ans Land. Hier standen die Erlen und das Gebüsch sehr dicht. Jakob band den Nachen fest.

»Hier werden sie ihn finden und glauben, er habe sich losgerissen«, sagte er. »Ich muss jetzt in die Stadt und mich bei meinem Obersten melden, der wird sich schon wundern, wo ich so lange bleibe.«

»Und was wirst du ihm sagen? Die Wahrheit?«, neckte sie ihn.

Er lachte, und sie stimmte ein.

»Ich werde ihm sagen, dass ich im feindlichen Tross aufgepasst habe, dass keine Übergriffe geschehen.«

»Du kannst ihm ja auch sagen, dass du bei einer Hure warst.«

»War ich denn bei einer?« Am Klang seiner Stimme merkte sie, dass er grinste.

»Wer weiß?«, gab sie zurück.

Er küsste sie zärtlich. »Unsinn, das bist du nicht. Und wenn, wäre es mir auch einerlei, denn freiwillig würdest du das niemals tun. Hauptsache, du hast mit dem Kardinal nichts gehabt. Wenn das geschieht, werde ich zum Wüterich!«

»Da brauchst du dir keine Sorgen zu machen«, erwiderte sie.

Endlich lösten sie sich voneinander. Jakob drückte zum letzten Mal ihre Hand und wandte sich dann der Brücke zu. Elisabeth machte sich auf einem Weg am Rhein entlang zurück ins Lager. Es war spät geworden, niemand begegnete ihr mehr. Ihre Lippen brannten wie Feuer, und sie musste an sich halten, um nicht ein Lied in die Nacht hinauszuschmettern.

In den nächsten Tagen hatte Elisabeth keine Gelegenheit mehr, mit Jakob zusammenzutreffen. Sicher war er in der Stadt und beriet mit seinem Obersten die nächsten kriegerischen Schachzüge. Am frühen Nachmittag des zweiten März kehrte Bernhard von Sachsen-Weimar mit seinem Heer zurück. Elisabeth erwartete ihn und seine Offiziere mit einem Festschmaus: Krebssuppe, gebratene Gänse mit Grünkohl und Kastanien sowie einer Platte mit Käse der Region. Die Männer erzählten stolz von ihren Eroberungen, aber Elisabeth hörte nur mit halbem Ohr hin. Sie musste immerzu an Jakob denken.

21.

Am Morgen der zweiten Schlacht stieg die Sonne strahlend empor und übergoss Stadt, Berge und Fluss mit ihrem Licht. Aber in Jakobs Kopf sah es düster aus. Er fühlte sich hin- und hergerissen. Einerseits war er seinem Oberst zu Gehorsam verpflichtet, andererseits sträubte sich alles in ihm, gegen ein Heer anzutreten, dessen Tross sein geliebtes Mädchen angehörte. Als bekannt geworden war, dass Bernhard aus Laufenburg zurückgekehrt sei, hatten Werth und seine Offiziere in aller Eile die Regimenter aufgestellt. Ein Teil des Fußvolkes wurde im Gebüsch am Rheinufer versteckt. Ein weiterer Teil der Infanterie wurde in einen Graben vor dem Schlachtfeld beordert. Ein Regiment zog in den Wald beim Dorf Nollingen, dazu gehörte auch Johann von Werth. Die Protestanten standen hinter dem Graben, die Kavallerie wurde neben und hinter dem Fußvolk aufgestellt. Jakob saß auf seinem Schlachtross in den vorderen Reihen der kaiserlichen Reiterei, geschützt durch die Pikeniere, die Arkebusiere und Musketiere. Seinen Rappen Ferdl hatte er einem Stallknecht übergeben. Jakob war auf das Äußerste angespannt. Bernhard, zu erkennen an seinem ausladenden Federhut, rückte mit seinen Leuten in schnellem Tempo auf das Schlachtfeld vor. Das Gemetzel begann. Es begann das Stechen mit den Piken, die Schüsse der vorrückenden Musketiere krachten. Der Geruch nach Rauch und Blut stieg Jakob in die Nase, er hörte die heiseren Schreie der Verwundeten, das Röcheln der Sterbenden, dann setzte die Kavallerie nach, Pferde verknäulten sich ineinander, bäumten sich auf, gingen in die Knie und warfen ihre Reiter ab. Heilige Mutter Gottes, dachte Jakob, mach, dass wir am Leben bleiben, bis vor kurzem wäre es mir einerlei gewesen, aber jetzt weiß ich, wofür ich lebe! Inzwischen hatten die Kerle auch noch die Kanonen zurückerobert, die ihnen letztens verlorengegangen waren. Die Kanonen wurden gezündet, Jakob sah einen Blitzstrahl, hörte das Donnern der Geschütze, spürte einen starken Luftzug und Hitze. Er duckte sich, sein Pferd wieherte, wollte fliehen. Jakob sah, wie neben ihm eine ganze Reihe von Männern niedergemäht wurde. Bevor er auch nur bis drei zählen konnte, fiel der nächste Kanonenschuss, wieder wurde eine Reihe von Männern ausgelöscht. Jakob sah abgerissene Schädel und Gliedmaßen durch die Luft fliegen. Er hatte keine Zeit zum Überlegen, als auch schon der dritte Schuss krachte. Die Artillerie Bernhards rückte unaufhaltsam vor, immer näher kamen die Wälder aus Piken und Arkebusen, immer lauter krachten die Salven, immer mehr Männer und Pferde sanken neben Jakob zu Boden. Jetzt waren die Feinde auf Pistolenentfernung herangerückt, Jakob konnte ihre bunten Waffenröcke erkennen. Die Bodentruppen Bernhards griffen direkt an. Sie setzten über den Graben und rannten mitten in sie hinein. Taupadell, der feindliche Befehlshaber, sprengte mit seinen Reitern in Richtung des Waldes davon, in dem sich Johann van Werth verschanzt hatte. Die kaiserlichen Musketiere schossen unermüdlich, luden nach, rückten vor, verschanzten sich im Graben, luden nach, schossen, luden nach, schossen in die aufgewühlte Meute hinein. Jakob schlug ein Kreuz vor seiner Brust und gab seinem Pferd die Sporen. Nach vorne, nach vorne! Dort hatten die Protestanten den Graben überwunden und waren in ihre eigenen, die kaiserlichen Reihen eingedrungen. Jakob sah, dass einige Kaiserliche ihre Gewehre wegwarfen, brüllte Befehle, die im Lärm der Schlacht untergingen. Auch viele der kaiserlichen Reiter machten kehrt und flohen. So war die Schlacht also schon geschlagen, alles war zu Ende. Erst jetzt spürte Jakob einen brennenden Schmerz an der Schulter und am Bein, aber er achtete nicht darauf. Er dachte an Johann von Werth, der in seinem Wald gegen eine Übermacht ankämpfen musste. Jakob machte kehrt und preschte zum Wald hinüber, der direkt am Rhein lag. Ob die Leute wohl das Boot gefunden hatten? Gleich darauf schalt er sich für seine irrsinnigen Gedanken. An der Seite seines Feldherrn kämpfte Jakob bis zum späten Nachmittag. Dann fingen auch Werths Leute an zu fliehen. General Taupadell verlegte ihnen mit einer Schwadron den Fluchtweg.

»Zurück, Johann!«, schrie Jakob seinem Obersten zu, aber der wurde mit den fliehenden Reitern fortgerissen. Jakob wendete und ritt hinter eine Gruppe von Bäumen, von wo aus er das Weitere beobachten konnte. Sollte er hinterherreiten, in den Tod oder in die Gefangenschaft? Aber dann würden immer weniger Männer übrigbleiben, um die Sache des Kaisers zu vertreten. Das da drüben waren nicht nur Franzosen und Deutsche, es waren auch Schweden, gegen die er weiter kämpfen musste, bis sie aus dieser Welt verschwunden sein würden. Wie Jakob befürchtet hatte, wurden alle eingekesselt, gefangen genommen und abgeführt, nicht nur Johann von Werth, auch Herzog Savelli und die Generalmajore. Van Werth wandte sich noch einmal um, blickte zu Jakob hinüber und hob den Daumen. Jakob gab seinem Pferd die Sporen und ritt durch den Wald in Richtung Rhein. Viele der flüchtenden Soldaten und Offiziere hatten anscheinend den gleichen Gedanken gehabt. Alles, was noch übriggeblieben war, rannte, floh und ritt zum Rhein. Wohin sollte sich Jakob wenden? Ihm fiel wieder ein, was van Werth am Morgen dieses Tages zu ihm gesagt hatte: Zu Oberst Reinach sollte er gehen, der in der Festung Breisach offensichtlich ein recht gutes Leben führte. So ritt Jakob mit den anderen auf dem südlichen Rheinufer entlang, sammelte gemeinsam mit ihnen noch etwa vierhundert Pferde ein, ließ sich am Abend in einem eidgenössischen Heuschober nieder, um sich von einer der Frauen verbinden zu lassen, um etwas zu essen und zu schlafen. Es stellte sich heraus, dass er zwei Streifschüsse abbekommen hatte, die bald verheilen würden. Die Pferde jedoch überließ er den anderen, denn er hatte den Auftrag, nach Breisach zu gelangen. Es schmerzte ihn zutiefst, dass er nicht zu Elisabeth zurückkehren konnte, ohne des Todes oder ein Gefangener Bernhards von Sachsen-Weimar zu sein. Aber er glaubte fest daran, dass es nicht das letzte Mal gewesen sein würde, dass er und Elisabeth sich begegnet waren.

Am folgenden Morgen betrat Bernhard von Sachsen-Weimar mit einem zufriedenen Lächeln das Zelt der Offiziere.

»Wir haben auf der ganzen Linie gesiegt!«, verkündete er. »Dreitausend Gefangene haben wir gemacht! Wir selbst haben nur hundertzwanzig Tote zu beklagen, die Kaiserlichen dagegen neunhundert. Wenn das kein Grund zum Feiern ist!«

»Was soll mit den Gefangenen geschehen?«, fragte einer der Offiziere.

»Sie werden morgen nach Laufenburg gebracht und dann zur Festung Hohentwiel geschickt. Sie erhalten jedoch das Angebot, sich bis auf Weiteres in meine Dienste zu stellen, wovon viele Gebrauch machen werden, denke ich. Die Stadt Rheinfelden bekommt ein Ultimatum, bis zu welchem Zeitpunkt sie sich ergeben haben muss.«

»Und weitere Operationen?«, fragte der Offizier.

»Als Nächstes geht es zur Burg Rötteln und nach Freiburg«, erwiderte Bernhard.

Nach dem Frühstück begann ein Dankgottesdienst auf dem Schlachtfeld. Der Boden war völlig zerstampft, überall standen Blutlachen, die Leichen der Kaiserlichen waren zu einem Berg aufgestapelt worden, während die der Protestanten in Reihen aufgebahrt und von den Frauen des Trosses mit Reisig und Frühlingsblumen bedeckt worden waren. Es roch immer noch nach Pulverrauch, Blut und Exkrementen. Der Feldgeistliche hielt eine Ansprache, bei der er die Verdienste der schwedisch-französischen Armee betonte. Ein Lied wurde gesungen. Elisabeth merkte, dass jemand sie am Ärmel zupfte. Sie fuhr herum. Vor ihr stand Christoph, den Bernhard ihr als Burschen zugeteilt hatte.

»Es ist etwas geschehen«, sagte er leise und machte ein unheilverkündendes Gesicht.

»Was denn?« Elisabeths Herz klopfte heftiger. Würde es denn nie aufhören? Christoph brachte seinen Mund näher an Elisabeths Ohr. »Nach dem Frühstück, kurz bevor Bernhard zum Gottesdienst gehen wollte, kam Pater Josef. Er hat ihm erzählt, dass er Euch vor zwei Nächten am Rhein gesehen habe. Doch Ihr wart nicht allein. Ein junger Mann sei in Eurer Begleitung gewesen, und Pater Josef vermutet, dass es ein Offizier der Feinde gewesen sei.«

O Gott, sie waren beobachtet worden! Und ausgerechnet von Pater Josef, dem Patrioten.

»Ihr müsst fliehen«, fuhr Christoph fort. »Packt Euch etwas zum Essen in Euren Rucksack und nehmt den Weg am Rhein entlang, auf der eidgenössischen Seite. Ich wünsche Euch alles Gute!« Mit diesen Worten drehte er sich um und war wieder in der Menge verschwunden. In Elisabeths Kopf drehte sich alles. Sie bahnte sich vorsichtig einen Weg durch die Menschen, die dicht gedrängt standen. Elisabeth lief zum Lager, holte den Rucksack aus ihrem Zelt, warf ein paar Kleider in ihre Reisetasche und eilte zum Küchenzelt hinüber. Hier packte sie einen Schinken, zwei Brote, Wurst und einen Schlauch mit Wein in ihren Rucksack. Sie vergewisserte sich, dass der Beutel mit den Dukaten, die sie von Bernhard für ihre Dienste erhalten hatte, noch an ihrem Gürtel befestigt war. Auch die beiden Kochbücher waren noch da. Zu guter Letzt steckte sie eines der scharfen Messer ein. Elisabeth trat aus dem Zelt heraus und schaute sich vorsichtig um. Die Lagerinsassen waren, bis auf wenige Alte, noch beim Gottesdienst versammelt. Die Klänge eines weiteren geistlichen Liedes wehten zu ihr herüber. Elisabeth blinzelte der Sonne zu, die schon frühlingshaft wärmte, und wanderte zum Rhein hinüber. Wenn jemand sie fragen würde, wohin sie gehe, würde sie sagen: zum Fluss, Wasser holen. Sie kam zu der Stelle, an der Jakob vor zwei Nächten das Boot festgemacht hatte. Es war fort, dafür reckten sich zwei blutige, zerfetzte Hände aus dem Gebüsch. Elisabeth schreckte zusammen. Sie wanderte hinter ihrem eigenen Schatten her, denn die Sonne stand in ihrem Rücken. Nur wenige Fußgänger und Reiter waren unterwegs, beachteten sie aber nicht weiter. Sie ließ die Stadt Rheinfelden hinter sich und ging auf dem Uferweg des Rheins entlang. Die Schweizer Berge lagen linker Hand, mächtig ragten sie auf, mit Schneekronen auf den Gipfeln bis tief in die Täler herunter. Vor ihr lag die alte Stadt Basel. Was hatte Jakob bei ihrem Abschied gesagt? Er würde zur Festung Breisach reiten. Bernhard wollte zur Burg Rötteln, nach Neuenburg und nach Freiburg. Diese Orte musste Elisabeth also weiträumig umgehen. Sie wandte sich nach Norden.

Jakob hatte Lörrach verlassen und wandte sich der Straße nach Kandern zu. Er fühlte sich gehetzt, spürte die Armee Bernhards immer in seinem Nacken, und er merkte, dass seine Angst sich auf seinen Rappen Ferdl übertrug. Der schüttelte öfter als sonst den Kopf, schnaubte und ließ die Mähne fliegen. Der Wind kam von Westen, von den Vogesen, schüttelte die Bäume und Sträucher, die immer noch kahl ihre Zweige in den Himmel reckten. Innerhalb zwei weiterer Tage erreichte Jakob die Festung Breisach. Ferdl klapperte die Steige zur Burg hinauf. Sie wurde von dem mächtigen, graubraunen Klotz des Stefansmünsters überragt. In der Ferne konnte Jakob den Rhein und das Straßburger Münster erkennen, im Südosten, im Dunst der Ferne, das von Freiburg. Dem Torwächter gab er sich als Offizier van Werths zu erkennen. Man hatte offensichtlich schon von dessen Gefangennahme gehört. Ein Diener führte Jakob in den Burghof hinein. Er war von hohen Wänden aus rötlichem Gestein eingeschlossen. Jakob sah Stallungen, ein Ritterhaus, eine Schmiede und eine Küche, die an das Ritterhaus angebaut war. Vor dem Küchenbau wurde ein riesiger Ochse am Spieß gebraten, Jakob konnte das Fett riechen, das in die Glut tropfte.

Das Wasser lief ihm im Munde zusammen, denn er hatte auf seiner Reise nicht viel zum Essen bekommen. Hans Heinrich IX. von Reinach, seines Zeichens Feldzeugmeister der kaiserlichen Armee, war ein mittelgroßer, korpulenter Mann Ende dreißig mit fleischigen Lippen. Jakob wusste, dass er an der Schlacht bei Nördlingen teilgenommen hatte und zur Belohnung für seine Verdienste 1634 als Kommandant der Feste Breisach eingesetzt worden war. Die Kemenate des Kommandanten war mit dunklem, edlem Holz ausgekleidet und der Boden mit feinsten Teppichen belegt; an den Wänden hingen Gemälde von Schlachten. In einer Ecke stand ein Himmelbett, in der Mitte ein Tisch, an dem von Reinach vor einer Karaffe Wein saß. Er goss einen frischen Becher ein, hielt ihn Jakob entgegen und prostete ihm mit seinem eigenen zu. »Willkommen auf meiner Festung«, sagte er. »Ihr seid Jakob Gruber, wie ich von meinem Diener hörte. Woher seid Ihr gebürtig, und woher kommt Ihr jetzt?«

»Gebürtig bin ich von Kochel am See, in Bayern. Jetzt komme ich von Rheinfelden.«

»Bayern, aha, Rheinfelden, aha. Schade, dass van Werth in Rheinfelden gefangen genommen wurde. Habt Ihr ihn nicht heraushauen können?«

»Nein«, entgegnete Jakob. »Unsere Männer flohen bereits zu Hunderten, wir hatten große Verluste.«

»Der soll mal kommen, dieser Franzosenoberst Bernhard!«, rief von Reinach. »Ein paar Wochen haben wir ja noch Zeit, uns mit Lebensmitteln und Munition einzudecken. Aber was rede ich da. Jetzt lasst Euch erst einmal von meinem Diener Euer Gemach zeigen. In einer Stunde wird er Euch zum Abendessen holen.«

Das Gästezimmer, das Jakob nun bezog, war nicht minder prächtig ausgestattet als das des Kommandanten. Das Fenster hatte Butzenscheiben, durch deren getönte Scheiben man den Rhein im Mondlicht fließen sah. Der Diener klopfte, brachte heißes Wasser zum Waschen, Seife und ein Handtuch. Nachdem Jakob sich gereinigt hatte, legte er sich auf das Bett. Die vergangenen Tage und Wochen strichen vor seinem inneren Auge vorüber. Doch über dem Gewimmel von Eindrücken, von Gewalt, Blut, Schweiß und Schlachten sah er nur ein Gesicht: das von Elisabeth. Eine Weile sinnierte er vor sich hin, dämmerte auch kurz ein, da klopfte es abermals. Der Diener führte ihn in den Rittersaal. Es war ein großer Raum, ebenso dunkel getäfelt wie die Kemenate des Burgherrn. Ein großer Kamin verbreitete eine behagliche Wärme. Die Wände waren mit Schwertern und Hirschgeweihen verziert, die frisch gescheuerten Böden mit Heu bestreut. In der Mitte stand eine lange Tafel aus Holztischen. Einige Männer und Frauen, vornehm gekleidet, hatten Platz genommen, andere gingen im Raum umher und plauderten miteinander. Jakob schätzte, dass es Offiziere und geladene Gäste waren. Hans Heinrich von Reinach stellte Jakob den anderen Gästen vor.

»So, aus Rheinfelden kommt Ihr«, sprach ihn einer der Männer an. »Unseren guten Johann von Werth hat man auf dem Hohentwiel eingesperrt. Das wird der sich aber nicht lange gefallen lassen.«

»Wie ich hörte, wurde in Paris schon ein Dankgottesdienst abgehalten«, sagte ein anderer und lachte. »Man wird ihm dort einen triumphalen Empfang bereiten, sage ich Euch. Ihr werdet sehen!«

»Ja, von Werth ist ein Genie«, pflichtete ihm von Reinach bei. »Aber vergesst nicht die Heldentaten, die wir in dieser Gegend vollbracht haben. Auch davon wird die Nachwelt reden!«

»Ihr meint die Einnahme der Hochburg?«, fragte der Erste. Die wenigen Frauen, die geputzt, geschminkt und mit tiefen Ausschnitten am Tisch saßen, beugten sich vor, um auch alles zu hören. Derweil wurde eine Rinderbrühe mit Fleischklößen aufgetragen. Hungrig machte sich Jakob darüber her, vergaß aber nicht, die Tischsitten einzuhalten, das heißt, die Klöße mit seinem Messer aufzuspießen, sie zu zerteilen, mit einer dreizinkigen Gabel zu essen und am Schluss die Brühe auszuschlürfen. Sogar Fingerschalen waren neben den feinen Porzellantellern aufgestellt.

»Die Belagerung war, nach der Schlacht bei Nördlingen, eine meiner größten Taten«, brüstete sich von Reinach. Sein Gesicht glänzte bereits rot vom genossenen Wein. »Und natürlich auch Heldentaten meiner Männer«, setzte er hinzu.

»Zwei Jahre haben wir die Burg belagert«, erklärte der erste Mann. »Wir haben Kohl von den Feldern der Bauern geholt, um etwas zwischen die Zähne zu kriegen. Und schließlich hatten wir sie ausgehungert. Sie mussten kapitulieren, und wir haben die Burg geschleift.«

Da kenne ich größere Heldentaten, dachte Jakob, doch er sagte nichts.

»Und übrigens«, von Reinach wies auf eine Frau in den Zwanzigern mit einem runden Gesicht und zwei Kindern mit ebenso runden Gesichtern, die neben ihm saßen. »Das sind meine Frau Maria Martha und meine zwei Kinder, Charitas und Franz Wilhelm.«

Jakob nickte der Frau und den Kindern förmlich zu. Als nächster Gang wurden kleine Wildpasteten aufgetragen, dann folgten Stücke des gebratenen Ochsen mit Brot und Pflaumenmus sowie gebackene Forellen und Hasenkeulen. Das Mahl schloss mit Mandelkuchen und Sahnetorten ab. Jakob merkte, dass dem Wein immer mehr zugesprochen wurde. Nachdem Frau Maria Martha und die Kinder sich zurückgezogen hatten, machte sich Reinach an eine der geschminkten Damen heran, die es sich kichernd gefallen ließ. Wo bist du da nur hineingeraten?, dachte Jakob bei sich. Auch die anderen Männer wandten sich den Damen zu, zogen sie auf ihren Schoß, griffen ihnen in den Ausschnitt und gaben ihnen schmatzende Küsse auf die Münder. Jakob gähnte, trank seinen Becher aus, empfahl sich und zog sich auf sein Zimmer zurück, wo er bald darauf in sein Bett sank und bis zum Morgen schlief.

22.

Innerhalb von drei Tagen hatte sich Elisabeth bis zum Wiesental vorgekämpft. Der Schnee, ein eiskalter Wind, der von den Bergen herunterpfiff und die Öde der Landschaft hatten ihr zu schaffen gemacht. In Schopfheim traf sie keine Menschenseele an und musste in einem zugigen, verlassenen Haus übernachten. Die zweite Nacht verbrachte sie in einem Heuschober. Elisabeth gewann den Eindruck, als wären die Täler seit Jahren von marodierenden Söldnern durchzogen worden. Nachdem sie im Wiesental ihr letztes Brot an hungrige Kinder verschenkt hatte, zog sich auch ihr Magen schmerzhaft zusammen. Sie stieg die verschneite Passstraße zum Belchen hinauf, wurde immer langsamer. Von den Bergriesen wehten Schneefahnen, der Wind trieb ihr eisenscharfe Graupel ins Gesicht. Es wurde schnell dunkel. Im Wald schrie eine Eule, ein langgezogenes Heulen vom Berg gab ihr Antwort. Elisabeth sank in den Schnee. Sie meinte, in der Ferne ein Licht zu sehen. Ihr war übel vor Hunger. Ihr Körper wurde immer kälter, ihre Hände und Füße waren blau gefroren. Das Heulen der Wölfe kam näher. Ein leises Trappeln näherte sich im Schnee, glühende Augen wurden sichtbar. Elisabeth hatte keine Angst mehr. Sie konnte sich nicht wehren, sollte geschehen, was geschehen sollte. Mochte Gott seinen Frieden mit der Welt machen, sie selbst hatte nun den Zenit überschritten, ihr Leben musste ein Ende haben. Sie war mutterseelenallein, kein Mensch in der Nähe, kein Wort des Trostes, der ihr gegeben wurde, keine Hand, die sie wärmte und berührte, kein Topf mit heißer Suppe, den jemand ihr gereicht hätte, um ihren schmerzenden Magen zu beruhigen. Inzwischen war es ihr wieder warm. Elisabeth versuchte, einen Blick auf die Wölfe zu erhaschen, doch es wurde immer dunkler vor ihren Augen. Sie glitt hinüber in eine Traumlandschaft. Von der Spitze eines der Berge löste sich ein großes Schiff, glitt ins Tal hinunter. Es näherte sich langsam, aber unaufhörlich. Als es nah genug heran war, erkannte Elisabeth ihre Eltern auf dem Deck des Schiffes, ihren Bruder, den Superintendenten Andreä, Agnes, den Kardinal, Jakob, Melvine und Paul aus Baden. Hinter ihnen entdeckte sie Christoph, Bernhards Burschen sowie die Spielleute aus dem Tross. Sie spielten eine traurige Weise. Mit einem leise pfeifenden Geräusch zog das Schiff an ihr vorüber, wurde immer schneller und stürzte zu Tal, dem Abgrund zu. Das Schreien der geliebten Menschen gellte ihr noch in den Ohren, als sie die Augen aufschlug. Sie lag auf einer Ofenbank in einer Stube, einer Bauernhausstube vielleicht. Über dem Ofen hing Wäsche zum Trocknen. Eine Frau mit einer Schürze um den Leib machte sich am Feuer zu schaffen. Jetzt drehte sie sich um und kam mit einer Schüssel voll dampfender Suppe auf sie zu.

»Hier, das soll Euch erst einmal wieder zum Leben erwecken«, sagte die Frau. Elisabeth richtete sich auf, nahm die Schüssel in die Hand und tauchte mit zitternden Fingern den Holzlöffel in die Suppe. Wie gut das tat, es waren sogar Fleischbrocken und Wurzelwerk darin. Langsam kehrte die Wärme in ihre Glieder zurück. »Wo bin ich?«, fragte sie die Frau.

»In Wieden, das ist ein Dorf unterhalb vom Belchen«, sagte die Frau. »Mein Mann ist heute Nacht hinausgegangen, weil er einen Wolf gehört hat. Da wollte er nach den Schafen und Ziegen sehen. So fand er Euch. Und tatsächlich war ein Wolf ganz in Eurer Nähe.«

Die Frau brachte ihr Decken, und Elisabeth streckte sich auf der Ofenbank aus. Am Morgen wurde sie von einem Scharren geweckt. Die Bäuerin fachte das Herdfeuer an und setzte einen Topf mit Gerstenbrei darauf. Bald erschienen auch der Bauer und die vier Kinder. Nach einem Gebet begannen sie zu essen.

»Woher kommt Ihr und wohin geht Ihr?«, wollte der Bauer wissen.

»Ich komme ursprünglich aus Calw an der Nagold«, sagte Elisabeth. »Von dort wurde meine Familie durch die Kaiserlichen vertrieben.« Dass ihre Gastgeber dem protestantischen Glauben angehörten, hatte sie dem Fehlen eines »Herrgottswinkels« entnommen.

»Ach, was haben die für eine Not über das Land gebracht!«, klagte die Frau.

»Sei ruhig, Frau, wir haben es hier im Schwarzwald recht gut getroffen«, schaltete sich ihr Mann ein. »Die Bauern, die an entlegenen Stellen wohnen, sind größtenteils verschont geblieben. Wir haben auf jeden Fall unser Auskommen. Eine Kuh im Stall, zwei Ziegen, Schafe, Schweine und ein Stück Ackerland.«

Beim Abschied gab Elisabeth der Familie einen Gulden und erhielt dafür zwei Brote, Wein für ihren Schlauch und einen Packen Ziegenkäse. Sie würde auf jeden Fall versuchen, nach Breisach zu gelangen. Freiburg musste sie weiträumig umgehen, denn dort fand gewiss schon die Belagerung durch Bernhard von Sachsen-Weimar statt. Konnte sie sich in die Rheinebene wagen? Sie musste es, denn wenn sie zu den verschneiten Gipfeln hinaufschaute und an die gestrige Nacht dachte, überkam sie das kalte Grausen. Als sie das Münstertal hinuntermarschierte, wurde es wärmer, je mehr sie sich der Ebene näherte. Da und dort standen auch Schneeglöckchen in den Gärten, am Wegrand blühte Huflattich. Das Kloster St. Trudbert machte einen verfallenen Eindruck. Es war auch noch zu früh am Tag, um eine Unterkunft zu suchen. Und so gelangte Elisabeth schließlich nach Staufen, wo sie sich im Gasthaus »Zum Löwen« einquartierte. Hier sollte im vorigen Jahrhundert ein Gaukler und Alchimist namens Faust vom Teufel geholt worden sein. Elisabeth bekam eine Rinderroulade serviert und genoss den Frieden in der kleinen Stadt mit ihren Fachwerkhäusern. Auf verschiedenen Bauernkarren fuhr sie anderntags in die Rheinebene hinein. Fieberhaft überlegte sie, wie sie in die Festung Breisach hineinkommen sollte. Es würde keinen Grund der Welt geben, sie dort einzulassen. Es wimmelte von schwedischen und französischen Soldaten. Nachdem sie einmal angehalten und fast verhaftet worden wäre, weil sie keinen Passierschein hatte, ließ Elisabeth das Gefährt kurz vor Breisach halten, stieg aus und wanderte dem Kaiserstuhl zu, der sich jäh aus der Rheinebene erhob. Die ersten Zwetschgen- und Kirschbäume standen in Blüte, ein seidiger Himmel spannte sich über den Wiesen, in der Ferne stand die gezackte Linie der Vogesen. Elisabeth war inzwischen etwas leichter zumute. Vielleicht konnte sie bei einem Bauern der Umgebung unterkommen. Aber in den Dörfern und auf den Einzelgehöften wollte sie niemand aufnehmen, weil Soldaten zwangsweise einquartiert waren. So wanderte sie hinter Ihringen in das kleine Gebirge hinein. Zunächst folgte sie einem Grastal. Der Pfad wand sich in die verlassenen Weinberge hinein. Die Steine hatten die nachmittägliche Wärme gespeichert. Elisabeth sah Smaragdeidechsen, die regungslos in der Sonne saßen. Beim Besteigen eines Kammes geriet sie ins Schwitzen. Oben hatte sie einen Ausblick über weitere Weinberge, Hügel, Wälder und vereinzelte Winzerhöfe. Hoch über ihr kreisten zwei Bussarde, die von einer Schar Krähen angegriffen wurden. Ihr misstöniges Gekrächz in den Ohren, stieg Elisabeth auf der anderen Seite hinunter. Sie besaß nur noch ein Stück Brot und einen Viertel Schlauch mit Wein. Das würde sie essen und trinken, wenn die Sonne hinter den Bergen unterging und sich hernach in eine der Blätterkuhlen kuscheln. Sie gelangte zu einer Hohlgasse aus gelblichem Sandstein. Die Sonne war inzwischen untergegangen. In der Ferne begannen Kirchenglocken zu läuten. Im Dämmerlicht erkannte Elisabeth nur noch mühsam die Konturen. Es roch intensiv nach Laub und sonnenwarmer Erde. Um sich selber Mut zu machen, sang Elisabeth ein Lied vor sich hin. Gedankenverloren setzte sie einen Fuß vor den anderen. Der

Weg war schwach von der Sichel des Mondes beleuchtet. Mit einem Mal hörte sie von oben ein surrendes Geräusch, als löse sich ein Apfel vom Baum und würde gleich neben ihr auf den Weg plumpsen. Rieselnde Erde, ein dumpfer Aufschlag. Vor ihr tauchte ein Schatten auf, stellte sich ihr in den Weg.

Jakob hatte sich schon an sein neues Zuhause gewöhnt. Morgens wurde er vom Krähen der Hähne, vom Klirren der Waffen und dem Wiehern der Pferde geweckt. Zum Frühmahl versammelte man sich im Rittersaal, wo weißes Brot, Haferbrei, gebratener Speck und Hühnerfleisch aufgetischt wurden. Zu trinken gab es den üblichen Würzwein. Reinach hatte Jakob Lohn im Voraus gegeben, ihm aber bedeutet, dass er davon die Speisen und Getränke bezahlen müsste. Tagsüber gab es Waffenübungen, Ausritte in die Umgebung, Lagebesprechungen und die allabendlichen Feste, an denen Jakob nie bis zum Ende teilnahm. Er wusste, wie sie jedes Mal endeten. Am anderen Morgen erschienen die Offiziere dann mit verquollenen Gesichtern. Am Samstagabend schlug von Reinach einen Ausritt zum Rhein hinunter vor, an dessen Ende der Besuch einer Gaststätte stehen sollte. Jakob schloss sich an, weil er sich sonst noch zu Tode gelangweilt hätte. In der Burg gab es wenige Möglichkeiten zur Zerstreuung, nicht einmal Bücher waren vorhanden. So ritten sie über die Zugbrücke aus der Burg hinaus, klapperten über das grobe Pflaster des Städtchens hinab und verließen den Ort durch das Kapftor. Über einen steilen Pfad ging es zum Rhein hinunter. Die Dämmerung war herabgesunken, im Schilf quakten verschlafen Enten. Vom Münster her erklang das Sechsuhrläuten. Der Mond stand wie eine Sichel über dem Waldgebirge und warf eine zitternde Bahn auf den großen Strom. Weiter hinten, nach Norden, ragte der Kaiserstuhl empor, über dem die ersten Sterne erschienen. Schweigend ritten die Männer auf dem Uferweg des Rheins entlang. Weiden säumten den Weg, die ihre Zweige in die Altarme hängen ließen. Reinach gab einen Wink zum Galoppieren. Jetzt rasten sie hintereinander her, als hätte jemand ihnen mit dem Teufel gedroht. Jakob genoss den kühlen Abendwind im Gesicht. So galoppierten sie eine ganze Weile dahin. Schließlich sah Jakob ein Licht in der Ferne auftauchen. Es war eine kleine Gastwirtschaft, nicht mehr als eine Holzbude. Sie zügelten ihre Pferde, stiegen ab und banden die Tiere an umstehende Weiden. Zwei große Schäferhunde rannten auf sie zu und verbellten sie wütend.

»Kommt zurück!«, ertönte eine männliche Stimme von der Tür des Gasthauses her.

Die Hunde gehorchten augenblicklich. Jakob stand wie erstarrt. Diese Stimme kannte er doch! Und richtig, als er mit den anderen näher kam, sah er Paul, den Wirt des »Roten Ochsen« aus Baden. Melvine war auch gleich zur Stelle, als die Männer den niedrigen Gastraum betraten. Jakob verzog keine Miene.

»Guten Abend, meine Herren«, sagte Melvine. Ihr rosiges Gesicht glänzte. Auch sie gab kein Zeichen des Erkennens. »Was können wir den Herren anbieten?«

»Erst einmal eine Kanne von eurem besten Wein«, polterte von Reinach und ließ sich auf eine der Bänke fallen. »Und dann für jeden eine Portion von eurem guten Räucheraal. Aber den müssen meine Männer selber bezahlen, nur damit du es weißt, Melvine!«

Melvine lächelte hintergründig und zwinkerte Jakob unmerklich zu. Der Aal schmeckte vorzüglich.

Nach dem Krug mit Wein und dem Aal brachte Melvine gebratenen Lachs und Elritzen.

»Habt ihr keine Angst so allein hier draußen?«, fragte von Reinach die beiden Wirtsleute.

Paul grinste und wies hinter sich zu einer Tür, welche die zum Schlafzimmer sein musste.

»Ihr wisst ja, außer den Hunden haben wir auch genügend Pistolen und Munition.«

Von Reinach wischte mit seinem Brot das Fett aus der Pfanne.

»Wir müssen in der nächsten Zeit große Mengen Proviant beschaffen, ihr wisst schon, wofür.« Von Reinach machte eine Pause und trank einen enormen Schluck Wein.

»Wir werden alle Fischer der Gegend verständigen«, sagte Paul. »Sie sollen jede Nacht ausfahren, um Euch ihren Fang abliefern zu können.«

»Nicht nur die Fischer«, dröhnte von Reinachs Stimme. »Ihr müsst auch zu den Bauern gehen, es gibt doch genug in der Gegend. Wir brauchen Wein, Branntwein, Schweine, Hühner, Rinder, Gänse. Das Wild werden wir selber schießen. Und Brot und Mehl und Wintergemüse sollen sie uns liefern!«

»Wird alles besorgt, Herr«, antwortete Paul. Er hüstelte. »Aber erlaubt mir noch eine Frage. Wie ist es mit der Bezahlung?«

»Ihr kriegt schon das, was Euch zusteht«, antwortete Reinach. Die Männer aßen und zechten weiter. Sie sprachen über die Belagerung, die ihnen bevorstand, die sie mit einem Schnippen des linken Fingers überstehen würden. Die Glocke vom fernen Breisach schlug zehn Uhr, als die Männer aufbrachen. Sie bezahlten ihr Mahl und ritten in Windeseile den Weg am Rhein zurück. In den Altarmen mit den herabhängenden Weidenzweigen spiegelte sich die Sichel des Mondes.

Der Schatten kam auf Elisabeth zu. Sie meinte, in Ohnmacht sinken zu müssen.

»Was macht Ihr hier zu dieser späten Stunde?«, fragte eine junge männliche Stimme. Die hatte sie doch schon einmal gehört. Sie schaute den Mann genauer an. Er war groß und kräftig gebaut, trug einen eckigen Hut, unter dem seine langen, dunklen Locken hervorquollen.

»Bist du etwa …« Sie stockte.

»Ja, ich bin Leander, der Sänger und Maultrommler aus dem Tross des Bernhard von Sachsen-Weimar.« Leander deutete eine Verbeugung an.

»Und Ihr seid ... du bist Elisabeth, die Köchin des Kardinals Weltlin!«

»Wir können ruhig ›du‹ zueinander sagen«, meinte sie. »Wo sind denn die anderen?«

»Hans mit der Laute, Daniel, der so schön die Sackpfeife spielt, Martin, der Trommler, und Konstantin mit seiner Geige? Die sind hier ganz in der Nähe. Komm!«

Er nahm ihre Hand und führte sie zum Eingang einer Höhle, die sich in der Wand des Hohlweges befand. Elisabeth musste sich bücken. Es herrschte vollkommene Dunkelheit. Die Luft war feucht, Elisabeth konnte nicht mehr richtig atmen. Weiter vorne sah sie einen dämmrigen Lichtschein. Sie verließen die Höhle und standen in einem Talkessel, der von gelblichen Wänden umgeben war. Elisabeth hörte Wasser glucksen und sah eine Quelle, die an drei Zelten vorbei zum Talausgang floss, wo sich die Wände wieder öffneten. Vor einem der Zelte war eine Fackel befestigt, deren flackerndes Licht die Szene in ein heimeliges Licht tauchte. »Ist das eure Behausung?«, fragte sie Leander.

»Ja, und es ist nicht die schlechteste.« Er steckte zwei Finger in den Mund und pfiff.

Von den Wänden über dem Höhleneingang kam ein ebensolcher Pfiff zurück. Elisabeth drehte sich um. Vier Gestalten waren dabei, an der Wand herunterzuklettern. Sie liefen heran, umringten die beiden und streckten ihr nacheinander ihre sandigen Hände hin.

»Dieser Pfiff bedeutet, dass keine Gefahr besteht, du also zu uns gehörst«, sagte einer. »Ich bin Martin, der Trommler.« Er war mittelgroß und mit einen dunklem Mantel und mit soldatischen Stulpenstiefeln bekleidet.

»Ich heiße Elisabeth und bin Köchin. Wie seid ihr ausgerechnet hierher gekommen?«, wollte sie wissen.

»Wir sind Musikanten und ziehen von Ort zu Ort, um den Leuten aufzuspielen«, erklärte ein anderer. Er war von etwas gedrungener Gestalt.

»Aber das lohnt sich nicht mehr in diesen Zeiten«, meldete sich ein dritter zu Wort.

»Das ist übrigens Daniel, der Sackpfeifer«, stellte Leander vor. Daniel hatte ein pausbäckiges, gutmütiges Gesicht. »Und das ist Hans, der mit der Laute.« Hans machte eine Verbeugung.

»Deshalb haben wir uns hierher zurückgezogen«, sagte schließlich der fünfte im Bunde. Das musste Konstantin mit der Geige sein. Er war lang und schmal, das glatte blonde Haar fiel ihm ins Gesicht.

»Und wovon lebt ihr, wenn ich fragen darf?«

»Wir ziehen des Nachts umher«, gab Leander zurück. »Es gibt überall noch etwas zu holen.«

»Aber wir nehmen's nur von den Reichen«, ergänzte Martin. »Was wir nicht unbedingt selbst zum Leben brauchen, geben wir den armen Bauern und Tagelöhnern in den Dörfern.«

Leander und Martin holten Holz von einem Stapel in der Nähe. Sie schichteten es zusammen mit Reisig unter zwei starken Ästen mit Astgabeln auf. Leander legte einen Drehspieß in die Gabeln und entfachte mit Hilfe eines Feuersteins und eines Zunderschwamms ein Feuer.

»Habt ihr keine Angst, entdeckt zu werden?«, fragte Elisabeth.

»Hier ist weit und breit niemand«, antwortete Leander. »Und falls doch einmal ein paar versprengte Söldner kommen sollten, können wir da hinten hinaus.« Er zeigte auf die Stelle, wo sich die Lösswände öffneten.

»Für den Ernstfall haben wir Waffen«, meinte Konstantin. »Da drinnen im Küchenzelt sind sie gelagert. Nachts nehmen wir sie mit in unsere Zelte.«

Daniel verschwand im Küchenzelt und brachte ein frisch geschlachtetes Ferkel zum Vorschein. Es war schon gehäutet. Daniel zog es auf den Spieß, legte ihn zurück auf die Astgabeln, und als das erste Fett in die Glut tropfte, begann er den Spieß zu drehen. Obwohl ihr der Magen knurrte wie ein junger Hund, bot Elisabeth ihm an, ihn abzulösen. Endlich war das Ferkel gebraten, mit einer glänzend braunen Knusperschicht überzogen. Leander zog sein Messer und zerteilte das Fleisch, gab jedem ein Stück Brot in die Hand. Elisabeth genoss das unvermutete Essen, genoss auch das Zusammensein mit diesen fünf gesetzlosen Gesellen. Wenn ihr schon nirgendwo auf der Welt ein Plätzchen vergönnt war, warum sollte sie dann nicht hierbleiben? Als hätte er ihre Gedanken erraten, sagte Leander: »Bleib doch bei uns, Elisabeth. Wir haben schon lange nach einer guten Köchin Ausschau gehalten.«

23.

Als Elisabeth am Morgen erwachte, wusste sie zunächst nicht, wo sie sich eigentlich befand. Dann kehrte ihre Erinnerung zurück. Sie hatte die Musikanten aus dem Tross wiedergetroffen, mit ihnen gegessen, getrunken und geplaudert. Spät nachts, als der sichelförmige Mond schon untergegangen war, hatte sie sich ein Bett im Küchenzelt bereitet. Es duftete würzig. Sie blickte sich um. Im Dämmerlicht des Morgens konnte sie Körbe mit getrockneten Hülsenfrüchten und Getreide erkennen sowie Stränge mit Knoblauch und Zwiebeln, die mit Haken an der Zeltdecke befestigt waren. In einem weiteren Korb lagen Eier aufgeschichtet. Ein großes Stück Speck hing ebenfalls an einem Haken herab, und auf einem Brett, das zum Hacken bestimmt schien, wölbte sich ein Brot mit dunkler Kruste. Elisabeth wusste schon, was es zum Frühmahl geben würde. Getreidebrei, gebratenen Speck und Eier. Sie erhob sich von ihrem Lager, legte die Decken zurecht und trat vor das Zelt. Die Sonne war noch nicht über die Wände des Talkessels gestiegen, und im Schatten war es empfindlich kühl. Elisabeth ging hinüber zur Quelle und wusch sich Gesicht, Hände und Füße. Danach fachte sie das Feuer an und holte die Zutaten für das Frühstück. Den Gerstenbrei weichte sie mit Quellwasser ein, tat ihn in einen Topf und setzte ihn auf den Rost, um ihn zu erwärmen. In einer Eisenpfanne briet sie Speck und gab die Eier darüber. Inzwischen waren die anderen ebenfalls wach geworden. Leander blinzelte sie verschlafen an.

»Das riecht aber verlockend«, sagte er und gähnte herzhaft. Bis die Männer sich kurz gewaschen und vollständig angekleidet hatten, war das Frühstück fertig. Alle griffen herzhaft zu.

»Wir sind noch ganz gut mit Vorräten eingedeckt«, meinte Leander und wischte sich mit einem Grasbüschel das Fett vom Kinn. »Aber bald müssen wir wieder etwas besorgen.«

»Wie geht das vor sich?«, wollte Elisabeth wissen.

»Also zunächst einmal versuchen wir, durch unsere Musik und unser Spiel auf den Märkten Geld zu verdienen. Wenn das nichts einbringt, müssen wir zu den Pfründen der Reichen.«

»Wir haben keinen Wein mehr«, ließ sich Daniel vernehmen. »Wir sollten heute nach Breisach gehen und den Leuten etwas vorspielen.«

»Ja, es wird Zeit, mal wieder rechtmäßig unter die Menschen zu kommen«, bekräftigte Hans.

Elisabeth wusch das Geschirr am Bach, die anderen räumten ihre Zelte auf. Als die Sonne endlich über die Wände gestiegen war, machten sie sich auf den Weg nach Breisach. Sie verließen den Talkessel dort, wo der Bach den Hügel hinunterfloss.

Auf Eselpfaden durchquerten sie die verlassenen Weinberge. Von einem Hügel aus konnte Elisabeth die Festung Breisach mit ihrem Münster, der Burg, den Türmen und Toren sehen. Auf dem Rhein schwammen schwerbeladene Lastkähne. Nach einer Stunde gelangten sie zu einem Tor der Stadt. Als der Torwächter sah, dass es Spielleute waren, ließ er sie gegen ein paar Kreuzer in die Stadt hinein. Es war viel in Bewegung an diesem Tag. Ochsen- und Pferdekarren zogen zum Marktplatz, hochbeladen mit Säcken, Kisten und Körben. Schweine- und Rinderherden wurden zur Burg hinaufgetrieben, viele Bürger hatten Federvieh und andere Dinge gehortet, um der drohenden Belagerung standhalten zu können. Ob ihre Geldbeutel angesichts dieser Gefahr wohl locker saßen? Als sich die Gruppe der Musikanten auf dem Marktplatz aufstellte und ihre Instrumente aufeinander einstimmte, blieben gleichwohl viele Menschen stehen und schauten dem Spektakel zu, das da kommen sollte. Martin begann mit einem Trommelwirbel.

»Hört, hört, ihr Leut«, rief Leander in die Menge. »Ihr sollt heut Zeugen werden, wie es einem Pfaffen ergeht, der sich seines Standes nicht als würdig erweist. Seid Ihr gewillt, uns anzuhören?«

»Ja, wir sind gewillt«, riefen einige Leute.

»Jetzt fangt endlich an«, brummte ein Bürger mit großem Straußen-Federhut.

Die vier andern begannen zu spielen, Leander sang dazu mit seinem schönen Bariton.

»Es wollt ein Bauer früh aufstehn
Wollt 'naus in seinen Acker gehen.
Falterie tarallala, falterie tara.«

Die anderen, auch Elisabeth, wiederholten den Refrain des Liedes nach jeder Strophe. Sie kannte das Lied aus ihrer Jugend, als Kinder hatten sie es oft gesungen, wenn kein Erwachsener in der Nähe war. Der Bauer erwischt in der Kammer einen Pfaffen, der sich gerade die Hosen hochzieht. Er wird vom Bauern verprügelt und hält sein »Arschgesicht« zum Fenster hinaus. Die Leute auf dem Marktplatz brüllten vor Lachen, schlugen sich auf die Schenkel und klatschten lange Beifall. Leander ging mit seinem Hut herum und sammelte Geld ein. Die Bürger wollten noch weitere Lieder hören, und es wurde ihnen gewährt. Als die Menschen sich schließlich zerstreuten, sah Elisabeth, wie ein Mann auf die Burg deutete und sagte: »So sind sie also, die feinen Herren. Sitzen den ganzen Tag da oben, fressen, saufen, derweil sich unsereiner überlegen muss, wo er sein Brot herbekommt!«

»Ja, und heut sind sie wieder auf die Jagd gegangen«, ereiferte sich eine Marktfrau, »die dürfen das natürlich, obwohl eigentlich Schonzeit ist. Wenn wir mal zufällig ein Reh erlegen, werden wir streng bestraft, mit Gefängnis oder sogar mit dem Tod!«

So war das also mit den Herren der Burg. Elisabeth wandte sich wieder Leander und den Musikanten zu.

»Zwanzig Kreuzer hat's gebracht«, sagt Leander. »Das reicht grad mal für eine fette Gans und zwei Schläuche mit Wein.«

Sie kauften diese Dinge auf dem Markt. Elisabeth erstand noch zwei Säckchen mit Pfeffer und Beifuß sowie einen Steinguttopf mit einem Klumpen Butter. Am frühen Nachmittag verließen sie die Stadt, nicht ohne vorher noch jeder einen Flammkuchen mit Zwiebeln, Speck und Schmand verzehrt zu haben. Zurück bei den Zelten, machte sich Elisabeth daran, die Gans zu rupfen. Die Daunen sammelte sie in einem Säckchen, sie würden sicher noch für irgendetwas zu gebrauchen sein. Sie nahm den Vogel aus, band seine Flügel und Beine an den Körper, steckte ihn auf den Spieß, bestrich ihn mit Butter, würzte mit Salz, Pfeffer und Beifuß und stellte eine Zinnschüssel darunter, um das Fett aufzufangen. Nach drei Stunden war der Gänsebraten fertig. Elisabeth nahm den Spieß herunter, legte die Gans auf ein Brett und zerteilte sie. Es schmeckte allen köstlich.

Der Monat März war zu Ende; inzwischen war es Mitte April geworden. Die Tage wurden länger und wärmer. Überall sprossen Blumen aus der Erde. Die Reben in den Weinbergen setzten zarte Blätter an, aber niemand war da, um sie nach unten zu biegen oder den Boden zu bearbeiten. Die Kirschbäume blühten, doch würde im Sommer irgendjemand die Früchte ernten? Einige von den fünf Männern hatten schon versucht, sich nachts in Elisabeths Zelt zu schleichen, aber Leander hatte dem ein für alle Mal ein Ende gemacht, indem er ihnen verbot, sie auch nur anzurühren. Der kleinen Gruppe war inzwischen wieder der Proviant ausgegangen. So berieten sie an einem Abend darüber, wo sie sich Vorräte beschaffen konnten. Das Lagerfeuer prasselte, singend knickten die dürren Äste um. Vom Himmel leuchtete der volle Mond.

»Die Höfe der wenigen reichen Bauern der Gegend haben wir ja schon abgeklappert«, ergriff Leander das Wort. »Von den Armen, die übriggeblieben sind, können wir nichts nehmen.«

»Und auch in den Städten gibt es nichts zu holen«, ergänzte Hans. »Emmendingen beispielsweise ist vollkommen zerstört. Da leben vielleicht noch ein paar Ratten und Sieche.« Seine Kohlenaugen blinzelten traurig.

»Ihr habt recht, die Lage ist ziemlich brenzlig«, meinte Daniel. »Die Bauern, bei denen wir schon waren, werden jetzt auf der Hut sein.«

»Leander«, sagte Martin. »Wir haben doch kürzlich einen Streifzug gemacht und waren auch in der Nähe von Rotweil. Das liegt etwas versteckt im Tal, da gab es doch hinten raus diesen Hof ...«

»Du meinst den Grottenbachhof?«, fragte Leander.

»Ja, genau den meine ich. Rotweil ist auch nicht so entvölkert wie die anderen Dörfer.«

»Dort werden wir einmal nachsehen, es könnte sich lohnen«, sagte Konstantin.

»Was heißt einmal?«, brauste Leander auf. »Gleich heute Nacht werden wir dorthin gehen, wir müssen doch überleben, du Rülp!«

»Ich habe Hunger!«, fiel Daniel ein.

»Und ich habe Durst«, ergänzte Hans.

Elisabeth wusste nicht so recht, wie sie sich verhalten sollte. Wäre es richtig, ihnen ihre Hilfe anzubieten? Aber damit würde sie sich zur Räuberin und Diebin machen. So weit war es also schon mit ihr gekommen!

»Braucht ihr mich bei diesem Beutezug?«, fragte sie zaghaft.

»Ja, wir brauchen dich«, sagte Leander. »Du bist eine Frau und Köchin noch dazu und weißt, wo die Bauern ihre Kostbarkeiten lagern.«

»Und was ist, wenn der Bauer aufwacht?«, fragte Elisabeth. Bei dem Gedanken wurde ihr ganz schwindlig.

»Dann nehmen wir unsere Beine in die Hand«, meinte Leander und grinste. »Für den Notfall haben wir ja noch unsere Pistolen und Dolche.« Er klopfte sich an die Seite, wo eine kleine Ausbuchtung zu sehen war.

»Das verhüte Gott, dass ihr sie gebrauchen müsst«, meinte Elisabeth.

»Sollen wir alle mitgehen?«, wollte Daniel wissen. »Jemand muss doch unseren Platz bewachen.«

»Du hast recht«, stimmte ihm Leander zu. »Martin und Konstantin bleiben hier, wir übrigen gehen gleich los. Das Dorf ist höchstens zwei Meilen von hier entfernt.«

Sie griffen sich ein paar Säcke, Felleisen und Körbe und wanderten durch die Nacht. Es duftete intensiv nach feuchter Erde, Schwärme von Nachtfaltern umtanzten sie. Der Grottenbachhof war ein Fachwerkbau mit vorkragenden Stockwerken, ein gemauertes Tor führte in den Innenbereich des Bauernhauses. Im Haus brannte kein Licht, die Bewohner schliefen also den Schlaf der Gerechten. Leander schlich mit Elisabeth zur Hintertür, derweil die anderen mit Säcken in den Händen warteten und achtgaben, ob jemand käme. Elisabeths Herz klopfte heftig. Was wäre, wenn der Bauer, seine Frau, seine Kinder, ein Knecht wach würden? Leander steckte ein Stück gebogenen Draht in das Schloss der Tür. Sie ließ sich mühelos öffnen. Sie befanden sich in einem Vorraum zur Küche, das merkte Elisabeth am Geruch nach warmer Asche. Doch wo konnten die Vorräte aufbewahrt sein? In ihrer Heimat hatten die Eltern den Vorratsraum außerhalb des Hauses eingerichtet, aber in einem Raum neben der Küche wurden ebenfalls kleinere Mengen Getreide, Eier, Butter, Brot und Schinken aufbewahrt. Glücklicherweise schien der Mond in die Küche herein, so dass Elisabeth sie durchqueren konnte, ohne irgendwo anzustoßen. Da war eine Tür. Elisabeth öffnete sie vorsichtig. Das war der Vorratsraum, es war ganz deutlich zu riechen. Hier lagerten die Brote, Butterstücke und Schinken, Würste und Käse. Und Winteräpfel und Lagermöhren. Wie hatte der Bauer nur in diesen Zeiten seine Ernte einbringen und vor Überfällen bewahren können? Elisabeth packte alles, was sie zu fassen bekam, in die mitgebrachten Säcke. Sie hörte ein Geräusch und sah Leander, der durch die Küche zur Stube schlich. Wahrscheinlich vermutete er dort Schmuck und Geld. Elisabeth nahm mit hinaus, was sie tragen konnte, und schickte Paul und Daniel hinein, um den Rest zu holen, vor allem einige von den Weinflaschen, die gut verkorkt in einem Regal aufgereiht waren. Leander kehrte zurück, in seinem Felleisen klimperte es verdächtig.

»Los, nichts wie weg«, sagte er leise. In diesem Augenblick schlug ein Hund an. Warum hatte er bei ihrem Kommen nicht gebellt? Das Tier stürzte auf sie zu, bleckte die Lefzen und knurrte sie wütend an. Ein Fenster wurde geöffnet, im Rahmen erschien ein dicker Mann in einem Leibhemd.

»Was ist denn da los?«, rief der Bauer. Geistesgegenwärtig langte Elisabeth in ihren Sack und warf dem Hund eine Wurst hin. Er beruhigte sich augenblicklich und schnappte nach der Wurst.

»Es treibt sich ja so allerlei Diebsgesindel in den Nächten herum«, sagte der Bauer zu jemandem, der hinter ihm stand. »Aber ich sehe nichts.«

»Der Hund hat wohl eine Ratte gehört«, tönte die Stimme einer Frau vom Fenster her. Es wurde wieder geschlossen. Eilig, wenn auch leise nahmen die vier den Weg zurück zum Talkessel. Leander und Hans gingen noch nach Achkarren, wo sie den Fruchtkasten plündern wollten, falls noch etwas darin wäre. In den nächsten Tagen verteilten sie das, was sie nicht unmittelbar brauchten, an die wenigen Armen, die noch in den Dörfern lebten. Der Mai kam, es wurde noch wärmer. Auf den Hängen des Kaiserstuhls blühten wilde Orchideen, blaue Iris und Berganemonen. Schmetterlinge taumelten von Blüte zu Blüte. Eines Tages waren die Vorräte endgültig erschöpft. Von den Reichen auch der weiter entfernt liegenden Orte war nichts mehr zu holen. Außerdem waren sie gewarnt. Die Gruppe konnte froh sein, dass keine Truppen ausgeschickt wurden, um sie auszuheben. Das hätte ihren sicheren Tod durch Aufhängen bedeutet.

Wieder einmal saßen sie nachts um das Lagerfeuer herum und berieten, was sie weiter tun sollten. Eine Nachtigall sang, und vom Wald her wehte der Duft des Silberblattes herüber. Elisabeth hatte begonnen, dieses Leben in freier Natur zu genießen. War es nicht viel schöner, unter dem Schutz dieser Truppe zu stehen, als in irgendeinem Tross mitzuziehen, der Lüsternheit und der Gewalt der Männer ausgeliefert zu sein und sie nach den Schlachten zu bekochen? An den Kardinal wagte sie gar nicht zu denken. Wie bitter enttäuscht er von ihr sein musste! Aber ihrem Ziel, zu Jakob zu gelangen, war sie um kein Stück näher gekommen. Sie konnte schließlich nicht einfach nach Breisach und zur Burg hineinmarschieren und sagen, dass sie den Offizier Jakob spreche wolle. In welcher Angelegenheit denn, bitte? Sie sah schon das anzügliche Grinsen im Gesicht des Torwächters. Und von Reinach würde gewiss Fragen nach ihrer Herkunft stellen. Oder sollte sie in der Stadt warten, bis Jakob einmal vorbeikäme? Wie sollte sie das ihren neuen Freunden erklären?

»Hörst du überhaupt zu?«, drang Leanders Stimme in ihr Bewusstsein.

»Entschuldige, ich habe gerade an … früher gedacht«, stammelte sie. Leander betrachtete sie mit einem prüfenden Blick.

»Sicher an einen Mann«, stellte er scheinbar gleichmütig fest. Konnte es sein, dass er eifersüchtig war? Aber er konnte doch keine Gedanken lesen!

»Es ist zwar keine Jagdzeit«, sagte Martin gerade, »aber daran können wir uns ebenso wenig halten wie die hohen Herren.«

»Was schlägst du vor?«, fragte Leander.

»Wir haben doch im Herbst ein paar Schlagbügelfallen gebaut. Damit gehen wir morgen in den Wald bei Vogtsburg.

Was wir nicht gefangen kriegen, können wir vielleicht auch mit den Pistolen erledigen.«

»Aber die Fallen waren wertlos, es ist kein einziges Wild reingegangen«, setzte Daniel dagegen.

»Jungens und Mädels«, beendete Leander das Gespräch. »Wir können uns keinen Aufschub leisten, wenn wir überleben wollen. Und jetzt Marsch ins Bett, morgen brauchen wir all unsere Kräfte!«

24.

Nach dem Frühstück, das aus gebratenen Wachteln, Weißbrot, Eiern in der Brühe und Sandkuchen bestanden hatte, begann Hans Heinrich von Reinach zu gähnen.

»Ich langweile mich noch zu Tode in dieser Burg, in dieser Stadt«, sagte er.

»Wir könnten doch mal wieder eine Treibjagd veranstalten«, schlug einer der Offiziere vor.

Das Gesicht von Reinachs erhellte sich. »Das ist ein vernünftiger Vorschlag«, meinte er. »Dann geh gleich in die Stadt und rekrutiere Treiber aus den Reihen der armen Leute.«

»Was sollen wir ihnen geben?«

»Die werden sich sicher gern ein paar Kreuzer verdienen. Oder nein, sie können die Innereien des Wildes haben, das ist gut genug für sie.«

Jakob war angewidert vom Geiz des Obersten. »Ich würde jedem von ihnen zwei Hasen geben«, meinte er. »Oder drei Fasane.«

»Wir jagen nur Großwild, Hirsche, allenfalls noch Rehe, aber keine Hasen.«

»Dann lasst sie doch selbst welche erlegen«, setzte Jakob dagegen.

»Also gut, wenn es sein muss«, lenkte von Reinach ein. »Aber Wein kriegen sie keinen von mir!«

»Wo wollt Ihr jagen, Herr?«, fragte der Offizier.

»Im Kaiserstuhl, bei dem Flecken Vogtsburg, da gibt es ausgedehnte Mischwälder, die vor Wild nur so wimmeln.«

Nachdem die Treiber beisammen und vorausgeschickt worden waren, brachen der Oberst und seine Leute am späten Vormittag auf. In der Stadt hatte sich Unruhe breitgemacht, alle hatten Angst vor der angekündigten Belagerung. Fieberhaft wurden weiterhin Vorräte herbeigeschafft. Jakob wunderte sich, woher all das Vieh, das Getreide und Sonstiges noch kommen mochte. Sie verließen die Stadt durch das Waldkircher Tor und wandten sich dem Kaiserstuhl zu. Ein tiefblauer Himmel spannte sich über der Rheinebene. Von weiter vorn grüßte der Tuniberg herüber. Und dahinter stieg schwarz und drohend das Waldgebirge auf. Es wurde immer heißer. Sie kamen durch menschenleere Dörfer, näherten sich dem Berg, der im Volksmund »Totenkopf« genannt wurde. Sie ritten bergan durch schattigen Buchen- und Eichenwald, der vom Knoblauchduft des Bärlauchs erfüllt war. Schließlich trafen sie auf die Treiber, die auf Reinachs Befehl hin ausschwärmten. Ein Unteroffizier blies in ein Jagdhorn.

Die fünf Musikanten und Elisabeth hatten die Weinberge mit ihren verwinkelten Treppen verlassen und stiegen nun durch den Wald bergan. Von weiter oben ertönte ein Jagdhorn.

»Oh, da sind uns wohl welche zuvorgekommen«, sagte Leander.

»Meinst du, dass wir umkehren müssen?«, fragte Martin. Die Enttäuschung war ihm deutlich anzumerken.

»Nein, aber wir sollten uns weiter nördlich halten«, antwortete Leander. »Wir brauchen ihnen ja nicht gerade in die Arme zu laufen.«

Sie wandten sich auf einen Pfad, der nach links wegführte. Elisabeth roch den Knoblauchduft des Bärlauchs. Erinnerungen stiegen in ihr hoch. Früher hatte sie die grünen Blätter immer im Mai gesammelt und zur Fleischbrühe gegeben. Man durfte sie nur nicht mit den Blättern der Maiglöckchen verwechseln, die zur gleichen Zeit wuchsen. Schließlich hob Leander den Arm. Die Gruppe hielt an. Die Fallen wurden in der weiteren Umgebung ausgelegt, dann hieß es warten, womöglich den ganzen Nachmittag, denn die scheuen Tiere ließen sich bei Tag nur selten sehen. Die Männer schwärmten aus, um mit ihren Pistolen auf die Jagd zu gehen. Elisabeth hatte sich ein Messer und ein Säckchen mitgebracht, um Wildkräuter und Beeren zu sammeln. Was das wohl für eine Jagdgesellschaft war, die sie oben im Wald gehört hatten? Sie entfernte sich von den anderen und begann, Bärlauchblätter abzuschneiden. Zu ihrer Freude fand sie nahe einer Ansiedlung von Jungtannen massenhaft Speisemorcheln, die sie ebenfalls abzuschneiden begann. Sie tat sie in einen Beutel. Wie gut würden die zu einem Rehrücken oder zu einer gebratenen Hirschkeule schmecken! Das Wasser lief ihr im Mund zusammen. Wie sie da so gebückt am Boden kniete, hörte sie mit einem Mal ein lautes Rascheln im Gebüsch. Was konnte das sein? Sie drehte den Kopf und sah einen Reiter auf sich zu preschen. Ihr Herz setzte einen Schlag aus, der Beutel fiel ihr aus der Hand. Es war Jakob. Er zügelte seinen Rappen, der sich aufbäumte, und kam vor ihr zum Stehen. Jakob sprang ab. »Mein Gott …«

»Jakob!«, rief sie und lief ihm entgegen. Er fing sie auf und schloss seine Arme um sie. Elisabeth erwiderte den Druck, doch dann warnte sie ihn: »Gib acht, dass dein Pferd nicht davonspringt!«

Er lachte. »Immer noch die praktische Elisabeth, die ich kennengelernt habe!«

Er setzte seinem Rappen nach, fing ihn ein und band ihn an einen Baumstamm. Jetzt trat er wieder auf sie zu, nahm ihr Gesicht in beide Hände und küsste sie behutsam.

»Nein, dass ich dir hier begegnen würde, hätte ich niemals gedacht«, meinte er. »Wo lebst du denn und von was?«

Elisabeth überlegte fieberhaft, ob sie ihm die Wahrheit sagen sollte. Vielleicht würde er sich von ihr abwenden, wenn er erfuhr, dass sie zu einer Räuberbande gehörte.

»Ich lebe in einer Hütte im Wald«, sagte sie, was ja zu einem Teil der Wahrheit entsprach.

»Das ist viel zu gefährlich für dich«, sagte Jakob. »Ich wollte, ich wüsste, wo ich dich unterbringen könnte.«

»Mir geht es gut dort, wo ich bin«, entgegnete sie.

»Ich muss weiter, Elisabeth, es könnte jeden Augenblick jemand von der Jagdgesellschaft auftauchen.«

»Du bist bei Hans Heinrich von Reinach, nicht wahr?«

»Ja, und es ist auszuhalten, wenn auch der Oberst-Zeugmeister selbst kaum auszuhalten ist«, sagte er. Er schaute sich um. »Komm doch morgen Abend an den Rhein«, meinte er und blickte ihr in die Augen. »Stell dir vor, ich habe Melvine und Paul wiedergefunden, vom ›Roten Ochsen‹ in Baden! Sie betreiben eine kleine Gaststätte, nicht allzu weit von Breisach entfernt. Du wirst sie nicht verfehlen.«

Mit diesen Worten band er sein Pferd los, stieg auf und ritt davon. Elisabeth nahm ihren Beutel an sich und stapfte durch dichtes Unterholz zurück zu den anderen. Kurz bevor sie die Stelle erreichte, an der sie die Männer verlassen hatte, krachte ein Pistolenschuss. Hoffentlich bemerkte das niemand von der Jagdgesellschaft! Sie sah Leander, der vor einem ausgewachsenen Wildschwein stand. Die anderen umringten ihn. Das Tier, offensichtlich eine Bache, war schon verendet.

»Ihr habt ein Wildschwein geschossen?«, rief Elisabeth ihnen freudig erregt zu.

»Wir hatten eine Falle bei einer der Suhlen aufgestellt«, entgegnete Leander. »Nach einer Stunde kamen sie aus der Deckung, und die hier ist in die Falle gegangen. Ich habe sie mit einem Genickschuss erledigt.«

»Waren keine Frischlinge bei ihr?«, wollte Elisabeth wissen.

»Um die machen wir uns keine Sorgen«, erwiderte Martin. »Die werden von den anderen Bachen mitversorgt.«

Martin lud sich das Tier auf den Rücken, Blut floss an seinem Gewand herab. Als sie ihren Lagerplatz erreicht hatten, machten sich Leander und Martin daran, dem Schwein die Haut abzuziehen. Das Fell würden sie trocknen und gerben, um es als wärmende Unterlage nutzen zu können. Leander und Martin hängten das Wildschwein an einen starken Ast, und Elisabeth zerlegte es mit einem scharfen Messer. Herz und Leber legte sie in eine Schüssel. Als Nächstes löste sie Lenden, Keulen und Koteletts aus. Mit einem Beil zertrennte sie die Knochen. Das Bauchfleisch würde noch ein gutes Gulasch ergeben. Lenden und Keulen briet sie mit der restlichen Butter in einem großen Topf an, löschte mit ein wenig Rotwein ab und würzte mit Salz und Pfeffer. Derweil das Fleisch schmorte, fing sie noch ein paar Krebse im Bach, die würde sie später in der Fleischbrühe mitkochen. Danach suchte sie eine Schüssel voll Löwenzahnblätter zusammen, gab Essig, Öl, Salz und Pfeffer und Bärlauch dazu und servierte den Salat schließlich zusammen mit den Fleischbrocken und Brot. Jeder bekam einen Teller in die Hand.

»Auf deine Kochkünste, Elisabeth«, sagte Leander und hob seinen Weinbecher.

»Ich habe getan, was ich konnte«, meinte sie und schob sich ein Stück saftigen Fleisches in den Mund. »Eine Kunst kann man allerdings nur dann ausüben, wenn man das nötige Handwerkszeug hat.«

»Wie meinst du das?«, fragte Leander.

Elisabeth lächelte. »Nun ja, der Künstler braucht erstens Material, das er bearbeiten kann.«

»Du meinst, Fleisch, Brot, Gemüse, Fische?«, fragte Daniel.

»Ja, und nicht nur das. Ich brauche auch Fett, Eier, Gewürze, Rahm und Wein.«

Daniel blies die Backen auf. »Davon haben wir nicht mehr viel, nicht wahr?« Genüsslich nagte er einen Knochen ab.

»Dann brauchen wir Zwiebeln, Knoblauch, Mehl, Brot, Früchte«, fuhr Konstantin mit der Aufzählung fort.

»Ja, aber woher nehmen und nicht stehlen?«, meinte Hans. Seine Kohleaugen blinzelten.

»Wir müssen morgen wieder los«, beschied Martin, der Trommler. »Haben wir noch Geld oder Schmuck?«

Leander nestelte ein Säckchen aus seinem Wams.

»Hier sind noch eine goldene Kette, ein Goldgulden und etliche Kreuzer drin«, sagte er.

Elisabeth beschloss, die Gelegenheit beim Schopf zu packen.

»Warum schwärmen wir nicht einzeln aus, um möglichst viel zusammenzubekommen?«, warf sie in die Runde. »Hans könnte nach Breisach gehen und ganz legal Gewürze und Sonstiges auf dem Markt kaufen. Daniel, du könntest den Armen unser restliches Fleisch bringen.«

»Ach, was gibt es denn bei uns morgen zum Essen?«, wollte Daniel wissen.

»Koteletts, abends Brot und Wurst, das, was Hans vom Markt mitbringt. Den Armen geben wir das Gulaschfleisch.«

»Und welche Arbeit hast du mir zugedacht?«, fragte Leander.

»Du kannst noch einmal nach den Fallen schauen«, meinte Elisabeth. »Vielleicht sind ein paar Hasen reingegangen.«

»Oder wenigstens ein Igel«, scherzte Daniel.

Elisabeth schüttelte sich.

»Ich bleibe dann als Wache hier am Platz«, meldete sich Konstantin zu Wort. »Und was machst du, Elisabeth?«

Sie holte tief Luft.

»Ein altes Mütterchen hat mir verraten, dass es am Rhein eine kleine Wirtschaft gibt. Ich kenne die Leute, die sie betreiben, von früher. Dort werde ich Fisch, Brot und alles besorgen, was uns fehlt.«

»Einverstanden«, sagte Leander. Er griff in seinen Beutel und gab ihr den Goldgulden. Hans bekam eine Handvoll Kreuzer. Er steckte sie in seine Gürteltasche und griff zu seiner Laute. Es klangen leise Lieder über den Platz, die Elisabeth ganz wehmütig machten. Doch sie hatte nicht lange Zeit, ihren Gedanken nachzuhängen. Als Hans mit seinem Gesang geendet hatte, mahnte Leander dazu, ins Bett zu gehen.

Am nächsten Tag stieg die Sonne mit aller Kraft über den Steilwänden empor. Nebel dampfte über dem Talkessel. Spatzen tschilpten und balgten sich um die Krümel. Nach dem Mittagessen zog jeder der jungen Männer seiner Wege. Elisabeth spülte das Geschirr, scheuerte das Fett mit dem Lößsand und einem Baumschwamm weg. Am Nachmittag schnallte sie sich ihren Rucksack auf den Rücken und machte sich auf den Weg. Die beiden Kochbücher hatte sie in einer Weidentruhe im Küchenzelt verstaut. Die Sonne brannte auf den Pfad herab, die Trockenmauern gaben die Hitze vielfach zurück. Auf den Wiesen blühte der Salbei, die Weinreben hatten Blätter und dicke Knospen angesetzt. Vor ihr lag im fernen Dunst die Rheinebene. Elisabeth nahm nicht den Weg, den sie mit den anderen nach Breisach gegangen war, sondern wandte sich nach Westen, dort, wo Weiden und Pappeln den großen Strom anzeigten. Nur selten begegnete ihr ein Mensch. Auf den Feldern wuchs kein Getreide, nirgendwo standen Kühe oder Pferde in einem Pferch. Inzwischen hatte Elisabeth den Rhein erreicht. Träge floss er in seinem breiten Bett dahin. Am Ufer hatte sich Dickicht angesiedelt. Jenseits des Weges, der dem Lauf des Flusses folgte, erstreckten sich die Altarme. Elisabeth zögerte. Sollte sie sich nach rechts oder nach links wenden? Sie entschloss sich, nach rechts zu gehen, weil sie sonst der Stadt Breisach zu nahe gekommen wäre. Nach einiger Zeit sah sie eine Bretterhütte vor sich stehen. Davor waren Tische und Bänke aufgestellt. Die Sonne stand schon recht tief über der Kette der Vogesen. Elisabeth gab sich einen Ruck und klopfte an die Tür der Hütte. Die Tür wurde aufgerissen, und Elisabeth schaute in Melvines kugelrunde Augen. Gleich darauf nahm die Wirtin sie in die Arme und drückte sie so heftig, dass es Elisabeth fast den Atem nahm. Endlich ließ Melvine sie los. Sie hatte Tränen in den Augen.

»Paul, komm mal schnell«, rief sie über die Schulter hinweg in die Hütte hinein. »Und sieh, wer zu Besuch gekommen ist!« Sie schniefte.

Paul kam jetzt ebenfalls an die Tür. Er nahm Elisabeths Hände und schwenkte sie hin und her.

»Dass ich das noch erleben darf«, murmelte er.

»Das Wiedersehen müssen wir feiern«, sagte Melvine bestimmt. »Setzt Euch schon mal an einen der Tische, Elisabeth, ich hole Wein und Wasser.«

Bald saßen sie zusammen und erzählten sich gegenseitig, was sie seit der Zeit in Baden erlebt hatten.

»Wir hatten kein Auskommen mehr in dem Städtchen«, sagte Paul. »Die neuen Herren, die Katholiken, verboten alles, was den Leuten bisher Freude gemacht hatte. Die Bäder wurden geschlossen, so dass auch keine Gäste mehr kamen, wir mussten unsere Wirtschaft um neun Uhr abends schließen, an Sonntagen durften wir schon gar nicht öffnen.«

»Und da sind wir nach Durlach gezogen, wo der Markgraf residierte«, warf Melvine ein. »Aber da war es auf Dauer auch nichts.«

»Habt Ihr Hermine, meine Magd, dort gesehen?«, fragte Elisabeth.

»Ja, aber sie ist zusammen mit dem Markgrafen woanders hingegangen, auf die französische Seite, glaube ich.«

»So waren wir mal hier, mal dort, und sind schließlich hier gelandet«, schloss Paul.

»Habt Ihr denn ein Auskommen?«, wollte Elisabeth wissen. Melvine seufzte. »Wenn nicht immer wieder der Oberst mit seinen Leuten kommen würde, könnten wir davon nicht leben«, meinte sie.

»Na ja, ein paar der reicheren Bürger von Breisach und Burkheim kommen auch öfter vorbei«, stellte Paul fest.

»Wie ist es Euch denn ergangen, Elisabeth?«, wollte Melvine wissen.

»Ach, was soll ich erzählen, das ist eine lange Geschichte.«

»Wir wollen sie hören«, meinte Paul und prostete ihr zu. Die Sonne war inzwischen hinter dem Kamm der Vogesen versunken. Mückenschwärme stiegen vom Rhein auf. Elisabeth spürte einen Stich und schlug nach dem lästigen Insekt.

»Zusammen mit Agnes und dem Kardinal war ich eigentlich überall und nirgends«, begann sie. »Erst einmal sind wir mit Kardinal Weltlin nach Straßburg, dann ging es ins Kloster Lichtenthal und darauf nach Paris und Burgund. Zuletzt war ich in Rheinfelden.«

»Seid Ihr nicht mehr die Köchin des Kardinals?«, wollte Melvine wissen.

Elisabeth schluckte. »Wir ... haben uns entzweit«, sagte sie leise.

»Dann ist es wohl kein Wunder, dass die Neuigkeit umgeht, der Kardinal lebe jetzt mit einer Mätresse in Straßburg«, warf Paul ein.

Elisabeth wäre fast ihr Weinbecher aus der Hand gefallen.

»Davon weiß ich nichts«, antwortete sie.

Jetzt hatte Agnes also ihr Ziel, Mätresse eines hochgestellten Mannes zu werden, erreicht!

In Elisabeths Magen begann sich ein Knoten zu bilden. Agnes hatte sie nicht nur beim Kardinal denunziert, sondern schon viel früher bei König Ludwig XIII., als es um die Lutherbibeln ging.

»Schade, Kardinal Weltlin war so ein reizender Mann«, plauderte Melvine weiter. »Ich dachte immer, der hätte ein Auge auf Euch geworfen.«

Hat er ja auch, dachte Elisabeth. Vom Weg her war Hufgeklapper zu hören. Jakob kam herangetrabt, zügelte sein Pferd und sprang ab. Er band es an einem Baum fest und kam zu ihnen herüber. Jakob gab den Wirten die Hand und umarmte Elisabeth. Melvine verschwand in der Gaststube und kam wenig später mit einer Öllampe sowie einer Platte geräuchertem Aal und schwarzem Brot heraus.

»Es war gar nicht einfach, mich von der Festung loszueisen«, erzählte Jakob und langte herzhaft zu. Elisabeth hatte zwar immer noch Bauchweh, aber dem feinen Duft des Aals konnte sie nicht widerstehen.

»Ich habe schließlich gesagt, ich müsse dringend Fisch von Melvine und Paul für die Belagerung besorgen. Die Mägde könnten das, was nicht gleich verbraucht würde, trocknen und für Notzeiten bereithalten.«

»Heute Morgen hat uns der Fischer erst wieder eine ganze Ladung gebracht«, sagte Paul. »Hechte, Forellen, Karpfen, Zander und Aale. Einen Teil davon räuchern wir, ein Teil steht zum Verkauf bereit.«

»Das passt ja prächtig zusammen«, meinte Jakob.

»Ich brauche ebenfalls Fisch«, sagte Elisabeth.

Jakob schaute Elisabeth an. »Wollen wir noch einen kleinen Nachtspaziergang machen?«

»Sehr gerne«, erwiderte sie.

»Geht nur«, sagte Melvine, »wir richten derweil den Fisch für Euch hin.«

Jakob und Elisabeth nahmen den Weg, der am Rhein entlangführte. Er griff nach ihrer Hand. Es schien kein Mond, aber das Licht der unzähligen Sterne spiegelte sich auf dem Wasser. Ab und zu platschte es, wenn ein Fisch nach den Mücken schnappte, die immer noch über der Oberfläche tanzten. Im Unterholz der Altarme zirpten Grillen, als würden sie Hochzeit feiern. Als die beiden außer Sichtweite der Wirtschaft waren, ließ Jakob ihre Hand los und zog sie an sich.

»Bin ich froh, dass ich dich wiederhabe«, murmelte er in ihr Haar. Sie sagte nichts, sondern öffnete ihren Mund. Seine Lippen legten sich warm und leicht auf die ihren. Sanft grub er sich immer tiefer in sie hinein. Elisabeths Knie wurden weich, sie hätte sich am liebsten zu Boden gleiten lassen. Bevor sie weiterdenken konnte, lag sie schon im weichen Gras der Böschung. Jakob strich ihr über die Schultern, über den Hals, glitt dann zu ihrem Busen herunter. Sie war von einem nie gekannten Glücksgefühl erfüllt. Von der Wirtschaft her war das Trappeln von

Hufen zu hören. Erschrocken fuhren beide hoch. Elisabeth strich ihren Rock glatt. Die beiden standen auf, und Elisabeth hörte eine barsche männliche Stimme sagen: »Wo ist mein Offizier Jakob? Er hat gesagt, er wolle hier bei Euch Fische kaufen. Ich bin ihm nach, weil es auf der Burg mal wieder ach so langweilig war.«

»Er wollte nur kurz austreten«, sagte Paul geistesgegenwärtig. »Gleich müsste er wieder hier sein. Seht, wir haben die Fische schon für ihn gerichtet.«

Jakob drückte Elisabeth noch einen Kuss auf den Mund und flüsterte: »Komm in zwei Tagen wieder hierher, ich schaue, wie ich den Kommandanten abwimmeln kann. Nein, halt«, setzte er hinzu. »Es ist zu gefährlich. Ich selbst werde in zwei Tagen zu dir kommen. Wenn du mir sagst, wo wir uns treffen könnten.«

»Bei Rotweil«, raunte Elisabeth zurück. »Außerhalb des Dorfes, wenn du von Oberbergen kommst.«

Er löste sich von ihr und schlenderte betont gleichmütig zum Kommandanten von Reinach und seinen Offizieren.

25.

Elisabeth wurde das Warten in dem Gebüsch zu lang. Sie musste an sich halten, um nicht nach den Mücken zu schlagen, die sie immer wieder stachen. Endlich waren Reinach und seine Männer verschwunden. Elisabeth lief zur Hütte und wurde mit Augenzwinkern empfangen.

»Das ist ja gerade noch mal gut gegangen«, meinte Paul. »Ist wohl ein wenig arg gefährlich, sich hier mit Jakob zu treffen.«

»Das habe ich selbst schon bemerkt«, meinte Elisabeth. »Ich werde Euch beide nicht mehr einer solchen Gefahr aussetzen.«

»Aber Ihr kommt doch mal wieder vorbei?«, fragte Melvine.

»Gern«, meinte Elisabeth. »Wenn die Umstände es zulassen.«

»Es ist schon spät, Ihr müsst den Heimweg antreten«, drängte Paul.

»Sie kann doch bei uns übernachten«, fiel Melvine ein.

»Nein, das möchte ich nicht«, sagte Elisabeth. »Ich werde erwartet.«

Elisabeth ließ sich von Melvine den Rucksack und einen Leinenbeutel mit Fisch, Brot und Gewürzen füllen. Sie verabschiedete sich herzlich von ihren Gastgebern.

»Möge Gott Euch behüten«, sagte Melvine und umarmte sie.

»Möge Gott Euch's vergelten«, erwiderte Elisabeth und wandte sich zum Gehen. Sie konnte nur ahnen, wo sich der Ort befand, an dem ihre Gefährten auf sie warteten. Blind stolperte sie den Weg zurück zum Kaiserstuhl. Kein Mond war da, um die Gegend zu beleuchten, wieder musste sich Elisabeth an den Sternen orientieren. Endlich verließ der Weg die Ebene und wand sich in den Wald hinauf. Sie tastete sich vorwärts. Es schien ihr, als seien schon Stunden vergangen, seit sie die Wirtschaft am Rheinufer verlassen hatte. Brot und Gewürze trug sie in dem Leinenbeutel über der Schulter. Elisabeth wartete darauf, dass eine Kirche der Umgebung die Stunde schlug. Dabei fiel ihr ein, dass vor ein paar Tagen Söldner durch den Kaiserstuhl gezogen waren und die Glocken aller Kirchen geraubt hatten, um sie zu Kugeln umzugießen. Sie waren überall herum geschwärmt, und es grenzte an ein Wunder, dass sie die sechs Ausgestoßenen nicht entdeckt hatten. So konnte sie sich nur auf ihr Gefühl und ihre Fähigkeit zur Orientierung verlassen. Schließlich kam ihr alles bekannter vor, und sie fand den Eingang zu der Höhle. Als sie bei den Zelten ankam, stand Leander neben einem Feuer, das schon stark heruntergebrannt war.

»Du kommst spät«, sagte er. »Ich habe auf dich gewartet.«

»Ich musste zum Essen bleiben«, entgegnete Elisabeth. »Und dann habe ich mich auch noch ein wenig verlaufen.«

Er musterte sie fragend.

»Gute Nacht, Leander«, sagte sie.

»Gute Nacht, Elisabeth, und träum recht schön«, kam es von ihm mit einer Stimme, die Elisabeth unter die Haut ging. Die frischen Fische packte sie in einen Weidenkorb, den sie im Bach versenkte. Den Räucheraal, das Brot und die Gewürze nahm sie mit ins Zelt. Sie träumte tatsächlich in dieser Nacht. Wieder sah sie das Schiff vor sich, es kam den Rhein herabgefahren. Sie lief zum Ufer, um den Personen an Deck zuzuwinken. Da schoss ein Lichtblitz aus der Seite des Schiffes, ein ohrenbetäubender Knall folgte, und eine mächtige Kugel sauste knapp an ihrem Kopf vorbei. Sie warf sich zu Boden. Weitere Blitze, weiterer Donner, noch mehr Kugeln folgten. Gras und Dreck spritzten in ihrer Nähe auf. Elisabeth faltete die Hände und betete. Schweißgebadet erwachte sie am Morgen, eine Amsel flötete. Elisabeth schaute sich im Küchenzelt um. Viele neue Vorräte waren dort gelagert, in Öl eingelegtes Fleisch, Brot, kleine Rettiche, Zwiebeln, Knoblauch, Spinat, junge Möhren,

Mangold und Zuckerschoten. Es gab Butter und Schmalz im Tontopf, eine Kiste mit Eiern, eine Kanne Sahne und etliche Flaschen Wein, dazu einen Sack Mehl. Jetzt waren sie für die nächste Zeit versorgt. Doch konnte Paul das alles von dem wenigen Geld gekauft haben? Elisabeth trat aus dem Zelt. Die Sonne war noch nicht aufgegangen. Tau glänzte im Gras des Talkessels, der Bach plätscherte munter vor sich hin. Daniel war dabei, das Feuer neu zu schüren.

»Guten Morgen, Daniel«, grüßte Elisabeth. »Hast du den Dorfbewohnern ihr Essen gebracht?«

»Ja«, sagte er. »Und sie waren wie immer sehr dankbar dafür! Haben mir auch einen Hinweis gegeben, wo wir in nächster Zeit fündig werden könnten.«

»Warum kümmern sie sich nicht selbst darum?«, fragte Elisabeth. »Dann müssten sie nicht auf unser Almosen warten.«

»Sie fühlen sich zu schwach und haben zu viel Angst vor der Obrigkeit« sagte Daniel.

Die vier anderen Männer traten aus den Zelten und gähnten herzhaft.

»Wie hast du denn den großen Einkauf zustande gebracht, Hans?«, fragte Elisabeth.

»Ach, derweil ich mit den Händlern feilschte, habe ich hier und da noch etwas mitgehen lassen«, meinte er und lachte.

»Ich habe noch zwei Waldhasen in einer Falle gefunden«, warf Leander ein.

»Also, dann können wir Brot und Räucheraal zum Frühstück essen«, stellte Elisabeth fest. »Alles andere werde ich so bearbeiten, dass es haltbar wird. Das bringt uns zwei Wochen über die Runden.«

So viel zum Essen, dachte sie, das kann doch nicht wahr sein.

»Wie hast du denn das alles transportiert?«, fragte sie Hans. Von weiter unten, wo eine Weide am Bach stand und ihre langen Zweige hineinhängen ließ, ertönte ein heiserer Laut.

»Ein Esel!«, entfuhr es Elisabeth. »Wo hast du denn den her?«

»Der stand am Wegesrand, der Bauer machte gerade ein Nickerchen …«

Mein Gott, dachte Elisabeth, wie lange wird das noch gut gehen?

»Die Hälfte der Sachen bringen wir den Armen«, beschied Leander. Elisabeth war es recht. Dann würden die Vorräte eben nur eine Woche reichen, und sie mussten bald wieder losziehen, um neue zu besorgen. Schon ein Grund, um in zwei Tagen die Gegend um Rotweil zu erforschen. Den Vormittag verbrachte sie damit, die Lebensmittel zu verarbeiten und haltbar zu machen. Zwiebeln und Knoblauch flocht sie zu Zöpfen und hängte sie mit Haken an die Decke des Zeltes. Zuckerschoten und Möhren gab es als Beilage zu den Wildschweinkoteletts.

Am nächsten Tag verkündete Elisabeth den anderen nach dem Mittagessen, dass sie Maipilze suchen wolle und am Abend zurück sei. Sie band sich den Rucksack auf den Rücken und nahm denselben Weg nach Rotweil, den sie neulich in der Nacht mit den anderen gegangen war. Die Weinreben hatten schon kleine Beeren angesetzt, überhaupt stand die Üppigkeit in scharfem Gegensatz zur Verlassenheit der Gegend. Oben auf dem Berg kam der Ort Rotweil in Sicht. Elisabeth hielt sich nicht auf dem Hauptweg, sondern folgte einem Pfad durch die Weinberge. Bei einer Gruppe von Kastanien konnte sie Jakob sehen, der auf sie wartete. Er band sein Pferd fest und zog sie in das Dickicht hinter der Kastanie.

»Ich habe mich so sehr nach dir gesehnt«, sagte er leise und zog sie an sich. Elisabeth überlegt keinen Augenblick länger. Wozu sollte sie warten? Es war Krieg, und es war nicht gewiss, ob es nicht das letzte Mal sein würde, dass sie sich sahen. So ließ sie es zu, dass er ihr das Kleid abstreifte. Er begann, sich selbst seiner Kleider zu entledigen. Die Schatten der Zweige spielten auf seinem Körper. Sie küssten sich, immer intensiver, der Duft von Erde kam Elisabeth entgegen. Schon lag sie unter ihm im weichen Gras. Er nahm sie langsam und genussvoll. Sie stöhnte.

Gerade überließ sie sich den Wogen, die er in ihr ausgelöst hatte, als sie Zweige knacken hörte. Ihr Herz begann wild zu klopfen.

»Da kommt jemand«, raunte sie ihm zu. Sie packten ihre Kleider und zogen sich so schnell und leise wie möglich wieder an. Kaum waren sie fertig, als auch schon eine Gestalt bei der Kastanie erschien und besitzergreifend den Rappen an den Nüstern kraulte. Elisabeth traute ihren Augen nicht.

»Ich bring sie um!«, raunte Jakob.

Wer da süffisant lächelnd bei Jakobs Pferd stand, war niemand anders als Elisabeths Schwester Agnes. Sie schien noch kleiner und dünner als früher zu sein, ihr feines blondes Haar umrahmte ihr spitzes Gesicht mit den großen Augen.

Elisabeth trat aus den Büschen heraus.

»Glaubt nicht, dass ich euch nicht gesehen hätte«, sagte Agnes. »Und gehört«, fügte sie mit einem verschwörerischen Gesichtsausdruck hinzu.

Elisabeth stand wie versteinert.

»Agnes! Wie kommst du denn hierher?«, brachte sie schließlich hervor. »Ich dachte, du wärest in Straßburg!«

Agnes schnaubte verächtlich. »Schon lange nicht mehr. Nachdem du so Hals über Kopf fortgerannt bist.«

»Ich bin nicht fortgerannt«, rief Elisabeth. »Du hast mich bei ihm angeschwärzt! Und er hat mich weggeschickt!«

»Ihr beiden Schwestern habt offensichtlich Familienangelegenheiten zu klären«, meinte Jakob mit zusammengepressten Lippen. »Dann werde ich mich mal zum Bauern hinmachen, ich habe meinem Kommandanten versprochen, mindestens fünf Kühe zu kaufen.«

»Jakob, bleib …«, stammelte Elisabeth. Aber Jakob hatte seinen Rappen schon losgebunden, sprang auf, gab ihm die Sporen und preschte davon.

»Jetzt hast du mal wieder erreicht, was du wolltest«, sagte Elisabeth bitter zu ihrer Schwester.

»Was heißt erreicht? Ich habe den Kardinal nicht haben wollen, und deinen kaiserlichen Söldner will ich schon gar nicht. Ich will nur das, was mir zusteht.«

»Ach ja? Was steht dir denn zu?«

»Das, was du auch hast, genug zu essen, Kleider, Pferde und Wagen.«

Elisabeth tat einen Schritt auf Agnes zu, ergriff sie bei den Schultern und schüttelte sie.

»Du erzählst mir jetzt der Reihe nach, was geschehen ist, seit ich Straßburg verlassen habe«, sagte sie mit fester Stimme.

»Der Kardinal war schuld an allem. Er hat sich und mich reingeritten mit seinen blöden Lutherbibeln, die er glaubte, drucken lassen zu müssen. Irgendwie hat Kardinal Richelieu Wind davon gekriegt und ließ ihn abführen und einsperren. Ich selbst konnte meine Unschuld beweisen, ich habe nichts davon gewusst.«

»Aber ich dachte, Richelieu sei ein Freidenker?«

»In seinem Amt als Kardinal musste er so handeln. Auf geheimnisvolle Weise kam Weltlin kurz darauf wieder frei. Und da ich mich im Bischofshof von Straßburg nur tödlich gelangweilt hätte, folgte ich ihm auf geheimen Wegen nach Freiburg.«

»Nach Freiburg?«, rief Elisabeth aus. »Dort seid ihr die ganze Zeit gewesen?«

»Naja, der Kardinal ist immer noch dort und wahrscheinlich umso lieber, als jetzt Bernhard von Sachsen-Weimar in der Stadt residiert.«

»Wer hat die Freilassung vom Kardinal Weltlin bewirkt? Und warum bist du hier und nicht an seiner Seite?« Elisabeths Blut rauschte in ihren Ohren.

»Die Freilassung hat wohl Ludwig bewirkt, so vermutet unser Kardinal. Ich bin abgehauen, weil er mich immer mehr bedrängt hat, mich zu seiner Mätresse machen wollte.«

»Das ist nicht wahr!«, schrie Elisabeth. »Er hat nie viel für dich übriggehabt.«

»Schrei nicht so, willst du, dass die Leute aus dem Dorf herbeigelaufen kommen?«

Elisabeth packte Agnes wieder bei den Schultern, schüttelte sie noch heftiger.

»Sag mir jetzt die Wahrheit, oder ich bringe dich nach Breisach an den Pranger, als Trosshure und Schlimmeres!«

»Au, du tust mir weh«, jammerte Agnes. »Ich erzähle es dir ja schon. Ich wurde seiner überdrüssig, und außerdem war er mir zu alt. In Freiburg gab es bald nichts Gescheites mehr zu essen. So bin ich nach Breisach gegangen, weil ich wusste, dass Jakob zu seinem kaiserlichen Heer zurückgekehrt war.«

»Woher wusstest du das?«

»Die Spatzen pfiffen es von den Dächern.« Sie spitzte die Lippen und flötete eine kleine Melodie.

»Komm zur Sache und rede dich vor allem nicht raus.« Elisabeth konnte kaum an sich halten, so wütend war sie. »Und dann?«

»Dann war ich in Breisach auf dem Marktplatz und beobachtete die Männer, die aus der Burg rauskamen. Ich erkannte Jakob gleich. Er hat sich überhaupt nicht verändert, nur brauner ist er im Gesicht geworden.«

»Was hast du dann gemacht?«

»Ich bin ihm gefolgt, konnte aber mit seinem Pferd nicht Schritt halten, natürlich. Als ich aus dem Waldkircher Tor hinausschaute, sah ich ihn in Richtung Kaiserstuhl davonreiten.«

»Du bist ihm doch nicht etwa gefolgt?«

»Doch, ich hatte noch Geld vom Kardinal und habe mir flugs ein Pferd gemietet und bin ihm nach.«

Elisabeth war fassungslos. »Wo ist denn das Pferd?«

»Das habe ich weiter da hinten angebunden. Was ist jetzt? Du siehst gesund und wohlgenährt aus. Willst du mich nicht mitnehmen zu dem Ort, an dem du neuerdings lebst?«

In Elisabeth stritten sich die Gefühle. Einerseits hatte sie Agnes immer geliebt und sich verantwortlich für sie gefühlt. Auf der anderen Seite hatte sie ihr nicht vergessen, was sie ihr in Straßburg und in Paris angetan hatte.

»Verzeih mir«, sagte Agnes und schaute zerknirscht zu Boden.

»Also gut«, sagte Elisabeth, nun wieder besänftigt. »Ich nehme dich mit. Das Pferd können wir gut gebrauchen. Aber du musst mir noch helfen, Maipilze zu sammeln, ich habe versprochen, welche mitzubringen.«

Sie wandten sich vom Dorf weg und trafen auf das Pferd, von dem Agnes gesprochen hatte. Es war ein schöner, kräftiger Brauner. Elisabeth schwitzte in der Schwüle des Nachmittags und schaute zum Himmel, an dem sich Blumenkohlwolken gebildet hatten.

»Wir müssen uns beeilen«, sagte sie. »Ein Gewitter ist im Anzug.«

Agnes führte das Pferd am Zügel. Ihr Reisebeutel war hinter dem Sattel befestigt. In einem Waldstück band sie den Braunen wieder fest und schwärmte mit Elisabeth aus. Bald hatten sie einen Rucksack voll mit Maipilzen zusammen. In der Ferne grollte schon der Donner. Die Blitze und die Schläge kamen immer näher. Bald prasselte der Regen durch das Laubdach auf sie herab. Als sie den Talkessel durch den hinteren Eingang erreichten, waren sie völlig durchnässt.

26.

Jakob trabte auf seinem Rappen in das Dörfchen Rotweil hinein. Er war noch ganz benommen von seinem Zusammensein mit Elisabeth und dem Auftritt von Agnes. Wie gern wäre er noch länger mit der geliebten Frau zusammen gewesen. Und dann tauchte dieses halb verhungerte Wesen auf und machte alles kaputt. Was war nur geschehen? Beim Gedanken an Kardinal Weltlin ballte er die Fäuste. Er hatte sich gewünscht, dass dieser Mann nie wieder seine Wege kreuzen würde. Magere Frauen und Kinder starrten ihm entgegen, manche begannen bei seinem Anblick zu wehklagen und liefen mit aufgehaltenen Händen auf ihn zu. Er verteilte die Kreuzer, die er neben dem Kostgeld bei sich hatte. Der Grottenbauernhof, den er im Auftrag von Reinachs aufsuchen sollte, lag in einem Seitental. Auf den Wiesen rund herum standen wohlgenährte Kühe und Pferde, durch hohe Lattenzäune geschützt. Ein Knecht kam aus dem Stall und richtete eine Pistole auf Jakob, als er näher kam.

»Halt, keinen Schritt weiter«, rief er. »Der Grottenbachbauer versteht keinen Spaß, wenn es um sein Eigentum geht!«

Jakob hob die Hände. »Ich komme, um ihm ein paar Stück von seinem Vieh abzukaufen«, sagte er.

»Könnt Ihr denn auch zahlen?«, knurrte der Knecht. In der Tür seines Hauses erschien nun der Bauer. Er war gekleidet wie ein Adliger, mit seidenem Wams, das sich über seinem Bauch spannte, Stulpenstiefeln und Federhut. Hinter ihm tauchte seine Frau auf, in einem Kleid aus schwarzem Atlas und mit einer Hörnerkappe auf dem Kopf.

»Ihr wollt etwas von mir kaufen?«, fragte der Bauer, die Augen misstrauisch zusammengekniffen.

»Gib acht, Mann, dass er uns nicht betrügt«, keifte die Frau. »Denk an die Strauchdiebe, die kürzlich da waren und uns überfallen haben!«

»Dieses Gesindel gehört aufgehängt!«, fluchte der Bauer. »Was wollt Ihr nun von mir, Soldat?«

»Hauptmann, wenn's beliebt«, gab Jakob zurück. »Im Auftrag meines Herrn von Reinach, Kommandant der Festung Breisach, soll ich fünf Rinder und sieben Schweine kaufen.«

»Mehr nicht?«, eiferte der Bauer. »Kann er sich etwa nicht mehr leisten? Er muss doch zusehen, dass er Hunderte von Mäulern stopft, wenn die Belagerung erst angeht.«

»Nun, über die Höhe seiner Mittel habe ich keine Kenntnis«, sagte Jakob. Er konnte schließlich nicht erzählen, dass der Kommandant als Geizhals verschrien war.

»Hol schon die Kühe und Schweine«, wies der Bauer seinen Knecht an. Der Knecht schlenderte hinüber zur Weide, öffnete das Gatter, trieb mit einer Weidenrute fünf der Kühe heraus und ging dann zum Stall.

»Und du, bring unserem Gast einen Trunk und eine Leine für die Tiere«, sagte der Bauer zu seiner Frau. Sie gehorchte und kam kurz darauf mit einer langen Leine und zwei Bechern Wein heraus. Jakob zahlte den Bauern mit Goldgulden aus und musste mit ihm anstoßen.

»Viel Glück«, wünschte ihm der Bauer, nachdem Jakob die Tiere mit einem Strick verbunden hatte, den er an seinen Sattelknauf band. »Auf dass Euer Herr und die Breisacher lange durchhalten!«

Jakob setzte sich langsam in Bewegung, die Tiere im Schlepptau. Er schwitzte. Am Himmel hatten sich Blumenkohlwolken gebildet. Kleine Gewitterfliegen umsurrten ihn und stachen durch den dünnen Stoff seines Hemdes hindurch. Der Ritt durch den Kaiserstuhl kam ihm ewig lang vor. Der Himmel verdüsterte sich immer mehr, erste Blitze zuckten über den Himmel. Als Jakob die Rheinebene erreichte, fielen die ersten

Tropfen. Bald rauschte der Regen ungehindert nieder. Völlig durchnässt kam Jakob in Breisach an, wies sich am Tor aus und ritt zur Burg hinauf. Die Tiere übergab er dem Stallknecht. Wie er wusste, war der Viehbestand nicht eben hoch. Warum musste der Kommandant auch so sehr prassen und so viele Feste feiern! Wenn es hart auf hart kam, würde nicht mehr viel übrig sein, um seine Mannschaft und vor allem die Bevölkerung zu ernähren. Der Regen hatte inzwischen nachgelassen. Jakob begab sich in sein Gemach, um sich umzuziehen. Ein Diener kam und meldete, der Kommandant erwarte ihn im Speisesaal. Wie erwartet, saß von Reinach inmitten seiner Offiziere, seiner Familie und ein paar Damen zweifelhaften Rufes an einer üppig beladenen Tafel. Das Gesicht des Kommandanten war gerötet, die Augen waren blutunterlaufen.

»Komm, setz dich her, Jakob«, forderte er ihn leutselig auf. »Hast du meinen Auftrag erfüllt?«

»Zu Befehl, mein Kommandant«, sagte Jakob. Er ließ sich an der Tafel nieder. Von Reinach nötigte ihn, zu essen und zu trinken, aber Jakob fühlte sich angewidert vom dessen Betragen und nahm nur ein Stück Brot, eine kleine gebratene Forelle und einen Becher Wein.

»Es ist unglaublich, wie Richelieu unseren ehrenwerten Herrn van Werth hofiert«, sagte von Reinach mit schwerer Zunge.

»Ach, ist der nicht mehr inhaftiert?«, fragte einer der Offiziere mit hochgezogenen Augenbrauen.

»Bernhard von Sachsen-Weimar musste van Werth an die Franzosen ausliefern«, erzählte der Kommandant weiter. »Das hätte ich mir an seiner Stelle nicht gefallen lassen, von den Parisern begafft zu werden!«

»Schande den Franzosen!«, rief der Offizier, andere stimmten ein.

»Wollt ihr wissen, wie es weiterging mit Johann von Werth?«, fragte der Kommandant dröhnend. Ohne eine Antwort abzuwarten, fuhr er fort: »Als van Werth nach Vincennes kam, strömte die Bevölkerung herbei, um den berühmten Kriegsherrn zu sehen, ihn zu bestaunen und zu begrüßen. So was sollte mir mal geschehen!«

»Das wird dir auch geschehen«, kam es von der Seite der Offiziere. »Wenn du erst mal ruhmreich den Bernhard geschlagen hast!«

Das wird dir nicht geschehen, sagte sich Jakob im Stillen. Von Reinach nahm einen großen Schluck Wein.

»Van Werth wurde überall in allen Ehren empfangen und glänzend bewirtet. Ludwig XIII. höchstselbst hat ihn eingeladen, an seinem Hof zu leben. Die edelsten Frauen suchen seine Gesellschaft, selbst sein Trinken und sein Tabakrauchen wird wie eine liebenswerte Marotte begrüßt!«

»Nun ja, wenn du mir eine Bemerkung erlaubst«, sagte Jakob. »Ich habe selbst unter van Werth gedient und kann ihm nichts Schlechtes nachsagen, außer, dass er unverhältnismäßig unter der Bevölkerung gewütet hat. Dass er ein großer Feldherr ist, wird niemand bestreiten. Das andere wird die Nachwelt sicher einzuordnen wissen.«

»Nun sprich nicht so philosophisch daher, Jakob«, mahnte der Kommandant und drohte mit dem Zeigefinger. »Genieße das Leben, es ist viel zu kurz, um es mit Grübeln und dunklen Gedanken zu verbringen.«

Jakob leerte seinen Becher, stand auf und entschuldigte sich für den Rest des Abends.

Im Kaiserstuhl hatte es inzwischen ebenfalls aufgehört zu regnen, in der Ferne war nur noch leises Donnergrollen zu hören. Aus einem der Zelte spähte Leander heraus und kam Elisabeth und Agnes entgegen.

»Was ist denn jetzt geschehen?«, rief er. »Elisabeth, du wolltest Pilze sammeln und kommst mit einer jungen Frau und einem Pferd zurück, dazu klatschnass? Wo hast du denn die aufgegabelt?«

Die anderen schienen etwas gehört zu haben, denn sie krochen ebenfalls aus ihren Zelten.

»Fragt lieber, wo meine Schwester mich aufgegabelt hat«, erwiderte Elisabeth und verzog den Mund zu einer schmerzlichen Grimasse. »Jungens, das ist meine Schwester Agnes, die listenreich meine Spuren verfolgt und mich gefunden hat.«

»Da könnte sich ja jeder an deine Spuren heften und uns finden«, meinte Leander. »Es gefällt mir nicht.«

»Ihr braucht keine Angst zu haben«, meldete sich Agnes zu Wort. »Ich verrate euch nicht, wer immer ihr seid oder was ihr auch angestellt habt. Ich brauche nur ein Plätzchen, wo ich hingehöre, und ein wenig zu beißen.«

»Wenn's nur darum geht«, meinte Daniel und blies die Backen auf. »Auf einen Esser mehr oder weniger kommt es nicht an. Sie ist klein und schlank, wir könnten sie auf unseren Streifzügen mitnehmen und sie durch den Schornstein in die Räucherkammern schicken.«

»Der Gedanke ist gar nicht mal übel«, meinte Leander. »Doch erst einmal müssen wir wissen, woher du kommst, Agnes.«

»Ich komme von einem Kardinal, bei dem ich früher zusammen mit Elisabeth war«, sagte sie.

»Und warum bist du weg von ihm?«, wollte Martin wissen.

»Ich bin ein sehr familiärer Mensch, ich wollte zu meiner Schwester.«

»Nun, sei's drum«, meinte Leander. »Kannst du dich für sie verbürgen, Elisabeth?«

»Ja, das kann ich«, sagte Elisabeth mit fester Stimme, obwohl sie sich nicht sicher war, ob sie es auch wirklich konnte. Aber sollte sie zulassen, dass Agnes in Nacht und Nebel hinausgetrieben würde?

»Du kannst sie mit in dein Zelt nehmen«, beschied Leander. »Und zieht euch was Trockenes an, ihr holt euch sonst noch den Tod. Für heute ist Feierabend, Feuer können wir nicht mehr machen bei der Nässe.«

Sie verabschiedeten sich voneinander. Elisabeth führte Agnes zum Küchenzelt und entzündete einen Kienspan.

»Hast du noch etwas Trockenes in deinem Reisebeutel?«, fragte sie, und als Agnes verneinte, gab sie ihr eins von ihren Hemden für die Nacht.

»Nimm dir ruhig noch Brot und Käse«, sagte sie, als sie Agnes' begehrliche Blicke bemerkte. Während Agnes aß, kroch Elisabeth auf ihr Lager und zog sich die Decke bis zum Kinn.

»Ich nehme dich gerne auf, Agnes«, sagte sie. »Du bist schließlich meine Schwester. Wir haben schon viel Freud und Leid miteinander erlebt. Aber eines sage ich dir: Solche Sperenzchen wie im Tross von Bernhard gibt es hier nicht! Wenn ich auch nur einmal etwas bemerke, werde ich mich nicht mehr für dich einsetzen, das verspreche ich dir!«

»Ich schwöre es, Elisabeth, ich habe es damals nur aus Not getan. Und dass ich dich beim Kardinal angeschwärzt habe, tut mir unendlich leid. Lieber würde ich mir die Zunge abbeißen, als so etwas noch einmal zu tun!«

»Dein Wort in Gottes Ohr«, seufzte Elisabeth. »Gute Nacht, Agnes.«

»Gute Nacht, Elisabeth.«

Am andern Morgen dampfte der Talkessel noch vor Nässe, doch die schon höher stehende Sonne trocknete schnell das Gras, die Büsche und das Holz des Küchenfeuers. Nachdem sie sich im Bach gewaschen hatte, sichtete Elisabeth das, was sie noch an Vorräten hatten. Alles Fleisch war verbraucht, es gab noch Mehl, eingelegtes Gemüse, getrocknete Fische, Zwiebeln, Schmalz, ein Kistchen Eier, etwas Rahm, ein wenig Butter, Wein. Und die Pilze, die sie gestern gesammelt hatten. Also würde es zum Frühstück gerührte Eier geben, mittags geschmorte Pilze und abends Fisch. Sie würde Brot backen müssen, dabei konnte ihr Agnes helfen. Zwei, drei Tage, dann würden sie wieder auf Tour gehen müssen.

Agnes fügte sich gut in das Lagerleben ein. Als wolle sie alles wiedergutmachen, bemühte sie sich, bei der Essensversorgung der Gruppe mitzuwirken. Aufgrund der ungewöhnlichen Wärme und Feuchtigkeit gab es schon Pilze wie Tintlinge, Champignons und Hexenröhrlinge. Einmal brachte Agnes einen Korb voll Weinbergschnecken, die bereitete Elisabeth mit einer Kräuterbutter zu. Die Männer versuchten sich im Angeln und gingen täglich zum Totenkopf, um zu sehen, ob ein Stück Wild in eine der Fallen gegangen war. So hielten sie sich bis Ende des Monats Mai über Wasser. Agnes sammelte Walderdbeeren, Himbeeren und Blaubeeren, aber das reichte gerade für den hohlen Zahn, wie Daniel fand, für einen Nachtisch nämlich. Der Rahm war längst ranzig geworden, die Butter und das Schmalz waren geschmolzen, das Mehl begann zu klumpen und wies eines Morgens Würmer auf. Der Wein war schon lange ausgegangen. Es führte kein Weg daran vorbei, sie mussten wieder losziehen, um etwas zu besorgen.

An einem Abend machten sich Agnes, Elisabeth, Leander und Martin auf, um dem Grottenbachbauern noch einmal einen Besuch abzustatten. Martin hatte berichtet, dass der Hof jetzt besser bewacht sei, nicht nur von zwei scharfen Hunden, sondern auch von Knechten mit Pistolen. Leander hatte einen Plan entworfen. Agnes sollte sich leise anschleichen, auf das Dach klettern und sich mit einem Seil durch den Schornstein in die Räucherkammer hinablassen. Derweil wollte Leander an einer anderen Stelle Lärm machen, eine Kuh wegführen, dabei Hunde, Knechte und Bauersleute in die Irre leiten. Auf Elisabeths Frage, ob das nicht zu gefährlich sei, meinte er nur: »Gefährlich ist das, was wir tun, wie wir leben, allemal.«

Martin und Elisabeth sollten, wenn die Leute vom Gehöft genügend abgelenkt waren, ein paar Kühe von der Weide und nach Möglichkeit auch Schweine aus dem Stall holen, und, wenn die Luft rein war, Federvieh aus dem Verschlag und Wein aus dem Keller. Das schaffen wir nie und nimmer, dachte Elisabeth. Aber ihr wäre es schon recht gewesen, wenn es Agnes gelingen würde, ein paar Würste und Schinken aus dem Rauch zu holen. Sie verließen den Talkessel durch den hinteren Ausgang. Den Braunen von Agnes führte Martin am Zügel hinter sich her. Die Nacht war warm, es wehte ein laues Lüftchen. Grillen zirpten im hohen Gras neben dem Weg. Das Dorf umrundeten sie in einiger Entfernung. Leise schlichen Elisabeth, Martin und Agnes am Rand eines Wäldchens näher an den Bauernhof heran. Leander marschierte geradewegs auf die Weide mit den Kühen zu. Offensichtlich öffnete er gerade das Gatter, als im Haus die Hunde anschlugen. Sofort wurde Licht angemacht, die Haustür öffnete sich, und der Bauer rannte heraus, gefolgt von seiner Frau. Beide trugen Nachthemden und -mützen. Laut bellend kamen die Hunde dazu und nahmen die Verfolgung auf. Leander zog eine Kuh an einem Strick hinter sich her. Vor lauter Eifer, den Dieb zu verfolgen, bemerkten die Bauern offenbar nicht, dass das Gatter noch offen stand. Jetzt stürzten auch zwei Knechte aus dem Stall und machten sich daran, Leander zu verfolgen. Agnes und Martin liefen zum Haus vor, Elisabeth sollte Wache halten. Martin faltete seine Hände vor dem Bauch und ließ Agnes auf das Dach steigen. Lautlos huschte sie über die Schindeln und verschwand im Schornstein. Martin versteckte sich hinter einem Spalierbirnbaum. Weiter vorne fielen zwei Schüsse. Mein Gott, dachte Elisabeth, hoffentlich ist Leander nichts geschehen. Aber hätten sie warten sollen, bis sie verhungert waren? Dem reichen Bauer war es doch einerlei, wenn um ihn herum alle starben wie die Fliegen! Wenig später hörte sie das Donnern vieler Hufe. Die Rinder waren offenbar ausgebrochen! Sie strengte ihre Augen an, konnte jedoch nicht erkennen, was weiter vorne geschah. Inzwischen tauchte Agnes wieder oben im Schornstein auf, sie war bepackt mit Schinken und Würsten. Vorsichtig tastete sie sich am Dach herunter und warf Martin fast geräuschlos die Lebensmittel zu. Noch einmal ließ sie sich durch den Schornstein hinab, diesmal kam sie mit einem Lederschlauch voll Wein und zwei gerupften

Gänsen zurück. Elisabeth wurde die Zeit lang, sie fürchtete jeden Augenblick, dass die Bauern mit ihren Knechten zurückkommen würden. Endlich waren sie wieder bei Elisabeth. Agnes floh mit ihrem vollgepackten Sack zum Wald, Martin und Elisabeth wandten sich zum Stall, schlüpften hinein und packten jeder zwei Ferkel, die sich quiekend in ihren Armen wanden. Schnell liefen sie zum Wald, dort wollten sie mit Leander zusammentreffen. Von ihm, den Bauern und den Knechten war nichts mehr zu sehen. Martin und Elisabeth banden den Ferkeln mit Stricken die Mäuler zusammen, damit sie still waren. Im Wald trafen sie auf Leander, er hatte zwei Kühe an der Leine bei sich.

»Die Herde hat die Bauern und Knechte ganz verrückt gemacht«, raunte er ihnen zu. »Sie sind immer noch damit beschäftigt, sie wieder einzufangen. Die beiden Hunde habe ich erwischt. Jetzt schnell weg.«

Sie bargen die erbeuteten Sachen in den Satteltaschen des Braunen und steckten die Ferkel in mitgebrachte Säcke. Martin schwang sich auf den Braunen und ritt los.

Eine halbe Stunde später waren sie wieder an ihrem Lagerplatz. Die Tiere wurden vorerst an einem Baum festgebunden, dann machten sie sich über Wurst und Schinken her, tranken dazu Wein und waren glücklich, dem Hungertod mal wieder für ein Weilchen entronnen zu sein. Elisabeth fand erst im Zelt Gelegenheit, über den Tag nachzudenken, an dem sie die Geliebte Jakobs geworden war.

Am folgenden Mittag wurde Jakob zu seinem Kommandanten berufen.

»Wir haben soeben Meldung erhalten, dass es im Kaiserstuhl einen dreisten Überfall gegeben hat, heute Nacht.« Sein feistes Kinn zitterte vor Empörung.

»Was ist geschehen?«, fragte Jakob ruhig.

»Die Diebe kamen offensichtlich, um den Bauern und die

Knechte abzulenken. Derweil die Kühe durchgingen, seilten sie sich seelenruhig durch den Schornstein ab und räumten die Räucherkammer aus. Zwei gerupfte Gänse haben sie außerdem erbeutet, vier Ferkel, einen Schlauch Wein und zwei von den Kühen.« Er schnaubte und leckte sich fast unmerklich über die wulstigen Lippen.

»War es der Grottenbachbauer?«, fragte Jakob, der schon so etwas geahnt hatte.

»Ja, warum?«

»Einige Zeit zuvor bin ich noch bei ihm gewesen und habe ihm die Kühe für uns abgekauft. Da habe ich gesehen, dass er recht gut bestückt ist.«

»Allerdings ist er gut bestückt.«

»Was willst du jetzt unternehmen?«, fragte Jakob.

»Ich will, dass du mir ein paar Leute zusammenstellst. Der Bauer gibt uns weitere fünf von seinen Kühen unentgeltlich, wenn wir diese Bande ausfindig machen. Er fürchtet um seinen Besitz, wenn nicht um sein Leben!«

Jakob schnürte es fast die Kehle zu. Er sollte, dessen war er sich gewiss, gegen eben die Bande vorgehen, zu der Elisabeth und wahrscheinlich auch Agnes gehörten. Wie sollte er das vor seiner Geliebten und vor allem vor sich selbst rechtfertigen?

Zunächst einmal gab er vor, den Befehl ausführen zu wollen. Er sammelte Männer, die ihn auf seinem Ritt durch das Waldgebirge begleiten sollten. Von Reinach selbst wollte ebenfalls dabei sein. Jakob stand vor der schwierigen Aufgabe, den Aufenthaltsort der Gruppe herauszufinden beziehungsweise die Mannschaft irrezuleiten. Er beschloss, in den Dörfern zu fragen, ob jemand etwas über diese Leute wisse, die sich irgendwo versteckt halten mussten. Am frühen Nachmittag verließen sie die Festung Breisach. Über der Ebene erhob sich der Kaiserstuhl im Glast der Sonne, er sah wirklich dem Stuhl eines Kaisers ähnlich. In Achkarren war alles wie ausgestorben. Sie klopften an etliche Türen, aber die verängstigten Frauen, Kinder und

Greise, die noch übriggeblieben waren, konnten nur sagen, dass der Fruchtkasten vor einiger Zeit geplündert worden wäre, die darin befindlichen Früchte seien für die Geistlichkeit bestimmt gewesen. Kurze Zeit später erreichten sie Rotweil und steuerten den Grottenbachhof an.

»Wie sahen denn die Räuber aus?«, fragte von Reinach den Bauern.

»Das weiß ich nicht, aber sie mussten ein Lasttier oder einen Wagen dabei gehabt haben, so viel, wie die gestohlen haben!«, schimpfte der Bauer.

»In welche Richtung sind sie geflohen?«

»Wir haben nur einen gesehen«, warf die Frau mit der Hörnerkappe ein. »Der hat die Kühe rausgelassen und zwei davon mitgenommen. Ihr müsst sie unbedingt finden, denn sie haben uns schon einmal überfallen und bestohlen!«

»Woher wisst Ihr, dass es ein und dieselben waren?«, fragte Jakob.

»Sie haben dieselbe Frechheit an den Tag gelegt«, meinte der Bauer.

»Habt Ihr Eure Kühe wieder einfangen können?«, wollte von Reinach wissen.

»Ja, so gut es eben ging. Einer der Knechte war verletzt.«

»Liebe Leute, wir haben Krieg«, kommentierte Jakob. »Was interessiert da, ob jemand leicht verletzt wurde? Was sollen wir in Euren Augen überhaupt tun?«

»Ihr sollt die Räuber fangen, damit sie aufgehängt werden können!«

»Die Augen sollte man ihnen ausstechen!«, geiferte die Frau.

»Und unseren Besitz wollen wir wiederhaben.«

»Und wo sollen wir sie Eurer Meinung nach suchen?«, fragte Jakob.

»Was weiß ich«, knurrte der Bauer, »bin ja kein Soldat.«

»Und wir sind keine Büttel«, gab Jakob zurück.

»Einen Augenblick«, schaltete sich von Reinach wieder ein.

»Wir sollen also hier aufs Geratewohl die ganze Gegend durchkämmen. Und was kriegen wir dafür?«

Der Bauer kratzte sich hinter dem Ohr. »Oh, darüber habe ich noch gar nicht nachgedacht. Wie wäre es mit einer Kuh?«

Die Stirnadern des Obersten von Reinach schwollen bedenklich an.

»Damit wollt Ihr uns abspeisen? Fünf Kühe hat es geheißen! Also, vielen Dank fürs Gespräch und auf Wiedersehen!« Er zog am Zügel des Pferdes, um zu wenden.

»Halt, halt!«, rief der Bauer und fuchtelte mit den Händen.

»Ihr bekommt die Hälfte von dem, was sie gestohlen haben.«

»Davon wird wohl nicht mehr viel übrig sein.«

»Die Hälfte von dem, was übrig ist.«

»Also gut, das lass ich mir gefallen«, meinte von Reinach. »Das, fünf Kühe und zwei weitere Kühe. Wir reiten zunächst nach oben zum Waldrand, von dort haben wir eine gute Übersicht.«

Die Männer preschten auf der kleinen Straße hügelaufwärts. Auf dem Pass hielten sie an. Jakob sah das Gebirge mit seinen Rebhügeln, mit den verfallenen Mauern, den Waldstücken und Winzerdörfern. In der Ferne konnte er die Rheinebene und die Festung Breisach ausmachen. Irgendwo da unten stieg eine kleine Rauchsäule aus den Hügeln und kräuselte sich über die Baumwipfel empor. Von Reinach zeigte grinsend auf den Rauch.

»Das sind sie! Die können sich auf was gefasst machen!«

Er gab seinen Männern ein Zeichen zum Losreiten. Mein Gott, dachte Jakob, während er den anderen folgte, wie kann ich es bloß verhindern? Im Stillen betete er, dass es ein ganz gewöhnlicher Landstreicher war, der sich sein Brot am Feuer buk.

Der Tag neigte sich seinem Ende zu. Die beiden Kühe weideten im Gras des Talkessels, sie würden täglich Milch geben. Für die Ferkel hatte Leander einen kleinen Pferch gebaut. Am Spieß über dem Feuer drehten sich die Gänse, ihr Fett tropfte in die Glut, dass es zischte. Langsam begannen sie eine schöne braune

Färbung anzunehmen. Als sie gar und so richtig knusprig waren, versammelten sich alle um das Feuer herum. Martin und Konstantin holten den Spieß vom Feuer und ließen die Gänse auf ein Holzbrett gleiten. Elisabeth nahm ihr Messer, zerteilte die Gänse und gab jedem ein ordentliches Stück. Agnes hatte Sauerampfer und Klee als Gemüse gesammelt und nebenher gekocht. Elisabeth war stolz auf ihre Schwester.

Eigentlich hatte sie befürchtet, sie würde sich bei den Männern anbiedern und alles durcheinanderbringen. Im Gegenteil, sie hatte bisher alle Versuche, sich ihr anzunähern, zurückgewiesen. Um sich zu waschen oder zu baden, ging sie immer so weit weg, dass niemand sie mehr sehen konnte. Zufrieden verspeiste Elisabeth ihre Gänsekeule und prostete den anderen mit ihrem Becher Wein zu.

Nicht weit entfernt fiel ein Schuss.

»Was war das?«, fragte Elisabeth erschreckt.

»Die Adligen gehen mal wieder auf die Jagd«, meinte Leander seelenruhig. »Das braucht uns nicht zu kratzen.«

»Ich werde das Feuer löschen«, sagte Elisabeth und eilte, einen Eimer zu holen und ihn am Bach zu füllen.

»Wenn du meinst«, sagte Leander und lehnte sich träge zurück auf seine Arme.

Nachdem das Feuer gelöscht war, blieb alles still.

»Wird schwierig genug sein, es wieder anzuzünden«, maulte Agnes.

Dann ging alles ganz schnell. Oberhalb von ihnen, auf den Rändern der Lößschicht, tauchten eine ganze Menge Gesichter auf, Pistolen glänzten im Abendlicht.

»Alle stehen bleiben, rührt euch nicht von der Stelle«, kam ein scharfer Befehl.

Alle sprangen von der Stelle auf, wo sie gesessen hatten.

»Abhauen!«, rief Leander. »Lebend sollen sie uns nicht in die Finger kriegen!«

Schüsse bellten, schon ließen sich die fremden Männer an

Seilen von der Steilwand herab. Ein unbeschreibliches Durcheinander entstand. Die fünf Männer eilten zu ihrem Zelt, um ihre Waffen zu holen. Elisabeths erster Gedanke war: Was ist mit unseren Vorräten? Wir müssen doch leben! Aber sie mussten fliehen, wenn sie nicht das Leben verlieren wollten. Sie sah Agnes, die in größter Verwirrung zum Küchenzelt lief, wohl, um sich darin zu verstecken. Elisabeth folgte ihr, zog sie aus dem Zelt heraus, riss im Vorbeigehen ihren Rucksack an sich und eilte mit Agnes zu ihrem Pferd. Sie saßen hintereinander auf und strebten zusammen mit den anderen dem Ausgang des Talkessels zu. Aber auch dort hatten sich zwei Angreifer postiert. Im Laufen zog Leander seine Pistole und schoss auf sie. Er lud nach, Hans schoss ebenfalls. Die Männer sanken mit einem Stöhnen zu Boden. O mein Gott, jetzt waren sie auch noch zu Mördern geworden! Von hinten drängten die anderen Angreifer nach. Wieder gellten Schüsse, die Kugeln flogen Elisabeth um die Ohren. Am Wegrand waren die Pferde der Feinde angebunden, ein Mann, der sie bewachte, wurde mit einem Schuss aus Leanders Pistole niedergestreckt, bevor er selber feuern konnte. Leander, Martin, Konstantin, Hans und Daniel banden in fieberhafter Eile Pferde los und schwangen sich auf ihre Rücken. Hintereinander galoppierten sie den schmalen Weg entlang. Die Dämmerung hatte schon eingesetzt, nur mühsam konnte Elisabeth dem Lauf des Pfades folgen. Von hinten ertönte ein Schrei, offensichtlich war einer von ihnen getroffen worden.

»Schau nicht zurück, wir müssen weiter«, schrie Leander, der hinter den beiden Mädchen ritt. Elisabeth überlegte blitzschnell, wer als Letzter hinter ihnen geritten war. Es war Konstantin gewesen. Elisabeth wischte sich die aufkommenden Tränen aus dem Gesicht und blickte angestrengt nach vorn. Agnes umklammerte sie von hinten. Elisabeth hörte nur ihren keuchenden Atem. Das Trappeln hinter ihnen kam immer näher, schon wieder zischten Kugeln an ihnen vorbei. Elisabeth schlugen Zweige ins Gesicht, Bäume und Büsche flogen an ihr vorüber. An einer Weggabelung trennten sie sich. Hans, Martin und Daniel wandten sich in Richtung Totenkopf, Leander, Agnes und sie selbst galoppierten weiter geradeaus durch den Wald. Ein einzelner Reiter verfolgte sie, näherte sich unaufhaltsam. Elisabeth drehte sich hastig um. Ein eisiger Schreck fuhr ihr durch die Glieder. Es war Jakob! Leander schien den Verfolger auch gehört zu haben, denn er drehte sich ebenfalls um und richtete die Pistole auf ihn.

»Nicht schießen!«, rief Elisabeth ihm zu. »Er ist ein Freund!«

»Wer ist heutzutage noch Freund, wer Feind?«, gab Leander zurück, aber er ließ die Pistole sinken. Jakob hatte die drei erreicht.

»Ich habe vorhin geschossen«, sagte er atemlos. »Um euch zu warnen.«

»Weiter!«, schrie Leander. »Da kommen schon die Nächsten!« Und schon waren sie neben ihnen, hinter ihnen, vor ihnen. Einer griff Elisabeth in den Zügel und brachte das Pferd abrupt zum Stehen. Es bäumte sich auf, Elisabeth und Agnes fielen zu Boden. Aus dem Augenwinkel sah Elisabeth, dass Leander weitergeritten war und ihm niemand mehr folgte. Jakob gab den Männern einen kurzen Bericht ab.

»Ich habe sie gestellt, Hans Heinrich«, sagte er zu einem Mann, der Kleidung nach der Kommandant von Breisach. Jakob vermied es, Elisabeth anzusehen.

»Na schön«, sagte der Kommandant. »Ich dachte schon, du wolltest sie entkommen lassen. Wieso hast du überhaupt vorhin geschossen? Wolltest du sie etwa warnen?«

»Es war ein versehentlicher Schuss, der mir losgegangen ist, tut mir leid, Hans Heinrich.«

»Sei's drum«, erwiderte der Kommandant. »Jetzt fesselt sie, und dann bringen wir sie in die Festung Breisach. Auf Raub und Mord steht die Todesstrafe, wie ihr wisst«, wandte er sich an die beiden Frauen. In Elisabeths Kopf drehte sich alles, Agnes begann laut zu weinen. Die beiden wurden vom Boden hochgezogen, gefesselt und zurück zu den anderen Männern gebracht. Der Kommandant und Jakob konnten es soeben noch verhindern, dass die Frauen vom Pferd gerissen und vergewaltigt worden wären. In der dunklen Nacht brach die Truppe auf, um ihre Gefangenen in die Festung Breisach zu bringen. Konstantin war nicht dabei, vielleicht war er nur leicht verletzt und hatte sich in die Büsche retten können. Und ihr, Elisabeth, waren im wahrsten Sinn des Wortes die Hände zu sehr gebunden, als dass sie noch etwas für ihn oder für den Rest der Gruppe hätte tun können.

4. BUCH

Breisach, Freiburg
Juni 1638 – Dezember 1638

27.

Wie ein Albtraum war der Ritt nach Breisach vorübergegangen. Der Torwächter hatte sie anstandslos passieren lassen. Im Städtchen war niemand mehr auf den Beinen, nur drei Katzen balgten sich kreischend um den Marktbrunnen. Dann wurden Elisabeth, Agnes und die Männer von der düsteren Burg verschluckt, die wie ein böser Troll oben auf dem Berg hockte, mit Fenstern, die wie leere Augenhöhlen blickten. Zwei Knechte brachten sie und Agnes hinauf in den zweiten Stock, in getrennte Kammern. Elisabeth hockte sich in völliger Dunkelheit auf den Boden. Wenigstens war der mit sauberem Stroh bedeckt. Nach einer Weile öffnete sich die Tür, ein Knecht brachte eine Öllampe und Decken. Wenig später wurde eine Klappe an der Tür geöffnet und eine Schüssel mit Suppe, ein Krug Wein und ein Becher daraufgestellt. Elisabeth trank den Wein und fiel bald in einen unruhigen Schlaf. Immer wieder wachte sie auf in der Nacht, an den Stundenschlägen der Kirche konnte sie absehen, wie spät es war. Am Morgen fiel ein wenig Licht durch das vergitterte Fenster ihres Verlieses. Elisabeth erhob sich, schüttelte das Stroh von ihren Kleidern und stieg auf einen Hocker, um aus dem Fenster zu schauen. Die Sonne war eben über dem Schwarzwald aufgegangen. Unter ihr lagen die bräunlich gedeckten Dächer der Stadt. Aus den Ställen kamen der Geruch nach Mist und das Muhen von Kühen. Ein Geräusch von der Tür her ließ Elisabeth herumfahren. Sie stieg vom Hocker. Die kalt gewordene Suppe stand immer noch in der Klappe und wurde mit einem Teller warmen Weizenbreis vertauscht. Elisabeth griff nach dem Teller, nahm den bereitliegenden Löffel und aß mit Genuss. Ihr Blick fiel auf ihren Rucksack, der in einer Ecke stand. Warum hatte sie den eigentlich mitgenommen? Es war wohl eine nicht bewusste Handlung gewesen. Vielleicht, weil ihr die beiden Kochbücher so viel bedeuteten? Die nützten ihr jetzt allerdings auch nichts mehr. Und so hatte es einer der Offiziere gesagt: »Den Rucksack kannst du behalten, die alten Kochbücher werden dir nichts mehr nützen, da, wo du jetzt hinkommst!« Wo hatten sie ihre Schwester Agnes wohl untergebracht? Elisabeth erinnerte sich an die Bischofspfalz in Speyer, in der sie Zelle an Zelle mit Agnes zugebracht hatte. Was waren das noch für Zeiten gewesen! Es schien ihr unendlich lange her zu sein. War es nicht schön und aufregend gewesen, zusammen im Bischofspalast zu essen und das Weihnachtsfest zu feiern? Ach, könnte sie doch das Rad der Zeit noch einmal zurückdrehen! Aber war sie nicht gerade dabei, die vergangenen Zeiten zu verklären? Und nun war sie wie eine Verbrecherin im Verlies einer Burg gelandet, weil sie sich am Raub von Vieh und Lebensmitteln und an der Tötung von Menschen beteiligt hatte. Welche Strafe wohl darauf stand? Die Todesstrafe! Es lief Elisabeth eiskalt den Rücken herunter. Man würde mit ihr und Agnes kurzen Prozess machen und sie dann hängen, verbrennen, vierteilen oder mit einem Schwert den Kopf abschlagen. Ob Jakob es zulassen würde, dass die Todesstrafe über sie beide verhängt würde? Jetzt wurde ihr doch ein wenig schlecht. Sie stellte die leere Schüssel zurück in die Klappe und wartete auf die Dinge, die geschehen würden.

Die Morgensonne schien hell zum Fenster der Burg von Breisach herein, als die Männer sich am Frühstückstisch niederließen. Jakob hatte schlecht geschlafen in dieser Nacht. Die Anwesenheit von Elisabeth und Agnes erfüllte ihn mit tiefer Sorge, die sich allmählich zu einer Art Verzweiflung ausgewachsen hatte. Er war zu keiner Lösung gekommen. Vielleicht ergab sich ja noch eine Gelegenheit, die beiden zu befreien, aber wohin sollten sie dann gehen? Wenn seine Tat entdeckt würde, war er selber des Todes. Aber das war ihm einerlei, im Laufe dieses Krieges hatte er dem Tod schon zu oft ins Auge gesehen, um ihn noch zu fürchten. Zunächst einmal musste er versuchen herauszubekommen, wie der Kommandant zu den beiden gefangenen Frauen stand. Hans Heinrich von Reinach sah übernächtigt aus, er hatte Schatten unter den Augen. Jakob glaubte auch eine Fahne zu riechen.

»Das war wieder ein rauschendes Fest gestern Nacht«, sagte der Kommandant und langte nach einem fetten Stück Kapaun. Zusammen mit einem Stück Brot schob er es sich in den Mund. Seine Offiziere nickten zustimmend. Reinachs Frau und Kinder mussten schon vorher gefrühstückt haben, denn sie waren nirgends zu sehen.

»Denkst du nicht an die Belagerung, Hans Heinrich?«, fragte Jakob. »Mir wäre jetzt gerade nicht nach Feiern zumute.«

»Die Belagerung?« Hans Heinrich von Reinach lachte dröhnend. »Du meinst diesen lächerlichen Ring, den sie heute Nacht um uns gezogen haben?«

»Was ...?«, wollte Jakob fragen.

»Ja, der feine Herr Kanoffski, in Vertretung des von Sachsen-Weimar hat sich schon angeschlichen«, bestätigte ein Offizier.

Jakob sprang auf und lief zum Fenster. Auf der Wiese zwischen dem Rhein und der Stadtmauer lagerten unzählige Soldaten, Zelte standen dort, Rauchsäulen von Feuern stiegen langsam in den Himmel. Von einem anderen Fenster aus bot sich das gleiche Bild. Jakob hatte das Gefühl, als würge ihn ein Nachtmahr. Hier kommen wir nie wieder heraus!, war sein erster Gedanke.

»Und«, wollte er wissen, »was gedenkst du zu tun, Hans Heinrich?«

»Gar nichts«, erwiderte der Kommandant. »Die sollen da nur logieren, mit ihren lächerlichen Haufen. Wir haben Vorräte, die uns bis zum Einbruch des Winters reichen werden.

Aber bis dahin werden wir sie geschlagen haben, mit Mann und Maus!«

Bis zum Winter! Jakob schlug innerlich drei Kreuze. Jetzt hatten sie Anfang Juni, und der Kommandant bildete sich ein, bei seinem und seiner Leute Ess- und Trinkverhalten so lange durchhalten zu können!

»Wir müssen die Lebensmittel rationieren«, sagte Jakob.

Das aufgeschwemmte Gesicht des Kommandanten lief rot an.

»Seit wann hast du hier etwas zu befehlen, Jakob?«, herrschte er ihn an. »Es ist immer noch meine Sache, wie ich die Lebensmittel einteile. Es ist meine Stadt, meine Burg, meine Stellung, die der Belagerung standhalten wird.«

Jakob sagte nichts mehr, ihm war der Appetit vergangen. »Was ist mit den beiden Frauen, die wir gestern aufgegriffen haben?«, fragte er.

Von Reinach schlug sich mit der Hand an die Stirn. »Ach, die hätte ich in der Eile fast vergessen«, meinte er. Er leckte sich über die Lippen.

»Sind zwei nette Mädchen, findest du nicht auch, Jakob?«

Jakob war froh, dass der Kommandant nicht gleich vom Hinrichten sprach.

»Was hast du mit ihnen vor?«, wollte Jakob wissen.

Der Kommandant steckte sich ein paar Kirschen in den Mund. »Sie sollten uns erst einmal verraten, wo ihre verdammten Freunde sind, die den Grottenbauer überfallen haben«, meinte er und schmatzte genüsslich. »Sie selbst werden ja wohl aufgepasst haben, ob jemand kommt.«

»Was aber genauso verwerflich und des Todes ist«, warf einer der Offiziere ein.

»Und außerdem sind es zwei Mäuler mehr, die wir durchzufüttern hätten«, krähte ein anderer.

Jakob nahm einen Schluck Wein und kaute an einem Stück Brot. Ihm kam ein Gedanke, der Elisabeth und Agnes vielleicht retten konnte. Er zögerte noch ein wenig, ihn auszusprechen, da er nicht wusste, wie der Kommandant und seine Leute ihn aufnehmen würden.

»Die beiden Mädchen stehen unter dem Schutz des Kardinals Weltlin von Straßburg«, sagte er dann.

Der Kommandant stierte ihn aus blutunterlaufenen Augen an. »Kardinal Weltlin? Nie gehört!«

»Kennen wir nicht«, riefen die Offiziere.

Jakob straffte sich. Er musste alles auf eine Karte setzen.

»Kardinal Weltlin ist – oder war – Feldgeistlicher im Heer des Bernhard von Sachsen-Weimar. Zurzeit weilt er in Freiburg, wie ich hörte.«

»Was willst du damit sagen?«, fragte von Reinach lauernd. »Und woher weißt du überhaupt über die Truppen des Herzogs Bescheid?«

»Eines dieser Mädchen hat in Baden meine Wunden versorgt«, berichtete er. »Als ich noch unter dem Oberst von Werth diente.«

»Da war aber das Heer von Bernhard gar nicht.«

»Das habe ich erst später erfahren.« Jakob hoffte, dass seine Stimme fest genug klang.

»In Rheinfelden, während der Schlacht, da habe ich das eine Mädchen bei den Zelten gesehen.«

»Und wohl auch noch mit ihr angebandelt, was?«

»Nein, wo denkst du hin, Hans Heinrich! Einer meiner Soldaten erzählte mir, das sei die Köchin dieses Kardinals. Und sie habe auch noch eine Schwester, die im Tross mitgezogen sei.«

»Eine Köchin, was?« Der Kommandant leckte sich wieder die Lippen und blickte triumphierend in die Runde. »So eine können wir immer brauchen. Und die andere kann uns dann die Abende versüßen.«

Jakob schluckte. Wohin sollte das noch führen?

»Ich habe mir etwas anderes überlegt, etwas Besseres«, fuhr er fort. »Kardinal Weltlin ist bekannt als einer, der nicht nur reich, sondern auch großzügig ist. Wie wäre es, wenn wir die Mädchen gegen Geld und Waren tauschen würden?«

Von Reinach blickte ihn erst überrascht, dann wohlwollend an. »Das hätte ich dir gar nicht zugetraut, Jakob. Ja, das ist eine Überlegung wert. Vorräte und Geld können wir nie genug haben. Am Besten, du gehst heute noch nach Freiburg und suchst diesen Kardinal auf.«

»Gern«, meinte er. »Aber wie soll ich durch die feindlichen Reihen gelangen?«

Der Kommandant kratzte sich den Bart. »Es gibt einen unterirdischen Gang, der aus einem der unteren Gemächer der Burg hinausführt«, sagte er. »Der Gang endet an einer unzugänglichen Stelle, die ganz sicher nicht bewacht wird. Mein Diener wird ihn dir zeigen.«

Jakob hatte nicht gedacht, dass es so einfach werden würde. Sollte er noch zu dem Verlies hinaufgehen, um Elisabeth von seinem Vorhaben zu unterrichten? Aber sie wurde sicherlich bewacht, so dass er davon Abstand nahm. Er folgte dem Diener, der ihn die Treppe hinab und in einen Raum führte. Dort schob der Diener einen Vorhang beiseite. In der Wand gähnte ein schwarzes Loch. Der Diener entzündete eine Fackel und reichte sie Jakob.

»Draußen ist ein Graben mit steilen Felswänden«, sagte er. »Ihr folgt immer der Mauer der Burg, dann kommt ein Wildtierpfad, den Ihr hinaufsteigt. So gelangt Ihr in einen Wald und könnt Euch auf den Weg nach Freiburg machen.«

Zu guter Letzt nahm der Diener noch ein Priestergewand aus einer Truhe und reichte es ihm. »Darin werdet Ihr es leichter haben, unerkannt zu bleiben«, sagte er. Nachdem er ihm noch einen Schlauch mit Wasser, ein Stück Speck und einen Kanten Brot geholt hatte, wandte er sich zum Gehen. Jakob hängte die Fackel in eine Halterung an der Wand, streifte sich das schwarze Skapulier und den Mantel über und vergewisserte sich, dass Dolch und Pistole innen an seinem Gürtel befestigt waren. Er nahm die Fackel, schob den Vorhang zur Seite und betrat den Gang. Er war in die Mauer der Burg und in den Felsen geschlagen worden, etwa mannshoch. Im Gang war es kühl, und es roch nach feuchtem Stein. Ständig ging es abwärts. Jakob hatte Mühe, auf dem glitschigen Boden nicht auszurutschen. Einmal erweiterte sich der Gang zu einer kleinen Höhle. Jakob spürte einen Luftzug, ein wolliger Flügel streifte seine Wange. Hier schien das Tagesquartier von Fledermäusen zu sein. Endlich zeigte sich ein grünlicher Schimmer in der Ferne. Jakob war zum Ausgang gekommen. Er löschte die Fackel und schob den Vorhang aus Brombeerzweigen zur Seite. Helles Licht fiel ihm in die Augen. Er blinzelte. Vor ihm lag ein tiefer Graben, der mit Gras bewachsen war. Auf der anderen Seite türmten sich graue Felsen auf. Jakob folgte dem Graben, bis er auf den Wildtierpfad traf, den der Diener erwähnt hatte. Vorsichtig begann er ihn emporzusteigen. Der Weg lag noch im Schatten, doch als jetzt die Sonne langsam über dem Berg heraufstieg, wurde es schnell warm. Jakob schwitzte in seiner dunklen Kleidung. Endlich hatte er die Höhe erreicht. Aufatmend drehte er sich um. Direkt unter ihm lagen Burg und Stadt Breisach, dahinter erstreckte sich die Ebene mit dem Rhein, der silbern glitzernd dahinströmte. Das Unterholz war hier so dicht, dass Jakob nur schwer vorankam. Ganz in der Nähe, von beiden Seiten, hörte er Gelächter und Stimmen. Der Ring der Belagerung war schon eng geschlossen, aber nicht eng genug. Unbehelligt erreichte er den lichteren Wald. Gedanken an Elisabeth gingen ihm durch den Kopf. War es richtig gewesen, sie und ihre Schwester allein in der Burg zurückzulassen? Sie würden den Launen des Hans Heinrich von Reinach ausgesetzt sein. Auf der anderen Seite kannte er seinen Kommandanten inzwischen so gut, um zu wissen, dass er den Mädchen kein Haar krümmen würde, wenn er für sie ein Lösegeld bekam. Und er würde auch seinen Männern nicht erlauben, sie anzurühren. Jakob trat aus dem Wald heraus. Vor ihm lag die sanfte Anhöhe des Tunibergs. Jakob umging eine Ansammlung von Höfen und folgte einem Weg in die verlassenen Weinberge. Die Sonne brannte mittlerweile kräftig herab. Bunte Falter flatterten von Blume zu Blume. Die kleinen Gehöfte, die Jakob unterwegs antraf, waren alle unbewohnt. Gegen Mittag setzte er sich unter eine Eiche und aß Brot und Speck. Der Wasserschlauch war schon halb geleert. Jakob schaute nach dem Stand der Sonne. Er würde wohl am frühen Nachmittag in der Stadt ankommen. Als was sollte er sich ausgeben? Am besten als ein Priester, der eine Nachricht an Kardinal Weltlin zu überbringen hatte. Als die Glocken des Münsters die dritte Nachmittagsstunde schlugen, stand Jakob vor einem der Stadttore von Freiburg. Es wurde von mehreren Männern bewacht. Einer kam auf Jakob zu und stellte sich ihm in den Weg.

»Woher kommt Ihr und zu wem wollt Ihr?«, sprach er Jakob an.

»Ich bin ein Priester namens Jakob und bringe eine Botschaft für den Herzog von Sachsen-Weimar.«

Der Wächter tauschte einen Blick mit seinen Kameraden. Daraufhin brachen alle in lautes Lachen aus.

»Da kann ja jeder kommen und sagen, er hätte eine Botschaft für den Herzog«, prustete der Wächter. »Was ist das denn für eine Botschaft?«

»Das kann ich nur dem Herzog selber sagen«, erwiderte Jakob. »Oder auch dem Kardinal Weltlin.«

»Was soll das für ein Kardinal sein? Kardinäle sind katholisch, habe ich immer gedacht.«

»Ich glaube, das ist ein Spion«, meinte einer der Kameraden des Wächters. »Wir sollten ihn lieber ergreifen und in den Gefängnisturm werfen.«

»Ich bin kein Spion!«, versetzte Jakob. »Sagt dem Kardinal, es ginge um Elisabeth Weber, dann weiß er schon Bescheid.«

Die Wächter lachten noch lauter.

»Ach, es geht um eine Bettgeschichte?«, schrie einer. »Wie

amüsant, wie außerordentlich amüsant!« Er schlug sich mit den Händen auf die Schenkel. Inzwischen waren Passanten neugierig stehen geblieben. Jakob überlegte fieberhaft, wie er aus der Sache wieder herauskommen könnte.

»Jetzt geht einfach zum Kardinal und richtet es ihm aus«, schlug er vor. Doch anstatt seinen Worten Folge zu leisten, stürzten sich die Männer auf ihn, ergriffen ihn und schleppten ihn durch die Gassen der Stadt zu einem anderen Tor. Jakob wusste nicht, wie ihm geschah. Aus dem Augenwinkel nahm er wahr, dass die Stadt in einem erbärmlichen Zustand war. Das Münster ragte in den nachmittäglichen Himmel.

»Hier ist das Martinstor.« Der erste Wächter stieß ihn in einen hohen Turm hinein.

»Da haben schon die Hexen von Freiburg geschmachtet. Der Büttel wird uns nachträglich recht geben, wenn wir Euch jetzt da gefangen setzen.«

Jakob wurde eine Wendeltreppe hinauf in eine Arrestzelle geführt. Krachend schlug die Tür zu, der Schlüssel wurde herumgedreht. Jakob stand im Dunkeln, es roch nach Rattenurin. Nur von einer schmalen Luke her fiel ein Lichtschein auf das schmutzige Stroh. Sollte seine Reise so schmählich enden? Was fiel diesen Rotznasen nur ein, ihn von der Straße weg einzusperren! Oder hatte ihn etwa jemand verraten? Seufzend setzte sich Jakob auf das Stroh und harrte der Dinge, die da kommen sollten. Sein Warten wurde bald belohnt. Wieder drehte sich der Schlüssel im Schloss. Zwei Uniformierte, wohl Bedienstete des Stadtbüttels, traten ein.

»Wir haben Befehl, Euch zum Kardinal Weltlin zu bringen«, sagte der eine. Diesmal wurde Jakob in einen Wagen gesetzt und durch die Straßen gefahren, wieder am Münster vorbei, in die Gerberau und Metzgerau hinein. Der Geruch nach Gerbflüssigkeit lag in der Luft. Sie gelangten zu einem schlichten Haus. Darin residierten Bernhard von Sachsen-Weimar und der Kardinal Weltlin, erklärte einer der Bediensteten. Er werde schon vom Kardinal erwartet. Ein Diener nahm Jakob in Empfang und führte ihn in einen schlichten Raum. Ein großer, braunhäutiger Mann mit vollem Haar erhob sich aus einem Sessel und kam auf ihn zu. Seine Augen blitzten schalkhaft.

»Der Stadtbüttel hat mir Bescheid gegeben, dass jemand mich zu sprechen wünscht«, sagte er mit einer tiefen, angenehmen Stimme. »Und er hat dabei einen Namen genannt. Wer seid Ihr, woher kennt Ihr diese Frau und in welcher Angelegenheit wollt Ihr mich sprechen?«

Jakob schluckte. Auf dem Weg nach Freiburg hatte er sich diese Begegnung immer wieder durch den Kopf gehen lassen.

»Ich heiße Jakob Gruber und stamme aus dem Bayernland«, sagte er. »Elisabeth Weber hat mir einmal das Leben gerettet.«

Der Kardinal schien nicht weiter in ihn dringen zu wollen. »Wo ist sie jetzt?«, fragte Weltlin gespannt.

»Sie hatte sich einer Gruppe von Spielleuten angeschlossen«, berichtete Jakob weiter. »Diese Gruppe ist aufgeflogen, als sie einen Bauern im Kaiserstuhl überfiel.«

»Ist sie gefangen genommen worden?«

»Ja, sie sitzt mit ihrer Schwester Agnes in der Burg Breisach in Haft. Und ich bin gekommen, um sie auszulösen.«

Weltlins Blick war skeptisch geworden. »Wie kommt Ihr in die Festung Breisach?«

»Ich diene unter dem Kommandanten von Reinach«, antwortete Jakob.

28.

Die Wärme des Tages staute sich in dem engen Raum. Elisabeth war müde. Es musste gegen Abend sein, denn eben hatte die Glocke des Münsters sieben Mal geschlagen. Durch das Fenster zog ein feiner Duft wie von Brühe herein. Elisabeths Magen zog sich schmerzhaft zusammen. Sie hatte den ganzen Tag noch nichts zu essen bekommen. Schlurfende Schritte waren zu hören. Zwei Wachsoldaten erschienen, nahmen Elisabeth in die Mitte und schritten mit ihr die gewundene Treppe hinunter.

»Wohin bringt Ihr mich?«, fragte sie, erhielt jedoch keine Antwort. Unten folgten sie einem Gang, dessen Wände mit Bildern und Gobelins geschmückt waren. Von weiter vorn hörte Elisabeth das Lärmen einer größeren Gesellschaft. Was die wohl mit ihr vorhatten? Wo war Agnes? Wurde sie ebenfalls hierhergebracht und zu welchem Zweck? Wollte man über sie zu Gericht sitzen? Sie betraten einen großen, dunkel getäfelten Raum mit einem Kamin. An den Wänden waren Schwerter und Geweihe angebracht, der Boden war mit Heu bestreut. An einem langen Tisch saßen viele Männer, in edle Stoffe gekleidet. Einige trugen Federhüte auf dem Kopf. Stark geschminkte Frauen mit tiefen Ausschnitten hatten sich daruntergemischt. Elisabeth konnte Jakob nirgends entdecken. War er auf einem Erkundungsritt? Elisabeth sah, was sich auf dem Tisch darbot: Taubenpasteten, eingemachtes Kalbfleisch, geröstete Hühnerbrüste, Mandelmilch in Gläsern, am Spieß gebratene Leber, Kirschen, kleine, gebratene Krammetsvögel, schwarzer gesottener Hecht, Schneckenpasteten, dunkles und helles Brot, Wein in Krügen, kleine Rettiche, zu Spiralen geschnitten, sowie

Topfen mit Kirschkompott. Die beiden Wachsoldaten führten Elisabeth zu einem feisten Mann, dessen Gesicht vom Weingenuss gerötet war. Neben ihm saßen eine Frau mit rundem Gesicht und zwei pausbäckige Kinder. Der Mann ließ seinen Blick über Elisabeths Körper gleiten.

»So, Ihr seid also die Köchin, die wir gefangen haben«, dröhnte er. »Was sagt Ihr zu den Speisen, die unser Burgkoch uns hier aufgetischt hat?«

»Sie sehen köstlich aus«, antwortete Elisabeth in ruhigem Ton, obwohl sie sich innerlich wand.

»Dann lasst Euch nieder und esst, was Euer Herz begehrt«, meinte von Reinach gönnerhaft. Er wandte sich an die beiden Wachsoldaten.

»Und jetzt bringt auch noch die andere her, aber schnell. Ich will sehen, was die Mädels aus dem Schwarzwald so zu bieten haben.«

Woher wusste er, dass sie aus dem Schwarzwald kamen? Hatte womöglich Jakob es ihm erzählt?

»Es hat sich schon herumgesprochen, wer Ihr und Eure Schwester seid«, fuhr von Reinach fort. »Lange werdet Ihr ja leider nicht mehr unter uns weilen.«

Um Gottes willen, was hatte das wieder zu bedeuten? Sollten sie wegen der Diebstähle hingerichtet werden? Als hätte von Reinach ihren ängstlichen Blick bemerkt, fügte er hinzu: »Keine Sorge, so schlimm wird es schon nicht werden! Ihr müsst nur ein wenig freundlich zu mir sein.«

»Was du auch immer unter ›freundlich sein‹ verstehst«, bemerkte die Frau mit den Pausbacken, die an seiner Seite saß. Sie verzog angewidert ihr Gesicht …

»Kümmere du dich lieber um die Kinder, und stecke deine Nase nicht in Dinge, die dich nichts angehen«, versetzte von Reinach. Die Frau wurde puterrot, stand auf, nahm die beiden Kinder an die Hand und rauschte aus dem Saal.

»Ja, so ist sie halt«, sagte von Reinach und lachte. »Meine

Maria Martha Böckel, Tochter von Hans Ludwig Böckel aus Hüttenheim!«

»Wo ist Euer Hauptmann Jakob Gruber?«, fragte Elisabeth.

»Was ist mit dem?«, wollte von Reinach wissen. »Ist das Euer Buhle?«

»Nein, ich wollte ihm einen Gruß ausrichten, von jemandem, den er gut kennt.«

Der Kommandant grinste.

»Der wird mit einem von den Weibsbildern in deren Zimmer sein«, meinte er genüsslich schmatzend. Das war bestimmt gelogen. Aber Elisabeth wollte die Angelegenheit nicht vertiefen, vor allem nicht, weil sie nicht wusste, was weiter mit ihnen geschehen würde. Sie nahm sich einen Teller, eine Scheibe Weißbrot und lud sich auf: ein wenig Taubenpastete, ein Stück geröstete Hühnerbrust, Leber und Kirschen, einen Krammetsvogel, zwei gebackenen Krebse. Während sie mit gutem Appetit aß, lauschte sie den Reden der Tischgesellschaft. Ein Diener kam und schenkte ihr goldenen Weißwein in einen Becher.

»Der Weimarer bildet sich ein, uns in die Knie zwingen zu können«, sagte von Reinach, hob seinen Becher und prostete allen zu. »Aber wir lassen uns nicht aushungern, nicht wahr, meine Herren?«

»Trinkt, solang der Becher winkt«, grölte einer der Offiziere.

»Genießet eure Tage«, fiel ein anderer ein. »Ob's droben was zu trinken gibt, das ist die große Frage!«

In diesem Augenblick war ein Klacken von der Tür her zu hören. Elisabeth fuhr herum und verschluckte sich fast an ihrer Pastete. Flankiert von den beiden Wachsoldaten, schritt ihre Schwester Agnes herein. Sie war schmutzig, die Haare hingen ihr strähnig ins Gesicht. Ihr Kleid war geflickt, ihre Schuhe hatten ebenfalls schon bessere Tage gesehen. Elisabeth wurde sich erst jetzt bewusst, dass sie selbst einen ähnlichen Eindruck machen musste. In Agnes' Augen flackerte es, Elisabeth konnte nicht sagen, was ihre Schwester bewegte.

»Na, was haben wir denn da für eine Nebelkrähe«, rief von Reinach aus. Elisabeth sah, dass Agnes bis auf den Ansatz ihres Busens errötete.

»Schickt die schnell in den Badezuber«, rief von Reinach aus, »und die Köchin, ihre Schwester, gleich dazu!«

Elisabeth ließ sich davon nicht beirren. Sie nahm noch ein paar Kirschen von ihrem Teller, stand auf und ließ sich ohne Widerstand von den Wachen hinausführen. Agnes wurde in ihre Mitte genommen. In der Küche nahm eine Dienerin die beiden in Empfang.

»Geht nur schon nach nebenan, im Kessel ist heißes Wasser. Ich hole schnell geeignete Kleidung für Euch.«

Elisabeth und Agnes begaben sich in den angrenzenden Raum. Er war gemauert und von einem tonnenförmigen Gewölbe überdeckt. Zwei Zuber standen bereit. Dienerinnen liefen und füllten sie mit heißem Wasser, brachten Handtücher und Seife. Elisabeth entkleidete sich und ließ sich in einen der Zuber gleiten. Eine Dienerin wusch ihr die Haare, trocknete sie mit einem weichen Tuch ab. Das gleiche geschah mit Agnes. Als sie aus den Wannen stiegen, lagen schon Kleider für sie bereit. Elisabeth zog ein blau schimmerndes Kleid aus Seide an, das einen Ausschnitt bis zu den Schultern hatte. Agnes erhielt ein Brokatkleid mit einem Leibchen, das ihre kleinen Brüste fest zusammenpresste. Nachdem ihre Haare getrocknet waren, bedeckten die Dienerinnen sie mit Federhüten aus Samt und geleiteten sie wieder hinunter in den Esssaal. Inzwischen spielte eine Gruppe von Musikanten zum Tanz auf, die Stimmung war noch ausgelassener. Die geschminkten Damen umgirrten die Männer, schwenkten ihre Weinbecher, setzten sich ihren Liebhabern auf den Schoß. Von Reinach erhob sich bei Elisabeths Kommen. Dabei fiel ein Becher um und ergoss seinen Inhalt über den Tisch.

»Wie schön Ihr seid, Elisabeth«, sagte er mit schwerer Zunge. »Ich darf Euch doch Elisabeth nennen?«

»Tut, was Ihr nicht lassen könnt, Hans Heinrich von Reinach«, gab Elisabeth zurück. »Ich wundere mich nur, dass Eure Familie nicht an den Festlichkeiten teilnimmt.«

»Meine Frau ist ein Sauertopf«, sagte von Reinach. »Wie gern würde ich mal wieder so ein appetitliches Vögelchen wie Euch in den Armen halten!«

»Das Vögelchen wählt selbst sein Plätzchen aus«, meinte Elisabeth und setzte sich auf einen freien Stuhl am Tisch. Der Kommandant lief dunkelrot an. »Wenn Ihr so eine Henne seid, werde ich mich wohl an Eurer Schwester schadlos halten müssen«, schrie er und wankte auf Agnes zu. Mit Entsetzen sah Elisabeth, dass Agnes lieblich lächelnd auf den Kommandanten zuschritt und sich von ihm die Hände küssen ließ.

»So, Ihr dient also unter dem Kommandanten von Reinach«, sagte Kardinal Weltlin und musterte Jakob. »Wie seid Ihr denn um Himmels willen zu dieser zweifelhaften Ehre gekommen?«

Jakob schluckte.

»Ob diese Ehre zweifelhaft ist, liegt im Ermessen des Betrachters«, antwortete er.

»Ich komme auf jeden Fall nicht als Feind zu Euch, sondern um Elisabeth und Agnes Weber auszulösen.«

Über das feine Gesicht des Kardinals glitt es wie ein Schatten. »Wisst Ihr, wie es ihnen geht?«

»Als ich sie zuletzt gesehen habe, waren sie munter wie Fische im Wasser. Aber das könnte sich auch schnell ändern, mein Kommandant macht nicht viel Federlesens.«

»Und Ihr seid der kaiserliche Söldner …«

»Hauptmann«, verbesserte Jakob.

»Der kaiserliche Hauptmann, mit dem Elisabeth Weber … den Elisabeth in Baden gepflegt hat.«

»Das hat sie sehr gut gemacht, zusammen mit den Wirtsleuten vom ›Roten Ochsen‹.«

»Diese Wirtsleute, Melvine und Paul, leben inzwischen übrigens in Freiburg«, erklärte der Kardinal. »Sie haben sich des Wirtshauses ›Zum roten Bären‹ angenommen, das in einem sehr heruntergekommenen Zustand war. Die Gäste in ihrer Holzbude am Rhein waren ihnen ausgegangen.«

»Das ist auch kein Wunder«, meinte Jakob. »Seit der Belagerung kommen die Offiziere nicht mehr, und die armen Leute können es sich nicht leisten, ins Wirtshaus zu gehen.«

Jakobs Bewunderung für diesen Mann stieg. Er bewahrte nicht nur seine Haltung, sondern vermied alles, um Jakob nicht bloßzustellen. Was hätte er ihm auch erzählen sollen? Der Kardinal hätte die Wahrheit ja doch herausbekommen.

»Und welcher Auftrag hat Euch nun zu mir geführt?«

»Der Kommandant von Reinach ist bereit, die beiden Frauen gegen eine gewisse Summe auszulösen.«

»Wie hoch ist diese Summe?«

»Er hat keine genauen Zahlen genannt. Ihr zahlt, was Euch die Mädchen wert sind.«

»Eine ist mir vor allem wert«, sagte der Kardinal. »Wir werden uns mit dem Herzog besprechen, dann werden wir Anweisung geben, Geld und Schmuck zu holen und Euch damit betrauen.«

So einfach war das? Der Kardinal zog an einer Glocke, um seinen Diener zu rufen, gab ihm die Order, sie bei Bernhard von Sachsen-Weimar zu melden. Kurze Zeit später kehrte der Diener zurück und berichtete, der Herzog sei bereit, sie zu empfangen. Jakob folgte dem Kardinal durch das Haus. Ein weiterer Diener, der vor der Tür stand, klopfte an und ließ sie hinein, nachdem von drinnen Antwort gekommen war. Sie betraten das Zimmer des Herzogs. Es war behaglich mit hellen Möbeln und Teppichen ausgestattet. Bernhard stand vor einem Schreibpult am Fenster. Bei ihrem Eintreten drehte er sich um. Er war ein hochgewachsener Mann mit schmalem Gesicht, langen, dunklen Haaren und einem Knebelbart. Über seinem

Rock trug er einen Lederkoller mit silbernen Knöpfen, an den Beinen seidene Schlumperhosen und Becherstiefel an den Füßen.

»Ihr seid also Jakob Gruber und kommt aus der Festung Breisach«, begann Bernhard ohne große Umschweife. »Nehmt doch bitte Platz.«

Er wies auf einen zierlichen Tisch mit drei Stühlen. Sie setzten sich.

»Ich bin ein Unterhändler des Herzogs von Reinach«, sagte Jakob. »Und habe den Auftrag, ein Lösegeld für zwei angesehene Frauen auszuhandeln.« Er sah, wie es im Gesicht des Kardinals zuckte. Bernhards Züge verfinsterten sich. »Ihr dient dem Herzog von Reinach? Eigentlich sollte ich Euch sofort am höchsten Mast aufknüpfen! Wie seid Ihr denn durch den Belagerungsring gekommen?«

Jakob zögerte. Den geheimen Gang durfte er auf keinen Fall verraten!

»Der Ring ist noch nicht ganz geschlossen, so gelang es mir, unerkannt nach Freiburg zu kommen.«

»Was, Ihr seid unberitten hierhergelangt? Warum habt Ihr Euch kein Pferd genommen?«

»Das wiederum«, setzte Jakob dagegen, »wäre zu sehr aufgefallen.«

»Nun, sei's drum«, brummte Bernhard. »Wer sind nun diese Frauen?«

»Elisabeth und Agnes Weber, ursprünglich beheimatet in Calw im Schwarzwald.«

»Woher will von Reinach wissen, dass uns diese Frauen so wichtig sind, dass wir Lösegeld dafür bezahlen würden?«

»Bernhard«, mischte sich der Kardinal ein. »Erinnerst du dich nicht an die Köchin Elisabeth, die so hervorragende Mahlzeiten zu bereiten verstand?«

Über Bernhards Gesicht glitt ein Lächeln. »Ja, ich erinnere mich. Und da war noch eine Schwester, diese Trosshure. Es war im Burgund, ich weiß. Eine gute Köchin können wir immer brauchen!«

»Und Agnes könnten wir in ein Kloster bringen, das arme Ding hat gar keine so schlechten Anlagen«, fügte der Kardinal hinzu.

Was war nur geschehen bei diesem Aufenthalt in Burgund? Oder schon vorher, in Straßburg, in Paris? Jakob hatte Elisabeth nie gefragt, warum sie vom Kardinal weggegangen war. Auf jeden Fall schienen beide bereit, sich auf den Handel einzulassen. Und Jakob musste es zu Ende bringen, so schwer ihm auch die Vorstellung fiel, dass Elisabeth wieder fern von ihm sein würde.

»Was ist Euch die Freilassung der beiden wert?«, fragte er.

Bernhard und der Kardinal tauschten einen Blick.

»Hundert Golddukaten«, beschied Bernhard von Sachsen-Weimar. »Ich werde meinen Zahlmeister veranlassen, Euch das Geld gleich auszuzahlen.«

»Danke, Hoheit«, sagte Jakob und neigte seinen Kopf.

»Und wie soll die Übergabe vonstatten gehen?«, fragte der Kardinal.

»Ich werde zwei bewaffnete Reiter mitschicken, die sollen die Damen in Empfang nehmen«, meinte Bernhard. »Aber merkt Euch eines, junger Mann«, sagte er, zu Jakob gewandt. »Euer Kommandant und Feldzeugmeister ist ein äußerst übler Patron! Im Februar dieses Jahres, vor der Einnahme von Freiburg durch meine Truppen, hat er die ganze Zeit die wildesten Fastnachtsscherze getrieben und gefeiert, dass es nicht mehr feierlich war! Dafür hasse ich ihn ganz persönlich, mit jeder Faser meines Herzens! Kardinal Weltlin kann bestätigen, dass ich die Bevölkerung geschont habe. Ich bin kein skrupelloser Feldherr, mir kann man vertrauen.«

»Das glaube ich gern, Hoheit«, sagte Jakob.

»Wollt Ihr nicht mir, dem Verfechter der rechten Sache, den Eid schwören?«, fragte Bernhard mit einem Mal. Jakob hatte so etwas befürchtet. »Wenn ich nicht zurückkomme, wird der Kommandant vielleicht die Frauen nicht ziehen lassen«, gab er zurück.

»Wollt Ihr langsam verhungern in der Festung Breisach?« Bernhard schaute Jakob offen ins Gesicht.

»Ich muss auf dem Platz bleiben, den Gott mir zugedacht hat.« Aber wie lange werde ich das noch aushalten, dachte er bei sich, wie lange einem Kommandanten die Treue halten, der sich aufführt wie der Teufel in Person?

»Und merkt Euch eines, Jakob Gruber«, trumpfte Bernhard auf. »Wann immer ich höre, dass Lebensmittel in die Festung Breisach geschmuggelt werden, gebe ich höchstpersönlich den Befehl, denjenigen aufzuhängen, und zwar weithin und für jeden sichtbar! Ihr habt Euch entschieden, das muss ich respektieren.«

Damit war Jakob entlassen. Der Zahlmeister händigte ihm das Geld in einem Beutel aus, eine Dienerin gab ihm Wegzehrung mit. Draußen warteten die beiden bewaffneten Reiter, die ihn nach Breisach begleiten sollten. Inzwischen war es Nacht geworden.

Elisabeth hätte Agnes am liebsten zugerufen: Halt ein, du richtest dich noch zugrunde mit deinem Benehmen! Doch ihr Einfluss auf die Schwester war vergangen wie die Zeit, in der sie jetzt unterwegs waren. Wenn das unsere Eltern wüssten!, dachte Elisabeth verzweifelt. Agnes benahm sich wieder wie eine Dirne, so, wie sie es schon im Lager im Burgund getan hatte. Dachte sie, damit ihr Leben retten zu können? Elisabeth glaubte nicht, dass sie auf diese Weise überleben konnten. Es herrschte Krieg, diese Festung wurde seit kurzem belagert, es gab keine Hoffnung mehr. Sie würden schließlich mit den anderen verhungern müssen, wenn man sie nicht schon vorher hinrichtete. Aber Elisabeth war nicht bereit, sich dem Willen des Kommandanten zu beugen. Lieber würde sie sterben, als sich einer solchen Schmach auszusetzen. Hans Heinrich von Reinach umfasste mit einer Hand die Taille von Agnes, mit der anderen griff er ihr an die Brust. Ein wollüstiges Stöhnen kam von den Offizieren, die mit ihren Mädchen beschäftigt waren. Reinach zerriss das Leibchen von Agnes, so dass ihre kleinen weißen Brüste zu sehen waren. Elisabeth schloss die Augen. Als sie sie wieder öffnete, sah sie einen Glanz in den Augen ihrer Schwester, den sie noch nie bei ihr bemerkt hatte.

»Dich mache ich zu meiner Geliebten!«, rief von Reinach heiser und drückte sie an sich. Willenlos ließ sie sich von ihm in eines der Gemächer geleiten. In Elisabeths Kopf drehte sich alles. Die Musiker, die inzwischen aufgehört hatten zu spielen, setzten wieder ein. Elisabeth hätte sich am liebsten unsichtbar gemacht. Doch wohin sollte sie fliehen, wo hätte sie sich verstecken können? Einer der Offiziere, der keine der Frauen abbekommen hatte, stierte sie an. Er grinste, holte eine Handvoll Kirschen vom Tisch und näherte sich ihr. Als er direkt vor ihr stand, roch sie seinen säuerlichen Atem. Bitte nicht, dachte Elisabeth, nicht schon wieder.

»Diese Früchte sind so süß wie das kleine Geheimnis zwischen deinen Schenkeln«, sagte er. Er strich ihr Haar zurück und versuchte, ein Kirschenpaar an ihre Ohren zu hängen. Elisabeth wich zurück.

»Fasst mich nicht an!«, zischte sie.

»Du hast hier gar nichts zu sagen!«, kam es von dem Mann.

»Sollen wir dir helfen, diese widerspenstige Henne zu besteigen?«, riefen zwei weitere Offiziere vom Tisch herüber. Schon waren sie da. Elisabeth wurde von starken Händen ergriffen und zu Boden gedrängt. Sie schrie nicht, denn hier würde ihr niemand helfen, auch ihre Schwester Agnes nicht. Wenn nur Jakob da gewesen wäre, er hätte das bestimmt verhindert! Jetzt konnte sie nur noch auf sich und auf Gott vertrauen. Verschwommen nahm sie wahr, dass der Kommandant und Agnes inzwischen aus dem Gemach zurückgekehrt waren. Agnes war nackt, der Kommandant hatte nur seine Hose an. Die Musiker spielten einen wilden Bauerntanz. Agnes kletterte auf den Tisch, zwischen all die Speisereste, und begann sich im Takt der Musik zu wiegen. Das heizte die drei Männer so an, dass sie Elisabeths Oberteil zerrissen und nach ihren Brüsten grapschten. Elisabeth wehrte sich, kratzte und biss, doch sie wurde von eisernen Fäusten niedergehalten. Andere lehnten sich an den Tisch, klatschten zu den Bewegungen von Agnes, starrten auf die rosa Brustwarzen und den dunklen Schoß. Elisabeth glaubte, ohnmächtig zu werden.

Mit einem Mal hörte sie einen Knall wie von einem Schuss. Frauen kreischten, die Musiker hörten auf zu spielen. Die Männer ließen einen Augenblick lang von Elisabeth ab. Vorsichtig richtete sie sich auf, ihre Blöße mit den Händen bedeckend. Jakob war zur Tür hereingekommen, hatte offenbar das Durcheinander gesehen und in die Decke geschossen. Agnes sprang vom Tisch herunter und verschwand in dem Gemach.

»Du solltest dich schämen, Hans Heinrich, dich vor allen so gehen zu lassen!«, rief Jakob.

»Lass mich in Ruhe! Was soll die Störung?«, knurrte der Kommandant.

»Erinnerst du dich nicht? Du selbst hast mich ausgeschickt, ein Lösegeld für die beiden Gefangenen zu erbitten. Nun habe ich es, nun bin ich wieder hier. Hat dir der Wein so sehr den Verstand umnebelt, dass du nicht mehr weißt, was du tust?«

»Wohl weiß ich, was ich tue«, schrie der Kommandant. »Und ich lasse mich nicht vor meiner versammelten Mannschaft beleidigen. Das wird ein Nachspiel haben, Jakob!«

»Jetzt hör doch erst einmal, was ich erreicht habe, Hans Heinrich«, sagte Jakob begütigend. »Hundert Goldgulden habe ich dafür bekommen, dass wir die beiden Mädchen freilassen.«

In von Reinachs Augen trat ein gieriger Glanz. »Hundert Goldgulden? Sapperlot! Das ernährt uns länger, als ein Bernhard von Sachsen-Weimar uns überhaupt jemals belagern könnte! Da hat er sich aber selbst ein Bein gestellt!« Er begann dröhnend zu lachen.

»Die Frauen waren es ihm eben wert«, sagte Jakob, ging auf ihn zu und überreichte ihm den Beutel mit den Gulden. Von Reinach öffnete ihn, griff hinein und wühlte mit glückseligem Lächeln darin herum.

»Komm«, sagte Jakob leise und nahm Elisabeths Hand. Als er sich ihrer Blöße bewusst wurde, streifte er seine Jacke ab und legte sie ihr über die Schultern.

»Wo ist Agnes?«, fragte er. Elisabeth zog ihn zu dem Gemach, in dem ihre Schwester verschwunden war. Agnes saß auf einem Stuhl wie eine junge Königin. Sie hatte sich ein durchsichtiges Seidenhemd übergezogen, das ihre zarten Formen mehr zeigte als erahnen ließ. Auf dem Kopf trug sie den Federhut des Kommandanten. Das war es, was sie immer gewollt hatte: Macht. Elisabeth wies auf die am Boden herumliegenden Kleider.

»Komm, Agnes, zieh dich an, wir wurden ausgelöst!«, rief sie.

Agnes hob die dichtbewimperten Augen. »Ausgelöst? Von wem?«

»Von Bernhard von Sachsen-Weimar und dem Kardinal Weltlin in Freiburg«, sagte Jakob ruhig.

»Und du? Gehst du auch mit nach Freiburg?«, fragte Agnes. Sie verschlang ihn mit ihren Blicken.

»Nein, ich muss hierbleiben. Dort würde man mich nur aufknüpfen.«

»Ich bleibe hier«, sagte Agnes in bestimmtem Ton. »Ich lasse mich nicht verschachern, und schon gar nicht an einen windigen Herzog und einen noch windigeren Kardinal!«

»Komm, Elisabeth, da ist Hopfen und Malz verloren«, sagte Jakob und nahm wieder Elisabeths Hand.

»Ich hasse dich, ich hasse euch beide!«, kreischte Agnes. »Und ihr werdet schon sehen, wer von uns das bessere Los gezogen haben wird!«

»Agnes, ich bitte dich bei Gott dem Allmächtigen, komm

mit, sonst bist du verloren!«, rief Elisabeth, außer sich vor Kummer. Die Tränen rannen ihr die Wangen herab.

»Es ist mein letztes Wort«, beschied Agnes. In ihren Augen war eine Kälte, die Elisabeth frieren ließ. Elisabeth machte sich los von dem Anblick ihrer Schwester, folgte Jakob nach draußen. Die Offiziere, Reinach und die Dirnen aßen, tranken und küssten weiter, als wäre nichts geschehen. Ohne von den Leuten bemerkt zu werden, erreichten Jakob und Elisabeth die Tür.

»Im Nordosten der Burg ist ein geheimer Gang«, raunte Jakob Elisabeth zu. »Du erreichst ihn, wenn du vom Tuniberg immer nach Westen gehst, dann über einen Wildpfad in den Burggraben hinab. Ich werde dir eine Nachricht zukommen lassen.«

Elisabeth antwortete nicht, senkte aber den Kopf zum Zeichen, dass sie ihn verstanden hatte. Im Hof, der von Fackeln an den Wänden beleuchtet war, standen die bewaffneten Reiter und saßen auf, als sie die beiden herankommen sahen. Jakob half Elisabeth aufs Pferd und küsste sie auf den Mund.

»Wir werden uns wiedersehen«, sagte er und drückte noch einmal ihre Hand.

Elisabeth nickte, gegen die Tränen ankämpfend. Das Burgtor wurde geöffnet, die Hufe der Pferde klapperten über das Pflaster der Straßen von Breisach.

29.

Früh am anderen Morgen, als sich das erste Tageslicht über dem Schwarzwald zeigte, erreichten sie die Stadt Freiburg. Sie passierten das Schwabentor, das streng bewacht war, und mussten einen Obolus entrichten. In der Vorstadt, durch die sie kamen, roch es nach Gerbflüssigkeit und Rinderurin. Es gab einzelne Läden von Metzgern und Bäckern, die gerade ihre Türen öffneten. Elisabeth und die Wachsoldaten ritten durch die schmalen Gassen. Überall lag Unrat herum. Mit Freude sah Elisabeth, dass in den Gärten und auf den Äckern Karotten, Erdbeeren, Gurken, Sellerie und Lauch wuchsen. An den Bäumen hingen Kirschen in dicken Trauben. Vor einem unscheinbaren Gebäude machten die Reiter, die sie begleiteten, halt.

»Hier sollen wir Euch abliefern«, sagte der eine, stieg ab und half ihr vom Pferd. Ein Diener nahm Elisabeth in Empfang. »Seine Exzellenz, der Kardinal, ist schon auf«, sagte er. »Ich soll Euch zu ihm bringen.«

Elisabeths Herz klopfte heftig. Würde Thomas Weltlin ihr Vorwürfe machen, hatte er die Achtung vor ihr verloren? Der Diener öffnete die Tür zu dem Raum des Kardinals, nachdem er angeklopft hatte, und empfahl sich dann. Der Kardinal stand inmitten des Zimmers und blickte ihr entgegen. Er sah noch genauso aus, wie sie ihn in Erinnerung hatte. Seine große, schlanke Gestalt war in die schwarze Soutane gehüllt, die er immer trug, wenn er nicht im Amt der Kirche stand. In seinem bräunlichen Gesicht funkelten die Augen, um die herum sich ein feiner Kranz von Fältchen gebildet hatte. War er überhaupt noch im Amt? Elisabeth bewegte sich langsam auf ihn zu, wollte sich niederknien und seinen Ring küssen, doch er hob sie auf.

»Elisabeth, wie freue ich mich, dich wiederzusehen!«

»Ich freue mich auch, Herr Kardinal. Wo sind wir hier eigentlich?«

»Im Johanniterhaus von Freiburg. Ich darf doch ›du‹ sagen, Elisabeth? Du bist mir so sehr ans Herz gewachsen, dass es nichts mehr gibt, was uns je trennen könnte.«

Damit hatte Elisabeth nicht gerechnet, aber es erstaunte sie nicht nur, es beglückte sie. Der Kardinal klingelte nach dem Diener.

»Lass uns ein Frühstück bringen, mit Schinken, Speck, Rühreiern, Soleiern in der Brühe«, er zwinkerte Elisabeth zu, »und weißem und schwarzem Brot. Dazu Butter und heißen Würzwein, es ist noch recht kalt heute Morgen.«

»Warum seid Ihr ... bist du so gut zu mir, Thomas Weltlin?«, fragte Elisabeth.

»Setz dich doch, dort in den Korbsessel«, meinte er. »Ich habe dich einfach immer gerngehabt, von Anfang an. Und nicht nur wegen deiner Kochkünste«, fügte er hinzu.

»Warum hast du mich dann weggeschickt, als wir in Straßburg waren?«

Er atmete hörbar aus. »Ich alter Esel hätte es wissen müssen«, entgegnete er. »Dass du eine Liebschaft mit einem jungen Soldaten beziehungsweise Hauptmann hattest, hat mich nicht einmal so getroffen. Aber als Agnes erzählte, was du im Tross getrieben hättest – da habe ich die Beherrschung verloren. So, mit diesem Wissen, konnte ich dich nicht mehr an meiner Seite haben.«

»Aber es stimmte ja gar nicht, Agnes selbst hat es doch im Burgund mit den Männern getrieben.«

»Das hat sie mir dann auch gestanden, Elisabeth. Sie versuchte, sich an mich heranzumachen, aber wenn ich schon bei dir widerstanden habe, meines Amtes wegen, dann bei ihr noch viel mehr. Um mich zu bestrafen, so dachte ich, hat sie mich mit nicht nur einem Diener betrogen.«

»Was ist nur in sie gefahren?« Elisabeth schüttelte den Kopf. »Wart ihr beide da schon in Freiburg?«

»Ja, wir lebten hier, seit Bernhard die Stadt eingenommen hatte.«

»Wie kam es, dass du nicht inhaftiert worden bist? Wegen der Lutherbibeln, meine ich?«

»So genau weiß ich das gar nicht. Ich glaube, dass Richelieu verfügt hat, mich zu Bernhard von Sachsen-Weimar zu bringen. In Freiburg kam es dann zur Trennung von Agnes.«

»Das hat sie mir aber ganz anders erzählt«, meinte Elisabeth.

»Das musste sie ja auch, um vor dir nicht wieder als Tross- und Kardinalshure dazustehen.«

»Was mich aber gewundert hat«, überlegte Elisabeth, »dass sie nicht versucht hat, die Spielleute, mit denen ich im Kaiserstuhl lebte, zu verführen und auf ihre Seite zu bringen.«

»Ich habe sie inzwischen durchschaut, Elisabeth. Sie braucht Männer, die Macht haben, Macht und Geld, damit sie ihr Schmuck, schöne Kleider und gutes Essen schenken.«

Der Diener trug das Frühstück auf, und eine Weile lang machten sie sich darüber her.

»Deshalb hat sich Agnes jetzt auch an den Hals des Kommandanten von Breisach geworfen«, nahm Elisabeth den Faden wieder auf.

»So wie du dich an den Hals des Jakob Gruber geworfen hast?«

Elisabeth erschrak. Nahm er es ihr immer noch übel, war er vielleicht doch immer in sie verliebt gewesen?

»Nein, ich nehme dir die Beziehung zu Jakob nicht übel, Elisabeth«, sagte er und lachte gutmütig. »Wenn ich auch froh bin, dass er im Augenblick nicht in deiner Nähe ist. Schließlich will ich auch etwas von dir haben.«

Er wollte sicher, dass sie wieder für ihn kochte. War das nicht auch eine Art von Liebe? »Ich könnte wieder für dich und die anderen im Haus kochen«, sagte sie.

Er wirkte erfreut. »O ja, das wäre mir äußerst lieb. Es waren schöne Zeiten in Baden, im Kloster Lichtenthal, in Paris, in Straßburg und im Burgund.«

»Und in Speyer«, fügte Elisabeth hinzu. »Ich werde nie den Weihnachtsabend in der Bischofspfalz vergessen. Und wie später die kaiserliche Armee anrückte.«

»Man lacht heute noch über dein weißes Tuch, Elisabeth.«

»Ach, dann ist es also doch nicht unbemerkt geblieben.«

»Es gibt wenig zwischen Menschen, das unbemerkt bleibt.«

Elisabeth hatte ihr Frühmahl beendet. Sie wischte sich den Mund mit einer Damastserviette ab. »Wie soll es denn nun weitergehen?«, fragte sie.

»Morgen ist der 9. Juni, da will Bernhard auf dem Marktplatz eine Ansprache an das Volk halten. Gegen Mittag können wir in den Gasthof zum ›Roten Bären‹ gehen, den alte Bekannte von uns wieder aufgemacht haben.«

»Wer?«, fragte Elisabeth gespannt.

»Paul und Melvine aus Baden. Sie hatten zuletzt eine Gastwirtschaft am Rhein, mit einer Aalräucherei.«

»Und, haben sie die nicht mehr?«

»Doch, sie wollen wieder eine einrichten, aber sie müssen sich dann mit Fischen aus der Dreisam begnügen, der Rhein ist zu weit weg.«

»Gibt es genügend Vorräte in der Stadt? Ich habe gesehen, dass in den Gärten allerlei Früchte und Gemüse standen.«

»Ja, Bernhard hält die Bevölkerung immer wieder dazu an, und darüber will er auch morgen zu ihnen sprechen. Was ist denn eigentlich mit deinen Kleidern?«

»Die waren schmutzig und fadenscheinig, ich musste sie auf der Burg zurücklassen.«

»Dann sind das Kleider vom Kommandanten?«

»Von seiner Frau oder einer seiner Dirnen, nehme ich an.«

»Und der Koller? Wohl vom Kommandanten selbst?«

Elisabeth wurde rot. »Den hat Jakob mir übergestreift, weil die Männer mein Kleid zerrissen hatten.«

»Wollten sie dir Gewalt antun?« Der Kardinal hatte seine Hände zu Fäusten geballt.

Elisabeth schüttelte es geradezu bei der Erinnerung. »Ja, aber Jakob kam gerade rechtzeitig, um sie daran zu hindern.«

Den Tag verbrachte Elisabeth damit, sich in dem Zimmer, das ihr zugewiesen wurde, wohnlich einzurichten. Im Keller des Hauses gab es genügend Bilder, Teppiche und Möbel. Wenn Elisabeth aus dem Fenster schaute, konnte sie die grünen Gipfel des Schwarzwaldes erkennen. Inzwischen waren dunkle Wolken aufgezogen. Es begann zu regnen. Eigentlich konnte Elisabeth ganz zufrieden sein. Zwar wusste sie immer noch nicht, ob ihre Eltern und ihr Bruder noch am Leben waren. Sie hatte ihre Schwester Agnes verloren und konnte nicht sicher sein, Jakob noch einmal zu sehen. Ihre Kameraden aus dem Kaiserstuhl waren verschollen. Dafür hatte sie den Kardinal wiedergefunden, und er hatte ihr verziehen. Paul und Melvine waren in die Stadt gezogen. In der nächsten Zeit würde sie damit beschäftigt sein, Nahrungsmittel aufzutreiben und zu kochen, da war an eine Reise nach Breisach nicht zu denken. Am späten Nachmittag suchte sie den Kardinal in seiner Stube auf. Es war nicht mehr richtig hell geworden, so dass er eine Öllampe angezündet hatte, in deren Licht er in der Lutherbibel las.

»Was ist denn aus den Bibeln in Straßburg geworden?«, fragte Elisabeth.

»Die waren dem Papst ein Dorn im Auge. Sie stachen ihn so sehr in sein päpstliches Selbstbewusstsein, dass er alle einsammeln und verbrennen ließ.«

»Und dir konnte er nichts mehr anhaben?«

»Nein, kraft Richelieus Fürsprache und dank des Schutzes, den mir Bernhard gewährt, kommt er nicht mehr an mich heran.«

»Sind seine Spitzel nicht überall?«

Er hob die Arme. »Dagegen können wir nichts ausrichten, liebe Elisabeth, damit müssen wir leben.«

»Hast du noch weitere Bibeln drucken lassen, hier in Freiburg?«

»Ich glaube, du bist hellsichtig, Elisabeth. Genauso ist es. Es gibt hier einige Bürger der Stadt, die schon lange protestantisch sind und sich unter dem Joch des Kaisers ducken mussten.«

»Der Kaiser wird alles tun, was in seiner Macht steht, um Breisach zu halten und danach Freiburg wieder in seine Gewalt zu bringen.«

»Wahrscheinlich wird er aber scheitern. Bernhard hat jetzt nämlich begriffen, was ihm Pater Josef schon ewig einzuflüstern versuchte: dass man Belagerungskriege nicht durch Angriff, sondern nur durch Aushungern gewinnt.«

Elisabeth wurde es flau zumute, wenn sie daran dachte, dass Jakob vielleicht bis zum bitteren Ende auf der Festung ausharren musste. Und Agnes würde ebenfalls verhungern – das konnte sie nicht zulassen!

»Meine Schwester ist noch in der Festung«, sagte sie leise. Und Jakob, wagte sie nicht hinzuzufügen.

»Dein Geliebter ist ebenfalls dort«, sagte der Kardinal. »Und ich bedauere das sehr. Er wollte nicht zu uns überlaufen, das wäre seine Gelegenheit gewesen.«

War Jakob vielleicht dort geblieben, um bei Agnes zu sein? Aber nein, die Entscheidung hatte er ja offensichtlich viel früher getroffen. Elisabeth schaute zum Fenster hinaus, zur Rheinebene, zu den Vogesen hinüber und zur Festung Breisach.

»Wo befindet sich Pater Josef eigentlich?«, fragte sie, um sich ihre Gefühle nicht anmerken zu lassen.

»Den hat Bernhard nach Paris zurückgeschickt, er hatte ja genug von ihm gelernt.«

Am nächsten Tag stieg die Sonne wieder hinter den Bergen hervor, die Stadt dampfte.

Auf dem Marktplatz, nahe dem Münster, war eine Bühne aufgebaut worden, auf der sich Bernhard von Sachsen-Weimar dem Volk präsentierte. Er war heute in glänzenden Harnisch gekleidet, auf seinem Helm wippten Pfauenfedern. Seine Männer standen ihm, ebenso glänzend gerüstet und mit den Waffen in der Hand, zur Seite. Ein Herold blies in eine Trompete. Der Bürgermeister und die Ratsherren waren ebenfalls anwesend. Die Sonne war dem Zenit weiter entgegengestiegen. Elisabeth schwitzte, und sie sah, dass auch der Kardinal ab und zu seinen Hut abnahm und sich mit einem Taschentuch den Schweiß von der Stirn wischte. Viele Bürger Freiburgs waren gekommen und standen abwartend auf dem Platz. Nach einer förmlichen Begrüßung durch den Bürgermeister verlas dieser eine Bittschrift der Stadt. Ihre Hoheit, der Herzog von Sachsen-Weimar, höre sich gnädig die untertänigst vorgebrachte Bitte der Stadt Freiburg an. Sie habe in den letzten Jahren 80 738 Gulden für Brandschatzungen und anderes bezahlt. Die Stadt bitte untertänigst, diesmal die Brandschatzung zu erlassen.

»Ich habe gleich zu Anfang verlangt«, erwiderte Bernhard von Sachsen-Weimar, »den Soldaten etwas für ihren Unterhalt zu geben, das ist aber nicht geschehen. Die Stadt sollte sich schämen, sich einer solchen Kleinigkeit wegen, nämlich um den Preis von 4800 Gulden, zu weigern! Das ist auch nicht mehr als 400 Sack Früchte. Ich merke, dass man nichts für mich tun will. Nicht einmal die Reben baut man gehörig an! Es ist schade, dass die Bürger sich unter meinem Schutz befinden. Ich kann die Stadt auch einem anderen überlassen. Wie wäre es mit dem Feldzeugmeister von Reinach? Dann werdet ihr merken, was ihr an mir gehabt habt. Ich meine es gut mit euch, versteht ihr das nicht?«

»Aber die Stadt kann für keine Brandschatzung in dieser Höhe aufkommen!«, beteuerte der Bürgermeister.

Die Leute begannen zu murren und mit den Füßen zu scharren.

»Er presst das Letzte aus ihnen heraus«, sagte Elisabeth leise zum Kardinal. »Schau doch, wie ausgehungert die Leute schon sind!«

»Darauf kann Bernhard keine Rücksicht nehmen«, erwiderte der Kardinal. »Er muss seine Leute und sich selbst ernähren.«

»Findest du das richtig, Thomas?«

»Was ich gut und richtig finde, steht hier nicht zur Debatte«, gab der Kardinal zurück. »Wahrscheinlich muss jeder sehen, wie er zurechtkommt.«

»Ich werde versuchen, den Armen zu helfen«, sagte Elisabeth.

»Wie willst du das um Gottes willen anfangen?«

»Wir könnten uns umschauen, wo Früchte gelagert sind oder wo sie noch wachsen und geerntet werden können. Dann verteilen wir sie gerecht unter allen.«

Der Kardinal nahm Elisabeths Arm und zog sie aus der Menge. Die Glocke des Münsters schlug die zwölfte Stunde.

»Jetzt gehen wir erst einmal zu Paul und Melvine und beraten uns dort bei einem Essen. Ich hoffe doch, dass sie etwas aufgetrieben haben, was zwischen die Zähne passt und den Magen einigermaßen füllt.«

Vom Münsterplatz gelangten sie durch krumme Gassen nach Oberlinden. Melvine und Paul hatten ganze Arbeit geleistet. Das Gasthaus zum »Roten Bären«, ein Arkadenhaus, hatte einen neuen Anstrich bekommen, rot mit weißen Fensterläden. Die Stallungen für die Pferde waren noch in einem verwahrlosten Zustand. Vor der Wirtschaft standen Tische und Stühle in der Sonne. Melvine eilte herbei, als sie die beiden erblickte, nahm Elisabeth in den Arm und drückte sie fest. Dem Kardinal reichte sie die Hand.

»Es ist schon ein Elend mit der Stadt«, sagte der Kardinal. »Ich hoffe, ihr beide habt genug Gäste, um euch über Wasser zu halten.«

»Leider sind es nur die, die zahlen können«, meinte Paul, der die letzten Worte gehört hatte. »Wir geben ebenfalls den Armen, aber wir wollen schließlich auch nicht verhungern.«

»Was steht denn heute auf der Speisekarte?«, fragte der Kardinal.

»Schweinebraten mit Erbsenbrei«, sagte Paul. »Oder eine Suppe aus Birnenschnitzen, weißen Bohnen und Speck.«

Elisabeth bestellte die Suppe, der Kardinal den Braten. Als die duftenden Speisen vor ihnen standen, griffen sie herzhaft zu. Allmählich füllte sich der Wirtschaftsgarten mit Leuten, die vornehm gekleidet waren. Es ist ungerecht, dachte Elisabeth, aber auch ich möchte essen und nicht hungern.

»Wie ist die Versorgungslage in der Stadt?«, fragte sie Melvine, nachdem alle Gäste ihr Essen erhalten hatten. Melvine und Paul setzten sich an ihren Tisch.

»Bernhard von Sachsen-Weimar hat die Bevölkerung seit der Übernahme der Stadt im April aufgefordert, Früchte, Gemüse und Wein anzubauen«, berichtete Paul. »Sie brauchen das aber für sich selbst. Die Reichen weigern sich, Geld und Schmuck herauszugeben. Und so muss Bernhard sehen, dass er Lebensmittel für sich und seine Truppe kaufen kann. Was er hier nicht bekommt, lässt er sich aus Straßburg schicken.«

»Die haben wohl immer genug zum Essen«, meinte Elisabeth und lächelte den Kardinal an.

»Die Straßburger waren wohl immer etwas weiter vom Schuss«, gab der Kardinal zurück.

»Was gibt es nun tatsächlich in der Stadt zu kaufen, Melvine?«, fragte Elisabeth.

»Es gibt schon noch einiges«, sagte Melvine. »Aber von Tag zu Tag merkt man, dass es knapper wird. Auf dem Markt gibt es noch einiges Sommergemüse. Dazu Kirschen, Himbeeren, Erdbeeren. Getreide und Hülsenfrüchte.«

»Getrocknete Birnen und Äpfel vom letzten Jahr«, setzte Paul hinzu.

»Wie steht es mit Fleisch und Fisch?«, wollte Elisabeth wissen.

»Forellen, Neunaugen, bis jetzt auch noch Maifische aus der Dreisam.«

»Und Lachse aus den höher gelegenen Schwarzwaldflüssen«, ergänzte Melvine.

»Dann sind wir ja recht gut bestückt«, meinte Elisabeth. »Wie steht es bei Euch, Herr Weltlin?«

»Zur Zeit ist noch alles da«, versetzte der Kardinal.

»Und doch scheint es mir, als würden viele Menschen hier hungern«, sagte Elisabeth.

»Das ist nun einmal so, das ist gottgewollt«, rief eine Dame vom Nebentisch herüber. Sie war gut gekleidet und mit Goldschmuck behängt.

»Uns hat Gott im Auge gehabt, als er die weltlichen Güter verteilte«, pflichtete ihr der Gatte bei.

Elisabeth konnte es nicht glauben. »Meint Ihr nicht, dass Ihr etwas von Eurem Reichtum abgeben könntet?«, fragte sie.

Melvine trat sie unter dem Tisch mit dem Fuß.

»Das hat allein der Herzog zu entscheiden«, erwiderte die Dame mit einem hochmütigen Gesichtsausdruck.

»Ihr solltet vorsichtig sein mit solchen Äußerungen«, raunte Melvine Elisabeth zu. »Das könnte sonst unsere Gäste vertreiben, und wovon sollen wir sonst leben?«

Elisabeth sah ein, dass bei diesen Leuten Hopfen und Malz verloren war. Sie würden immer nur an sich selber denken. Eine Wolke hatte sich vor die Sonne geschoben.

Der Kardinal zog sein Geldsäckchen heraus und zahlte.

Elisabeth fiel etwas ein.

»Wo sind denn eure Hunde geblieben?«, fragte sie Paul, der daraufhin feuchte Augen bekam. Melvine wandte sich ab.

»Die sind uns weggefangen worden«, meinte Paul düster. »Wahrscheinlich haben arme Leute sie verspeist.«

Der Abschied von den Wirtsleuten war gedrückt.

»Kommt bald einmal wieder vorbei, wir wollen auch wieder eine Räucherei einrichten«, sagte Paul.

Der Kardinal überreichte Elisabeth, wie schon früher, einen Beutel mit Dukaten, Gulden und Kreuzern.

»Ich muss noch ins Münster, derweil kannst du auf dem Markt noch etwas für das Abendbrot einkaufen«, sagte er.

Auf dem Marktplatz trennten sie sich, der Kardinal begab sich zum Portal des Münsters, Elisabeth ging zu den Ständen und kaufte frisches Brot, Wurst, Käse und Butter. Sie wollte schon jetzt anfangen zu sparen. Sie ließ sich die Waren in einen kleinen Leinensack packen, schulterte ihn und folgte dem Kardinal ins Münster hinein. Sie war überwältigt von der Portalhalle mit ihren Figuren der biblischen Geschichte, noch mehr von der Höhe des dreischiffigen Kirchenraumes mit den vielen Säulen. Den Kardinal entdeckte sie unter einem silbernen Kruzifix vor dem Chor, wo er mit einem Pfarrer im Gespräch stand.

»Das ist Pfarrer Wollenbruck«, stellte der Kardinal vor. »Und das ist Elisabeth Weber aus Calw.«

»Ah, Calw«, meinte Wollenbruck, »wo Valentin Andreä zu Hause ist.«

Der Superintendent aus dem Schwarzwald schien wirklich überall bekannt zu sein.

»Morgen Abend haben wir ein Treffen in der Sakristei«, sagte der Kardinal. »Wenn du möchtest, kannst du auch kommen, Elisabeth.«

»Es wäre uns eine Ehre«, fügte Pfarrer Wollenbruck hinzu.

»Ich komme gern«, sagte Elisabeth. Sie wusste noch nicht, wie sie alles, was in der nächsten Zeit auf sie zukommen würde, unter einen Hut bringen sollte. Die Männer redeten weiter über Fragen der Bibelauslegung. Elisabeth schaute sich noch ein wenig in der Kirche um. Sie trat vor den Altar, der eine Marienkrönung und die Entsendung der zwölf Apostel zeigte, meisterhaft gemalt und goldumrahmt. Elisabeth beugte sich vor, um die Initialen des Malers zu entziffern. Hans Baldung Grien, las sie. Elisabeth hatte sich schon immer für Kirchen, Klöster und deren kunstvolles Inventar begeistern können. Wobei sie fand, dass die Katholiken die weitaus prächtigeren und wertvolleren Werke ihr eigen nannten. Ganz in die Betrachtung der Bilder vertieft, hörte sie, wie hinter ihr die Kirchentür aufschwang, eigentlich war es mehr der Lufthauch, den sie spürte. Sie drehte sich um. Im hereinfallenden Licht standen zwei Mönche in schwarzen Radmänteln. Elisabeth erschrak bis in die Zehenspitzen. Das hatte sie doch schon einmal erlebt. Begann jetzt alles wieder von vorn?

30.

Gegen Abend verließ Jakob die Burg, um sich noch ein wenig in der Stadt Breisach zu ergehen. Das Gefühl, Tag und Nacht eingeschlossen zu sein, war bedrückend. Zudem hatte sich die Tageshitze in den Mauern gespeichert. Jakob blieb einen Augenblick stehen. Es dämmerte bereits, Fledermäuse huschten hin und her. Jakob konnte drei Wälle unten vor der Mauer erkennen, dahinter lag ein Wassergraben, an dem sich die Belagerer verschanzt hatten. Wie schon am Anfang stiegen Rauchsäulen in den Himmel, Gelächter und Gesang drangen zu ihm herauf. Jakob war sich sicher, dass der Kaiser alles daransetzen würde, die Festung zu befreien. Schließlich war sie eine wichtige strategische Stelle auf dem Weg nach Frankreich, seinem Erzfeind. Jakob war froh, dass er Elisabeth in Sicherheit wusste. Wenigstens war sie in Freiburg besser aufgehoben als hier. Was aus ihrer Schwester Agnes werden sollte, wusste Jakob nicht. Sie war inzwischen die Mätresse von Reinachs geworden und wusste ihre Reize wohl einzusetzen, um das zu bekommen, was sie verlangte. Jakob wandte sich zum Gehen, stieg in die Unterstadt hinab. Hier war die Stimmung noch gedrückter. Die Gastwirtschaften hatten geschlossen, die Menschen, die mit hungrigen Augen an ihm vorbeigingen, waren abgemagert. Es roch streng nach menschlichen Exkrementen. Ab und zu begegnete ihm ein Bettler, der ihm die knochige Hand hinhielt. Jakob erinnerte sich, dass Ende Mai noch etliche Säcke Mehl aus Basel abgefangen worden waren. Gab es inzwischen wirklich kaum noch etwas zu essen? Er hatte von Reinach immer davor gewarnt, so zu schlemmen und zu prassen. Wahrscheinlich hatten die Reichen der Stadt die Lebensmittel und das

Fleisch erhalten, die Armen waren leer ausgegangen. Er würde am Abend noch mit seinem Kommandanten reden, wie man die Güter besser verteilen konnte. In gedrückter Stimmung stieg Jakob den Weg zur Burg und zum Münster hinauf. In der Kirche brannte inzwischen Licht, viele Menschen hatten sich versammelt, um zu beten.

»Wie steht es mit der Versorgung der Stadt, Hans Heinrich?«, fragte er den Kommandanten während des Abendessens, das aus Brot, Wurst, Käse und kaltem Braten bestand.

»Wir haben genug, die Stadt hat genug, alles steht zum Besten«, meinte von Reinach.

Er saß wie üblich bei seiner Familie, während Agnes am Ende des Tisches Platz genommen hatte. Die Ehefrau und die Mätresse beäugten sich ab und zu argwöhnisch.

»Es steht nicht zum Besten«, widersprach Jakob. »Ich war heute Abend unten in der Stadt und habe Menschen gesehen, die hungern. Wo sind die ganzen Vorräte geblieben?«

Von Reinachs Stirnadern schwollen bedenklich an. »Was hast du nur die ganze Zeit mit der Versorgung? Wir haben einen großen Nachschub an Mehl bekommen, die Bäcker können jeden Tag backen, und Ende Mai haben wir einen Brottransport aus Basel zu uns umgelenkt. Bevor die Feinde die Reihen wieder schließen konnten, haha.«

»Hier auf der Burg scheint es jede Menge Essbares zu geben«, fuhr Jakob fort. »Hast du und haben die Reichen alles bekommen?«

Von Reinach streckte abwehrend die Hände von sich. »Wo denkst du hin? Die Leute haben genug bekommen, können eben nicht haushalten. Und meine dreitausend Männer muss ich schließlich auch versorgen.«

»Wir müssen schließlich an unsere Kinder denken«, setzte von Reinachs Frau hinzu. »Die sollen das hier doch gesund überstehen, oder nicht?« Herausfordernd schaute sie Jakob ins Gesicht. Er blickte auf die pausbäckigen Kleinen.

»Vom Fleische sind sie nun gewiss nicht gefallen«, meinte er.
»Du machst dir zu viele Sorgen«, redete von Reinach weiter. »Wir werden einen Trupp ins Elsass schicken, um Korn herbeizuschaffen. Unsere Besatzung umfasst dreitausend Mann, wie ich schon sagte, du Knollfink!«

»Immerhin stehen uns sechstausend Mann Fußvolk, fünftausendachthundert Reiter, vierhundert Arbeiter für die Schanzen und fünfundzwanzig Geschütze gegenüber«, meinte Jakob und lehnte sich auf seinem Stuhl zurück.

Von Reinach schnippte mit den Fingern. »Die haben doch selber bald nichts mehr zum Beißen«, sagte er. »Da können sie noch so viele Schanzen errichten und Ketten über den Rhein legen, um Durchbrüche von uns zu verhindern. Die Brücke haben sie auch nicht gesprengt gekriegt.«

Jakob hatte sein Mahl beendet und erhob sich.

»Ich werde mich jetzt zurückziehen«, sagte er, »und wünsche eine angenehme Nacht, die Damen und Herren.«

Der Platz, an dem Agnes gesessen hatte, war inzwischen leer. Jakob stieg die Treppe zu seinem Gemach hinauf. Vor seiner Zimmertür stand Agnes. Sie wirkte sehr aufgeregt.

»Könnte ich einen Augenblick in dein Zimmer kommen, ich muss etwas Dringendes mit dir bereden«, sagte sie. Jakob schaute sich vorsichtig um, drückte auf die Klinke und zog Agnes in den Raum hinein.

»Was kann denn so dringend sein, das du deinen Freund allein lässt?«, wollte er wissen.

»Das ist es ja gerade. Ich liebe ihn nicht. Außerdem lässt er immer seine Frau und seine Kinder neben sich sitzen. Wenn sie da sind, behandelt er mich wie Luft!«

»Und deshalb tust du hier so geheimnisvoll? Jetzt sag schon, was steckt dahinter, warum wolltest du mich so dringend sprechen?«

»Ich sagte ja schon, ich liebe ihn nicht«, antwortete Agnes und zog einen Schmollmund. Sie blickte ihn gerade an. »Aber dich liebe dich, Jakob, schon vom ersten Moment an, als ich dich das erste Mal gesehen habe.«

Der Schreck fuhr ihm heiß in alle Glieder. »Wann hast du mich denn das erste Mal gesehen, Agnes?«

»Im Kaiserstuhl, als du mit Elisabeth zusammen warst.«

»Hast du von … Elisabeth und mir gewusst?«

»Ja, ich habe es von Anfang an mitbekommen.« Sie schlug ihre langbewimperten Augen nieder. »Schon in Baden, im Schloss, habe ich nachts aus dem Fenster geschaut und gesehen, wie Elisabeth zu der Gartenlaube gegangen ist.«

»Ich liebe deine Schwester, Agnes.«

»Das macht mir nichts aus.« Eine zarte Röte überzog ihr Gesicht. Sie sah sehr jung, sehr verletzlich aus. »Deshalb kannst du doch trotzdem ein wenig lieb zu mir sein. Jetzt, wo Elisabeth nicht da ist.«

Jakob war verblüfft über ihre Offenheit, ja Dreistigkeit, mit der sie das vortrug. Irgendetwas musste sie doch damit bezwecken, nachdem sie sich vor den Augen aller an den Kommandanten herangemacht hatte.

»Ich werde dich behandeln wie auch sonst immer, Agnes«, sagte er.

Sie trat einen Schritt auf ihn zu, griff nach seiner Hand. »Bitte, lass mich nicht allein«, sagte sie mit einer Stimme, die wie die eines kleinen Mädchens klang.

Jakob zog seine Hand zurück. Mit einem Aufschluchzen warf sie sich in seine Arme.

Er löste ihre Hände von seinem Hals und schob sie sanft zurück.

»Agnes, ich bitte dich, lass diese Spielchen! Wenn der Kommandant davon erfährt …«

»Das ist mir vollkommen gleichgültig, was der von mir denkt! Oder was seine Frau von mir denkt und was die fetten Kinder von mir denken! Ich will nur dich, Jakob, habe dich immer gewollt!«

»Bitte geh jetzt«, bat Jakob sie. »Du bringst uns noch um Kopf und Kragen!«

Agnes schlug die Hände vors Gesicht und stürzte zur Tür hinaus.

Die Nacht verbrachte Jakob in unruhigem Schlaf. Nach dem Frühmahl ließ ihn der Kommandant zu sich kommen. Schon während des Essens hatte er Jakobs Blick gemieden. Was konnte das zu bedeuten haben? Mit abweisender Miene empfing ihn von Reinach in seinem Zimmer.

»Ich war nicht gerade erfreut über das, was mir da zu Ohren gekommen ist«, sagte er.

»Was ist dir zu Ohren gekommen?«, fragte Jakob. »Ich bin mir keiner Missetat bewusst.«

»Agnes hat mir erzählt, dass du sie gestern Abend bedrängt hast. Du hast sie in dein Zimmer gelockt und wolltest, dass sie mit dir schläft. Ich bin ja großzügig, Jakob, aber du solltest mir nicht in die Quere kommen!«

Jakob war es einen Moment lang, als ob ihm die Luft wegbliebe.

»Das ist nicht wahr«, sagte er mit fester Stimme. »Es war andersherum: Sie wollte mich verführen!«

»Wie dem auch sei, ich warne dich, Jakob! Du mischst dich zu viel in meine Angelegenheiten ein. Du willst doch nicht, dass ich dich eines Tages suspendieren muss?«

»Auf keinen Fall, Hans Heinrich«, antwortete Jakob. Das war eine bodenlose Frechheit, was sich Agnes da erlaubt hatte! Er beschloss, ihr in Zukunft weiträumig aus dem Weg zu gehen.

Mit ein paar schnellen Schritten war der Kardinal bei Elisabeth.

»Was ist mit dir?«, fragte er und schaute ihr besorgt ins Gesicht. »Du bist ja richtig bleich geworden, du zitterst am ganzen Leib!«

Elisabeth fühlte sich wie gelähmt, doch sie streckte die Hand aus und zeigte zur Tür.

»Da …«

»Was war da, Elisabeth? Ich sehe nichts.«

»Da waren die beiden Mönche, die ich schon in Baden gesehen habe. Die uns wegen der Bücher erpresst haben.«

»Wie sahen sie aus?«

»Sie trugen den weißen Habit und schwarze Radmäntel.«

»Ich glaube dir, Elisabeth. Gibt der Inquisitor Berni also keine Ruhe, selbst hier nicht, wo inzwischen das protestantische Lager herrscht. Du solltest nicht mehr allein ausgehen.«

»Aber sie können uns doch nichts anhaben! Was haben sie hier überhaupt zu suchen?«

»Möglich, dass Kaiser Ferdinand sich mit Papst Urban abgesprochen hat.«

»Aber was können die hier noch wollen?«, fragte Elisabeth.

»Möglicherweise rechnen sie mit einem baldigen Sieg des Kaisers und versuchen schon mal, den vermeintlichen Sumpf trockenzulegen.«

»Was willst du dagegen tun?«

»Ich werde mich davon nicht beirren lassen. Komm, gib mir deinen Brotsack, wir wollen die Sachen für das Abendessen nach Hause bringen.«

Einige Tage später kündigte der Kardinal an, dass er in Kürze eine Predigt halten wolle. In seinem Zimmer bereitete er sich Tag und Nacht darauf vor. Endlich war es so weit. Eine große Menge hatte sich im Münster eingefunden. Darunter waren reich gekleidete Freiburger Bürger ebenso wie Bauern, Bettler, Männer, Frauen und Kinder. Alles wurde nach dem alten katholischen Ritual abgehalten, da sich noch kein protestantischer Gottesdienst durchgesetzt hatte. Nach den anfänglichen Gebeten und Gesängen stieg Kardinal Weltlin auf die Kanzel. Er trug einen scharlachroten Talar, einen Schulterumhang sowie das ebenso rote Birett. Atemlose Stille herrschte unter den Besuchern.

»Liebe Freiburger Gemeinde«, begann der Kardinal. »Wir haben uns heute hier versammelt, um in schweren Zeiten miteinander zu beten und uns gegenseitig Beistand zu leisten. Kaiser Ferdinand versucht, seine alten Rechte wieder bei uns einzusetzen, aber er hatte sie sich nach der Schlacht von Nördlingen gewaltsam genommen. So müssen wir zwar täglich um unser Brot kämpfen, aber solange die schwedisch-französische Armee bei uns weilt, wird uns nichts Übles geschehen. Im fernen Rom zählt Papst Urban VIII. darauf, seinen Machtbereich dauerhaft auszudehnen. Wir aber wissen mehr, als der Papst seinen Untertanen erlaubt zu wissen. Spätestens seit Kopernikus, Galilei und Johannes Kepler wissen wir, dass sich die Erde und die Planeten um die Sonne drehen und nicht umgekehrt. Ebenso sollte der Mensch im Zentrum der Kirche stehen und nicht für ihre Zwecke missbraucht werden. Wir haben Krieg, liebe Bürger, lange schon, und ich bete jeden Tag zu Gott dem Allmächtigen, dass er diese Geißel bald von uns nehmen möge. Sollte es uns jedoch beschieden sein, die Gräuel und den Hunger und die Schandtaten der Soldaten noch länger zu ertragen, so möge uns Gott Geduld geben. Ich wünsche uns allen Kraft, einen festen Glauben und die Liebe zu allen Menschen. Amen.«

»Amen«, rief die Menge, die sichtlich ergriffen war. Elisabeth hatte Tränen in den Augen. Dass der Kardinal es wagte, sich so weit aus dem Fenster zu lehnen! Musste er damit nicht den Zorn des Papstes auf sich ziehen? Zumal er ein Amt bekleidete, das vom Papst selbst unmittelbar abhängig war. Nach dem Ende des Gottesdienstes drängten sich die Menschen um den Kardinal, um den Saum seines Gewandes und seinen Ring zu küssen. An diesem Abend wurde es recht spät, bis der Kardinal und Elisabeth nach Hause kamen. Ein Diener erwartete sie aufgeregt. Er hielt einen Brief in der Hand. Der Kardinal nahm ihn entgegen und las vor: »Ihre Hoheit der Kardinal sollte seine Zunge hüten. Es gibt nur eine wahre und selig machende Kirche. Sollte er dem zuwiderhandeln, könnte etwas geschehen, was nicht mehr gutzumachen ist!«

»Wer hat dieses Schreiben gebracht?«, fragte der Kardinal.

»Es war ein halbwüchsiger Junge, der nicht wusste, wer sein Auftraggeber war«, meinte der Diener.

»Du musst vorsichtig sein, Thomas«, beschwor Elisabeth den Freund. »Es war eine sehr gute Predigt, aber du musst immer gewärtig sein, dass der Feind mithört.«

»Ich lasse mich nicht mehr einschüchtern«, sagte der Kardinal. »Was ich weiß, das weiß ich, und das kann mir keine Kirche der Welt verbieten!«

In der nächsten Zeit waren Elisabeth und die Freiburger Bürger damit beschäftigt, Nahrung herbeizuschaffen. Aber die Auswirkungen der Belagerung begannen sich schon zu zeigen. Ende Juni verteuerten sich die Lebensmittel empfindlich, schließlich musste ein riesiges Belagerungsheer ernährt werden. Elisabeth sparte beim Kochen, wo sie konnte. Es gab zwar immer noch Getreide, Mehl, Gemüse, Fleisch und Wein, doch hatten viele nicht genügend Geld, um sich zu versorgen. Für die Armen und Hungernden richtete Elisabeth zusammen mit Melvine eine tägliche Suppenküche ein, in der sie Linsen mit Speck ausgaben, für ein paar Kreuzer oder auch umsonst. Elisabeth merkte aber bald, dass es ein Tropfen auf den heißen Stein war. Daneben wartete sie sehnsüchtig auf ein Zeichen von Jakob.

Auf der Festung Breisach versuchte Jakob nach Möglichkeit, Agnes aus dem Weg zu gehen. Solange der Kommandant sie an den nächtlichen Festen teilnehmen ließ, behelligte sie Jakob auch nicht weiter. Ende Juni brachte ein Tross von Kenzingen aus noch einmal Nachschub in die Festung. Der landete vor allem in den Kochtöpfen des Kommandanten von Reinach.

Einige Tage später fuhr Jakob nachts aus dem Schlaf empor. Eine gewaltige Detonation erschütterte die Burg. Eilig kleidete er sich an und lief auf den Hof hinaus. Hier hatten sich schon etliche Offiziere, Bedienstete und Reinach selbst versammelt. Aus dem Vorratslager stiegen Rauchwolken in den nächtlichen Himmel.

»Was ist geschehen, um Himmels willen?«, fragte Jakob den Kommandanten.

»Diese verdammten Kerle«, schrie von Reinach, außer sich vor Wut. »Haben sich nachts in das Lager geschlichen, angeblich, weil sie Hunger hatten! Das ist Hochverrat! Aufknüpfen müsste man sie!«

»Was für Kerle meinst du denn?«, wollte Jakob wissen.

»Na, meine Soldaten! Ich würde ihnen am liebsten eigenhändig die Gurgel durchschneiden.«

»Haben sie vielleicht nicht genug zum Essen bekommen?«, warf Jakob ein.

»Natürlich haben sie genug bekommen, diese Bastarde! Aber sie können ja den Bauch nicht vollkriegen. Und überhaupt, was mischst du dich wieder ein. Habe ich dich etwa gefragt?«

»Das Feuer hat auf die benachbarten Häuser übergegriffen«, rief ein Offizier. »Wir müssen löschen!«

»Gebt den Leuten Eimer und lauft zu den Brunnen!«, befahl der Kommandant. Der Rauch wurde immer dichter, die Hitze immer stärker. Als Jakob aus einem der Fenster blickte, sah er, dass schon viele Häuser der Stadt in Flammen standen. Jetzt eilte auch er, um beim Löschen zu helfen. Bewohner und Soldaten bildeten Ketten, die Ledereimer wurden von Hand zu Hand gereicht. Erst Stunden später konnte der Brand halbwegs gelöscht werden. Die Balken der Häuser glühten immer noch so stark, dass es Jakob die Tränen in die Augen trieb. Der Kommandant kam die Straße von der Burg her heruntergeschritten.

»Vierzig Häuser sind beschädigt worden, dazu wurden ein Haufen Mehl und Pulver vernichtet«, sagte einer der Offiziere.

»Das ist der Dolchstoß für uns«, meinte von Reinach düster. »Die Kerle sind schuld, dass wir hier noch Hungers krepieren müssen!«

»Wir haben nicht genügend vorgesorgt, weil wir nicht geglaubt haben, dass die Belagerung so lange dauert«, meinte Jakob.

»Na ja, wir können immer noch Nachschub beschaffen«, versetzte von Reinach.

»Morgen schicke ich einen Trupp ins Elsass, die sollen Korn einholen. Jakob, wie wäre es, wenn du den Trupp befehligen würdest? Aber keine krummen Dinger drehen!«

»Was könnte ich schon für krumme Dinge drehen«, gab Jakob zurück. »Wir müssen froh sein, wenn wir hier überhaupt raus- und wieder reinkommen und wenn uns das Korn nicht gleich wieder abgenommen wird.«

»Also, dann bereite dich darauf vor«, sagte von Reinach. »Und ihr«, der Kommandant wandte sich an die umstehenden Offiziere, »lauft jetzt mal schnell los und greift euch die Soldaten, die das hier angerichtet haben.«

»Was willst du mit ihnen machen?«, fragte Jakob.

»Na, aufknüpfen natürlich, und zwar an einer Stelle, an der alle sie sehen können. Damit kein anderer auf dumme Gedanken kommt.«

»An deiner Stelle würde ich das nicht tun, Hans Heinrich«, brachte Jakob gelassen hervor.

»Und warum nicht, in drei Teufels Namen?«

»Wegen des Bildes, das wir in der Öffentlichkeit abgeben.«

»Welche Öffentlichkeit? Es ist doch wohl klar wie Hechtsuppe, dass wir Bernhard in die Knie zwingen werden. Die sollen ja jetzt schon genauso Hunger leiden wie wir.«

»Egal, wie es ausgeht, Hans Heinrich, wir werden immer an unseren Taten gemessen. Und die eigenen Soldaten aufzuhängen, nur, weil sie ihren Hunger stillen wollten, würde kein gutes Licht auf dich werfen.«

»Also gut«, knurrte der Kommandant. »Dann bringt sie mir her und verabreicht jedem zwanzig Stockhiebe.«

Jakob zuckte mit den Schultern und wandte sich zum Gehen. Die Hiebe galten als durchaus angemessen bei Ungehorsam und Diebstahl. Er schlenderte hinüber zu den Ställen. Dort stand sein Rappe Ferdl, der leider schon lange nicht mehr zum

Einsatz gekommen war. Jakob bewegte ihn jeden Tag im Burghof oder ritt mit ihm in die Stadt hinunter. Als er den Stall betrat, schlugen ihm warme Luft und der Geruch nach Stroh und Pferdedung entgegen. Täglich wurden die Grasflächen der Stadt gemäht, um die Tiere, auch die Kühe, Schweine, Schafe und Hühner zu versorgen.

Ferdl lag auf der Seite im Stroh, sein Atem ging flach, die Beine zuckten im Schlaf. Das Fell sah glänzend aus, weil der Stallbursche es immer bürstete. Jakob vergewisserte sich, dass niemand in der Nähe war. Er trat dicht an Ferdl heran und strich sanft über dessen Kopf. Ferdl spitzte die Ohren, öffnete kurz die Augen, und als er seinen Herrn erkannte, schloss er sie wieder und streckte sich mit einem wohligen Seufzer aus.

»Ferdl«, flüsterte Jakob. »Ich werde jetzt ein paar Tage nicht da sein. Aber ich komme wieder, hörst du. Wir gehen morgen ins Elsass, um Beute zu machen. Da kann ich dann irgendeinem Menschen draußen eine Botschaft für Elisabeth geben.«

Ferdl schnaubte leise.

»Du fragst, warum ich nicht fliehe? Meinen Dienst bei diesem Grobian nicht quittiere? Es ist nicht seinetwegen, sondern wegen der Hunderte von Schweden, die hier bei den Belagerern sind und sich in Freiburg aufhalten. Ich kann den Eid, den ich mir selbst geschworen habe, nicht brechen. Was würde meine Mutter sagen, wenn ich Seite an Seite mit den Schweden kämpfen würde? Was mein Vater, meine Geschwister, die Knechte und Mägde?«

Ferdl blähte die Nüstern auf und schlief weiter. Jakob war es, als hätte er ein Geräusch von der Tür her gehört. Ein Schatten verschwand gerade hinter der Mauer. Mit einem Sprung war Jakob draußen. Es war nichts zu sehen. Vielleicht sah er schon Gespenster, kein Wunder bei diesem entbehrungsreichen Leben hier in der Festung! Jakob ging über den Hof zurück in die Burg. Die letzten Offiziere kamen von der Suche nach den Missetätern zurück. Offenbar hatte man sie noch nicht gefunden.

Über die Treppe gelangte Jakob in sein Gemach. Er setzte sich an sein Pult, holte Papier und Feder heraus und schrieb eine Nachricht an Elisabeth. Er könne nicht nach Freiburg kommen, schrieb er, weil er mit einem Auftrag im Elsass betraut sei. Und sie dürfe auch nicht in die Festung hineinkommen, weil es viel zu gefährlich sei. Die Vorräte gingen langsam zur Neige, auch wenn sie noch einiges an Vieh hätten. Trotzdem sei er sich sicher, dass die Belagerung bald zu Ende sein werde und sie sich dann wiedersehen könnten. Ich liebe dich, schrieb er an den Schluss des Briefes, faltete ihn zusammen und versiegelte ihn. In diesem Augenblick klopfte es. Jakob schreckte zusammen und verbarg den Brief in der Schublade des Pultes. Es klopfte noch einmal, kräftiger. Mit drei Schritten war Jakob an der Tür und riss sie auf. Agnes stand davor, in ein halblanges, seidenes Gewand gehüllt. Ihr schmaler Körper zeichnete sich unter dem dünnen Stoff ab, ihre Augen sahen groß und dunkel aus.

»Lass mich herein, Jakob, ich muss mit dir sprechen«, sagte sie drängend und wollte sich an ihm vorbei in den Raum schieben.

»Ich habe aber mit dir nichts zu besprechen«, antwortete er. »Ich muss morgen früh aufstehen, lass mich jetzt schlafen, Agnes.«

»Das da vorhin draußen bei den Ställen, das war ich«, sagte sie.

»Und? Was willst du damit sagen?«

»Ich habe etwas gehört.«

»Du hast gelauscht? Schäm dich!«

»Es war Zufall, dass ich dort vorbeikam. Ich hörte die Detonation und schaute aus dem Fenster. Später sah ich dich zu den Ställen gehen und eilte hinunter, um mit dir zu sprechen.«

»Warum hast du gesagt, ich hätte dich bedrängt?«, wollte er wissen. »Warum hast du mich beim Kommandanten angeschwärzt?«

»Aber das hast du doch!« Sie verzog ihren Mund zu einem Flunsch. »Ich merke doch, dass du mich liebhast, so, wie du mich immer anschaust. Deine Gedanken würde ich gerne kennen!«

»Agnes, jetzt reicht es! Geh wieder in dein Bett.«

»Ich möchte aber in deines.«

Jakob schob sie aus dem Zimmer hinaus und versuchte, die Tür zu schließen.

»Weise mich nicht noch einmal zurück, sonst schreie ich die ganze Burg zusammen!«, rief sie in einem schrillen Tonfall. Jakob hätte ihr am liebsten den Mund zugehalten. Aber das hätte sie wieder gegen ihn verwenden können.

»Wenn ich von dem Beutegang zurück bin, werde ich mich mehr um dich kümmern«, sagte er, um sie zu beschwichtigen.

»Nimm mich mit! Ich halt es nicht mehr aus auf dieser Burg, ich halte diesen Gestank nicht mehr aus, diese dreckigen Männer mit ihren gierigen Augen! Unten in der Stadt ist auch nichts mehr los, da wandeln sie wie die Gespenster herum.«

»Ich kann dich nicht mitnehmen, Agnes. Glaub mir, ich werde mit viel Korn und anderen Dingen zurückkommen, vielleicht sogar mit einem Kuchen.«

»Ganz bestimmt?«

»Ganz bestimmt. Und nun geh schlafen, Agnes.«

In ihre Augen trat auf einmal ein gefährlicher Glanz. »Ich habe gehört, was du zu deinem Pferd gesagt hast«, trumpfte sie auf.

»Was soll ich gesagt haben?«

»Dass du einen Brief an Elisabeth schreiben und durch einen Boten schicken willst. Das ist Zusammenarbeit mit dem Feind. Wenn du nicht hältst, was du versprochen hast, erzähle ich es dem Kommandanten.«

Sie trat einen Schritt auf ihn zu, warf die Arme um seinen Hals und drückte ihm einen Kuss auf den Mund. Ihre Lippen schmeckten nach Karamelcreme. Agnes drehte sich um, lief den Gang zur Treppe entlang, ohne sich noch einmal umzudrehen. Mit schwerem Herzen schloss Jakob die Tür, drehte den Schlüssel herum, löschte das Licht und fiel todmüde auf sein Bett.

31.

Am folgenden Morgen wurde das ganze Ausmaß der Katastrophe sichtbar. Die Vorratskammer, das Pulvermagazin und vierzig Häuser der Stadt waren zerstört. Reinachs Männer hatten die Schuldigen nicht gefunden, auch nach stundenlanger Suche nicht.

»Ich nehme an, sie sind zu den Belagerern übergelaufen«, meinte der Kommandant grimmig. »Die werden sie mit offenen Armen empfangen haben, weil sie ja selbst so viel zu beißen haben.« Er lachte gehässig und wandte sich an Jakob.

»Umso wichtiger ist es, dass du mit deinem Auftrag Erfolg hast. Gehe über den Rhein! Auf der anderen Seite lagern sieben Reiterregimenter von uns. Sie sollen Korn besorgen und uns dann entsetzen.«

»Ich werde tun, was ich kann«, versicherte Jakob. Wie schon einmal, zog er sich das Gewand eines Priesters an und folgte dem Gang, der in den Burggraben führte. Und wie beim letzten Mal war auch diesmal der Ring nicht ganz geschlossen. So gelangte Jakob ungesehen durch den Wald an den Rhein. Die Brücke, die er von ferne sehen konnte, war mit feindlichen Soldaten besetzt. Deshalb lief er so lange am Ufer entlang, bis er einen Fischer traf, der mit dem Ausbessern seines Bootes beschäftigt war.

»Gott zum Gruß, Fischer«, sagte Jakob. Er zog seine Geldkatze heraus. So geizig von Reinach auch war, den Sold zahlte er seinen Leuten immer aus.

»Willst du dir zwei Gulden verdienen?«, fragte er. »Einen dafür, dass du mich auf die andere Seite des Flusses bringst, einen für einen Botengang nach Freiburg?«

»Das ist aber sehr gefährlich, Herr Pfarrer«, antwortete der Mann. »Da müssten schon vier Gulden rausspringen. Für einen Gulden kriege ich ja nicht mal ein Pfund Butter!«

»Das ist nicht zu viel verlangt«, stimmte Jakob zu. »Hier hast du schon mal einen, damit du siehst, dass ich dich nicht betrügen will.«

Der Fischer machte das Boot los. Jakob stieg ein, es wackelte bedenklich.

»Ist es auch fahrtüchtig?«, wollte er wissen.

»Vertraut nur auf mich, Herr Pfarrer«, sagte der Mann. Dann stieg er selber ein und stieß das Boot vom Ufer ab. Er setzte sich auf die Vorderbank und tauchte die Ruder ins Wasser. Der Rhein war an dieser Stelle schon sehr breit. Träge und grünlich zog das Wasser dahin. Im Ufergebüsch schwirrten blaue Libellen, ab und zu sprang ein Fisch aus dem Wasser, um Mücken zu fangen. Sie umrundeten eine der zahlreichen Rheininseln, die mit Schilf und Silberweiden bewachsen war. Auf der anderen Seite konnte Jakob die Wälle und Schanzen der Kaiserlichen erkennen. Nach etwa einer halben Stunde hatten sie das andere Ufer erreicht. Jakob zog das Schreiben an Elisabeth hervor und übergab es dem Fischer, zusammen mit einem weiteren Gulden.

»Schau zu, dass dieses Schreiben nach Freiburg gelangt, zu Elisabeth Weber.«

»Wo finde ich die ehrenwerte Dame?«, wollte der Mann wissen.

»Im Haus des Bernhard von Sachsen-Weimar«, antwortete Jakob. »Oder frag einfach nach Kardinal Weltlin, der wird auf jeden Fall wissen, wo sie sich aufhält. Aber niemand anderes als Elisabeth selbst soll dieses Schreiben bekommen!«

»Wird gemacht, Herr Priester«, sagte der Fischer. »Ich schicke jemanden aus meinem Dorf. Soll ich dann hier auf Euch warten?«

»Ein Stück weiter flussabwärts«, wies Jakob ihn an. »Ich weiß noch nicht, wie meine Mission ausgehen wird.«

»Ich hoffe doch, das Ihr eine Menge der Soldaten bekehren könnt, Herr Pfarrer«, meinte der Mann. »Besonders die Franzosen.«

Jakob wandte sich nach Süden, dort, wo er die Zelte der Regimenter aus der Ebene aufragen sah. Er wurde, nachdem er sich zu erkennen gegeben hatte, vor den befehlshabenden Offizier geführt.

»In der Festung ist es zu einem Zwischenfall gekommen«, berichtete Jakob ihm.

»Ja, wir haben die Detonation letzte Nacht gehört«, meinte der Offizier. »War es ein großer Schaden?«

»Vierzig Häuser sind abgebrannt, das ganze Mehl und einiges an Pulver wurden vernichtet«, entgegnete Jakob. »Ich habe Befehl, Euch zu bitten, Korn zu besorgen und es in die Festung zu bringen.«

Der Offizier wiegte den Kopf hin und her. »Ein schwieriges Unterfangen«, meinte er. »Aber ich werde meine Männer gleich losschicken. Kommt Ihr ebenfalls mit?«

Dazu hatte Jakob zwar nicht den ausdrücklichen Befehl erhalten, aber es lockte ihn doch sehr, nach den Wochen der Gefangenschaft einmal wieder auf einem Pferd zu sitzen und in die Welt hineinzureiten.

»Ja, ich begleite Euch«, sagte er.

In Windeseile wurden Männer, Pferde, Wagen, Säcke und Körbe herbeigeschafft. Jakob bestieg einen Braunen, den er zugewiesen bekommen hatte. Es war ein leichtgängiger Araberhengst, der gut zu führen war. Sie verließen das Lager und ritten auf staubigen Wegen dem Kamm der Vogesen zu. Felder und Äcker waren verwüstet und geplündert, aber der Offizier wusste offensichtlich eine Stelle, an der noch Korn zu holen war. Jakob genoss das Gefühl der Freiheit und ließ sich den Wind um die Nase wehen. Wie wäre es, wenn er ein wenig zurückfallen würde? Alle Augen waren nach vorn gerichtet, zur möglichen Beute hin, und es würde sicher niemandem auffallen, wenn er nicht mehr dabei wäre. Doch was würde aus ihm werden, wenn er floh? Das Elsass gehörte Bernhard von Sachsen-Weimar, König Ludwig XIII. und Kardinal Richelieu hatten es ihm versprochen. Jakob würde überlaufen oder als Veteran sein Leben fristen müssen. Lange würde sein Sold, den er bei sich trug, nicht reichen. Und bei Elisabeth und dem Kardinal Weltlin betteln gehen? Niemals! Jakob richtete seine Aufmerksamkeit wieder auf den Beutezug. Nahe einem Dorf unterhalb der Vogesen befahl der Offizier, Halt zu machen. Goldgelb wogte das Korn. Mit ihren Schwertern machten es die Männer nieder und füllten die bereitstehenden Säcke und Körbe. Nach etwa zwei Stunden war diese Arbeit beendet. Im Schatten der Bäume wurde Mittagsrast gehalten. Dann beluden sie Pferde und Wagen und traten den Rückweg an. Im Lager hatte sich das Heer bereits gesammelt. Der Angriff auf die Brücke stand unmittelbar bevor. Ein Herold blies die Trompete, die Reiter stürmten los. Doch schon am Brückenkopf wurden sie zurückgeschlagen. Jakob, der weiter hinten in der Reihe ritt, sah, dass es aussichtslos war. Immer mehr weimarische Reiter kamen von der Brücke her, metzelten die Kaiserlichen nieder und holten sich die Säcke, Körbe und Wagen mit dem Korn. Triumphierend brüllten sie auf. Jakob ritt ins Lager zurück, gab sein Pferd ab und lief zu Fuß zurück zum Rhein, dorthin, wo ihn der Fischer erwarten wollte. Er fand ihn auch kurze Zeit später, mit seinem Boot im Ufergebüsch versteckt.

»Na, habt Ihr sie bekehrt?«, fragte der Fischer mit einem Grinsen.

»Sie wollten sich nicht bekehren lassen«, gab Jakob lakonisch zur Antwort. Schweigend ruderte der Fischer ihn auf die andere Seite.

»Hast du jemanden gefunden, der den Brief nach Freiburg gebracht hat?«, fragte Jakob, nachdem sie ausgestiegen waren.

»Ja, auf den Mann ist Verlass«, sagte der Fischer. Jakob zahlte ihm die beiden restlichen Gulden. Er nahm den Weg zurück durch den Wald und gelangte ohne Zwischenfälle in die Burg, denn die Aufmerksamkeit der Belagerer war durch die Ereignisse an der Brücke abgelenkt. Bevor Jakob zum Kommandanten ging, um ihm Meldung zu erstatten, blickte er durch eines der schmalen Burgfenster hinaus Richtung Westen. Was er sah, ließ ihm den Atem stocken. An den Eisentoren, die in der Mitte und am Ende der Brücke angebracht waren, hingen die Leichen von zehn kaiserlichen Soldaten.

In der Stadt Freiburg war das Leben noch schwieriger geworden. Einige von Bernhards Männern, Franzosen und Schweden, streiften umher und sammelten alles ein, was noch verfügbar war, um es selbst zu vertilgen oder es nach Breisach zu den Belagerern zu schicken. Elisabeth hatte alle Mühe, in den kleinen Marktständen irgendwelche Waren einzukaufen. Oft verbrachte sie die Tage damit, in die Wälder zu gehen, Beeren und Pilze zu sammeln, um den Speiseplan damit ein wenig zu bereichern. Sie versuchte sich beim Kochen noch mehr einzuschränken, gab die Butter nur in winzigen Flocken zum Gemüse, streckte Suppen mit Wasser und Mehl. Gemüseeintöpfe reicherte sie mit Rinderknochen an. Diese Suppen gab es dann mehrere Tage lang. Der Kardinal und die anderen Hausbewohner hatten sich daran gewöhnt, zum Frühstück nur noch Mehlbrei zu bekommen, der vielleicht mit ein wenig Butter oder Honig verfeinert war. An einem Abend Anfang des Monats Juli kam ein Bote und brachte Elisabeth einen Brief, von einem Mann namens Jakob, wie er sagte. Den Lohn dafür hätte er schon bekommen. Elisabeth zog sich eilig in ihr Zimmer zurück, erbrach das Siegel und las, dass Jakob mit einem Auftrag im Elsass betraut sei. Elisabeth könne nicht in die Festung kommen, das sei viel zu gefährlich. Die Vorräte gingen langsam zur Neige, aber er hoffe, dass sie sich bald wiedersehen könnten. Und dass er sie liebe. Elisabeth ließ den Brief sinken. Den durfte der Kardinal nicht in die Finger bekommen! Sie steckte ihn in ihr Mieder. Jetzt musste sie sich auf den Weg machen, der Kardinal hatte eine Versammlung einberufen, die sich mit dem Zustand in der Stadt und mit der Verteilung der Güter beschäftigen sollte. Auf dem Weg dorthin sagte sie sich unentwegt, dass sie nach Breisach müsse. Es gab nichts, mit dem sie den Hungerleidenden dort hätte helfen können, genauso wenig wie denen, die hier in der Stadt schon Hungers starben. Niemand wusste, wie viele es bereits waren, aber man munkelte, sie würden in aller Heimlichkeit von ihren Angehörigen verscharrt. Doch der Kardinal würde es niemals zulassen, dass sie nach Breisach ging. Vielleicht musste sie eine List ersinnen, mit der es ihr gelang. Ihr begegneten Soldaten in französischen und schwedischen Uniformen, die ihr Scherzworte nachriefen, Bürger, die von einem Besuch oder aus der Kirche heimkehrten, abgemagerte Kinder, Bettler und Dirnen, die ihrem Gewerbe nachgingen. Die Glocke schlug vom Münster her sieben Mal, als Elisabeth in die Gasse zum Rathaus einbog. Der langgestreckte Bau erstrahlte rötlich in der Abendsonne. Am Hauptportal hielten zwei steinerne Löwen das Stadtwappen und den Bindenschild von Österreich. In den kleinen Versammlungsraum waren bezeichnenderweise keine Reichen gekommen. Es war ein buntes Gemisch aus Weingärtnern, Handwerkern, Tagelöhnern, Hausfrauen und streunenden Halbwüchsigen. Elisabeth konnte auch Melvine und Paul ausmachen. Sie winkte ihnen zu. Nachdem alle auf den bereitgestellten Stühlen Platz genommen hatten, schritt der Kardinal zum Pult und räusperte sich.

»Wir haben uns heute versammelt, nicht, um einer Predigt zu lauschen oder gemeinsam die Bibel zu lesen. Wir alle wissen, wie es um unsere Stadt steht. Die Lebensmittel werden immer knapper, die ersten Menschen sollen vor Hunger gestorben sein. Gemeinsam wollen wir beraten, was wir tun können, um die Lage für alle zu verbessern.«

»Bernhard von Sachsen-Weimar ist schuld«, sagte ein Mann, dessen Haut von der Sonne stark gebräunt war. »Er hat uns alles genommen, um es seinen Soldaten zu geben.«

»Und er nimmt es noch«, ergänzte der Kardinal.

»Die Reichen raffen alles an sich«, rief eine Frau. »Wenn sie es nicht freiwillig hergeben, müssen wir es uns holen!«

Andere stimmten lauthals zu: »Wir müssen es uns holen! Raubt sie aus, die fetten Fresser! Reißt ihnen ihre goldenen Ketten von den Hälsen!«

Der Kardinal hob die Hand. »Mit Gewalt kommen wir kein bisschen weiter, mäßigt euch, bitte. Das ist nicht gottgewollt.«

»Es ist aber auch nicht gottgewollt, dass wir hungern müssen!«, rief die Frau. »Ich weiß nicht mehr, wie ich meine Kinder durchbringen soll. Mein Mann ist unter den Belagerern von Breisach.«

»Ich denke, wir müssen zuerst an die Schwächsten denken«, schaltete sich Elisabeth ein. »Die Kinder, die Kranken und die Alten. Sie sollten täglich durch uns versorgt werden.«

»Aber womit?«, kam es aus der Mitte der Anwesenden.

»Wir könnten die Reichen um Spenden bitten«, meinte der Kardinal. »Die Bäcker könnten wir auffordern, Brot aus minderwertigem Korn zu backen und es frei abzugeben. Die Metzger sollen Schlachtabfälle liefern.«

»Wie sieht es denn mit dem Gemüse und dem Obst aus?«, wollte Elisabeth wissen.

»Es gibt noch alle Sorten von Beeren«, meinte eine Hausfrau. »Himbeeren, Johannisbeeren, Stachelbeeren.«

»Im Wald gibt es Pilze«, fügte Elisabeth hinzu. »Außerdem kann man Fische in der Dreisam und in den Bächen des Schwarzwaldes fangen.«

»Die räuchern wir, dann sind sie länger haltbar«, meldete sich Melvine zu Wort, »und geben sie billig ab.«

»Das ist recht von Euch«, sagte der Kardinal. »Was können wir außerdem tun?«

»Jemand könnte zum Rhein fahren und dort fischen«, meinte ein Halbwüchsiger mit Zottellocken.

»Man kann auch aus den Gaben der Natur Nahrungsmittel herstellen«, sagte Elisabeth. »Zum Beispiel aus Brennnessel Spinat kochen, aus Löwenzahn Salat bereiten.«

»Waldvögel, Igel, Tauben, Wachteln fangen und rösten …«, kam es von dem Zottellockigen.

»Eidechsen, Ratten, Krebse.«

Der Kardinal hob abermals die Hand. »Da ist ja schon eine ganze Menge zusammengekommen, was wir tun können. Ich hoffe ja, dass es nicht mehr lange dauert und wir ohne das Geviech über die Runden kommen. Ich werde gleich morgen den Bürgermeister anweisen, die nötigen Schritte einzuleiten.«

»Und unser Gasthaus könnte als Anlaufstelle dienen«, sagte Paul. »Mit Vergnügen«, ergänzte Melvine.

Die Anwesenden klatschten Beifall, die Gesichter waren freudig gerötet. Zum Abschluss ließ der Kardinal noch Fladenbrote und Becher mit Wein verteilen. Fast beschwingt begleitete ihn Elisabeth nach Hause.

»Könnte ich nicht an den Rhein fahren und einen Karren voller Fische besorgen?«, fragte sie und hängte sich bei ihm unter.

»Das wäre gut, nur solltest du in Begleitung fahren.«

»Ich werde gleich morgen Mittag zu Melvine und Paul gehen und sie fragen.«

»Ja, tu das. Es gefällt mir, dass du dich so für andere einsetzt. Ich werde schon hinkommen mit dem Essen.«

»Ich habe vorgekocht«, erwiderte Elisabeth. »Du musst nur die Gemüsesuppe mit etwas Brot und Speck anreichern.«

Am nächsten Mittag lief Elisabeth als Erstes zum Marktplatz, um den beiden Wirtsleuten wenigstens etwas mitbringen zu können. Nur eine einzige Holzbude war auf dem großen Platz vor der Kirche zu sehen. Eine rotwangige Frau verkaufte angewelktes Gemüse und Schlachtabfälle wie Herz, Schweinefüße und Bauchlappen.

Elisabeth kaufte gelbe Rüben und Rote Bete. Als sie den Marktplatz überqueren wollte, blieb sie abrupt stehen. Fünf Männer kamen ihr entgegen, einer davon mit einem bandagierten Arm. Sie stellten sich auf den Platz, holten ihre Instrumente heraus und begannen zu spielen und zu singen. Ja, es waren Hans mit der Laute, Daniel mit der Sackpfeife, Martin und seine Trommel, Konstantin mit der Geige und Leander, der sie angrinste und zu singen begann:

»Ein Mädchen wollt zum Tanze gehn,
schneeweiß war sie gekleidet.
Was sah sie dort am Wege stehn?
Ein Lorbeerbaum so schöne.«

Erinnerungen kamen in Elisabeth hoch. Trotz der Lage in der Stadt blieben Passanten stehen und erfreuten sich an dem Spiel. Leander sang die letzte Strophe:

»Und haut man mich im Winter ab,
im Sommer grün ich wieder.
Ein Mädchen, das sein Ehr verliert,
gewinnt sie niemals wieder.«

Die Leute klatschten Beifall, Leander machte mit seinem Hut die Runde und sammelte Geld ein. Es war nicht viel, was die Leute geben konnten, aber ein paar Kreuzer waren bestimmt zusammengekommen.

»Kommt ihr mit zum Gasthof ›Zum roten Bären‹?«, fragte Elisabeth, nachdem sie alle mit Handschlag und Umarmungen begrüßt hatte.

»Gasthof ist immer gut«, meinte Hans.

»Besonders, nachdem wir wieder ein wenig verdient haben«, setzte Konstantin hinzu.

»Wie kommt ihr denn nach Freiburg?«, fragte Elisabeth im Weitergehen.

»Nachdem uns dieser Knollfink aus Breisach auseinandergetrieben hatte, sind wir hoch in den Wald beim Totenkopf geflohen«, erzählte Leander. »Aber da haben wir es nicht lange ausgehalten. Zu oft kam dieser Hornochse, um das Wild abzuknallen und uns bei unseren Streifzügen zu stören.«

»Da haben wir uns gedacht«, fuhr Daniel fort, »dass es in der Stadt doch eigentlich besser zum Leben sein müsste.«

»Wir haben hier reiche Beute gemacht«, ergänzte Hans. Elisabeth schaute sich um, ob auch niemand mithörte. Inzwischen waren sie beim Gasthof angekommen. Einige Gäste saßen draußen an den Tischen und aßen ein spinatähnliches Gericht mit Rühreiern. Elisabeth brachte die gelben Rüben und die Rote Bete in die Küche, derweil ihre Freunde sich an einem freien Tisch niederließen. Der Aufruf zu Spenden hatte offensichtlich schon seine Wirkung getan, denn auf der Arbeitsfläche stapelten sich altbackenes Brot, Innereien und Gemüse in Schüsseln. Melvine machte sich gleich daran, die Möhren und die Rote Bete zu schälen und kleinzuschneiden.

»Ich habe noch ein paar Freunde mitgebracht«, sagte Elisabeth zu Melvine.

»Setz dich nur hin, ich bringe euch gleich einen Salat«, erwiderte die Wirtin.

Die anderen Gäste zahlten und verließen ihre Plätze, so dass Elisabeth sich ungestört mit den Männern unterhalten konnte.

»Habt ihr gehört, wie es inzwischen in Breisach aussieht?«, fragte sie.

»Ja, dieser dicke Kommandant, der uns verfolgt hat«, sagte Leander. »Und dessen Männer mich ziemlich verletzt haben«, warf Konstantin ein.

»Dieser von Reinach«, fuhr Leander fort, »sitzt jetzt arg in der Klemme, hab ich gehört. Die Vorräte sollen ihnen allmählich ausgehen.«

»Elisabeth, erzähl mal, was mit euch beiden geschehen ist, nachdem wir uns aus den Augen verloren hatten«, sagte Leander.

»Agnes und ich wurden eingesperrt, aber am nächsten Tag

schon wieder freigelassen, weil der Kardinal Weltlin uns ausgelöst hatte.«

Die anderen klatschten in die Hände.

»Der Gute!«, meinte Leander. »Dem wird das Geld wohl niemals ausgehen.«

»Agnes ist noch in der Festung«, erklärte Elisabeth.

»Warum ist sie nicht mit dir gegangen?«, wollte Leander wissen. Die Männer schauten neugierig auf Elisabeth.

Sie merkte, dass sie ein wenig rot wurde.

»Sie wollte beim Kommandanten bleiben«, sagte sie leise.

Leander pfiff durch die Zähne. »Und was willst du jetzt machen? Sie verhungern lassen?«

»Sie wird nicht verhungern, dafür sorgt schon der Kommandant. Ich mache mir Sorgen wegen eines anderen Menschen, der noch in der Festung ist.«

Leander zwinkerte ihr zu, die anderen lachten.

»Und wie können wir dir dabei helfen, diese Sorgen loszuwerden?«, fragte Leander.

»Ich möchte in die Festung hinein, ich kenne einen Geheimgang. Vielleicht kann ich Agnes und diesen jemand dazu bewegen, mit mir von dort zu fliehen.«

»Nenn ihn ruhig beim Namen«, meinte Leander. »Ich habe mir schon gedacht, dass es dieser Hauptmann gewesen sein muss, der bei dem Überfall geschossen hat.«

»Er heißt Jakob und dient bei den Kaiserlichen«, antwortete Elisabeth.

»Uns ist es gleichgültig, wem einer dient«, gab Leander zurück. »Wir helfen dir natürlich!«

»Da wäre ich sofort dabei!«, rief Hans. Die anderen stimmten zu.

»Und wie willst du den Belagerungsring umgehen?«, wollte Leander wissen.

»Ich habe mir etwas ausgedacht«, sagte Elisabeth und senkte die Stimme.

Melvine kam aus der Wirtschaft und stellte drei Teller mit Salat vor sie hin, ging abermals hinein und brachte die restlichen Teller. Sie wünschte einen guten Appetit.

»Ich werde Melvine und Paul fragen, ob sie mit mir an den Rhein fahren. Der Kardinal soll nämlich nicht wissen, was ich vorhabe. Dann will ich mir beim Apotheker ein Schlafmittel kaufen und es in einen Kuchen hineinbacken. Den will ich den Bewachern der Festung zukommen lassen, wenn es nötig ist. Zumindest an der Stelle, an der ich zu dem geheimen Gang gelange.«

»Es ist sehr gefährlich«, meinte Leander. »Aber in gefährlichen Unternehmungen hast du ja inzwischen Übung, Elisabeth.«

Am Nachmittag besuchte Elisabeth einen alten Apotheker, dem sie ein Fläschchen pulverisierten Schlafmohn abkaufte. Auf dem Markt stand eine einsame Gemüsefrau hinter ihrem Tisch. Elisabeth schoss ein Gedanke durch den Kopf. Sie konnte doch Jakob etwas mitbringen. Aber wie sollte sie einen Sack mit Gemüse, mit Mehl oder getrockneten Erbsen in die Festung bringen? Wie wäre es mit Samen, damit die Belagerten etwas anpflanzen und später ernten konnten? Sie kaufte ein Leinensäckchen voll mit Samen und eilte damit nach Hause. Der Kardinal und das Küchenpersonal waren nicht anwesend, so dass sie in aller Ruhe einen Rührkuchen vorbereiten konnte. In einer Schüssel rührte sie Butter schaumig, tat nach und nach Honig, eine Prise Salz und drei Eier hinein und verrührte den Teig kräftig. Mit einem Löffel gab sie Mehl hinzu und ließ den Schlafmohn hineinrieseln.

Anschließend buk sie den Kuchen und überzog ihn mit einer Honigglasur.

32.

Am nächsten Tag in aller Frühe fuhren Elisabeth, Melvine, Leander und Hans in einem Gespann Richtung Breisach. Die Sonne hatte sich hinter bleischweren Wolken versteckt. Ab und zu begegneten ihnen kleine Gruppen von Soldaten. Wenn einer von ihnen nach dem Woher und Wohin fragte, sagte Melvine: »Wir kommen von Freiburg und wollen Rheinfische kaufen, für unsere Räucherei.« Die Soldaten schienen damit zufrieden zu sein. Kurz vor Breisach trennten sich ihre Wege. Melvine fuhr an den Rhein, ungefähr zu der Stelle, an der sie ihr Wirtshaus betrieben hatte, Leander, Hans und Elisabeth wandten sich zu dem Ort, den Jakob Elisabeth beschrieben hatte. Es war um die Mittagszeit, die Schwüle der Luft hatte zugenommen. Von Norden her zog eine schwarze Wand heran. Sie verabredeten sich für den frühen Abend an derselben Stelle. Die drei streiften vorsichtig durch den Wald. Elisabeth sah, dass fast rund um die Stadt Wassergräben angelegt worden waren. Jedoch führte an der Stelle, die Jakob ihr beschrieben hatte, ein Wildtierpfad geradewegs hinunter in einen Burggraben. Allerdings war der Belagerungsring jetzt fest geschlossen. Die drei besprachen sich leise, wie sie am besten vorgehen könnten. Elisabeth sollte versuchen, den Soldaten ihren Kuchen zu verkaufen, und dafür sorgen, dass auch alle davon aßen. Dann würde sie den Gang erreichen und in die Burg hinaufsteigen. Hans und Leander wollten bei der Eiche auf sie warten und ihr im Notfall zu Hilfe kommen. Die beiden Männer gingen hinter dem Baum in Wartestellung, derweil Elisabeth einen mitgebrachten Kapuzenmantel überzog und auf die Soldaten zuschritt. Ihr Herz klopfte, aber sie ließ sich ihre Angst nicht anmerken.

»Holla, wen haben wir denn da?«, fragte ein massiger Mann, wahrscheinlich ein Schwede, den blonden Haaren nach zu urteilen. Die anderen Männer, etwa zehn, sprangen aus ihrer liegenden oder hockenden Stellung auf.

»Ich bin eine Bauerntochter aus Ihringen und möchte Euch meinen Kuchen verkaufen, ganz frisch gebacken«, sagte Elisabeth.

»Was willst du denn dafür haben, du hübsches Ding?«, wollte der Schwede wissen.

»Fünf Dukaten«, entgegnete Elisabeth. »Die braucht meine Familie, denn es warten noch fünf weitere Geschwister zu Hause.«

Der Schwede blickte grinsend in die Runde. »Müssen wir den Kuchen eigentlich bezahlen? Wir können ihn uns doch nehmen und das Mädchen noch dazu.«

»Wir sollten bei der Bevölkerung nicht ein so schlechtes Bild hinterlassen«, meinte ein anderer. »Bernhard von Sachsen-Weimar hat gesagt, wir sollten die Menschen schonen.«

»Auf gewisse Dinge gibt es schwere Strafen«, sagte noch ein anderer.

»Nun gib ihr schon das Geld, ich habe einen Mordskohldampf«, fiel der Erste wieder ein.

Der Schwede zählte ihr das Geld in die Hand. Elisabeth gab ihm den Kuchen. Mit seinem Dolch schnitt er ihn in elf gleich große Teile.

»Jetzt musst du uns auch Gesellschaft leisten, mit uns essen und trinken«, sagte er.

O Schreck! Daran hatte sie vorher nicht gedacht.

»Ich trinke gern einen Becher Wein mit Euch«, meinte sie. »Aber gegessen habe ich schon. Derjenige, der am meisten Hunger hat, soll das elfte Stück bekommen.«

Sie setzte sich zu den Männern und ließ sich einen Becher Wein reichen. Aus der schwarzen Wolkenwand begann es leise zu grummeln. Die Söldner stürzten sich auf das Gebäck und hatten es im Nu vertilgt. Sie versuchten noch ein Gespräch anzufangen und näher zu Elisabeth hinzurücken, aber allmählich wurden ihre Bewegungen langsamer, die Augen fielen ihnen zu, und bald lagen sie auf dem Rücken und schnarchten. Elisabeth winkte Leander und Hans zu und stieg den Wildtierpfad hinab. Sie fand alles so vor, wie Jakob es ihr gesagt hatte. Am Ende des Grabens mit den Felswänden fand sie den Geheimgang, hinter Brombeerranken verborgen. Das Grummeln aus der Wolkenwand wurde lauter. Elisabeth stieg den kühlen, feuchten Gang hinauf, musste sich vorwärtstasten, da sie kein Licht besaß. Schließlich stieß sie gegen den Vorhang, der den Gang von einem Gemach trennte. Hier unten war niemand zu sehen. Es herrschte eine geradezu unheimliche Ruhe in der Burg, die jetzt von einem Donnerschlag erschüttert wurde. Elisabeth stieg eine steinerne Wendeltreppe hinauf. Von außen hatte sie gesehen, wo sich ungefähr die Räume der Offiziere befinden mussten. Sie huschte an der Burgküche vorbei, in der die Mägde mit dem Schrubben der Töpfe und Teller beschäftigt waren. Suchend schaute sie sich um. Mit einem Mal legte ihr jemand von hinten die Hand auf die Schulter. Sie zuckte zusammen.

»Komm schnell«, flüsterte ihr der Jemand ins Ohr. Es war Jakob! Er zog sie mit sich durch den Gang, öffnete eine Tür, schob sie hinein und schloss hinter sich zu. Freudig nahm er sie in die Arme und drückte sie an sich. Einen Kuss lang war sie selig, wieder bei ihm zu sein. Er hielt sie ein Stück von sich weg und fragte: »Wie bist du denn hier hereingekommen? Ich hatte dir doch geschrieben, dass es viel zu gefährlich ist!«

»Auf demselben Weg, den du mir beschrieben hast.«

»Aber der Belagerungsring ist doch dicht geschlossen!« Ein Blitz zuckte auf, gefolgt von weiteren Donnerschlägen.

»Ich habe ein paar Männer in den Schlaf gesungen«, erwiderte sie und lachte. Jakob lachte ebenfalls.

»Sicher hast du sie mit deiner Kochkunst betört«, meinte er. »Was willst du nun aber wirklich, außer mich zu sehen?«

»Ich will dich hier herausholen, dich und Agnes. Ich kann nicht mit ansehen, dass ihr vor die Hunde geht!«

Er nahm sie erneut in die Arme und küsste sie. Wenn es doch immer so bleiben würde!

»Agnes will schon raus, aber wahrscheinlich nicht zu dir und deinem Kardinal«, sagte Jakob, als sie sich voneinander gelöst hatten.

»Wie, mein Kardinal?«

»Na, das ist er doch, oder?« Jakob grinste.

»In gewissem Sinne schon.« Sie lachte ebenfalls. »Und du? Was willst du, Jakob?«

Sie sah, dass er mit sich rang. »Ich will diese Festung verteidigen helfen«, sagte er. Er holte tief Luft.

»Aber für wen willst du das tun? Für den Kaiser, für den Kommandanten?«

Jakob stieß die Luft wieder aus.

»Für mich selbst, für meinen Seelenfrieden«, sagte er. »Ich könnte es nicht ertragen, dass die Franzosen und die Schweden uns besiegen.«

Elisabeth erinnerte sich, dass er ihr einmal erzählt hatte, wie seine Familie zu Tode gekommen war.

»Das macht doch niemanden mehr lebendig, wenn du dich opferst«, rief sie.

Er schien zu zögern.

»Für dich würde ich es gerne tun, Elisabeth«, meinte er. »Wenn ich jedoch mein Heer verlasse, bin ich nicht nur feige, sondern nichts und niemand mehr.«

»Das macht doch nichts aus«, widersprach sie. »Du könntest zu Bernhard von Sachsen-Weimar überlaufen, der nimmt dich mit Kusshand!«

Einen Augenblick lang schien er zu wanken.

»Ich muss noch eine Schlacht schlagen, in ein paar Tagen«, sagte er. »Dann werde ich die Entscheidung treffen und bin dann in einigen Stunden in Freiburg.«

»Dann nimm wenigstens das, was ich dir mitgebracht habe. Unabhängig davon, wie lange du noch in der Festung bist.«

Sie reichte ihm den Leinenbeutel. Draußen klatschte der Regen gegen die Fenster.

»Was ist da drin?«, wollte er wissen.

»Samen von Rettich, Winterkohl, Bohnen und Fenchel«, sagte sie. »Damit hier auch im Herbst noch etwas gegen den Hunger wächst. Ich habe die Samen gestern einer Marktfrau abgekauft.«

Er trat wieder einen Schritt auf sie zu. In diesem Augenblick klopfte es. Sie fuhren auseinander. Jakob ging zur Tür und schaute vorsichtig hinaus. Elisabeth hörte ihn mit jemandem flüstern.

»Ich weiß, wer da drin ist«, sagte eine Stimme. Es war Agnes. Und schon erschien sie, reizend anzusehen in einem schwarzen Taftkleid.

»Elisabeth, was hast du hier zu suchen?«, fragte sie in schneidendem Tonfall.

»Ich will dich und Jakob hier herausholen«, antwortete Elisabeth.

»Mit dir gehe ich nirgendwohin«, fauchte Agnes. Die Elisabeth so verhasste Kälte lag in ihrer Miene.

»Willst du denn hier sterben?«, rief Elisabeth verzweifelt. »Ich liebe dich, du bist doch meine Schwester!«

»Wir mögen Schwestern sein, doch mein Platz ist an Jakobs Seite. Mit ihm werde ich siegen oder untergehen.«

»Das ist nicht wahr!«, schluchzte Elisabeth auf. Jakob schaute sie an und schüttelte fast unmerklich den Kopf. Der Donner wurde allmählich leiser.

»Verschwinde jetzt, oder ich rufe den Kommandanten«, sagte Agnes. »Dann kommst du zum zweiten Mal in das Verlies. Und ich bezweifle, dass der Kardinal dich ein zweites Mal auslösen wird, wenn er hört, zu wem du dich wieder geschlichen hast.«

Elisabeth raunte Jakob noch zu, er solle ihr Nachricht geben, dann lief sie zur Tür und rannte den ganzen Weg zurück bis zum Geheimgang. Ein paar Knechte und Mägde begegneten ihr unterwegs, machten erschrocken Platz. Elisabeth schob den Vorhang zum Geheimgang beiseite und kroch, so schnell sie konnte, hindurch. Draußen rauschte der Regen nieder. Sie erreichte den Platz, an dem die Soldaten immer noch ihren Mohnschlaf schliefen. Leander und Hans hatten unter der Eiche, an der Elisabeth sie verlassen hatte, Schutz gefunden. Gemeinsam eilten sie zu der Stelle, wo sie Melvine treffen wollten. Die kam auch einige Zeit später, ganz durchnässt, aber glücklich. Ein intensiver Geruch nach Fisch drang aus dem Wagen.

»Ich habe Karpfen, Hechte, Zander, Aal und Forellen bekommen«, sagte sie. Ihr rundes Gesicht strahlte, die nassen Haare hingen ihr in die Stirn. Inzwischen versuchte die Sonne, sich durch die aufsteigenden Nebel zu kämpfen.

»Steigt ein«, forderte Melvine sie auf. »Und dann erzählt, was ihr erreicht habt.«

Als die drei Platz auf dem Wagen genommen hatten, trieb Melvine das Pferd an.

»Gar nichts haben wir erreicht«, antwortete Elisabeth. »Ich habe einen Kuchen verkauft, die feindlichen Männer zum Schlafen gebracht und mit Jakob und Agnes gesprochen.«

»Immerhin bist du nicht erwischt worden«, warf Hans ein.

»Es hätte aber nicht viel gefehlt. Agnes hat gedroht, mich an den Kommandanten zu verraten.«

»Warum gibst du dich eigentlich noch mit denen ab?«, wollte Leander wissen. »Wer nicht will, der hat schon. Es gibt auch noch andere passende Männer auf der Welt.«

»Ich verstehe, dass du enttäuscht bist«, redete Melvine ihr zu. »Lenk dich ein wenig ab. Du kannst uns beim Räuchern der Fische helfen.«

»Und wir dürfen bei aller Not, die zur Zeit herrscht, auch nicht vergessen, einmal wieder fröhlich zu sein«, gab Leander zu bedenken. Er zog seine Maultrommel heraus und begann auf ihr zu spielen. Auf Elisabeth hatte es eine beruhigende Wirkung. Bis sie nach Freiburg kamen, waren ihre Kleider in der Sonne getrocknet. Hans und Leander verabschiedeten sich und gingen zu den anderen in ihre Wohnung. Elisabeth half Melvine, die Fische für zwölf Stunden in Salzwasser einzulegen, am Tag darauf würden sie dann in den Räucherofen kommen. Der Kardinal erwarte sie im Münster, erzählte Paul Elisabeth. Nachdem sie sich gewaschen und vom Fischgeruch befreit hatte, machte sie sich auf den Weg dorthin. Der Kardinal saß in einer Bank des riesigen Kirchenschiffes. Weihrauch wurde zwar kaum noch benutzt, weil er zu teuer war, aber ein leiser Geruch davon hing immer noch in dem Holz der Bänke. Elisabeth setzte sich neben den Kardinal. Sie waren ganz allein in der Kirche.

»Habt ihr Erfolg gehabt am Rhein?«, wollte der Kardinal wissen.

»Ja, wir haben viele Fische bekommen, die wir jetzt eingesalzen haben. Morgen kommen sie in den Räucherofen.«

»Habt ihr etwas von Bernhards Belagerungsheer gesehen?«

Elisabeth schluckte. »Ja, der Ring ist dicht geschlossen. Ich glaube nicht, dass sie in der Festung noch lange durchhalten.«

»Für mich ist Breisach zurzeit der Graben, der die Christenheit trennt«, fuhr der Kardinal fort. »Kaiser und Papst werden alles in ihrer Macht Stehende tun, um die Stadt in ihre Gewalt zu bringen. Auf der anderen Seite ist es für Bernhard von Sachsen-Weimar lebenswichtig, den Sieg davonzutragen. Für ihn geht es ums Ganze, um Besitz und Ländereien. Er kam ja ohne all das in den Krieg.«

»Du möchtest natürlich, dass Bernhard gewinnt?«

»Ja, du etwa nicht?«

»Doch«, gestand Elisabeth ein. »Bei allem, was ich über den Kommandanten von Breisach gehört habe, ist mir Bernhard natürlich tausendmal lieber. Am Liebsten wäre es mir natürlich, wenn der Krieg aufhören würde.«

»Wenn es so einfach wäre, würde ich Bernhard bitten, sofort den Befehl zum Ende der Belagerung zu geben. Es geht aber um viel mehr, um die Vorherrschaft von Frankreich oder Österreich in Europa. Und ich möchte etwas dazu beitragen, dass die Entscheidung sich beschleunigt.«

»Dieses Warten ist unerträglich, nicht wahr?«, sagte Elisabeth.

»Am liebsten würde ich meine Kardinalssoutane abwerfen, meinen Kardinalsring verschenken und dich heiraten, Elisabeth.« Das kam nun wieder sehr unerwartet.

»Wieso kannst du als Katholik überhaupt im Münster predigen, Thomas?«, fragte sie, um von seiner Frage abzulenken.

»Das habe ich Bernhard zu verdanken. Er weiß, dass er sich auf mich verlassen kann. Außerdem weißt du ja, dass ich neuen Ideen gegenüber durchaus aufgeschlossen bin.«

»Du meinst Kopernikus, Galilei und Kepler?«

»Ja, und ich habe vor, hier in der Kirche noch ordentlich für Aufruhr zu sorgen!«

»Hast du keine Angst, dass der Papst dir seine Schergen schickt? Denk daran, dass ich neulich wieder diese beiden Mönche gesehen habe.«

»Es können irgendwelche Mönche gewesen sein, heutzutage treibt sich in den Städten allerlei Volk herum. Sie können mich auf jeden Fall nicht hindern zu tun, was ich für notwendig halte.«

»Ich bewundere deinen Mut, Thomas«, sagte Elisabeth. »Ich selbst wäre dazu nicht in der Lage.«

»Du hast auch jede Menge Mut, Elisabeth«, stellte er fest. »Du brauchst nur noch den Mut, dich zu entscheiden.«

»Wie meinst du das?«, wollte sie wissen. Hatte er etwa doch etwas von ihrem Ausflug in die Feste Breisach gehört?

»Das meine ich ganz allgemein«, meinte der Kardinal und lachte leise.

Vom Eingang her war ein Knarren zu hören. Elisabeth fuhr herum und sah gerade noch, wie die schwere Tür ins Schloss fiel.

Nachdem Elisabeth Jakobs Zimmer in der Festung Breisach verlassen hatte, funkelte er Agnes wütend an.

»Was fällt dir ein, solche Dinge zu behaupten? Bist du noch ganz bei Trost?«

Agnes schob trotzig die Unterlippe vor. »Wenn ich dich nicht bekomme, soll sie dich auch nicht bekommen.«

»Du bist abscheulich, Agnes! Hat dir das schon mal jemand gesagt? Dass du abscheulich bist, hinterhältig und geldgierig?«

»Ja, ich höre es schon mein Leben lang, und wenn es niemand gesagt hat, so hat es doch ein jeder gedacht.«

»Du redest vollkommenen Unsinn!«, rief Jakob. »Alle waren immer besonders bemüht um dich. Und wie hast du es gedankt?«

»Ich habe mich auch immer besonders bemüht. Hat man mir das je gedankt?«

»Ach, es ist zwecklos«, sagte Jakob mehr zu sich selbst. »Geh jetzt, Agnes, ich kann deinen Anblick nicht mehr ertragen.«

Agnes schluchzte auf und rannte aus dem Zimmer. Hoffentlich würde dieses klare Wort sie endlich einmal zur Besinnung bringen!

In Breisach wurden die Lebensmittel immer knapper, alles Vieh war inzwischen geschlachtet und aufgegessen. Das Saatgut hatte Jakob zwar ausgesät, aber die Samen von Rettich, Winterkohl, Bohnen und Fenchel wuchsen nur langsam. Zu seinem Entsetzen stellte er fest, dass er nicht mehr herauskonnte, auch nicht zu der Schlacht, die Bernhards Truppen am 9. Juli gegen sieben kaiserliche Reiteregimenter begannen. Die Kaiserlichen wurden geschlagen, Bernhards Heer erbeutete dreizehn Standarten, den kaiserlichen Tross und eintausend Pferde. Die Vorstellung, in einem sinkenden Schiff zu sitzen, einem langsamen Tod ausgeliefert zu sein, legte sich wie eine Würgehand um seinen Hals.

»Was gedenkst du zu unternehmen, Hans Heinrich?«, fragte Jakob den Kommandanten, als sie eines Abends wieder einmal nach dem Essen im Rittersaal saßen.

»Wir haben am 14. Juli einen Vorstoß Bernhards bei Kenzingen und Offenburg zurückgeschlagen. Ich weiß, dass wir letztendlich siegen werden. Wir und der Katholizismus. Kaiser und Papst sollen hochleben!«

Die Offiziere stimmten in den Hochruf ein. Jakob hatte ein mulmiges Gefühl im Magen.

»Du musst etwas unternehmen, Hans Heinrich«, sagte er schärfer, als er es eigentlich beabsichtigt hatte. »Wann kommst du endlich zur Besinnung?«

Der Kommandant stieß ein Knurren aus. »Die Güter sind gerecht verteilt, wie oft soll ich das noch sagen? Wer kämpft, muss auch essen!«

»Bald werden wir nichts mehr zum Essen haben, auch du nicht, Hans Heinrich!«

»Was schert mich das, dann fresse ich halt meinen eigenen Sohn.«

Am Tisch herrschte einige Augenblicke lang betroffenes Schweigen. Jakob hatte gewusst, dass Hans Heinrich von Reinach ein übler Geselle war, aber dass er zehnmal übler sein würde als Jan van Werth, dass er ein rohes Tier, ein Teufel in Menschengestalt war, hatte er sich in seinen schlimmsten Träumen nicht vorgestellt.

33.

Der August war ein sehr heißer Monat, immer wieder gingen heftige Gewitter nieder. Aber noch konnten Zwiebeln, Salat, Spinat und vor allem Obst geerntet werden. Die ersten Zwetschgen, Äpfel und Birnen wurden reif. Das Getreide auf den Feldern war abgeerntet, die Weintrauben am Schlossberg wuchsen nur kümmerlich. Den Löwenanteil von allem sicherten sich Bernhards Männer. Anfang August marschierte ein kaiserliches Entsatzheer von Offenburg in Richtung Breisach. Bernhard zog dem Tross entgegen. Bei Wittenweier kam es zur Schlacht, die Kaiserlichen wurden vernichtend geschlagen. Bernhard erkrankte und ging nach Colmar, um sich auszukurieren. Trotz allem konnte Elisabeth ihre Tätigkeit als Köchin des Kardinals fortsetzen. Die Verteilung der gespendeten Lebensmittel hatten Melvine und Paul übernommen. Der Kardinal hielt weiterhin Gottesdienste und Versammlungen ab. Die beiden Mönche tauchten nicht mehr auf.

An einem Nachmittag Ende August hielt sich Elisabeth im Wald auf, der hinter dem Burghaldenschloss auf dem Berg begann. Sie wollte Pilze und Preiselbeeren suchen. Elisabeth war nicht allein, auch die Spielleute waren mitgekommen, um nach ihren Fallen zu sehen. Vielleicht gelang es ihnen ja auch, das eine oder andere Wild zu schießen oder Forellen in den klaren, kalten Bächen zu fangen. Die Augustsonne schien schräg durch das Laubdach; es roch intensiv nach Moos und trockenen Blättern. Elisabeth ließ sich auf einem der rötlichen Steine nieder, der warm von der Sonne war. Leander und Konstantin kamen mit ein paar Hasen zurück, kurze Zeit später auch die übrigen, die Fische, Schnecken und Krebse gefangen, darüber hinaus einen Sack voll Eicheln und Bucheckern gesammelt hatten. Inzwischen wurde das Brot in der Stadt schon mit diesen Früchten des Waldes gestreckt. Die Sonne stand als glühender Ball über dem Kamm der Vogesen, als sie vom Schlossberg in die Stadt hinuntereilten. Das Bild, das sich ihnen bot, war wie immer: Die Reichen taten, als gäbe es keinen Krieg in der Welt, spazierten vor den Mauern der Stadt herum, bis das Tor geschlossen wurde, derweil die Armen einen grausamen Überlebenskampf kämpften. Elisabeth war schon länger aufgefallen, dass es kaum noch Vieh in der Stadt gab. Auch die Hunde und Katzen, selbst die Ratten schienen täglich an der Zahl abzunehmen. Auf dem Marktplatz trennte sich Elisabeth von ihren Gefährten und bog in die Gasse ein, die zum Johanniterhaus führte. Sie brachte Beeren, Pilze und einige Forellen in die Küche und klopfte beim Kardinal, bekam jedoch keine Antwort. Er sei noch einmal ins Münster gegangen, berichtete ein Diener. Elisabeth bereitete das Abendessen vor und verließ das Haus in Richtung Münster. Das hohe Schiff mit seinen Säulen und dem Kreuzgewölbe an der Decke wurde vom letzten Licht des Tages beleuchtet, das sich in den bunten Glasfenstern brach. Elisabeths Schritte hallten durch den Raum. Sie konnte den Kardinal nirgends entdecken. Normalerweise kniete er vor dem Altar. Elisabeth ging um den Altar herum, suchte in den Seitenkapellen, stieg sogar in die Krypta hinunter. Sie öffnete das schmiedeeiserne Gitter und betrat den unterirdischen Raum, der mit einem Tonnengewölbe überspannt war. Eine Kerze stand vor einem Kreuz, in ihrem flackernden Licht erkannte Elisabeth einige Steinsärge. Der Moder von Jahrhunderten kam ihr kühl entgegen. Sie merkte, dass sie fror. Elisabeth stieg die Stufen der Krypta wieder hinauf ins Schiff, das Gitter schloss sich quietschend hinter ihr. Etwas hatte sich in der kurzen Zeit verändert. Es war, als läge etwas in der Luft, etwas, das man riechen konnte. War es der Rest von Weihrauch, war es menschlicher Schweiß? Elisabeths Herz begann schneller zu klopfen, ihre Hände wurden feucht. Sie eilte die letzten Stufen hinauf und prallte zurück. Vor ihr standen die beiden Mönche in den schwarzen Radmänteln, aus denen die weißen Untergewänder hervorblitzten. Die Kapuzen hatten sie so tief herabgezogen, dass Elisabeth ihre Gesichter nicht erkennen konnte.

»Das hast du nicht erwartet, uns hier anzutreffen, nicht wahr, Elisabeth Weber?«, sagte der eine mit einer Stimme, die verstellt sein musste.

»Wer seid Ihr?«, fragte Elisabeth. »Und warum verfolgt Ihr uns?«

»Wir sollten lieber dich fragen, was euch einfällt, euch dem Papst und dem Kaiser entgegenzustellen«, gab der andere zurück. »Diese Stadt, dieses Land, gehören dem Kaiser und damit auch dem Papst!«

»Sie gehören Bernhard von Sachsen-Weimar, allenfalls noch dem französischen König!«

»Du bist aufmüpfig, das haben wir schon damals in Baden bemerkt.«

Elisabeth hatte ein klammes Gefühl in der Magengrube. »Was habt Ihr damals bemerkt?«

»Dass du mit Weltlin unter einer Decke steckst. Ihr habt die Schriften von Galilei, Kepler und Kopernikus besessen, dazu die Lutherbibel. Und ihr habt sie nicht nur besessen, sondern auch vertrieben und in Straßburg drucken lassen! Und hier in Freiburg haltet ihr Versammlungen ab und hetzt die Leute auf.«

»Ich dachte immer, Papst Urban sei ein Gönner von Galilei.«

»Woher willst du, Frau, das wissen? Und wenn es so wäre: Der Inquisitor denkt anders darüber.«

»Wo ist Kardinal Weltlin?«

»An einem sicheren Ort«, antwortete der Erste.

»Habt Ihr ihn entführt?«, fragte Elisabeth.

»Wir haben ihn an einen sichern Ort gebracht, mehr brauchst du nicht zu wissen.«

»Ich weiß aber, wer Ihr seid.« Elisabeth überlegte angestrengt, wie sie den Aufenthaltsort des Kardinals herausfinden konnte.

»Nun, wer sind wir deiner Meinung nach?« Der zweite Mönch verschränkte die Arme vor seiner Brust.

»Ihr seid Abgesandte des Inquisitors Berni, der von Papst Urban VIII. eingesetzt wurde, um den vermeintlichen Irrglauben im Deutschen Reich aufzuspüren.«

»Und Verstöße gegen den rechten Glauben zu ahnden.« Der Mönch nickte beifällig.

»Unsere Macht ist aber größer, als ihr alle zu denken scheint«, warf der Erste ein. »Wir haben nämlich gestern dem Herzog von Sachsen-Weimar eine Botschaft nach Colmar geschickt. Er soll die Belagerung einstellen, sonst wird es dem Kardinal übel ergehen.«

»Aber das könnt Ihr doch nicht im Ernst glauben, dass Ihr damit durchkommt!«, fuhr Elisabeth auf. »Bernhard würde niemals die Belagerung einstellen, auch wegen des Kardinals nicht!«

»Wir kennen den Charakter des Herzogs von Weimar. Du wirst schon sehen, ihr alle werdet sehen, dass wir recht behalten.«

»Und damit du nicht gleich losrennst und es der ganzen Welt erzählst, sperren wir dich in die Krypta ein.« Er kam auf sie zu und packte sie am Arm. Sein Griff tat ihr weh. Sie wehrte sich, so gut sie konnte, versuchte nach ihm zu treten, aber mit Hilfe des anderen Mönchs wurde sie bald in die Krypta zurückgedrängt. Das Gitter fiel zu, der Mönch sperrte das Gatter zu. Eingesperrt! Unter der Erde, mit nichts als einer Kerze und ein paar Steinsärgen. Warum vergriffen die anderen sich ausgerechnet immer an ihr? Und woher hatten die eigentlich den Schlüssel? Sie mussten ihn dem Kardinal abgenommen haben, der ja häufiger in der Kirche zu tun hatte. Elisabeth setzte sich auf den Steinboden und dachte darüber nach, wohin sie den Kardinal gebracht haben konnten. Ihr Magen begann zu knurren. Daheim hatte sie eine Fischsuppe mit Gemüse gekocht, die hätte der Kardinal zum Abendbrot essen sollen. Die Kälte kroch vom Steinfußboden her in ihren Körper. Sie merkte, dass sie immer steifer wurde. Was wäre, wenn die Mönche es sich anders überlegt hatten, zurückkommen und sie ermorden würden? Sie presste sich mit ihrem ganzen Gewicht auf den kalten Boden. Am liebsten wäre sie hineingekrochen. Sie wagte auch nicht, laut um Hilfe zu rufen, gewiss kamen sie dann zurück und erstachen sie. Irgendwann glitt sie in einen Traum hinüber. Es war Winter, es war eiskalt, die Flocken stachen wie Eisnadeln in ihr Gesicht. Das Schiff zog auf dem Rhein vorüber, Eisschollen türmten sich auf. Die Menschen auf dem Schiff verharrten stumm und bewegungslos auf der Stelle. Als sie näher hinsah, bemerkte sie, dass die Bärte der Männer gefroren waren. Gesichter, Hände waren bleich wie der Tod. Es war ein Geisterschiff. Ein eisiger Atem wehte von dort herüber, zog sie an, zog sie mit sich, saugte sie auf wie ein kalter Höllenschlund. Mit einem Schrei wachte sie auf. Die Kerze war fast ganz heruntergebrannt. Sie war allein auf der Welt, nie wieder würde sie hier herauskommen! Der Schlaf übermannte sie erneut, sie war eine der Figuren auf dem Schiff, eiskalt, steif gefroren, tot, mit den anderen Toten auf dem Weg ins Nichts.

Wütend betrat der Kommandant den Rittersaal, in dem das Frühstück serviert wurde. »Jetzt ist schon September, die Belagerung dauert mehr als drei Monate!«, wetterte er.

»Der Weimarer ist krank und hat sich ins Elsass zurückgezogen. Aber seine Generäle passen auf wie die Schießhunde, noch besser als er selbst. Das ist jetzt schon der vierte Versuch von meinem General, uns Lebensmittel in die Festung zu bringen. Wozu hat man denn sieben Reiterregimenter, wenn es keines von ihnen schafft, uns zu versorgen?«

»Wir müssen die Lebensmittel noch besser rationieren, Hans Heinrich«, wandte Jakob ein. Der Kommandant setzte sich und griff nach einem Hühnerschenkel.

»Die Weimarer sind so unglaublich dreist«, zischte der Kommandant mit vollen Backen. »Haben sie doch zwei Schiffsbrücken über den Fluss gebaut und den Rhein mit Ketten abgesperrt. Dann lässt er Lager ausbauen und zwingt die Leute aus den Dörfern und aus der Stadt dazu, ihm zu helfen. Sogar Handwerker hat er dafür angeworben.«

Jakob konnte es nicht mehr hören. Er hatte Sehnsucht danach, allein zu sein. So aß er sein Brot und seinen Mehlbrei mit Speck und zog sich alsbald vom Tisch zurück. Er trat nach draußen und schaute von der Plattform, auf der sich auch das Münster befand, ins Land hinaus. Die Menschen, die er aus der Ferne wie Ameisen herumlaufen sah, bewegten sich langsamer als sonst. Gewiss waren auch sie sehr vom Hunger geplagt und allmählich schwächer geworden. Jakob wusste nicht, wie lange er in dieser Lage noch durchhalten würde. Er konnte die Launen und das Gebaren des Kommandanten nicht mehr ertragen, seinen Geiz und seine Rohheit, nicht die Gier der Offiziere und Soldaten, das langsame Hinsiechen der Bevölkerung, den Geruch nach Verwesung, der sich von Tag zu Tag stärker ausbreitete und das anmaßende Auftreten von Agnes. Wie, wenn er wirklich mit allen anderen hier verhungern würde? Oder bei einem Durchbruch der Weimarer zu Tode kam? Ihm fiel etwas ein. Wenn es einen Geheimgang zu dem Burggraben gab, konnte es nicht noch einen zweiten geben? Die Burg war alt, sie stammte aus der dunklen Zeit. Und wo würde so ein Geheimgang zu finden sein? Jakob beschloss, sich den Keller einmal näher anzusehen. Wenn jemand ihn fragte, was er dort zu suchen hätte, konnte er sagen, dass er den Inhalt der Weinfässer überprüfen wolle, auch wenn das gar nicht seine Aufgabe, sondern die des Truchsessen war. Er kehrte zur Burg zurück, überquerte den Hof und schaute noch einmal kurz zu Ferdl hinein. Wenigstens gab es noch genügend Gras und Heu in der Stadt, aber bald würden die Leute wohl anfangen, es zu essen. Es schien Jakob, als gäbe es keine Katzen und Hunde mehr in der Stadt.

Nachdem er Ferdl getätschelt und mit ihm gesprochen hatte, ging er in die Burg hinein und wandte sich zur Kellertreppe. Er nahm eine Fackel aus der Halterung an der Wand und stieg die Stufen hinab. Hier unten war die Luft kühl und feucht. Die Wände waren mit Schimmel bedeckt. Gegenüber vom Weinkeller zweigte ein Gang ab, dem Jakob folgte. Es roch zunehmend nach Kot und Urin. Er gelangte in einen großen Raum mit vielen Verschlägen an beiden Seiten. In der Mitte saß ein Soldat auf einem Schemel und kaute auf einem Stück Brot herum. Schlagartig wurde Jakob bewusst, dass es Gefängniszellen sein mussten. Jakob sah viele Männer, manche bis zum Skelett abgemagert. Sie kauerten oder lagerten im schmutzigen Stroh, manche wiegten sich hin und her, andere starrten ausdruckslos vor sich hin.

»Was sind das für Gefangene?«, fragte Jakob den Wächter entsetzt.

»Es sind Gefangene vom Belagerungsheer des Weimarers«, antwortete der Wächter.

»Werden sie denn wenigstens versorgt, wenn sie schon so unmenschlich hier hausen müssen?«, fragte Jakob weiter.

»Sie bekommen täglich ihr Brot, ihr warmes Essen und Wasser«, gab der Mann zurück.

Jakob trat dicht an eine der Zellen. Er sah Reste von verschimmeltem Brot und einen Topf mit etwas darin, das er nicht einmal einer Ratte angeboten hätte. Die Suche nach dem Geheimgang hatte Jakob ganz vergessen. Er stürmte zurück zur Treppe und lief die Treppen hinauf in den ersten Stock, wo er den Kommandanten immer noch beim Frühstück im Rittersaal fand. Die Fackel war inzwischen erloschen.

»Was hast du mit den Gefangenen des französischen Heeres gemacht, Hans Heinrich?«, rief er.

»Wieso?«, erwiderte der Kommandant. »Was willst du denn mit denen? Was hattest du da unten zu suchen?«

»Ich wollte die Weinvorräte überprüfen«, erwiderte Jakob.

»Das ist nicht deine Aufgabe. Sollen wir, deiner Meinung nach, die Feinde auch noch mit Speck und Braten füttern für das, was sie uns angetan haben?«

»So behandelt man keine Gefangenen! Ich sagte dir schon, es wird ein schlechtes Licht auf dich werfen, wenn sie sterben.«

»Es wirft auch auf Bernhard ein schlechtes Licht, dass er Leute aufhängen lässt, die uns versorgen wollen.«

»Als Feldherr ist er dazu gezwungen, schließlich will er uns aushungern. Dir aber sind die Gefangenen schutzlos ausgeliefert!«

»Willst du die Feinde auch noch in Schutz nehmen?«

»Ich will Gerechtigkeit und eine angemessene Behandlung der Gefangenen!«

»Also, wenn du meinst, bekommen sie ein halbes Pfund Brot pro Tag. Oder besser noch, die Reste von unserer Tafel.«

Jakob war froh, dass er wenigstens etwas erreicht hatte. Auf dem Weg zu seinem Zimmer begegnete ihm Agnes. Sie schaute ihn mit einer Mischung aus Erschrecken und Staunen an.

»Jakob! Ich habe eine sehr wichtige Entdeckung gemacht.«

Nicht schon wieder! Wahrscheinlich endete das so, wie neulich schon einmal. Und er kam dann in Erklärungsnöte.

»Sag es mir hier«, forderte er sie auf.

Sie trat ganz nahe an ihn heran, so nahe, dass sie ihm ins Ohr flüstern konnte.

»Heute Morgen war ich unten in der Stadt«, raunte sie. »Und da habe ich drei Menschen gesehen, einen Mann, eine Frau und ein halbwüchsiges Kind. Sie sahen nicht gesund aus. Als ich näher an sie heranging, waren es …«

»Kanntest du sie?«, fragte Jakob.

»Es waren meine Eltern und mein Bruder«, stieß sie hervor.

Jakob fiel aus allen Wolken. Er erinnerte sich daran, dass Elisabeths und Agnes' Eltern und ihr Bruder verschleppt worden waren. Konnte es sein, dass sie die ganze Zeit im kaiserlichen Tross mitgezogen und dann in Breisach gelandet waren?

»Hast du mit ihnen gesprochen?«, fragte er.

»Nein, und ich glaube, sie haben mich auch nicht erkannt. Aber ich habe mir gemerkt, wo sie ungefähr wohnen müssen.«

»Führe mich zu ihnen«, sagte Jakob bestimmt.

Als hätten sie sich abgesprochen, liefen sie in die Küche.

»Wir brauchen noch etwas zu essen, beim Frühstück hatten wir keinen Hunger«, sagte Agnes zu einem der Küchenmädchen. Das knickste, holte einen Korb und packte Wurst, Käse und Brot hinein, dazu stellte sie einen Krug mit Wein.

»Lasst es Euch schmecken«, sagte das Mädchen.

Jakob und Agnes eilten hinunter in die Stadt. Als sie am Friedhof vorbeikamen, sah Jakob viele frische Erdhügel. Die Menschen, denen sie begegneten, waren hohlwangig, dürr und bleich. Ihre Augen sahen wie erloschen aus. Agnes führte Jakob zu einer Kate, die von einem winzigen Garten umgeben war. Dort wuchsen ein paar spärliche Johannisbeersträucher, die längst abgeerntet waren. Agnes klopfte an die Tür. Eine Zeit lang rührte sich nichts. Dann waren schlurfende Schritte zu vernehmen. Die Tür wurde langsam geöffnet, ein Mann stand im Rahmen. Er sah so aus, wie Jakob sich einen Landpfarrer vorgestellt hätte, nur magerer und mit graueren Haaren. Er trug einen ebenfalls grauen Spitzbart, seine Kleidung musste einmal gut gewesen sein, jetzt hing sie in Lumpen an ihm herunter.

»Was ist Euer Begehr?«, fragte der Mann.

Eine ebenfalls magere Frau mit verhärmtem Gesicht und ein etwa dreizehnjähriger Junge tauchten hinter ihm auf. Die Frau trug die feinen Züge von Elisabeth, hatte auch ihre dunkelblonden Haare, nur waren sie bei ihrer Mutter mit vielen weißen Strähnen durchsetzt.

»Mutter, Vater, Lukas!«, rief Agnes aus.

Elisabeth kam langsam zu sich. Sie lag in völliger Dunkelheit auf einem Steinfußboden. Ihr Kopf schmerzte, der Magen befand sich in Aufruhr, Hände und Füße waren steif gefroren, so schien es ihr. Allmählich wurde ihr bewusst, wo sie sich befand. Die beiden Mönche waren da gewesen, hatten sie in die Krypta gesperrt. Der Kardinal war von ihnen entführt worden. Sie musste ihn finden und ihn befreien. Aber allein würde sie das nicht schaffen. Erst einmal musste sie aus dieser verdammten Krypta wieder herauskommen. Sie erhob sich langsam, immer an der Wand entlangtastend. Von weiter vorne kam ein schwaches Licht. Elisabeth erreichte das Gitter, umschloss es mit den Händen und begann daran zu rütteln. Gleichzeitig rief sie, so laut sie konnte: »Hilfe, ich bin hier eingesperrt, so helft mir doch!«

Das Echo ihrer Stimme hallte von den Wänden des Münsters zurück. Niemand kam, um ihr zu helfen. Es ist ja noch früh am Morgen, versuchte sie sich zu beruhigen. Der Mesner wird bald kommen, um nach dem Rechten zu sehen. Eine Taube flatterte auf, irrte durch die Säulen und strich flügelschlagend an den Wänden entlang. Elisabeths Stimme war schon ganz heiser vom vielen Rufen. Endlich hörte sie, wie die Tür am Portal aufgeschlossen wurde. Sie begann wieder zu rufen, aber es kam nur ein Krächzen heraus. Irgendetwas schien der Besucher gehört zu haben, Elisabeth hoffte inbrünstig, dass es der Mesner sein möge und nicht einer von den Mönchen. Mit einem Mal geriet der Mensch in ihr Blickfeld. Es war ein hagerer Mann mit abgetragenem schwarzen Habit, der näher kam. Nein, es war keiner der beiden, die sie gestern bedroht hatten.

»Was macht Ihr denn hier?«, fragte der Mann verdutzt.

»Gestern Nacht haben mich zwei Mönche hier eingesperrt«, entgegnete Elisabeth. »Lasst mich bitte heraus, ich muss sie unbedingt finden.«

»Das kann nicht sein«, sagte der Mesner. »Niemand hat den Schlüssel zur Krypta. Außer mir und dem Kardinal.«

»Aber das ist es ja!«, rief Elisabeth. »Der Kardinal wurde von den Mönchen entführt! Sie haben ihm den Schlüssel abgenommen.«

Nun kam Bewegung in den Mann. Er nestelte in seiner Kutte herum und brachte einen Schlüsselbund zum Vorschein. Es dauerte eine Weile, bis er den richtigen Schlüssel gefunden hatte. Elisabeth trat heraus und dehnte die schmerzenden Glieder. Ihr Magen knurrte vernehmlich.

»Ich muss den Kirchenrat verständigen«, meinte der Mesner. Elisabeth sah, dass seine Hände vor Furcht zitterten. »Die sollen beraten, was in einer solchen Lage zu tun ist. Wenn es denn stimmt, was Ihr erzählt.« Misstrauisch ließ er seinen Blick über ihre Kleidung schweifen, die von der Nacht in der Krypta zerknittert und schmutzig war.

»Tut, was Ihr nicht lassen könnt«, sagte Elisabeth und wandte sich zum Gehen.

»Vielen Dank auch, dass Ihr mich befreit habt, Herr Mesner.«

Sie eilte durch das Schiff hinaus. Draußen zog sie tief die frische Luft in ihre Lungen. Die Stadt war dabei, zu erwachen. Läden wurden hochgezogen, Stände für den kleinen Markt bestückt. Aus einer Schmiede drang Hämmern, von einem Bäckerladen her zog der Duft nach frisch gebackenem Brot herüber. Elisabeths Magen zog sich wieder schmerzhaft zusammen. Sie konnte nicht anders, sie lief zu dem Bäcker hinüber und kaufte sich zwei Brezeln, setzte sich auf den Marktbrunnen und verzehrte voll Genuss das frische Gebäck. Falls dem Teig Eichelmehl beigemischt war, konnte sie es nicht herausschmecken. Elisabeth wischte die Krümel von ihrem Kleid, sprang vom Brunnenrand und setzte sich in Bewegung.

34.

Agnes' Mutter stand wie erstarrt im Türrahmen. Dann kam langsam Leben in sie. Ihre Züge hellten sich auf, ein Lächeln glitt über ihr Gesicht. Sie breitete die Arme aus, lief auf Agnes zu und nahm sie in die Arme.

»Nein, so was«, murmelte sie immer wieder, während ihr die Tränen über die Wangen liefen. Der Vater kam ebenfalls heran und streichelte Agnes zaghaft über den Kopf.

»Dass ich das noch erleben darf, ein weiteres meiner Kinder wiederzusehen«, sagte er.

Die Mutter ließ Agnes los, und Lukas stürzte sofort zu ihr hin. Er umfasste ihre Hüfte und drückte seine Schwester, so fest er konnte.

»Und wo ist Elisabeth?«, wollte er wissen.

»Bin ich dir nicht genug?«, fuhr Agnes auf, war sich dann aber der Peinlichkeit ihres Ausbruchs bewusst. »Die ist in Freiburg«, sagte sie. »Bei einem Kardinal wohnt sie.«

Lukas machte große Augen.

»Und wer ist das?«, fragte er mit einer Kopfbewegung zu Jakob hin.

»Ich bin Jakob aus Bayern, den deine Schwester Elisabeth schon einmal gerettet hat«, meinte Jakob mit einem Lächeln.

»Und der auch uns vor den Kaiserlichen gerettet hat, damals in Calw«, setzte Agnes hinzu.

»Ihr müsst reinkommen und erzählen«, beschied die Mutter. »Wenn auch in unserer Hütte wenig Raum ist.« Sie wischte sich mit der Hand über die Augen. Das Häuschen war spärlich eingerichtet. Ein Raum, der den Ofen für die Speisezubereitung enthielt, ein Tisch, drei Schemel.

»Wo schlaft ihr denn?«, wollte Agnes wissen.

»Im Stall«, gab ihr Vater zur Antwort. »Dort steht auch unsere eigene und einzige Ziege. Ohne die hätten wir bis jetzt nicht überlebt.«

Der Vater holte zwei weitere Melkschemel aus dem Stall und bat Agnes und Jakob, Platz zu nehmen. Die Mutter nahm eine Kanne und fünf Becher, in die sie Ziegenmilch schenkte.

»Jetzt erzählt, wie es damals bei euch weitergegangen ist, nachdem die Kaiserlichen in Calw eingefallen waren«, drängte Agnes.

Der Vater räusperte sich. »Als die Stadt überfallen wurde, wart ihr ja mit Mutter und Lukas oben auf dem Dachboden. Ich selbst war noch einmal hinuntergegangen, um nach den Sachen im Verschlag zu sehen. Dann hörte ich die Soldaten kommen und betete zu Gott dem Allmächtigen, dass sie uns alle verschonen möchten. Vielleicht hat Gott mein Gebet erhört, denn nach einer Weile kamen die Soldaten zurück und trieben Mutter und Lukas vor sich her. Ich trat aus dem Verschlag und gab mich zu erkennen.«

»Ich hatte solche Angst!«, sagte Agnes' Mutter gepresst.

»Und ich erst!«, fügte Lukas hinzu.

»Sie schrien mich an, wo unser Geld und unser Schmuck sei. Ich holte alles aus dem Verschlag, was ich dort verborgen hatte.«

»Dann wurden wir vor ihnen her durch die Stadt getrieben«, berichtete die Mutter weiter. »Es war so furchtbar, dass ich heute noch davon träume.«

»Ihr müsst es ebenfalls gesehen haben«, sagte der Vater. »Die Feuer, die gelegt wurden, das Morden und Schlachten, ihr müsst die Schreie gehört haben, das Fluchen und das Gelächter der Soldaten.«

»Ja, das haben wir gehört«, sagte Agnes. »Jakob hier«, sie wies auf ihn, »hat uns vor dem sicheren Tod gerettet.«

»Ich wies meine Männer an, die Mädchen zu schonen«, sagte

Jakob. »Leider gelang mir das nicht, was die Bevölkerung betraf.«

»Wohin wurdet ihr verbracht?«, fragte Agnes weiter.

»Wir mussten die ganze Nacht in einem Schweinestall verbringen, aus dem wir nicht entfliehen konnten. Und die ganze Zeit hörten wir die Flammen zischen und heulen, hörten, wie Gebäude zusammenstürzten.«

»Und die Kerle grölten und schrien, als seien sie auf einem Jahrmarkt«, setzte die Mutter hinzu.

»Johann von Werth hatte die Stadtväter aufgefordert, gegen sechstausend Gulden auf eine Brandschatzung zu verzichten, wozu die Stadt nicht in der Lage war«, warf Jakob ein. »Zunächst gab sich der Oberst mit einer Teilzahlung zufrieden, dann ließ er das Feuer legen.«

»Am nächsten Tag wurden wir grob geweckt und mussten mit ihnen weiterziehen«, fuhr der Vater fort. »Es ging durch den Schwarzwald bis an den Rhein, später nach Frankreich.«

»Habt ihr nicht versucht zu fliehen?«, wollte Agnes wissen.

»Wohin hätten wir fliehen sollen, ohne jede Mittel?«, antwortete der Vater. »Und so sind wir schließlich hier in Breisach gelandet.«

»Warum sind wir uns nie begegnet, wenn Ihr die ganze Zeit im Tross des Johann von Werth dabei wart?«, fragte Jakob.

»Wir kannten uns ja gar nicht«, meinte der Vater.

»Wir haben für die Soldaten arbeiten müssen«, erzählte die Mutter. »Wäsche waschen, kochen, Kleidung ausbessern …«

»Und Beute machen«, ergänzte der Vater. »Wobei ich die Sachen bei den Bauern eher erbettelt habe, als sie mit Gewalt zu nehmen wie die Soldaten.«

»Ein furchtbarer Kerl, dieser Oberst van Werth!«, rief die Mutter aus.

»Ich kenne einen, der noch viel furchtbarer ist«, warf Jakob ein.

»Der Feldzeugmeister von Reinach?«, meinte der Vater.

»Der prasst, dass sich die Balken biegen, derweil hier unten die Leute verhungern.«

»Aber er ist nett zu mir gewesen, hat mir Kleider und Schmuck geschenkt«, versuchte Agnes den Kommandanten zu verteidigen.

»Er ist ein Wüstling«, beschied ihr Vater. »Was hast du denn mit dem gehabt, dass er dich so beschenkt?«

Agnes wand sich, dann stieß sie hervor: »Der konnte mich einfach nur gut leiden, glaube ich. Nachdem Elisabeth ja gegangen war.«

»Der Kardinal hat sie ausgelöst«, erklärte Jakob.

»Und warum nicht dich, Agnes?«, fragte die Mutter.

»Ich wollte nicht nach Freiburg, weil der Kardinal mir immer nachgestellt hat«, sagte sie mit einem Augenaufschlag.

Du elende Lügnerin!, dachte Jakob, sagte aber nichts.

»Na, dann hoffen wir mal, dass Elisabeth ihre Tugendhaftigkeit ihm gegenüber bewahrt«, meinte die Mutter. Irgendwie waren diese Menschen bigott. Anstatt sich uneingeschränkt zu freuen, dass ihre Kinder noch am Leben waren, machten sie sich Sorgen über deren Tugend.

»Für Elisabeths Tugend kann ich mich verbürgen«, sagte Jakob, ohne mit der Wimper zu zucken.

»Erzähl noch, wie es euch ergangen ist«, wandte sich die Mutter wieder an Agnes.

»Es ist alles schon so lange her!« Sie seufzte.

»Das ist schnell erzählt«, meinte Agnes. »Wir flohen aus der Stadt, gingen mit den Männern von Valentin Andreä weiter und versteckten uns vor den Feinden. Schließlich landeten wir in Baden, wo wir beim Pfalzgrafen unterkamen, später in einem Kloster. Dann Straßburg, Paris und wieder Straßburg. Und jetzt bin ich hier in Breisach.«

»Wir haben gehört, dass Calw lange Zeit von Seuchen heimgesucht wurde«, sagte der Vater. »Und dass Andreä später die Stadt wiederaufgebaut hat. Ach, der Superintendent Andreä!

Ich hatte immer gehofft, auch einmal in ein solches Amt aufzusteigen. Gott hatte es anders mit uns vorgesehen.«

»Ich war mir aber sicher«, fuhr die Mutter fort, als hätte sie den Einwurf ihres Mannes nicht gehört, »dass ihr beide nicht mehr dort wärt, dass der Soldat«, sie blickte anerkennend zu Jakob hinüber, »euch gewiss aus der Stadt hinausgebracht hätte.«

»Und wir dachten, ihr wärt in irgendeinem Bauernhof im Schwarzwald untergeschlüpft«, meinte Agnes.

»Das hätten wir gern getan, aber wir hatten uns schon so sehr an das Leben im Tross gewöhnt, dass wir gar nicht mehr wegwollten«, antwortete ihr Vater. »Jemand hat uns erzählt, dass Elisabeth und du geflohen seid. So wussten wir wenigstens, dass ihr nicht umgebracht worden seid. Und nur, wenn wir unterwegs waren, hatten wir die Hoffnung, euch wiederzufinden.«

»Das dachten Elisabeth und ich ebenfalls«, meinte Agnes.

»Geht es ihr gut?«, wollte ihre Mutter wissen. »Wann hast du sie zuletzt gesehen?«

»Das ist schon eine Weile her«, erklärte Agnes. »Wahrscheinlich umsorgt sie Tag und Nacht ihren lieben Kardinal, kocht für ihn und isst selbst die feinsten Sachen, während wir hier darben.«

Jakob platzte der Kragen. »Agnes«, sagte er in strengem Ton. »Das kannst du doch gar nicht wissen. Vielleicht leiden sie dort genauso Hunger wie die Bewohner von Breisach. Und außerdem gibt es auf der Burg noch genügend Lebensmittel.«

»Davon möchte ich meinen Eltern und meinem Bruder auch abgeben«, lenkte Agnes ab. »Es bleibt immer genügend übrig, dass es für alle reicht.«

»Ach, würdest du das wirklich tun?« Die Augen von Agnes' Mutter leuchteten.

»Bring uns bald etwas mit!«, forderte Lukas sie auf.

Jakob bewunderte Agnes fast für ihre Fähigkeit, ihre Schwächen in den Augen anderer wie Tugenden aussehen zu lassen.

Elisabeth eilte in die Gerberau, die Gasse, in der die Spielleute ihre zwei Zimmer gemietet hatten. Sie klopfte gar nicht erst an die Tür, sondern trommelte mit ihren Fäusten dagegen. Die Tür wurde aufgerissen, Leander stand im Rahmen.

»Elisabeth, welche Freude!«, rief er. »Aus welchem Grund beehrst du uns zu dieser frühen Stunde?«

Elisabeth schaute sich vorsichtig um. »Das kann ich hier draußen nicht sagen. Darf ich reinkommen?«

Leander machte ihr Platz. Sie stieg vor ihm die alte Holztreppe hinauf. Es waren zwei Zimmer, in denen die Spielleute wohnten, mit niedrigen Decken und spärlich, aber gemütlich eingerichtet. Elisabeth sah die vertrauten Instrumente an der Wand lehnen. Die anderen jungen Männer, die gerade beim Frühstück saßen, begrüßten Elisabeth.

Als ihr etwas zum Essen angeboten wurde, lehnte sie ab; sie wollte sich auch nicht setzen. »Ich bin gestern Abend von zwei Mönchen in die Krypta des Münsters gesperrt worden«, erzählte sie.

»Das ist ja wohl die Höhe!«, bemerkte Leander. Die anderen hielten im Essen inne und riefen: »Was?«, »Na so was«, »Das kann doch nicht wahr sein!«

»Mit welcher Begründung taten sie das?«, fragte Leander.

»Sie sagten, sie hätten den Kardinal in ihrer Gewalt. Und sie würden ihn ermorden, wenn die Belagerung nicht aufgehoben werde.«

»In wessen Auftrag arbeiten sie denn?«

»Es sind Spitzel des Inquisitors Berni, die vom Papst und vom Kaiser beauftragt wurden.«

»Hast du eine Ahnung, wohin sie ihn gebracht haben könnten?«, wollte Konstantin wissen.

»Nicht die geringste«, antwortete Elisabeth.

»Das müssen wir herausbekommen«, sagte Leander mit entschlossener Miene.

»Und dann werden wir ihn befreien«, setzte Hans hinzu.

»Aber wo sollen wir mit der Suche beginnen?«, fragte Daniel und blies die Backen auf.

»Wie sahen die Mönche aus?«, kam es von Leander.

»Sie trugen schwarze Radmäntel mit Kapuzen über dem Gesicht.«

»Gehen wir einmal davon aus, dass es katholische Mönche sind«, folgerte Leander.

»Das ist doch klar wie Hechtsuppe, dass sie katholisch sind, wenn der Papst sie geschickt hat«, meinte Martin.

»Also, wo würden Katholiken einen anderen Katholiken verstecken, den sie entführt haben?«, fuhr Leander fort.

»In einer Kirche«, rief Daniel.

»In einem Kloster«, mutmaßte Konstantin.

»Momentan gibt es keine katholischen Klöster in Freiburg«, stellte Leander mit mürrischer Miene fest. »Wir müssten also alle durchsuchen.«

»Und wie machen wir das, ohne bemerkt zu werden?«, warf Daniel ein.

»Das wird sich zeigen«, meinte Leander.

»Wie wäre es, wenn wir in allen Klöstern hier und in der Umgebung aufspielen und uns dabei umschauen würden?«, fragte Martin.

»Ob die das brauchen können, gerade in diesen Zeiten?«, fragte Leander.

»Oder zwei von uns gehen betteln an der Pforte, der Rest schaut sich im Gebäude um.«

»Das scheint mir schon erfolgversprechender«, meinte Leander. »Fangen wir doch mit dem Adelhauser Kloster gleich hier um die Ecke an.«

Sie verabredeten, dass Elisabeth solange in den »Roten Bären« gehen sollte, derweil die anderen an die Klosterpforte klopfen würden. An dem Kloster war Elisabeth schon öfter vorbeigekommen. Es besaß eine Kirche, einen Konventsbau und Wirtschaftsgebäude, alles aus rötlichem Sandstein erbaut. Sie lief weiter nach Oberlinden, wo sich das Wirtshaus befand. Melvine schickte sich gerade an, zum Markt zu gehen.

»Komm doch einfach mit«, meinte sie. Unterwegs erzählte Elisabeth ihr von dem, was vorgefallen war.

»Das bringt doch nichts, wenn ihr den Kardinal in ganz Freiburg sucht«, meinte sie. 0»Wollt ihr nicht erst einmal zu Bernhard gehen?«

»Aber der ist doch in Colmar.«

»Er ist heute Morgen zurückgekehrt, erzählt man sich.«

»Ich warte erst einmal ab, was die Jungen erreichen«, gab Elisabeth zur Antwort.

Melvine kaufte das Wenige, was es auf dem Markt noch zu kaufen gab. Kohl, Rüben, Spinat, Trauben, Mehl. Zusammen kehrten sie zur Gastwirtschaft zurück, wo sich inzwischen auch die anderen eingefunden hatten und in ein Gespräch mit Paul vertieft waren. Sie blickten auf, als die beiden herankamen.

»Es hat nichts gebracht mit dem Kloster«, sagte Leander. »Die Nonnen haben uns von der Pforte verjagt und gesagt, sie hätten selber nichts.«

»Melvine meint, Bernhard von Sachsen-Weimar sei heute Morgen nach Freiburg zurückgekehrt«, berichtete Elisabeth. »Wir müssen sofort zu ihm!«

Im Johanniterhaus wurden sie gleich bei Bernhard vorgelassen. Er hatte Ringe unter den Augen. Elisabeth erklärte ihm, wer ihre Begleiter waren.

»Ich erhielt gestern einen Brief«, berichtete Bernhard.

»Das wissen wir schon«, fiel Elisabeth ihm ins Wort.

»Darin stand, dass ich die Belagerung aufgeben solle, andernfalls müsse Kardinal Weltlin sterben. Wie kommen die eigentlich darauf, dass ich persönliche Schicksale über Staatsgeschicke stellen würde?«, ereiferte sich Bernhard.

»Ihr seid bekannt als jemand, der Menschenleben schont, wo es geht«, warf Leander ein.

Bernhard kratzte sich am Ohr. »Ja, das schon. Aber ich kann

doch die Belagerung nicht einfach aufgeben! Es steht viel zu viel auf dem Spiel!«

»Wir müssen Kardinal Weltlin finden und ihn befreien«, sagte Elisabeth. »Schließlich stand und steht er unter dem Schutz von Kardinal Richelieu und dem französischen König.«

»Nicht nur deswegen würde ich eine Suche nach Weltlin unterstützen«, beschwichtigte Bernhard. »Er ist ein wichtiger Mann in unserer Stadt und außerdem mein persönlicher Freund. Aber wo sollen wir anfangen?«

»Vielleicht sollten wir erst einmal diese beiden vermummten Gestalten suchen, die mir gestern angekündigt haben, dass sie einen Boten mit einem Brief zu Euch geschickt haben.«

»Ihr habt die Absender dieses Briefes gesehen, sogar gesprochen?«, fragte Bernhard.

»Ja, sie haben mich gestern in die Krypta des Münsters gesperrt, damit ich nicht loslaufe und es allen erzähle.«

»Ich werde ein paar Männer schicken, damit sie nach diesen Kerlen suchen!«, rief Bernhard von Sachsen-Weimar. »Gebt ihnen eine Beschreibung. Ich selbst muss nach Colmar zurück, meine Krankheit auskurieren. Den Oberbefehl habe ich einem meiner Generäle übergeben.«

Nachdem er gegangen war, schauten sich Elisabeth und die Spielleute gegenseitig an.

»Wir müssen weiter in den Klöstern nachfragen«, drängte Konstantin.

»Es gibt aber nur Frauenklöster in Freiburg«, setzte Leander dagegen. »In meiner Jugend habe ich einige davon kennengelernt.«

»Als was?«, fragte Daniel. »Als Sängerknabe für die Nonnen?«

Leander gab ihm einen Nasenstüber.

»Daniel, der Possenreißer mit der Sackpfeife«, gab er zurück. »Nein, im Ernst, mein Vater war ja Lehrer, wie ich euch erzählt habe. Den habe ich oft begleitet, wenn er den Novizinnen etwas vorgetragen hat.«

»Welche Klöster wären das?«, wollte Elisabeth wissen.

»Ich habe eins vergessen«, räumte Leander ein. »Das Dominikanerkloster gleich hier in der Nähe, in Unterlinden. Waren die beiden Männer nicht wie Dominikaner gekleidet?«

Sie kamen überein, dass Leander an der Klosterpforte klopfen und nach einem Buch fragen sollte, das sein Vater einst dort in der Bibliothek vergessen hatte.

35.

Auf dem Rückweg zur Burg sah Jakob mehrere Leichenwagen, die sich in Richtung Friedhof bewegten. Wieder wehte ihn der Verwesungsgeruch an. Sein Magen revoltierte.

»Immer mehr Menschen sterben am Hunger«, sagte er zu Agnes. »Wenn diese Belagerung einmal ein Ende hat, wird von Reinach vor Gott und der Welt dastehen wie der Leibhaftige selbst!«

»Ich will nicht sterben«, antwortete Agnes. Ihr kleines Gesicht mit den übergroßen Augen war bleich. »Mit meinen Eltern und meinem Bruder will ich wohl teilen, nicht aber mit allen Menschen, die hier leben!«

»Ich werde mit dem Kommandanten sprechen, ob er sich nicht ergeben will«, meinte Jakob.

Er fand von Reinach in seiner Stube. Der Kommandant stand an seinem Pult und zählte Goldgulden und Reichstaler in einen Beutel. Seine Augen waren wie immer blutunterlaufen.

»Du scheinst ja noch recht gut bestückt zu sein«, sagte Jakob. »Warum spendest du nicht etwas davon an die Armen? Die Lebensmittel werden immer teurer. Und du bist der Einzige, der sich noch etwas leisten kann.«

»Das geht dich überhaupt nichts an!«, schnaubte der Kommandant. »Es gibt genug Bürger in der Stadt, die sich noch etwas leisten können. Und die spenden ja für die Armen, und ich tue es auch.«

»Warum sterben dann täglich mehr?«

»Sie ernähren sich falsch«, behauptete der Kommandant. »Wie kann man gesund bleiben, wenn man Ratten und Hunde isst und Salzwasser trinkt?«

Jakob merkte, wie ihm die Zornesröte ins Gesicht stieg. »Wenn sie doch nichts anderes haben und die teuren Preise nicht bezahlen können! Du solltest aufgeben, Hans Heinrich, im Namen des gerechten Gottes und der Bürger dieser Stadt! Gib den Widerstand auf. Sie werden uns völlig aushungern, und du hast all die Menschen auf dem Gewissen!«

Der Kommandant richtete sich zu seiner vollen Größe auf. »Das sagst du mir? Wem hast du es denn zu verdanken, dass du jeden Tag genug zu essen bekommst, dazu noch deinen Sold? Ich könnte dir das alles auch streichen! Dann kannst du sehen, wie du zurechtkommst!«

»Zugegeben, aber das hindert mich nicht daran, unser Tun als verwerflich anzusehen.«

»Wenn es dir bei mir nicht mehr gefällt, kannst du ja zu denen da draußen überlaufen. Die werden dich mit Kusshand nehmen.«

»Nein, die werden mich sofort erschießen oder aufknüpfen, das weißt du so gut wie ich selbst. Wir müssen uns ergeben, Hans Heinrich, da beißt die Maus keinen Faden ab.«

Der Kommandant begann, in dem Raum auf und ab zu gehen. Der Boden knirschte unter seinen schweren Tritten.

»Es gibt keinen Grund, an so etwas überhaupt nur zu denken«, sagte er und blickte Jakob herausfordernd an. »Bernhard von Sachsen-Weimar liegt krank in Colmar darnieder. Er hat einem seiner Generäle den Oberbefehl übergeben. Mein General hat versucht, uns mit sieben Reiterregimentern Lebensmittel zu bringen, das ist gescheitert. Aber es werden weiterhin Schlachten geschlagen, wir haben unsere Heere, die Beute machen und uns entsetzen werden.«

»Aber wie lange soll das noch dauern, Hans Heinrich? Bis die letzten Schlachten geschlagen sind, werden alle Bürger dieser Stadt verhungert sein! Setz dem ein Ende, ich flehe dich an!«

Ein Grinsen machte sich im Gesicht des Kommandanten breit. »Es wird schneller gehen, als du denkst! Ein Bote überbrachte mir heute Morgen die Nachricht, dass Kardinal Weltlin durch Mittelsmänner des Kaisers und des Papstes entführt worden sei. Das wird noch einmal zusätzlichen Druck auf Bernhard ausüben.«

Jakob erschrak zutiefst. »Kardinal Weltlin? Und der Kaiser glaubt tatsächlich, damit die Belagerung aufheben zu können?«

»Wenn Bernhard sich nicht zurückzieht, wird der Kardinal sterben.«

Jakob dachte an die letzte Begegnung, die er mit dem Kardinal gehabt hatte. Er musste verhindern, dass Hand an ihn gelegt wurde! Aber von diesen Überlegungen durfte der Kommandant auf keinen Fall etwas merken.

»Wie ist denn der Bote in die Festung hereingekommen?«, fragte er deshalb.

»Es gibt nicht nur einen Weg, aus der Burg hinaus- und wieder hereinzukommen«, entgegnete der Kommandant. »Aber ich verrate dir nicht, wo der ist. Nachher haust du noch ab, zusammen mit Agnes, meinem Täubchen.«

Es klopfte hart und drängend an der Tür. Draußen stand ein Soldat.

»Es ist wieder ein Bote gekommen«, sagte er. »Eine weitere Ladung mit Lebensmitteln ist in die Hände der Feinde gefallen!«

»Gottverdammich!«, schrie der Kommandant. »Was ist mit unseren Wegen? Können nicht die Bauern der Umgebung uns darüber versorgen? Es fehlen Eier, es fehlt an Mehl, es fehlt an allem!«

Bloß nicht an Wein, dachte Jakob. Den Nachmittag verbrachte er damit, unauffällig nach einem zweiten Geheimgang zu suchen. Beim ersten war der Ausgang durch Wachen verstärkt worden, wie er wusste. Doch er fand nichts. Vielleicht war das Hirn des Kommandanten auch schon so vernebelt, dass er sich bloß einbildete, es gebe noch einen zweiten Ausgang. Jakob begab sich in sein Gemach, stützte den Kopf in die Hände und merkte, dass er immer verzweifelter wurde.

Leander war von seinem Besuch im Dominikanerkloster zurückgekehrt.

»Sie haben mich zwar hineingelassen«, berichtete er. »Und ich durfte auch in die Bibliothek. Aber ich habe nichts Verdächtiges entdecken können.«

»Vielleicht sollten wir noch einmal bei Nacht dort vorbeischauen und alles gründlich untersuchen«, schlug Daniel vor.

»Dabei ist die Gefahr einer Entdeckung zu groß«, entgegnete Leander. »Es ist ja auch nicht einmal gesagt, dass der Kardinal dort gefangen gehalten wird. Er kann überall sein.«

»Und wahrscheinlich werden wir ihn nirgends finden«, ergänzte Elisabeth. Sie horchte in sich hinein. Wer war ihr nun wichtiger, der Kardinal oder Jakob in der Festung Breisach? Beiden konnte sie nicht helfen. Wen liebte sie mehr? Elisabeth wusste es nicht. Sie fühlte sich mit einem Mal so grenzenlos ohnmächtig und müde, dass sie sagte: »Ich gehe jetzt zum Johanniterhaus, ich kann nicht mehr, ich muss in Ruhe nachdenken.«

Elisabeth ging in ihr Zimmer, warf sich auf das Bett und weinte. Sie schluchzte immer heftiger, wühlte ihren Kopf in das Kissen hinein, biss in das Bettzeug, warf sich hin und her. Als ihre Tränen versiegten, waren die Schatten im Zimmer schon länger geworden. Sie dachte an die erste Begegnung mit Jakob, an die letzten vier Jahre, an alles, was seit dem Überfall in Calw mit ihr und den anderen geschehen war. Immer waren sie auf der Flucht gewesen, wie Tiere hatten die Kaiserlichen sie durch den Schwarzwald gehetzt. Jetzt hatte sie niemanden mehr außer den Spielleuten, Melvine und Paul. Aber war das nicht sehr viel? Hatten die ihr nicht ständig geholfen, ohne an einen eigenen Vorteil zu denken? Getröstet und gestärkt erhob Elisabeth sich von ihrem Lager. Sie würde sich an ihre Freunde halten. Mit dem Kochen war es sowieso vorbei, jeder musste schauen, etwas Essbares für sich zu ergattern. Die Offiziere würden sich schon zu helfen wissen. Elisabeth glättete ihr zerdrücktes Kleid, wusch sich das verweinte Gesicht im Brunnen auf dem Hof, brachte ihr Haar mit einem Kamm in Ordnung und spazierte mit energischen Schritten zum »Roten Bären«, wo die Spielleute sich schon versammelt hatten. Es waren keine weiteren Gäste da, selbst die Reichen fürchteten sich inzwischen, bestohlen zu werden, wenn sie ausgingen. Zusammen mit Melvine und Paul berieten Elisabeth und ihre Gefährten über weitere Schritte, die sie unternehmen könnten. Der September ging vorüber, ohne dass es ein Lebenszeichen vom Kardinal gegeben hätte. Irgendwann gaben Elisabeth und ihre Freunde es auf, nach ihm zu suchen. Die Nächte waren kühler geworden. An den Tagen schien die Luft wie aus Samt. Immer wieder kam es in der Gegend zu Scharmützeln, bei denen es Verluste auf beiden Seiten gab. Immer wieder wurden Rinderherden oder Lebensmittel erbeutet und fielen dann wieder an den Feind.

In der Festung Breisach wurde die Lage von Tag zu Tag verheerender. Es gab kein Mehl mehr, so dass die Bäcker Brot aus reinem Eichelmehl backen mussten. Selbst ein Teil der städtischen Pferde war aufgegessen. Doch das Burgtor war gut bewacht, so dass sich Jakobs Angst, dass die Bürger eindringen und Ferdl schlachten und verspeisen könnten, als unbegründet erwies. Mit den Pferdeäpfeln hatte er sein Gemüsebeet gedüngt, das er aus den Samen von Elisabeth angelegt hatte. Doch die Beete waren inzwischen abgeerntet. Im Garten der Burg wuchs noch genügend Gras für die Pferde, die Tenne war mit Heu gefüllt. Agnes hielt ihr Wort und versorgte ihre Familie mit dem, was von den Gelagen des Kommandanten übrigblieb. Sie schwankte zwischen den Gunstbeweisen des Kommandanten und ihrer angeblichen Liebe zu Jakob hin und her. Es widerte Jakob von Tag zu Tag mehr an. Er wusste auch nicht, was aus dem entführten Kardinal geworden war. Bernhard war immer noch krank, es gab niemanden, der Verhandlungen hätte führen können. Als der Oktober kam, wurde das Brot nur noch aus Eichenrinde gebacken, die Hälfte der Bevölkerung war gestorben. Die Leichen fanden kaum noch Platz auf den Friedhöfen. Vielerorts wurden sie einfach über die Mauern geworfen. Jakobs Mut sank von Tag zu Tag mehr, er konnte den Gedanken nicht mehr ertragen, dass sich viele seit Wochen nur mit warmem Wasser und Salz ernährten und dann schnell dahinstarben. Über zweitausend Menschen waren schon zugrunde gegangen. Jakob hatte gehört, dass angeblich immer wieder Kinder verschwanden und nie mehr gesehen wurden. Seuchen breiteten sich aus. Nur in der Burg gab es weiter reichlich zu essen, die Ställe waren gefüllt mit Kühen und Schweinen, den letzten, die aus der Stadt zusammengekauft worden waren. Der Kommandant ließ es sich nicht nehmen, weiterhin rauschende Feste zu feiern. Agnes stand ihm dabei hilfreich zur Seite und wusste sehr wohl ihre körperlichen Reize einzusetzen. Von Reinach berichtete seinen Offizieren von den Rettungsversuchen des Kaisers.

»Sie haben ein Heer von zehntausend Mann aufgestellt, um uns zu entsetzen«, sagte er mit Siegesmiene.

»Aber Bernhard marschiert jetzt schon von Colmar nach Breisach«, setzte einer seiner Offiziere entgegen.

Ende Oktober griffen die Kaiserlichen an, wurden aber bis hinter Freiburg zurückgedrängt. Es gab schwere Verluste. Jakob war bei dem Kommandanten von Reinach, als der die Aufforderung zur Kapitulation erhielt. Der Kommandant lehnte ab, musste dann jedoch seine Außenwerke aufgeben. Ein zweiter Versuch scheiterte ebenfalls, weil die Kuriere abgefangen wurden. Eines Tages überraschte Jakob den Kommandanten, wie er in einer Truhe wühlte, die mit Golddukaten, Reichstalern und Gulden gefüllt war bis obenhin.

»Was sehe ich da, Hans Heinrich?«, rief Jakob wutentbrannt. »Du zählst hier riesige Mengen Geldes, derweil deine Stadt zerstört und ihre Bürger schon großenteils gestorben sind?«

Hasserfüllt richtete von Reinach seine roten Augen auf Jakob. »Jetzt reicht's aber, du elender Wicht! Das sind liebe und teure Erinnerungsstücke an die Schlachten, die ich geschlagen habe! Ein großer Teil stammt von der Belagerung der Hochburg, du hättest sehen müssen, in welchem Reichtum die da gelebt haben! Warum soll ich mich nicht an dem Geld erfreuen? Den Leuten hier in Breisach würde es auch nichts nützen, wenn ich mich für sie an den Bettelstab bringe!«

»Das Geld wurde im Krieg erbeutet. Du hast die Pflicht, für die Menschen hier zu sorgen.«

»Die habe ich nicht«, dröhnte der Feldzeugmeister von Reinach. »Jeder ist sich selbst der Nächste.«

»Und du würdest ja sogar deinen eigenen Sohn auffressen, wie du gesagt hast.«

Von Reinach lachte, dass es von den Wänden widerhallte.

»Die Leute in der Stadt fressen sich eh schon gegenseitig auf«, sagte er dann heiser. »Da würde das auch nicht mehr ins Gewicht fallen.«

Jakob rang mit sich. Keinen Moment länger durfte er in den Diensten eines solchen Unholds stehen! Er fasste einen Entschluss. Er würde sich selbst als Geisel für den Kardinal anbieten. Und zwar ohne den Kommandanten vorher zu fragen. Was dann aus Agnes wurde, war ihm zwar alles andere als gleichgültig. Doch sie würde sich schon durchschlagen. Für ihre Eltern und ihren Bruder würde sie weiterhin sorgen. Um seinen Rappen Ferdl machte er sich weit größere Gedanken. Einige Tage lang überlegte er seinen Plan. Dann schritt er zur Tat. Er übergab Ferdl der Obhut eines Knechtes, dem er vertraute. In der Nacht nahm er sein weißes Betttuch, ließ es aus dem Fenster hängen und schwenkte es hin und her. Er steckte das Leintuch auf einen Stock und schlich sich vorsichtig durch die Burg, bis hinunter in den Raum, in dem der Geheimgang begann. Jakob nahm die Fackel, die dort angebracht war, entzündete sie und schlug den Vorhang zurück. Sein Herz trommelte gegen die Rippen, aber er ging unerschrocken weiter durch den Gang, bis er sein Ende erreichte. Dort wurde er schon von Bernhards Soldaten empfangen, ausgefragt und zum Obersten gebracht. Die Söldner wirkten müde und ausgezehrt. Bernhard saß im Kreis seiner Offiziere am Feuer. Sie tranken Wein aus Zinnbechern. Jakob trat vor ihn hin und salutierte. Bernhard von Sachsen-Weimar blinzelte ihn an.

»Haben wir uns nicht schon einmal gesehen?« Er schlug sich mit der Hand vor die Stirn. »Natürlich, ich erinnere mich. Am Anfang des Sommers kamt Ihr, um zwei junge Damen auszulösen. Von denen sich nur eine hat befreien lassen.«

»So war es, Herr Oberst Bernhard von Sachsen-Weimar«, sagte Jakob. Hoffentlich würde ihm diese Begegnung nicht zum Nachteil gereichen.

»Und? Wollt Ihr heute wieder jemanden auslösen?«, fragte Bernhard. Ein Grinsen zeigte sich auf seinem Gesicht.

»Gewissermaßen schon«, antwortete Jakob. »Ich möchte mich als Geisel anbieten, damit Kardinal Weltlin wieder freikommt.«

»Das ist wiederum sehr ehrenhaft von Euch. Glaubt Ihr denn, dass Ihr dem üblen von Reinach und dem Kaiser genügend wert seid, um den Kardinal dafür auszutauschen?«

»Ist Euch denn der Kardinal wert genug, um dafür die Belagerung aufzugeben?«, fragte Jakob zurück.

»Wir stehen in Verhandlungen«, gab Bernhard zurück. »Da wäre es natürlich von Vorteil, wenn wir einen wichtigen Kaiserlichen in den Händen hätten.«

»Nichts anderes wollte ich Euch anbieten, Herr Oberst Bernhard von Sachsen-Weimar«, sagte Jakob.

»Und diese Trosshure? Ist sie noch in der Festung?«

»Sie hat sich entschieden«, meinte Jakob. »So, wie ich mich entschieden habe.«

»Was hat Euch zu diesem Sinneswandel geführt?«, wollte Bernhard wissen.

Jakob überlegte, ob er von der Geldtruhe des Kommandanten erzählen sollte.

»Ich habe selbst erkannt, was für ein übler Patron Hans Heinrich von Reinach ist«, sagte er. »Der wäre sogar bereit, seinen eigenen Sohn zu fressen, bevor er aufgibt.«

Jakob sah das Entsetzen in Bernhards Augen und wusste, dass er gewonnen hatte.

»Wenn das so ist, dann könnt Ihr auch gleich zu uns überlaufen«, bot Bernhard an.

»Das tue ich mit Vergnügen«, gab Jakob zurück. »Ihr dürft nur nicht erwarten, dass ich mit Euren Schweden gut Freund sein werde.«

Bernhard von Sachsen-Weimar schaute ihn fragend an, dann lachte er.

»Ich kann mir denken, was Euch umgetrieben hat«, meinte er. »Willkommen in meinem Heer!«

Ende Oktober wurde die Lebensmittelbeschaffung in der Stadt Freiburg immer schwieriger. Auch hier gab es keine Hunde, Katzen und Ratten mehr. An einem sonnigen Spätherbsttag suchte Elisabeth Melvine und Paul im »Roten Bären« auf. Die Wirtschaft wurde schon länger nicht mehr betrieben, weil es sich niemand leisten konnte, außer Haus zu essen. Nur die Fischräucherei war noch in Gang und warf auch ein wenig ab.

»Was gibt es Neues, Melvine?«, fragte Elisabeth, als die Wirtin ihr eine geräucherte Forelle vorsetzte.

»In Breisach soll sich ein Offizier als Geisel angeboten haben«, antwortete Melvine. »Um damit unseren Kardinal auszulösen.«

Elisabeth fuhr es heiß durch alle Glieder. »Könnte das Jakob gewesen sein?«

»Daran habe ich auch als Erstes gedacht«, sagte Melvine und wischte sich die Hände an der Schürze ab. »Zuzutrauen wäre es ihm.«

»Aber er war doch immer so darauf bedacht, gegen Bernhard und die Schweden zu kämpfen?«

»Vielleicht weiß Paul mehr darüber.«

Sie rief nach ihrem Mann, der prompt erschien. Wie seine Frau war auch er deutlich abgemagert.

»Wer ist dieser junge Offizier, der sich in Breisach als Geisel zur Verfügung gestellt hat, Paul?«, fragte Melvine.

»Es ist Jakob Gruber, der bayerische Offizier, der unter Hans Heinrich von Reinach gedient hat«, bestätigte Paul.

Elisabeth merkte, dass sich etwas in ihr löste. Ein Glücksgefühl machte sich in ihr breit. »Ist er übergelaufen?«, wollte sie wissen.

»Was anderes wird ihm gar nicht übriggeblieben sein«, meinte Paul schmunzelnd.

Damit waren ja alle Schwierigkeiten aus dem Weg geräumt. Elisabeth warf einen langen Blick nach Westen, in die Richtung der Festung Breisach.

»Aber Kardinal Weltlin ist noch nicht frei, und meine Schwester Agnes ist immer noch in der Festung«, bemerkte sie mit einem Anflug von Angst.

»Du musst warten und auf Gott vertrauen«, sagte Melvine besänftigend.

Elisabeth wollte aber nicht warten. Konnte man einem Gott, der das alles zugelassen hatte, überhaupt noch vertrauen? Konnte man einer Kirche trauen, die in seinem Namen so viel Unheil angerichtet hatte und es immer noch tat?

Sie schaute sich an, was in der Küche des Johanniterhauses noch vorrätig war. Am Vortag hatte sie einen Sack mit Eicheln in große Töpfe geleert und die Eicheln so lange gekocht, bis der bittere Geschmack verschwunden war. Mittels einer Handmühle hatte sie feines Mehl daraus gemahlen, das ein wenig nussartig schmeckte. Das Mehl füllte sie in ein durchlässiges Gefäß und goss Wasser darüber. Nach zwei bis drei Stunden war es zu einem Teig aufgequollen. Elisabeth formte runde

Laibe daraus und buk sie in der heißen Asche des Ofens. Dabei dachte sie wehmütig an all die köstlichen Speisen, die sie jemals für den Kardinal, für Bernhard von Sachsen-Weimar und andere gekocht hatte. Gegen Abend sah sie zum Fenster hinaus, zum Schwarzwald hinüber. Aus den Tannen leuchtete das bunte Laub der Buchen, Krähen schwebten über den Wipfeln. Wolken schwebten am Himmel dahin. Eine dicke weiße Wolke sah aus wie ein Schiff. Elisabeth spähte empor. War es die Totenwolke aus ihrem Traum? Das Schiff kehrte zurück, sie sah es ganz deutlich. Allmählich begann sie, einzelne Gesichter und Gestalten zu erkennen.

36.

Bei den Belagerern vor Breisach war die Stimmung verzweifelt. Das gesamte Umland war geplündert worden. Jakob sah, wie schwach die Soldaten waren. Sie schlichen umher, versuchten die Pferde zu striegeln oder ihre Waffen zu reinigen. Dabei sanken manche entkräftet zu Boden. Der Grund war aufgewühlt, die Grasnarbe zertrampelt. Es roch nach Pulver, Urin und geronnenem Blut. An diesem Morgen war ein Unterhändler des Kaisers gekommen. Jakob wurde zu der Besprechung geladen. In der kurzen Zeit hatte Bernhard von Sachsen-Weimar viel Vertrauen in den übergelaufenen Hauptmann Jakob gewonnen. Zwei französische Soldaten standen als Wachen vor dem großen Zelt. Der Unterhändler stellte sich als Tobias Kramer, Abgesandter des Kaisers aus Wien, vor. Er war groß und kräftig und trug die Kleidung der Adligen. Sein Gesicht war pockennarbig mit stechenden blauen Augen.

»Ihre Durchlaucht Kaiser Ferdinand III. hat mich von Wien hierherbeordert, um seinen Forderungen gehörigst Nachdruck zu verleihen. In unserer Gewalt befindet sich, wie Ihro Gnaden wissen, Thomas Weltlin, ehemals Kardinal von Straßburg. Ihre Durchlaucht, der Kaiser, wünscht nun mit aller Macht die Beendigung dieser unseligen Blockade und die Anerkennung der Festung Breisach als altverbrieften habsburgischen Besitz.«

Bernhard zog die Augenbrauen zusammen.

»Wo befindet sich Weltlin jetzt?« fragte er.

»Das zu verraten, würde meine Mission wohl überflüssig machen«, antwortete der Abgesandte. »Ich bin hier, um die Forderungen meines Herrn zu überbringen.«

»Welche Frist gewährt uns der Kaiser für den Fall, dass wir auf seine Bedingungen eingehen?«, fragte Bernhard.

»In zwei Tagen müssten alle Soldaten und alles Geschütz abgezogen sein. Was in der Festung vorhanden ist an Nahrung, Vieh, Waffen, Pulver und Wertgegenständen bleibt in unserem Besitz und wird von niemandem angerührt. Alsdann ist ein Friedensvertrag zu unterzeichnen mit der Zusage, dass keine feindlichen Handlungen mehr stattfinden.«

»Was ist, wenn wir die Bedingungen nicht annehmen?«, fragte Bernhard in gereiztem Ton.

»Dann muss Euer Kardinal sterben. Und dann werden wir auch seine reizende Köchin entführen und sie an seinem Schicksal teilnehmen lassen.« Jakob durchfuhr ein schmerzhaftes Ziehen. Das hatten sie sich aber fein ausgedacht!

»Wir haben hier eine Geisel aus den Reihen des Feldzeugmachers von Reinach«, sagte Bernhard in schneidendem Ton. »Und wir bieten an, Jakob Gruber gegen den Kardinal auszutauschen.«

»Hans Heinrich von Reinach hat uns eine Botschaft zukommen lassen.« Der Gesandte verzog den Mund zu einem höhnischen Lächeln. »Sie wurde, um einen Stein gewickelt, über die Mauer geworfen. Von Reinach hat mit der Geisel nichts zu schaffen. Jakob Gruber sei ein elender Verräter und Fahnenflüchtling, hat er uns wissen lassen.«

Jakob zog Bernhard in eine Ecke des Zeltes und redete leise auf ihn ein.

»Geh zum Schein auf seine Bedingungen ein, Bernhard!«, beschwor er ihn. »Sonst machen die ihre Drohungen wahr, ich kenne diese Art von Menschen!«

»Ich kann doch meine Männer nicht von der Belagerung zurückziehen!«, stieß Bernhard hervor. »Wie stünde ich dann da vor der Welt? Vor Richelieu und Ludwig XIII.?«

»Wir haben zwei Tage Zeit«, gab Jakob zurück. »Da kann noch viel geschehen, es kann sich jederzeit eine Wende ergeben.«

Sie schritten zu dem Abgesandten zurück.

»Also gut, wir nehmen die Bedingungen an«, sagte Bernhard. »Aber was für eine Garantie haben wir, dass der Kaiser auch sein Wort hält?«

»Die zwei Tage bis zum Abzug Eurer Truppen biete ich mich als Pfand an. Dann muss ich allerdings in mein Quartier zurückkehren. Wenn ich bis dahin nicht dort aufgetaucht bin, werden weitere Maßnahmen ergriffen.«

Bernhard winkte den wachhabenden Soldaten, den Abgesandten in das Gefängniszelt zu bringen, ihn zu versorgen und gut zu bewachen. Nach dem kargen Mittagessen, das aus ein wenig Pferdefleisch und Wasser bestand, nahm Bernhard Jakob noch einmal zur Seite.

»Wir müssen handeln«, sagte er, »und zwar schnell. Ich werde heute noch meine gesündesten Männer nach Freiburg schicken. Sie sollen jedes Haus, jedes Kloster, jede Hütte durchkämmen, um den Aufenthaltsort von Kardinal Weltlin herauszufinden.«

»Darf ich mich diesen Männern anschließen, Bernhard?«, fragte er.

Bernhard von Sachsen-Weimar grinste über sein ganzes Gesicht.

»Ich weiß, was dich antreibt, Jakob«, meinte er lachend. »Aber ich brauche dich hier noch, ganz dringend sogar.«

Elisabeth durchquerte die abendlichen Gassen der Stadt Freiburg. Es war schon spät, die Münsterglocke schlug die siebte Stunde. Elisabeth fiel auf, dass viele Soldaten umherstreiften. Sie klopften an die Türen, schwärmten durch die Straßen und durchsuchten offensichtlich jedes Haus. Von ihren Freunden, den Spielleuten, erfuhr sie den Grund dafür.

»Sie suchen nach dem Kardinal Weltlin«, sagte Leander. »So erzählt man sich. In zwei Tagen soll er sterben, wenn Bernhard von Sachsen-Weimar die Belagerung nicht aufgibt.«

»Mein Gott!«, entfuhr es Elisabeth. »Hoffentlich finden sie ihn! Wenn wir ihn schon nicht gefunden haben.«

Nach einem Tag zogen die Soldaten ohne Ergebnis wieder ab. Elisabeth war außer sich vor Angst.

»Wir müssen ihn finden«, beschwor Elisabeth die Spielleute.

Leander stützte den Kopf in die Hand und überlegte. »Ich glaube immer noch, dass er in dem Dominikanerkloster ist. Die ganze Zeit versuche ich schon herauszufinden, wo das beste Versteck sein könnte.«

»Wenn er dort ist, hätten ihn Bernhards Soldaten aber finden müssen!«

»Sie könnten Wind davon bekommen und ihn woanders versteckt haben.«

»Erinnerst du dich an Einzelheiten?«, wollte Elisabeth wissen.

»Ja, ich habe gerade das Bild des Klosters vor Augen. Es liegt dicht an der Stadtmauer und ist selbst von einer Mauer umgeben. Es gibt zwei Haupteingänge; einer ist verschlossen, der andere durch einen Pförtner bewacht. Direkt an das Eingangsgebäude schließt sich die Kirche an. Wenn man durch die Klosterpforte eintritt, gelangt man zunächst zu den Konventsgebäuden. Dort war ich beim letzten Mal in der Bibliothek. Weiter nach Norden schließen sich die Wirtschaftsgebäude an. Dort ist auch der Garten, der die Mönche mit dem Nötigsten versorgt.«

»Siehst du einen Punkt, der in Frage käme?«, fragte Elisabeth.

»Warte«, sagte Leader. »Ich habe es gleich. Zwischen Konventsgebäuden und Wirtschaftsgebäuden gibt es eine Verbindung, ein Übergangsgebäude mit einem Turm. In diesen Turm werden Mönche geschickt, welche die Gebote übertreten hatten, eine Art Karzer also. Ich glaube, dort müssen wir suchen!«

»Wie sollen wir denn da hineinkommen?«, gab Hans zu bedenken. »Wie sollen wir an dem Pförtner vorbeigelangen?«

»Und vor allem«, setzte Daniel hinzu, »wie sollen wir begründen, was wir dort zu suchen haben?«

»Das werden wir gar nicht begründen«, antwortete Leander. »Es gibt nämlich noch zwei Seiteneingänge. Heute Abend wird es sehr neblig sein, der Dampf steigt schon von der Dreisam auf. Das wäre günstig für uns.«

»Was meinst du, sollen wir alle miteinander dort hineingehen?«, fragte Konstantin.

»Nein, wir machen es wie bei den Streifzügen im Kaiserstuhl«, entschied Leander.

»Zwei halten draußen Wache, der Rest geht hinein und befreit den Kardinal.«

»Und wenn er gar nicht dort ist?«, fragte Elisabeth. Leander blickte sie an und zuckte mit den Achseln. Er sollte recht behalten: Am Abend hing der Nebel so dicht in den Gassen, dass es schwer war, sich zurechtzufinden. Die Männer hatten ihre Pistolen und Messer dabei. Endlich standen sie vor der Seitentür in der Mauer des Klosters. Leander arbeitete mit einem Sperrhaken am Schloss, darum bemüht, möglichst wenig Lärm zu machen. Endlich ließ sich der Riegel des Tores zurückschieben. Elisabeth, Leander, Daniel und Hans schlüpften hinein, Konstantin und Martin blieben als Bewacher am Tor stehen. Im Inneren des Klosters war zunächst nichts zu erkennen. Dann schälten sich schemenhaft Gebäude aus dem Dunst.

»Fasst euch an den Händen«, raunte Leander ihnen zu. »Wir schleichen uns zum Karzerturm.«

Elisabeth erlebte alles wie in einem Traum. Sie spürte die Wärme von Leanders Hand in ihrer, in der anderen Hand die von Daniel, hörte das leise Atmen der Männer. Der Nebel legte sich in winzigen Tropfen auf ihr Gesicht. Ein grauer Turm wuchs immer deutlicher aus dem Nebel heraus. Und noch etwas anderes: Zwei Wachen standen dort, offensichtlich Soldaten. Geräuschlos schlichen sie sich weiter an. Hans und Leander sprangen gleichzeitig hinter die Wachen und schlugen ihnen die Faust an die Schläfen. Lautlos sackten die Männer zusammen.

»Haltet sie mit euren Pistolen in Schach«, rief Leander halblaut seinen Gefährten zu.

Er bückte sich und suchte fieberhaft in der Rocktasche des einen Soldaten nach dem Schlüssel, schüttelte den Kopf. Bei der anderen Wache wurde er fündig. Es war ein Bund mit mehreren Schlüsseln.

»Notfalls gebraucht ihr Gewalt«, wies er seine Kameraden an. Er drehte den Schlüssel im Schloss und stieß die Tür auf. Elisabeth folgte ihm in das Dunkel des Turms. Vorsichtig stiegen sie eine steile Wendeltreppe hinauf, bis sie zu einem Raum kamen, in dem ebenfalls völlige Dunkelheit herrschte.

»Ist da jemand?«, rief Leander. Es herrschte vollkommene Stille. Dann war etwas wie das leise Rasseln von Ketten zu hören.

»Wer ist da?«, kam es aus der Richtung. Es war eine heisere, gebrochene Stimme, aber unverkennbar die des Kardinals. Elisabeths Herz machte einen Sprung vor Freude. Leander nestelte einen Zunderschwamm und einen Feuerstein heraus und machte Feuer. Einen Augenblick lang glimmte der Schwamm auf, erhellte den Raum, um dann wieder zu erlöschen. Elisabeth hatte genug gesehen. Der Kardinal war mit Ketten an einen Eisenring gebunden, der in die Wand eingeschlagen war.

»Wir kommen, dich zu holen, Thomas«, sagte Elisabeth. Sie kniete sich vor den Kardinal und nahm seinen Kopf in ihre Hände.

»Bin ich froh, dass wir dich endlich wiederhaben«, sagte sie.

»Und ich dachte schon, sie kommen, um mich ins Jenseits zu befördern«, meinte der Kardinal und hustete. »Furchtbar kalt hier drinnen!«

Leander machte sich mit seinem Schlüsselbund an der Kette zu schaffen. Schließlich hatte er den richtigen erwischt. Die Kette fiel klirrend zu Boden. Beide griffen dem Kardinal unter die Arme, um ihm aufzuhelfen. Sie schleppten ihn die Stufen hinunter, aus der Tür hinaus. Die Wachen waren immer noch bewusstlos, sie stöhnten leise.

Im Dormitorium gingen Lichter an. So schnell es dem Kardinal möglich war, rannten sie über die Wiese auf das Seitentor zu. Vom Kloster her war das Trappeln von Schritten zu hören, die sich in ihre Richtung bewegten. Schon waren sie draußen. Schnell entfernten sie sich von der Pforte. Elisabeth hoffte, dass der Nebel sie gänzlich verschlucken würde.

Am Morgen hatte sich der Nebel über der Festung Breisach aufgelöst. Eine schwache Sonne kam zum Vorschein. Bernhard von Sachsen-Weimar berief Jakob und seine anderen Offiziere zu sich.

»Soeben erreichte mich ein Bote«, sagte Bernhard und blickte seine Männer triumphierend an. »Er berichtete mir, dass Kardinal Weltlin in der letzten Nacht in Freiburg befreit wurde. Man hatte ihn im Dominikanerkloster versteckt.«

Gott sei's gelobt und getrommelt, dachte Jakob.

»Warum ist er denn so lange nicht gefunden worden?«, fragte er.

»Weil er im Karzerturm gefangen war. Als meine Männer dort nachsahen, hatten sie ihn wohl woanders hingebracht«, gab Bernhard zur Antwort.

»Dieses Lumpenpack!«, stieß Jakob hervor.

»Jetzt brauche ich keine Rücksicht mehr auf den Abgesandten des Kaisers zu nehmen«, fuhr Bernhard fort. »Ich werde ihm heute noch den Kopf abschlagen lassen!«

»Meinst du nicht, dass das die Fronten zwischen dem Kaiser und uns noch mehr verhärtet?«, warf Jakob ein. »Schließlich soll ja noch ein zweiter Gesandter da sein, der Elisabeth töten will, falls der erste Gesandte nicht zurückkommt.«

Eigentlich war ihm das Leben dieses Gesandten gleichgültig. Aber seine Sorge um Elisabeth überwog. Bernhards Miene war wie versteinert.

»Die Fronten sind so verhärtet, dass es nichts ausmacht, egal, was wir tun«, meinte er und wandte sich zum Gehen.

Am Nachmittag wurde der Gesandte des Kaisers auf dem Platz vor dem Offizierszelt enthauptet. Die Soldaten mussten zuschauen. Der Gesandte trug es mit Fassung. Bald war das pockennarbige Haupt auf einen Spieß gesteckt und auf einem kleinen Hügel aufgestellt. Das würde sich schnell herumsprechen. Jakob musste einen Weg finden, um nach Freiburg zu gelangen. Er fasste einen Plan. Und einige Tage später kam ihm der Zufall zu Hilfe. Bernhard teilte ihm mit, dass es eine weitere Schlacht geben würde, an der Bernhard teilnehmen wollte. Er stelle es Jakob frei, mitzuziehen oder nicht. Jakob verwies auf den Hunger der Soldaten und auf ihre Schwäche. Bernhard würde nur die gesünderen mitnehmen können. Er, Jakob, wolle derweil mit einer Abteilung in den Kaiserstuhl reiten, wo er einen reichen Bauern kenne. Dem wolle er seine Viehherden abnehmen. Bernhard stimmte zu. So ritt Jakob an einem regnerischen Tag Anfang November an der Spitze einer Reihe von Soldaten dem Kaiserstuhl zu. Die Stimmung unter den Männern war gut, schließlich waren sie auf einem Beutezug, der reichlich Ernte zu bringen versprach. Sie sangen und rissen Zoten. Die Berge sahen trüb und grau aus, von den Reben hingen welke Blätter herab. Sie passierten die Stelle, an der Jakob mit Elisabeth zusammengetroffen war. Es wurde ihm warm, als er daran dachte. Das Dorf Rotweil war menschenleer, Türen klapperten im Wind. Sie erreichten den Hof des Bauern im Grottenbachtal. Tatsächlich stand noch eine Herde Kühe auf der Weide. Der Bauer erschien in der Tür mit einer Muskete. Das wird ihm wenig nutzen, dachte Jakob.

»Ihr werdet mich nicht mehr bestehlen, ihr kaiserlichen Halunken!«, schrie der Bauer, der Jakob erkannt zu haben schien.

»Im Namen des Kaisers oder wessen auch immer, wir brauchen Nahrung«, schrie Jakob zurück. »Nehmt die Muskete weg!«

Bevor der Bauer seine Muskete geladen hatte und einen Schuss abfeuern konnte, waren zwei Musketiere bei ihm und schlugen ihn mit den Schäften ihrer Waffen zusammen. Der Bauer ließ seine Muskete fallen und brach in die Knie. Dann rührte er sich nicht mehr. Die Frau und das Gesinde, die herbeigelaufen waren, standen ängstlich aneinandergeklammert im Hof.

»Verschont die anderen«, rief Jakob seinen Männern zu, »die sind mit dem, was wir ihnen antun, schon gestraft genug!« Er dachte daran, wie es seiner Familie ergangen war.

Die Frau des Bauern lief zu ihrem Mann, riss die Muskete hoch und legte auf die Männer an. Ein junger Schwede hatte wohl Blut geleckt. Er legte an und erschoss die Frau. Vor Jakobs Augen erschienen tanzende Punkte. Er sah die Schweden in seinem Heimatort vor sich. Blitzschnell holte er seine Pistole aus dem Koller und erschoss den Mann.

»Lasst euch das eine Lehre sein«, herrschte er die Soldaten an. Er befahl ihnen, das gesamte Vieh zusammenzutreiben, Korn und Früchte auf die mitgebrachten Wagen zu laden. Der Regen strömte ihm über das Gesicht. Gott sei Dank sahen seine Männer deshalb nicht, dass ihm die Tränen herabrannen. Schließlich wies er die Soldaten an, die Beute wegzubringen, er selber habe noch etwas zu erledigen und werde wenig später folgen. Aber statt ihnen nachzureiten, wartete er eine Zeit lang und gab seinem Pferd die Sporen. Den Weg nach Freiburg kannte er fast schon im Schlaf.

37.

Jakob zügelte seinen Braunen vor dem Stadttor von Freiburg. Das Tor war nicht bewacht. Die Hufe seines Pferdes sanken in den aufgeweichten Morast der Straße ein. Jakob erinnerte sich an den Weg zum Johanniterhaus. Sollte er Elisabeth und den Kardinal einfach so überfallen? Oder sich lieber anmelden? Aber er hätte keinen von den mageren, zerlumpten Gestalten, die in den Gassen herumlungerten, nass und frierend, damit beauftragen wollen. Endlich stand er vor dem Johanniterhaus. Sein Herz klopfte stark. Wie würde ihn Elisabeth empfangen? Ein Diener öffnete ihm, auch er sah abgezehrt aus. Jakob nannte seinen Namen und bat, beim Kardinal vorgelassen zu werden. Der Diener verschwand und kehrte nach kurzer Zeit wieder.

»Der Kardinal und die Herrschaften erwarten Euch schon. Sie laden Euch ein, an ihrem kargen Abendessen teilzunehmen.«

Jakob folgte dem Diener zum Speisezimmer. Dort saßen Elisabeth und der Kardinal zusammen an einem Tisch und löffelten eine Suppe aus tiefen Tellern. Elisabeth riss freudig überrascht die Augen auf, als sie Jakob erblickte. Der Löffel fiel ihr in die Suppe, dass es nur so spritzte. Hastig stand sie auf und eilte Jakob entgegen. Der umarmte sie. Aus dem Augenwinkel sah er, dass der Kardinal den Kopf gesenkt hielt und auf seinen Teller starrte.

»Bist du mager geworden«, sagte Jakob und hielt Elisabeth ein Stück von sich weg.

»Du bist aber auch vom Fleisch gefallen, Jakob«, meinte sie. »Ich freue mich so, dich endlich wiederzusehen!«

Jakob zog ihre Hand an seine Lippen und küsste ihre Fingerspitzen. Dann machte er sich los und ging auf den Kardinal zu. Er streckte ihm die Hand hin, die der Kardinal auch ergriff.

»Was gibt es für Neuigkeiten aus dem Lager in Breisach?«, fragte er. Nur seine zusammengekniffenen Augenbrauen verrieten, was in ihm vorgehen mochte.

»Ein Gesandter des Kaisers wurde geköpft«, berichtete Jakob. »Herzog Bernhard von Sachsen-Weimar schlägt eine weitere Schlacht, und ich habe mit ein paar Männern für Beute gesorgt.«

»Wo kann man denn heute noch Beute machen?«, fragte Elisabeth.

»Im Kaiserstuhl, im Grottenbachtal.«

»Ach da, wo auch wir ...« Sie hielt inne und hätte sich fast auf die Zunge gebissen.

»Da, wo der reiche Bauer seinen Hof hat«, lenkte Jakob ab. »Die Viehherden habe ich nach Breisach bringen lassen und mich dann abgesetzt.«

»Eigentlich sollte ich Euch nach Breisach zurückschicken«, meinte der Kardinal und drohte ihm scherzhaft mit dem Finger. »Bernhard wird nicht erfreut über Euren Alleingang sein.«

»Das wird er freilich nicht«, meinte Jakob. »Aber ich habe meine guten Gründe, hierhergekommen zu sein. Wenn ich meine Aufgabe erfüllt habe, kehre ich gern nach Breisach zurück.« Er sah, dass Elisabeths Mundwinkel zuckten.

»Und was wären das für Gründe?« Der Kardinal warf einen Blick zu Elisabeth hinüber.

»Erstens glaube ich, dass Elisabeth in großer Gefahr ist. Bevor der Gesandte des Kaisers enthauptet wurde, hat er damit gedroht, dass auch Elisabeth entführt werden könnte, von einem zweiten Gesandten. Wohl, um mehr Druck auf Bernhard auszuüben.«

»Aber der Kardinal wurde nicht von Gesandten des Kaisers entführt, sondern von zwei Mönchen!«, rief Elisabeth.

»Woher weißt du das?«, wollte Jakob wissen.

»Weil diese zwei Mönche, die uns schon viel früher verfolgt haben, mich in der Krypta des Münsters einsperrten und damit drohten, den Kardinal zu töten.«

»Es sind ein und dieselben Personen«, warf der Kardinal ein.

Elisabeth fasste sich an den Kopf. »Mein Gott, was werden die sich bloß noch ausdenken?«, entfuhr es ihr. Sie schluchzte kurz auf.

»Sei unbesorgt, Elisabeth, ich werde dich beschützen«, sagte Jakob.

»Du hast doch noch von einem zweiten Grund geredet, warum du hier bist, Jakob«, meinte Elisabeth. Die innere Anspannung war ihr anzumerken.

»Ich habe, zusammen mit Agnes, deine Eltern und deinen Bruder besucht.«

»Das kann doch nicht wahr sein!«, rief Elisabeth. Sie war rot angelaufen vor Aufregung. »Wo sind sie? Wo habt ihr sie gefunden?«

»Sie wurden damals in Calw von General von Werths Leuten verschleppt und zogen jahrelang im Tross mit. Am Ende sind sie in Breisach gelandet.«

»Wie geht es ihnen? Ich muss sofort hin!«

»Es geht ihnen den Umständen entsprechend gut«, sagte Jakob. »Aber zu deiner Familie kannst du nicht.«

Tränen traten ihr in die Augen. Sie wischte sie weg. »Dann soll ich also hier sitzen und warten, bis diese blöde Belagerung vorbei ist?«

»Glaub mir, du wirst sie bald wiedersehen.«

Elisabeth schlug die Hände vors Gesicht und rannte aus dem Zimmer. Der Kardinal und Jakob blickten sich an.

»Da habt Ihr ja eine schlechte und eine gute Botschaft gebracht«, meinte der Kardinal. »Was wollt Ihr tun, um Elisabeth zu schützen?«

»Ich bringe sie an einen sicheren Ort«, sagte Jakob.

»Glaubt Ihr, dass sie hier bei mir nicht sicher ist?«

»Ja, das glaube ich«, gab Jakob zur Antwort. »Ich weiß auch schon, wo ein solch sicherer Ort sein könnte.«

Der Kardinal schwieg. »Ihr meint, in Eurem Belagerungsheer? Aber das ist zu gefährlich für sie!«

»Elisabeth hat schon ganz andere Abenteuer bestanden, wie Ihr wisst, Kardinal Weltlin.«

Der Kardinal verfiel wiederum in Schweigen.

»Warum fordert Bernhard den Kommandanten der Festung eigentlich nicht auf, sich zu ergeben?«, sagte er dann, wie um das Thema zu wechseln.

»Von Reinach ist halsstarrig. Er glaubt immer noch daran, dass seine habsburgischen Truppen ihn entsetzen könnten.«

»Das alles ist eine Schande und eine Lästerung Gottes«, ereiferte sich der Kardinal.

»Ich habe gehört, es sei ein Geistlicher gewesen, der Bernhard geraten hat, die Städte auszuhungern statt sie zu beschießen«, gab Jakob zurück.

»Das ist freilich wahr, wenn es auch traurig genug ist. Ich werde dafür beten, dass beide Seiten ein Einsehen haben und diese Grausamkeit beenden. Die meisten Einwohner Breisachs sollen schon gestorben sein.«

Jakob atmete tief ein. »Ja, es war schrecklich, was ich dort gesehen habe. Täglich lagen Leichen auf den Misthaufen, andere Menschen laufen nur noch als Schatten ihrer selbst herum. Es war nicht mehr zum Aushalten!«

»Warum seid Ihr desertiert?«, wollte der Kardinal wissen.

»Weil ich das Gebaren des Kommandanten nicht mehr aushielt. Zudem wollte sich Agnes an mich heranmachen.«

»Das ist aber eine Ehre!« Der Kardinal grinste erneut.

Jakob fuhr herum. »Was soll das heißen, eine Ehre?«

»Bei mir hat sie dasselbe Spiel versucht. Sie mag normalerweise nur Männer, die Macht und Geld besitzen.«

Sie schauten sich an und brachen beide in ein Lachen aus.

»Geht nur zu Elisabeth«, brachte der Kardinal hervor, nachdem er sich von dem Gelächter erholt hatte. »Sie wartet sicher schon auf Euch.«

»Und ich habe immer gedacht, sie liebe Euch, Kardinal Weltlin?«

»Nein, sie hat von Anfang an nur Euch geliebt, Jakob. Ich habe zwar mit dem Gedanken gespielt, meinen geistlichen Stand aufzugeben, um sie heiraten zu können, aber ich habe irgendwann gemerkt, dass ich eher ein Vater oder ein Bruder für sie bin, bei dem sie Schutz und geistige Nahrung fand.«

»Und für den sie kochen konnte«, setzte Jakob hinzu.

»Ja, und dadurch hat sie mir auch ihre Art von Liebe gezeigt.«

Jakob nahm die Hand, die ihm der Kardinal zum Abschied hinstreckte, und ging hinaus. Der Diener wies ihm den Weg zu Elisabeths Zimmer. Jakob klopfte an die Tür. Es kam keine Antwort. Er drückte die Klinke herunter und trat ein. Ein Feuer prasselte im Kamin. Elisabeth wandte Jakob den Rücken zu und starrte aus dem Fenster.

»Elisabeth«, sagte er leise. Sie drehte sich langsam um.

»Warum bist du nicht in Freiburg geblieben?«, fragte sie. Ihre Augen schimmerten feucht. »Damals, als du mich bei dem Kommandanten ausgelöst hattest?«

Jakob senkte den Kopf. »Ich glaube, das kann eine Frau nicht verstehen«, meinte er. »Ich hätte vor aller Welt wie ein Feigling dagestanden.«

»Und jetzt? Bleibst du jetzt hier, oder gehst du wieder nach Breisach zurück?«

»Ich muss noch einmal dorthin. Aber ich will dir noch etwas sagen.«

Sie schaute ihn erwartungsvoll an, schon ein wenig getröstet durch seine Worte.

»Du bist in großer Gefahr, solange dieser andere Mönch, Gesandter des Kaisers und Papstes, noch frei herumläuft. Es wurde angekündigt, dass du entführt wirst, wenn dem ersten Gesandten ein Haar gekrümmt würde. Bernhard hat ihn enthaupten lassen.«

Elisabeth zuckte zusammen. »Hast du zusammen mit Thomas einen Plan ausgeheckt? Ihr habt ziemlich lange miteinander gesprochen.«

»Ich werde dich heute Abend noch nach Breisach bringen, zum Belagerungsheer. Nur dort, unter meinem Schutz und dem von Bernhard, bist du sicher.«

Er stand auf und zog sie in seine Arme, seine Lippen suchten die ihren. Ihrer beider Atem ging heftig. Jakob drängte sie zu ihrem Bett, entkleidete sie behutsam und zog auch sich selber aus. Langsam schob er sich auf ihren Körper, liebkoste, küsste sie. Elisabeth erwiderte seine Zärtlichkeiten. Als er in sie eindrang, vergaß sie alles um sich herum. Später lagen sie nebeneinander und schauten in das Feuer des Kamins, das allmählich herunterbrannte. In der Nacht begann es zu schneien. Als Elisabeth am Morgen aufwachte, war Jakob immer noch bei ihr. Sie konnte es kaum fassen. Der Kardinal war nicht im Hause, er sei ausgegangen, berichtete der Diener. Einen Augenblick lang war Elisabeth von schlechtem Gewissen geplagt. Er hatte jetzt gewiss endgültig die Nase voll von ihr, nachdem sie ihm seine Güte derart gedankt hatte. Aber sie drängte den Gedanken beiseite und folgte Jakob ins Freie. Der Schnee hatte sich wie ein Leichentuch auf Straßen, Dächer und Gärten gelegt. Jakob hob Elisabeth vor sich auf sein Pferd und gab ihm die Sporen. Sie galoppierten aus der Stadt hinaus. Elisabeth war froh, als sie die Tore hinter sich gelassen hatten. Sie drehte ihren Kopf nach hinten, aber niemand folgte ihnen. Am frühen Nachmittag erreichten sie das Belagerungsheer in Breisach. Jakob half Elisabeth vom Pferd und lud sie ein, in seinem Zelt, das er allein bewohnte, zu kampieren. Die Soldaten waren, dank der Viehherden, die Jakob ausgehoben hatte, wieder etwas zu Kräften gekommen. Bernhard lag immer noch krank, diesmal in Neuenburg, darnieder, würde also nichts von Jakobs kleinem Abstecher nach Freiburg erfahren. Für Elisabeth begann nun eine glückliche Zeit, auch wenn die Umstände alles andere als günstig waren. Sie genoss es, immer in Jakobs Nähe zu sein. Sie kochte riesige Töpfe mit Rinderbrühe, briet Ochsen und Schweine am Spieß und freute sich, wenn die Männer herzhaft zugriffen. In den Nächten liebten Jakob und sie sich leidenschaftlich, immer bemüht, dabei nicht zu viele Geräusche von sich zu geben, um die Soldaten nicht unnötig aufzugeilen. Denn nur wenige hatten ihre Frauen und Kinder bei sich. Die Trosshuren hatten das Heer verlassen, weil sie nicht genügend versorgt worden waren. Oft schaute Elisabeth wehmütig zu den Häusern der Stadt hinauf, wo sich ihre Familie befand. Sie schüttelte sich, wenn sie daran dachte, wie es dort oben zugehen mochte. Es war klirrend kalt geworden in den letzten Tagen. Jakob hatte Elisabeth einen Fellmantel besorgt, damit sie sich vor der Kälte schützen konnte. Am 17. Dezember war es dann so weit. Jakob berichtete Elisabeth und den Soldaten, dass von Reinach sich endlich zu Unterhandlungen bereit erklärt habe, die ein Generalmajor Bernhards führte. In vierzehn Artikeln enthalte die Kapitulationsschrift vor allem folgende Punkte:

Der Besatzung von Breisach sei ein ehrenvoller Abzug mit Waffen, zwei Kanonen und fliegenden Fahnen bis Offenburg oder Straßburg zugestanden; dagegen bürge von Reinach für die Übergabe eines Schlosses im Sundgau. Die österreichischen Beamten sollten nach zwei Monaten mit ihrer Habe abziehen und innerhalb dieser Frist Kleinode und Mobilarien an den Herzog abliefern. Geschütz, Munition und Baumaterialien sollten gleichfalls in der Stadt verbleiben. Der Stadt Breisach werde Sicherheit des Eigentums, freie Religionsübung und Erhaltung der Kirchen und Klöster zugesagt. Bis nach Vollzug würden wechselseitig Geiseln gestellt.

Am Morgen des 19. Dezember 1638 erfolgte der Auszug aus der ehemals belagerten Festung. Es war ein klarer, windiger

Tag. Bernhard von Sachsen-Weimar, inzwischen von seinem Krankenlager aufgestanden, bildete mit seinem Heer eine lange Gasse vor der Stadt. Elisabeth und Jakob standen in der Menge und beobachteten das Geschehen. Vor Aufregung presste Elisabeth eine Faust vor ihren Mund. Jakob hatte beruhigend den Arm um sie gelegt. Zunächst sah Elisabeth Fahnen tragende Männer, die sich langsam durch das Stadttor schleppten. Es folgten weitere mit den Kanonen, dann erschienen Kutschen und Packwagen mit allem, was an Lebensmitteln, Pulver und Waffen übriggeblieben war. Laute Pfiffe und ein Aufheulen ertönten, als der Feldzeugmeister und Kommandant der Festung, Hans Heinrich von Reinach, erschien, hoch zu Pferd, feist, mit hochrotem Gesicht, Federhut, seidenem Wams und Stiefeln aus weichem Leder. Die Bärte der Männer waren gefroren.

»Es sind also noch Pferde in der Festung am Leben geblieben«, raunte Jakob Elisabeth zu. Sie zitterte vor Erregung. Würde auch Agnes auftauchen, ihre Eltern und ihr Bruder? Als sich Hans Heinrich von Reinach dem Obersten von Weimar näherte, stieg er umständlich von seinem Pferd herunter. Er näherte sich Bernhard, ging langsam in die Knie, wie es ihm seine Leibesfülle erlaubte. Was tut er da?, dachte Elisabeth entsetzt. Von Reinach küsste den Stiefel von Bernhard. Dessen Miene war undurchdringlich. Von Reinach erhob sich wieder und blickte Bernhard fragend ins Gesicht. Bernhard wandte den Kopf ab. Er schien mit sich zu kämpfen. Eine ganze Weile lang herrschte ein unbehagliches Schweigen. Dann brach es aus Bernhard heraus. »Geh mir nur aus den Augen, du gottserbärmlicher Hundsfott! Sei froh, dass ich die Kapitulation überhaupt unterzeichnet habe! Vor zwei Tagen, noch auf dem Krankenlager, erreichte mich die Nachricht, dass meine gefangenen Krieger bei dir verreckt sind, elendig verreckt, weil du sie nicht versorgt hast. Und dann haben die Überlebenden ihre toten Kameraden gemetzelt und aufgegessen! Schäm dich bis in die tiefsten Tiefen deiner teuflischen Seele hinein, Hans Heinrich von Reinach. Ich sollte dich an der obersten Zinne deiner Burg aufhängen lassen oder besser noch, dich den Hunden zum Fraß vorwerfen!«

Elisabeth war bleich geworden.

»Dieser gottverdammte Hund!«, knirschte Jakob. »Ich habe diese Gefangenen gesehen, und er hat mir zugesagt, sie täglich mit Brot, Wasser und einer warmen Mahlzeit zu versorgen!«

»Aber was steht es mir an, über dich, du Ausgeburt der Hölle, zu richten«, fuhr Bernhard fort. »Gott allein wird über dein weiteres Schicksal entscheiden.«

Er wandte sich ab. Von Reinach saß wieder auf und ritt ein Stück weiter, wo er auf seine Besatzung wartete. Es folgte sein Oberst mit einer Besatzung, die auf wenige Hundert geschmolzen war. Viele von ihnen waren so entkräftet, dass sie in den Staub der Straße fielen. Einige hielten Fetzen von Fleisch in den Händen, an denen sie verzweifelt nagten.

»Gütiger Gott!«, entfuhr es Bernhard. »Die essen doch nicht etwa Menschenfleisch?«

Der Oberst hielt vor ihm an und sagte: »Der Hunger wütete mit einer solchen tödlichen Macht, dass auch die letzten Schranken fielen. Manche haben die Leichen auf dem Friedhof ausgegraben, sie zerrissen und verschlungen.«

»Habt ihr denn keine Wachen aufgestellt, um solch gottloses Treiben zu unterbinden?«, fragte Bernhard mit entsetzter Miene.

»Die Wachen wurden bestochen, gütiger Herr von Weimar«, sagte der Oberst und schlug die Augen nieder. »Oder sie haben sich daran beteiligt.«

»Das kann doch nicht wahr sein!«, flüsterte Elisabeth Jakob zu. Die Angst um ihre Familie machte sie ganz starr und kalt.

Ein Mann in der Kleidung eines Rittmeisters meldete sich zu Wort. »Es sind über zweitausend Menschen an Hunger oder widernatürlicher Befriedigung desselben elendiglich zugrunde gegangen«, meldete er. »Wer Geld hatte, konnte sich noch etwas kaufen. Erst vorhin sah ich eine reiche Bürgerin, die einen Ring gegen ein Schüsselchen Sauerkraut tauschte.«

»Das muss nicht alles wahr sein«, sagte Jakob zu Elisabeth. »Insbesondere die Geschichten von den Friedhöfen nicht, aus denen die Leichen ausgegraben worden sein sollen.«

»Kinder sind verschwunden, Waisenkinder, die niemand vermisst hat!«, schrie der Oberst. »Die wurden geraubt, getötet und dann aufgegessen!«

»Das sagen sie, um Mitleid bei Bernhard zu erwecken«, raunte Jakob Elisabeth zu.

Und es schien Erfolg zu haben. Bernhard wandte sich an die abgerissenen Männer.

»Ich habe Schiffe für Euch bereitgestellt, die werden Euch heute noch nach Straßburg bringen. Dorthin lasse ich Nahrung für zwei Tage beschaffen. In Straßburg werdet Ihr dann gastlich aufgenommen.«

Er nahm den Hut ab und wühlte in seinem dunklen Haar.

»Ihr Ärmsten«, fuhr er dann fort, »Ihr seid doch wirklich tapfere Männer, dass ihr so lange durchgehalten habt. Geht in Frieden, Ihr habt meinen Segen!«

Die Männer zogen langsam an der Menge vorbei, einer den anderen stützend. Als Letztes folgte die Familie des Kommandanten, seine Frau mit den rotwangigen Kindern und die Diener, Mägde und Knechte. Elisabeth stellte sich auf die Zehenspitzen, um besser sehen zu können. Auch Agnes war dabei, mit einem Federhut, einem Fellmantel und Stiefeln bekleidet. Sie war bleich, mit spitzer Nase und eingefallenen Wangen, und verzog keine Miene. Auf der Haut ihres Gesichtes zeigten sich blassrosa Flecken.

»Agnes!«, rief Elisabeth. Sie versuchte, sich durch die Menge einen Weg zu ihrer Schwester zu bahnen, doch Jakob hielt sie zurück.

»Lass sie«, sagte er. »Sie hat sich entschieden und wird ihren Weg gehen. Was willst du ihr bieten? Willst du sie in ein Kloster stecken? Daraus würde sie bald entweichen und ihr altes Leben wieder aufnehmen. Sie weiß, was sie tut, glaub es mir!«

Elisabeth hatte Tränen in den Augen. »Sie sieht krank aus!«

»Du kannst ihr nicht mehr helfen, Elisabeth, lass sie gehen.«

»Agnes, ich liebe dich, habe dich immer liebgehabt!«, rief Elisabeth ihrer Schwester hinterher.

Die wandte den Kopf und winkte ihr huldvoll zu. Bernhard warf Agnes einen abschätzigen Blick zu. Dann reihte sich Agnes in den Zug der Menschen ein, die langsam zum Rhein hinuntergingen, flankiert von Bernhards Soldaten und den Wagen mit dem Proviant. Die Fahnen flatterten im Wind. Elisabeth hatte das Gefühl, neben sich zu stehen. Sie sah diese Menschen auf die beiden Schiffe steigen, ein Heer von zerlumpten, totenähnlichen Gestalten mit vor Kälte steifen Bärten, und mittendrin Agnes, ihre Schwester, von dem Fellmantel umhüllt. Sie schritt an der Seite von Reinachs, seiner Frau und den Kindern. Im Rhein trieben Eisschollen, wie in Elisabeths Traum. Nach einer Weile wurden die Segel gesetzt. In der stärker werdenden Brise machten die Schiffe los und fuhren mit geblähten Segeln stromaufwärts Richtung Straßburg. Nun wusste Elisabeth, was ihr Traum zu bedeuten gehabt hatte. Darin hatte sich ihre Angst geäußert, das Liebste, was sie besaß, zu verlieren. Aber die Gefahr war noch nicht gebannt, das Schreckliche, was sie befürchtete, noch nicht vorüber. Musste Agnes sterben? Was würden sie in der Stadt vorfinden? Erst jetzt gab Bernhard seinen Männern das Zeichen, in die Stadt einzuziehen. Er selbst war von seinem Hofstaat umgeben, gut genährt und in erlesener Kleidung. Jakob und Elisabeth folgten in einigem Abstand. Als sie das Tor durchschritten, stieg ein Geruch in Elisabeths Nase wie eine böse Wolke, der süße Geruch nach Verwesung. Sie sah Leichen in den Gassen liegen, von denen sie nicht wusste, ob sie von Menschen oder Ratten angefressen worden waren. Die überlebenden Bürger standen auf dem Marktplatz und jubelten den weimarischen Truppen mit dünnen Stimmen entgegen. Jakob zeigte Elisabeth das Haus, in dem ihre Eltern und ihr Bruder lebten und schloss sich dann Bernhard an, der mit seinem Gefolge zur Burg hinaufritt. Elisabeth starrte einen Augenblick lang auf die Holztür. Sie gab sich einen Ruck und klopfte an. Gott sei Dank, sie hörte Schritte, und schon wurde ihr aufgemacht. Ihr Bruder Lukas stand in der Tür. Er war gewachsen, wenn auch abgemagert. Einen Moment schaute er sie aus großen Augen an, dann fiel er ihr um den Hals.

»Elisabeth, Schwester, dass ich dich noch einmal wiedersehe!«, rief er. Lukas machte sich von ihr los und rief in die Stube hinein: »Herr Vater, Frau Mutter, kommt schnell und schaut, wer uns da besucht!« Er zog Elisabeth ins Haus. Ihre Eltern, ebenfalls dünn und in Lumpen, saßen am Tisch und beteten. Der Geruch nach Ziege stand in der Luft. Vater und Mutter starrten Elisabeth aus tiefliegenden Augen an. Langsam kam Bewegung in sie. Elisabeth lief auf sie zu und umarmte sie stürmisch.

»Ihr lieben Eltern, wie freue ich mich! Wenn ich früher gewusst hätte, dass ihr hier seid, hätte ich euch herausgeholt!«

»Das ist sehr christlich von dir gedacht, Elisabeth«, sagte ihr Vater mit schwacher Stimme. »Aber mach dir keine Vorwürfe. Deine Schwester Agnes hat uns gerettet. Sie hat uns mit den Resten der Mahlzeiten des Kommandanten versorgt.«

»Und unsere Ziege hat uns Milch gegeben, bis zuletzt«, setzte die Mutter hinzu.

»Bis wir schließlich auch sie schlachten mussten.«

38.

Jakob war mit den Fußtruppen Bernhards bis zur Burg hinaufgestiegen. Im Burghof konnte er nicht umhin, sich kurz abzusetzen und in den Pferdestall zu laufen. Da stand sein Rappe Ferdl, gesund und mit glänzendem Fell. Er schnaubte erfreut, als er seinen Herrn erblickte, warf den Kopf zurück und wieherte. Glücklich legte Jakob seinen Kopf an den warmen Hals des Tieres.

»Braves Tier, guter Ferdl, dass du so lange durchgehalten hast. Jetzt warte nur noch ein Weilchen, dann hole ich dich.«

Er entlohnte den Stallknecht, der in der Nähe stand und ein Pferd striegelte, reichlich und dankte ihm von Herzen. Zusammen mit Bernhard und seinen Offizieren versammelte er sich danach im Rittersaal der Burg.

»Es ist erstaunlich viel gutes Geschütz und Munition in den Arsenalen, wie mir meine Männer berichten«, verkündete Bernhard.

»Du wirst staunen, wenn du erst die Schatztruhe des Kommandanten siehst«, unterrichtete ihn Jakob. »Ich habe mit eigenen Augen gesehen, wie er in dem Geld gewühlt hat.«

Er führte Bernhard zu dem Gemach des Kommandanten und half ihm, die Truhe zu erbrechen. Bernhard holte zwei seiner Männer, um das Geld zu zählen. »Es sind eine Million Gulden und Reichstaler«, sagte er dann fassungslos. »Damit wären meine Auslagen für die Belagerung voll und ganz ersetzt!«

»Wie hoch sind unsere Verluste an Männern?«, wollte Jakob wissen.

Bernhard schaute ihn überrascht an. »Du sagst ›unsere Verluste‹?«, fragte er. »So sehr bist du also zu uns übergelaufen?«

»Wie hoch sind unsere Verluste?«, wiederholte Jakob.

»Wir haben achttausend Mann verloren«, antwortete Bernhard. »Die anderen das Doppelte, wenn man alle Schlachten zählt.«

»Wie willst du jetzt weiter verfahren, Bernhard?«

»Ich nehme die Breisacher Bürger, die überlebt haben, in Gnaden auf. Zehn Ochsen habe ich ihnen geschenkt, die auf dem Marktplatz gebraten werden sollen. Dazu habe ich Mehl an die zwei einzigen überlebenden Bäcker gegeben, dass sie Brot backen für alle. Einen Teil meiner Männer schicke ich gleich los, um die Stadt zu säubern. Es ist jetzt meine Stadt, mein Besitz!« Seine Augen glänzten. Du kannst auch nicht aus deiner Haut, dachte Jakob.

»Wirst du in meine Dienste treten, Jakob?« fragte Bernhard.

»Nein«, antwortete Jakob. »Ich werde etwas anderes tun.«

»Was denn?«, fuhr Bernhard auf. »Du hast doch nichts anderes gelernt als das Soldatenhandwerk.«

»Ich werde mir schon was einfallen lassen.«

Damit ließ er Bernhard stehen und lief aus dem Rittersaal, aus der Burg hinaus, in den Stall, sattelte Ferdl und ritt in die Stadt hinunter. Dort brannten inzwischen, wie von Bernhard angekündigt, große Feuer, über denen sich an Spießen Ochsen drehten.

Jakob fand Elisabeth und ihre Familie bei einem der Feuer stehend.

»Das ist der Offizier, der Agnes und mich in Calw gerettet hat«, sagte Elisabeth, nachdem sie Jakob mit einem Kuss begrüßt hatte.

»Wir werden Euch auf ewig dankbar sein«, sagte Elisabeths Mutter und ergriff Jakobs Hand. »Aber wir kennen ihn schon, Elisabeth. Er ist mit Agnes hier gewesen.«

»Das werden wir gewiss, ihm dankbar sein«, pflichtete der Vater bei. Sie saßen beieinander und erzählten.

»Die Zustände waren so furchtbar«, sagte ihre Mutter und

wischte sich über die Augen. »Aber wir konnten ja nicht klagen, Agnes hat uns jeden Tag etwas gebracht. Die Arme, und dann ist sie auch noch krank geworden!«

»Es war nicht mit anzusehen, wie die Menschen rund um uns herum starben«, warf ihr Vater ein. »Ich habe Agnes immer gesagt, sie soll vorsichtig sein. Aber sie wollte nicht auf mich hören, hat sich gewiss auch mit anderen Männern eingelassen.« Er schluckte.

Lukas machte eine Grimasse. »Agnes wird's überstehen, die hat eine Pferdenatur«, meinte er. »Viel schlimmer war das, was ich gesehen habe. Die Leute haben sogar Kinder und Leichen gefressen. Auf dem Friedhof hatten sie Wachen aufgestellt.«

Ihr Vater hob die Hand, als wolle er ihm eine Ohrfeige verpassen. »Das sind unbewiesene Gerüchte«, meinte er. »Du darfst so etwas nicht erzählen!«

»Aber ich habe mit eigenen Augen eine Frau mit drei Kindern gesehen, die um ihren toten Vater herum saßen und ihm Stücke von Fleisch vom Leib rissen!«

Elisabeth wurde es übel. »Dem Himmel sei Dank, dass ihr diese schreckliche Zeit überlebt habt. Ich bin Agnes so dankbar, dass sie das für euch getan hat. Hoffentlich wird sie wieder gesund.«

»Ich werde jeden Tag für sie beten«, meinte die Mutter. »Auch dafür danken, dass sie uns das Leben gerettet hat. Wenn ich daran denke, was die Sachen gekostet haben«, setzte sie, wie um abzulenken, hinzu, »könnte ich es mir schon vorstellen, dass Menschen gegessen wurden. Ein Pfund Roggenbrot kostete vier Reichstaler, ein Ei einen Gulden. Mehr als zweitausend Häute von geschlachteten und gefallenen Tieren haben sie gekocht und jeweils für fünf Reichstaler verkauft. Hunde, Katzen und Mäuse waren Leckerbissen für die Reichen. Eine Ratte kostete einen Gulden, ein Viertel Hund sieben Gulden.«

»Das meiste, vor allem Vieh und Getreide, hatte ja der Oberst in die Burg schaffen lassen«, sagte der Vater müde.

Als die Ochsen durchgebraten und gebräunt waren, half Elisabeth, sie zu zerteilen und das Fleisch an die Umstehenden abzugeben. Manch einer hatte allerdings nicht so lange warten können und das halbrohe Fleisch herausgerissen. Die beiden Bäcker hatten duftendes Brot aus Weißmehl gebracht. Elisabeth war traurig über alles, was sie gehört hatte, fühlte sich jedoch in ihrem Element. Sie schaute Jakob tief in die Augen. Und erschrak, als ein Schatten in ihren Kreis trat. Es war der Kardinal.

»Thomas!«, rief sie. »Wie kommst du denn hierher? Ich wähnte dich in Freiburg!«

»Daher bin ich auch heute Morgen gekommen«, sagte er und lächelte. »Ich stand in der Menge, nicht weit von dir, und habe dich beobachtet.« Er stellte ein Felleisen neben sich ab.

»Dann hast du auch Agnes gesehen?«

»Ja, es hat mich nicht gewundert, dass sie mit dem Kommandanten gegangen ist.«

Elisabeth holte Brot und weitere Stücke von dem Ochsen. »Was ist aus dem zweiten Mönch geworden?«, fragte sie den Kardinal.

»Ich weiß es nicht«, antwortete er. »Vielleicht ist er in sein Land zurückgekehrt.«

Ein weiterer Schatten löste sich aus dem Dunkel und trat in den Schein des Feuers. Es war der andere Mönch, groß und kräftig, wieder mit seinem Radmantel bekleidet. Doch diesmal hatte er die Kapuze nicht vor das Gesicht gezogen. Es war totenbleich, der Mund stand wie eine blutrote Wunde darin. Der Mönch zog eine Pistole aus seinem Mantel und richtete sie gegen Elisabeth und den Kardinal.

»Mitnichten bin ich in mein Land zurückgekehrt!«, rief er. »Habe ich euch endlich erwischt, ihr gotteslästerlichen Hurensöhne und Töchter des Satans! Ich, Gabriel Solarius, Gesandter des Kaisers Ferdinand III. und Papst Urban VIII., werde euch richten, so wie ihr später von Gott gerichtet werdet!«

»Was erdreistet Ihr Euch …«, begann der Kardinal. Alle anderen waren vor Schreck wie gelähmt.

»Rührt euch nicht von der Stelle!«, drohte der Mönch. »Keiner bewegt sich, andernfalls werde ich euch alle töten, zuerst diesen windigen Lutheranbeter, dann seine Buhle, die so tut, als koche sie für ihn.«

Elisabeths Mutter entfuhr ein unterdrückter Schrei. Die anderen Menschen schauten teilnahmslos vor sich hin und fuhren fort, Stücke von den Ochsen abzuschneiden und sie sich in den Mund zu schieben. Der Mönch rief: »Meine Herren, Kaiser und Papst, haben ihr Ziel, die Festung Breisach und die Stadt Freiburg zurückzuerhalten, nicht erreicht. Das ist den Machenschaften dieser beiden zu verdanken!« Er fuchtelte mit dem Pistolenlauf in Elisabeths und des Kardinals Richtung.

»Wo habt ihr die Lutherbibel versteckt? Wo sind die Schmähschriften der Autoren, welche die heilige Kirche in den Schmutz gezogen haben? Sagt es, schnell, ehe ich mich vergesse!«

Elisabeth sah, dass auf der Stirn des Kardinals Schweißperlen glänzten.

»Gebt auf, Gabriel Solarius«, sagte Kardinal Weltlin in gelassenem Ton, für den Elisabeth ihn bewunderte. »Hier ist für Euch nichts mehr zu retten.«

»Wo habt Ihr die Bibel versteckt? Wo sind die anderen Bücher?«

»Ich habe sie bei mir, in meinem Felleisen«, sagte der Kardinal. »Lasst das Mädchen in Ruhe, verschont die unschuldigen Leute, ich werde mit Euch gehen und Euch die Bücher ausliefern.«

»Wo sind sie?«

»Hier.« Der Kardinal zeigte auf die Tasche, die neben ihm stand.

Mit einem Sprung, schnell wie der einer Katze, hatte der Mönch sich auf die Tasche gestürzt, sie untersucht und sich auf den Rücken gebunden, die Pistole weiterhin auf Elisabeth und den Kardinal gerichtet. Er bedeutete ihnen mit einem Zeichen, vor ihm herzugehen. Elisabeths Herz klopfte bis zum Hals, ihre Hände waren schweißnass. Was würde er mit ihnen machen? Sie einfach erschießen und in einer der Gassen liegen lassen? Was würde Jakob tun, was ihre Eltern? Konnten sie überhaupt etwas unternehmen, ohne den Tod von ihnen beiden heraufzubeschwören? Ihre Zähne klapperten gegeneinander.

»Ja, jetzt hast du Angst, Kardinalsdirne«, sagte der Mönch hinter ihr. »Ich rieche es förmlich, und ich weide mich daran. Du wirst mich nicht mehr zum Narren halten, du nicht, der Kardinal nicht und auch niemand sonst. All deine Helfershelfer wird der Teufel holen, Gott hat mich ausersehen, die reine Lehre in der Welt zu verbreiten und alles auszumerzen, was sich in teuflischer Absicht dagegenstellt.«

Ihre Schritte klapperten den Marktplatz hinunter. Hinter ihnen war nur leises Gemurmel zu hören. Immer tiefer trieb der Mönch sie in die Gassen hinein, aus dem Tor der Stadt hinaus. Es war bitterkalt, die Wolken trieben in dunklen Fetzen am Himmel dahin. Ab und zu wurden der Halbmond und ein paar eisig blinkende Sterne sichtbar. Elisabeth fror entsetzlich. Sie erreichten den Platz, an dem die Belagerung stattgefunden hatte. Die Zelte waren verlassen, vom Rhein her waren Stimmen und Gesänge zu hören. Wahrscheinlich feierten die überlebenden Soldaten, brieten Ochsen und Schweine an Spießen und tranken roten Wein. Verwesungsgeruch wehte heran, der sich immer mehr verstärkte. Sie stiegen auf einen kleinen Hügel und machten Halt. Bei dem Anblick, der sich ihr bot, wurde Elisabeth starr vor Schreck. Es war der Kopf des anderen Mönchs, den Bernhard auf einen Spieß gesteckt und öffentlich zur Schau gestellt hatte. Das pockennarbige Gesicht war leichenblass, leere Augenhöhlen, in denen Maden krabbelten, blickten sie an, getrocknetes Blut klebte am Hals, der sich grünlich verfärbt hatte. Der süßliche Gestank war unerträglich.

»Ich habe mir überlegt, welche Strafen für euch die gerechtesten wären«, fuhr der Mönch fort. »Euch zu erschießen, wäre zwecklos. Das ist ein viel zu leichter Tod. Wie Bernhard euch den Kopf abzuschlagen, ebenso. Obwohl ich nicht daran denken mag, was mein Kamerad gelitten hat vor seinem Tod. Dich«, er streckte den Finger aus und zeigte auf den Kardinal, »sollte ich zusammen mit den Lutherbibeln verbrennen! Und dich«, er richtete den Pistolenlauf auf Elisabeth, »sollte ich in einen Topf mit siedendem Wasser stecken und dich kochen, bis dir die Haut in Blasen vom Körper fällt! Und dann werfe ich euch den Breisachern zum Fraße vor, die machen ja keinen Unterschied mehr zwischen Mensch und Tier.«

Elisabeth sah, wie sich ein Schatten von einem der Zelte löste und hinter dem Mönch näher kam. Es war kein Laut zu hören. Um den Mönch abzulenken, sagte sie: »Das würde Euch alles nichts nützen, Signor Solarius. In Kürze werden Bernhards Soldaten hier sein und Euch festnehmen, wenn nicht gleich massakrieren.«

»Die sind am Feiern, ich habe es vorher ausgekundschaftet. Nein, rede dich nicht heraus, Elisabeth, du musst dran glauben.«

»Hat uns unser Herr nicht gepredigt: ›Liebe deine Feinde‹?«, warf der Kardinal ein.

»Nein, er hat gesagt: Auge um Auge, Zahn um Zahn«, war die Antwort des Mönchs. Er hob die Pistole und zielte auf den Kardinal. »Leider habe ich nicht die Zeit, euch eure Verbrechen auf die angemessene Weise büßen zu lassen«, meinte er. »Deshalb gib du jetzt zuerst deine Seele in Gottes Hand, Weltlin.« Er drückte ab, krachend löste sich ein Schuss. Der Kardinal sank zu Boden.

In Windeseile öffnete der Mönch das Schloss der Pistole und stopfte neues Zündkraut hinein. Elisabeth überlegte, ob sie fliehen oder ihn vielleicht angreifen sollte, doch er richtete die Pistole schon wieder auf sie. Bevor sich ein weiterer Schuss lösen konnte, riss der Mönch verwundert die Augen auf. Ein Be-

ben ging durch seinen Körper, er trat einen Schritt nach vorn, versuchte wieder, auf Elisabeth zu zielen, doch die Waffe fiel ihm aus der Hand. Hinter ihm wurde eine Gestalt sichtbar. Es war Jakob, der einen blutigen Dolch in der Hand hielt.

»Dieser verfluchte Hund, überall kann man seine Augen ja nicht haben«, schrie der Mönch. Seine letzten Worte gingen in ein Röcheln über. Blut spritzte aus seinem Mund, und er stürzte vornüber. Jakob und Elisabeth liefen zum Kardinal, der wie tot dalag.

»Thomas«, rief Elisabeth, »bleib bei uns, du darfst nicht sterben!« Sie nahm seine Hand, die sich warm in der ihren anfühlte. Jakob legte seinen Dolch zur Seite und griff an den Hals des Angeschossenen.

»Er lebt«, sagte er. Schnell untersuchte er den Kardinal. »Es ist nur ein Streifschuss an der Schulter«, meinte er. »Wir bringen ihn in die Stadt, um ihn verbinden zu lassen.«

»Und was ist mit dem anderen?«, wollte Elisabeth wissen. Der Schrecken war noch nicht von ihr gewichen, sie fühlte sich gespannt wie die Sehne eines Bogens.

»Den habe ich meinen Dolch spüren lassen«, sagte Jakob. »Er wird nie wieder jemanden belästigen oder gar mit dem Tode bedrohen.« Er nahm das Messer, wischte es im Gras ab und steckte es an seinen Gürtel. Dann lief er zu dem Mönch hinüber, fühlte ihm ebenfalls den Puls.

»Mausetot«, sagte er.

Der Kardinal hatte sich inzwischen halb aufgerichtet. »Gut habt Ihr das gemacht, Jakob«, sagte er. »Meine Anerkennung. Bernhards Soldaten werden sich um den Toten kümmern.«

Jakob half dem Kardinal vollends auf die Beine. Zu dritt kehrten sie in die Stadt zurück, wo sie schon ängstlich und gespannt erwartet wurden. Das Feuer unter dem letzten Ochsen, der noch nicht verzehrt war, loderte auf. Fett tropfte in die Glut, und der Geruch nach gebratenem Fleisch wehte zu ihnen herüber. Elisabeths Beine waren zittrig, ihr Magen drohte sich umzustülpen. Um nichts in der Welt hätte sie etwas essen können. Bernhard ließ für sie alle eine Kutsche kommen, die sie nach Freiburg brachte. Als die Sonne über dem verschneiten Schwarzwald aufging, fuhren sie durch das Tor in die Stadt hinein. Im »Roten Bären« brannte ein wärmendes Feuer im Kamin. Melvine, noch etwas verschlafen dreinblickend, stellte eine Kanne mit Wein auf den Herd. Inzwischen verspürte Elisabeth auch wieder Hunger.

»Bernhard von Sachsen-Weimar hat versprochen, dass er Ochsen und Brot aus Breisach zu uns bringen lässt«, sagte Melvine. Paul erschien, gähnte und setzte sich zu ihnen. Melvine brachte eine Suppe aus gedörrten Birnen, worin ein paar Scheiben Speck schwammen.

»Das hatten wir noch bei unseren Vorräten«, meinte sie fast verschämt. Sie stellte Becher auf den Tisch, goss den heißen Wein ein.

»Du darfst nicht vergessen, was Bernhard dem Bürgermeister und dem Gemeinderat sonst noch angekündigt hat«, verkündete Paul. »Er fordert die Stadt auf, eine große Summe zum Unterhalt seiner Soldaten aufzubringen, desgleichen alles, was noch an Nahrung in der Stadt aufzutreiben ist. Die ersten Bürger haben schon die Stadt verlassen.«

»Was wir ebenfalls tun werden«, erklang eine Stimme. Es war die von Leander, der an der Spitze seiner Truppe die Wirtschaft betreten hatte. Die jungen Männer ließen sich am Nachbartisch nieder.

»Muss grauenvoll gewesen sein, was ihr in Breisach erlebt habt«, sagte Leander, an Elisabeth gewandt.

»Es war auch nicht grauenvoller als das, was wir in Calw erlebt haben, nicht wahr, Frau Mutter?« Die nickte dazu, mit feuchten Augen.

»Auf jeden Fall sind Kaiser und Papst jetzt aus dem Rennen«, setzte Jakob mit einem Augenzwinkern hinzu.

»Das müsst ihr uns noch ganz genau erzählen«, entgegnete

Leander. »Also, wir müssen schnell handeln. In der eidgenössischen Schweiz herrscht kein Krieg. Wir wollen nach Stein am Rhein und die Gegend ein wenig unsicher machen. Wer kommt mit?«

Elisabeth und die anderen starrten ihn sprachlos an.

»Wir werden nach Calw zurückgehen«, sagte Elisabeths Vater entschieden. »Es ist Ehrensache, dass wir den Superintendenten Andreä unterstützen. Und nach deiner Schwester wollen wir sehen, Frau, ob die noch am Leben ist.«

Dic Mutter legte ihrem Sohn Lukas die Hand auf die Schulter. »Du kommst doch mit uns, nicht wahr? Du könntest zur Schule gehen, viel lernen, gar einmal Superintendent werden.«

»Nein, ich möchte auch nach Stein«, gab Lukas zurück.

»Wovon willst du denn leben?«, fragte sie entsetzt.

»Wovon werdet ihr leben?«

Die Eltern schwiegen.

»Andreä wird für uns sorgen«, sagte der Vater dann leise. »So, wie er immer für seine Schäfchen gesorgt hat.«

»Bernhard hat angedroht, nach der Einnahme Breisachs viele Leute ihrer Ämter zu entheben«, meinte Paul. »Da wird er uns auch die Lizenz entziehen.«

»Aber warum macht er so etwas?«, wollte Elisabeth wissen.

»Er wird sie mit eigenen Leuten besetzen wollen«, antwortete Melvine.

»König Ludwig und Kardinal Richelieu brauchen sich keine Hoffnungen zu machen, dass Breisach an die Franzosen fällt«, setzte Paul hinzu. »Bernhard will es zu seinem eigenen Fürstentum machen.«

»Also, nichts wie weg, ich sagte es schon«, fiel Leander ein. »Melvine und du, Paul, ihr könntet in Stein ein neues Gasthaus aufmachen.«

»Und ich werde eine Druckerei eröffnen, in der wir Lutherbibeln und andere verbotene Bücher drucken, nicht wahr, Thomas?« Jakob schaute den Kardinal grinsend an.

»Nimm dein Weib und troll dich von dannen«, sagte der Kardinal, »meinen Segen habt ihr, wie ihr wisst.«

Elisabeth blickte erstaunt auf den Kardinal.

»Ich soll dich verlassen? Nie und nimmer!« Sie sah, wie Jakob zusammenzuckte.

»Hast du dich etwa für ihn entschieden?«, fragte er mit stockender Stimme.

»Ich habe mich entschieden, weiterhin seine Köchin zu sein«, sagte sie. »Weil es das ist, was mir in die Wiege gegeben wurde und was ich am Besten kann. Als Frau möchte ich dir angehören.«

Während Jakob sie in die Arme riss und sie küsste, stellte sie sich vor, wie sie in dem hübschen, friedlichen Städtchen Stein an der Bootslände sitzen würden. Ein Fischer brachte Hechte, Zander und Forellen vom Bodensee, die sie gleich in der Küche vorbereiten würde, mit Rahm und Kräutern und Wein abgeschmeckt. Und der Kardinal würde sagen: »Das ist ein Gericht meiner Köchin Elisabeth, meine Herrschaften, aufgrund dessen ich mich in sie verliebt habe.«

Elisabeth machte sich einen Augenblick lang aus Jakobs Armen frei.

»Und ich«, sagte sie, während die Anspannung endgültig von ihr abfiel, »ich könnte in der Schweiz neue Rezepte erfinden, Kochbücher schreiben, sie drucken lassen und für alle kochen.«

Der Raum war erfüllt vom Duft des Specks und der Birnensuppe. Durch das Fenster fiel ein Strahl der Wintersonne herein, die alles mit einem goldenen Schimmer überzog.

Nachwort

Vor mehr als zehn Jahren fiel mir ein Buch von Peter Lahnstein in die Hände: »Schwäbisches Leben in alter Zeit« (List Verlag, 1988). Darin schildert ein Lehrer des Schriftstellers und Theologen Johann Valentin Andreä die Nacht, in der kaiserliche Truppen die Stadt Calw im Schwarzwald vollständig verwüsteten und ein Blutbad unter der Bevölkerung anrichteten. Die Bilder ließen mich nicht mehr los. Ich verarbeitete sie in einer Kurzgeschichte und in einem kleineren Roman. Im letzten Jahr stieß ich erneut auf dieses Thema – und fand eine Geschichte, die für mich ebenso erschreckend wie faszinierend war, weil sie die Charaktere der Menschen und die wahren Hintergründe zeigt, die sie in allen Zeiten angetrieben haben.

Bernhard von Sachsen-Weimar starb am 18. Juli 1639 in Neuenburg am Rhein, während er einen neuen Feldzug gegen die Kaiserlichen plante. Der Verdacht, dass er an einem Giftmord auf Betreiben von Kardinal Richelieu gestorben sei, kam auf, konnte jedoch nicht erhärtet werden.

Vieles, was über die Zeit des Dreißigjährigen Krieges berichtet wird, sei übertrieben, erfuhr ich bei meinen Recherchen. Manche der Berichterstatter hätten damit Mitleid bei ihren Zeitgenossen erregen wollen. Auch der »Abenteuerliche Simplizissimus« des Hans Jakob Christoffel von Grimmelshausen neigt wahrscheinlich zu solchen Übertreibungen. Trotzdem haben er und andere uns unschätzbare Dokumente über diesen dunklen Punkt unserer Vergangenheit geliefert.

Einige der Figuren dieses Romans sind erfunden. So hat es Elisabeth und ihre Schwester Agnes, Jakob und den Kardinal Weltlin, Melvine und andere nicht in dieser Form gegeben.

Aber sie sind stellvertretend für Menschen, die in dieser Zeit gelebt haben. Die geschichtliche Handlung und die historischen Personen sind verbürgt.

Ich danke meinem Partner Peter Stubenvoll für die ergiebigen gemeinsamen Recherchen, in deren Verlauf wir auch einmal auf der Schauenburg in Gaisbach standen. Hier waltete Grimmelshausen nach dem Dreißigjährigen Krieg als Burgverwalter. Die Gastwirtschaft »Zum Silbernen Stern«, die er von 1656 bis 1658 dort betrieb, existiert heute noch. Die Stadt Calw liegt hier gleich um die Ecke. Dort haben wir so manchen Tag auf den Spuren Hermann Hesses, Andreäs und des Dreißigjährigen Krieges verbracht. Meinem Agenten Dirk R. Meynecke danke ich für die Leichtigkeit, mit der wir gemeinsame Projekte entwickelt haben, und meinem Lektor Reinhard Rohn für die Sorgfältigkeit, mit der er meine Texte immer wieder auf den Punkt bringt. Karl Kloiböck danke ich für jahrelanges Testlesen und für alle technischen Hilfen, die ich wann auch immer von ihm erhalten habe.

Ebhausen, im März 2013

Christa S. Lotz